中华传世藏书

【图文珍藏版】

聊斋志异

[清] 蒲松龄⊙原著

王艳军⊙主编

线装书局

图书在版编目（CIP）数据

聊斋志异 : 全6册 / (清) 蒲松龄原著 ; 王艳军主
编. -- 北京 : 线装书局, 2014.6
ISBN 978-7-5120-1373-5

Ⅰ.①聊… Ⅱ.①蒲… ②王… Ⅲ.①笔记小说 – 中
国 – 清代 Ⅳ.①I242.1

中国版本图书馆CIP数据核字(2014)第087861号

聊斋志异

原　　著：［清］蒲松龄
主　　编：王艳军
责任编辑：杜　语　高晓彬
装帧设计：博雅圣轩藏书馆 Boyashengxuan Cangshuguan
出版发行：线装书局
　　　　　地　址：北京市西城区鼓楼西大街41号（100009）
　　　　　电　话：010-64045283　64041012
　　　　　网　址：www.xzhbc.com
经　　销：新华书店
印　　制：北京彩虹伟业印刷有限公司
开　　本：787mm×1092mm　1/16
印　　张：168
彩　　插：8
字　　数：2040千字
版　　次：2014年6月第1版第1次印刷
印　　数：0001 – 3000套

定　　价：1580.00元（全六册）

"聊斋先生" 蒲松龄

　　蒲松龄（公元1640年～公元1715年），中国短篇小说之王。71岁时才破例补为贡生，因此对科举制度的不合理深有感触。他毕生精力完成《聊斋志异》8卷、491篇，约40余万字。内容丰富多彩，故事多采自民间传说和野史轶闻，将花妖狐魅和幽冥世界的事物人格化、社会化，充分表达了作者的爱憎感情和美好理想。作品继承和发展了我国文学中志怪传奇文学的优秀传统和表现手法，情节幻异曲折，跌宕多变，文笔简练，叙次井然，被誉为我国古代文言短篇小说中成就最高的作品集。鲁迅先生在《中国小说史略》中说此书是"专集之最有名者"；郭沫若先生为蒲氏故居题联，赞蒲氏著作"写鬼写妖高人一等，刺贪刺虐入骨三分"；老舍也曾评价过蒲氏"鬼狐有性格，笑骂成文章"；马瑞芳称他是"世界短篇小说之王。"

《婴宁》——垂卫同归

《黄英》——对花小饮

《花姑子》——良姻誓别

《宦娘》——聆奏倾心

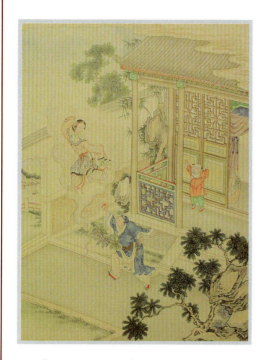

《荷花三娘子》——只履仙游

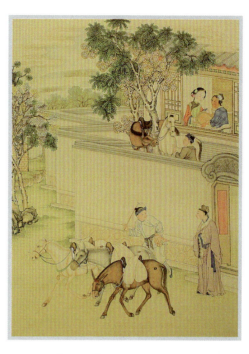

《阿织》——柴栗就亲

《西湖主》——避猎失途

《仇大娘》——茸堵得金

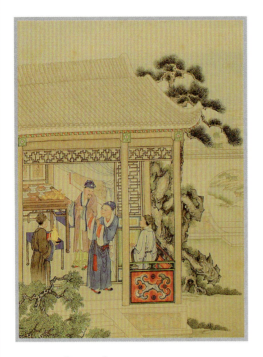

《连城》——辞金换笑

《张鸿渐》——回家招祸

《王桂庵》——逢儿意外

《小二》——纸鸢驱蝗

《崔猛》——冒险全贞

《商三官》——随优庆寿

《席方平》——雪冤诵判

《罗刹海市》——怀亲送别

《考弊司》——循例无情　　　　《毛大福》——衔履迎官

《木雕美人》——逢场作戏　　　　《地震》——非常变异

前　言

　　《聊斋志异》，清代短篇小说集，是蒲松龄的代表作，在他 40 岁左右时基本完成，此后不断有所增补和修改。"聊斋"是他的书屋名称，"志"是记述的意思，"异"指奇异的故事。全书有短篇小说 491 篇。题材非常广泛，内容极其丰富。里面的故事环境基本上发生在冥界仙境，故事人物大多是花妖狐魅。蒲松龄以他超凡的想象力和深刻的洞察力构筑起一个亦真亦幻、亦人亦鬼的幽冥世界，从社会批判角度观照，这个幽冥世界乃是人间社会的真实投影，它揭示人世辛酸悲凉的生活场景和人物偃蹇惨痛的生活经历；从美学理想角度观照，这个幽冥世界乃是人世理想的梦幻体现，它揭示出对人世善恶的最后清算和对人生憧憬的重新开始。因此，聊斋故事无论在情节曲折和环境奇幻，还是在人物遭遇和场景迷离等角度品赏，都会引发人们强烈的政治义愤、道德感怀和艺术遐想。《聊斋志异》成功地塑造了艺术典型，人物形象鲜明生动，故事情节曲折离奇，结构布局严谨巧妙，文笔简练，描写细腻，堪称中国古典短篇小说之巅峰。郭沫若评价说："写鬼写妖高人一筹，刺贪刺虐入木三分。"

　　据说作者蒲松龄在写这部《聊斋志异》时，专门在家门口开了一家茶馆，请喝茶的人给他讲故事，讲过后可不付茶钱，听完之后再作修改写到书里面去。

　　从题材内容来看，《聊斋志异》中的作品大致可分为以下五类：

　　第一类，是反映社会黑暗，揭露和抨击封建统治阶级压迫、残害人民罪行的作品，如》《红玉》《梦狼》《梅女》《续黄粱》《窦氏》等；

　　第二类，是反对封建婚姻，批判封建礼教，歌颂青年男女纯真的爱情和争取自由幸福而斗争的作品，如》《青凤》《阿绣》《连城》《青娥》《鸦头》《瑞云》等；

　　第三类，是揭露和批判科举考试制度的腐败和种种弊端的作品，如》《于去恶》

《考弊司》《贾奉雉》《司文郎》《王子安》《三生》等；

第四类，是歌颂被压迫人民反抗斗争精神的作品，如》《席方平》《向杲》等；

第五类，总结生活中的经验教训，教育人要诚实、乐于助人、吃苦耐劳、知过能改等等，带有道德训诫意义的作品，如》《画皮》《劳山道士》《瞳人语》《狼》三则等。

除此之外，本书中所书故事提醒人们要弃恶从善，讽贪刺虐，善待众生，诚信待人。

总之，《聊斋志异》，具有独特思想风貌和艺术风貌。多数小说是通过幻想的形式谈狐说鬼，但内容却深深地扎根于现实生活的土壤之中，曲折地反映了蒲松龄所生活的时代的社会矛盾和人民的思想愿望，熔铸进了作家对生活的独特的感受和认识。蒲松龄在《聊斋自志》中说："集腋为裘，妄续幽冥之录；浮白载笔，仅成孤愤之书：寄托如此，亦足悲矣！"在这部小说集中，作者是寄托了他从现实生活中产生的深沉的孤愤的。因此我们不能只是看《聊斋志异》奇异有趣的故事，当作一本消愁解闷的书来读，而应该深入地去体会作者寄寓其中的爱和恨，悲愤和喜悦，以及产生这些思想感情的现实生活和深刻的历史内容。

目　录

中华传世藏书

聊斋志异

图文珍藏版

中华传世藏书

聊斋志异

图文珍藏版

二

中华传世藏书

聊斋志异

图文珍藏版

中华传世藏书

聊斋志异

图文珍藏版

五

中华传世藏书

聊斋志异

图文珍藏版

中华传世藏书

聊斋志异

图文珍藏版

一〇

中华传世藏书

聊斋志异

图文珍藏版

一三

中华传世藏书

聊斋志异

图文珍藏版

中华传世藏书

聊斋志异

图文珍藏版

中华传世藏书

聊斋志异

图文珍藏版

中华传世藏书

聊斋志异

图文珍藏版

高　序

志而曰异，明其不同于常也。然而圣人曰："君子以同而异。"何耶？其义广矣、大矣。夫圣人之言，虽多主于人事，而吾谓三才之理，六经之文，诸圣之义，可一以贯之，则谓异之为义，即易之冒道，无不可也。夫人但知居仁由义，克己复礼，为善人君子矣；而陟降而在帝左右，祷祝而感召风雷，乃近于巫祝之说者，何耶？神禹创铸九鼎，而山海一经，复垂万世，岂上古圣人而喜语怪乎？抑争子虚乌有之赋心，而预为分道扬镳者地乎？后世拘墟之士，双瞳如豆，一吐迷山，目所不见，率以仲尼"不语"为辞，不知鹢飞石陨，是何人载笔尔尔也？倘概以左氏之诬蔽之，无异掩耳者高语无雷矣。引而伸之，即"阊阖九天，衣冠万国"之句，深山穷谷中人，亦以为欺我无疑也。余谓：欲读天下之奇书，须明天下之大道。盖以人伦大道淑世者，吾人之所以为木铎也。然而天下有解人，则虽孔子之所不语者，皆足辅功令教化之所不及；而《诺皋》《夷坚》，亦可与六经同功。苟非其人，则虽日述孔子之所常言，而皆足以佐虐；如读南子之见，则以为淫辟皆可周旋；泥佛胖之往，则以为叛逆不妨共事；不止《诗》《书》发塚，《周官》资篡已也。

彼拘墟之士多疑者，其言则未尝不近于正也。一则疑曰：政教自堪治世，因果无乃渺茫乎？曰：是也。然而阴骘上帝，幽有鬼神，亦圣人之言否乎？彼彭生觌面，申生语巫，武曌宫中，田蚡枕畔，九幽斧钺，严于王章多矣。而世人往往多疑者，以报应之或爽，诚有可疑。即如圣门之士，贤隽无多，德行四人，二者夭亡；一厄继母，几乎同于伯奇。天道愦愦，一至此乎？是非远洞三世，不足消释群憾。释迦马麦，袁盎人疮，亦安能知之？故非天道愦愦，人自愦愦故也。或曰：报应示戒可矣，妖邪不宜黜乎？曰：是也。然而天地大矣，无所不有；古今变矣，未可舟膠。人世不皆君子，阴曹反皆正人乎？岂夏姬谢世，便侪共姜；荣公撤瑟，可参孤竹乎？有以知其必不然矣。且江河日下，人鬼颇同，不则幽冥之中，反是圣贤道

场，日日唐虞三代，有是理乎？或又疑而且规之曰：异事，世固间有之矣，或亦不妨抵掌；而竟驰想天外，幻迹人区，无乃为《齐谐》滥觞乎？曰：是也。然子长列传，不厌滑稽；卮言寓言，蒙庄嚆矢。且二十一史果皆实录乎？仙人之议李郭也，固有遗憾久矣。而况勃窣文心，笔补造化，不止生花，且同炼石。佳狐佳鬼之奇俊也，降福既以孔皆，敦伦更复无致，人中大贤，犹有愧焉。是在解人不为法缚，不死句下可也。

夫中郎帐底，应饶子家之异味；邺侯架上，何须兔册之常诠？余愿为婆娑艺林者，职调人之役焉。古人著书，其正也，则以天常民彝为则，使天下之人，听一事，如闻雷霆，奉一言，如亲日月。外此而书或奇也，则新鬼故鬼，鲁庙依稀；内蛇外蛇，郑门踯躅，非尽矫诬也。倘尽以"不语"二字奉为金科，则萍实、商羊、蟥羊、楛矢，但当摇首闭目而谢之足矣。然乎否耶？吾愿读书之士，揽此奇文，须深慧业，眼光如电，墙壁皆通，能知作者之意，并能知圣人或雅言或罕言或不语之故，则六经之义，三才之统，诸圣之衡，一一贯之。异而同者，忘其异焉可矣。不然，痴人每苦情深，入耳便多濡首。一字魂飞，心月之精灵冉冉；三生梦渺，牡丹之亭下依依。檀板动而忽来，桃荄遗而不去，君将为魍魉曹丘生，仆何辞齐谐鲁仲连乎？

康熙己未春日谷旦，紫霞道人高珩题

唐　序

谚有之云："见橐驼谓马肿背。"此言虽小，可以喻大矣。夫人以目所见者为有，所不见者为无。曰，此其常也，倏有而倏无则怪之。至于草木之荣落，昆虫之变化，倏有倏无，又不之怪，而独于神龙则怪之。彼万窍之刁刁，百川之活活，无所持之而动，无所激之而鸣，岂非怪乎？又习而安焉。独至于鬼狐则怪之，至于人则又不怪。夫人，则亦谁持之而动，谁激之而鸣者乎？莫不曰："我实为之。"夫我之所以为我者，目能视而不能视其所以视，耳能闻而不能闻其所以闻，而况于闻见所不能及者乎？夫闻见所及以为有，所不及以为无，其为闻见也几何矣。人之言曰："有形形者；有物物者。"而不知有以无形为形，无物为物者。夫无形无物，则耳目穷矣，而不可谓之无也。有见蚊腹者，有不见泰山者；有闻蚁斗者，有不闻雷鸣者。见闻之不同者，盲瞽未可妄论也。自小儒为"人死如风火散"之说，而原始要终之道，不明于天下；于是所见者愈少，所怪者愈多，而"马肿背"之说昌行于天下。无可如何，辄以"孔子不语"之词了之，而齐谐志怪，虞初记异之编，疑之者参半矣。不知孔子之所不语者，乃中人以下不可得而闻者耳，而谓《春秋》尽删怪神哉！

留仙蒲子，幼而颖异，长而特达，下笔风起云涌，能为载记之言。于制艺举业之暇，凡所见闻，辄为笔记，大要多鬼狐怪异之事。向得其一卷，辄为同人取去；今再得其一卷阅之。凡为余所习知者，十之三四，最足以破小儒拘墟之见，而与夏虫语冰也。余谓事无论常怪，但以有害于人者为妖，故日食星陨，鹢飞鹆巢，石言龙斗，不可谓异；惟土木甲兵之不时，与乱臣贼子，乃为妖异耳。今观留仙所著，其论断大义，皆本于赏善罚淫与安义命之旨，足以开物而成务；正如扬云《法言》，桓谭谓其必传矣。

康熙壬戌仲秋既望，豹岩樵史唐梦赉拜题

聊斋自志

【原文】

披萝带荔，三闾氏感而为骚①；牛鬼蛇神，长爪郎吟而成癖②。自鸣天籁，不择好音。有由然矣③。松落落秋萤之火，魑魅争光④；逐逐野马之尘，罔两见笑⑤。才非干宝，雅爱搜神⑥；情类黄州，喜人谈鬼⑦。闻则命笔，遂以成编⑧。久之，四方同人⑨，又以邮筒相寄⑩，因而物以好聚⑪，所积益夥。甚者：人非化外，事或奇于断发之乡⑫；睫在眼前，怪有过于飞头之国⑬。遄飞逸兴，狂固难辞；永托旷怀，痴且不讳⑭。展如之人，得毋向我胡卢耶⑮？然五父衢头，或涉滥听⑯；而三生石上，颇悟前因⑰。放纵之言，有未可概以人废者⑱。松悬弧时⑲，先大人梦一病瘠瞿昙⑳，偏袒入室㉑，药膏如钱，圆粘乳际。寤而松生，果符墨志㉒。且也，少羸多病，长命不犹㉓。门庭之凄寂，则冷淡如僧；笔墨之耕耘，则萧条似钵㉔。每搔头自念：勿亦面壁人果是吾前身耶㉕？盖有漏根因，未结人天之果㉖；而随风荡堕，竟成藩溷之花㉗。茫茫六道㉘，何可谓无其理哉！独是子夜荧荧，灯昏欲蕊；萧斋瑟瑟，案冷疑冰㉙。集腋为裘，妄续幽冥之录；浮白载笔，仅成孤愤之书㉚；寄托如此，亦足悲矣！嗟乎！惊霜寒雀，抱树无温；吊月秋虫，偎阑自热。知我者，其在青林黑塞间乎㉛！

康熙己未春日。柳泉自题

【注释】

①"披萝"二句：意谓被服香草的山鬼，引起屈原的感慨而用骚体把它写入诗

篇。披萝带荔，写山鬼以薜荔为衣，以女萝为带。薜荔，也叫木莲；女萝，一名松罗，两者均指香草。三间氏，指屈原。骚，以屈原《离骚》为代表的一种文体，也称"楚辞体"；这里指屈原的《九歌》。

②"牛鬼"二句：意谓牛鬼蛇神俱属虚荒诞幻，李贺对此却嗜吟成癖。长爪郎，指李贺。

③"自鸣"三句：意为发自胸臆之作，皆不迎合世俗喜好；屈原、李贺抒愤之作都有各自的因由。天籁，自然界的音响。这里以之借指发自胸臆的诗作。好音，好听的声音。这里以之指世俗所崇尚的"正声""善言"。有由然，有一定的缘由。

④"松落落"二句：意谓我蒲松龄孤寂失意，犹如一点微弱的萤火，而冥冥之中，精怪鬼物却争此微光。松，松龄，作者自称。落落，疏阔孤独的样子。秋萤，即萤火虫，秋夜飞舞，发出微弱的亮光。此指作者凄凉、卑微的处境，好似秋萤。魑魅，与下文"罔两"，都指精怪鬼物。

⑤"逐逐"二句：紧承上句，言自己随俗浮沉追逐名利，却落得被鬼物奚落讪笑。逐逐，竞求，指逐利。野马之上，即浮游的尘埃。罔两见笑，为鬼物所讥笑。

⑥"才非"二句：我的才能虽然不及干宝，但却像他一样非常喜爱搜集神怪故事。干宝，字令升，东晋文学家，撰《搜神记》。雅，甚，颇。

⑦"情类"二句：言自己的心情如同当年贬谪黄州的苏轼，也喜欢听人妄谈鬼怪。类，类似，近似。黄州，指苏轼。

⑧"闻则"二句：言听到鬼怪故事，就提笔记录下来，于是汇编成书。成编，即成书。编，串联竹简的皮筋或绳子。古无纸，将文字刻在竹简上。编串起来就是书。

⑨同人：这里指有同好的友人。

⑩邮筒：古人邮寄书信、诗文所用的圆形管筒。

⑪物以好（浩）聚：言谈鬼说怪的故事，由于自己的爱好而收集起来。以，因。好，爱好。

⑫"人非"二句：言人物虽在中原地区，但发生在他们之间的故事，却往往比

边远蛮荒地区所发生的更为奇异。化外，教化之外，指封建教化所不及的边远地区。断发之乡，指古吴越地区，即今江苏南部、浙江、福建一带。断发，"断发文身"的省语，指剪断长发，身刺花纹，此为古吴越水乡的习俗。

⑬"睫在"二句：言眼前所发生的怪事，竟比人头会飞的国度更为离奇。睫在眼前，极言其近。睫，眼睫毛。飞头之国，传说中人头会飞动的国度。

⑭"遄（船）飞"四句：言意兴超逸飞动，狂放不羁，在所难免；心志寄托久远，如痴如醉，也无须讳言。遄，速。飞，飞动。逸兴，超逸豪放的意兴。狂，狂放。旷怀，开阔的胸怀。痴，痴迷。讳，讳言。

⑮"展如"二句：言那些崇实尚礼而鄙夷狂痴的人，能不因而见笑？胡卢，一作"卢胡"，笑，笑声。

⑯"然五父"二句：意谓然而在五父衢头所听到的，或者是些无稽的传闻。衢，两路交叉、可通四方的路口。五父衢（渠），衢名。

⑰"而三生"二句：言类似三生石上的故事，却颇可使人悟识因果之理。三生，即"三世"。佛教以过去、现在、未来，即前生、今生、来生为"三生"或"三世"。前因，前生。因，梵语意译，这里指姻缘。

⑱"放纵"二句：意谓所言虽然恣意放任，但也有可取之处，不能一概因人废言。放纵，放任，不循常轨。概，一概，全部。

⑲悬弧时：出生时。弧，木弓。在门左挂一张弓，表示男孩长大成人习武学射。

⑳先大人：指亡父。先，称已死的人为"先"，一般用于尊长。病瘠瞿昙（tón 谈）：病瘦的和尚。瘠，瘦弱。瞿昙，梵语也译为"乔答摩"，佛教始祖释迦牟尼的姓氏，原以代指释迦牟尼，后为佛的通称。这里指佛门僧人。

㉑偏袒：和尚身穿袈裟，袒露右肩，称"偏袒"。

㉒果符墨志：意为自己出生后乳旁有一黑痣，果然与其父之梦相符。言外是说，自己就是那个病瘦的和尚转世。

㉓长（掌）命不犹：长大之后，命不如人。不犹，不如别人。犹，若。

㉔"门庭"四句：意为门庭冷落，好像和尚清贫幽居；笔耕谋生，如同和尚持钵募化。凄，底本作"栖"，据青柯亭刻本改。笔墨之耕耘，指为人作幕宾、塾师，以谋生计。萧条，形容秋日万物凋零的景象，这里借喻自己的清苦和孤寂。钵，"钵多罗"的省语，梵语音译，也称"钵盂"，和尚食器。和尚外出，只携一瓶一钵，沿途向人募化；瓶用来饮水，钵用来盛饭。

㉕面壁人：这里泛指和尚。面壁，佛教指面对墙壁静修。相传佛教禅宗始祖达摩初来中国，住少林寺，面壁而坐九年，终日默默无语。后因以"面壁人"指和尚。

㉖"盖有漏"二句：意为由于前身业因，而流转生死，不能归于空寂而成佛升天。漏、根、因，都是梵语意译。佛教称烦恼为"漏"。有漏，指不能断除三界（欲界、色界、无色界）烦恼，不能归于空寂。根和因，都是佛教名词，指能生成或引起果报的根本原因。人天，人间天上；这里指由僧人修炼成佛。果，果报，梵语意译，今译"异熟"，泛指依思想行为而得的结果。有什么因，便得什么果；善因得善果，恶因得恶果。

㉗"而随风"二句：言我却像随风的落花触着藩篱落到粪坑旁边，转生人世，身为贫贱。藩，篱笆。溷（混），粪坑。

㉘六道：佛教指天道、人道、阿修罗道、饿鬼道、畜生道、地狱道。佛教认为众生根据生前善恶，在这"六道"里轮回转生。

㉙"子夜"四句：言半夜灯光，昏暗欲灭；书斋清冷，桌案似冰。荧荧，微弱的灯光。蕊，灯花，灯油将尽灯芯则结灯花。萧斋，清冷的书斋。这里"萧"字，有萧条冷落的意思。瑟瑟，犹瑟缩，寒冷。

㉚"集腋"四句：意为积少成多，搜集狐鬼故事，狂妄地想把它当作《幽冥录》的续编；把酒秉笔，写下这部志怪之书，意在寄托心志，发抒胸中愤懑。腋，指狐腋皮毛，极为珍贵。裘，皮袍。妄，狂妄，意为不自揣才力。幽冥之录，即《幽冥录》，南朝宋刘义庆著，是一部记载神鬼怪异故事的志怪小说。浮，罚人饮酒；白，罚酒用的大酒杯。浮白，此泛指饮酒。载笔，持笔写作。孤愤之书，《韩

非子》有《孤愤》篇。

㉛"惊霜"六句：为作者愤慨语。意为自己像栖树无温的霜后寒雀，得不到世间温暖；又像依栏悲鸣的月下秋虫，凄凉孤寂，只有到梦魂中去寻求知己了。惊霜，因霜落而惊秋天的到来。抱树，犹言栖树。秋虫，如蟋蟀之类的秋日夜鸣之虫。吊，悲伤。阑，阑干。青林黑塞间，指梦魂所经历的冥冥之中。

【译文】

　　"披萝带荔"的山鬼，三闾大夫屈原有感，流出《离骚》的唱叹；冥窈间的牛鬼蛇神，长指爪的唐公子李贺吟咏它们竟成瘾入癖。谈玄说鬼，胸臆间鸣响天籁，并非是选择人们惯听的喜庆之音，历来如此，自有本原。我蒲松龄这落落秋萤散发的微弱之火，魑魅们与我争夺生命间的小小光明（此引嵇康故事，见何其芳编的《不怕鬼的故事》）；我奔波萍泛的寄食生涯和田野间飘浮动荡的逐逐野马之尘（《庄子·逍遥游》）有何区别，魍魉们见我为衣食奔走的狼狈，也不禁发出讥谑的讪笑。我才气不如干宝，但我也雅爱搜神（蒲松龄千年前的晋代干宝著有《搜神记》）；我的性情类似贬谪黄州的苏东坡，同样地"喜人谈鬼"。有所听闻，则命笔记之，竟然撰写成一卷卷鬼故事。如此做了相当长时间，四面八方有同好的人，又将他们的听闻，用邮筒（古人以竹筒寄信）寄送给我，因而，鬼闻异事，因自己爱好，积累得越来越多。啊呀，太搞怪了吧：我们并非化外之民，我收到的鬼故事奇异得超过断发文身巫鬼文化流行南蛮之地的传闻了。就在眼睛面前睫毛之远，发生的怪事，竟然怪异得超过脑袋可以飞来飞去的岭南溪洞之乡。鬼事在笔下逸兴遄飞（见王勃《滕王阁序》），好啊，这笔底的狂意，收获的狂狷之名，我才不会推脱呢；这笔底借鬼事倾吐和寄托的我的旷远怀抱，使我绝不隐讳我对鬼神之事的痴迷。实诚的人，怕莫正对我的怪异，掩嘴胡卢大笑。当然，我这些鬼故事，可能也存在传说中孔夫子的老娘停棺"五父衢头"一样的不可靠处（见《史记·孔子世家》），涉嫌"滥听"嫌疑；当然，从三生石上的故事，我也悟出后果前因。书中

放纵的话，神奇鬼怪之谈，不可一概以我蒲松龄没有多少社会地位而被轻忽。当年，我将出生时（房门前左上方未能免俗地挂着一张弓），我家老爷子恍惚梦见一个病而清瘦的和尚，偏袒衣服进到房间，他记得这个瘦和尚的乳头旁粘着一块铜钱大的药膏。我蒲松龄经难产生下来后，胸前果然有一块圆形的黑色胎记。一切皆如父梦。在我的成长岁月里，我的命程也就是"和尚运"，少年时体质不好，多病；长大后又常走背时运。我门庭的冷落，凄清得就像和尚庙；我笔墨的耕耘生涯，萧条得就像和尚托着一个钵要仰人鼻息靠人施舍。每每搔头独想：难道那个面壁的和尚，真是我的前身？只是我没有剪断凡尘俗念，因而没有修成人天正果；而最后随风飘荡坠落于地，竟然像一瓣花飘落于藩篱外粪池旁。茫茫众生生死之趣，怎可说没有它的原因道理！在这寂寞而黑暗的子夜，灯火荧荧，灯芯闪亮结成灯花，仿佛要熄灭；寒斋瑟瑟，桌案冷得就像一块寒冰。集腋成裘，我像刘义庆妄续幽冥之录；浮起大杯酒来写作，独自酿成像韩非子的《孤愤》之篇；我的怀抱，在如此寒夜就这样寄托于文字中，这是一件让我足够伤怀、伤感的事情。哎！惊霜寒雀，栖在树枝之上，感觉不到寒冬枝丛的温暖；吊月伤怀的秋虫，偎依栏杆，在自己的歌声中得到自我慰藉的热度。我这书就这样写就，只是知我者，难道就是那青青枫林、沉沉关塞游荡着的幽魂吗？（杜甫诗《梦李白》：魂来枫林青，魂返关塞黑）。康熙己未（即康熙十八年，公元 1679 年）春日，柳泉（即蒲公自号）自题。

卷一

考城隍

【原文】

予姊丈之祖，宋公讳焘①，邑廪生②。一日，病卧，见吏人持牒，牵白颠马来③，云："请赴试。"公言："文宗未临④，何遽得考？"吏不言，但敦促之。公力

考城隍

疾乘马从去⑤。路甚生疏。至一城郭，如王者都。移时入府廨⑥，宫室壮丽。上坐十余官，都不知何人，惟关壮缪可识⑦。檐下设几、墩各二⑧，先有一秀才坐其末，公便与连肩⑨。几上各有笔札⑩。俄题纸飞下。视之，八字云："一人二人，有心无心。"二公文成，呈殿上。

公文中有云："有心为善，虽善不赏；无心为恶，虽恶不罚。"诸神传赞不已。召公上，谕曰："河南缺一城隍⑪，君称其职。"公方悟，顿首泣曰："辱膺宠命⑫，何敢多辞？但老母七旬，奉养无人，请得终其天年，惟听录用。"上一帝王像者，即命稽母寿籍⑬。有长须吏，捧册翻阅一过，白："有阳算九年⑭。"共筹踌间⑮，关帝曰："不妨令张生摄篆九年⑯，瓜代可也⑰。"乃谓公："应即赴任；今推仁孝之心⑱，给假九年，及期当复相召。"又勉励秀才数语。二公稽首并下⑲。秀才握手，送诸郊野，自言长山张某⑳。以诗赠别，都忘其词，中有"有花有酒春常在，无烛无灯夜自明"之句。公既骑，乃别而去。及抵里，豁若梦寤。时卒已三日。母闻棺中呻吟，扶出，半日始能语。问之长山，果有张生，于是日死矣。后九年，母果卒。营葬既毕，浣濯入室而殁。其岳家居城中西门内，忽见公镂膺朱帻㉑，舆马甚众，登其堂，一拜而行。相共惊疑，不知其为神。奔讯乡中，则已殁矣。公有自记小传，惜乱后无存，此其略耳。

【注释】

①讳：旧时对帝王尊长不直称其名，叫避讳；因称其名为"讳"。

②邑廪生：本县廪膳生员。明洪武二年（1369）始，凡考取入学的生员（习称"秀才"），每人月廪食米六斗，以补助其生活。后生员名额增多，成化年间（1465~1487）改为定额内者食廪，称廪膳生员，省称廪生；增额者为增广生员和附学生员，省称增生和附生。清沿明制，廪生月供廪饩银四两，增生岁、科两试一等前列者，可依次升廪生，称补廪。

③白颠马：白额马。颠，额端。

④文宗：文章宗匠。原指众人所宗仰的文章大家。清代用以誉称省级学官提督学政（简称"提学""学政"）。临：指案临。清制，各省学政在三年任期内依次到本省各地考试生员，称案临。考试的名目有"岁考""科考"两种。

⑤力疾：强支病体。此据青柯亭刻本，原作"力病"。

⑥府廨（械）：官署。旧时对官府衙门的通称。

⑦关壮缪（穆）：指关羽（？～219），字云长，河东解县（今山西临猗县西南）人。三国时蜀汉大将。死后追谥壮缪侯。

⑧几：长方形的小桌子。墩：一种低矮的坐具。

⑨连肩：肩靠肩，此指并排而坐。

⑩笔札：犹笔、纸。札，古时供书写用的薄木简。

⑪城隍：古代神话中守护城池的神，后为道教所信奉。

⑫辱膺宠命：为旧时接受任命或命令时表示感激之词。辱，犹言承蒙。膺，受。宠命，恩赐的任命。

⑬稽母寿籍：查看记载其母寿限的簿籍。稽，查。寿籍，迷信传说中阴世记载人们寿限的簿册，即所谓"生死簿"。

⑭阳算：寿算，活在阳世的年数。

⑮筹踌：犹豫不决。筹，通"踌"。

⑯摄篆：代掌印信，指代理官职。摄，代理。篆，旧时印信刻以篆文，因代指官印。

⑰瓜代：及瓜而代的省词。原意为至来年食瓜季节使人替代。

⑱推仁孝之心：推许其仁孝的心志。推，推许，推重、赞许。

⑲稽（乞）首：伏地叩头；旧时所行的跪拜礼。

⑳长山：旧县名。辖境为今山东省邹平县东部。

㉑镂膺朱幩（坟）：形容马饰华美。镂膺，马胸部镂金饰带。幩，红色辔饰。

　　我姐夫的祖父宋先生，名焘，原是本城的一位秀才。有一天，他生病躺在床上，忽然来了一位衙门的公差，手里拿着一张通知单，牵着一匹头上有白毛的马。对他说："请你去参加考试！"宋先生说："主考的学台老爷没有到，怎么能突然进行考试呢？"差人也不回答，只是不断地催促他。宋先生只好勉强骑上马，跟着他去了。

　　走在路上时，他觉得所走的路都非常陌生。不久，他们便来到一座城市，如同帝王所居住的京城一样。不多时，他们进入一座官府。但见宫殿巍峨华丽，堂上坐着十多位官员，这些人宋先生都不认识，只有关帝是他认识的。官府的殿廊下摆着桌、凳各两把。已经有一位秀才坐在那里的下位上。宋先生便与他肩并肩坐下。每张桌子上都有笔和纸。过了一会儿，殿堂上便送下有题目的卷纸来，宋先生一看，上面写着八个字："一人二人。有心无心。"

　　他们俩把文章作成后，便把考卷呈交上去。宋先生的文章里有一句话是这样说的："有的人故意去做好事，虽然是做了好事，但不应给他奖励；有的人不是故意做坏事，虽然做了坏事，也可以不处罚他。"各位官员在传阅中不住地称赞。他们便把宋先生召唤到殿堂上去，对他说："河南那个地方，缺一位城隍，你去担任这个职务很合适。"宋先生一听，这时才开始明白过来，连忙跪下去，一边叩头一边哭着说："我能得到这样荣耀的任命，怎么敢再三推辞呢？但我的七十多岁的老母，身边无人奉养。请你们允许在她去世之后，我再听从你们的任用。"堂上一位好像是帝王样的人，立即命令查看他母亲的寿禄。有一位留着胡子的官吏，捧着记载人寿禄的册子看了一遍，说道："她还有阳寿九年。"他们听后正在犹豫不决，想不出办法时，关帝说："没关系，可以让这位姓张的秀才先去代理九年。到了期限，再让他去。"于是，堂上人便对宋先生说："本应该让你立即到任的，今看在你仁爱孝敬之心的分上，给你九年的假期，到时再让你赴任。"说完，又对那位秀才勉励了几句。二位先生叩头后走下殿来。那位姓张的秀才拉着宋先生的手，一直送到郊外，并自我介绍说："我是长山地方人，姓张。"还将自己作的诗赠给宋先生留作纪念。但宋先生把诗中的大部分词句都忘记了，只记得其中有"有花有酒春常在，无烛无灯夜自明"两句。宋先生骑上马后，就告辞而去。

当他回到家时，就好像是从梦中醒过来一样。可是到这时，他已经是死去三天啦。宋先生的母亲听到棺材里有呻吟声，便赶快把他从里面扶出来。过了好半天，宋先生才能说出话来。他又派人到长山那个地方去打听，果然有一位姓张的人，也在那天去世了。

过了九年，宋先生的母亲果然去世了。料理完母亲的丧事之后，宋先生洗完了澡，走进屋子里也死了。宋先生的岳父家住在城中西门里。这天，他忽然看见宋先生穿着一身新的官服，身后跟随着许多车马，走到厅堂中拜了一拜，然后起身便走。岳父家里人都非常惊奇，不知宋先生已经成了神，做了城隍。于是，岳父急忙派人到宋先生家里去打听消息，才知道宋先生已经死去了。

宋先生自己曾记有小传，可惜经过战乱后没有保存下来，这里记述的只是一个大概而已。

耳中人

【原文】

谭晋玄，邑诸生也①。笃信导引之术②，寒暑不辍，行之数月，若有所得。一日，方趺坐③，闻耳中小语如蝇，曰："可以见矣④。"开目即不复闻；合眸定息，又闻如故。谓是丹将成⑤，窃喜。自是每坐辄闻。因俟其再言，当应以觇之。一日，又言。乃微应曰："可以见矣。"俄觉耳中习习然，似有物出。微睨之，小人长三寸许，貌狞恶如夜叉状⑥，旋转地上。心窃异之，姑凝神以观其变。忽有邻人假物，扣门而呼。小人闻之，意张皇，绕屋而转，如鼠失窟。谭觉神魂俱失，复不知小人何所之矣。遂得颠疾⑦，号叫不休，医药半年，始渐愈。

耳中人

耳中人
蛇女婴儿易结胎
成仙岂克要仙才
小人三寸张皇甚
可是兜元国裡来

【注释】

①诸生：本指在学儒生，见《汉书·何武传》。唐代国学及州、县学规定学生员额，因称生员。明清时代，凡经考试取入府、州、县学的生员，通称诸生。

②导引之术：我国古代强身除病的一种养生方法。导引，"导气使和。引体使柔"的意思，指屈伸俯仰，呼吸吐纳，使血脉流通。后为道教用以作修炼的迷信法术之一。道教有《太清导引养生经》。

③跏（夫）坐：即"结跏趺坐"，略称"跏趺"。佛教徒坐禅的一种姿势，即将双足背交叉于左右股上；右手安左手掌中，二大拇指面相合，然后端身正坐，俗称盘腿打坐。

④可以见（现）矣：可以现形了。见，通"现"。

⑤丹：炼丹是道教法术之一。源于古代方术。原指在鼎炉中烧炼矿石药物，以制"长生不死"的丹药，即"金丹"。后道士将这一方术加以扩展，称"金丹"为"外丹"，称精神修炼的成果为"内丹"。人体比拟鼎炉，"精""气"比拟药物，以"神"去烧之，使精、气、神凝成"圣胎"，即为"内丹"。这里指内丹，后《王兰》一文中的"金丹"，指外丹。

⑥夜叉：梵语音译。意译"能啖鬼""捷疾鬼"等。佛经中一种形象凶恶的鬼，列为天龙八部神众之一，我国诗文小说中，则常指丑恶之鬼，或喻凶暴丑恶之人。

⑦颠疾：疯癫病。颠，通"癫"。

【译文】

谭晋玄，是县里的一个秀才，非常相信吐纳导引的法术。他日夜练习，不避寒暑。坚持好几个月，觉得似乎有所收获。

有一天，他正盘腿静坐时，隐隐约约听见耳畔仿佛有一种像苍蝇那么细小的声音在说："可以现形了。"当他睁开眼睛，那声音就听不见了；一闭上眼睛，平心静气，那声音又像先前一样听得很真切。他心想：一定是修炼"内丹"已经成功，暗自欣喜不已。

从此以后，他每次静坐时都能听到这种声音。于是他打算等再听到这种声音时做出反应，加以验证。一天，他又听到同样的话，于是便小声应答道："可以现形了。"一会儿他就觉得耳里习习然，好像有个东西出来，侧目斜视，只见是个三寸来长的小人儿，形貌狰狞丑恶得像夜叉，旋转着落在地上。他暗暗诧异，索性凝神观察小人的变化。

这时，忽然有个邻居敲门，大声呼喊着要借东西。那小人听见，像是很慌张的样子，在屋子里绕圈子乱转，如同老鼠找不到洞穴。谭生顿时觉得魂魄失散，也不知道那小人的去向。于是得下疯癫病，不停地喊叫，经过足足半年时间的医治，才渐渐地痊愈。

尸 变

【原文】

阳信某翁者①，邑之蔡店人。村去城五六里，父子设临路店，宿行商。有车夫数人，往来负贩，辄寓其家。一日昏暮，四人偕来，望门投止②，则翁家客宿邸满③。四人计无复之，坚请容纳。翁沉吟思得一所，似恐不当客意。客言："但求一席厦宇④，更不敢有所择。"时翁有子妇新死，停尸室中，子出购材木未归⑤。翁以灵所室寂，遂穿衢导客往。入其庐，灯昏案上；案后有搭帐衣⑥，纸衾覆逝者⑦。又观寝所，则复室中有连榻⑧。四客奔波颇困，甫就枕，鼻息渐粗。惟一客尚蒙眬。

忽闻灵床上察察有声，急开目，则灵前灯火，照视甚了：女尸已揭衾起；俄而下，渐入卧室。面淡金色，生绢抹额⑨。俯近榻前，遍吹卧客者三。客大惧，恐将及己，潜引被覆首，闭息忍咽以听之。未几，女果来，吹之如诸客。觉出房去，即闻纸衾声。出首微窥，见僵卧犹初矣。客惧甚，不敢作声，阴以足踏诸客；而诸客绝无少

尸变

动。顾念无计⑩，不如着衣以窜。裁起振衣⑪，而察察之声又作。客惧，复伏，缩首衾中。觉女复来，连续吹数数始去⑫。少间，闻灵床作响，知其复卧。乃从被底渐渐出手得裤，遽就着之，白足奔出⑬。尸亦起，似将逐客。比其离帏，而客已拔

关出矣⑭。尸驰从之。客且奔且号，村中人无有警者。欲扣主人之门，又恐迟为所及。遂望邑城路，极力窜去。至东郊，瞥见兰若⑮，闻木鱼声⑯，乃急挝山门⑰。道人讶其非常⑱，又不即纳。旋踵，尸已至，去身盈尺。客窘益甚。门外有白杨，围四五尺许，因以树自幛⑲；彼右则左之，彼左则右之⑳。尸益怒。然各寖倦矣㉑。尸顿立。客汗促气逆㉒，庇树间。尸暴起，伸两臂隔树探扑之。客惊仆。尸捉之不得，抱树而僵。

道人窃听良久，无声，始渐出，见客卧地上。烛之死，然心下丝丝有动气。负人，终夜始苏。饮以汤水而问之，客具以状对。

时晨钟已尽㉓，晓色迷蒙，道人觇树上，果见僵女。大骇，报邑宰㉔。宰亲诣质验㉕。使人拔女手，牢不可开。审谛之，则左右四指，并卷如钩，入木没甲。又数人力拔，乃得下。视指穴如凿孔然。遣役探翁家，则以尸亡客毙，纷纷正哗。役告之故。翁乃从往，舁尸归：客泣告宰曰："身四人出㉖，今一人归，此情何以信乡里？"宰与之牒，赍送以归㉗。

【注释】

①阳信：县名。在今山东省北部。

②望门投止：见有人家，便去投宿。止，宿。

③客宿邸（底）满：住宿客人很多，旅舍已满。邸，旅舍。

④一席厦宇：廊檐下一席之地。厦，两厢，走廊。宇，屋檐。

⑤材木：棺木。材，棺。

⑥搭帐衣：指灵堂中障隔灵床的帷幛。旧时丧礼，初丧停尸灵床，灵前置几，设位燃灯，祭以酒浆，几后设帷。

⑦纸衾（钦）：指初丧时用以覆盖尸体的黄裱纸或白纸。衾，被。

⑧复室：指套房中的里间。

⑨抹额：也叫"抹头"，一种束额的头巾。此指以巾束额。

⑩计：此字底本模糊难辨，据铸雪斋抄本补正。

⑪振衣：抖动衣服；指欲穿衣。

⑫数数（朔朔）：多次。

⑬白足：光着脚。

⑭拔关：拔开门闩。关，门插关，即门闩。

⑮兰若：梵语"阿兰若"的音译。原为佛家比丘习静修的处所，后一般指佛寺。

⑯木鱼：佛教法器名。刻木作鱼形，中凿空洞，扣之作声。一为圆形，刻有鱼鳞，僧人诵经时敲击以调音节；一为长形，吊在堂前，开饭时击之以招僧众。

⑰挝（抓）：敲。山门：寺院的外门。

⑱道人：这里指和尚。晋宋间和尚、道士通称道人。

⑲幛：本指屏风、帷幕，也作"障"，遮蔽。

⑳彼左则右之：此据铸雪斋抄本，原无此五字。

㉑寖倦：渐渐疲倦。寖，同"寝"，渐。

㉒汗促气逆：汗直冒，气直喘。促，急。逆，不顺。

㉓晨钟：这里指寺庙里清晨的钟声。钟，佛教法器。

㉔邑宰：指知县。

㉕质验：质证查验；即问取证词，查验尸身。

㉖身：《尔雅·释诂下》："身，我也。"

㉗"宰与"二句：知县发给他证明文书，并赠送盘费，使其回家。赉（鸡），以物送人。

【译文】

阳信县有位老翁是本县蔡店人。村子距县城约有五六里远。他和他儿子在路边开小店做生意，也供过路的商人住宿。有四个车夫，经常贩卖东西从这里过往，每次都要在他家里住。

一天黄昏时分，这四个人一起来到店门口，要求投宿。但老翁家里房间已经全部让客人住满了。四个人商量了一下，觉得再也没有别的去处，就坚持要求老翁想办法安排他们住下。老翁沉思了一下，想起有一个空地方可以住人，只是怕客人们不满意。客人们说："我们只求有一间侧房能够安身歇息就行，哪里还敢挑来拣去的呢？"

原来，老翁有一个儿媳妇刚刚死去不久，尸体就停放在将要让客人留宿的这间屋子里。儿子出门去购买棺材，还没有回来，老翁想着这灵室还安静，就领着客人们穿过通道到了那里。客人们进到室内，只见里面桌案上灯光昏暗，桌案后面搭着布帐，布帐后面停着一具女尸，纸糊的被子盖在死者的身上。他们再看看要住的地方，是与此仅隔一个门的房间，放着连在一起的床铺，算是一个通铺。这四个客人白天奔波赶路，实在疲乏极了，头刚一挨枕头，就都睡着了，鼾声又粗又重。

其中有一个客人还处在似睡似醒的朦胧状态，突然听到停尸的灵床上有"嚓嚓"的响声。他赶紧睁开眼睛看去，只见灵前的灯光将他所能看到的一切照得非常分明：那女尸竟然揭开纸被坐起来，一会儿功夫便下了床，慢慢地走到四个客人的卧室里来。客人见那女尸脸上呈现出淡淡的金黄色，额头上戴着一圈生丝绢。女尸走到客人床前，把那熟睡的三个客人都扑扑地吹了一遍。醒着的那位客人见此情景，恐惧极了，害怕女尸也来吹他，就悄悄地拉着被子把自己的头完全盖住，在被窝里屏住呼吸，连唾沫也不敢咽，静静地听外面的动静。不一会儿，女尸果然来到他跟前，也像对别的客人那样，把他吹了一遍。后来，他感觉到那女尸出了卧室，然后，又听见灵床和纸被的响声。客人胆战心惊地掀开被角，往灵床那边窥视，看见女尸仍然像先前一样僵卧在那里。客人更加恐惧，不敢出一点声。他在被子里悄悄地用脚蹬别的几个客人，但是他们连动都不动一下，他想来想去没有别的办法，就准备穿上衣服逃跑。

客人刚刚提起衣服要穿，突然又听见外面灵床响起"嚓嚓"声。客人害怕极了，急忙又躺下，把头缩进被子里，他感觉到那女尸又来了，一连吹了好几遍才离去。过了一会儿，灵床又有了响声，客人知道女尸又躺下来，于是从被子里慢慢伸出手摸到裤子，急忙穿上，也来不及穿鞋，光着脚往外跑。那女尸也随即离了床，似乎要来追赶他。等女尸离了帐子，客人已经拉开门闩，撒腿跑出屋外。女尸也紧紧地追随着奔跑出来。客人一边奔跑一边大声呼叫救命，但村里的人却没有一个被惊醒的，客人想去敲主人家的门，但又害怕来不及而被女尸追上，就只好在去县城的路上拼命逃窜。

客人跑到东郊，看见前面有一座寺庙，也能听见里边传出来的木鱼声。客人用力猛敲寺庙的大门。庙里的和尚感到太突然，没敢及时来开门放他进去。转眼间，那女尸已追到客人跟前，距离只有一尺多，客人更加窘迫不堪。幸亏庙门外有一棵大白杨树，树围大概有四五尺粗，客人趁机用白杨树来掩护自己。女尸追到右边，他就藏到左边，女尸追到左边，他就又藏到右边。女尸被激怒了，更加暴怒。双方都疲倦不堪。女尸首先停了下来，站在原地不动了。客人更是汗流如注，上气不接下气，躲避在树中间歇气。没过多久，女尸突然暴起，伸出两条长胳膊，隔着树身来抓他。客人恐惧极了，被惊吓得瘫软无力，扑倒在地上。女尸没有抓着客人，抱着白杨树僵硬地站立在那里。

和尚在庙门里窃听了好长时间，外面没了声息，也没了动静，这才慢慢地开了门出来看究竟。只见客人躺在地上一动不动，和尚拿着蜡烛上来照看。发现客人死了。和尚又俯下身去摸摸，觉出客人心口微微跳动，口里还有一丝丝气息。和尚当即把客人背进庙里。过了很长时间，天快亮的时候，客人方才苏醒过来。和尚又给客人喝了些汤水，然后问他怎么会弄成这个样子？客人有气无力地把他所遭遇到的一切，全都告诉了和尚。

这时，晨钟已经敲响，东方呈现出鱼肚白，曙色迷蒙，和尚壮着胆子往外看，果然发现有一具僵硬的尸体，依靠白杨树站着。和尚大吃一惊，派人将女尸追逐客人的事报告给县官。县官立即亲自到现场问取证词查验尸身。县官让人去拔女尸的手，但是女尸的双手牢牢地抓着树身，怎么也取不下来。县官近前仔细一看，只见女尸左右手的四个指头互相并在一起，卷曲成铁钩形状，深深地抠进树身，连指甲也陷了进去。县官又叫几个人一起合力往外拔，这才把女尸的手指从树身里弄出来。然后再看手指抓过的孔穴，就像用凿子凿成的深洞一样。县官派差役到老翁家里去探视，而老翁家里因尸体不见，客人毙命，正议论纷纷。差役将女尸和客人在东郊庙门外相斗的情状告诉了主人。老翁马上跟随差役到了东郊庙门外，将女尸抬了回去。

客人哭着对县官说："我们一起出来了四个人，现在只剩下我一个人回去，这让我怎么给乡亲们交代呢？他们一定不会相信我的话的。"县官一想也是，就当下写了一纸文书作为证明，将客人送回原乡。

喷　水

【原文】

莱阳宋玉叔先生为部曹时①，所僦第②，甚荒落。一夜，二婢奉太夫人宿厅

喷水

上③，闻院内扑扑有声，如缝工之喷衣者。太夫人促婢起，穴窗窥视④，见一老妪，短身驼背，白发如帚，冠一髻，长二尺许，周院环走，疏急作鹤步⑤，行且喷，水出不穷。婢愕返白。太夫人亦惊起，两婢扶窗下聚观之。妪忽逼窗，直喷棂内；窗纸破裂，三人俱仆，而家人不之知也。东曦既上⑥，家人毕集，叩门不应，方骇。撬扉入，见一主二婢，骈死一室⑦。一婢鬲下犹温⑧。扶灌之，移时而醒，乃述所见。先生至，哀愤欲死。细穷没处，掘深三尺余，渐露白发；又掘之，得一尸，如所见状，面肥肿如生。令击之，骨肉皆烂，皮内尽清水。

【注释】

①宋玉叔：即宋琬。宋琬（1614～1673），字玉叔，号荔裳，莱阳（今山东莱阳）人。清初著名诗人，与施闰章齐名，时称"南施北宋"。有《安雅堂集》。宋琬为顺治四年（1647）进士，授户部河南司主事，调吏部稽勋司郎中，后迁浙江、四川按察使。详见《清史稿·文苑传》。主事、郎中均为内阁各部的属官，即"部曹"。"为部曹时"，指宋琬在京期间。

②所僦（就）第：租赁的宅第。

③太夫人：汉代称列侯之母为太夫人。后泛称官僚豪绅之母。此指宋母。

④穴窗：在窗纸上戳个洞。

⑤疏急作鹤步：大步急行如鹤。

⑥东曦（希）：犹朝日。曦，日光。

⑦骈死：同死。骈，并，相挨。

⑧鬲下：胸腹之间，指胸口。鬲，同"膈"。

【译文】

　　莱阳县宋玉叔先生在京城任部曹时，租住的宅第很荒僻。一天夜里，两个婢女侍奉宋母睡在厅堂上，听见院子里扑扑的响，就像裁缝熨衣时的喷水声。宋母忙叫起婢女，在窗纸上戳个小洞向外张望。看见院里有个老妇人，矮个儿，驼背，白发向后披着，像扫帚似的，戴着二尺来高的假发髻，满院兜着圈子急急地走着鹤步，一边走，一边嘴里喷水，水出个没完。婢女非常惊讶，转身告诉宋母。宋母听了也惊奇地起来，由两个婢女搀扶到窗下，凑在一起往外观看。老妇人突然走近窗前，嘴里的水直喷到窗棂内。窗纸破裂，三个人全都倒在地上，而家中人还不知道。

　　第二天太阳出来，家里人都到齐了，要向老太太请安，敲门没人答应，这才害怕起来。撬门而人，只见老太太和两个婢女，一块儿死在屋子里。其中一个婢女胸口还有余温，扶她起来灌了些水，过了好一会儿苏醒过来，才说了夜里所看到的情形。

　　宋玉叔回来，悲愤欲绝。他叫人在院中老妇人出没的地方彻底搜查。掘地三尺多深，土中渐渐露出白发，再往下挖，发现一具女尸，正如婢女所见到的模样，面孔又胖又肿，像活人一般。宋先生命家人抽打女尸，发现骨肉都烂了，皮内全是清水。

瞳人语

　　长安士方栋①。颇有才名，而佻脱不持仪节②。每陌上见游女③，辄轻薄尾缀之④。清明前一日，偶步郊郭，见一小车，朱弗绣幰⑤；青衣数辈⑥，款段以从⑦。内一婢，乘小驷⑧，容光绝美。稍稍近觇之，见车幔洞开，内坐二八女郎，红装艳丽，尤生平所未睹。目炫神夺，瞻恋弗舍，或先或后，从驰数里。忽闻女郎呼婢近车侧，曰："为我垂帘下。何处风狂儿郎。频来窥瞻！"婢乃下帘，怒顾生曰："此芙蓉城七郎子新妇归宁⑨，非同田舍娘子⑩。放教秀才胡觑⑪！"言已，掬辙土飏生。生眯目不可开。才一拭视，而车马已渺。惊疑而返。觉目终不快：倩人启睑拨视，则睛上生小翳⑫；经宿益剧，泪簌簌不得止；翳渐大，数日厚如钱；右睛起旋螺，百药无效。懊闷欲绝，颇思自忏悔。闻《光明经》能解厄⑬。持一卷，浼人教诵⑭。

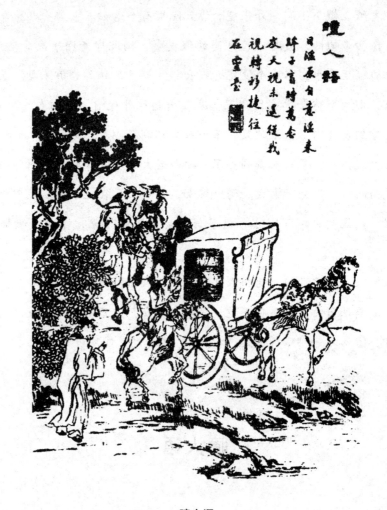

瞳人语

初犹烦躁，久渐自安。旦晚无事，惟跌坐捻珠⑮。持之一年，万缘俱净⑯。忽闻左目中小语如蝇，曰："黑漆似，叵耐杀人⑰！"右目中应云："可同小遨游，出此闷气。"渐觉两鼻中蠕蠕作痒，似有物出，离孔而去。久之乃返，复自鼻入眶中。又言曰："许时不窥园亭，珍珠兰遽枯瘠死[18]！"生素喜香兰，园中多种植，日常自灌溉；自失明，久置不问。忽闻此言，遽问妻："兰花何使憔悴死？"妻诘其所自知，因告之故。妻趋验之，花果槁矣。大异之。静匿房中以俟之，见有小人自生鼻内出，大不及豆，营营然竞出门去[19]。渐远，遂迷所在。俄，连臂归，飞上面，如蜂蚁之投穴者。如此二三日。又闻左言曰："隧道迂[20]，还往甚非所便，不如自启门。"右应云："我壁子厚，大不易。"左曰："我试辟，得与而俱[21]。"遂觉左眶内隐似抓裂。有顷，开视，豁见几物。喜告妻。妻审之，则脂膜破小窍，黑晴荧荧，才如劈椒[22]。越一宿，障尽消。细视，竟重瞳也，但右目旋螺如故，乃知两瞳人合居一眶矣。生虽一目眇，而较之双目者，殊更了了[23]。由是益自检束[24]，乡中称盛德焉[25]。异史氏曰[26]："乡有士人，偕二友于途，遥见少妇控驴出其前，戏而吟曰：'有美人兮[27]！'顾二友曰：'驱之！'相与笑骋。俄追及，乃其子妇。心赧气丧，默不复语。友伪为不知也者，评骘殊亵[28]。士人忸怩[29]，吃吃而言曰[30]：'此长男妇也。'各隐笑而罢。轻薄者往往自侮，良可笑也。至于眯目失明，又鬼神之惨报矣。芙蓉城主，不知何神，岂菩萨现身耶[31]然小郎君生辟门户，鬼神虽恶，亦何尝不许人自新哉。"

【注释】

①长安：即今陕西省西安市。长安为汉、唐都城，因在旧时文学作品中常以长安代指国都。

②佻（挑）脱不持仪节：行为轻佻，不守礼节。佻脱，轻佻，轻率。持，守。仪节，礼仪。

③陌（末）上：本指田间小路；南北叫"阡"，东西称"陌"。这里指郊野路上。

④尾缀：犹尾随，在后紧跟。

⑤朱茀（俘）绣幰（显）：大红车帘，绣花车帷。旧时女子乘车，车篷前后挂

帘遮蔽，叫"萧"。幰，车上的障幔。

⑥青衣：古时地位低贱者的服装。婢女多穿青衣，因以代称婢女。

⑦款段：款段马，行动迟缓之马。此指骑马慢行。

⑧小驷：小马。驷，四马一车，也泛指马。

⑨芙蓉城：迷信传说中的仙境。欧阳修《六一诗话》："（石）曼卿卒后，其故人有见之者，云恍忽如梦中，言我今为鬼仙也，所主芙蓉城。"归宁：妇女回母家探视，古称归宁。《诗·周南·葛覃》："害澣害否，归宁父母。"宁，安，问安。

⑩田舍娘子：乡下妇女，农妇。

⑪放：任意。

⑫小翳（益）：小片障（云）膜。翳，目疾，遮蔽瞳孔的薄膜。下文"右睛起旋螺"，是说薄膜厚结成螺旋形。

⑬《光明经》：佛教经典《金光明经》的简称。

⑭浼（每）人：央求人，请人。

⑮捻珠：用手捻数着佛珠。珠，佛珠，也称"数珠"，梵语"钵塞莫"的意译，佛教徒念佛号或经咒时用以计数。通常用香木车成圆粒，贯穿成串，也有用玛瑙、玉石制作的，粒数多少不等，少者十四颗，多者达一千零八十颗。

⑯万缘俱净：意思是各种世俗杂念全都消除。缘，佛家语，此指意念产生的因缘。

⑰叵（颇）耐杀人：令人难以忍耐。叵，不可。杀，同"煞"。

⑱珍珠兰：也称珠兰，常绿小灌木，初夏开小花，穗状花序，呈黄绿色，有香味。

⑲营营：往来飞声。

⑳隧道：地下暗道。这里指眼睛通向鼻孔的潜道。

㉑得与而俱：意思是，如果我启门成功，就与你共同使用。而，你。俱，一同。

㉒劈椒：绽裂的花椒内仁。花椒内的黑子，俗名"椒目"。这里形容露出一小

点黑色的瞳孔。

㉓了了：清楚。

㉔检束：指对言行检点约束。

㉕盛德：美德。《史记·老子申韩列传》："吾闻之，良贾深藏若虚，君子盛德，容貌若愚。"盛，大、美。

㉖异史氏曰：《聊斋志异》所用的一种论赞体例。异史氏，作者蒲松龄自称。本书撰写狐鬼神异故事多仿史书列传体例，因称"异史"；而在正文后，则仿照《左传》的"君子曰"和《史记》的"太史公曰"的论赞体例，标以"异氏史曰"，以便作者直接发表议论。

㉗有美人兮：《诗·郑风·野有蔓草》中的诗句。原诗为："有美一人，清扬婉兮。邂逅相遇，适我愿兮。"

㉘评骘（质）殊亵：评论得十分猥亵、下流。骘，定。

㉙忸怩：羞愧葸缩的样子。

㉚吃吃（机机）：形容说话结结巴巴、吞吐含混。

㉛菩萨：梵语"善提萨埵"的略称。《翻译名义集》一引法藏释："菩提，此谓之觉；萨埵，此曰众生。以上智求菩提，用悲下术众生。"佛教用以指自觉本性而又善度众生的修行者，地位仅次于佛，世传观世音菩萨多现女身。

【译文】

长安有一个叫方栋的读书人，颇有才名，但行为轻佻，不守礼节。每逢在路上看见出游的女郎，便经常在后面跟随着。

清明前一日，他偶然到郊外散步。见有一辆小车，挂着雕绘满目的帘幕，还有几名丫鬟随车缓缓而行。其中一个最小的骑着匹小马，容貌极美。稍稍近前一看，见帘幕掀开，里面坐着一个十五六岁的女郎，妆饰华丽，美貌为平生从所未见。方栋顿时目眩魂飞，迷恋不舍，或前或后，尾随大约数里之遥。忽然，听到车内的女郎把小丫鬟叫到车旁说:"替我把车帘放下。不知哪里来的混小子,时时偷看我。"小丫鬟放下车帘,然后愤怒地看着方栋说:"这是芙蓉城七郎的新娘子回娘家,不像乡下娘子,可以由你乱瞧!"说完,便顺手抓起一把车轮下的尘土向他撒去。

方栋眯着眼睛,无法睁开,待拭目一视,车马都不见了,心下又惊又疑。回到家时,觉得眼睛很难受,便请人拨开眼睑检查一下,只见眼球上有一小翳。过了一晚,眼痛得更厉害,泪流不止,眼翳也渐渐扩大,几天后厚如铜钱,且右眼眼球起了螺旋。试了无数的药都无效,使得方栋懊恼万分,深感忏悔。后来,他听人说诵《光明经》能解除灾难。于是找来一册请人教诵。开始还有些烦躁,久而久之,安下心来,早晚盘膝静坐,手持念珠,默诵经文。如此坚持一年,万念俱消。

一日,忽闻左眼中有如苍蝇嗡嗡般的细小声音,说:"黑漆漆地真叫人难受。"右眼中回答说:"可以同出一游,透透闷气。"渐觉鼻孔中有小虫蠕动而作痒,好像有东西出来。过了许久,又从鼻孔回到眼眶里。又听到说:"很久不照看园亭了,珍珠兰都枯萎死去。"原来,方栋喜爱兰花,园中种植甚多,常常亲手浇灌,但自从失明后,这事便搁下很长时间了。听了这话,便问妻子:"为什么让兰花枯死?"妻子问他怎么知道,方栋便告诉她缘由,妻子来到园中,果见兰花尽枯而死。心里不禁觉得有些奇怪,于是坐在房中,不声不响地等待。一会儿,就看见有小人从丈夫鼻孔中出来,大不过一粒黄豆,慢慢出门去。不久,又手牵手回来,飞到方栋脸上,就像蚂蚁入穴一样,从鼻孔钻进去。

这样,过了两三天,听左边地说:"隧道弯弯曲曲,往来很不方便,不如自己开一门户。"右边的说:"我这边墙壁太厚,不容易。"左边地说:"待我试试辟开看,好与你在一起。"于是左眼眶像抓裂一条缝,睁开看时,能见桌几什物了,他欢喜极了,连忙去告诉妻子。妻子检查时,发现眼膜上凿出一小孔,黑眼珠荧荧发光,有胡椒子大。过了一晚,内障尽消。仔细一看,两瞳竟聚在一起,而右眼螺旋如故,才知两瞳人合在一眶了。方栋虽瞎了一只眼睛,但视力却比以往双眼更好。从此以后,他的行为更加检点,并受到乡邻的好评。

异史氏说:曾闻乡间有一读书人,与两位朋友同行,远远望见有一少妇骑驴从前面经过，放声吟道："有美人兮！"并招呼友人"快追！"三人嬉笑着追赶，一会儿追上了，发现是他儿媳，心里很惭愧。低下头，作不得声。同行假装不知，故意评头品足，语近下流。这先生只好结结巴巴地说："这是我的大儿媳。"同行于是停止亵渎。凡是轻薄之徒，想侮辱他人，往往侮辱了自己。多么可笑啊！至于眯目失明，那是鬼神给以惨痛的报应。但不知道芙蓉城主是什么神？难道是菩萨现身吗？然而，小郎君能辟开门户，足见鬼神虽凶恶，却也允许人悔过自新。

画　壁

【原文】

　　江西孟龙潭①，与朱孝廉客都中②。偶涉一兰若，殿宇禅舍③，俱不甚弘敞④，惟一老僧挂搭其中⑤。见客入，肃衣出迓⑥，导与随喜⑦。殿中塑志公像⑧。两壁画绘精妙，人物如生。东壁画散花天女⑨，内一垂髫者⑩，拈花微笑，樱唇欲动，眼波将流。朱注目久，不觉神摇意夺，恍然凝想。身忽飘飘，如驾云雾，已到壁上。见殿阁重重，非复人世。一老僧说法座上⑪，偏袒绕视者甚众⑫。朱亦杂立其中。少间，似有人暗牵其裾。回顾，则垂髫儿，辗然竟去⑬。履即从之。过曲栏，入一小舍，朱次且不敢前⑭。女回首，举手中花，遥遥作招状，乃趋之。舍内寂无人；遽拥之，亦不甚拒，遂与狎好。既而闭户去，嘱勿咳，夜乃复至，如此二日。

　　女伴共觉之，共搜得生，戏谓女曰："腹内小郎已许大，尚发蓬蓬学处子耶？"共捧簪珥⑮，促令上鬟⑯。女含羞不语。一女曰："妹妹姊姊，吾等勿久住，恐人不欢。"群笑而去。生视女，髻云高簇，鬟凤低垂，比垂髫时尤艳绝也。四顾无人。渐入猥亵，兰麝熏心⑰，乐方未艾。忽闻吉莫靴铿铿甚厉⑱，缧锁锵然⑲；旋有纷嚣腾辨之声。女惊起，与生窃窥，则见一金甲使者⑳，黑面如漆，绾锁挈槌㉑，众女环绕之。使者曰："全未？"答言："已全。"使者曰："如有藏匿下界人，即共出首，勿贻伊戚^㉒。"又同声言："无。"使者反身鹗顾^㉓，似将搜匿。女大惧，面如死灰，张皇谓朱曰："可急匿榻下。"乃启壁上小扉，猝遁去。

画壁

朱伏，不敢少息。俄闻靴声至房内，复出。未几，烦喧渐远，心稍安；然户外辄有往来语论者^㉔。朱局踏既久^㉕，觉耳际蝉鸣，目中火出，景状殆不可忍，惟静听以待女归，竟不复忆身之何自来也。时孟龙潭在殿中，转瞬不见朱，疑以问僧。僧笑曰："往听说法去矣。"问："何处？"曰："不远。"少时，以指弹壁而呼曰："朱檀越何久游不归^㉖？"旋见壁间画有朱像，倾耳伫立，若有听察。僧又呼曰："游侣久待矣。"遂飘忽自壁而下，灰心木立^㉗，目瞪足耎。孟大骇，从容问之，盖方伏榻下，闻叩声如雷，故出房窥听也。共视拈花人，螺髻翘然㉓，不复垂髫矣。朱惊拜老僧，而问其故。僧笑曰："幻由人生，贫道何能解。"朱气结而不扬，孟心骇叹而无主。即起，历阶而出。

异史氏曰："幻由人生，此言类有道者㉙。人有淫心，是生亵境；人有亵心，是生怖境。菩萨点化愚蒙，千幻并作。皆人心所自动耳。老婆心切㉚，惜不闻其言下大悟，披发入山也。"

【注释】

①江西：清代行省名，辖境约为当今江西省。

②孝廉：这里指举人。孝廉为汉代选举官吏的科目，孝指孝子，廉指廉洁之士，由郡国推举，报请朝廷任用。明清科举制度，举人由乡试产生，与汉代孝廉由郡国推举相似，因称举人为孝廉。

③禅（馋）舍：僧舍。禅，佛家语，梵语音译"禅那"的略称，专心静思的意思。旧时诗文常将与佛教有关的事物都冠以"禅"字，如禅房、禅堂等。

④弘敞：宽阔明亮。敞，原作"厂（厰）"，据青柯亭刻本改。

⑤挂搭：行脚僧（也叫游方僧）投宿暂住的意思。也称"挂褡""挂单""挂锡"。褡，指僧衣；单，指僧堂东西两序的名单；锡，指锡杖。行脚僧投宿寺院，衣钵和锡杖不能放在地上，而要挂在僧堂东西两序名单下面的钩上，故称。

⑥肃衣：整衣，表示恭敬。

⑦随喜：佛家语，意思是随己所喜，做些善事；指随意向僧人布施财物。后因称游观寺院为随喜。

⑧志公：指南朝僧人保志。保志（418—514），也作"宝志"，相传自宋太始（465—471）初，他表现出种种神异的言行，齐、梁时王侯士庶视之为"神僧"。

⑨散花天女：佛经故事中的神女。《维摩诘经·观众生品》载，维摩诘室有一天女，每见诸菩萨聆听讲说佛法，就呈现原身，并将天花撒在他们身上，以验证其

向道之心：道心坚定者花不着身，反之则着身不去。

⑩垂髫（条）：披发下垂。古时十五岁以下儿童不束发，因称童稚为垂髫。这里指未曾束发的少女。

⑪说法：讲说佛法。

⑫偏袒绕视者：此指和尚。偏袒，袒露右肩，详《聊斋自志》注。

⑬囅（产）然：笑的样子。

⑭次且（资直）：同"趑趄"。进退犹豫。

⑮簪珥（耳）：发簪和耳环。

⑯上鬟：俗称"上头"。山东旧时习俗，女子临嫁梳妆冠笄、插戴首饰，称"上头"。《城武县志》（道光十年）："于吉时为女冠笄作乐，名上头。"

⑰兰麝：兰草和麝香。古时妇女熏香用品。

⑱吉莫靴：皮靴。吉莫，皮革。

⑲缧（累）锁：拘系犯人的锁链。缧，黑绳。

⑳金甲使者：身着金制铠甲的使者。

㉑絷（协）：持。通"挈"。

㉒勿贻伊戚：意为不要自招罪罚。贻，遗留。伊，通"繄"，是。戚，忧愁。

㉓反身鹗顾：反转身来，瞋目四顾。鹗，猛禽，双目深陷，神色凶狠。

㉔语论：谈论。语，交相告语。

㉕局踏（局脊）：畏缩恐惧而蜷曲。局，同踢，屈曲。踏，两足相叠。

㉖檀越：也作"檀那"，梵语"陀那钵底"的音译，义译为"施主"，指向寺院施舍财物的俗家人。

㉗灰心木立：心如死灰，形似槁木。灰心，是说心沉寂如死灰；木立，是说站立着像枯干的木头，没有知觉。

㉘螺髻翘然：螺形发髻高高翘起，为已婚妇女的发式。

㉙此言类有道者：说出这样话的，像是一位深通哲理的人。有道，谓深明哲理。

㉚老婆心切：教人心切。佛家称教导学人亲切叮咛者曰老婆，寓慈悲之意。《景德传灯录》卷十二载，唐代义玄禅师初投江西黄檗山参希运大师。义玄问黄檗"如何是祖师西来意？""黄檗便打，如是三问，三遭打。"黄檗意欲以此令其自悟，而义玄不解其意，辞去，往参大愚禅师。大愚说："黄檗怎么老婆，为汝得彻困，犹觅过在。"义玄顿时领悟到希运的用意，随即返回黄檗山受教。黄檗问云："汝回太速生。"义玄云："只为老婆心切。"

【译文】

　　江西有个叫孟龙潭的人，他和一个姓朱的举人在京城里客居。有一天，他们两个人无事闲游，不觉来到一座庙门前，看那殿宇禅舍，都不是很恢宏宽敞，只有一个云游四方的老僧人暂住在里面。老僧人见有客人来了，整理一下衣服便上前来相迎。孟朱二人向他还了礼，说明自己是来随意游玩游玩。老僧人便领他们到庙中转悠。

　　庙里塑着南朝高僧志公禅师的像，两面墙壁上是一些非常精妙的绘画，人物画得栩栩如生。东面的墙壁画着天女散花图，在这幅图画中有一个少女披垂着长长的秀发，手里拈着一束鲜花，樱唇含露，楚楚欲动，眼波洋溢着柔情，闪闪有神。朱举人站在画前，凝目注视了很久很久，不觉有些神情摇荡，意念飘飘，在恍然沉思中眼前幻化出许多奇境来。朱举人感觉到自己飘飘然而起，像腾云驾雾一样，飞升到壁画里。朱举人看殿阁林立，层层叠叠，和人间所能见到的大不相同。在殿阁里，一个老僧人正于座上讲说佛法，旁边围绕着很多和尚。朱举人也站在中间聆听老僧人布道传经。

　　刚站了一会儿功夫，他就觉着似乎有人暗中拽他的衣襟，回头一看，却是那位披着长长秀发的散花少女，她笑容可掬地离去，朱举人转身便跟着她走，绕过曲栏，来到一个小屋，却犹豫不敢近前。少女回过头来，举起手里的花束，远远地摇动着做出向他招手的样子，他这才大胆地走了过去。他发现屋里寂静无人，于是上

聊斋志异

图文珍藏版

前去拥抱那少女，少女并没有怎么拒绝，竟然和他相好上了。过了一会儿，那少女关上房门出去了，临走时叮咛不要咳出声，夜里她会再来。

就这样，他们在一起相好了两天，不料却被几个女伴发觉，大家一起搜出朱举人，便共同取笑那少女说："说不定你肚子里的小郎君已经很大了，怎么还头发蓬蓬学做处女的样子呢？"说话间，大家便捧着玉簪、耳环之类的首饰，催着她梳头扎髻，那少女脉脉含羞，并不说话。女伴中有一个人说："姐姐妹妹们，咱们不要闹得太久了，怕人家不高兴。"于是大家便嬉笑着离去。

女伴们走后，朱举人仔细端详这女子，见她梳起高高的发髻，云鬟低垂，俨然一个少妇的新面貌，比起先前少女装束更加美艳。朱举人环顾四周无人，渐渐拥抱亲昵，双双沉入爱河，香兰熏心，其乐无穷。这时，突然听见一阵靴子声传来，还有锁链的声音，随即又夹杂着威喝声和辩解声。这女子惊起，和朱举人一起向外偷看，只见一个身穿金甲的使者，脸面黑得像漆一样，手里握着槌棒和铁锁，众女子围绕着他。使者问大家："都到齐了没有？"大家回答："到齐了。"使者又说："如果什么地方隐藏着下界凡人，大家都应该立即出面告发，不要自寻烦恼。"大家齐声说："没有的事。"金甲使者回转身用老鹰似的眼光，四面搜寻，仿佛真发现有凡人藏在这里似的。女子惊恐不已，面如死灰一般。她连忙对朱举人说："你赶快躲在床底下！"女子说完，急忙打开墙上的小门，仓皇逃走。朱举人趴在床底下，连喘都不敢喘一下。不一会儿听见靴子声来到屋里，然后又出去了，再过一会儿，喧嚣声慢慢远去了，他这才渐渐安下心来。但是门外还有过往和说话的声音。朱举人畏缩恐惧得太久，觉出耳畔有蝉叫声，眼中也要冒出火星，那情景简直无法忍受。只有静静地等候那女子回来，竟然不明白自己是怎么钻进床底下的。

就在这个时候，孟龙潭一人尚在殿中转悠，转眼间发现朱举人不见了，便疑惑不解地询问引路的老僧。那老僧笑笑说："到那边听讲说佛法去了。"孟龙潭又问："在什么地方？"老僧说："不远。"过了一会儿，老僧用手指弹弹墙壁叫道："朱施主，怎么游了这么长时间还不回来？"转眼间只见壁画上出现了朱举人的影子，站在那里好像在倾耳聆听。老僧又叫道："你的伙伴等你好长时间了。"朱举人旋即从墙壁上飘然而下，落地后竟像木头一样呆立在那里，两眼瞪着，腿脚酥软，心也灰冷灰冷。看到这情景，孟龙潭大吃一惊，一问，才知道他正趴在床底下听到呼叫像雷鸣一样，所以走出来探听。

这时，大家再看壁画，发现原来拈花的女子，已不再是先前的那个披垂着秀发的少女，现在却是螺髻高高悬在头顶的风韵少妇了。朱举人惊慌地跪拜在老僧面前请求解释，老僧笑着说："迷幻由人而生，贫道无法解释。"朱举人心情郁闷，志气低沉，孟龙潭却惊叹不已，茫然无主。于是便立即起身，走下台阶而出。

异史氏说："幻由人生，说出这话的人像是一位深明哲理的人，人如果有了荒淫的意念，因此会出生猥亵的幻境；如果有了猥亵的念头，因此也会出生恐怖的幻觉。菩萨点化愚顽蒙昧的灵魂，千变万化，都是人心自动所为。老僧教人心切，只可惜未听说他们听其言而大彻大悟。披散头发进山去修行。"

山　魈①

【原文】

孙太白尝言：其曾祖肄业于南山柳沟寺②。麦秋旋里③，经旬始返。启斋门，则案上尘生，窗间丝满。命仆粪除④，至晚始觉清爽可坐。乃拂榻，陈卧具，扃扉就枕⑤，月色已满窗矣。辗转移时，万籁俱寂⑥。忽闻风声隆隆，山门豁然作响。窃谓寺僧失扃。注念间⑦，风声渐近居庐，俄而房门辟矣。大疑之。思未定，声已入屋；又有靴声铿铿然，渐傍寝门。心始怖。

俄而寝门辟矣。急视之，一大鬼鞠躬塞入，突立榻前，殆与梁齐。面似老瓜皮色；目光睒闪⑧，绕室四顾；张巨口如盆，齿疏疏长三寸许⑨；舌动喉鸣，呵喇之声，响连四壁。公惧极，又念咫尺之地，势无所逃，不如因而刺之。乃阴抽枕下佩刀，遽拔而斫之，中腹，作石缶声⑩。鬼大怒，伸巨爪攫公。公少缩。鬼攫得衾，摔之，忿忿而去。公随衾堕，伏地号呼。家人持火奔集，则门闭如故，排窗入，见

山魈

状，大骇。扶曳登床⑪，始言其故。共验之，则衾夹于寝门之隙。启扉检照，见有爪痕如箕，五指着处皆穿。既明，不敢复留，负笈而归⑫。后问僧人，无复他异。

【注释】

①山魈（消）：也作"山臊"。传说中的山怪。"魈"并作"臊"。山东民间视为恶鬼，方志中多载春节燃爆竹以驱山魈事。

②肄（艺）业：修习学业。

③麦秋：麦收季节。秋，指农作物成熟之期。

④粪除：扫除。

⑤扃（炯）扉：插门。扃，门插关。下文"失扃"，意思是忘了插门。

⑥万籁俱寂：什么声响都没有。

⑦注念间：专注凝思之时。

⑧唊（闪）闪：像闪电一样。

⑨齿疏疏：牙齿稀稀拉拉。疏，稀。

⑩缶（否）：一种口小腹大的盛器。

⑪扶曳（叶）：挽扶拖拉。

⑫负笈（及）：背着书箱。笈，书箱。

【译文】

孙太白曾说：他曾祖父在南山柳沟寺读书。麦收时节回到家里，住了十来天才回寺庙。打开书房门，书桌上积起了灰尘，窗棂间布满了蛛丝。他叫仆人来打扫清理，到晚上才觉得干净可以坐了。就撑了撑床，铺上枕头被子，插上房门，躺下睡觉。这时，月光已经洒满窗间。他躺在床上翻来覆去好一会儿，天地间一切声音都沉寂了。

忽然，窗外风声隆隆，山门咣啷咣啷直响，孙公心想，和尚忘关山门了。正这么想着，那风声渐渐迫近他住的屋子，顷刻间屋门开了。孙公大为疑惑，还没弄明白怎么回事，声音已经进到房子里面，又有咯咯的皮靴声渐渐走近卧室门。这时他才恐惧起来。

不一会儿，卧室门也开了，急忙看时，只见一个大鬼，弓着身子挤进门来，一下子竖在床前，几乎有房梁那么高。那脸看上去像冬瓜的皮色，眼睛闪着幽光，在屋里绕了一圈，四下探望；张着血盆大嘴，牙齿疏疏的三寸来长，舌头伸缩，喉咙里呵喇呵喇的震得四面墙壁阵阵作响。孙公害怕极了，又想这么一间小屋子，明摆着没法可逃，不如趁机将大鬼刺死。于是他暗暗抽出枕头下面的佩刀，突然拔刀砍去，正好击中大鬼腹部，发出如砍在石盆上似的声音。鬼大怒，伸出巨爪向孙公抓来。孙公稍为一缩，大鬼只抓到被子，猛地揪过去，怒气冲冲地走了。

孙公随着被子从床上掉下来，趴在地上高声叫喊。仆人们打着灯火奔集拢来，却见房门依旧紧拴着，就破窗而入，看见这情景大吃一惊，忙把孙公扶到床上，孙公这才把事情的经过说了一遍。大家一起检查，只见被子夹在门缝中。打开房门仔细察看，发现被子上面有畚箕大小的巨爪印痕，五个手指抓过的地方都穿孔了。天亮以后，孙公不敢再留在庙里，背着书箱回家了。过后向和尚打听庙里的情况，说是没有再发生别的怪事。

咬 鬼

【原文】

沈麟生云：其友某翁者，夏月昼寝，蒙眬间，见一女子褰帘入①，以白布裹首，缞服麻裙②，向内室去。疑邻妇访内人者；又转念，何遽以凶服入人家③？正自皇惑，女子已出。细审之，年可三十余，颜色黄肿，眉目蹙蹙然④，神情可畏。又逡巡不去，渐逼卧榻。遂伪睡，以观其变。无何，女子摄衣登床⑤，压腹上，觉如百钓重。心虽了了，而举其手，手如缚；举其足，足如痿也^⑥。急欲号救，而苦不能声。女子以喙嗅翁面，颧鼻眉额殆遍。觉喙冷如冰，气寒透骨。翁窘急中，思得计：待嗅至颐颊^⑦，当即因而啮之^⑧。未几，果及颐。翁乘势力龁其颧^⑨，齿没于肉。女负痛身离，且挣且啼。翁龁益力。但觉血液交颐，湿流枕畔。相持正苦，庭外忽闻夫人声，急呼有鬼，一缓颊而女子已飘忽遁去^⑩。夫人奔入，无所见，笑其魇梦之诬^⑪。翁述其异，且言有血证焉。相与检视，如屋漏之水，流枕浃席^⑫。伏而嗅之，腥臭异常。翁乃大吐。过数日，口中尚有馀臭云。

【注释】

①搴（愆）帘：掀帘。搴，揭起，掀。

②缞（崔）服麻裙：古代的丧服。缞，披于胸前的麻布条，服三年之丧者用之。麻裙，麻布作的下衣。

③"何遽"句：凶服，即丧服。上文言"白布裹首"，可见是新丧。旧时新丧，着丧服不能串门，以为不吉利，因有疑问。

④眉目蹙蹙（促）然：皱眉愁苦的样子。

⑤摄衣：提起衣裙。摄，提起。

⑥痿（委）：痿痹，肢体麻痹。

⑦颐（夷）颊：下巴至两腮之间，指脸的下部。

⑧啮：同"咬"。

⑨龁（核）：咬。

⑩缓颊：放松面部肌肉，这里意即松口。

⑪魇（掩）梦之诬：噩梦的幻觉。魇，噩梦，梦中惊骇。诬，以无当有。

⑫浃（夹）席：流满床席。浃，遍，满。

【译文】

　　沈麟生说：他的一个朋友某老翁，夏天睡午觉，恍惚间看见一个女子掀开帘子进来。这女子用白布裹着头，身上穿着孝服，径直朝里屋走去。老翁怀疑她是来找自己的妻子说话的，但又一想不对头，她为什么突然穿着这一身孝服到别人家？正疑惑不解时，却看见那女子又出来了。仔细一看，她大约有三十多岁，脸色又黄又肿，眉眼紧紧皱在一起，神情十分可怕。她在屋里徘徊着，并不离去，又慢慢地逼近床边。老翁假装睡着，看她会怎么样。不料想，那女子竟然撩衣上了床，压在老翁的肚子上，他感觉有千百斤那么沉重。这时，他虽然心里很清楚，但是手好像被捆住了，抬不起来，脚也软绵绵的，动也动不得。焦急中他想呼救，但却苦于喊不出声来。那女子用嘴去嗅他的脸，从颧骨到鼻子、眉毛、额头，齐齐闻了个遍。那女子的嘴冷得像冰雪，寒气直透骨髓。老翁在窘迫之中想出一个办法，等她闻到脸颊和下颌的时候，就趁机咬住她。不一会儿，那女子果然闻到下颌，老翁便立即趁势用力咬住那女子的颧骨，直到咬进肉里去。那女子疼痛难忍，只得松开他，一边挣扎一边哭叫着。老翁却咬得越发起劲，只觉得血水流得满脸都是，把枕头也浸湿了。彼此正相持不下，忽然听见妻子在屋子外面说话的声音，于是他连忙大声喊道："有鬼！"口一松，那女子立即飘忽逃跑。妻子慌忙奔进屋子，却什么也没看见，便嗔笑睡魇了，正做着噩梦。老翁便把刚才的经过详细说给妻子听，而且指血为证。妻子和他共同查看，果然发现一摊水像是从屋上漏下的，流在枕头和席子上，湿了一大片。夫妻两个伏下身子去闻，只觉异常腥臭，老翁便呕吐不止。过了好几天，老翁还觉得嘴里有一股腥臭味儿。

捉　狐

【原文】

　　孙翁者，余姻家清服之伯父也。素有胆。一日，昼卧，仿佛有物登床，遂觉身摇摇如驾云雾。窃意无乃压狐耶①微窥之，物大如猫，黄毛而碧嘴，自足边来。蠕蠕伏行，如恐翁寤。逡巡附体：着足足痿，着股股耎。甫及腹，翁骤起，按而捉

捉狐

之，握其项。物鸣急莫能脱。翁亟呼夫人，以带絷其腰[2]。乃执带之两端，笑曰："闻汝善化，今注目在此，看作如何化法。"言次，物忽缩其腹，细如管，几脱去。翁大愕，急力缚之，则又鼓其腹，粗于碗，坚不可下；力稍懈，又缩之。翁恐其脱[3]，命夫人急杀之。夫人张皇四顾，不知刀之所在。翁左顾示以处。比回首，则带在手如环然，物已渺矣。

【注释】

① 压狐：睡梦之中感到胸闷气促，俗称"压狐子"。压，或作"魇"。

② 絷（陟）：绊缚马足，这里是拴缚的意思。

③ 翁：原作"公"，此据二十四卷抄本。

【译文】

孙翁是我亲家孙清服的伯父，向来很有胆量。一天正睡午觉，好像有什么东西上了床，就觉得身子摇摇晃晃像腾云驾雾一般。暗自思忖：莫非是魇人的妖狐来了。微微张开眼睛一瞥，只见那东西像猫那么大，黄毛绿嘴，正从脚边爬过来。伏着身子慢慢移动，好像生怕惊醒孙翁。顷刻间贴到孙翁身上，碰到脚，脚就瘘了；碰到大腿，大腿就软了。刚爬上肚子，孙翁突然坐起，按住它将它捉住，掐住它的脖子。那东西急得叫起来，没法逃脱。孙翁忙呼唤夫人，用带子缚住它的腰，就拽着带子的两头，笑着说："听说你善于变化，今天我在这里盯着你，看到底怎么个变法。"正说着，那东西忽然缩小腹部，一下子细得像根竹管，差一点逃走。孙翁大为惊讶，急忙使劲束紧带子，那东西却又鼓起腹部，变得有碗那么粗，带子怎么也勒不下去；手劲稍为松一松，便又缩了下去。孙翁怕它逃走，吩咐夫人赶快把它杀了。夫人慌里慌张四下张望，不知道刀放在什么地方。孙翁转脸往左示意刀的所在，等他回过头来，带子在手里只剩下一个空环，那东西已无影无踪了。

荍中怪

中华传世藏书

聊斋志异

图文珍藏版

四五

【原文】

长山安翁者①，性喜操农功②。秋间荍熟③，刈堆陇畔。时近村有盗稼者，因命佃人④，乘月辇运登场⑤；俟其装载归，而自留逻守。遂枕戈露卧。目稍瞑，忽闻有人践荍根，咋咋作响。心疑暴客⑥。急举首，则一大鬼，高丈余，赤发鬈须⑦，去身已近。大怖，不遑他计，踊身暴起，狠刺之。鬼鸣如雷而逝。恐其复来，荷戈而归。迎佃人于途，告以所见，且戒勿往。众未深信。越日，曝麦于场，忽闻空际有声。翁骇曰："鬼物来矣！"

乃奔，众亦奔。移时复聚，翁命多设弓弩以俟之。翼日⑧，果复来。数矢齐发，物惧而遁。二三日竟不复来。麦既登仓，禾藼杂遝⑨。翁命收积为垜。而亲登践实之，高至数尺。忽遥望骇曰："鬼物至矣！"众急觅弓矢，物已奔翁⑩。翁仆，龁其额而去。共登视，则去额骨如掌，昏不知人。负至家中，遂卒。后不复见。不知其何怪也。

【注释】

①长山：旧县名，故地在今山东邹平一带。

②农功：农事，即农活。

③荍（桥）：同"荞"，荞麦。

④佃（田）人：指农村佣工。

⑤乘月辇运：就着月光推车搬运。辇，手推车

⑥暴客：盗贼。

⑦䯅（宁）须：髭须乱张，样子凶恶。

⑧翼日：明日。翼，通"翌"。

⑨禾藋（皆）杂遝（沓）：指荞麦稭散乱在地。藋，庄稼稭秆。杂遝，也作"杂沓"，杂乱。

⑩奔翁："翁仆"之"翁"，底本并作"公"，据铸雪斋抄本改。

【译文】

　　长山县有个姓安的老头，向来喜欢操持农活。秋天，荞麦成熟了，他就把它们割了堆放在田埂边上。那时，附近村落有偷盗庄稼的事情发生，所以，安老头就叫佣工在月夜里赶车，把荞麦往场上运，等装上一车往回运时，安老头就自己留下来，在地里转悠巡视。

　　安老头把随身带着的戈矛放在地上，自己枕在上面，在月亮地里躺下来。他刚合上眼睛想要养养神，突然听见有人踩着荞麦根，发出诈诈的响声，他怀疑是个强盗，就急忙抬起头来，却看见原来是个高大的鬼怪，有一丈多高，红头发，毛草胡须，离自己的身体很近。安老头恐惧极了，危急中也想不出别的办法，就纵身跳起来，手持戈矛向鬼怪奋力冲刺过去，那鬼怪像雷鸣般吼叫着逃跑了。安老头害怕那鬼怪过会儿又来，就独自掮着戈矛回家去了。在半路上，他迎面遇上运载荞麦的佣工，把自己遇到的事向他们说了，并且劝告他们不要到地里去了。众人有些不太相信。

　　第二天，他们在场上晒荞麦，忽而听见天空中有一种声音，安老头惊叫道："鬼怪来了！"他转身就跑。大家也跟着奔跑。过后，他们聚集在一起，安老头嘱咐大家多准备些弓箭，以防备鬼怪再来扰乱。

　　又过了一天，那鬼怪果然来了。家早就准备好了，那鬼怪一出现，立即众箭齐发，鬼怪受了惊吓，仓皇逃跑。以后两三天，竟没敢再来。

荞麦入仓以后，场里到处是乱糟糟的荞麦杆，安老头叫大家把它们堆积成垛。安老头自己爬到垛上，把它们往实里踩，一直堆到好几尺高。这时，安老头遥望远处，突然失声惊叫道："鬼怪又来了！"大家急忙寻找弓箭，说时迟，那时快，那鬼怪早已向安老头扑去，安老头跌倒在垛上，鬼怪咬了一下他的额头，很快离去。众人爬到垛上细看，只见安老头额头上被咬去巴掌那么大一块，昏迷不醒地躺在那里。人们把他背回家里，他很快就死去了。

以后，大家再也没有见过那鬼怪出现，谁也不知道那是什么怪物。

宅　妖

长山李公，大司寇之侄也①。宅多妖异。尝见厦有春凳②，肉红色，甚修润。李以故无此物③，近抚按之，随手而曲，殆如肉臾，骇而却走。旋回视，则四足移

宅妖

动，渐入壁中。又见壁间倚白梃④，洁泽修长。近扶之，腻然而倒，委蛇入壁⑤，移时始没。

康熙十七年⑥，王生俊升设帐其家⑦。日暮，灯火初张，生着履卧榻上。忽见小人，长三寸许，自外入，略一盘旋，即复去。少顷，荷二小凳来，设堂中，宛如小儿辈用粱藟心所制者⑧。又顷之，二小人舁一棺入，仅长四寸许，停置凳上。安厝未已⑨，一女子率厮婢数人来⑩，率细小如前状。女子衰衣⑪，麻绠束腰际，布裹首；以袖掩口，嘤嘤而哭，声类巨蝇。生睥睨良久⑫，毛森立，如霜被于体。因大呼，遽走，颠床下，摇战莫能起。馆中人闻声毕集，堂中人物杳然矣。

【注释】

①大司寇：指李化熙，字五弦，长山（今山东邹平县）人。明崇祯进士，官四川巡抚，总督三边，统理西征军务。入清，官至刑部尚书。《长山县志》《山东省通志》《清史稿》均有传。司寇，西周所置官，春秋、战国相沿，掌管刑狱、纠察等事。后世以大司寇为刑部尚书的别称。

②春凳：一种长条形的木凳。

③故：原来。

④白梃：白木棍棒。

⑤委蛇（威移）：通"逶迤"，曲折而进。

⑥康熙十七年：即公元 1678 年。

⑦设帐：指设馆授徒，做教书先生。

⑧粱藟（皆）心：高粱秆心。

⑨安厝（错）：安措，安置。厝，停柩待葬。

⑩厮婢：奴婢。

⑪衰（催）衣：丧服。详见前《咬鬼》注。下句"麻绠"，是旧时居丧者束于腰际的麻绦。

⑫睥睨（币腻）：窥察。

【译文】

长山县李公是刑部尚书李化熙的侄子。他的住宅里常发生怪事。他曾经亲眼看见过房里有一个长木凳呈现出肉红色，非常润滑。李公知道家里并没有这样的东西，于是就走到跟前去用手抚摸，那东西随着手势变弯曲了，像肉那样柔软，他吓了一大跳，转身就走。走了几步，回过头一看，只见那凳子的四个腿开始向前移动，过会儿，慢慢地进入到墙壁里。他又看见有一根白木杖靠在墙壁上，那木杖又长又光亮。李公走到跟前用手一挂，那木杖滑腻腻地触手而倒了，弯弯曲曲地钻到了墙壁里，过了一会儿就消失了。

康熙十七年的时候，秀才王俊升在家里教书。有一天黄昏，到了掌灯时分，他没有脱鞋，和衣躺在床上歇息。这时，他突然看见有一个小人儿大约有三寸多长，从屋外进来，但小人儿只到屋里略略打了盘旋，就即刻离去了。过了片刻时间，那小人儿又在肩上扛了两条小凳子进到屋里，摆在堂中。那小凳子像是小孩子们用高粱秆芯做成的。又过了片刻，有两小人儿抬着一副棺材进来，只见那棺材仅仅有四寸多长，两个小人儿把棺材放在堂中的小凳子上。棺材在凳子上还没有放好，又见一个女子带着几个丫鬟进来，这些人也都不过三寸来长。那女子身穿孝服，头上裹着白布，腰里束着麻绳，用衣袖捂着口，嘤嘤地哭泣着，声音像苍蝇一样细小微弱。王生微睁双眼，偷偷窥视了很长时间，吓得他毛骨悚然，头发直往上竖，全身直打冷战，像被浇了雪水似的。因而他失声大叫，从床上滚跌下来，想赶快逃走，但浑身颤抖，站都站不起来。学堂的人闻声纷纷赶来，然而堂中空寂如旧，什么东西也没有。

王六郎

【原文】

许姓，家淄之北郭①，业渔。每夜，携酒何上，饮且渔。饮则酹地②，祝云③：

王六郎

"河中溺鬼得饮。"以为常。他人渔，迄无所获，而许独满筐。一夕，方独酌，有少年来，徘徊其侧。让之饮，慨与同酌。既而终夜不获一鱼，意颇失。少年起曰："请于下流为君驱之④。"遂飘然去。少间，复返，曰："鱼大至矣。"果闻唼呷有声⑤。举网而得数头，皆盈尺。喜极，申谢⑥。欲归，赠以鱼。不受，曰："屡叨佳酝⑦，区区何足云报。如不弃，要当以为长耳⑧。"许曰："方共一夕，何言屡也？如肯永顾，诚所甚愿；但愧无以为情。"询其姓字，曰："姓王，无字⑨，相见可呼王六郎。"遂别。明日，许货鱼，益沽酒⑩。晚至河干⑪，少年已先在，遂与欢饮。饮数杯，辄为许驱鱼。

如是半载。忽告许曰："拜识清扬⑫，情逾骨肉。然相别有日矣。"语甚凄楚。惊问之。欲言而止者再，乃曰："情好如吾两人，言之或勿讶耶？今将别，无妨明告：我实鬼也。素嗜酒，沉醉溺死，数年于此矣。前君之获鱼，独胜于他人者，皆仆之暗驱，以报酹奠耳。明日业满⑬，当有代者，将往投生。相聚只今夕，故不能无感。"许初闻甚骇；然亲狎既久，不复恐怖。因亦欷歔，酌而言曰："六郎饮此，勿戚也。相见遽违，良足悲恻，然业满劫脱⑭，正宜相贺，悲乃不伦⑮。"遂与畅饮。因问："代者何人？"曰："兄于河畔视之，亭午⑯，有女子渡河而溺者，是也。"听村鸡既唱，洒涕而别。明日，敬伺河边，以觇其异。果有妇人抱婴儿来，及河而堕。儿抛岸上⑰，扬手掷足而啼。妇沉浮者屡矣，忽淋淋攀岸以出，藉地少息，抱儿径去。当妇溺时，意良不忍，思欲奔救，转念是所以代六郎者，故止不救。及妇自出，疑其言不验。抵暮，渔旧处。少年复至，曰："今又聚首，且不言别矣。"问其故。曰："女子已相代矣，仆怜其抱中儿，代弟一人，遂残二命，故舍之。更代不知何期。或吾两人之缘未尽耶？"许感叹曰："此仁人之心，可以通上帝矣。"由此相聚如初。数日，又来告别。许疑其复有代者。曰："非也。前一念恻隐⑱，果达帝天。今授为招远县邬镇土地⑲，来日赴任。倘不忘故交，当一往探，勿惮修阻⑳。"许贺曰："君正直为神，甚慰人心。但人神路隔，即不惮修阻，将复如何？"少年曰："但往，勿虑。"再三叮咛而去。

许归，即欲冶装东下。妻笑曰："此去数百里，即有其地，恐土偶不可以共语㉑。"许不听，竟抵招远。问之居人，果有邬镇。寻至其处，息肩逆旅㉒，问祠所在。主人惊曰："得无客姓为许？"许曰："然。何见知？"又曰："得勿客邑为淄？"曰："然。何见知？"主人不答，遽出。俄而丈夫抱子。媳女窥门，杂沓而来，环如墙堵。许益惊。众乃告曰："数夜前，梦神言：淄川许友当即来，可助以资斧㉓。祗候已久㉔。"许亦异之，乃往祭于祠而祝曰："别君后，痞痗不去心㉕，远践曩约。又蒙梦示居人，感篆中怀㉖。愧无腆物㉗，仅有卮酒㉘；如不弃，当如河上之饮。"

祝毕，焚钱纸。俄见风起座后，旋转移时，始散。夜梦少年来，衣冠楚楚，大异平时。谢曰："远劳顾问㉙，喜泪交并。但任微职，不便会面，咫尺河山㉚，甚怆于怀。居人薄有所赠，聊酬夙好㉛。归如有期，尚当走送。"

居数日，许欲归。众留殷勤，朝请暮邀，日更数主。许坚辞欲行。众乃折柬抱襆㉜，争来致赆㉝，不终朝㉞，馈遗盈橐。苍头稚子毕集㉟，祖送出村㊱。欻有羊角风起㊲，随行十余里。许再拜曰："六郎珍重！勿劳远涉。君心仁爱，自能造福一方，无庸故人嘱也。"风盘旋久之，乃去。

村人亦嗟讶而返。许归，家稍裕，遂不复渔。后见招远人问之，其灵应如响云㊳。或言：即章丘石坑庄。未知孰是。

异史氏曰："置身青云㊴，无忘贫贱，此其所以神也。今日车中贵介㊵，宁复识戴笠人哉㊶？余乡有林下者者㊷，家綦贫㊸。有童稚交㊹，任肥秩㊺。计投之必相周顾。竭力办装，奔涉千里，殊失所望；泻囊货骑㊻，始得归。其族弟甚谐，作月令嘲之云：'是月也，哥哥至，貂帽解，伞盖不张，马化为驴，靴始收声㊼。'念此可为一笑。"

【注释】

①淄之北郭：指淄川县城北郊。淄，淄川县，今属山东省淄博市。郭，外城，这里指城郊。下文"河"，当指流经淄川的孝妇河。

②酹（泪）地：浇酒于地以祭鬼神。下文所说"酹奠"，义同。

③祝：祷告。

④下流：河的下游。

⑤唼呷（厦虾）：鱼吞吸食物的声音。

⑥申谢：道谢。申，陈述，表示。

⑦叨（涛）：表示承受的谦词。

⑧要当以为长：意思是将经常为他驱鱼。要当，将要。长，通"常"。

⑨字：表字。古时男子幼时起名，二十岁左右行冠礼，据本名相应之义另起别名，称"字"。

⑩益沽酒：多买些酒。益，增加。沽，买。

⑪河干：河岸。

⑫清扬：对人容颜的颂称，犹言丰采。

⑬业满：佛家语，谓业报已满。业，业报，谓所行善恶，必将得到相应的报应。此指恶业，受苦、为善与之相抵，即是业满。

⑭劫脱：劫难得以脱免。劫，梵语音译"劫波"的略语。佛教对"劫"解释不一；世人多借指命定的难以逃脱的灾难。

⑮不伦：谓当喜而悲，不合情理。

⑯亭午：正午，中午。

⑰儿抛岸上：此据二十四卷抄本，原无"上"字。

⑱一念恻隐：一点同情之心。恻隐，同情，怜悯。

⑲招远县邬镇土地：招远县，今属山东省。邬镇，村镇名。土地，土地神，古称"社神"。旧俗村民祭祀土地神，祈求年丰岁熟。

⑳勿惮（担）修阻：不要怕路远难往。惮，怕。修阻，路远难行。

㉑土偶：泥塑神像。

㉒息肩逆旅：住在旅馆里。息肩，放下肩上担子，指止息。逆旅，迎止宾客之处，即旅店。逆，迎。

㉓资斧：路费。

㉔祗候：恭候。

㉕寤寐不去心：犹言日夜思念。寤，醒来时；寐，睡着时。

㉖感篆中怀：感激之情，铭记于心。篆，刻。中，心。

㉗腆（舔）物：丰厚的礼物。腆，丰厚。

㉘卮酒：酒一卮。卮，酒器，容量四升。

㉙顾问：亲临看望。

㉚咫尺河山：近在咫尺，如隔河山。

㉛夙（素）好：旧交；指昔日交好之情。

㉜折柬抱楼：拿着礼帖，抱着礼品。柬，通"简"。折简，即折半之简，意为便笺，以之书写礼帖。后指裁纸写信。此指裁纸。包袱，此指礼品包裹。

㉝致赆（尽）：送行赠礼。赆，以财物赠行者。

㉞不终朝（招）：不出一个早晨。朝，早晨。

㉟苍头：这里指老者。

㊱祖送：饯行送别。祖，祭名，出行以前祭祀路神。引申为敬酒饯行。

㊲羊角风：旋风。迷信以为鬼神驾旋风而行，此指六郎在隐形送行。

㊳灵应如响：意思是十分灵验，有求必应。响，应声、回响。

㊴置身青云：此处指王六郎高升为土地之神。旨云，指高空，喻指高官显位。

㊵贵介：地位高贵的大人物。介，大。

㊶戴笠人：指贫贱时结交的故人。戴笠，指处于贫贱的地位。

㊷林下者：指乡居不仕之人。

㊸綦（其）贫：十分贫穷。綦，甚。

㊹童稚交：幼年时结交的朋友。

㊺肥秩：肥缺。秩，旧指官吏的俸禄，也指官位品级。

㊻泻囊货骑（寄）：花空钱袋，卖掉坐骑。囊，指钱袋。

㊼"作月令"七句：月令，《礼记》篇名，记述每年农历十二个月的时令、行政及相关事物。这里模拟"月令"的文武，写这位林下者的可笑遭遇，是诙谐讽世的游戏笔墨。"貂帽解，伞盖不张"，指羞惭丧气，不再摆排场。"马化为驴"，指盘川不足，只好卖掉马，换头驴骑回来。"靴始收声"，从此收心，不再着靴外出干求了。

【译文】

在淄川城的北郊，有一家姓许的渔夫。他每天夜里到河边去捕鱼，都要带上酒，一边捕鱼一边饮用。他每次饮酒的时候，总是要先往地上洒一杯，虔诚地祈祷说："淹死在河水里的鬼魂们也来喝一杯吧。"时间一长，这便成了他的一种习惯。别的人捕鱼往往一无所获，而他却总是能将满筐的鱼带回家来。

有一天夜里，正当他独自饮酒时，有一个少年来到他身边，徘徊着不肯离去。于是，他就招呼少年和他一起来饮酒。但是，这天夜里他连一条鱼也没有捕到，心里很失落。这时，少年站起身说："请让我到下游去为你驱赶鱼吧。"少年说完话，便飘然离去。不长时间，少年又回来了，并且对他说："有一群鱼来了。"少年说完话不久，果然听见很多鱼的唧唧嘎嘎的叫声。许渔夫趁机撒网，很快就捕上好几条鱼，都有一尺多长。许渔夫极其喜悦，就向少年表示真诚的感谢。少年说他要回去了，许渔夫就拿起自己捕的鱼想送给他，但是少年说什么也不要。少年对许渔夫说："屡次都来喝你的好酒。赶鱼是区区小事，不值得这样道谢。如果你不嫌弃，以后就经常为你效劳。"许渔夫回答说："今夜仅仅只和你初次对饮，怎么能说是多次相扰呢，假使你能经常光顾我这儿，那确实也是我的心愿，但我没有更好的东西招待甚是难为情。"许渔夫又询问少年的姓名字号，少年说："我姓王，没有字号。以后见了就直呼王六郎好了。"说完，便离去了。

第二天，许渔夫用卖鱼得来的钱又买了酒，等夜幕降临以后，便带着酒到了河畔。那少年早已先于他在河边等待着。于是，俩人像故友一样坐下来开怀畅饮。饮过数杯之后，少年还像昨夜一样，到河的下游去为许渔夫赶鱼。这样一直过了大约有半年多。

有一天夜里，王六郎忽然对许渔夫说："咱们从认识到现在，真是比亲兄弟还要密切，可是要不了多久咱们得分手了。"他说这话时，神情、语调显得很忧伤、悲凄。许渔夫很吃惊地问他原因，他几次想说却都打住了。最后终于说道："像我们俩人这样深挚的情分，说出来你也许不会惊怕的。现在我们就要分手了，我不妨还是明白告知你：我实际上是个鬼。平素特别贪恋美酒，因而于沉醉中不慎落在水里被淹死。在这里做鬼已有好几年时光了。以前你比别人捕鱼多，都是因为我在暗中赶鱼帮助你，这都是我有意借此来答谢你以酒洒地来祭奠我。到明天，我做鬼的期限已满，那时将会另有替身来代我，我便要到别处去投生。咱们共聚的机会只有今夜最后一次了，所以不免难过。"许渔夫刚听这话，非常吃惊，但毕竟在一起这么长时间了，关系非常亲近，所以也就不再恐怖，也为王六郎感到悲伤。于是又斟满一杯酒递给他说："六郎，喝了这杯酒，不要太悲哀。相见时间太短，又要匆匆分手，确实令人伤怀。但是高兴的是你的劫难已过，应该祝贺才是，喜多于悲。"说完，俩人又举杯畅饮了一番。许渔夫又问六郎："你的替身是什么人？"王六郎说："兄长明天可在河边观望，正午时分会有一个女子从这里过河，落水而死的便是她。"俩人一直喝到鸡叫时才洒泪告别。

第二天，许渔夫到河边耐心地等候，想观看变化。果然看见有一个妇人抱着婴儿来到河边，一到河上就跌落到水里，婴儿被扔在岸上，举手蹬脚地啼哭。那妇人在水里一会儿沉下去，一会儿又浮上来，最后又忽然水淋淋地爬上河岸来，在原地稍稍休息了一下，就抱起婴儿径直走了。在妇人落水挣扎时，许渔夫在岸上很是不忍心，心里想着要下水去救她。但他转念一想，这妇人正是王六郎的替身，就只好打消了念头不救。后来，等妇人自己爬上岸来，他却又有点怀疑王六郎的话不灵验。

黑夜来临，许渔夫仍然到老地方去捕鱼。过不久，少年又来了。少年先开口说道："现在我们又相聚在一起，而且不必说分别的话了。"许渔夫问他原因，少年说："本来妇人已经做了替身，但是我可怜她怀里抱着婴儿。为了代替我一个人却要送掉两条性命，我也于心不忍，所以就放弃了这次机会。但以后要再找到一个新替身，不知还要等到什么时候。也许是我们兄弟二人的缘分还没尽吧？"许渔夫深为感叹地说："你的这片仁慈之心，一定能通达上天啊！"于是。他们又像先前那样相聚共饮。

　　几天以后，王六郎又来向许渔夫道别，许渔夫怀疑他有了新的替身。六郎赶快解释道："哪里呀，上次我救妇人的一片恻隐之心，果然上达天庭，现在授命我去做招远县邬镇的土地神，明天一大早就去赴任。你老兄倘若不忘咱们往日的交情，以后可以前去看望小弟，千万不要怕路途遥远而忘掉了我！"许渔夫欣然地向他道贺说："你真正成为神仙，足以宽慰人心。如果可能，我一定会去看望你的。但只是人神道路阻隔，即使我不怕路途遥远，又怎么能够彼此相通呢？"少年说："你不用忧虑，到时候只管前往就是。"六郎临分手时，又再三地叮咛他一定要前往。

　　许渔夫回到家里，真的马上准备行装，打算当即去招远县探望王六郎。他妻子笑着劝他说："从咱这里到招远，两地相距几百里路程。你即便是真的找到了那地方，只恐怕你和那泥塑像无法共同对话的。"许渔夫并不听妻子的劝说，辛苦跋涉，终于到了招远县。在那里，他询问当地居民，果真有个邬镇。后来又找到邬镇，他住进一家旅馆，问土地祠在什么地方。主人非常惊讶地说："难道客人是姓许吗？"许渔夫答："就是，你怎么知道的？"主人又问："你是从淄川来的吗？"答："正是。你怎么都知道？"旅馆主人没有回答他，转身出去了，过了一会儿，男人们抱着孩子，女人们从门里探头窥视，纷纷来了许多人，一层一层围得像墙一样堵塞在门外，这下渔夫更加惊讶了。众人于是告诉他："几天前的夜里梦见土地神说：'我在淄川有一个姓许的朋友，近日要前来，大伙要帮他一些盘缠费用。'所以我们在这里已经恭候很久了。"许渔夫也感到奇怪，就特地前往土地祠祭祝说："自从和你分别，做梦都想着你。这次特地远道而来，为实现昔日定下的盟约。承蒙你托梦告示父老乡亲，使我非常感动。我很惭愧自己没有带什么厚重的礼物来，只有这一杯薄酒献给你。你如不嫌弃，就请像在河边那样干了它吧！"渔夫说完，又烧纸钱，忽然，只见一股风从神座后面吹起，旋转了很长一阵时间方才散去。

　　到了夜间，许渔夫梦见王六郎来了。只见他穿戴非常整洁讲究，和以前所见的样子大不相同。王六郎向他拜谢说："承蒙你远道赶来，使我感激泪下。但今天担任小小的神职，不便与你相见。你我虽然近在咫尺，却如同远隔山水，心里非常难过，本地百姓会送给你些薄礼，聊表一点心意，以答谢咱们以往的友好交情：等你启程回归的时候，我一定抽身前来相送。"

　　许渔夫在邬镇居住了几天，起了归心：大家都非常殷勤诚恳地挽留他再住些时间。乡亲父老从早晨到晚上都纷纷宴请他，一天之内，就有好几户人家做东道主。但许渔夫终究归心似箭，坚决辞别，要立刻上路。起身那天，大家都争先向他馈赠礼物，时间不长，东西就装满他的行囊。当地的老人小孩都赶来给他送行。他刚刚走出村子，忽然，眼前刮起一股旋风，一直相伴跟随了十几里路。许渔夫已经觉知那是王六郎来送他，他频频地回过头来相拜说："六郎，请多珍重！不要再远送了，您怀有一颗仁爱之心，定能为一方民众造福，用不着老朋友我再多说什么了。"那股旋风盘旋了很长一阵时间后，这才离去，村里相送的人，无不惊讶。

　　许渔夫回到家里，日子过得比以前稍稍宽裕了些，于是他不再夜里出去捕鱼了。后来，他偶尔碰见招远一带的人，就很关切地问起土地神的情况，他们都说很灵验。

　　有人说，邬镇就是章邱县的石坑庄。但不知道谁的说法对。

　　异史氏说："身处青云得志的环境，而不忘那些贫贱的朋友，这就是六郎做神很灵验的原因。今天乘坐着豪华车马的王公贵族，哪里肯与戴斗笠的故友再去相认呢？我家乡有一位隐士，家境很贫寒。他有一个从小交结过的好朋友，正担任着一个肥缺之职。他心想如果投奔此人，一定能得到周济。他竭尽全力酬办了一些路费，远涉千里去投奔朋友，结果使他大失所望。他没有办法，只好把行李和来时所骑的马都变卖了，这样才得以还乡归家。他的一个同族兄弟为人非常诙谐、滑稽，特地作了一首《月令》词嘲笑说：'这一个月，哥哥回得家来，貂皮帽子没有了，伞盖也没有了，良马变为草驴，靴子悄无声息。'读后，叫人不禁发笑。"

偷桃

【原文】

  童时赴郡试^①，值春节^②。旧例，先一日，各行商贾，彩楼鼓吹赴藩司，名曰

白莲教

"演春"^③。余从友人戏瞩^④。是日游人如堵。堂上四官，皆赤衣^⑤，东西相向坐。时方稚，亦不解其何官。但闻人语哜嘈^⑥，鼓吹聒耳。忽有一人，率披发童，荷担而上^⑦，似有所白；万声汹动，亦不闻为何语。但视堂上作笑声。即有青衣人大声命

作剧。其人应命方兴⑧，问："作何剧？"堂上相顾数语。吏下宣问所长。答言："能颠倒生物⑨。"吏以白宫：少顷复下，命取桃子。

术人声诺，解衣覆笥上，故作怨状，曰："官长殊不了了！坚冰未解，安所得桃？不取，又恐为南面者所怒⑩。奈何！"其子曰："父已诺之，又焉辞？"术人惆怅良久，乃云："我筹之烂熟。春初雪积，人间何处可觅？惟王母园中⑪，四时常不凋卸⑫，或有之。必窃之天上，乃可。"子曰："嘻！天可阶而升乎⑬？"曰："有术在。"乃启笥，出绳一团，约数十丈，理其端，望空中掷去；绳即悬立空际，若有物以挂之。未几，愈掷愈高，渺入云中；手中绳亦尽。乃呼子曰："儿来！余老惫，体重拙，不能行，得汝一往。"遂以绳授子，曰："持此可登。"子受绳，有难色，怨曰："阿翁亦大愦愦⑭！如此一线之绳，欲我附之，以登万仞之高天。倘中道断绝，骸骨何存矣！"父又强呜拍之⑮，曰："我已失口，悔无及。烦儿一行。儿勿苦，倘窃得来，必有百金赏，当为儿娶一美妇。"子乃持索，盘旋而上，手移足随，如蛛趁丝，渐入云霄，不可复见。久之，坠一桃，如碗大。术人喜，持献公堂。堂上传视良久，亦不知其真伪。忽而绳落地上，术人惊曰："殆矣！上有人断吾绳，儿将焉托！"移时，一物堕。视之，其子首也。捧而泣曰："是必偷挑，为监者所觉。吾儿休矣！"又移时，一足落；无何，肢体纷堕，无复存者。术人大悲，一一拾置笥中而合之，曰："老夫止此儿，日从我南北游。今承严命⑯，不意罹此奇惨！当负去瘗之。"乃升堂而跪，曰："为桃故，杀吾子矣！如怜小人而助之葬，当结草以图报耳⑰。"坐官骇诧，各有赐金。术人受而缠诸腰，乃扣笥而呼曰："八八儿，不出谢赏，将何待？"忽一蓬头僮首抵笥盖而出，望北稽首，则其子也。以其术奇，故至今犹记之。后闻白莲教能为此术⑱，意此其苗裔耶⑲？

【注释】

①童时赴郡试：童年时赴府城应试。试，此指"童试"。明清时代应试生员（秀才）的考试，称"童生试"，简称"童试"。童试共分三个阶段：初为县试，录

取后参加府试，最后参加院试，录取即为生员。郡，指济南，当时淄川属济南府。

②春节：古时以立春为春节。

③"旧例"五句：指山东旧时习俗，于立春前一日的迎春活动。如《商何县志》（道光本）载："立春前一日，官府率士民具芒种春牛，迎春于东郊，里人行户扮渔樵耕读诸戏，结彩为楼，以五辛为春盘，饮酒簪花，啖春饼……"藩司，即布政使，明代为一省的行政长官，清代则为总督、巡抚的属官，专管一省的财赋和人事。这里指藩司衙门。

④戏瞩：游玩观看。

⑤四官皆赤衣：清初服色，沿袭明制。据此，四官应为总督、巡抚、布政使、按察使等省级官员。

⑥人语哜（剂）嘈（曹）：人声喧闹。

⑦荷担：指用担子挑着道具。

⑧方兴：方始站起。上文"似有所白"，当指跪白。

⑨颠倒生物：意思是能颠倒按季节时令所生长的植物。

⑩南面者：这里指堂上长官。古以面南为尊，帝王或长官都坐北朝南。

⑪王母园：即西王母的蟠桃园。王母，指西王母，俗称"王母娘娘"，古代神话中的女神。《艺文类聚》八六引《汉武故事》："东郡献短人，呼东方朔。朔至，短人因指朔谓上曰：'西王母种桃，三千岁一为子，此儿不良也，已三过偷之矣。'后西王母下，出桃七枚，母因啗二，以五枚与帝，帝留核着前。母曰：'用此何?'上曰：'此桃美，欲种之。'母笑曰：'此桃三千年一着子，非下土所植也。'"据此，后世小说遂衍化出西王母的蟠桃园。

⑫凋卸：即凋谢。卸，通"谢"，落。

⑬天可阶而升乎：天可以沿着阶梯爬上去吗。阶，梯。

⑭大愦愦（愧愧）：太糊涂。大，通"太"。

⑮呜拍之：抚拍哄劝他。呜，哄儿声。

⑯严命：这里指官长的指示、训令。严，本为对父亲的尊称，父命因称"严

命"。旧时称地方官为父母官，所以借称。

⑰结草以图报：意思是死了也要报答恩惠。后遂以"结草"代指报恩。

⑱白莲教：也称"白莲社"，是一个杂有佛道思想的民间秘密宗教组织。起源于佛教的白莲宗。元、明、清三代常为农民起义所利用。元末红巾军刘福通、韩山童，明末山东巨野人徐鸿儒，均以白莲教聚结群众，发动起义。

⑲苗裔：远末子孙。这里指白莲教的后世徒众。

【译文】

幼年时到省城去参加考试，正值春节。按照惯例，春节的前一天，各行各业经商的生意人，都要张灯结彩，吹吹打打地赶赴到藩司衙门前，这称作"演春"。当时，我也跟随友人去看热闹。

这一天，游人聚集得像一堵堵墙壁似的，府堂上有四位身着红袍的官员，分东西两排面对面相向端坐着。那时，我年龄还很小，不知道他们都是些什么官。只听得到处人声嘈杂，锣鼓喧天，震耳欲聋。忽然看见有一个人带领着一个披散头发的小孩，挑着担子走上堂来，他好像在报告几句话，由于周围人声像潮水一般汹涌，根本听不清他说了些什么，只能看见堂上那些官员在发笑。这时，有一个身着青衣的人大声宣布："变戏法开始。"那人一面答应着，一面问道："变什么戏法？"堂上的官员们交头接耳说了几句话，其中有一个小官吏下来问那人："你有什么专长？"变戏法的人回答："可以使时令颠倒而变出东西。"小官吏向在座的官员回了话，然后又下来命令道："就做取桃子戏法。"

变戏法的人说声："好的。"于是脱下衣服盖在箱子上，故意做出抱怨的样子说："长官大人不分时序节令了，现在正是冰天雪地的严冬，怎么会有桃子可取？如果不取吧，却又怕长官们发怒，这可叫人怎么办呢？"他的儿子说："父亲，已经许诺了的事情，怎么能够推辞呢？"变戏法的人踌躇了很长时间，终于说："我翻来覆去地想过了，初春时节到处一片积雪，人世间哪里能找到桃子？只有天池上王母娘娘的花园里，一年四季花果从不凋谢，那里或许会有。必须得上天去偷。"儿子为难地说："哎呀！可以沿着阶梯爬上去吧？"父亲胸有成竹地说："可以，我有法术。"

变戏法的人打开箱子，拿出一捆魔绳，大约有几十丈长，他找见绳头，向空中用力抛去，那魔绳即刻朝天际直立起来，好像上面有什么东西牢牢挂住一样，不一会儿，变戏法的人把绳子越抛越高，一直进入云层里，最后，他手里的绳子也抛完了。变戏法的人转身对儿子说："你过来！我老了，身体笨拙了，手脚也不灵便了，不能上去了，还是得你上去一趟。"老头说完，就把绳子交给了孩子，又说："你抓住它，就可以上到天上。"儿子接过绳子，脸上现出很为难的神色，抱怨说："阿爸太不明白事理了，这样危险的一条绳子，要我攀着它爬到万丈高的天上去，如果绳子在空中断了，岂不粉身碎骨！"父亲抚拍哄劝儿子说："我已经失口了，后悔不及，还是烦劳你走一趟吧。你不要怕危险，如果能偷取来桃子，就一定能够得到百金重赏，可以用这笔钱给你娶个漂亮媳妇。"儿子没有办法，只好抓住绳索盘绕着往上爬去，脚随着手移动着，就像蜘蛛结网一样，慢慢爬进云霄里去了，从地上再也看不见他的踪影。

过了很长时间，真的从天上掉下一个桃子来，有碗那么大。变戏法的人高兴极了，他捧上桃子恭恭敬敬地献上公堂。那些官吏惊喜地互相传看多时，而谁也不知道那桃子究竟是真是假。人们突然发现绳子掉落在地上，变戏法的人大惊失色，说道："坏了！上边有人弄断了我的魔绳，叫我的儿子攀附什么呢？"过了一阵子，有一个东西掉下来，人们仔细一看，见是那孩子的头颅。变戏法的人手捧儿子的头大哭着说："肯定是偷桃时，被果园的守护神发觉。我的儿子完了！"又过了一阵子，天上掉下来一只脚，紧接着，那孩子的身体被肢解成几截，纷纷落下来。整个身体没一处是完整的。变戏法的人大为悲哀，流着泪把儿子的骸骨收拾在一起，装进箱子里。末了，他对大家说："我老头就只有这一个儿子，整天跟随我游荡南北，如今受了长官之命，上天去偷桃，不幸却遭受这样大的横祸，我得去好好安葬他。"说完，走上堂来，跪着对众官说："为了偷取桃子，送了我儿子的命，请可怜可怜我老头子，帮我安葬了儿子，我死了也一定要报答大人们的恩德。"

那些在座的官吏见发生了这样的事故，都惊吓得目瞪口呆，大家都给老头银两，老头收了钱，装进腰包，然后若无其事地走下府堂，敲着箱子说道："八八儿，还不赶快出来向大人们谢赏，等什么呢？"大家眼睁睁地盯着那箱子，突然见一个蓬头小孩用头顶着箱盖出来了，面朝堂上向在座的官员磕头作揖。大家仔细一看，这小孩正是变戏法人的儿子。

由于这个戏法变得太出奇了，所以至今还记忆犹新。后来我听说白莲教的人能玩这种法术，猜想这人是他们的后代吧？

种梨

【原文】

有乡有货梨于市①，颇甘芳，价腾贵。有道士破巾絮衣②，丐于车前。乡人咄之，亦不去；乡人怒，加以叱骂。道士曰："一车数百颗，老衲止丐其一③，于居士亦无大损④，何怒为？"观者劝置劣者一枚令去，乡人执不肯。肆中佣保者⑤，见喋聒不堪。遂出钱市一枚，付道士。道士拜谢，谓众曰："出家人不解吝惜。我有佳梨，请出供客。"或曰："既有之，何不自食？"曰："我特需此核作种。"于是掬梨大啖⑦。且尽，把核于手，解肩上镵⑧，坎地深数寸，纳之而覆以土。向市人索汤沃灌。好事者于临路店索得沸瀋⑨，道士接浸坎处。万目攒视⑩，见有勾萌出⑪，渐大；俄成树，枝叶扶苏⑫；倏而花，倏而实，硕大芳馥，累累满树。道士乃即树头摘赐观者，顷刻向尽。已，乃以镵伐树，丁丁良久，乃断；带叶荷肩头，从容徐步而去。

初，道士作法时，乡人亦杂立众中，引领注目⑭，竟忘其业。道士既去，始顾车中，则梨已空矣。方悟适所俵散[15]，皆己物也。又细视车上一靶亡[16]，是新凿断者。心大愤恨。急迹之[17]，转过墙隅，则断靶弃垣下，始知所伐梨本，即是物也。道士不知所在。一市粲然[18]。

道士

异史氏曰："乡人愦愦，憨状可掬，其见笑于市人，有以哉[19]每见乡中称素封者[20]，良朋乞米，则怫然[21]，且计曰：'是数日之资也。'或劝济一危难，饭一茕独[22]，则又忿然计曰：'此十人、五人之食也。'甚而父子兄弟，较尽锱铢[23]。及至淫博迷心，则倾囊不吝；刀锯临颈，则赎命不遑。诸如此类，正不胜道；蠢尔乡人，又何足怪。"

【注释】

①货梨于市：在集市上卖梨。货，卖。

②道士：道教的宗教职业者。巾，指道巾，道士帽，玄色，布缎制作。

③老衲（纳）：佛教戒律规定，僧尼衣服应用人们遗弃的破布碎片缝缀而成，称"百衲衣"，僧人因自称"老衲"。此处借作道士自称。

③居士：梵语"迦罗越"的意译。见《维摩诘所说经·方便品》。隋慧运《维摩义记》云"居士有二：一、广积资产，居财之士，名为居士；二、在家修道，居家道士，名为居士。"这里是道士对卖梨者的敬称。

⑤肆中佣保者：店铺雇用的杂役人员。

⑥喋聒（迭过）：啰唆。

⑦掬梨大啖（淡）：两手捧着梨大嚼。啖，吃。

⑧镵（馋）：掘土工具。

⑨沸瀋：滚开的汁水。瀋，汁水。

⑩万目攒视：众人一齐注目而视。攒，聚集。

⑪勾萌：弯曲的幼芽。

⑫扶苏：这里义同"扶疏"，枝叶茂盛的样子。

⑬丁丁（争争）：伐木声。

⑭引领注目：伸着脖颈专注地观看。引领，伸长脖子。

⑮俵（鳔）散：分发。俵，分散。

⑯一靶亡：一根车把没有了。靶，通"把"，车把。亡，失去。

⑰急迹之：赶忙随后追寻他。迹，寻，寻其踪迹。

⑱一市粲然：整个集市上的人都大笑不止。粲然，大笑露齿的样子。

⑲有以哉：是有道理的。

⑳素封：指无官爵俸禄而十分富有的人家。

㉑怫（弗）然：恼恨、气愤的样子。

㉒饭一茕（穷）独：款待一个孤苦的人饭食。饭，管饭。茕独，孤独无靠的人。《诗·小雅·正月》："哿矣富人，哀此茕独。"

㉓较尽锱铢（兹朱）：极微细的钱财也要彻底计较。锱、铢，古代极小的重量单位，借指微小的财利。

【译文】

有个乡下人在市上卖梨，梨子的味道很香甜，价钱很高。有个道士，头戴破道巾，身穿破道袍，站在车子跟前讨梨吃。乡下人呵斥他，他也不走；乡下人火了，就责骂起来。道士说："一车梨子有好几百个，贫道只乞讨一个，对你也没有多大损失，为什么发火呢？"看热闹的人劝说乡下人给他一个不好的梨，打发他走。乡下人很固执，就是不肯。

有个商店里的小伙计，看他们吵得不成样子，就出钱买了一个梨，送给了道士。道士谢过那个小伙计，对四周的观众说；"出家人不晓得吝惜东西。我有很好的梨，请让我献给大家尝尝。"有人问他："你既然有梨，为什么不吃自己的呢？"道士说："我专要这个梨核做种子。"于是就捧着梨大口大口地吃起来。吃完以后，把梨核握在手里，从肩上解下一把铁镐，在地上刨了一个几寸深的土坑，把梨核放进去，用土埋上了。又向市民讨热水，浇灌那个土坑。好事的人，跑进临街的小饭馆，要来滚开的汤水，道士接过去就倒进了土坑。众人眼睁睁地瞅着。只见从土坑里钻出一个幼芽，渐渐长大；不一会儿，长成一棵枝繁叶茂的树；很快地开花了，又很快的结果了，梨子个头很大，芳香四溢，密密麻麻地挂满了树。道士就从树上摘下梨子，送给四周的观众，顷刻之间就光了。送完以后，就用刨土的铁镐伐树，丁丁地伐了好长时间，才把梨树砍断：带着叶子扛在肩头上，不慌不忙地迈着四方步走了。

起初，道士作法的时候，乡下人也夹在人群里，抻着脖子，不错眼地看着，竟然忘了他的买卖。道士走了以后，才去看车，只见梨子一个也没有了。这才明白刚才道士分给大家的梨子，都是自己的东西。又看看车子，有一根车把也不见了，新新的碴口，是刚才砍断的。他气愤得要命，急忙去追赶道士。转过墙角，看见被砍下来的车把扔在墙根上，才知道砍断的梨树，就是这根车把。道士不知哪里去了。全市的人都笑得前仰后合。

异史氏说："乡下人糊涂，憨态可掬，被城里的人见笑，这是有因由的。我时常看见乡里的一些土财主，好朋友向他求借一点粮米，心里就很不愉快，而且计算着说，'这是好几天的生活费用啊。'有人劝他周济一下有灾难的人，给那些无依无靠的人舍点饭吃，他又气恼地计算着说：'这是十人、五人一天的吃粮啊。'甚至父子兄弟，为了极少一点钱财，也争得没完没了。等到荒淫、赌博迷了心窍，就是倒空了钱包也不吝惜；一旦刀锯临头，为了赎命，那就什么也来不及计算了。诸如此类，真是说也说不完，嘲笑乡下人蠢笨，又有什么值得奇怪的。"

崂山道士

【原文】

邑有王生，行七①，故家子②。少慕道③，闻劳山多仙人④，负笈往游。登一顶，有观宇⑤，甚幽。一道士坐蒲团上⑥，素发垂领⑦，而神观爽迈⑧。叩而与语，理甚玄妙⑨。请师之。道士曰："恐娇惰不能作苦。"答言："能之。"其门人甚众，薄暮毕集。王俱与稽首，遂留观中。凌晨，道士呼王去，授以斧，使随众采樵。王谨受教。过月馀，手足重茧⑩，不堪其苦，阴有归志。

一夕归，见二人与师共酌，日已暮，尚无灯烛。师乃剪纸如镜，粘壁间。俄顷，月明辉室，光鉴毫芒⑪。诸门人环听奔走。一客曰："良宵胜乐⑫，不可不同。"

乃于案上取壶酒，分赉诸徒[13]，且嘱尽醉。王自思：七八人，壶酒何能遍给？遂各觅盎盂[14]，竞饮先釂[15]，惟恐樽尽[16]；而往复挹注[17]，竟不少减。心奇之。俄一客曰："蒙赐月明之照，乃尔寂饮[18]。何不呼嫦娥来[19]？"乃以箸掷月中。见一美人，自光中出。初不盈尺，至地遂与人等。纤腰秀项，翩翩作"霓裳舞[20]"。已而歌曰："仙仙乎，而还乎，而幽我于广寒乎[21]！"其声清越，烈如箫管[22]。歌毕，盘旋而起，跃

劳山道士

登几上，惊顾之间，已复为箸。三人大笑。又一客曰："今宵最乐，然不胜酒力矣。其饯我于月宫可乎？"三人移席，渐入月中。众视三人，坐月中饮，须眉毕见，如

图文珍藏版

影之在镜中。移时，月渐暗；门人然烛来㉓，则道士独坐而客杳矣。几上肴核尚故㉔。壁上月，纸圆如镜而已。道士问众："饮足乎？"曰："足矣。""足宜早寝，勿误樵苏㉕。"众诺而退。

又一月，苦不可忍，而道士并不传教一术。心不能待，辞曰："弟子数百里受业仙师，纵不能得长生术，或小有传习，亦可慰求教之心；今阅两三月㉖，不过早樵而暮归。弟子在家，未谙此苦㉗。"道士笑曰："我固谓不能作苦，今果然。明早当遣汝行。"王曰："弟子操作多日，师略授小技，此来为不负也。"道士问："何术之求？"王曰："每见师行处，墙壁所不能隔，但得此法足矣。"道士笑而允之。乃传以诀㉘，令自咒㉙毕，呼曰："入之！"王面墙，不敢入。又曰："试入之。"王果从容入，及墙而阻。道士曰："俯首骤入，勿逡巡！"王果去墙数步，奔而入；及墙，虚若无物；回视，果在墙外矣。大喜，入谢。道士曰："归宜洁持㉚，否则不验。"遂助资斧，遣之归。

抵家，自诩遇仙，坚壁所不能阻。妻不信。王效其作为，去墙数尺，奔而入，头触硬壁，蓦然而踣㉛。妻扶视之，额上坟起㉜，如巨卵焉。妻揶揄之㉝。王惭忿，骂老道士之无良而已㉞。

异史氏曰："闻此事，未有不大笑者；而不知世之为王生者，正复不少。今有伧父㉟，喜疢毒而畏药石㊱，遂有舐痈吮痔者㊲，进宣威逞暴之术，以迎其旨，绐之曰：'执此术也以往，可以横行而无碍。'初试未尝不小效，遂谓天下之大，举可以如是行矣，势不至触硬壁而颠蹶不止也。"

【注释】

①行七：排行第七。

②故家子：世家大族之子。

③少慕道：少时羡慕道术。道，这里指道教。道教渊源于古代巫术和秦汉时神仙方术。东汉张道陵倡导五斗米道，奉老子为教主，逐渐形成道教。后世道教多讲

求神仙符箓、斋醮礼忏等迷信法术。

　　④劳山：也称"崂山"或"牢山"，在今青岛市东北，南滨黄海，东临崂山湾，上有上清宫、白云洞等名胜古迹。

　　⑤观（冠）宇：道教庙宇。

　　⑥蒲团：宗教用物。蒲草编结的圆草垫。僧、道盘坐或跪拜时垫用。

　　⑦素发垂领：白发披垂到脖颈。素，白色。

　　⑧神观爽迈：神态爽朗超俗。观，容貌、仪态。迈，高超不俗。

　　⑨玄妙：幽深微妙。

　　⑩手足重（虫）茧：手脚都磨出了老茧。重茧，一层层摩擦而生成的硬皮。

　　⑪光鉴毫芒：月光明彻，纤微之物都能照见。毫，兽类秋后生出御寒的细毛；芒，谷类外壳上的针状刺须，如麦芒。毫、芒，比喻极其微细。

　　⑫良宵胜（圣）乐：美好夜晚的盛美乐事。宵，晚。胜，盛，美。

　　⑬分赉（赖）：分发赏赐。赉，赏赐。

　　⑭盎盂：盛汤水的容器。盎，大腹而敛口；盂，宽口而敛底。

　　⑮竞饮先釂（叫）：争先干杯。釂，饮尽杯中酒。

　　⑯樽：本作"尊"，也作"罇"，盛酒器，犹今之酒壶。

　　⑰往复挹（意）注：指众人传来传去地倒酒。挹注，从大盛器倒入小盛器，这里指从酒壶倒入酒杯。

　　⑱乃尔寂饮：如此寂寞地喝酒。乃尔，如此。

　　⑲嫦娥：本作"姮娥"。神话传说中的月神，据说本为后羿之妻。

　　⑳《霓裳舞》：即《霓裳羽衣舞》，唐代天宝年间宫廷盛行的一种舞蹈。

　　㉑"已而"四句：已而，然后。仙仙，同"僊僊"，起舞的样子。《诗·小雅·宾之初筵》："屡舞僊僊"还，归。幽，幽禁。广寒，月宫名。旧题汉郭宪《洞冥记》："冬至后月养魄于广寒宫。"歌词大意是：我翩翩地起舞啊，这是回到人间了吗，还是仍被幽禁在月宫呢！这位来自月宫的嫦娥，分辨不出剪贴壁上的月亮是人间的虚造还是天上的实有，故有此歌。

㉒烈如箫管：像箫管般嘹亮清脆。箫管，管乐器的统称。

㉓然：通"燃"。

㉔肴核：菜肴果品。

㉕樵苏：砍柴割草。

㉖阅：经，历。

㉗谙：熟习。

㉘诀：指施行法术的口诀。

㉙咒：念咒。即诵念施法的口诀。

㉚洁持：洁以持之，即以纯洁的心地葆其道术。

㉛蓦（末）然而踣：猛地跌倒。踣，同"仆"，跌倒。

㉜坟起：高起，指肿块隆起。

㉝揶揄（耶俞）：讥笑嘲弄。

㉞无良：不善，没存好心。

㉟伧（仓）父：鄙贱匹夫。古时讥讽骂人的话。

㊱喜疢（衬）毒而畏药石：喜好伤身的疾患，而害怕治病的药石。比喻喜欢阿谀奉承而害怕直言忠。疢毒，疾病，灾患。药石，治病的药物和砭石。《左传·襄公二十三年》："臧孙曰：'季孙之爱我，疾疢也；孟孙之恶我，药石也。美疢不如药石。夫石犹生我，疢之美，其毒滋多。'"

㊲舐（式）痈吮痔：一般作"吸痈舐痔"。吸痈脓，舐痔疮，喻指无耻的谄媚奉迎。

【译文】

　　县里有个姓王的读书人，家中排行第七，是官宦人家的后代。他从小羡慕神奇的道术，听说劳山上多仙人，就背着书箱，前往游学。

　　登上一座峰顶，有所十分幽静的道观。一个道士端坐在蒲团上，白发垂颈，但神态爽朗，气度豪迈。王七上前拜谒，同他交谈，只觉他言辞间道理非常玄妙，就请求拜他为师。道士说："只怕你娇惯懒惰，不能吃苦。"王七答道："能吃苦！"道士手下有许多弟子，傍晚时分都到齐了，王七向他们一一稽首致礼，于是就留在观里。第二天凌晨，道士把王七叫去，交给他一把斧子，让他跟随众人上山砍柴。王七毕恭毕敬听从吩咐。过了一个多月，手脚磨出了厚厚的老茧，他受不了这苦，心里暗暗萌生了回家的念头。

一天傍晚，他砍柴回来，看见师父与两个客人在一起饮酒。天已经黑了，还没有点灯烛。师父拿纸剪成像镜子般的圆形，粘贴在墙壁上。霎时间现出一轮明月，把屋子照得通明雪亮，足可看清细毛麦芒。弟子们在四周听候吩咐，奔走侍候。一位客人说："这般美好的夜晚，欢乐的时刻，各位道友不可不共同来分享。"说着就从桌子上取过一壶酒，分赏给弟子们，并嘱咐他们尽情畅饮，一醉方休。王七暗自思忖：七八个人，一壶酒怎么能全分到呢？就各自寻找杯碗，争先恐后斟酒干杯，唯恐壶里的酒没了。可是大家来来回回地斟了又斟，壶里的酒竟然一点也不见减少。王七心里非常奇怪。

一会儿，另一位客人说："承蒙道长恩赐明月清辉，可是这样饮酒岂不寂寞清冷，何不叫嫦娥来？"就把筷子朝月中投去。只见一位美女从月光中出来，起初长不满一尺，飘落到地上，就和常人一般高了。腰肢纤柔，脖颈秀美，翩翩跳起了"霓裳羽衣舞"。接着又唱道："仙人仙人你回身啊，你撇我在广寒宫多愁闷啊！"她的歌声清越嘹亮，像洞箫一样美妙。一曲唱罢，盘旋而起，跃到桌子上。王七正惊疑地转过头去看，美人已经又还原成筷子了。道士和两位客人哈哈大笑。一个客人又说："今夜快乐极了，但是我已不胜酒力，能否到月宫中为我饯行呢？"三人的席位渐渐移进墙上的月亮中去了。众人看他们三人坐在月中饮酒，胡子眉毛全都清晰可见，就像映在镜子里的身影。

过了一会儿，月色渐渐暗淡下去，有弟子点了烛灯进来，只见道士一个人坐在桌前，二位客人却不见了。桌上残羹果核还在，墙上的月亮，是一张像圆镜一样的白纸而已。道士问各位弟子："你们酒都喝够了吗？"众人回答说："喝够了。""既然喝够了，就该早些回去歇息，不要误了明天打柴割草。"众人答应着退了下去。王七暗中又高兴又羡慕，回家的念头就打消了。

又过了一个月，王七实在忍受不住劳苦，而道士却一点道术也不传授，心里实在等不下去了，就向道士告辞说："弟子长途跋涉数百里，前来投拜仙师学道，即使不能学到长生不老法，或者传授一点小小的法术，也可安慰弟子求教之心。如今我来这里已有两三个月，每天不过早出晚归砍柴打草，弟子在家从来没吃过这种苦。"道士笑着说："我本来就说你不能吃苦，现在果然如此。明早就让你走。"王七说："弟子干了好些日子活，请仙师略授小技，也算我不白来这一趟。"道士问道："你想学什么法术呢？"王七说："常见师父所到之处，墙壁不能阻拦。只要学得此法就心满意足了。"道士笑着答应了。于是把口诀传授给王七，叫他自己念咒，等他念完了，大声喝道："进去！"王七面对墙壁不敢往前走。道士又说："你走进去试试看。"王七果然镇定心神，不慌不忙走过去，可是碰到墙壁就阻住了。道士说："低下头，一下子冲进去，不要畏畏缩缩的！"王七真的倒退几步，对着墙壁奔去。到墙壁处只觉得空空的，好像什么东西也没有，回头一看，果然已在墙外了。王七大喜，进来向道士拜谢。道士说："你回去以后应该洁身自重，谨慎为人，否则法术就不会灵验。"就给了一些盘缠，打发他回家。

王七回到家里，自夸遇到神仙，再坚硬的墙壁他也能来去无阻。妻子不相信，王七就照着老办法，离墙数尺，快步朝墙里奔去，一头撞在坚硬的墙壁上，猛地摔倒。妻子将他扶起，只见额头上肿起一个鸡蛋大的疙瘩。妻子笑话他，王七又羞愧又恼恨，也只能骂道士没安好心罢了。

异史氏说：凡是听过这个故事的人，没有一个不大笑的。却不知世上像王七这样的人，还真不少呢！现在有些粗鄙的家伙，嗜毒品而怕良药，于是就有一些吸痈舔痔的小人，献上扬威肆暴的办法，以迎合他们的意旨，骗他们说："照这办法去做，可以到处横行，无所阻挡。"开始试试，未尝没有一点效果，便以为偌大的天下，全都可以照此去做了，不到一头撞上坚硬的墙壁，跌个大跟头，是不会停止的。

长清僧

【原文】

长清僧^①，道行高洁^②。年八十余犹健。一日，颠仆不起，寺僧奔救，已圆寂矣^③。僧不自知死，魂飘去，至河南界^④。河南有故绅子^⑤，率十余骑，按鹰猎兔^⑥。

长清僧

马逸⑦，堕毙。魂适相值，翕然而合⑧，遂渐苏。厮仆还问之⑨。张目曰："胡至此！"众扶归。入门，则粉白黛绿者⑩，纷集顾问。大骇曰："我僧也，胡至此！"家人以为妄，共提耳悟之⑪。僧亦不自申解，但闭目不复有言。饷以脱粟则食⑫，酒肉则拒。夜独宿，不受妻妾奉。

数日后，忽思少步⑬。众皆喜。既出，少定，即有诸仆纷来，钱簿谷籍，杂请会计⑭。公子托以病倦，悉卸绝之⑮。惟问："山东长清县，知之否？"共答："知之。"曰："我郁无聊赖⑯，欲往游瞩，宜即治任⑰。"众谓新瘳⑱，未应远涉。不听，翼日遂发。抵长清，视风物如昨。无烦问途，竟至兰若⑲。弟子数人见贵客至，伏谒甚恭⑳。乃问："老僧焉往？"答云："吾师曩已物化㉑。"问墓所。群导以往，则三尺孤坟，荒草犹未合也。众僧不知何意。既而戒马欲归㉒，嘱曰："汝师戒行之僧㉓，所遗手泽㉔，宜恪守，勿俾损坏。"众唯唯。乃行。既归，灰心木坐，了不勾当家务㉕。

居数月，出门自遁，直抵旧寺，谓弟子："我即汝师。"众疑其谬，相视而笑。乃述返魂之由，又言生平所为，悉符。众乃信，居以故榻，事之如平日。后公子家屡以舆马来，哀请之，略不顾瞻。又年馀，夫人遣纪纲至㉖，多所馈遗㉗。金帛皆却之，惟受布袍一袭而已㉘。友人或至其乡，敬造之。见其人默然诚笃；年仅而立㉙，而辄道其八十馀年事。

异史氏曰："人死则魂散，其千里而不散者㉚，性定故耳㉛。余于僧，不异之乎其再生，而异之乎其入纷华靡丽之乡㉜，而能绝人以逃世也。若眼睛一闪，而兰麝薰心，有求死而不得者矣，况僧乎哉！"

【注释】

①长清：县名。今属山东省济南市。

②道行：指对佛教教义和戒法的修习实践。高洁，道高行洁。

③圆寂：梵语的意译，音译为"般涅槃"，略称"涅槃"，意思是"圆满寂

灭"。为佛教对僧尼死亡的美称。

④河南：清行省名。辖境约略与今河南省相当。

⑤故绅子：已故豪绅之子。绅，束于腰间的大带。古代有权势地位的人束绅，后世则称有官职或中科第而退居在乡的人为绅士或乡绅。

⑥按鹰：驾鹰，即纵鹰行猎。

⑦马逸：马受惊狂奔。逸，奔跑。

⑧翕（夕）然而合：指僧魂猛地与堕尸合在一起。翕然，犹翕忽，迅疾的样子。

⑨厮仆：奴仆。厮，旧时对服杂役人的贱称。

⑩粉白黛绿：妇女的妆饰，代指姬妾之类的青年女子。粉白，面敷粉。黛绿，眉画黛。

⑪提耳悟之：恳切开导，促其醒悟。提耳，扯着耳朵，意思是谆谆晓喻。

⑫饷以脱粟：用糙米做饭给他吃。饷，用食物款待。脱粟，糙米。

⑬少步：稍微走动一下。

⑭杂请会（快）计：纷纷请其审理钱粮出纳等事。杂，纷杂。会计，总计其数，指主管财物出纳等事。

⑮卸绝：推脱、拒绝。

⑯郁无聊赖：烦闷无聊。无聊赖，感情无所依托。

⑰治任：备办行装。治，办理。任，负载之物，即行装。

⑱新瘳（抽）：刚刚病愈。

⑲兰若：佛寺。

⑳伏谒：拜见。谒，通名进见尊长。

㉑曩已物化：前些时候已经死去。曩，以往，从前。物化，化为异物，死的讳词。

㉒戒马：备马。戒，备。

㉓戒行：佛家语，指在身、语、意三方面恪守戒律的操行。

㉔手泽：手汗沾润之迹。后通称先人遗物、遗墨为手泽。

㉕"灰心"二句：心如死灰，坐以槁木，一点也不过问家务。灰心木坐，参见《画壁》注。勾当，办理。

㉖纪纲：纪纲，本指统领仆隶的人，后来泛称仆人。

㉗馈遗（位）：赠送。

㉘一袭：一套。

㉙而立：而立之年，指三十岁。

㉚千里而不散者：原无"不"字，此据铸雪斋抄本。

㉛性定：本性不移。

㉜纷华靡丽之乡：华丽、奢侈的地方。

【译文】

　　长清县有个老和尚，道行高尚纯洁。八十多岁了，还很健朗。有一天，跌了一个跟头，没有爬起来，寺里的和尚跑过去救他，他已经咽气了。

　　老和尚不晓得自己已经死亡，魂魄飘飘忽忽地往前奔走，一直来到河南境内。河南有个官宦人家的儿子，带领十几名骑马的汉子，在荒郊野外纵鹰猎兔。因为奔马惊驰，把他甩下鞍鞯，摔死了。老和尚的灵魂恰巧和他相遇，立刻附到他的遗体上，就慢慢地苏醒过来。仆人跑回来向他问候。他睁开眼睛说："怎么来到这里啦！"仆人把他扶起来，搀着往回走。

　　一进门，搽胭抹粉的，描眉画鬓的，纷纷前来问候。他很惊讶地说："我是和尚，怎么来到这里啦！"家人以为说胡话，一起提着他的耳朵喊叫，让他醒悟过来。老和尚也不申辩，只是闭着眼睛不再说话。给他粗粮淡饭，他就吃；给他酒肉，他就拒绝。晚上一个人单独睡觉，不让妻妾奉陪。

　　几天以后，忽然想要散散步。家人全都高兴了。出来以后，坐了不一会儿，就有许多仆人，纷纷来到面前，拿着钱簿粮账，乱哄哄地请他处理。他推托病体困

倦，一概谢绝。只是询问："山东有个长清县，你们知道不知道?，大家一起回答："知道。"他说："我心里郁闷，感到百无聊赖，想到长清县去游览游览，你们应该马上准备行装。"大家劝他，病体刚刚痊愈，不宜长途跋涉。他不听，第二天就出发了。

到达长清以后，看见风景和昨天一样。不用请人问路，竟然一直走进大庙。老和尚的徒弟们看见贵客到了，都双手合十，很恭敬地迎接他。他就询问："老和尚哪里去了?"他们回答说："我们的师父前些天已经去世了。"询问坟墓安葬在什么地方。众僧把他领到墓地，只见一座三尺高的孤坟，荒草新绿，还没合拢呢。和尚们不知他是什么意思。

他看完了坟墓，命令仆人备马，往回走的时候，嘱咐那些和尚："你们的师父，是个遵守戒律的和尚，他所遗留下来的物品，应该谨慎地保存起来，不要让它损坏了。"和尚们唯唯诺诺地答应了，他才动身回家。

到家以后，灰心丧气，痴呆呆地坐着，毫不懂得料理家务。住了几个月，自己出门逃走，一直到达长清县的旧庙，对和尚们说："我就是你们的师父。"和尚们怀疑他是说胡话，都互相看看笑了。他陈述了借尸还魂的来龙去脉，又讲了一辈子的所作所为，完全符合事实。和尚们这才相信，请他住在原先的床上，像过去一样地侍奉他。

以后，家里左一次右一次地派来车马，苦苦哀求，请他回家，他看也不看一眼。又过了一年多，夫人打发管家来到庙里，送给他很多东西。他把金银绸缎全部退了回去，只接受一件布袍而已。有的朋友来到长清县，很恭敬地登门拜访他。只见他沉默寡言，虔诚忠厚；年纪只有三十来岁，却总是讲他八十多年的事情。

异史氏说："人死了魂就散了，老和尚的灵魂千里奔波而不消散的原因。是佛性决定的缘故。我对于老和尚，不惊异他的再生，而是惊异他进入奢华的富贵人家，在娇妻美妾的环境中，能够断绝人的欲望而逃出尘世。倘若眼睛一闪，立刻色情熏心，那是有人求死都追不到的，何况和尚呢!"

蛇人

【原文】

东郡某甲[1]，以弄蛇为业。尝蓄驯蛇二，皆青色：其大者呼之大青，小曰二青。二青额有赤点，尤灵驯，盘旋无不如意。蛇人爱之，异于他蛇。期年[2]，大青死，

蛇人

思补其缺，未暇遑也。一夜，寄宿山寺。既明，启笥，二青亦渺。蛇人怅恨欲死。冥搜亟呼，迄无影兆[3]。然每值丰林茂草，辄纵之去，俾得自适，寻复返；以此故，冀其自至。坐伺之，日既高，亦已绝望，怏怏遂行。出门数武，闻丛薪错楚中[4]，

窸窣作响⑤。停趾愕顾，则二青来也。大喜，如获拱璧⑥。息肩路隅，蛇亦顿止。视其后，小蛇从焉。抚之曰："我以汝为逝矣⑦。小侣而所荐耶⑧？"出饵饲之，兼饲小蛇。小蛇虽不去，然瑟缩不敢食⑨。二青含哺之，宛似主人之让客者。蛇人又饲之，乃食。食已，随二青俱入笥中。荷去教之，旋折辄中规矩，与二青无少异，因名之小青。炫技四方，获利无算。

大抵蛇人之弄蛇也，止以二尺为率⑩；大则过重，辄便更易。缘二青驯，故未遽弃。又二三年，长三尺余，卧则笥为之满，遂决去之。一日，至淄邑东山间，饲以美饵，祝而纵之。既去，顷之复来，蜿蜒笥外。蛇人挥曰："去之！世无百年不散之筵。从此隐身大谷，必且为神龙，笥中何可以久居也？"蛇乃去。蛇人目送之。已而复返，挥之不去，以首触笥。小青在中，亦震震而动。蛇人悟曰："得毋欲别小青也？"乃发笥。小青径出，因与交首吐舌，似相告语。已而委蛇并去⑪。方意小青不返，俄而踽踽独来⑫，竟入笥卧。由此随在物色⑬，迄无佳者。而小青亦渐大，不可弄，后得一头，亦颇驯，然终不如小青良。而小青粗于儿臂矣。先是，二青在山中，樵人多见之。又数年，长数尺，围如碗；渐出逐人，因而行旅相戒，罔敢出其途。一日，蛇人经其处，蛇暴出如风。蛇人大怖而奔。蛇逐益急，回顾已将及矣。而视其首，朱点俨然，始悟为二青。下担呼曰："二青，二青！"蛇顿止。昂首久之，纵身绕蛇人，如昔弄状。觉其意殊不恶，但躯巨重，不胜其绕；仆地呼祷，乃释之。又以首触笥。蛇人悟其意，开笥出小青。二蛇相见，交缠如饴糖状，久之始开。蛇人乃祝小青："我久欲与汝别，今有伴矣。"谓二青曰："原君引之来，可还引之去。更嘱一言：深山不乏食饮，勿扰行人，以犯天谴⑭。"二蛇垂头，似相领受。遽起，大者前，小者后，过处林木为之中分。蛇人位立望之，不见乃去。自此行人如常，不知其何往也。

异史氏曰："蛇，蠢然一物耳，乃恋恋有故人之意⑮。且其从谏也如转圜⑯。独怪俨然而人也者，以十年把臂之⑰，数世蒙恩之主，辄思下井复投石焉⑱；又不然，则药石相投⑲，悍然不顾，且怒而仇焉者，亦羞此蛇也已。"

【注释】

①东郡：秦置郡名，治所在濮阳（今河南濮阳县西南）。汉时领有今山东及河南两省部分地区。隋开皇九年（589）废。隋大业初（605），又改兖州（今山东兖州市）为东郡。清时东昌府、曹州府，即今山东聊城市及菏泽地区，为秦汉东郡故地。

②期（几）年：一周年。

③影兆：形影迹象。

④丛薪错楚中：草木错杂之处。薪，草。错，交错，杂乱。楚，牡荆，泛指灌木丛。

⑤窸窣（悉苏）：形容声音细碎。这里指蛇行草丛中的声音。

⑥拱璧：大璧。《左传·襄公二十八年》："与我其拱璧。"《疏》："拱，谓合两手也。此璧两手拱抱之，故为大璧。"

⑦逝：往。这里意思是逃走。

⑧小侣而所荐耶：这个小伙伴是你引来的吗？而，你。荐，荐引。

⑨瑟缩：蜷缩。《吕氏春秋·古乐》："民气郁阏而滞著，筋骨瑟缩不达。"

⑩止以二尺为率（律）：只以二尺长为标准。止，只。率，标准。

⑪委蛇：也作"逶迤"。曲折行进的样子。

⑫踽踽（举举）：独行的样子。《诗·唐风·杕杜》："独行踽踽。"朱熹注："踽踽，无所亲之貌。"

⑬随在物色：随时随地访求。

⑭天谴：犹言天罚。

⑮故人之意：老朋友的感情。《史记·范雎蔡泽列传》："然公之所以得无死者，以绨袍恋恋，有故人之意，故释公。"故人，旧交，昔日的朋友。

⑯从谏也如转圆（圆）：意思是听从规劝像转动圆物那样容易。"圆"，通

"圆"圆的物体。

⑰把臂之交：亲密的友谊。把臂，挽着手臂，只有极亲密的朋友间才如此。

⑱下井复投石：即落井下石，喻乘人之危加以陷害的卑劣行为。

⑲药石相投：投以药物、砭石，以治疗疾病。喻苦口相劝，纠正人过失。

【译文】

东郡有个人，以驯蛇为业。他曾驯养了两条蛇，都是青色的，大一点的叫它大青，小一点的叫二青。二青的额头上长有红色的斑点，特别有灵性，上下左右盘旋起舞，全能遵从驯蛇人的心意。驯蛇人对二青的喜爱，远胜于别的蛇。过了一年，大青死了，驯蛇人想另外再找一条补充空缺，但一直没有空闲时间。

一天夜里，他寄宿在山间寺庙里。天亮后，打开竹篓一看，二青也不见了，他懊丧得要死，四下搜寻，连声呼唤，一点踪迹也没有。不过以前驯蛇人每当路过草木繁盛的地方，总要把二青放出来，让它自由一番，过一会儿它会自己回来，因此，他还寄希望于二青能自己回来。在庙里坐等，直到太阳已经升高，他也就绝望了，只好快快不乐地离寺上路。

刚出庙门没几步，忽听见旁边杂乱堆积的柴垛里悉索作响。驯蛇人停步惊愕，原来是二青回来了。他高兴极了，如获至宝，在路角放下行囊，二青也停了下来，看它后面还跟着一条小蛇。驯蛇人抚摸着二青说："我以为你不会回来了。这个小伙伴是你介绍来的吗？"他拿出食料喂二青，同时也喂小蛇。小蛇虽然并不离去，但缩着身子不敢吃食。二青把食料含着喂给小蛇，好像主人请客一般。驯蛇人再给小蛇喂食，小蛇才吃了。吃完，跟着二青一起钻进竹篓里。驯蛇人带回家去调教它，旋转进退都能符合要求，和二青没有什么两样。于是就给它起名叫小青。驯蛇人靠二青和小青四处卖弄驯蛇技艺，获利无数。

一般说来，驯蛇人调教的蛇，只以二尺左右为标准，大了过于笨重，就要更换。因为二青特别驯服听话，所以驯蛇人没有立即把它丢弃。又过了二三年，二青已有三尺多长了，盘卧起来，把整个竹篓都占满了，于是驯蛇人决意放掉它。一天，他来到淄博东山中，给二青喂了精美的食料，又嘱咐祝愿一番，把二青放走了。二青离开了不一会儿，又回来在竹篓边蜿蜒盘桓。驯蛇人挥手赶它走，说道："去吧，去吧！世上没有百年不散的筵席。你从此隐身于深山大谷，必将化为神龙，竹篓里怎么能久住呢？"二青这才离去，驯蛇人目送着它，过后又回来了，赶也不走，用头触碰竹篓。小青在里面也阵阵骚动不安。驯蛇人心里明白了，说："莫不是想要与小青道别吧？"就打开竹篓，小青立即出来，两条蛇交头吐舌，像是在互相说话。随即一起屈曲游动而去。驯蛇人正担心小青一去不回，不一会儿竟独自来了，钻进竹篓里躺着。

从此，驯蛇人不管走到哪里，时时都在物色，一直没能找到出色的，而小青也渐渐长大，不能再表演了。后来找到一条小蛇，也很驯服，但终究不如小青好，这时小青已经长得有小孩的手臂那么粗了。

起初，二青在山里，打柴人经常见到它。又过了好几年，二青有好几尺长，碗口来粗，渐渐出来追逐行人，因而往来行客们互相告诫，没人敢在二青出没的地方行走。一天，驯蛇人路过那里，突然窜出一条大蛇，穿行如风。驯蛇人害怕极了，撒腿就跑。大蛇在后面追得更紧，他回头一看，已经快要追上自己了。但看到大蛇头上红色的斑点非常鲜明，才明白就是二青。就放下担子呼喊道："二青，二青！"大蛇立即停了下来，久久地昂着头，纵身前来盘绕在驯蛇人身上，犹如当年表演时的样子。驯蛇人觉得二青并没有什么恶意，只是蛇身又大又重，缠绕在身上受不了，他倒在地上，大声呼喊祈祷，二青才把身子松开了。又用头碰触竹篓，驯蛇人明白它的意思，打开竹篓，放出小青。二蛇相见，交缠在一起像扭股儿糖似的，过了好久才分开。

驯蛇人于是嘱咐小青道："我早就想和你分别，如今你有伴侣了。"又对二青说道："小青本是你领来的，你可以仍旧领它回去。另外，再嘱咐你一句话：深山里并不缺少吃的，不要骚扰往来行人，以免违犯天规，触动神怒。"二青和小青低着头，像是听从了驯蛇人的劝告。随即二蛇倏地起身，大的在前，小的在后，一路穿行而去，所过之处，林木都向两边分开。驯蛇人站着望了很久，直到二蛇的身影看不见了才离去。从此东山路上行人如常，不知两条蛇到什么地方去了。

异史氏说：蛇，只不过是一种愚蠢的动物，居然也有互相眷恋，依依不舍的故友情意，而且听从劝谏，毫无抵触。我唯独奇怪有些人表面上俨然是个人，可是对结交十年的老朋友，几代蒙受恩惠的旧主人，总想要落井下石；要不然，就是对朋友的好言劝谏悍然不顾，还要大发雷霆，视为仇人。这种人在二青小青这样的蛇面前，也应自愧不如的。

斫 蟒

【原文】

胡田村胡姓者①，兄弟采樵，深入幽谷。遇巨蟒，兄在前，为所吞；弟初骇欲

斫蟒

奔，见兄被噬，遂奋怒出樵斧，斫蛇首。首伤而吞不已。然头虽已没，幸肩际不能下。弟急极无计，乃两手持兄足，力与蟒争，竟曳兄出。蟒亦负痛去。视兄，则鼻耳俱化，奄将气尽②。肩负以行，途中凡十馀息，始至家。医养半年，方愈。至今面目皆瘢痕，鼻耳惟孔存焉。噫！农人中，乃有弟弟如此者哉③！或言："蟒不为害，乃德义所感。"信然！

【注释】

①胡田村：在今淄博市张店区。今作湖田。

②奄（淹）将气尽：气息微弱，将要断气。奄，气息奄奄。

③"乃有"句：竟有这样好弟弟。乃，竟。弟弟，读作"悌弟"。悌，敬事兄长。

【译文】

胡田村有一家姓胡的兄弟俩，一天，他俩一起到深山去砍柴，突然遇见一条巨蟒。当时哥哥走在前边，被巨蟒所吞噬。走在后边的弟弟开始看到这样的情形很惊恐，本想逃跑，但见哥哥被吞食，顿时怒火中烧。他操起砍柴用的利斧，向巨蟒的头部猛砍过去，巨蟒受伤后还在吞食，人头虽然吞进去了，肩膀因为太宽却吞不下去。弟弟在焦急之中无法可想，于是就用两只手抓住哥哥的脚，拼命往外拽，与巨蟒争夺起来。最后，弟弟终于把哥哥从巨蟒的口中拉了出来，那巨蟒也因头部受伤，忍着疼痛逃走了。

弟弟再看哥哥时，发现他的鼻子、耳朵都化了，已经气息奄奄，幸亏还有一口气。弟弟背起哥哥往回走，半路上总共歇息了十多次，终于把哥哥背回家里。后来医治了半年多时间，哥哥总算痊愈了。但是至今哥哥脸上尽是些斑痕，鼻子、耳朵仅剩几个孔。

唉，农人中，竟有这样友爱的弟弟！有人说："哥哥没有被蟒吃掉，这是全仗了弟弟的德行义气感动了巨蟒。"这话是可信的。

犬 奸

【原文】

青州贾某①，客于外，恒经岁不归。家畜一白犬，妻引与交，犬习为常。一日，夫至，与妻共卧。犬突入，登榻，啮贾人竟死。后里舍稍闻之，共为不平，鸣于官②。官械妇③，妇不肯伏，收之④。命缚犬来，始取妇出。犬忽见妇。直前碎衣作交状。妇始无词。使两役解部院⑤，一解人而一解犬。有欲观其合者，共敛钱赂役，役乃牵聚令交。所止处，观者常数百人，役以此网利焉。后人犬俱寸磔以死。鸣呼！天地之大，真无所不有矣。然人面而兽交者，独一妇也乎哉？

异史氏为之判曰："会于濮上，古所交讥；约于桑中，人且不齿⑥。乃某者，不堪雌守之苦⑦，浪思苟合之欢。夜叉伏床，竟是家中牝兽；捷卿入窦⑧，遂为被底情郎。云雨台前⑨，乱摇续貂之尾⑩；温柔乡里，频款曳象之腰⑫。锐锥处于皮囊，一纵股而脱颖⑬；留情结于镞项⑭，甫饮羽而生根⑮。忽思异类之交，真属匪夷之想⑯。龙吠奸而为奸⑰，妒残凶杀，律难治以萧曹⑱；人非兽而实兽，奸秽淫腥，肉不食于豺虎。鸣呼！人奸杀，则拟女以剐⑲；至于狗奸杀，阳世遂无其刑。人不良，则罚人作犬；至于犬不良，阴曹应穷于法。宜支解以追魂魄⑳，请押赴以问阎罗㉑。"

【注释】

①青州：青州府，治所在今山东省益都县。贾（古），商人。

②鸣于官：到官府告发。

③械：桎梏，脚镣手铐之类的刑具。此指加上这类刑具。

④收：入狱。

⑤部院：清代各省总督、巡抚多兼兵部侍郎和都察院右副都御史衔，因此称督抚为部院。这里指巡抚衙门。

⑥"会于"四句：大意是男女苟合，向为人们所鄙弃。濮上，桑间濮上的省语。桑间在濮水之上，为古时男女幽会之地。《汉书·地理志》："卫地……有桑间濮上之阻，男女亦亟聚会，声色生焉。"约于桑中，与"会于濮上"，义同，都指男女幽会。《诗·鄘风·桑中》："期我乎桑中，要我乎上宫。"讥，讥笑、讽刺。不齿，不屑与之同列，表示轻蔑。齿，列。

⑦雌守：以妇节自守。

⑧捷卿：指狗。捷，迅疾。卿，戏谑的昵称。唐谷神子《博异志·张遵言》载，南阳张遵言下第，"途次商山馆，中夜晦黑……见东墙下一物，凝白耀人，使仆视之，乃一白犬，大如猫，须睫爪子皆如玉，毛彩清润，悦怪可爱。遵言爱怜之，目为捷飞，言骏奔之甚于飞也。"

⑨云雨台：指男女幽会之处。《文选》宋玉《高唐赋序》："昔日楚襄王与宋玉游于云梦之台。……玉曰：'昔日先王尝游高唐，怠而昼寝，梦见一夫人曰：巫山之女也，为高唐之客。闻君游高唐，愿荐枕席。王因幸之。去而辞曰：妾在巫山之阳，高丘之阻，旦为朝云，暮为行雨；朝朝暮暮，阳台之下。'"

⑩续貂之尾：指狗尾。《晋书·赵王伦传》："奴卒厮役卒加爵位，每朝会，貂蝉满座，时人为之谚曰：'貂不足，狗尾续。'"

⑪温柔乡：喻美色迷人之处。《飞燕外传》："是夜进合德，帝大悦，以辅属体，无所不靡，谓为温柔乡。"

⑫款：动。

⑬脱颖：即颖脱。锥尖全部露出。颖，锥芒。本喻充分显露其才能，这里借为亵语。

⑭镞项：箭头之后。项，头后。

⑮甫饮（印）羽：刚没进箭尾。甫，刚刚。饮，隐没。羽，箭尾的羽毛。这里为亵语。

⑯真属匪夷之想：谓这的确属于违背常理的念头。匪，非。夷，通"彝"，常理。

⑰龙（忙）吠奸而为奸：意思是狗本应看家护院，见奸夫而吠警，而今却自作奸夫。

⑱律难治以萧曹：意为难用朝廷法律治犬之罪。萧、曹，萧何、曹参，西汉初年的两个丞相。萧何曾参照秦律制定汉的律令制度，曹参继任后相沿不变。这里以"萧曹"之律指代国法。

⑲拟女以剐（寡）：判处女方以凌迟之刑。拟，判罪。剐，割肉离骨，古时分割人肉体的酷刑，即凌迟。

⑳宜支解以追魂魄：应割解四肢，究治其魂魄。支，肢。支解，为古代分解四肢的酷刑。追，追究。

㉑阎罗：梵语意译，也译作"阎魔王""焰摩罗王""阎王"等。原为古印度神话中管理阴世的王，后为佛教所沿用，称为管理地狱的魔王。中国民间迷信传说中的阎罗王、阎王爷即源于此。

【译文】

青州有个商人，客居异地，常常整年不回家。家中养着一条白犬，妻子忍受不了这种寂寞，就和这条犬相交。时间长了，犬也习以为常。

有一天，丈夫突然回家来了，夫妻同床共眠。这时，白犬也突然进到屋里，像平常一样上了床，竟将男主人咬死。后来，邻居渐渐得知事实真相，大家都愤愤不平，就将此事告到官府衙门。官府将妇人捉拿归案，但是妇人不肯伏罪，便将她囚禁起来。审讯官命令将白犬绑了牵来，又将妇人从狱中提出来。白犬忽然看见妇人，直扑上去咬烂妇人的衣服，要和她相交。妇人这才无话可说。审讯官命令手下两个差役押解到上级衙门去，一人押人，一人押犬。有人想要观看人犬相交的情景，就凑了一笔钱去贿赂差役，差役便将人犬牵聚在一起，使其交媾。

所停之处，总有数百人观看。差役因此大获其利。最终人犬都受到寸断肢解的酷刑而死。唉！天地如此广大，真是无奇不有啊。然而，貌似人面目而做出兽性相交举动的，难道只是这样一个妇人吗？

异史氏为此案判决说："私会于濮水之畔，古人讥讽嘲笑；约见于桑林之中，人们不值一提。这人忍受不了守活寡的苦私享苟合交欢的快乐。晚上趴在其床的，竟然是家中的狗；敏捷进洞的白狗，便成了被子底下的情郎。在云雨台上，乱摇续貂的大尾巴；在温柔的身上，不断牵动象一般的腰。锐利的锥子置于皮囊，大腿一纵便脱颖而出，把情欲凝结在箭头之后，箭深入没羽便如同生根一样牢不可拔。忽然想那异类性交，真叫人难以想象。猛犬防奸却自去行奸，又妒忌而凶残杀人，用国法很难以治罪。人不是兽而实际与兽一样，作奸者污秽，淫荡者腥臊，豺狼虎豹都不吃其肉。唉！人因奸而杀人，就用千刀万剐之刑判处女方；至于狗因奸而杀人，人世间还没有这种法刑。人不善，就罚他来世作狗；至于狗不善，阴曹地府应该也没有办法。对其应加以肢解，并追摄魂魄，押赴到地狱让阎王问罪。"

雹　神

【原文】

王公筠苍①，莅任楚中②。拟登龙虎山谒天师③。及湖④，甫登舟，即有一人驾小艇来，使舟中人为通⑤。公见之，貌修伟。怀中出天师刺⑥，曰："闻驺从将临⑦，先遣负弩⑧。"公讶其预知，益神之，诚意而往。天师治具相款⑨。其服役者，衣冠须鬣，多不类常人。前使者亦侍其侧。少间，向天师细语。天师谓公曰："此先生同乡，不之识耶?"公问之。曰："此即世所传雹神李左车也⑩。"公愕然改容。天师曰："适言奉旨雨雹，故告辞耳。"公问，"何处?"曰："章丘。"公以接壤关切，离席乞免。天师曰："此上帝玉敕⑪，雹有额数，何能相徇?"公哀不已。天师垂思良久，乃顾而嘱曰："其多降山谷，勿伤禾稼可也。"又嘱："贵客在坐，文去勿武⑫。"神出。至庭中，忽足下生烟，氤氲匝地⑬。俄延逾刻，极力腾起，才高于庭树；又起，高于楼阁。霹雳一声，向北飞去，屋宇震动，筵器摆簸。公骇曰："去乃作雷霆耶!"天师曰："适戒之，所以迟迟；不然，平地一声，便逝去矣。"公别归，志其月日，遣人问章丘。是日果大雨雹，沟渠皆满，而田中仅数枚焉。

【注释】

①王公筠苍：指王孟震。孟震字筠苍，淄川（今属山东淄博市）人。万历进士。官至左通政。因触犯权奸魏忠贤被革职。

②楚中：泛指春秋时楚国故地习用为湖北、湖南两省的通称。

③龙虎山：道教名山之一。在江西贵溪市西南。由龙、虎二山组成故名。道教创始人张道陵的后人世居此山。张道陵（34—156），即张陵，东汉沛国丰（今江苏省丰县）人，顺帝汉安元年（142）在鹄鸣山（在今四川省大邑县境）创立道教，徒众尊其为"天师"。其后世承袭道法，移居龙虎山，世称"张天师"。山上建有上清宫，为历代天师的道场和祀神之处。其居处上清镇（在贵溪东），有"嗣汉天师府"，今尚残存。

④湖：指江西鄱阳湖。

⑤为通：为之通禀，即替他传达谒见的请求。

⑥刺：名帖。古时在竹简上刺上名字作拜见的名帖，所以叫刺。

⑦驺（邹）从（纵）：古时达官贵人出行时护卫前后的骑卒。

⑧负弩：负弩矢前驱；意思是充当先导。《史记·司马相如列传》："拜相如为

中郎将，建节往使，……至蜀，蜀太守以下郊迎，县令负弩矢前驱。"弩，用机栝发箭的弓。

⑨治具相款：备办酒席招待。具，馔具，指供设的肴馔。

⑩李左车：汉初行唐（今河北省行唐县）人，初依赵王，封广武君，后归汉将韩信，信用其奇计攻取燕、齐等地。详见《史记·淮阴侯列传》。李左车死后为雹神的传说，不详始于何时。本书第十二卷《雹神》称其"司雹于东"，且在日照县（今属山东省）有"雹神李左车祠"。而据传说，博兴县城北十五里有李左车墓，"俗传李左车为雹神，每年三月初六日，距李墓较近各村众相率顶礼谒墓祈禳；距墓远者，亦于是日相约备牲醴祭于村西北三百步外，祭毕埋之，去来均不回顾，是年辄丰稔，雹不为灾。"（民国二十五年《博兴县志》卷十七）

⑩上帝玉敕（斥）：道教称上帝为玉皇大帝，简称玉皇、玉帝。"玉敕"，犹"御敕"，帝王的诏命。玉，敬辞。敕，敕令。

⑩文去勿武：温文离开，不要勇武。

⑩氤氲（因晕）匝（扎）地：烟雾绕地。氤氲，烟云弥漫的样子，一般形容云气蒸腾。匝，环绕。

【译文】

王筠苍先生到楚地任职，打算登临龙虎山去拜谒张天师。他走到鄱阳湖边，刚到船上，就看见有一个人划着一艘小艇过来，此人通过船主请求与王公相见。王公见来人相貌堂堂，身材魁伟，从怀里掏出张天师的拜帖，说道："天师听闻大人光临，特地差遣小人前来带路。"王公很惊奇张天师会预先得知他的来访，更为敬慕，便虔诚地随同前往。

到了龙虎山，张天师隆重设宴款待嘉宾。王公见在宴会上服侍的人，无论是衣饰还是相貌，都与常人大不相同。先前驾小艇的人也侍立在一旁。片刻间，他俯在张天师耳边细语，张天师就对王公说："这是先生的同乡，先生不认识吗？"王公问他是谁？天师回答说："这就是世间所传说的雹神李左车。"王公听了非常吃惊，脸色也变了。天师又说："他刚才说，奉旨要前去降雹，所以特地来告辞。"王公惊问："在什么地方降雹？"天师说："在章邱。"王公因章邱与自己的家乡接壤，起身离席向天师请求免降。天师说："这是玉皇大帝的旨令，什么时候在哪里降雹，都有一定数额，怎么能徇私情？"王公苦苦哀求，天师低头沉思了许久，便回头对雹神说："那就多在山谷降些，别伤害庄稼好了。"随后嘱咐道："有贵客在座，去时文明些，不要太粗莽。"

雹神李左车出去，到了庭院中，忽然脚下生烟，云雾满地环绕，过了一会儿，猛然用力腾空，开始时只有庭中树那么高，再往上腾起，就超过楼阁了，随后又听得轰隆一声巨响，便向北方飞去。大家只感到房屋震动，桌案上的杯盘器皿摇摆颠簸不已。王公十分震惊，说道："他离开时都要响惊雷吗？"天师笑着说："没听我刚才告诫他，所以才迟迟而起，要不然就平地一声炸雷，轰然离去了。"

王公告别回去，记下了当时的日期，派人到章邱一带去查问，这一天果然天降冰雹，沟渠河汉都积满了，但是田地里只不过有几颗零星冰雹而已。

狐嫁女

【原文】

历城殷天官①，少贫，有胆略。邑有故家之第，广数十亩，楼宇连亘。常见怪异，以故废无居人；久之，蓬蒿渐满，白昼亦无敢入者。会公与诸生饮，或戏云："有能寄此一宿者，共醵为筵②。"公跃起曰："是亦何难！"携一席往。众送诸门，戏曰："吾等暂候之，如有所见，当急号。"公笑云："有鬼狐，当捉证耳。"遂入，见长莎蔽径③，蒿艾如麻。时值上弦④，幸月色昏黄，门户可辨。摩婆数进⑤，始抵

中华传世藏书

聊斋志异

图文珍藏版

九四

后楼。登月台⑥，光洁可爱，遂止焉。西望月明，惟衔山一线耳⑦。坐良久，更无少异，窃笑传言之讹。席地枕石，卧看牛女⑧。

一更向尽，恍惚欲寐，楼下有履声，籍籍而上⑨。假寐睨之，见一青衣人，挑莲灯⑩，猝见公，惊而却退。语后人曰："有生人在。"下问："谁也？"答云："不识。"俄一老翁上，就公谛视，曰："此殷尚书，其睡已酣。但办吾事，相公倜傥⑪，或不叱怪。"乃相率入楼，楼门尽辟。移时，往来者益众。楼上灯辉如昼。公稍稍转侧，作嚏咳。翁闻公醒，乃出，跪而言曰："小人有箕帚女⑫，今夜于归⑬。不意有触贵人，望勿深罪。"公起，曳之曰："不知今夕嘉礼⑭，惭无以贺。"翁曰："贵人光临，压除凶煞⑮，幸矣。即烦陪坐，倍益光宠。"公喜，应之。入视楼中，陈设芳丽。遂有妇人出拜，年可四十余。翁曰："此拙荆⑯。"公揖之。俄闻笙乐聒耳，有奔而上者，曰："至矣！"翁趋迎，公亦立俟。少选，笼纱一簇，导新郎入。年可十七八，丰采韶秀。翁命先与贵客为礼。少年目公。公若为傧⑰，执半主礼。次翁婿交拜，已，乃即席。少间，粉黛云从⑱，酒蒇雾霈⑲，玉碗金瓯，光映几案。酒数行，翁唤女奴请小姐来。女奴诺而入，良久不出。翁自起，搴帏促之。俄婢媪数辈拥新人出，环佩璆然⑳，麝兰散馥。翁命向上拜。起，即坐母侧。微目之，翠凤明珰㉑，容华绝世。既而酌以金爵㉒，大容数斗㉓。公思此物可以持验同人，阴内袖中㉔。伪醉隐几㉕，颓然而寝。皆曰："相公醉矣。"居无何，新郎告行，笙乐暴作，纷纷下楼而去。已而主人敛酒具，少一爵，冥搜不得。或窃议卧客，翁急戒勿语，惟恐公闻。移时，内外俱寂，公始起。暗无灯火，惟脂香酒气，充溢四堵㉖。视东方既白，乃从容出。探袖中，金爵犹在。及门，则诸生先俟，疑其夜出而早入者。公出爵示之。众骇问，公以状告。共思此物非寒士所有㉗，乃信之。

后公举进士㉘，任于肥丘㉙。有世家朱姓宴公，命取巨觥㉚，久之不至。有细奴掩口与主人语㉛，主人有怒色。俄奉金爵劝客饮。谛视之，款式雕文㉜，与狐物更无殊别。大疑，问所从制。答云："爵凡八只，大人为京卿时㉝，觅良工监制。此世传物，什袭已久㉞。缘明府辱临㉟，适取诸箱簏，仅存其七，疑家人所窃取；而十年尘封如故，殊不可解。"公笑曰："金杯羽化矣⑧。然世守之珍不可失。仆有一具，颇近似之，当以奉赠。"终筵归署，拣爵驰送之。主人审视，骇绝。亲诣谢公，诘所自来。公乃历陈颠末。始知千里之物，狐能摄致，而不敢终留也。

【注释】

①殷天官：指殷士儋。殷士儋，字正甫，学者称棠川先生，历城（今山东济南市）人。明嘉靖进士。曾任吏部尚书，官至武英殿大学士。著有《金舆山房稿》。见《明史》本传及乾隆《历城县志·人物志》。天官是"天官冢宰"的简称。《周礼》六官，称冢宰（丞相）为天官，为百官之长。唐武后光宅元年（684）曾一度改吏部为天官，后世便以天官作为吏部的通称。这里是对吏部尚书的敬称。

②共醵（据）为筵：大家凑钱请酒席。醵，合钱饮酒。

③莎（su6 襄）：与下句"蒿艾"，均指野草。莎，莎草，又名香附、香附子，根可入药。

④上弦：指农历每月初七、八的时候，月亮如弓形，上缺其半，叫作"上弦"。《释名·释天》："弦，半月之名也，其形一旁曲，一旁直，若张弓施弦也。"

⑤摩娑（襄）数进：摸索着进入数重庭院。摩娑，同"摸索"。进，房屋分成前后几个庭院的，每个庭院叫"一进"。

⑥月台：指楼上赏月的台榭。

⑦衔山一线：指月落西山，余晖如线。衔，含。

⑧牛女：指牛郎星和织女星。

⑨籍籍而上：脚步杂乱地上楼来。籍籍，纷乱的样子。

⑩莲灯：又称"莲炬"。一种罩似莲花的风灯，常供嫁娶时使用。下文"笼纱"，指以薄纱作罩的灯笼，喜庆时罩以红纱。吴自牧《梦粱录》卷二十"嫁娶"："新人下车……以数妓女执莲炬花烛，导前迎引。"

⑪相公：年少士人的尊称。倜傥（替倘）：豪放不羁。

⑫箕（基）帚（肘）女：旧时谦指自己的女儿缺乏才貌，只能胜任家务粗活。箕帚，指家庭洒扫之事。

⑬于归：出嫁。《诗·周南·桃夭》："之子于归，宜其家室。"

⑭嘉礼：此指婚礼。《周礼·春官·大宗伯》："以嘉礼亲万民。"嘉礼为古代五礼之一，指饮食、婚冠、宾射、飨蒸、脤膰、贺庆等礼仪。后世专指婚礼。

⑮压除凶煞：压制排除凶神恶煞。压，慑服。煞，凶神。

⑯拙荆：对人自称其妻的谦词。《列女传》："梁鸿妻孟光，常荆钗布裙。"原指以荆条作钗，装束俭朴，后人谦称其妻为荆妻、荆室、山荆、拙荆，均本此。

⑰傧（宾）：也作"摈"，指代表主人接引宾客的人。见《周礼·秋官·司仪》郑玄注。古时主有傧，客有副；殷士儋是代表主方迎接新郎的，所以"执半主礼"。

⑱粉黛云从：丫嬛使女，簇拥如云。粉黛，粉白黛绿，代指女子。白居易《长恨歌》："回头一笑百媚生，六宫粉黛无颜色。"

⑲酒戴（字）雾霈：美酒佳肴，热气蒸腾。戴，大块肉。

⑳环佩谬（求）然：佩玉叮当。《史记·孔子世家》："夫人自帷中再拜，环玉声璆然。"环佩，古时妇女所佩带的玉饰。璆然，玉器撞击的声音。

㉑翠凤明珰：鬓插翡翠凤钗，耳饰明珠耳坠。极言首饰的华丽名贵。珰，耳饰，珍珠做成的耳坠。

㉒爵：古代礼器，也是酒器，底有三足。《礼记·礼器》："宗庙之祭，贵者献以爵。"注："凡觞，一升曰爵。"

㉓斗：古代酒器。《诗·大雅·行苇》："酌以大斗，以祈黄耇。"

㉔内：通"纳"。

㉕隐（印）几：倚在几案上。隐，凭倚。

㉖四堵：四壁，指全室。

㉗寒士：贫寒的士人。士，封建时代特指读书人。

㉘举进士：考中进士。隋唐科举设进士科，历代相沿，以进士作为入仕资格的首选。明清时代，科举经过三级考试：一曰院试，考中称生员；二曰乡试，考中称

举人；三日会试（由礼部主持），考中称贡士。贡士再经复试（由皇帝派员主持）和殿试（在宫廷内由皇帝主持）。被录取者分为三甲：一甲赐进士及第，二甲赐进士出身，三甲赐同进士出身；统称为进士。《历城县志》记载，殷士儋为嘉靖二十六年（1547）进士。句原无"公"字，据铸雪斋抄本补。

㉙肥丘：地名。未详。

㉚巨觥（工）：大酒杯。《诗·小雅·桑扈》："兕觥其觫，旨酒思柔。"此指金爵。

㉛细奴：小童。

㉜款式雕文：样式及其上雕绘的图案。文，同"纹"，图案。

㉝京卿：即京堂。明清时称各衙门长官为堂官。清代对都察院、通政司、詹事府和大理、太常、太仆、光禄、鸿胪等寺及国子监的堂官，概称京堂，官方文书中称"京卿"。

㉞什袭：也作"十袭"。把物品重重叠叠包裹起来，引申为郑重珍藏的意思。什，言其多；袭，重叠。

㉟明府：汉代对郡守的尊敬。唐以后用以称县令。这里以称殷士儋。

㊱羽化：道教称成仙飞升为为羽化。这里是戏指酒杯丢失。

【译文】

吏部殷尚书是山东历城县人，年轻时家中贫困，为人极有胆略。县城里有一家官宦世家的府第，方圆数十亩，楼阁屋檐相接，一座连着一座。因为府内经常出现怪异的事情，所以被主人废置，无人居住；久而久之，渐渐杂草丛生，蓬蒿遍地，连白天也没人敢进去。

一天，殷公正与几位秀才在一起饮酒，席间有人开玩笑说："有谁敢在这所宅院里住上一夜，大家就出钱设宴请他吃一顿。"殷公一跃而起，说道："这有什么难的！"当即就拿了一条席子去了。众人送他到宅院门口，戏谑地对他说："我们暂且在此等候，如你见到什么，就赶快呼喊。"殷公笑着说："如有鬼狐，我一定捉住它，做个凭证。"说罢，就进去了。只见长长的莎草淹没了路径，荒蒿野艾遍地如麻。这时正是阴历的上半月，幸好一弯新月，昏黄中门户还依稀可辨。殷公摸索着穿过几重院落，才来到后楼。他登上月台，见这里平整光洁，煞是可爱，就停下不走了。看西天月亮，只剩下隐含在山顶的一条线了。殷公坐了很久，四周再没有丝毫异常现象，暗笑外间传闻不确。他席地躺下，头枕石板，仰望牛郎星和织女星。

一更将尽的时候，殷公正恍恍惚惚的快要睡着，楼下响起了脚步声，一步步朝上走来。他假装已经睡着，微微张眼偷看动静。只见一个青衣丫鬟提着一盏莲花灯，突然见到殷公，吃了一惊，倒退着对后面的人说："有陌生人在。"下边的人问："是谁呀？"丫鬟答道："不认识。"不一会儿，一个老翁上楼来，凑近殷公细看，说："这是殷尚书，他已经睡得很熟了。只管办我们的事情吧，殷相公为人洒脱豪爽，也许不会责备我们的。"于是他们相继进楼，楼内所有的房门全都打开了。

过了一会儿，来来往往的人更加多了，楼内灯火辉煌，就像白天一样明亮。殷公稍稍翻动身子，打了个喷嚏。老翁听见殷公醒了，就出来跪着说："我有个女儿，今夜出嫁，想不到惊扰贵人，恳请不要深责。"殷公起身，拉老翁起来，说道："不知今夜是大喜的日子，我惭愧没有庆贺的礼物。"老翁说："贵人光临，镇除凶神恶煞，就是幸事了。烦请你入席陪坐，我加倍感到荣幸。"殷公欣然答应了。走进楼里一看，陈设十分华丽。就见有一个妇人出来参拜行礼，年纪大约四十出头。老翁说："这是我妻子。"殷公作揖还礼。

不一会儿，听见传来一阵震耳的笙乐之声，有人奔上楼来说："来了！"老翁急忙出迎，殷公也恭立等候。稍过一会儿，一簇灯笼，引导新郎进来了。新郎年纪大约十七八岁，风采奕奕，容貌清秀。老翁叫新郎先向贵客行礼，少年看了看殷公，殷公也就充作傧相似的，按半个主人的身份答礼。接下来是丈人和女婿互拜，拜完，就一起入席。一会儿，打扮得漂漂亮亮的丫鬟纷纷簇簇，你来我往，端上酒肉佳肴，热气腾腾，玉碗金盆，满桌生辉。

酒过数巡，老翁叫丫鬟去请小姐出来，丫鬟应声进里屋去了。过了很久，小姐还没出来。老翁亲自起身前去掀帐催促。不一会儿，几个婢女老妇簇拥着新娘出来了，玉珮清响悦耳，兰麝芳香扑鼻。老翁命小姐向上参拜，起身坐在母亲身旁。殷公稍为看了一下小姐，只见她鬓撑翠凤，耳垂玉环，容貌艳丽，举世无双。这时席上用大金杯上酒，一杯可盛得下好几杯。殷公自思这金杯可以用来向朋友们证明自己入宅的经历，就悄悄地藏进衣袖中，假装已经喝醉，靠在桌子上，软洋洋地好像睡着了。众人都说："相公醉了。"过了没多久，听得新郎告辞离去，笙乐之声又大作，众人纷纷下楼而去。尔后，主人收捡酒具，发现少了一只金杯，到处找不到。有人私议或许是睡着的客人拿去了，老翁急忙阻止他们再说，唯恐被殷公听见。

过了好一会儿，楼里楼外都静下来了，殷公这才起身。屋内暗无灯火，只有粉香酒气充满四壁。看看东方已经露白，就从从容容走出后楼，摸摸袖中，金杯还在。到宅院门口，秀才们已先等在那里了，他们怀疑殷公是夜里离开了一大早又先进去的。殷公拿出金杯给大家看，众人都吃惊地询问究竟，于是他就把昨夜的情形告诉了大家。大家都认为这东西不是清贫的读书人所能有，就相信了殷公的话。

后来殷公考中了进士，任肥丘县令。一天，有姓朱的官宦世家宴请殷公，席间命仆人去拿大杯，好长时间不来。有个小童走近，掩着口对主人耳语，主人面有怒色。不一会儿，仆人奉上金杯，劝客人饮酒。殷公仔细看那金杯，式样和雕镂的图案，与从前狐狸用的酒杯没有丝毫差别。他心里充满疑团，就问主人这金杯的来历。主人答道："这样的金杯共有八只，是家父做京官时，找良工监制的。这是我家传世的宝物，已经珍藏很久了。因为大驾光临寒舍，刚才叫仆人开箱去拿，只剩七只了。我怀疑家人偷取，可是箱子锁了十年，上面灰尘和过去一样，实在弄不明白怎么回事。"殷公笑着说："金杯长翅膀飞了。但是先生世代珍藏的宝物不可丢失。我也有一只金杯，式样与先生家藏很相像，当拿来奉赠。"

酒宴结束后，殷公回到县署，找出金杯，派人骑马送去。主人仔细一看，不禁大为震惊。他亲自来到县署，拜谢殷公，并询问金杯的来历。殷公就把事情从头到尾说了一遍。这才知道千里外的东西，狐狸也能弄到手，但是却不敢永久留下。

娇娜

【原文】

　　孔生雪笠，圣裔也①。为人蕴藉②，工诗。有执友令天台③，寄函招之。生往，令适卒。落拓不得归④，寓菩陀寺，佣为寺僧抄录。寺西百余步，有单先生第。先生故公子，以大讼萧条⑤，眷口寡，移而乡居，宅遂旷焉。

娇娜

一日，大雪崩腾，寂无行旅。偶过其门，一少年出，丰采甚都。见生，趋与为礼，略致慰问，即屈降临。生爱悦之，慨然从入。屋宇都不甚广，处处悉悬锦幕，壁上多古人书画。案头书一册，签云⑥："琅嬛琐记⑦。"翻阅一过，皆目所未睹。生以居单第，意为第主，即亦不审官阀⑧。少年细诘行踪，意怜之，劝设帐授徒。生叹曰："羁旅之人⑨，谁作曹丘者⑩？"少年曰："倘不以驽骀见斥⑪，愿拜门墙⑫。"生喜，不敢当师，请为友。便问："宅何久锢？"答曰："此为单府，曩以公子乡居，是以久旷。仆皇甫氏，祖居陕。以家宅焚于野火，暂借安顿。"生始知非单。当晚，谈笑甚欢，即留共榻。昧爽⑬，即有僮子炽炭火于室。少年先起入内，生尚拥被坐。僮入，白："太公来⑭。"生惊起。一叟入，鬓发皤然⑮，向生殷谢曰："先生不弃顽儿，遂肯赐教。小子初学涂鸦⑯，勿以友故，行辈视之也⑰。"已乃进锦衣一袭⑱，貂帽、袜、履各一事⑲。视生盥栉已⑳，乃呼酒荐馔㉑。几、榻、裙、衣，不知何名，光彩射目。酒数行，叟兴辞㉒，曳杖而去。餐讫，公子呈课业㉓，类皆古文词，并无时艺㉔。问之，笑云："仆不求进取也。"抵暮，更酌曰："今夕尽欢，明日便不许矣。"呼僮曰："视太公寝未；已寝，可暗唤香奴来。"僮去，先以绣囊将琵琶至。少顷，一婢入，红妆艳绝。公子命弹湘妃㉕。婢以牙拨勾动㉖，激扬哀烈，节拍不类凡闻。又命以巨觥行酒，三更始罢。次日，早起共读。公子最惠㉗，过目成咏，二三月后，命笔警绝。相约五日一饮，每饮必招香奴。一夕，酒酣气热，目注之。

公子已会其意，曰："此婢乃为老父所豢养。兄旷邈无家㉘，我夙夜代筹久矣。行当为君谋一佳偶。"生曰："如果惠好㉙，必如香奴者。"公子笑曰："君诚'少所见而多所怪'者矣㉚。以此为佳，君愿亦易足也。"居半载，生欲翱翔郊郭㉛，至门，则双扉外扃，问之，公子曰："家君恐交游纷意念，故谢客耳。"生亦安之。时盛暑溽热，移斋园亭㉜。生胸间肿起如桃，一夜如碗，痛楚呻吟。公子朝夕省视，眠食都废。又数日，创剧，益绝食饮。太公亦至，相对太息。公子曰："儿前夜思先生清恙㉝，娇娜妹子能疗之。遣人于外祖处呼令归，何久不至？"俄僮入曰："娜姑至，姨与松姑同来。"父子疾趋入内。少间，引妹来视生。年约十三四，娇波流

慧^㉞，细柳生姿^㉟。生望见颜色，嚬呻顿忘，精神为之一爽。公子便言："此兄良友，不啻胞也，妹子好医之。"女乃敛羞容，揄长袖^㊱，就榻诊视。把握之间，觉芳气胜兰。女笑曰："宜有是疾，心脉动矣^㊲。然症虽危，可治；但肤块已凝^㊳，非伐皮削肉不可。"乃脱臂上金钏安患处，徐徐按下之。创突起寸许，高出钏外，而根际余肿，尽束在内，不似前如碗阔矣。乃一手启罗衿^㊴，解佩刀，刃薄于纸，把钏握刃，轻轻附根而割。紫血流溢，沾染床席，而贪近娇姿，不惟不觉其苦，且恐速竣割事，偎傍不久。未几，割断腐肉，团团然如树上削下之瘿^㊵。又呼水来，为洗割处。口吐红丸，如弹大，着肉上，按令旋转。才一周，觉热水蒸腾；再一周，习习作痒^㊶；三周已，遍体清凉，沁入骨髓。女收丸入咽，曰："愈矣！"趋步出。生跃起走谢，沉痼若失^㊷。而悬想容辉。苦不自已。自是废卷痴坐^㊸，无复聊赖。公子已窥之，曰："弟为兄物色，得一佳偶。"问："何人？"曰："亦弟眷属。"生凝思良久，但云："勿须。"面壁吟曰："曾经沧海难为水，除却巫山不是云^㊹。"公子会其指^㊺，曰："家君仰慕鸿才，常欲附为婚姻。但止一少妹，齿太稚^㊻。有姨女阿松，年十八矣，颇不粗陋。如不见信，松姊日涉园亭^㊼，伺前厢，可望见之。"生如其教，果见娇娜偕丽人来，画黛弯蛾^㊽，莲钩蹴凤^㊾，与娇娜相伯仲也^㊿。生大悦，请公子作伐⁵¹。公子翼日自内出，贺曰："谐矣。"乃除别院，为生成礼。是夕，鼓吹阗咽⁵²，尘落漫飞，以望中仙人，忽同衾幄⁵³，遂疑广寒宫殿，未必在云霄矣。合卺之后⁵⁴，甚惬心怀。一夕，公子谓生曰："切磋之惠⁵⁵，无日可以忘之。近单公子解讼归，索宅甚急，意将弃此而西。势难复聚，因而离绪萦怀。"生愿从之而去。公子劝还乡闾，生难之。公子曰："勿虑，可即送君行。"无何，太公引松娘至，以黄金百两赠生。公子以左右手与生夫妇相把握，嘱闭眸勿视。飘然履空，但觉耳际风鸣，久之曰："至矣。"启目，果见故里。始知公子非人。喜叩家门。母出非望，又睹美妇，方共忻慰。及回顾，则公子逝矣。松娘事姑孝；艳色贤名，声闻遐迩。

后生举进士⁵⁶，授延安司李⁵⁷，携家之任。母以道远不行。松娘举一男，名小宦。生以忤直指⁵⁸，罢官，罣碍不得归⁵⁹。偶猎郊野，逢一美少年，跨骊驹，频频瞻顾。细看，则皇甫公子也。揽辔停骖^⑩，悲喜交至。邀生去，至一村，树木浓昏，荫翳天日。入其家，则金沤浮钉^⑪，宛然世族。问妹子，则嫁；岳母，已亡，深相感悼。经宿别去，偕妻同返。娇娜亦至，抱生子掇提而弄曰^⑫："姊姊乱吾种矣。"生拜谢曩德。笑曰："姊夫贵矣。创口已合，未忘痛耶？"妹夫吴郎，亦来拜谒。信宿乃去^⑬。一日，公子有忧色，谓生曰："天降凶殃，能相救否？"生不知何事，但锐自任^⑭。公子趋出，招一家俱入，罗拜堂上。生大骇，亟问。公子曰："余非人类，狐也。今有雷霆之劫。君肯以身赴难，一门可望生全；不然，请抱子而行，无相累。"生矢共生死。乃使仗剑于门，嘱曰："雷霆轰击，勿动也！"生如所教。果见阴云昼瞑，昏黑如磐^⑮。回视旧居，无复闬闳^⑯，惟见高冢岿然，巨穴无底。方错愕间，霹雳一声，摆簸山岳；急雨狂风，老树为拔。生目眩耳聋。屹不少动。忽于繁烟黑絮之中，见一鬼物，利喙长爪。自穴攫一人出，随烟直上。瞥睹衣履，念似娇娜。乃急跃离地，以剑击之，随手堕落。忽而崩雷暴裂，生仆，遂毙。少间，晴霁，娇娜已能自苏。见生死于旁，大哭曰："孔郎为我而死，我何生矣！"松娘亦出，共异生归。娇娜使松娘捧其首；兄以金簪拨其齿；自乃撮其颐。以舌度红丸入，又接吻而呵之。红丸随气入喉，格格作响。移时，醒然而苏。见眷口满前，恍如梦寤。于是一门团圞^⑰，惊定而喜。生以幽圹不可久居^⑱，议同旋里。满堂交赞，惟娇娜不乐。生请与吴郎俱，又虑翁媪不肯离幼子，终日议不果。忽吴家一小奴，汗流气促而至。惊致研诘^⑲，则吴郎家亦同日遭劫，一门俱没。娇娜顿足悲伤，涕不可止。共慰劝之。而同归之计遂决。生入城，勾当数日，遂连夜趣装^⑳。一既归，以闲园寓公子，恒反关之；生及松娘至，始发扃。生与公子兄妹，棋酒谈宴，若一家然。小宦长成，貌韶秀，有狐意。出游都市，共知为狐儿也。

异史氏曰："余于孔生，不羡其得艳妻，而羡其得腻友也^㉑。观其容可以忘饥，听其声可以解颐^㉒。得此良友，时一谈宴，则'色授魂与'^㉓，尤胜于'颠倒衣裳'^㉔矣。"

【注释】

①圣裔：孔子的后代。封建时代孔丘被尊为圣人，凡其后代子孙，都被尊称为"圣裔"。

②蕴藉：宽厚有涵养。

③执友：志趣相投的朋友。令天台：任天台县县令。天台，今浙江省所属县，在天台山下。

④落拓：犹"落魄"。穷困潦倒，漂泊无依。

⑤以大讼萧条：因为一场干系重大的官司，家道破落下来。讼，诉讼。萧条，本为形容秋日万物凋零，这里借指家境衰落。

⑥签：书籍封面的题签。

⑦琅嬛琐记：虚拟的书名。古有笔记小说《琅嬛记》三卷，旧题元伊世珍作。书首载西晋张华游神仙洞府"琅嬛福地"的传说，因用"琅嬛"为书名。书中所记多为神怪故事，所引书名也前所未见。这里以"琅嬛琐记"代指奇书秘籍。

⑧官阀：官位和门第。《后汉书·郑玄传》："汝南应劭自赞曰：'故太山太守应中远，北面称弟子，何如？'玄笑曰：'仲尼之门，考以四科，回（颜回）、赐（子贡）之徒不称官阀。'"

⑨羁旅：客居在外。

⑩曹丘：指汉初的曹丘生。《史记·季布列传》载，曹丘生赞赏季布，大力为之宣扬，使季布因而享有盛名。后因以"曹丘"或"曹丘生"，代指推荐人。

⑪驽骀（台）：能力低下的马，喻平庸无才。

⑫拜门墙：拜为老师。门墙，《论语·子张》：子贡称颂孔子学识博大精深，曾说"譬之宫墙，赐（子贡名）之墙也及肩，窥见室家之好。夫子之墙数仞，不得其门而入，不见宗庙之美，百官之富。"后因以门墙指师门。

⑬昧爽：拂晓。

⑭太公：古时对祖父辈老人的尊称。这里是仆人对老一辈主人的尊称。

⑮鬓发皤（婆）然：鬓发皆白。皤，白。

⑯初学涂鸦：刚刚开始学习作文。涂鸦，喻书法幼稚或胡乱写作。唐卢仝《示添丁》："忽来案上翻墨汁，涂抹诗书如老鸦。"这里是太公的谦词。

⑰行辈视之：当作同辈人来看待。

⑱一袭：一身，一套。

⑲一事：一件。

⑳盥栉（贯至）：洗脸、梳头。

㉑荐馔：上菜。荐，进献，陈列。馔，食物，这里指菜肴。

㉒兴辞：起身告辞。

㉓课业：提请老师考核、批阅的习作。

㉔时艺：明、清时，称科举应试的八股文为"时艺"或"时文"。时，当时，对"古"而言。艺，文。

㉕湘妃：湘水女神。传说舜有二妃娥皇、女英。舜南巡死于苍梧，二妃闻讯，投湘水而死，成为湘水之神，称湘妃。这里指根据这个故事谱写的乐曲。《琴操》有《湘妃怨》，又有《湘夫人》曲。

㉖牙拨：象牙拨子。用来拨弹乐器丝弦。

㉗惠：通"慧"。聪明。

㉘旷邈无家：独居无妻。旷，男子壮而无妻。邈，冈。家，结婚成家，这里指妻室。

㉙惠好：见爱加恩。惠，恩惠。

㉚少所见而多所怪：见闻太少，看到平常的事物便感到惊奇。《弘明集》载汉牟融《理惑论》："谚云：'少所见，多所怪。睹骆驼，言马肿背。'"

㉛翱翔：遨游。《诗·齐风·载驱》："鲁道有荡，齐子翱翔。""鲁道有荡，齐子游遨。"朱熹注："游遨，犹翱翔。"

㉜斋：书房。

㉝清恙：称人疾病的敬词。恙，病。

㉞娇波：娇美的眼波。

㉟细柳：纤细的腰围。

㊱揄（于）长袖：手挥长袖。揄，挥。

㊲心脉：指心脏的经脉。旧称心为思维的器官；心脉动，指思想波动。中医有心在地为火之说，故娇娜说宜有热毒肿疾。

㊳肤块已凝：指热毒凝于皮下，成为肿块。

㊴罗衿（今）：丝罗衣襟。此指罗衣的下摆。

㊵瘿（影）：树瘤。树因虫害或创伤，部分组织畸形发育而成的隆起物。

㊶习习作痒：微微发痒。习习，和风轻吹。

㊷沉痼：积久难愈的病；重病。

㊸废卷（倦）：丢下书卷，指无心读书。卷，指书，唐以前的书文多裱成长卷，以轴舒卷，因称。

㊹“曾经”二句：这是唐诗人元稹《离思五首》中悼念亡妻的诗句。诗人把亡妻比作沧海之水、巫山之云，他处的云、水都不能与之相比，借以表明再也找不到像亡妻那样值得钟爱的女子。孔生吟咏这两句诗，意在暗示：除却娇娜，他人都不中意。

㊺会其指：领会了他的意思。指，通“旨”。

㊻齿太稚：年纪太小。齿，年龄。

㊼日涉园亭：每天到园亭里游玩？涉，到，游历。

㊽画黛弯蛾：描画的双眉，像蚕蛾的一对触须那样弯曲细长。黛，古时妇女描眉用的青黑色颜料。蛾，蚕蛾，其触须细长弯曲，所以旧时常喻女子细眉为“蛾眉”。

㊾莲钩蹴凤：纤瘦的小脚穿着凤头鞋。莲，金莲，喻女子的小脚。莲钩，这里指女子所着的弓鞋。蹴，踏。凤，鞋头上的绣凤。

㊿相伯仲：不相上下。伯仲，兄弟之间，长者为伯，幼者为仲。(51)作伐：

做媒。

㉝鼓吹阗咽（因）：鼓吹之声并作。吹，指唢呐、喇叭之类管乐器。阗，众声并作。咽，有节奏的鼓声。

㉝衾幄：锦被与罗帐。

㊾合卺（锦）：举行婚礼。一瓠剖为两瓢，叫"卺"，新婚夫妇各执其一对饮，叫"合卺"，为古时结婚礼仪之一。醑用酒漱口。

㊾切磋：工匠切剖骨角，磋磨平滑，制成器物。这里喻研讨学问。

㊾举进士：考中进士。

㊾延安司李：延安府的推官。延安，府名。辖境在今陕西省北部，治所为延安。司李，也称"司理"，宋代各州掌狱讼的官员。明、清时在各府置推官，其职掌与宋代司李略同，因也别称"司理"或"司李"。

㊾直指：直指使。汉代派侍御史为"直指"使，巡视地方，审理重大案件。这里指明、清时巡按御史一类的官员。

㊾罣（挂）碍：官吏因公事获咎而罢官，留在任所听候处理，不能自由行动，所以叫"罣碍"。

㊿揽辔停骖：收缰勒马。骖，泛指马。

㉼金沤（欧）浮钉：装饰在大门上的形似浮沤（水泡）的涂金圆钉，为古代贵族世家的门饰。

㉼掇提而弄：弯腰抱起逗弄。

㉼信宿：再宿；住了两天。

㉼但锐自任：却立即表示自己愿意承担。锐，迅疾。

㉼磐：黑石。

㉼闬闳（旱宏）：里巷门。这里指皇甫公子宅舍。

㉼团圞（鸾）：团聚。圞也作"栾"，圆。

㉼幽圹（况）：墓穴。幽，地下。

㉼惊致研诘：大吃一惊地仔细询问。研，穷究。诘，问。

⑦趣（促）装：急忙整理行装。趣，促。

⑦腻友：美丽而亲昵的女友。

⑦解颐：开口笑的样子。

⑦色授魂与：司马相如《上林赋》，"色授魂与，心愉于侧。"《史记索隐》引张揖说："彼色来授我，我魂往与接也。"这里指男女精神上的爱恋。色，容貌。魂，精神，内心。

⑦颠倒衣裳：《诗·齐风·东方未明》："东方未明，颠倒衣裳。"朱熹认为是"刺其君兴居无节，号令不时"。这里隐指男女两性关系。

【译文】

书生孔雪笠，是孔圣人的后代。为人很有涵养，擅长作诗。他有个好朋友，在浙江天台县当县令，寄信来请他去。雪笠应邀前往，不料县令刚巧去世，他衣食无着，穷困潦倒，回不了家乡。寄寓在普陀寺中，受寺僧雇佣，为庙里抄录经书。

寺院西边一百多步，有单先生的宅第。单先生原是贵家公子，因为打了一场大官司，以致家境萧条，家中人口减少，便搬到乡下去居住，这所宅院就空着了。一天，大雪纷飞，路上不见一个行人。雪笠偶然经过单府门前，一个少年正从里面出来，风度很优雅。看见雪笠，快步上前向他施礼，稍稍问候了几句，就邀请雪笠屈尊到宅中做客。雪笠很喜欢这位少年，就爽快地随他进去了。

里边的房间都不很宽敞，到处都张挂着锦缎制成的帷幕。墙壁上有许多古人书画，书桌上放着一册书，书签上写着"《琅嬛琐记》"。雪笠粗粗翻看一遍，都是自己没见过的。他见少年住在单宅，便以为就是宅院的主人单先生，所以也不再打听他的家世。少年详细询问了雪笠的经历，心里很同情他，劝他开学馆教授学生。雪笠叹道："一个漂泊他乡的人，又有谁来称扬推荐我呢？"少年说："你如果不因我愚钝庸碌而嫌弃，我愿拜在门下。"雪笠大喜，不敢自居师长，只请与少年结为朋友。于是又问："这所宅第为什么一直锁着？"少年回答说："这里是单公子的府第，从前因单公子移居乡下，所以空旷已久。我姓皇甫，祖居陕西，因为家宅被野火焚毁，暂借此地安顿。"雪笠这才知道少年并不是单公子。当晚二人谈谈笑笑，十分愉快，少年就留雪笠同床而眠。

第二天清晨，就有僮儿在屋里燃起炭火。少年先起身进里屋去了，雪笠还拥被坐在床上。僮儿进来禀告说："太公来了。"雪笠一惊，赶紧起身。只见一位老翁走进屋来，鬓发斑白，对雪笠恳切地道谢说："先生不嫌弃我那顽钝的小儿，答应赐教。小儿初学诗文，胡乱涂写，请不要因为和他做了朋友，就以平辈的身份看待他。"说完，就送上锦衣一套，貂皮帽子一顶，袜子和鞋各一双。老翁看雪笠梳洗停当，就命人献上酒食。桌、榻、裙、衣，雪笠说不上是什么材料做的，样样光彩夺目。酒过数巡，老翁起身告辞，拄着拐杖离去。

吃完早餐，公子呈上作业，雪笠一看，都是古文，并无一篇当时流行的八股文。问公子，公子笑着说："我不求进取呀！"到了晚上，公子又献上酒食，对雪笠说："今晚我们尽情欢饮，明天家父就不许了。"他招呼僮儿说："去看看太公安睡了没有，如果已经安寝，可悄悄地唤香奴到这儿来。"僮儿去了，先抱来一把用绣囊装着的琵琶，过了一会儿，一个婵女进来，红妆艳丽，貌美无比。公子命她弹一曲《湘妃怨》。这个叫香奴的婵女用象牙拨子勾动丝弦，激扬高昂，凄楚悲壮，节拍与雪笠从前听过的《湘妃怨》大不相同。公子又命香奴用大杯行酒，一直喝到三更时分，才尽兴而散。

第二天，公子与雪笠一早起来读书。公子极其聪明，诗文过目便能背诵，两三个月后，下笔警语奇绝。二人相约每隔五天共饮一次，每次欢饮，必定要召唤香奴来助兴。一天晚上，雪笠喝得十分酣畅，不禁情热，两眼总是注视着香奴。公子已经明白他的心思，就说："这个婵女是老父养着的，兄长远离故乡，独居无家，我日夜为你筹划婚姻之事已经很久了，不久当为你找一位好对象。"雪笠说："如真有此美意，那么一定要找才貌和香奴一样的。"公子笑着说："你真是少见多怪。以为像香奴这样就算佳人，那么你的愿望也就太容易满足了。"

住了半年，雪笠想去郊外游赏。来到大门口，却见两扇门给从外面反锁住了，

图文珍藏版

便去问公子。公子说："家父怕我外出交游会乱了读书的心思，所以闭门谢客。"雪笠也就安下心来了。当时正值盛夏季节，天气湿热，于是两人便把书房搬到花园里来。雪笠胸口长出一个肿块，像桃子大小，一夜工夫，长得有碗口般大，疼痛难忍，不停地呻吟。公子每天早晚都来探望，急得吃不下饭，睡不着觉。又过了几天，患处进一步恶化，更是粒米不沾，滴水不进。太公也来探望，父子二人相对叹息。公子说："儿前夜想起，先生的病，娇娜妹妹能治。我已派人到外祖母家去唤她回来，怎么这么久了还不到？"

不一会，僮儿进来禀报："娜姑娘已到，姨太太和松姑娘也一起来了。"父子俩急忙走进内院。过了一会儿，公子带了妹妹娇娜来看望雪笠。娇娜年纪大约十三四岁，娇柔的眼波流露出聪慧，细软的柳腰格外地多姿。雪笠看到她美丽的容貌，顿时忘了痛苦呻吟，精神为之一爽。公子就对娇娜说："这位先生是哥哥的好朋友，简直胜过同胞兄弟。请妹妹务必好好替他医治。"娇娜就收起羞涩的神情，挥动长袖，走近床前，替雪笠看病。把脉之际，雪笠只觉芳香袭来，胜如春兰。娇娜笑着说："是该生这样的病，因为你的心脉动了。病虽危险，还可医治，只是坏死的肌肤已经凝结成块，非得割皮削肉不可。"于是就褪下臂上的金镯子放在患处，慢慢地把它按下去。肿疮突起一寸多，高出金镯之外，而疮四周的红肿处却缩小了，收束到金镯子以内，不像原先那样像碗口大了。娇娜就用另一只手撩起衣襟，解下一把刀刃比纸还薄的佩刀，按住金镯，轻轻把刀贴着肿疮的根部切割。暗红色的污血流淌出来，把床席都沾染了。雪笠贪恋与美人接近，不但不觉得痛苦，反而担心手术完成得太快，娇娜不能长久靠在自己身旁。不一会儿，脓疮被割下来了，圆团团的好像树上削下来的瘿瘤。娇娜又叫人取水来，替雪笠洗净创口。接着，从口中吐出一颗子弹大小的红丸，放在创口处，按着它转。刚转了一圈，雪笠感觉那儿好像受到热火蒸腾一般；转第二圈，又觉得阵阵发痒；等转完三圈，遍体清凉，沁入骨髓。娇娜收起红丸吞入口中，说道："病治好了！"就快步往外走。雪笠一跃而起，赶上去向她道谢，一身重病顿时没了。但是悬想娇娜光彩照人的容貌，又苦闷不能自止。从此他再不读书，整日痴痴地坐着，对什么都不再感兴趣。

公子已暗中注意到这一切，就对雪笠说："我为兄长物色，已经找到一位佳偶。"雪笠问："是谁？"公子答道："也是我的亲眷。"雪笠听罢，出神想了好久，只说："不必了。"转身面对墙壁，吟诵唐朝诗人元稹的两句诗："曾经沧海难为水，除却巫山不是云。"公子明白他的意思，说道："家父十分仰慕先生大才，一直想高攀结亲。但家中只有一个小妹，年纪太小。有个姨表妹叫阿松，十八岁了，还不怎么粗陋。如果不信，反正松姐每天都要到花园中来，你在前厢房中候着，就能看见她了。"雪笠照他所说，果然看见娇娜偕同一位漂亮的姑娘前来，画着弯弯的蛾眉，一双小脚穿着凤鞋，容貌与娇娜不相上下。雪笠满心欢喜，请公子为他做媒。第二天，公子从内院出来，向雪笠贺喜道："好事成了！"于是收拾好另外一个院子，为雪笠举行婚礼。这天晚上，鼓乐喧天，震得屋梁上的尘土都飞落下来。雪笠因为日思夜想的天仙美女，忽然与自己同床合被，真疑心嫦娥所住的广寒宫未必是在天上了。成亲之后，十分称心如意。

一天晚上，公子对雪笠说："你在学问上帮我一起研讨，此恩永世难忘。近来单公子打完官司回来了，索要这所宅第很急，我们打算离开这里，还回陕西老家。看来你我再难重聚，因而离愁别绪，萦绕心怀。"雪笠愿意随公子一起去。公子劝他还是返还山东故乡，雪笠感到有困难。公子说："你不用担心。我可立即送你走。"不一会儿，太公领了松娘前来，把一百两黄金送给雪笠。公子用左右手分别握住雪笠夫妇的手，嘱咐他们闭上眼睛不能看。雪笠只觉飘飘然凌空飞起，耳边风声呼呼作响。好一会儿，听公子说："到了！"雪笠睁开眼睛，果然见到了故乡。这时他才知道公子不是凡人。雪笠欣喜地敲开家门，母亲喜出望外，又看见美丽的媳妇，正共感欢慰。等回头看时，公子已没踪影了。

松娘侍奉婆婆十分孝顺，美貌贤惠，远近闻名。后来雪笠考中进士，授任陕西延安府司理，掌管一府刑狱。他带着家眷赴任，老母亲因路途遥远，没有同行。松娘生了一个男孩，取名小宦。雪笠因违逆了巡按使的意旨，被罢了官搁在那里，一时不能回山东老家。

一天，他偶然到郊外打猎，遇见一位英俊少年，骑一匹小黑马，频频回头望他。雪笠仔细一看，原来是皇甫公子，急忙收缰勒马，不禁悲喜交集。公子邀雪笠一起回去，来到一个村庄，树木茂盛，遮天蔽日。进了家，又见门上遍排金钉，宛然是世家大族。雪笠问起娇娜妹子，说是出嫁了，岳父母已经去世，互相深深感伤了一番。雪笠住了一夜，第二天告别回去，又偕同妻子一起返回公子庄上。娇娜也来了，抱起小宦，逗笑着说："姐姐，你乱了我们的种了。"雪笠向娇娜拜谢昔日为他治病的恩德。娇娜笑着说："姐夫如今显贵了。创口已经愈合，还没忘记痛吧？"娇娜的丈夫吴郎也来拜见。雪笠夫妇住了两夜才回去。

有一天，皇甫公子满面愁容，对雪笠说："上天降下凶祸，你能不能相救？"雪笠不知道出了什么事，但是马上应承下来了。公子快步出去，招呼一家人全都进来，在厅堂上团团下拜。雪笠大惊，急忙问到底出了什么事。公子说道："我们不是人类，而是狐狸，现在要遭受雷霆的劫难，你如果肯挺身赴难，我们一家可望保全性命；如果不肯，就请抱了孩子走吧，不要把你也连累了。"雪笠发誓愿与公子一家同生共死，公子就让雪笠仗剑站在门口，嘱咐他说："任凭雷霆怎样轰击，千万不要动！"雪笠一一听从。

一会儿，果然阴云密布，天昏地暗，好像头上压着一块巨大的黑石板。雪笠回头一看，原先住的门楼房舍全都不见了，只看见一座高高的古坟岿然耸立，巨大的洞穴深不见底。正在惊异不止的时候，突然一声霹雳，山摇地动，接着狂风急雨，老树也被连根拔起。雪笠眼也被闪电耀花了，耳也被雷声震聋了，但他依然屹立着一动不动。忽然又见在浓烟黑云之中，有个尖嘴长爪的鬼物，从洞穴中抓出一个人来，随着烟云腾空直上。雪笠一眼瞥见那衣服鞋子，心想好像是娇娜，于是迅速跃起，挥剑向鬼物击去，娇娜随着就从鬼物爪中坠落下来。忽然惊雷猛地炸响，雪笠跌倒在地，死了。

过了一会儿，天晴雨止。娇娜已慢慢苏醒过来。她看见雪笠死在旁边，放声大哭，说道："孔郎为我而死，我还活着干什么呀！"这时松娘也从洞中出来，与娇娜一起把雪笠抬回家中。娇娜让松娘捧着雪笠的头，让她哥哥用金簪拨开雪笠的牙关，自己捏着她的下颌，用舌头把红丸送到他口中，又唇对唇往里吹气。红丸随气进入雪笠喉中，发出格格的声响。过了好一会儿，雪笠好像一觉睡醒似的活过来了，看见亲属站满在身前，恍恍惚惚好像做了一场梦。于是一家团圆，惊定而喜。

雪笠因为坟地不可久居，就和大家商量一起返回山东老家。满屋的人交口赞同，只有娇娜闷闷不乐。雪笠请她与吴郎一起去，娇娜又顾虑公公婆婆离不开小儿子。整整商议了一天，仍然没有结果。忽然吴家的一个小奴汗流浃背、气喘吁吁地跑来，大家吃惊地询问究竟。原来吴家也在同一天遭到雷霆之灾，一家老小全都死于非命。娇娜顿足悲哭，泪流不止，大家都劝慰她。于是一同返回故乡的计议就定下来了。雪笠进城料理安排了几天，就连夜整理行装起程。

回到山东以后，雪笠将一所空闲的花园给公子居住，园门经常反锁着，只有当雪笠和松娘到来才开。雪笠和公子兄妹经常弈棋饮酒，谈笑欢宴，就像一家人一样。小宦长大后，容貌美丽清秀，很有狐仙的气质风韵。他外出到都市游玩，人们都知道他是狐狸的儿子。

异史氏说：我对于孔生，不羡慕他娶得一位艳丽的妻子，而羡慕他结识一位亲密的女友。看见她的容貌，可以忘记饥饿；听到她的声音，可以使人欢笑。如果得到这样一位良友，时常在一起谈论宴饮，那么就能在精神上融合沟通，更胜过夫妻情爱了。

僧　孽

【原文】

张姓暴卒，随鬼使去①，见冥王②。王稽簿③，怒鬼使误捉，责令送归。张下，私浼鬼使，求观冥狱④。鬼导历九幽⑤，刀山、剑树，一一指点。末至一处，有一僧孔股穿绳而倒悬之，号痛欲绝。近视，则其兄也。张见之惊哀，问："何罪至此?”鬼曰:“是为僧⑥,广募金钱,悉供淫赌,故罚之。欲脱此厄,须其自忏⑦。”张既苏,疑兄已死。时其兄居兴福寺⑧,因往探之。入门,便闻其号痛声。入室,见疮生股间,脓血崩溃,挂足壁上,宛冥司倒悬状。骇问其故。曰:“挂之稍可,不则痛彻心腑。”张因告以所见。僧大骇,乃戒荤酒,虔诵经咒。半月寻愈。遂为戒僧⑨。

僧孽

异史氏曰:“鬼狱渺茫,恶人每以自解;而不知昭昭之祸⑩,即冥冥之罚也。可勿惧哉!”

【注释】

①鬼使：佛教所说的受阎罗役使、到阳世追摄罪人的鬼卒。

②冥王：即阎罗，详《犬奸》注。

③稽簿：检核簿籍。簿，指迷信传说中阴曹掌管的生死簿。

④冥狱：阴间的牢狱，即地狱。佛经记载，阎罗主管八寒八热地狱，又有十八地狱之说。狱中有刀山、剑树、炎火、寒冰等种种刑罚。

⑤九幽：犹言九泉之下，指迷信所说地层极深处囚禁鬼魂的地方。

⑥是为僧：这个身为僧的人。是，此。

⑦忏：忏悔，佛教名词。佛教徒念经拜佛，发露自己的过错，表示悔悟，以求宽容，叫忏。佛教规定，教徒隔半月举行一次诵戒，给犯戒者以悔过机会。后逐渐成为专以脱罪祈福为目的的宗教行为。

⑧兴福寺：据乾隆《淄川县志》卷二：县西三十里冶头店有兴福寺。冶头店，今为淄博市淄川区冶头村。

⑨戒僧：即戒行僧。详《长清僧》注。

⑩昭昭：指阳世。冥冥：指阴曹。

【译文】

有个姓张的人，记不清叫什么名字，突然死去了。他的鬼魂跟着阴曹地府的差役去见阎王。阎王一查生死簿，恼怒差役错捕了人，责令他把张某人送回家去。张某人从阎罗殿上下来，私下向差役请求，想看看阴曹地府的牢狱。于是差役领着他来到地底下最深的地方，把刀山狱、剑树狱一一指点给他看。

最后，张某跟着差役来到一个地方，看见一个和尚大腿上穿了一条绳子，头朝下悬挂在那里，又喊又叫，像是要疼死了。张某过去一看，原来是他的兄长。张某吃惊地哀求差役告诉他，兄长犯了什么罪，要受这样的苦？差役说："因为他做和尚的时候，把善男信女捐献的钱财，全部拿来让他吃酒、赌博、奸淫妇女花去了，所以才这样处罚他。想要逃脱这种苦难，除非他能够悔过自新。"

地府差役把张某送回家，张某立刻苏醒过来。他怀疑兄长已经死了，就到兄长居住的兴福寺去探望兄长。张某一进寺院门，就听见兄长因疼痛发出的叫喊声。张某来到兄长的卧室，只见他大腿上生满了疮，浓血直流，把足挂在墙壁上，和张某在阴曹地府见到的形状一模一样。张某吃惊地问兄长为什么把足挂在墙壁上，兄长告诉张某说："这样挂着稍微好受一些，不这样就疼得心都要碎了。"

张某把在阴曹地府见到的情况绘声绘色地给兄长讲了一遍。和尚一听心里非常害怕，从此便戒酒戒肉，日日虔诚地诵读经文，半个月病就痊愈了。于是便成了一个遵从佛家清规戒律的和尚。

妖　术

【原文】

于公者，少任侠①，喜拳勇②，力能持高壶③，作旋风舞④。崇祯间⑤，殿试在都⑥，仆疫不起，患之。会市上有善卜者，能决人生死，将代问之。既至，未言。卜者曰："君莫欲问仆病乎？"公骇应之。曰："病者无害。君可危。"公乃自卜。卜者起卦，愕然曰："君三日当死！"公惊诧良久。卜者从容曰："鄙人有小术，报我十金，当代禳之。"公自念，生死已定，术岂能解；不应而起，欲出。卜者曰："惜此小费，勿悔勿悔！"爱公者皆为公惧，劝罄囊以哀之。公不听。

倏忽至三日，公端坐旅舍，静以觇之，终日无恙。至夜，阖户挑灯，倚剑危坐。一漏向尽，更无死法。意欲就枕，忽闻窗隙窣窣有声。急视之，一小人荷戈入；及地，则高如人。公捉剑起，急击之，飘忽未中。遂邈小，复寻窗隙，意欲遁去。公疾斫之，应手而倒。烛之，则纸人，已腰断矣。公不敢卧，又坐待之。逾时，一物穿窗入，怪狞如鬼。才及地，急击之，断而为两，皆蠕动。恐其复起，又连击之，剑剑皆中，其声不夹⑦。审视，则土偶，片片已碎。于是移坐窗下，目注隙中⑧。久之，闻窗外如牛喘，有物推窗棂，房壁震摇，其势欲倾。公惧覆压，计不如出而斗之，遂割然脱肩⑨，奔而出。见一巨鬼，高与檐齐；昏月中，见其面黑如煤，眼闪烁有黄光；上无衣，下无履，手弓而腰矢⑩。公方骇，鬼则弯矣⑪。公以剑拨矢，矢堕；欲击之，则又关矣。公急跃避，矢贯于壁，战战有声。鬼怒甚，拔佩刀，挥如风，望公力劈。公猱进⑫，刀中庭石，石立断。公出其股间，削鬼中踝，铿然有声。鬼益怒，吼如雷，转身复剁。公又伏身入；刀落，断公裙。公已及胁下，猛斫之，亦铿然有声，鬼仆而僵。公乱击之，声硬如柝⑬。烛之，则一木偶，高大如人。弓矢尚缠腰际，刻画狰狞；剑击处，皆有血出。公因秉烛待旦，方悟鬼物皆卜人遣之。欲致人于死，以神其术也。

次日，遍告交知，与共诣卜所。卜人遥见公，瞥不可见。或曰：“此翳形术也⑭，犬血可破。”公如言，戒备而往。卜人又匿如前。急以犬血沃立处，但见卜人头面，皆为犬血模糊，目灼灼如鬼立。乃执付有司而杀之。

异史氏曰：“尝谓买卜为一痴。世之讲此道而不爽于生死者几人⑮？卜之而爽。犹不卜也。且即明明告我以死期之至，将复如何？况有借人命以神其术者。其可畏不尤甚耶！”

【注释】

①任侠：负气任力，仗义助人。

②拳勇：《诗·小雅·巧言》：“无拳无勇，职为乱阶。”拳勇指气力和胆量。后来多指拳术技击之类武功。

③高壶：疑指壶铃。壶铃，一种供习武人提举，锻炼臂力的器械。

④旋风舞：指提举高壶做急旋动作。

⑤崇祯：明思宗朱由检的年号，公元1628年至1644年。

⑥殿试：又称廷试。明清科举，举人赴京参加会试，录取者还要参加复试和殿试。殿试在宫廷举行，由皇帝主持并亲定三甲名次，入三甲者统称进士。

⑦爽：同"软"。

⑧目注隙中：此从铸雪斋抄本，原作"目注隙中久之"。

⑨劐（霍）：青本作"砉"，义同。这里用以形容猛力拔关开门的声音。

⑩手弓而腰矢：手持弓，腰插箭。

⑪弯：拉弓；指开弓射箭。弯也作"关"。

⑫猱（挠）进：腾跃而进，轻捷如猿。猱，猿属。

⑬柝（托）：木梆。

⑭翳形术：即所谓隐身法。翳，荫蔽。

⑮"世之讲此道"句：意思是，世间讲占卜之道而能准确无误地预言别人生死的人，能有几个？爽，差错，过失。

【译文】

有个姓于的，尊称于公，年轻时非常侠义，喜好拳棒；力气很大，能举起高大而又沉重的漏壶，舞动起来如同旋风。

明朝崇祯年间，他在北京参加殿试，仆人病得卧床不起，他很忧虑。刚巧市上有个高明的算卦先生，能判断人的生死，他想去替仆人问问吉凶。

到了算卦先生跟前，还没等说话，算卦的就问他："你不是想问仆人的病吗？"他愣了一下。就照实回答了。算卦的说："病人倒没有什么妨害，你可危险了。"于是就让给他自己算算。算卦的给他算了一卦，很吃惊地说："你三天之内当死！"于公惊讶诧异了半天。算卦的不慌不忙地说："敝人有个小小的法术，你给我十两银子做报酬，我可以替你祈祷消灾。"他心里一想，生死已经定局了，一个小小的法术，怎能解救呢；没有应声就站起来，想要往回走。算卦的说："舍不得这么一点小钱，你不要后悔，不要后悔！"爱护于公的人，都为他捏一把汗，劝他把口袋里的钱全部倒出来，哀求算卦的给予解救。于公不听。

一转眼就到了第三天，于公端端正正地坐在旅店里，静静地窥测动静，直到天黑也没有什么灾祸。到了晚上，他关上房门点上灯，倚着一把宝剑，还是端端正正地坐着。一更快要结束了，也没有死的征兆。刚要躺下睡觉，忽听窗缝有窸窸窣窣的响声。急忙往那儿一看，只见一个小人，扛着戈矛钻进来了；跳到地上，就和真人一般高。于公抓过宝剑跳起来，急忙迎头一击，飘空而没有击中。小人突然缩小了，又去寻找窗缝，想要逃走。他迅速砍去，小人应手倒在地下。拿灯一照，原来是个纸人，已被拦腰砍断了。

于公不敢躺下睡觉，继续坐在凳子上等着。过了一个时辰，一个怪物穿窗而入，面目狰狞，像个恶鬼。它刚刚跳到地上，于公手疾眼快，挥剑一击，断成两截儿，还都在地上蠕动着。于公怕它再起来，又连续砍着，剑剑都砍中了，而且中剑的声音不是柔软的肉体。仔细一看，原来是个泥塑的偶像，一片一片的。已经砍碎了。

于公就把座位移到窗下，不错眼地瞅着窗缝。过了好长时间，听见窗外呼哧呼哧的好像牛在喘息，有个东西正在用力推窗户，房梁和墙壁都摇摇晃晃的，好像要倒塌。他怕房子压住，心想不如出去和它决斗，就哗啦一声拔开门闩，奔了出去。只见窗外站着一个大鬼，和房檐一般高；在昏暗的月光下，见它脸色黑得像煤炭，眼里闪烁着黄色的光；上身没穿衣服，脚上没穿鞋子，手里拿着弓，腰里插着箭。于公刚一愣神，大鬼就射了一箭；于公用剑拨一下箭头，箭头就掉下去了；刚要挥剑还击，又射来一箭。于公迅速跳到一旁躲开，箭头穿进墙壁，发出响声。大鬼火儿了，从腰上拔出佩刀，挥动得呜呜风响，朝着于公劈下来。于公像猴子般的敏捷，纵身往前一跳，鬼刀劈在阶石上，阶石立即断裂了。于公从它两腿之间钻过去，挥剑砍削它的脚踝骨，发出铿铿的响声。大鬼更火儿了，吼声如雷，转身又剁了一刀。于公又弯腰钻过去：鬼刀落下来，砍断了于公的袍襟。于公已经钻到它的

聊斋志异

肋下，猛然砍了一剑，铿的一声，大鬼一个跟头跌倒了，直挺挺地躺在地上。于公挥起宝剑，横七竖八地砍了一阵，发出敲梆子似的硬梆梆的声音。拿灯一照，原来是个木偶，又高又大，像个人形。弓箭还缠在腰上，刻画得很凶恶；被剑砍伤的地方，都流出了鲜血。于公害怕还有鬼怪前来伤害他，就点着灯烛等待天亮。这时他才醒悟过来，三个鬼物都是算卦的派来的，想置人于死地，来证明他的卦术高明。

第二天，于公把这个情况告诉给所有的朋友，和大家一起到算卦的地方。算卦的老远看见了于公，就隐蔽起来让人看不见。有人说："这是隐身法，用狗血可以破它。"于公依照这个说法，心有戒备地又去算卦的地方。算卦的又和刚才一样隐蔽起来了。于公迅速把狗血泼到他刚才站着的地方，只见那个家伙。头上和脸上全被狗血浇得模模糊糊，眼睛亮闪闪的，像个鬼怪似的站在那里。于公就把他抓起来，交给有关的官吏杀掉了。

异史氏说："有人曾经说过，花钱算卦的人是傻子。世上有些人想从卦里得知吉凶，可是算了一卦之后，跟自己的生死丝毫不差的，有几个人呢？算了一卦，如果和生死实际不符，就像没算一样。而且即使明明白白地告诉我死期已经到了，算一卦又能怎样呢？何况还有借别人的性命以证明他的卦术高明的，那不是更可怕吗！"

野　狗

【原文】

于七之乱①，杀人如麻。乡民李化龙，自山中窜归。值大兵宵进②，恐罹炎昆之祸③，急无所匿，僵卧于死人之丛，诈作尸。兵过既尽，未敢遽出。忽见阙头断臂之尸④，起立如林。内一尸断首犹连肩上，口中作语曰："野狗子来，奈何？"群

尸参差而应曰⑤："奈何！"俄顷，蹶然尽倒⑥，遂寂无声。李方惊颤欲起，有一物

野狗

郊原杀气惨阴霾
白骨纵横积劫埋
试听同散整狗
可知鬼亦爱遗骸

野狗

来，兽首人身，伏啮人首，遍吸其脑。李惧，匿首尸下。物来拨李肩，欲得李首。李力伏，俾不可得。物乃推覆尸而移之，首见。李大惧，手索腰下，得巨石如碗，握之。物俯身欲龁。李骤起，大呼，击其首，中嘴。物嗥如鸮⑦，掩口负痛而奔，吐血道上。就视之，于血中得二齿，中曲而端锐，长四寸馀。怀归以示人，皆不知其何物也。

【注释】

①于七之乱：指清顺治年间山东半岛地区于七领导的一次颇具规模的农民起义，自首事至失败，起伏持续达十五年之久。于七，名乐吾，字孟熹，行七。明崇祯武举人，山东栖霞县人。顺治五年（1648），他领导起义农民占据锯齿山。七年（1650），攻宁海，杀死登州知州。后清政府笼络招抚，授予七栖霞把总。顺治十八年（1661），于七不堪压迫，再度起事，以锯齿、昆嵛、鳌、招虎诸山为根据地，活动范围及于栖霞、莱阳、文登、福山、宁海等县。清廷命禁军及山东总督统兵会剿。康熙元年（1662）春，于七溃围逃去。起义失败后，清廷株连兴狱，对该地区人民进行血腥屠杀。

②大兵宵进：围剿义军的清兵夜间进发。大兵，指清政府军队。

③炎昆之祸：玉石俱焚之灾，比喻不加区别，滥肆杀戮。昆岗，就是昆仑山，产玉。

④阙：通缺。

⑤参差而应：七嘴八舌地附和。参差，不齐貌。

⑥蹶然：僵仆貌。

⑦物噪（嚎）如鸮：怪物发出猫头鹰般的叫声。噪，号叫，一般指兽类。鸮，鸮鹠。猫头鹰。

【译文】

于七在山东栖霞县的那场暴乱，杀人如麻。乡民李化龙从山里逃回，正碰上官兵夜间进军，他唯恐遭到玉石俱焚之灾，一时情急，无处藏身，就直挺挺躺在死尸堆里装作死人。官兵已过完了，他还不敢马上出来。忽然见那些缺头断臂的死尸，纷纷站立起来，像一片树林。其中一具死尸斫断的头还连在肩上，嘴里嘟嘟囔囔地说道："野狗子来了，可怎么办呢！"那群尸体参差不齐地应声说道："可怎么办呢！"过了一会儿，一个个全都倒在地上，于是四下寂静，没有一点声响。

李化龙正浑身打战想爬起身子，来了一个兽头人身的怪物，俯身咬破死尸的脑袋，一一吸干其中脑浆。李化龙心里害怕，把头埋在死尸下面。怪物过来拨动李化龙的肩膀，想弄到他的脑袋，他使劲伏着，使怪物得不到。怪物就把压在他身上的死尸推开移到一边，李化龙的头露了出来。他害怕极了，手在腰下摸到碗口大一块石头，紧紧握在手里。怪物俯下身子要咬，他突然跃起，大喊一声，举起石块猛击怪物头部，打中了它的嘴巴。怪物发出猫头鹰一样的噪叫，捂着嘴负痛逃奔而去，把血吐在路上。李化龙走近细看，从血中拾得两颗牙齿，中间弯曲，两头尖利，有四寸多长。他带回家给别人看，都不知这怪物是个什么东西。

三　生

【原文】

刘孝廉①，能记前身事②。与先文贲兄为同年③，尝历历言之④。一世为搢绅⑤，行多玷。六十二岁而殁。初见冥王，待以乡先生礼⑥，赐坐，饮以茶。觑冥王盏中，茶色清澈；己盏中，浊如醪⑦。暗疑迷魂汤得勿此耶⑧？乘冥王他顾，以盏就案角泻之，伪为尽者。俄顷，稽前生恶录⑨；怒，命群鬼摔下，罚作马。即有厉鬼絷去⑩。行至一家，门限甚高，不可逾。方逡巡间，鬼力楚之⑪，痛甚而蹶。自顾，则身已在枥下矣。但闻人曰："骊马生驹矣，牡也。"心甚明了，但不能言。觉大馁。不得已，就牝马求乳。逾四五年，体修伟。甚畏挞楚，见鞭则惧而逸。主人骑，必覆障泥⑫，缓辔徐徐⑬，犹不甚苦；惟奴仆圉人⑭，不加鞲装以行⑮，两踝夹击，痛彻心腑。于是愤甚，三日不食，遂死。

至冥司，冥王查其罚限未满，责其规避⑯，剥其皮革，罚为犬。意懊丧，不欲行。群鬼乱挞之，痛极而窜于野。自念不如死，愤投绝壁，颠莫能起。自顾，则身伏窦中，牝犬舐而腓字之⑰，乃知身已复生于人世矣。稍长，见便液亦知秽；然嗅之而香，但立念不食耳。为犬经年，常忿欲死，又恐罪其规避。而主人又豢养，不肯戮。乃故啮主人，脱股肉。主人怒，杖杀之。

冥王鞫状⑱，怒其狂猘⑲，笞数百，俾作蛇。因于幽室，暗不见天。闷甚，缘壁而上，穴屋而出。自视，则伏身茂草，居然蛇矣。遂矢志不残生类，饥吞木实。积年余，每思自尽不可，害人而死又不可；欲求一善死之策而未得也。一日，卧草中，闻车过，遽出当路；车驰压之，断为两。冥王讶其速至，因蒲伏自剖⑳。冥王以无罪见杀，原之，准其满限复为人㉑，是为刘公。公生而能言，文章书史，过辄成诵。辛酉举孝廉㉒。每劝人：乘马必厚其障泥；股夹之刑，胜于鞭楚也。

异史氏曰："毛角之俦㉓，乃有王公大人在其中；所以然者，王公大人之内，原未必无毛角者在其中也。故贱者为善，如求花而种其树；贵者为善，如已花而培其本：种者可大，培者可久㉔。不然，且将负盐车㉕，受羁馽㉖，与之为马㉗；不然，且将啖便液，受烹割，与之为犬；又不然，且将披鳞介，葬鹤鹳㉘，与之为蛇。"

【注释】

①刘孝廉：名字未详。孝廉，指举人。详《画壁》注。

②前身事：前生的经历。

③先文贲兄：指作者族兄蒲兆昌。蒲兆昌，字文贵，"文贲"当因"贵""贲"形近致讹。《淄川县志》谓兆昌字"文璧"，未知何据。蒲松龄在《蒲氏世谱》（现存蒲松龄纪念馆）中，曾做如下记载，"蒲兆昌：公字文贵，明天启辛酉举人。形貌丰伟，多髭髯；腰合抱不可交。所坐坐阔容二人；每诣戚友，辄令健仆荷而从之。为人质直任性，不曲随，不苟合。明鼎革，伪令孔伟其貌，将荐诸当路，公弗许；强之再三，不可，乃罢。自此日游林壑，无志进取。因诸父、昆弟朝夕劝驾，

勉就公车，至闱中，不任其苦，一场遂止；后经书业中式矣，衡文者求二、三场不可得，深以为恨。居家闭门自守，不预世事，遂精岐黄之术，问医者接踵于门，虽贫贱不拘也。松龄谨识。"

④历历：分明的样子。

⑤缙绅：语出《庄子·天下》，也作"荐绅""搢绅"，插笏于带间。古时仕宦垂绅（大带）搢笏，因以指称士大夫。

⑥乡先生：《仪礼·士冠礼》郑玄注："乡先生，乡中老人为卿大夫致仕者。"又《礼仪·乡谢礼》贾公彦疏："（乡）先生，谓老人教学者。"后世多指辞官乡居有德望的士大夫。

⑦醪（劳）：未过滤的酒，浊酒。

⑧迷魂汤：迷信传说，人死后服过迷魂汤，即尽忘生前之事。

⑨恶录：迷信传说中阴司记载世人生平恶行的簿籍。

⑩厉鬼：恶鬼。

⑪力楚：用力抽打。楚，牡荆制作的刑杖；这里作动词用。

⑫障泥：马鞯两旁下垂至马腹的障幅，用以遮避泥土。

⑬缓辔：放松马缰；指骑马缓行。

⑭圉（语）人：本指代养马官，这里指马伕。

⑮鞯装：鞍、鞯之类骑具。鞯，鞍下软垫。

⑯规避：蓄意逃避。规，计谋。

⑰腓（肥）字：爱抚喂养。腓，遮庇。字，哺乳。

⑱鞫（居）状：审问其罪状。

⑲猘（制）：狂犬。

⑳蒲伏：通匍匐。剖：表白、辩解。

㉑满限：服罪期满。限，指轮回的限期。

㉒辛酉：指明熹宗天启元年，公元1631年。

㉓毛角之俦：披毛戴角之类，指兽类。俦，群、类。

㉔"贱者"六句：这里以"花"比喻"福报"。意思是，世人要获得或保持其富贵福泽，需要行善积德，从根本处努力。可大可久，语出《周易·系辞上》："有亲则可久，有功则可大；可久则贤人之德，可大则贤人之业。"这里借指行善的功业。

㉕负盐车：驾盐车，指马驾重载。负，应作"服"；主驾（驾辕）为服。

㉖受羁靮（执）：受束缚控制。羁，马笼头。靮，同絷；为了步调齐整，联结马前足的绳索。

㉗与之为马：让他变作马。与，以。下文两"与"字同。

㉘葬鹤鹳：葬身鹤、鹳之腹。鹤、鹳常捕蛇为食。

【译文】

刘举人能记得前世的事情。他和我已故的同族兄长蒲文璧同一年考中举人，曾清清楚楚地谈论前世的事情。

他自称自己第一世是个绅士，品行多有不检点，活到六十二岁就死了。他初次见到阎王，阎王以乡里长者的厚礼对待他，给他赐座，请他品茶。他瞥见阎王杯中的茶水非常清澈，而自己杯中却浑浊如胶。他心里怀疑莫非迷魂汤就是这样子？他趁阎王不注意，就将杯中茶水悄悄倒在桌子下面，假装喝完。过了一会儿，阎王查出他前生的罪恶，一怒之下，命令群鬼将他揪下去，罚他做马。立即就有恶鬼将他捆绑起来拉着走。他被拉到一家大院跟前，只见门槛很高，无法跨越。他正踟蹰时，恶鬼用鞭子猛抽了他一下，他疼得栽倒。当他抬头看时，发现自己已在马圈里，只听有人叫道："黑马生了个小驹，是匹公马。"他心里很清楚，嘴里却说不出话。他觉得肚子很饿，迫不得已，就靠近母马来吃奶。过了四五年时间，他就长得身高马大，最怕抽打，一见马鞭，就惊恐逃窜。每次遇到主人骑他，就放上鞍子，又加上障泥，轻轻拽住辔爵，这样还不太痛苦。如果遇到仆人、马夫骑他时，不用鞍鞯，用两脚紧紧夹击马腹，直疼到心脐里去。他忍不过这种折磨，气得三天不吃东西，就死了。

他第二次到了阴间，阎王一查他罪罚期限未满，斥责他有意逃避惩罚，于是就将他一身马皮剥掉，又罚他做狗。他心里非常懊丧，不愿意去，群鬼又对他一顿乱揍，忍不住皮肉疼痛，他就逃窜到荒郊野外。他心想着不如死掉的好，于是气呼呼地走上悬崖往下一跳，跌在地上爬不起来。他再抬头一看，自己已经趴在狗窝里，母狗正亲昵地用嘴舔着他的头和身子，他明白自己又生在人世上了。稍稍长大一点，看见粪便之类，他知道那很污秽，闻上却还有些香味，但他决心不去吃那些东西。大约过了一年，他常常气得要死，又害怕阎王斥责自己罪孽未满有意逃避，只好强忍着。无奈主人养着他又不肯杀，于是他故意咬掉主人腿上的一块肉，主人怒不可遏，一顿乱棒将他打死。

他第三次来到阴间，阎王再次审讯他，憎恨他是疯狗，于是又鞭打数百下，再将他罚为蛇。他被关在一间阴暗的房子里，见不上太阳，苦闷极了，就沿着墙壁往上爬，从屋子的一个孔穴钻出去。这时他发现自己伏在深草丛中，居然成为一条蛇。他发誓不残害生灵，饥饿的时候，只吞食树上的果子：过了一年多，他常常思索着，自杀不行，害人而死也不行，想找一个好死的上策却没有。一天，他正躺在荒草丛里，听见一阵车轮声传来。他急忙爬出去挡在路当中，车轮飞驰而过，他被压断成两截。阎王纳闷他这么快又来了，他赶快伏在地上申辩。阎王见他这次是无罪而死，就原谅了他。准许他罪期已满再回阳世做人，这就是刘举人。

刘举人一生下来就会说话，读书能过目不忘，辛酉年考中举人。他常常奉劝人：骑马一定要放上鞍子，千万不要用腿夹击马腹，这比用鞭子抽打更厉害。

异史氏说："禽兽之中，竟有王公大人在其中，其所以如此，是由于在王公大人之中，未必没有禽兽。所以贫贱之人做善事，好比想要得花而栽树；高贵人家做善事，好比已经有了花儿，还要更精心培养其根基。栽下树木可以使其长大开花，培养根基可以使花保持长久开放。否则，拉车或被笼套所束缚，那就是做马；再不然，去吃粪便，经受烹割之苦，那便是做狗；还不然的话，就要披上鳞甲，将葬身鹳鹤之腹，这就是做蛇了。"

狐入瓶

【原文】

　　万村石氏之妇，祟于狐①，患之，而不能遣②。扉后有瓶，每闻妇翁来，狐辄遁匿其中。妇窥之熟，暗计而不言。一日，窜入。妇急以絮塞其口，置釜中，燂汤

狐入瓶

而沸之③。瓶热，狐呼曰："热甚！勿恶作剧。"妇不语。号益急，久之无声。拔塞而验之，毛一堆，血数点而已。

【注释】

①祟于狐：受到狐的扰害。祟，鬼神加于人的灾患。

②遣：驱除

③燂（虔）汤而沸之：把水加温直至烧开。燂，烧热。汤，热水。

【译文】

万村石家的媳妇被狐狸所纠缠，很担忧，却又无法将它赶走。她家门背后有一个瓶子，每次听到媳妇的公公来，狐狸就急忙躲藏在瓶子里。石家媳妇多次看见这一举动，嘴上不说，心里却在暗暗盘算着如何下手。有一天，狐狸又急急慌慌地窜入瓶子，石家媳妇连忙用棉絮严严实实地塞住瓶口，然后放在锅里，用水煮，当水烧沸之后，狐狸在瓶子叫喊："太热了，不要恶作剧！"石家媳妇并不应声，只管烧火，狐狸在里面越叫越急，过了很长时间，里面渐渐没了声息。石家媳妇从开水中取出瓶子，拨开瓶塞一看，只见里面只有一堆毛，几点血。

鬼 哭

【原文】

谢迁之变①，宦第皆为贼窟。王学使七襄之宅②，盗聚尤众。城破兵入，扫荡群丑，尸填墀，血至充门而流。公入城，扛尸涤血而居。往往白昼见鬼；夜则床下燐飞③，墙角鬼哭。

一日，王生噪迪④寄宿公家，闻床底小声连呼："噪迪！噪迪！"已而声渐大，曰："我死得苦！"因哭，满庭皆哭。公闻，仗剑而入，大言曰："汝不识我王学院耶⑤？"但闻百声嗤嗤，笑之以鼻。公于是设水陆道场⑥，命释道忏度之。夜抛鬼饭，则见燐火营营⑦，随地皆出。先是，阍人王姓者疾笃⑧，昏不知人者数日矣。是夕，忽欠伸若醒。妇以食进。王曰："适主人不知何事，施饭于庭，我亦随众啗噉⑨。食已方归，故不讥耳。"由此鬼怪遂绝。岂钹铙钟鼓⑩，焰口瑜伽⑪，果有益耶？

异史氏曰："邪怪之物，惟德可以已之⑫。当陷城之时，王公势正烜赫，闻声者皆股栗⑬；而鬼且揶揄之。想鬼物逆知其不令终耶？普告天下大人先生：出入面犹不可以吓鬼，愿无出鬼面以吓人也！"

【注释】

①谢迁之变：指顺治初年谢迁领导的一次农民起义。谢迁，山东高苑（今属高青县）人，顺治三年（1646）冬率众起事，曾攻陷高苑、长山、新城、淄川诸县。其据淄川县城，在顺治四年六月。旋遭官兵围剿，血战两月，最后失败。

②王学使七襄：王昌胤（清代避雍正讳，改书、昌印、昌允），字七襄，一字雪园，山东淄川人。明崇祯九年丙子（1636）科举人，十年丁丑科进士，清初官至提督北直学政。

③燐飞：蟒火飘动。《淮南子·氾论训》："久血为蟒。"《说文解字》："兵死及牛马之血为燐。"蟒火，俗称鬼火。

④王生噪迪：事迹未详。

⑤"汝不识"句：据记载，王昌胤曾两任学政。第一次，以福建道御史差顺天学政在顺治四年二月，次年罢，见《清代职官年表·学政年表》。第二次，以监察

御史提督北直学政在顺治七年，亦于次年离任，见《清秘述闻·学政类》。上文既说"公入城，扛尸涤血而居"，应是初罢顺天学政家居时事。

⑥水陆道场：原为佛教举行的一种时间较长、规模较大的法会；诵经设斋，礼佛拜忏，以饮食供品追荐亡灵。为超度一切水陆亡魂而设，故称水陆道场。相传始自梁武帝萧衍。后世民间举行此类法会常设僧道两部，故下文云"命僧道忏度之"。

⑦营营：往来飞动的样子。

⑧疾笃：病重。

⑨啗瞰（但但）：二字音义并同，吃。

⑩钹（拨）铙（挠）钟鼓：法会上僧众所用的四种法器。钹、铙是铜制打击乐，各两片，圆形，中间隆起有孔，穿以革带，对击作响；大的叫铙，小的叫钹。

⑪焰口瑜伽（茄）：指招僧众作佛事，以超度亡魂。焰口，佛经中饿鬼名。密宗对饿鬼施食超度的仪式，称为"放焰口"。瑜伽，指瑜伽僧，即密宗僧侣。密宗僧侣常受请为人念经作法事，故又被称为应赴僧。瑜伽，梵语，与物相应之义。相应之义有五（境、行、理、果、机），密宗取行相应之义，认为手结密印、口诵真言、心观佛尊，这能身口意"三业"清净，与佛的身口意"三密"相应，即身成佛。

⑫雪"惟德"句：只有凭借崇高的德行，才能消除邪怪之物。已，去，消除。

⑬股栗：双腿抖战，极端畏惧。栗，通慄。

【译文】

谢迁暴动的时候，官宦人家的宅子，都变成了暴民的住所。学使王七襄的宅子，聚集的暴民更多。官兵攻破城池，杀进王七襄的宅子，扫荡宅子里的暴民，死尸堆满了台阶，鲜血充满院庭，一直流出门外。王七襄回到城里，叫人扛走了死尸，洗净了院庭里的血迹才住下。人们常常白日见鬼，晚上床下磷火飞舞，墙角有鬼哭的声音。一天，有个叫王噪迪的书生，在他家里借宿，听见床底下有很小的声音，连续招呼："嗥迪，嗥迪！"越招呼声音越大，说："我死得苦啊！"因这一哭，整个厅堂上都哭了起来。王七襄听到哭声，拿着宝剑进了厅堂，自吹自擂地说："你们不认识我王学使吗？"只听上百的声音哧哧发笑。都对他嗤之以鼻。王七襄没有别的办法，就举办水陆道场，请和尚道士祷念忏悔的经文，以超度亡灵。晚上向鬼魂施舍饮食，只见磷火不断地来来往往，不拘什么地方都能冒出来。前些时候，有个姓王的看门人，病得很沉重，已经昏迷不省人事好几天了。这天晚上，忽然伸伸懒腰，好像醒了过来。妻子给他吃东西。他说："刚才不知主人为了什么事情，在院子里施舍饭食，我也跟着大家吃起来。吃饱了才回来，所以不饿。"从此鬼怪就绝迹了。难道打起铙钹，敲一阵子锣鼓，请和尚诵经念佛，施舍饭食，真有这样的好处吗？

异史氏说："对于邪魔怪物，只有施以仁德，才能感化它们安静下来。当攻破城池的时候，王七襄正在威名显赫的势头上，听到他的声音都两腿发颤；而鬼物却敢于嘲笑他。想必鬼物已经事先知道他的威风不会耍到底吧？应该普劝天下的大人先生们：拿出人脸还不能吓住鬼，但愿不要拿出鬼脸吓唬人！"

真定女

【原文】

真定界，有孤女①，方六七岁，收养于夫家。相居一二年，夫诱与交而孕。腹膨膨而以为病也，告之母。母曰："动否？"曰："动。"又益异之。然以其齿太稚，不敢决②。未几，生男。母叹曰："不图拳母，竟生锥儿③！"

【注释】

①真定：旧县名，今河北正定县。界：谓境内，域内。

②齿太稚：年龄太小。不敢决：不敢肯定是怀孕。

③"不图拳母"二句：想不到拳头大的母亲，竟生下个锥子大的儿子。不图，没指望，没料到。拳、锥，形容微小。

河北正定地方，有个孤女才六七岁，被人收作童养媳。住了一两年，丈夫引诱同她交合，因而怀孕。她肚子渐渐大起来，以为是病，就告诉了婆婆。婆婆问道："肚子里动不动？"她回答说："动的。"婆婆更加觉得奇怪，但是因为她年龄太小，不敢断定是否怀孕。过不多久，她生下一个男孩。婆婆叹道："没想到拳头大的母亲，竟也生下个锥儿般的孩子。"

焦 螟

【原文】

　　董侍读默庵家①，为狐所扰，瓦砾砖石，忽如雹落。家人相率奔匿，待其间歇，乃敢出操。公患之，假作庭孙司马第移避之②。而狐扰犹故。一日，朝中待漏③，适言其异。大臣或言：关东道士焦螟④，居内城，总持敕勒之术⑤，颇有效。公造庐而请之⑥。道士朱书符⑦，使归粘壁上。狐竟不惧，抛掷有加焉。公复告道士。道士怒，亲诣公家，筑坛作法。俄见一巨狐，伏坛下。家人受虐已久，衔恨綦深，一婢近击之。婢忽仆地气绝。道士曰："此物猖獗，我尚不能遽服之，女子何轻犯尔尔⑧。"既而曰："可借鞫狐词，亦得⑨。"戟指咒移时⑩，婢忽起，长跪。道士诘其里居。婢作狐言："我西域产^⑪，人都者一十八辈。"道士曰："荤毂下^⑫，何容尔

焦螟

辈久居？可速去！"狐不答。道士击案怒曰："汝欲梗吾令耶^⑬？再若迁延，法不汝宥^⑭！"狐乃蹙怖作色^⑮，愿谨奉教。道士又速之^⑯。婢又仆绝，良久始甦。俄见白块四五团，滚滚如毯，附檐际而行，次第追逐，顷刻俱去。由是遂安。

【注释】

①董侍读默庵：董讷，字默庵，一字兹重，平原（今山东省平原县）人。康熙六年丁未（1667）科探花。历任翰林院侍读学士、兵部尚书、江南总督等官，《清

史稿》二七九有传，又见《山东通志·人物十一》。董讷任侍读学士在康熙二十二年前。董任馆职时曾僦居北京西河沿某空宅，以狐祟徙去，又见于《旷园杂志》卷下（《说铃》本）。

②怍庭孙司马第：此据铸本，底本误"第"作"等"。按，怍应作"祚"。孙光祀，字溯玉，号祚庭，其先平阴（今山东省平阴县）人，通籍后迁居历城（今济南市）。顺治十二年乙未（1655）科进士，历任礼科给事中、兵部右侍郎等官。传见《山东通志·人物十一》。据《清代职官年表》，孙光祀任兵部右侍郎在康熙十二年至十八年。司马，官名，西周置，为六卿之一，主管中央军事。汉代大司马与大司徒、大司空并列为三公，职掌同前。后来习称兵部尚书为大司马，侍郎为少司马。

③待漏：封建社会，百官清晨入朝，待时朝拜皇帝，称待漏。待漏之处，习称朝房，为官员上朝退朝休息之所。

④关东：清代称山海关外奉天、吉林、黑龙江三省之地为关东。焦螟，未详。

⑤总持敕勒之术：主管道教的符法之事。持，管领。敕勒术，道士书符驱鬼的法术。因符咒必书"敕令""敕勒"字样，因以作为符咒的代称。

⑥造庐：亲至其家。造，至。

⑦朱书符：用朱砂画符。朱，硃砂。迷信认为硃砂可以辟邪。

⑧何轻犯尔尔：怎敢如此轻率地触犯它呢？尔尔，如此。

⑨借鞫狐词：借婢女之口，审出狐的供词。鞫，审问犯人。亦得：也是个办法。得，得计。

⑩戟指：义同"戟手"，用食指中指指点，其状如戟；是指斥的手势。

⑪西域：此据二十四卷抄本，原作"西城"。

⑫辇毂（捻骨）下：皇帝车驾之下，指京城。辇，一种用人力推挽的车，秦汉以后专指帝、后所乘的车；毂，车轮中央贯辐穿轴的圆木。

⑬梗：阻遏，违抗。

⑭法不汝宥：神法决不宽贷你！不汝宥，即不宥汝。宥，宽恕，减罪。

⑮戚怖作色：蜷缩恐惧，面色改变。戚，谓蜷缩身体。作色，面色改变。

⑯速：义同"促"，催促。

【译文】

侍读学士董侍郎默庵家被狐怪困扰，经常是石头、砖块、瓦片会突然像冰雹一样落下来，家里人纷纷逃避躲藏，等骚扰过后才敢出来干活。董公对此深为忧虑，只好借住兵部右侍郎孙祚庭家的宅院，想逃避这种侵扰，但是狐怪照样前来骚扰。

有一天，董公在朝廷偶尔谈及此事，旁边有位臣僚说：关东道士焦螟居住在城里，主管画符作法之术，很有效力。董公亲自登门去求访。道士用朱砂画了一道符，叫他拿回去贴在墙上。但狐怪并不害怕，抛掷砖瓦更多更厉害。董公又去求告道士。道士被激怒，亲自来到董公家，筑坛做法。很快就见有一条大狐狸伏在坛下，董家人受害日子太长，对狐怪深怀大恨。有个丫鬟走到跟前要打狐狸，她突然倒在地上死了。道士说："这狐怪太猖獗，我尚且不能立即降伏它，一个女子怎可如此轻率地冒犯它。"随后又说："正好可借丫鬟之口来审讯一下狐怪，也是个办法。"道士竖起手指，口念咒语，丫鬟忽地跪起来，道士质问它从何处来。丫鬟以狐狸口气说："我本生长在西域，一起来京城的共有十八个。"道士又说："你们胆敢在天子脚下久居作怪，还不快快离开！"狐狸不吱声，道士拍案大怒说："你还违抗我的命令吗？如果再敢拖延，神法绝不宽恕你！"狐狸立即现出恐怖的样子，愿听从命令。道士又催狐怪快快离开，丫鬟又倒在地上断了气，过了很长时间才醒转过来。顷刻间，便见有四五块白色东西像球一样滚动着，沿着屋檐行进，前后追逐着，一会儿全部走了。

从此以后，董公家便平安无事了。

叶　生

【原文】

　　淮阳叶生者①，失其名字。文章词赋，冠绝当②；而所如不偶③，困于名场④。会关东丁乘鹤来令是邑，见其文，奇之；召与语，大悦。使即官署⑤，受灯火；时赐钱谷恤其家。值科试⑥，公游扬于学使⑦，遂领冠军⑧。公期望綦切。闱后⑨，索文读之，击节称叹⑩。不意时数限人⑪，文章憎命⑫，榜既放，依然铩羽⑬。生嗒丧而归⑭，愧负知已，形销骨立，痴若木偶。公闻，召之来而慰之。生零涕不已。公怜之，相期考满入都⑮，携与侧北。生甚感佩。辞而归，杜门不出⑯。

　　无何，寝疾⑰。公遗问不绝⑱；而服药百裹⑲，殊罔所效。公适以忤上官免，将解任去⑳。函致生，其略云："仆东归有日；所以迟迟者，待足下耳。足下朝至，则仆夕发矣。"传之卧榻。生持书啜泣。寄语来使："疾革难遽瘥㉑，请先发。"使人返白，公不忍去，徐待之。逾数日，门者忽通叶生至。公喜，逆而问之。生曰："以犬马病㉒，劳夫子久待㉓，万虑不宁。今幸可从杖履㉔。"公乃束装戒旦㉕。抵里，命子师事生，夙夜与俱。公子名再昌，时年十六，尚不能文。然绝慧，凡文艺三两过㉖，辄无遗忘。居之期岁㉗，便能落笔成文。益之公力，遂入邑庠㉘。生以生平所拟举子业㉙，悉录授读。闱中七题㉚，并无脱漏，中亚魁㉛。公一日谓生曰："君出馀绪㉜，遂使孺子成名。然黄钟长弃㉝奈何！"生曰："是殆有命。借福泽为文章吐气，使天下人知半生沦落，非战之罪也㉞，愿亦足矣。且士得一人知己，可无憾，何必抛却白纻，乃谓之利市哉㉟。"公以其久客，恐误岁试㊱，劝令归省。生惨然不乐㊲。公不忍强，嘱公子至都，为之纳粟㊳。公子又捷南宫㊴，授部中主政㊵。携生赴监；与共晨夕。逾岁，生入北闱㊶，竟领乡荐㊷。会公子差南河典务㊸，因谓生曰："此去离贵乡不远。先生奋迹云霄㊹，锦还为快㊺。"生亦喜，择吉就道。抵淮阳界，命仆马送生归。

归见门户萧条，意甚悲恻。逡巡至庭中，妻携簸具以出，见生，掷具骇走。生凄然曰："我今贵矣。三四年不规，何遂顿不相识？"妻遥谓曰："君死已久，何复言贵？所以久淹君柩者，以家贫子幼耳。今阿大亦已成立，将卜窀穸㊻。勿作怪异吓生人。"生闻之，怃然惆怅㊼。逡巡入室，见灵柩俨然，扑地而灭。妻惊视之，衣冠履舄如脱委焉㊽。大恸，抱衣悲哭。子自塾中归，见结驷于门㊾，审所自来，骇奔告母。母挥涕告诉。又细询从者，始得颠末。从者返，公子闻之，涕堕垂膺。即命驾哭诸其室：出橐营丧，葬以孝廉礼。又厚遗其子，为延师教读。言于学使，逾年游泮㊿。

异史氏曰："魂从知己，竟忘死耶？闻者疑之，余深信焉。同心倩女，至离枕上之魂(51)；千里良朋，犹识梦中之路(52)。而况茧丝蝇迹，呕学士之心肝；流水高山，通我曹之性命者哉(53)！嗟乎！遇合难期，遭逢不偶。行踪落落，对影长愁(54)；傲骨嶙嶙，搔头自爱(55)。叹面目之酸涩，来鬼物之揶揄(56)。频居康了之中，则须发之条条可丑；一落孙山之外，则文章之处处皆疵(57)。古今痛哭之人，卞和惟尔；颠倒逸群之物，伯乐伊谁(58)？抱刺于怀，三年灭字；侧身以望，四海无家(59)。人生世上，合眼放步，以听造物之低昂而已(60)。天下之昂藏沦落如叶生其人者(61)，亦复不少，顾安得令威复来(62)，而生死从之也哉？噫！"

【注释】

①淮阳：县名，在河南省东部。

②冠绝当时：超越同时之人。冠，第一名，首屈一指。绝，超越。

③所如不偶：所向不遇。不偶，犹言数奇，指命运不好，遇合不佳。

④名场：指求取功名的科举考场。

⑤即官署，受灯火：谓留住县衙，得到照明等学习费用的资助。灯火，此指照明费用。

⑥科试：也称科考。乡试之前，各省学政到所辖府、州，考试生员，称为科试。科试成绩一、二等的生员，册送参加乡试，称录科；被录送的生员称科举生员。

⑦游扬：随处称扬。学使：即提督学政，又称提学使、提学、学院、学台、学政等，是明清时代掌理一省学校、科举的长官。

⑧领冠军：指科试获第一名。领，取得。

⑨闱后：指秋闱（即乡试）之后。各省乡试在仲秋八月举行，因称秋闱。闱，科举考场，又称贡院。

⑩击节称叹：击节原意是用手指击拊为节拍，以寻按乐曲的韵律节奏；后常借以形容对诗文的赞叹、激赏。

⑪时数：时运。数，命定的遭遇。

⑫文章憎命：杜甫《天末怀李白》："文章憎命达，魑魅喜人过。"意思是好文章会妨害好命运。

⑬铩（厦）羽：鸟羽摧落；比喻乡试受挫落榜。

⑭嗒（塔）丧：沮丧；失魂落魄。

⑮考满：是明清两代对政府官员的考绩办法之一。这里指对外官的考绩，即由吏部考功司主持的"大计"。清顺治初期，外官三年大计；顺治后期，定外官三年考满议叙例。康熙元年，内外官考绩皆用三年考满制。其制，外官大计以寅、巳、申、亥岁，四品以下官员以五等议叙（一等称职者记录，二等称职者赏赉，平常者留任，不及者降调，不称职者革职）。

⑯杜门：闭门。此指不与外界交往。杜，堵塞。

⑰寝疾：卧病；病倒在床。

⑱遗（卫）问：馈赠所需，慰问疾病。遗，赠予。

⑲百裹：百剂。裹，指药包。

⑳解任：解职，卸任。

㉑疾革（亟）难遽瘥（差）：病重难望速愈。革，同"亟"。瘥，病愈。

㉒犬马病：对自己疾病的谦称。

㉓夫子：先生，老师。旧时县学生员称本县县令为老师、老父师，自称学生、门生。

㉔从杖履：犹言随侍左右。古礼老人五十得挂杖。又唯尊者得脱履于户内，晚辈有代为捉杖纳履的责任，所以"从杖履"是敬老事尊之词。

㉕束装：整顿行装。戒旦：意思是警戒黎明贪睡，早起及时出发。

㉖文艺：指"闱墨"之类供科举士子揣摩研习的八股范文。

㉗期（基）岁：满一年。

㉘入邑庠：成为县学生员，俗称秀才。邑庠，县学。

㉙所拟举子业：指叶生平日为应付科举考试而习作的八股文。拟，谓拟题习作。举子业，又称四书文，即八股文。

㉚闱中七题：明、清乡试、会试的头场试题大都是七题，其中"四书义"三题，"五经义"四题。这里"七题"指乡试的头场试题。头场成绩即能决定能否录取，二、三场成绩只作参考，所以再昌因头场七题做得好而取中亚魁。

㉛亚魁：乡试第二名。第一名称乡魁、乡元或解元。

㉜出馀绪：全出本人才学的微末部分。馀绪，微末，残余。馀绪，义同绪馀。

㉝黄钟长弃：比喻贤才被长期埋没。《楚辞·卜居》："黄钟长弃，瓦釜雷鸣。"黄钟，古乐中的正乐，比喻德才俱优的人。

㉞非战之罪：《史记·项羽本纪》载，项羽垓下战败后曾说，"此天之亡我，非战之罪也。"叶生借喻自己半生沦落，功名未就，是命运使然，而非文章庸劣。

㉟"何必"二句：意思是说，不必取得科举功名，才算作发迹走运。宋代王禹偁《寄砀山主簿朱九龄》诗："忽思蓬岛会群仙，二百同学最少年；利市褴衫抛白纻，风流名字写红笺。"白纻，一种质地细密的白夏布，借指士子取得科举功名前所着的白衣。取得科举功名后，就脱去白衣，改穿褴衫（官服）了。利市，语出

《周易·说卦》：“为近利，市三倍。”本指由贸易获得利润；后来比喻发迹、走运，俗称"发利市"。

㊱岁试：各省提学使于三年任期内到所辖府、州考试一次生员课业，以六等定优劣，谓之岁试。在外地的生员须回原籍参加岁试，所以丁公劝叶生归省。归省，本义是回乡探望父母，这里实指回乡应试。

㊲生惨然不乐：底本无"生"字，据铸雪斋抄本补。

㊳纳粟：明清设国子监于京城，国子监生员称监生，可直接参加乡试，不必参加岁试。自明景泰（145～1456）以后，准许生员向朝廷纳粟，享受监生待遇；后代循例纳粟（实际用银子）入监的生员，又称例监。

㊴捷南宫：指会试中式，即考中进士。明、清举人考进士，会试是决定性的一轮考试。南宫，汉代把尚书省比作南方列宿，称之为南宫。宋、明以来则称礼部为南宫。会试由礼部主持，因称会试中式为捷南宫。捷，谓获胜、取中。

㊵部中主政：明清于中央六部各设主事若干员。主政是主事的别称，职位低于员外郎。据下文所言"差南河典务"，"部"当指工部。

㊶入北闱：指参加在北京举行的乡试。明代在顺天府（北京）和应天府（南京）各设国子监，两处乡试应考生员多为国子监生，因而分别称为北闱和南闱。清代无南闱，而顺天乡试初仍习称北闱。

㊷领乡荐：指考中举人。唐制，参加进士考试者，例由地方长官（刺史、府尹）考试荐举，称为乡举或乡荐。后代因称乡试中试者为领乡荐，或简称领荐。

㊸差南河典务：奉派到南河河道办理公务。清初自顺治元年至康熙四十四年前，河道总督所辖的江南省河道，包括今江苏、安徽两省长江以北的黄河、运河水系，时称南河。《清会典》卷四十七"工部·都水清吏司：掌天下河渠关梁川途之政令，凡坛庙殿廷之供具皆掌焉。"

㊹奋迹云霄：致身云路；谓一举成名，前程远大。此即指中举人。

㊺锦还为快：衣锦还乡，堪称快事。《汉书·项籍传》："富贵不归故乡，如衣锦夜行。"

㊻卜窀穸（谆夕）：选择墓地，指安葬。窀穸，墓穴。

㊼怃然惆帐：此据铸雪斋抄本。底本"惆"误作"筹"。怃然，失意的样子。

㊽脱委：蜕落在地。脱，通"蜕"。委，丢弃，掉落。

㊾结驷：拴马。

㊿游泮：进学；成为秀才。泮，指泮宫，周代诸侯所设的学校。代指府、州、县设各类官学。

51"同心倩女"二句：意思是，知心的情侣，可以离魂相随。唐陈玄祐《离魂记》：张倩女与表兄王宙相恋，遭父亲梗阻，倩女离魂追随王宙出走。五年后夫妇同回娘家，倩女的离魂才与床上病体合而为一。

52"千里良朋"二句：是说，真挚的友谊，可使远隔的良朋梦中相会。《文选》沈约《别范安成诗》："梦中不识路，何以慰相思。"李善注引《韩非子》："六国时，张敏与高惠二人为友。每相思不能得见，敏便于梦中往寻。但行至中道，便迷不知路，遂回。如此者三。"（按，此引文，不见于今本《韩非子》）这里作者反其意而用之。

53"而况"四句：承接"同心倩女"四句，领起下文科场失意的感慨。意思是，又何况应举文章是我辈读书人精心结撰缮写；它是否能遇真赏，正决定着我们命运的穷通呢！茧丝，比喻文章章句妥帖。本《文心雕龙·章句》："章句在篇，如茧之抽绪。"（绪，即丝）蝇迹，即蝇头细字。陆游《读书诗》之二："灯前目力虽非昔，犹课蝇头二万言。"比喻文章缮写工整。学士，学子、读书人；与隔句"我曹"互立足义，意为"我辈读书人"。呕心肝，用唐代诗人李贺事。李商隐《李长吉小传》写李贺作诗构思极苦，其母叹息说："是儿要当呕出心肝乃已尔！"流水高山，用伯牙"志在太山""志在流水"的琴曲（见《吕氏春秋·本味》）比喻高雅绝俗、不易被人赏识的作品，通，沟通。性命，品性和命运。作者认为，文章是作者性格、品质的表现，它的遭遇如何，则决定作者的命运穷通，所以说文章沟通性、命。

54"行踪"二句：经历之处，总难遇合，只能空自对影愁叹。行踪，踪迹所到之处。落落，孤单落寞的样子。左思《咏史诗》：“落落穷巷士，抱影守空庐。”对影，身与影相对，形容孤单。李白《月下独酌》：“举杯邀明月，对影成三人。”

(55)“傲骨”二句：生就嶙峋傲骨，不能媚俗取容，唯有自惜自怜。嶙峋，用山石突兀形容傲骨坚挺。搔头，失意无计的样子。杜甫《梦李白二首》：“出门搔白首，若负平生志。”自爱，自惜、自珍。又，《诗·邶风·静女》：“爱而不见，搔首踟蹰。”《方言》注引作“薆”，义为隐蔽，则搔首自爱，谓抑志自持，不失其节。

(56)“叹面目”二句：意思是，自叹穷厄困顿，招致势利小人的嘲侮。面目，指服饰容止等外观表现。酸涩，寒酸拘执，不舒展洒脱。来，招致。鬼物揶揄，比喻势利小人的奚落。《世说新语·任诞》刘孝标注引《晋阳秋》：晋代罗友为桓温掾吏，不得意。一日，桓温设宴送人赴郡守任，罗到席最晚。桓温问他，他回答说：“民首旦出门，于中途逢一鬼，大见揶揄，云：‘吾但见汝送人作郡，何以不见人送汝作郡耶？’”

(57)“频居”四句：意思是说，多次落榜的人，从人身到文章，都被世俗讥贬得毫无是处，频居康了之中，多次处于落榜境地。宋范正敏《遯斋闲览》：唐代柳冕应举，多忌讳，尤忌“落”字，至称安乐为安康。榜出，令仆探名，还报曰：“秀才康（落榜）了也！”又据宋范公偁《过庭录》：宋代孙山滑稽多才，偕乡人子同赴举，榜发，乡人子落榜，孙山名居榜末。乡人问其子得失，孙山说“解名（榜文名单）尽处是孙山，贤郎更在孙山外。”后因又称落榜为“名落孙山”。

(58)“古今”四句：大意是说，古往今来，因种种原因而悲愤痛哭的人很多，只有怀宝受诬的卞和像你；举世贤愚倒置，能识俊才的伯乐在当今又是谁人！卞和惟尔，意思是只有你的处境类似卞和。卞和，春秋时楚国人，得璞于楚山中，献之厉王、武王，皆以为诳，刖其左右足！文王立，卞和抱璞哭楚山下，王使人理其璞，得美玉。见《韩非子·和氏》。逸群之物，超群的骏马。伯乐伊谁！谁是伯乐。伯乐，春秋秦国人，与秦穆公同时，姓孙名阳。其事略见于《庄子·马蹄》《楚辞·怀沙》《战国策·楚策》等记载。伯乐善相马，后代因以喻善于识才的人。《汉书

·贾谊传》载，贾谊曾说："臣窃惟事势，可为痛哭。"屈原《九章·怀沙》有"变白以为黑兮，倒上以为下"，"伯乐既没，骥焉程兮。"这四句概括了这些痛愤之言。

⑤⑨"抱刺"四句：意思是，当道无爱才之人，不值得干谒！反侧展望，四海茫茫，竟无以容身。《三国志·魏志·荀彧传》注引《平原祢衡传》："衡字正平。建安初，自荆州北游许都……时年二十四。是时许都虽新建，尚饶士人。衡尝书一刺怀之，字漫灭而无所适。"又《占诗十九首》："置书怀袖中，三岁字不灭。"此综取其词成句。赵翼《陔馀丛考》："古人通名，本用削木书字，汉时谓之谒，汉末谓之刺；汉以后则虽用纸，而仍相沿曰刺。"刺，即后代的名帖、名片。明清时用红纸书写名帖，用于拜谒，又称拜帖。灭字，字迹磨灭。

⑥⑩"人生"三句：乃是作者痛愤之言，大意是，在人生的道路上，大可不必认真、清醒，只需闭眼走自己的路，行心之所安；一切听天由命。合眼：有不理会是非曲直、不计较得失、不与别人比量等意思。放步，走自己的路，行心之所安。造物，造物主、上帝。低昂，抑扬，升沉，意谓摆布。

⑥⑪昂藏：气概不凡的样子。

⑥⑫令威：借指淮阳县令"关东丁乘鹤"。《搜神后记》：丁令威，汉辽东人，学道于灵虚山。后化鹤归辽，徘徊空中而言曰："有鸟有鸟丁令威，去家千年今始归。城郭如故人民非，何不学仙冢累累。"遂冲天飞去。

【译文】

淮阳有个姓叶的书生，忘记了他叫什么名字。撰写文章，吟诗作赋，当时没有人比得上他；但是命运很不好，困在求取功名的考场上，总也考不上。

时逢关东的丁乘鹤，来到淮阳当县官。看到他的文章，感到很惊奇。就召见他，和他谈话，很是欣赏。就让他在官署领取灯火费，还时常赠送一些钱粮周济他的家属。赶上科试的时候，丁乘鹤向提学使称赞他的才华，他就考中了第一名。丁乘鹤对他的期望很殷切。乡试以后，要来他的考卷看看，打着拍子阅读，赞叹不已。不料受时运的限制，好文章也怕坏命运，发出榜来，依然名落孙山。他垂头丧气地回到家里，自愧辜负了知心朋友的期望，形体逐渐消瘦，只剩一把骨头架子支撑着身子，整天痴呆呆的，像个木偶。丁乘鹤听到消息，派人把他请到家里安慰他。他心里难过得不断地流眼泪。丁乘鹤很怜悯他，当面约定，等三年任满进京的时候，带他一同北上。他非常感恩戴德。辞别主人回到家里，闭门谢客，再也不出来走动。没有多久，重病缠身，卧床不起了。丁乘鹤不断地赠送东西，不断地安慰；但他吃了上百剂药，毫无效果。

事也凑巧，丁乘鹤因为触犯了上司，被罢掉了官职，将要解任回乡。他给叶生写了一封信，大致说："我要动身回关东。已经有好些天了；之所以迟迟没有动身，只是等你呀！。你若早晨来到，我晚上就出发了。"派人把书信送到他的病床上。叶生拿着书信，抽抽噎噎的，不断流泪。他让来使转告丁公："我的病情很沉重，难以很快痊愈，请丁公先动身吧。"来使回去告诉了丁乘鹤。丁乘鹤不忍离开他，就慢慢地等待着。

过了几天，看门的忽然传达说叶生到了。丁乘鹤高兴极了，赶紧迎出去问候。叶生说："我这样人的一点病，有劳夫子等了很长时间，心里怎么想也不安宁。庆幸现在可以跟你走了。"丁乘鹤马上整顿行装，准备一早就出发。

到家以后，丁乘鹤叫儿子拜叶生为老师，早晚在一起。公子名叫丁再昌，当时十六岁，还不会做文章，但却很聪明，不管什么样的文章，只要读过两三遍，就忘不了。和叶生一起位了一年，便能落笔成文。再借助丁乘鹤的力量，就考中了秀才。叶生把自己一生应付科举所做的八股文，统统抄录出来，教读丁再昌。后来，丁再昌参加乡试的时候，考场上的七道考题，都是叶生做过的；他一字不漏地抄下来，不仅考中了举人，而且名列第二。

一天，丁乘鹤对叶生说："你用多余的才学，就让孺子成名了。可是像你这样具有真才实学的人反倒考不上，怎么办？"叶生说："这是命里注定的。借公子的福气为我的文章扬眉吐气，让天下人知道我潦倒半生，并不是考得不好的缘故，我也就满足了。而且读书人得到一位知己，可以说是没有遗憾了，何必脱掉秀才的白衣，才算走运呢?"丁乘鹤因为他长期客居外地，怕他误了"岁试"，劝他回家看看。他凄凄惨惨的，心里很不痛快。丁乘鹤不忍强制他，就嘱咐公子，进京花钱给他买个监生头衔。

不久，公子又考中了进士，派到一个部里担任主事官。他就带着叶生到了官署，早晚都生活在一起。过了一年，叶生参加顺天府的乡试，居然考中了举人。就在这个时候，公子恰巧奉派到河南担任乡试的主考官，因而对叶生说："这次去的地方，离你的家乡不太远。先生已经平步青云了，应该衣锦还乡，才是快事。"叶生也很高兴，就选择一个好日子动身了。到达淮阳地界以后，公子命令随从人员，赶着车马，护送他回家。

他回到家中，只见门庭冷落，心里很是凄惨。他迟疑不决地进了院子，妻子拿着簸箕从屋里走出来，乍看见了他，扔掉簸箕，惊慌地往回走。他伤心地说："我现在富贵了? 三四年没相见，怎么就忽然不认识了呢?"妻子站在很远的地方对他说："你死去已经很久了，怎能还说富贵? 你的灵柩所以久留到今天，是因为家贫儿子年幼罢了。现在儿子已经长大，即将给你选择墓地，进行安葬。你不要兴妖作怪地吓唬活人。"他听完这话，怅然若失。迟迟疑疑地进了屋子，看见自己的灵柩清清楚楚地摆在那里，扑在地上消失了。妻子很惊讶地上前察看，只见衣帽鞋子像虫子脱皮似的褪在地上：她悲痛极了。就抱起衣服号啕痛哭。

儿子从学馆回来，看见门前拴着车马，问清了来处，惊讶地跑去告诉母亲。母亲擦着眼泪，把刚才发生的事情告诉了他。又仔细询问随从人员，才知道始末根由。随从人员返回去以后，公子丁再昌听到消息，哭得泪洒胸前。立刻叫车夫驾车，赶到灵堂哭吊；并且拿出钱来为他办理丧事，用孝廉的葬礼给以安葬。又送给他儿子很多东西，还聘请老师给他教授功课，在学台面前说了人情，第二年他就考中了秀才。

异史氏说："灵魂追随知心的朋友，竟能忘却死亡吗？听到的人必然有所怀疑，我却深信不疑。痴心的倩女，追随同心的情郎，魂魄竟至离开枕上的病体；知心的朋友，即使远在千里之外，梦里也能认识道路。何况叶生这样的才子，文思有如源源不断的茧丝，字迹像排列整齐的蝇头，呕心沥血的文章不能被人赏识；忽然过上一个知音朋友，关联自家性命，怎能不追随呢！咳！赏识自己的人难以期遇，碰到的全是倒霉的事情。行为光明磊落，只落得对影长愁；傲骨嶙峋，也只能搔首自爱。一副可叹的寒酸面貌，鬼物也来嘲笑他。

一次又一次地处于落第的窘境之中，每根胡子头发都是丑恶的：一旦名落孙山之外，他的文章就处处都是毛病。古往今来。痛哭自己被埋没的，不止一个下和；能够识别骏马的，除了伯乐还有谁？弥衡抱着治国的宏愿，怀揣名刺，三年磨掉了字迹；他忧愁不安地侧身期望着，哪里也找不到王侯的家门。一个人活在世上，只应该闭上眼睛，信马由缰，听凭老天爷的升降而已。天下像叶生这样的人，气概不凡而又潦倒一生的，也还是不少的，但是怎样才能叫丁令威重返人世，以便生死相随呢？唉！"

四十千

【原文】

新城王大司马①，有主计仆②，家称素封。忽梦一人奔入，曰："汝欠四十千③，今宜还矣。"问之，不答，径入内去。既醒，妻产男。知为凤孽④，遂以四十千捆置一室，凡儿衣食病药，皆取给焉。过三四岁，视室中钱，仅存七百。适乳姥抱儿至，调笑于侧。因呼之曰："四十千将尽，汝宜行矣。"言已，儿忽颜色蹙变⑤，项折目张。再抚之，气已绝矣。乃以馀资治葬具而瘗之。此可为负欠者戒也[6]。

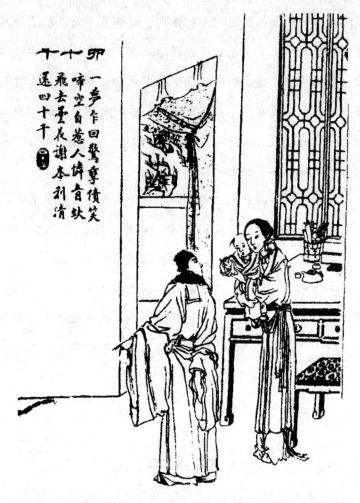

一梦作回惊尊债笑
啼空自惹人情音欷
飞去云衣谢本利清
遂四十千

四十千

　　昔有老而无子者，问诸高僧。僧曰："汝不欠人者，人又不欠汝者，乌得子？"盖生佳儿，所以报我之缘[7]；生顽儿，所以取我之债。生者勿喜，死者勿悲也。

【注释】

　　①新城：旧县名，明清属济南府，今为山东桓台县。王大司马：王象乾，字霁宇，新城人。明隆庆五年辛未（1570）科进士，历闻喜县令，官至兵部尚书。卒赠

太子太师。传见《山东通志·人物·历代名臣》。大司马，兵部尚书的别称。

②主计仆：掌管钱粮收支的仆人，相当于管家。主计，主管财钱收支账目。

③四十千：旧时铜钱以文为计算单位，一千文称一贯或一吊；四十千，即四十贯或四十吊。

④凤孽：迷信所谓前世罪恶的果报。孽，同"业"，这里指恶因。

⑤蹙变：眉头紧皱，面色改变。蹙，蹙额，皱眉的样子。变，变色。

⑥负欠：在道义、财帛方面对人有所亏欠，指背恩或赖债。

⑦缘：因缘；与上文"孽"字含义相对，意思是善因。

【译文】

　　山东新城县王大司马府中，有个掌管账目的仆人，家中豪富可比朝廷命官。一天，他忽然梦见有个人奔进屋来，说："你欠了我四十贯钱，现在该还了。"他问来人是谁，那人也不答话，一直闯进里屋去了。醒来后，妻子生下一个男孩。他知道是自己前世作的孽，就把四万文钱捆扎起来，专门放在一间屋子里，凡是儿子衣服饮食、治病抓药的费用，全都从这四万文钱中支取。

　　过了三四年，一天，他看看屋里的钱，发现只剩下七百文了。这时，恰好奶妈抱着儿子过来，在他身旁逗弄嬉笑。他顺口对儿子说道："四十贯钱快花完了，你也该走了。"话刚出口，儿子忽然变了脸色，眉头紧皱，脖子歪在一边，两只眼睛直瞪瞪地，再上前摸摸，已经断气了。就用剩下的钱置办棺木，埋葬了儿子。

　　这个故事可以作为欠债者的借鉴。从前有个人，到老膝下无子，就向一位高僧请教。高僧对他说："你不欠别人，别人也不欠你，怎么会有儿子呢?"大概生一个好儿子，是报答自己前世积下的恩怨；生一个坏儿子，是索取自己前世欠下的孽债。生了儿子的不必为之高兴，死了儿子的也不必为之悲伤。

成　仙

　　文登周生①，与成生少共笔砚，遂订为杵臼交②。而成贫，故终岁常依周。以齿则周为长，呼周妻以嫂。节序登堂，如一家焉③。周妻生子④，产后暴卒。继聘王氏，成以少故，未尝请见之也。一日，王氏弟来省姊，宴于内寝。成适至。家人通白，周坐命邀之。成不入，辞去，周移席外舍，追之而还。甫坐，即有人白别业之仆⑤，为邑宰重笞者。先是，黄吏部家牧佣，牛蹊周田⑥，以是相诟。牧佣奔告主，捉仆送官，遂被笞责。周诘得其故，大怒曰："黄家牧猪奴，何敢尔！其先世为大父服役⑦；促得志，乃无人耶！"气填吭臆⑧，忿而起，欲往寻黄。成捘而止之，曰："强梁世界⑨，原无皂白。况今日官宰半强寇不操矛弧者耶⑩？"周不听。成谏止再三，至泣下，周乃止。怒终不释，转侧达旦。谓家人曰："黄家欺我，我仇也，姑置之。邑令为朝廷官，非势家官，纵有互争，亦须两造⑪，何至如狗之随嗾者⑫？我亦呈治其佣⑬，视彼将何处分。"家人悉怂恿之⑭，计遂决。具状赴宰，宰裂而掷之。周怒，语侵宰。宰惭恚，因逮系之。辰后⑮，成往访周，始知入城讼理。急奔劝止，则已在图圄矣⑯。顿足无所为计。时获海寇三名，宰与黄赂嘱之，使捏周同党⑰。据词申黜顶衣⑱，搒掠酷惨⑲。成入狱，相顾凄酸。谋叩阙⑳。周曰："身系重犴㉑，如鸟在笼，虽有弱弟㉒，止足供囚饭耳。"成锐身自任，曰："是予责也。难而不急㉓，乌用友也！"乃行。周弟赆之㉔，则去已久矣。至都，无门入控。相传驾将出猎，成预隐木市中；俄驾过，伏舞哀号，遂得准。驿送而下，着部院审奏㉕。时阅十月余㉖，周已诬服论辟㉗。院接御批，大骇，复提躬谳㉘。黄亦骇，谋杀周。因赂监者，绝其食饮；弟来馈问，苦禁拒之。成又为赴院声屈，始蒙提问，业已饥饿不起。院台怒，杖毙监者。黄大怖，纳数千金，嘱为营脱㉒，以是得朦胧题免㉚。宰以枉法拟流㉛。周放归，益肝胆成。

成自经讼系，世情尽灰，招周偕隐。周溺少妇，辄迂笑之。成虽不言，而意甚决。别后，数日不至。周使探诸其家，家人方疑其在周所；两无所见，始疑。周心知其异，遣人踪迹之，寺观壑谷，物色殆遍。时以金帛恤其子。又八九年，成忽自至，黄巾氅服㉜，岸然道貌。周喜，把臂曰："君何往，使我寻欲遍？"笑曰："孤云野鹤，栖无定所。别后幸复顽健。"周命置酒，略道问阔㉝，欲为变易道装。成笑不语。周曰："愚哉！何弃妻孥犹敝屣也？"成笑曰："不然，人将弃予，其何人之能弃㉞。"问所栖止，答在劳山之上清宫。既而抵足寝，梦成裸伏胸上，气不得息。讶问何为，殊不答。忽惊而寤，呼成不应；坐而索之，杳然不知所往。定移时，始觉在成榻，骇曰："昨不醉，何颠倒至此耶！"乃呼家人。家人火之，俨然成也。周故多髭，以手自捋，则疏无几茎。取镜自照，讶曰："成生在此，我何往？"已而大悟，知成以幻术招隐。意欲归内，弟以其貌异，禁不听前。周亦无以自明。即命仆马往寻成。数日，入劳山。马行疾，仆不能及。休止树下，见羽客往来甚众㉟。内一道人目周，周因以成问。道士笑曰："耳其名矣，似在上清。"言已，径去。周目送之，见一矢之外，又与一人语，亦不数言而去。与言者渐至，乃同社生㊱。见周，愕曰："数年不晤，人以君学道名山，今尚游戏人间耶㊲？"周述其异。生瞭曰："我适遇之，而以为君也。去无几时，或当不远。"周大异，曰："怪哉！何自己面目觌面而不之识？"仆寻至，急驰之，竟无踪兆。一望寥阔，进退难以自主。自念无家可归，遂决意穷追。而怪险不复可骑，遂以马付仆归，迤逦自往。遥见一僮独坐，趋近问程，且告以故。僮自言为成弟子，代荷衣粮，导与俱行。星饭露宿，逴行殊远㊳，三日始至，又非世之所谓上清。时十月中，山花满路，不类初冬。僮入报客，成即遽出，始认己形。执手入，置酒宴语，见异彩之禽，驯人不惊㊴，声如笙簧，时来鸣于座上。心甚异之。然尘俗念切，无意留连。地下有蒲团二，曳与并坐。至二更后，万虑俱寂㊵，忽似瞀然一盹，身觉与成易位。疑之，自捋颔下，则于思者如故矣㊶。既曙，浩然思返。成固留之。越三日，乃曰："迄少寐息，早送君行。"甫交睫，闻成呼曰："行装已具矣。"遂起从之。

所行殊非旧途。觉无几时，里居已在望中。成坐候路侧，俾自归。周强之不得。因踽踽至家门。叩不能应，思欲越墙，觉身飘似叶，一跃已过。凡逾数重垣，始抵卧室，灯烛荧然，内人未寝，哝哝与人语。舐窗以窥，则妻与一厮仆同杯饮，状甚狎亵。于是怒火如焚；计将掩执[42]，又恐孤力难胜。遂潜身脱扃而出，奔告成，且乞为助。成慨然从之，直抵内寝。周举石挝门，内张皇甚；挝愈急，内闭益坚。成拨以剑，划然顿辟。周奔入，仆冲户而走。成在门外，以剑击之，断其肩臂。周执妻拷讯，乃知被收时即与仆私。周借剑决其首，胃肠庭树间。乃从成出，寻途而返。蓦然忽醒，则身在卧榻，惊而言曰："怪梦参差，使人骇惧！"成笑曰："梦者兄以为真，真者乃以为梦。"周愕而问之。成出剑示之，溅血犹存。周惊怛欲绝，窃疑成诪张为幻[43]。成知其意，乃促装送之归。荏苒至里门，乃曰："畴昔之夜，倚剑而相待者，非此处耶！吾厌见恶浊，请还侍君于此；如过晡不来[44]，予自去。"周至家，门户萧索，似无居人。还入弟家。弟见兄，双泪遽堕，曰："兄去后，盗夜杀嫂，刳肠去，酷惨可悼，于今官捕未获。"周如梦醒，因以情告，戒勿究。弟错愕良久。周问其子，乃命老媪抱至。周曰："此褓褓物[45]，宗绪所关[46]，弟好视之。兄欲辞人世矣。"遂起，径出。弟涕泗追挽[47]，笑行不顾。至野外，见成，与俱行。遥回顾曰："忍事最乐："弟欲有言，成阔袖一举，即不可见。怅立移时，痛哭而返。

周弟朴黜，不善治家人生产，居数年，家益贫。周子渐长，不能延师，因自教读。一日，早至斋，见案头有函书，缄封甚固，签题"仲氏启"[48]。审之，为兄迹；开视，则虚无所有，只见爪甲一枚，长二指许，心怪之。以甲置研上，出问家人所自来，并无知者。回视，则研石灿灿[49]，化为黄金。大惊。以试铜铁，皆然。由此大富。以千金赐成氏子，因相传两家有点金术云[50]。

【注释】

① 文登：县名，即今山东省文登县。

②杵臼交：不计贫富贵贱的朋友。杵臼，捣米的木杵和石臼。

③"节序登堂"二句：意思是，四时八节，成生必定携眷到周生家拜问兄嫂，亲密如一家兄弟。是称赞成生恪守古训，对周生夫妻亲而有礼。节序，犹言四时八节。我国旧称春夏秋冬四季为四时或四序，称四立、两分两至为八节。

④周妻生子：此据铸雪斋抄本，底本误"妻"为"子"。

⑤别业：正宅外之园林宅舍。此"别业仆"，即指派守田庄之仆。

⑥蹊：践越，穿行。《左传·宣公十一年》："牵牛以蹊人之田。"杜注："蹊，径也。"

⑦大父：祖父。

⑧气填吭臆：怒气充咽填胸。吭，咽喉。臆，胸膛。

⑨强梁世界：强暴横行的社会。强梁，强暴凶横。

⑩矛弧：矛和弓，指杀人凶器。

⑪两造：争讼的双方，原告和被告。

⑫嗾（叟）：指挥狗的声音。

⑬呈治：呈请惩治。

⑭怂臾（甬）：同"怂恿"。

⑮辰后：辰时过后。辰时，相当于早上七点至九点。

⑯囹圄（伶语）：本秦代监狱名，后为牢狱别称。

⑰捏周同党：诬陷周生与海盗同伙。捏，捏造，即诬陷。

⑱据词申黜顶衣：依据海盗供词，申报革去周生功名。旧时官府行文，下级向上级说明情况称"申详"或"申"。黜，革免。顶衣，指生员冠服，代指其资格功名。科举时代，生员犯法，革除功名之后，官府才能施刑审讯。

⑲榜掠：拷打。

⑳叩阙：应从青柯亭刻本作"叩閽"（铸本"阙"旁亦注——"閽"字），指向朝廷告状。閽，指帝閽，即官门。吏民向皇帝告状叫叩閽。

㉑重犴（虫岸）：牢狱深处，拘禁重罪犯人的地方。犴，牢狱。

㉒弱弟：幼弟。弱，幼小。

㉓难而不急：人在难中而不相救。急，救助。，

㉔赆（舯尽）：赠送路费。

㉕着部院审奏：责成（山东）巡抚审理奏闻。部院，本指朝廷六部和都察院的长官，清代各省巡抚多带侍郎和副都御史的京衔，因以部院代称巡抚。

㉖阅：经历。

㉗诬服论辟：含冤屈招，被判死刑。辟，大辟，即死刑。

㉘复提躬谳：提调案犯，亲自重审。谳，审讯犯人。

㉙营脱：设法解脱罪刑。

㉚朦胧题免：含糊其词地报请朝廷免罪。朦胧，喻措辞含混。题，题本，上奏公事。

㉛拟流：判处流刑。

㉜黄巾氅（敞）服：道冠道袍。黄巾，即黄冠；道士戴的束发之冠，多用黄绢之类制成。氅，鸟羽织的外套。这里是对道士袍服的美称。

㉝间阔：久别之情。间，隔。阔，久别。

㉞"不然"三句：你说的不对。是他人要抛弃我，我又能抛弃谁呢？末句句首省"予"字。

㉟羽客：道士的美称。道教认为修炼成功能飞升成仙，因美称道士为羽人、羽士、羽客。

㊱同社生：社学同学。清制，大乡、镇置社学，近乡子弟可入学肄业且

㊲游戏人间：指对现实生活抱洒然超脱的态度。

㊳逴（绰）行殊远：高一步低一步地走了很远。

㊴驯人不惊：温驯依人，客至不惊。

㊵万虑俱寂：各种尘世杂念都泯灭而归于空寂；是佛道修行的一种境界。万虑，指一切思维活动。寂，空寂。

㊶于思（腮）：浓密的胡须。《左传·宣公二年》载宋人嘲笑华元多须而战败

归来曰："于思于思，弃甲复来！"思，同"腮"。

㊷掩执：突入捉拿。乘其不备而动。叫掩。

㊸诗（周）张为幻：施弄幻术骗人。诗张，欺诳。为幻，制造假象、幻觉。

㊹晡（补）：申时，即下午三点到五点之间。

㊺褓裸物：乳婴。褓裸，包裹婴儿的衣被。

㊻宗绪：宗族后裔，传宗接代的人。绪，丝线末端，比喻后裔。

㊼涕泗：涕指眼泪，泗指鼻涕。

㊽签题"仲氏启"：信封上写着"二弟启"。签，指封套上书写收信人姓名住址的部位。仲氏，弟。《诗·小雅·何人斯》："伯氏壎，仲氏吹篪。"朱注："伯仲，兄弟也。"

㊾研：同"砚"。

㊿点金术：道教所谓点化他物使成金银的法术。

【译文】

文登县周生和成生是少年时代的同学，彼此约定为不计较贫富贵贱的朋友。

成生家里很贫穷，终年都依靠周家接济。周生比成生年龄大，成生将周妻称为嫂子，逢年过节，成生定来周家一同过，所以两家就像一家一样。周生妻子生下男孩后得病身亡，周生又续娶了王氏。王氏太年轻，成生没有请求见她。

有一天，王氏的弟弟来看望姐姐，家里就在卧室设宴款待。这时正遇上成生到来，周生就叫家人请成生到卧室就餐，成生不愿进去，便告辞走了。周生出门将他追回，又把酒席搬到客厅，成生这才入席。刚坐定，就听有人来报告，说周家庄园里的仆人被县官打了重板。原来黄吏部家牧童放牛时踩了周家田里的庄稼，于是两家仆人争吵起来，黄家牧童回去告诉主人，将周家仆人抓送官府，就这样，周家仆人挨了打。周生问明缘由，气得怒火中烧，骂道："黄家放猪的奴才，岂敢如此蛮横！他的先人还是我爷爷的奴仆呢，一下子得志，就目中无人了！"一时间，周生义愤填膺，从饭桌上站起来，要找姓黄的算账。成生按住他说："而今是强盗世界，本来就没有是非曲直，更何况现在的官吏，都是些不拿刀枪的土匪。"周生怎么也听不进去，成生一再劝谏，甚至流下眼泪，这才停止。但是周生闷在心里的一口恶气怎么也咽不下去，所以整整一夜都不能入睡。

第二天，周生对家里人说："黄家欺负我们周家，与我结仇，这姑且不论；可是县令是朝廷委派的，并非是有钱有势人家的官，纵使现在发生纠纷，也必须传两家同时到庭了解实情，为什么要像狗一样受人唆使而胡乱咬人？我现在也告他黄家的仆人，看他县官如何处分？"家人全都怂恿这样做，于是周生决定到县衙门告状。周生把状纸呈上，不料县官却当着他的面撕烂状纸，随手扔了一地。周生激愤难忍就出言冲撞了县官，县官恼羞成怒，便将他关进监狱。

早晨刚过，成生到周家才得知周生已到县城去打官司，他就急匆匆赶去劝阻，这时周生已被关起来了。成生心里很焦急，脚在地上跺着，一时想不出什么好办法。当时县里抓捕到三名海盗，县官与黄家狼狈为奸，密谋串通共同收买海盗，要他们供认周生是同党，于是就根据捏造的罪状先革掉周生的功名，又酷刑拷打。成生到监狱去探视，俩人相对悲叹不已。成生建议进京去告御状，周生苦笑着说："我如今身陷囹圄，犹如笼中之鸟，虽然有个弟弟，但只能为我送送饭罢了。"成生自我承担说："这事包在我身上，危难中不能救急，还要朋友干什么？"成生从狱中出来，立即就出发了。等周生的弟弟送去路费时，成生已动身多时了。

成生几经转折到达京城，但他也并无门路投诉。他听到皇帝要出猎，便预先隐藏在路边的集市中，等到皇帝车驾过来，就伏在路中央大声哭喊冤屈。皇帝批示将状纸由驿站送交山东巡抚审理，并回报审理结果。这时已过十个月多了，周生已诬服定为死罪。巡抚接皇帝御批，大为震惊，便立即提案复审。此时此刻黄吏部闻风丧胆，惊恐万状，为逃避罪责，设法先把周生弄死，企图灭口。于是他买通看守，断绝周生的饮食。周生弟弟来送饭，被狱守严厉禁阻。成生又到巡抚衙门去喊冤，当上边提审犯人时，周生已饿得站不起身来。巡抚大为震怒，立即杖毙看守。黄吏部闻讯后更加惊恐，便行贿数千两银子，请求设法解脱罪刑，才算蒙混过关而奏报朝廷免罪，县官因犯法被革职流放。

　　周生被无罪释放，经过这次大难，更把成生视为肝胆之交。成生也因此看透尘世，邀周生一起去隐居山林。周生太贪恋娇妻，却反而取笑成生太迂腐。成生口里并不说什么，却意志坚决。他们分手后，成生几天未到周家，周生又派人到成家去问讯，成家人以为成生一直留在周家未回。两处都不见成生踪影，大家开始怀疑他的去向。周生心里很明白他的去处，派人到寺院、大山去寻找遍了。还经常拿出钱财来接济成生的儿子。

　　过了八九年，成生却突然自己出现了，全然一身道士打扮，头裹黄巾身着氅服，神态庄重，周生非常高兴，紧握着成生的手说："您去了哪里，叫我到处找寻，找得好苦啊！"成生淡然笑笑说："我就像孤云野鹤，栖居之地没有固定的场所。只是分手后幸好身体还都健康。"周生命令家人设宴招待成生，畅叙别后详情。他想让成生脱下身上的道服，成生却笑而不答。周生又问成生："为何弃置妻儿如同敝屣？真是太愚蠢了。"成生笑着说："并不是这样。是人家要抛弃我，我还能抛弃谁呢？"周生又问他究竟在何处居留，成生告诉他在崂山的上清宫。夜里就寝时，两人顶足而睡，周生梦见成生脱了衣服伏在他的胸上，感到压抑喘不上气来。惊讶地问成生为何这样，成生并不回答。他突然惊醒过来，叫着成生却不见应声，他赶快坐起来用目光搜寻成生，成生已杳然不知去向。他镇定了一会儿功夫，才感觉到自己睡在成生的床上。于是很惊慌地自言自语说："昨天并没有喝醉酒，怎么会颠倒到如此地步？"他喊来家人，家人端灯来照他，发现他变成成生的模样。周生本来多胡须，这时他用手一捋，却不过稀疏几根，他又照着镜子惊讶地说："成生在这儿，而我自己到哪里去了呢？"他马上醒悟过来，明白这是成生施了幻术招他去隐居。他想进入里屋，弟弟见他不是兄长模样，阻止着不让进去，周生自知无法辩白，当即命令仆人备马去找成生。

　　几天后，周生来到崂山。由于马走得太快，仆人没有跟上，他停在树下休息，见道士往来频繁，其中有个道士用眼睛看他，他就趁机询问成生。道士笑着说："听说过名字，好像他在上清宫。"说完径直走开。周生目送着他，看见他在一箭之外的地方，又和另一个人说话，没说几句又走了。和道士说话的那人慢慢走近，周生认出他是当年的社学同学。这人见到周生惊愕地说："几年不见了，大家以为你在名山学道，为何还留在尘世间？"周生将自己易形的事说了，对方惊讶地说："我还刚见过他，以为他就是你呢。走了没多长时间，也许不会走远。"周生很诧异，说："怪了！为什么自己看自己的面目反而不认识了呢？"一会儿，仆人已到跟前，又急急追赶了一阵，还是没有踪影，只见眼前一片辽阔境界，他决定不了是进还是退，但明白自己已是无家可归，于是就决定穷追下去。眼前山路险峻，无法再骑马前行，他把马交给仆人让他回去，沿着连绵曲折的山路独自前行。走了没多久，就远远看见有一道童独自坐着，他走上前去向道童问路，并说明到山上来的原因，道童告诉他是成道人的弟子，代周生背着衣物和粮食，引路同行。他们日夜兼程，行了很远的路，三天后才到达一个地方。周生看这里并非世上所传说的上清宫。时值十月中旬，山花竞放，满山遍野，不像初冬景象。道童进去通报客人来到，成生即刻出来相迎。周生这才从对方身上认出自己的形貌。成生握着他的手进去，设酒宴盛情款待。周生见那些毛色鲜艳的奇禽异鸟离座不远，全不怕生人，叫声像笙箫一般悦耳动听，时不时飞到座上来鸣唱，他感到很奇异。但周生终于贪恋世俗，念家心切，不愿在此久留。地上放着两个蒲团，成生拉着他与自己各坐一个，值二更天以后，他觉得自己的一切顾虑杂念全打消了，恍惚间，他感觉自己好像只是打个盹的功夫就和成生调换了位置。他还有些疑惑，用手捋捋下颔，浓密的胡须和过去一样了。第二天天一亮，他就决意要返回。成生执意挽留他。过了三天，成生便说："请你稍稍休息一下，尽早送你上路。"他刚闭上眼睛，就听见成生说："行装已经打点好了。"于是他便起身跟着成生走，这时他觉得不是原来走过的老路。不久，已见家园。

成生坐在路边等候，让他自己回去。周生请他一起去，成生不去，他只好自己孤零零来到家门口。敲门，里边没有应声，他正想着要翻墙过去，立时觉得身轻如叶，便一跃而过。这样一直翻越了几道墙。才到了卧室外，看里面烛光闪烁，妻子没睡，又听见里面有嘀嘀咕咕地说话声，他舔破窗纸往里一看，却见妻子正和一个仆人同杯饮酒，显得依偎亲热的样子，周生一下子怒火中烧，本想一把将两人同时捉住，又怕自己一人力量达不到，就潜身出去，请求成生相助。成生慷慨答应，俩人直抵卧室门口，周生用石头猛敲房门，里面慌乱起来。周生敲得越急，里面门关得越紧。成生用剑一拨，门哗然打开，周生直奔进去，仆人急忙跳窗逃跑，成生在门外，一剑就削断了奸夫的臂膀。周生抓住妻子拷问，才知道在他坐监狱时，妻子就已和仆人私通了。周生从成生手里要过剑，砍下妻子的头，还把肠子挂在院里的树上。然后俩人一起离开，寻路返回。

周生猛醒来，发现自己躺在床上，吃惊叫道："怪梦怪梦！吓死人了！"成生笑着说："梦中事你以为是真的，真的你反而把它当成梦。"周生十分诧异地问原因，成生拿剑给他看，见上面还有血迹。周生心惊胆战，以为又是成生施了幻术骗他。成生知道他不相信，就当下整理行装送他回家。到了家门口，成生说："那天夜里我持剑等候的就是这地方！我讨厌看见那些恶浊的事情，现在我还是在此等你，如过了黄昏你还不来，我就自己走了。"周生进了家门，见萧条空寂，好像没人住似的。他又到弟弟家，两人相见，泪下如雨；弟弟说："自从哥哥走后，夜里嫂嫂被强盗杀害，开肠破肚惨不忍睹。至今官府还未捉拿到凶手。"周生此刻才真正如梦初醒。他向弟弟说明真情，劝他不要追究，弟弟惊诧了好一阵子。周生又问起自己的儿子，弟弟叫人抱来。他对弟弟说："这小家伙是周家传宗接代的人，请你好好照看，我将脱离红尘，进山修道。"说完，径直出了门，弟弟大哭着追出来想挽留他，周生却笑着并不理会。到了郊野，见到成生，俩人一起同行。周生远远地回头对弟弟说："凡事忍耐最为快乐。"弟弟还想说什么。成生将长袖一挥。俩人旋即消失。弟弟在原地痴痴地站了很久，才痛哭着返回。

周生的弟弟为人老成朴实，不会料理家业，过了几年，家境更贫困。周生的儿子也一天天长大，没有钱请老师，他就自己教侄子读书。一天清早，他来到书房，发现桌上放着一封信，口封得很紧，信封上写着"二弟启"。仔细一看是哥哥的笔迹，拆开读时，却没有内文，只见有一片指甲，有二指长。心里感到奇怪，就把那指甲放在砚上，出来问家里人信的来处，家里没人知道这件事。他再回到书房看时，只见砚台金光闪闪，化为黄金。大吃一惊，再拿指甲去试铜铁之类，全都化成金子。因此富裕起来，并拿千金送给成生的儿子。因此就有了周、成两家有点金术的传说。

新郎

【原文】

江南梅孝廉耦长[①]，言其乡孙公，为德州宰[②]，鞫一奇案。初，村人有为子娶妇者[③]，新人入门，戚里毕贺。饮至更余，新郎出，见新妇炫装，趋转舍后。疑而尾之。宅后有长溪，小桥通之。见新妇渡桥径去，益疑。呼之不应。遥以手招婿；婿急趁之，相去盈尺，而卒不可及。行数里，入村落。妇止，谓婿曰："君家寂寞，我不惯住。请与郎暂居妾家数日，便同归省。"言已，抽簪叩扉，轧然有女童出应门。妇先入。不得已，从之。既入，则岳父母俱在堂上。谓婿曰："我女少娇惯，未尝一刻离膝下，一旦去故里，心辄戚戚。今同郎来，甚慰系念。居数日，当送两人归。"乃为除室，床褥备具，遂居之。

家中客见新郎久不至，共索之。空中惟新妇在，不知婿之所往。由此遐迩访问，并无耗息。翁媪零涕，谓其必死。将半载，妇家悼女无偶，遂请于村人父，欲别醮女。村人父益悲，曰："骸骨衣裳无可验证，何知吾儿遂为异物[④]！纵其奄丧[⑤]，周岁而嫁当亦未晚，胡为如是急也！"妇父益衔之，讼于庭。孙公怪疑，无所措力，断令待以三年，存案遣去。

村人子居女家，家人亦大相忻待。每与妇议归，妇亦诺之，而因循不即行。积半年余，中心徘徊，万虑不安。欲独归，而妇固留之。一日，合家惶遽，似有急难。仓促谓婿曰："本拟三二日遣夫妇偕归。不意仪装未备，忽遘闵凶[⑥]；不得已，

即先送郎还。"于是送出门，旋踵急返，周旋言动，颇甚草草。方欲觅途行，回视

新郎

院字无存，但见高冢。大惊，寻路急归。至家，历言端末，因与投官陈诉。孙公拘
妇父谕之，送女于归⑦，始合卺焉⑧

【注释】

①江南：清顺治二年（1645），改明南直隶置江南省，辖今江苏、安徽省地。康熙六年分置江苏、安徽两省。以后习惯上仍称这两省为江南。梅的家乡宣城原隶江南省宁国府，故称其为江南人。梅孝廉耦长：梅庚，字耦长，宣城（今安徽宣城县）人，康熙二十年辛酉（1681）科举人。屡试进士不第。曾任浙江泰顺县知县，不久辞归。梅工诗，善八分书，画亦旷逸有致，为王士所推重。有《天逸阁集》。

②德州：今山东省德州市，明清时为德州。宰，州县长官通称宰。孙公，待考。

③"村人"句：此据铸雪斋抄本，底本无者字。

④为异物：指死去。贾谊《鹏鸟赋》："化为异物兮，又何足患？"

⑤奄丧：猝死。奄，急，突然。

⑥忽遘闵凶：忽遇忧患。《左传·宣公十二年》："楚少宰如晋师曰：'寡君少遘闵凶。'"

⑦于归：本指女子出嫁。《诗·周南·桃夭》："之子于归，宜其室家。"郑笺："于，往也。"朱注："妇人谓嫁曰归。"这里指新妇重返夫家。

⑧合卺：婚礼中最后一项仪式，因以指成婚。

【译文】

江南宣城的梅耦长举人讲了一个故事，说他家乡有个孙公在德州任长官时，曾审过一宗奇案。当初乡下村里有一家人给儿子娶媳妇，新娘进门，亲戚朋友都来贺喜。大家喝酒过了一更时分。新郎出来，看见新娘穿着光彩夺目的艳装往屋后走去。新郎有些疑惑。就跟在后面。屋后有一条小溪，溪上有一座小桥，新娘过了小桥一直往前走。新郎更疑虑，叫她不答应，还远远回头向新郎招手，新郎就急忙赶上去。两人相距只有一尺来远，但始终不能赶上。这样一直走了几里路，来到一个村子，新娘停下来对新郎说："夫君家里太寂寞了，我住不惯。请你和我在娘家暂住几天，便一块回去探望父母。"说完，新娘从头上抽下簪子敲门，有个女僮来开门，新娘先进去，新郎不得已，也跟了进去。到了屋里，只见岳父岳母全在堂上，他们对新郎说："女儿从小娇生惯养，一刻也未离开过膝下，一旦离家而去心里很难过，现在和你一块回来，使我们很欣慰。过几天，就送你们回去。"当下就收拾了一间屋子，床上被褥早已准备好，于是他们就住了下来。

家里客人见新郎很久不出来，就一块去找寻。洞房里却只有新娘一人在，不知新郎去了哪里。从此，家里人到处寻找，远近地方都问遍了，却杳无音信。父母悲哀落泪，想着儿子肯定死了。

过了半年时间，媳妇娘家怜悯女儿独守空房，于是向新郎的父亲请求，想让女儿改嫁。新郎的父亲更加难过地说："尸体、衣物都未发现，怎能证明他已死？即使我儿子不在人世，须得满一年再嫁也不迟，为何这样急不可待？"女方的父亲更加怀恨在心，就告到衙门。孙公接案后很觉奇怪可疑，无法调查审理，就判令等待三年后才能改嫁，存案入档，将原告遣走。

新郎在女方家备受优待。他每次和女方提起回家的事，女方也答应，但就是拖着不马上行动。这样一直挨过半年时间，心里不免有些惴惴不安，于是就打算一个人回去，而女方又强留不放。有一天，女方家里很慌乱，好像有什么灾祸将要降临。岳父焦虑地对女婿说："本来打算三两天内送你们夫妇同归，但是礼物尚未备齐，忽然遭遇忧患，迫不得已，只好送贤婿先走一步。"于是新郎被送出门，急忙转身回去，辞别时的礼节答对都很草率。新郎正要辨认归途，回头一看，房屋无存，只见一座荒坟坐落身后。他惊恐万分，找路急归。

新郎回到家里，详细讲了他所遇到的事情始末，又当即去向官府投诉。孙公拘来女方的父亲加以开导，要他将女儿送回男方家里举行婚礼。

灵 官

【原文】

　　朝天观道士某^①，喜吐纳之术^②。有翁假寓观中，适同所好，遂为玄友^③。居数年，每至郊祭时^④，辄先旬日而去，郊后乃返。道士疑而问之。翁曰："我两人莫逆^⑤，可以实告：我狐也。郊期至，则诸神清秽，我无所容，故行遁耳^⑥。"又一

灵官

年，及期而去，久不复返。疑之。一日忽至。因问其故。答曰："我几不复见子矣！曩欲远避，心颇怠，视阴沟甚隐，遂潜伏卷瓮下⑦。不意灵官粪除至此⑧，瞥为所睹，愤欲加鞭。余惧而逃。灵官追逐甚急。至黄河上，濒将及矣。大窘无计，窜伏溷中。神恶其秽，始返身去。既出，臭恶沾染，不可复游人世。乃投水自濯讫，又蛰隐穴中几百日，垢浊始净。今来相别，兼以致嘱⑨：君亦宜隐身他去，大劫将来，此非福地也。"言已，辞去。道士依言别徙。未几而有甲申之变⑩。

【注释】

①朝天观：指北京朝天宫。明宣宗朱瞻基，仿效朱元璋在南京所建朝天宫的样式，于宣德八年（1432）在皇城西北建成朝天宫，作为郊祀前百官习仪之所。宫内有三清、通明、普济等十一殿，以奉三清、上帝及诸神，又于东西建具服殿，备临幸。熹宗天启六年（1626）遭火灾焚毁。

②吐纳术：口吐浊气，鼻吸清气，古人叫"吐故纳新"。本是我国古代的一种养生方法，近似于深呼吸。魏晋以来，道教徒神秘化为修炼的法术，认为吐出"死气"，吸纳"生气"，可得长生。

③玄友：道友。道家宗奉其学说。后世道教徒之间，彼此亦以玄友相称。

④郊祭：旧时帝王祭祀天地的一种典礼。始于周代，又称郊社或郊祀。冬至日祭天于南郊称"郊"，夏至日祭地于北郊称"社"。明初定合祀天地于大祀殿。嘉靖九年后分祀：冬至祀天圜丘，夏至祀地方丘。祀天前之六日及七日，百官于朝天宫习仪。

⑤莫逆：意思是心意相投，无所违逆。本指对道的理解相同。后世称志趣相投、友情深厚的朋友为莫逆之交。

⑥行遁：走避。

⑦卷（拳）瓮：小瓮。阴沟开口、入口处常以去底之小瓮为之。

⑧灵官：即王灵官。相传名善，宋徽宗时人。生前学道，死后由玉皇大帝封为

聊斋志异

图文珍藏版

"先天主将"，司天上、人间纠察之职。道教奉祀为护法神。道观所塑王灵官像，赤面、三目，被甲执鞭，是镇守山门之神。粪除：扫除秽物。

⑨兼以致嘱：此从二十四卷抄本，底本"嘱"作"祝"。

⑩甲申之变：明崇祯十七年甲申（1644），李自成义军攻占北京，明亡，史称甲申之变。清兵入京也在同年，此当兼指。

【译文】

朝天观有个道士，喜欢一种叫吐纳的养生术。有一个老人借住观中，恰巧也喜欢这种养生法术，于是二人成了好朋友，住了多年。每到祭祀时，这老人就先离开，祭祀之后再返回观中。道士不明白这样做的原因，就问他。老人说："我们两人是多年好友，也就以实情相告，我是狐狸。每到祭祀的日子，各路神仙都来清扫。我无处藏身，因此，自行离开。"

又有一年，到祭祀的日子，他便走了，很长时间也没有回到观中。道士对此很纳闷。有一天，忽然老人回来了，道士问他这是什么原因？老人回答说："我差点见不到先生了！本来想远远躲避起来，可感到很疲倦，看到阴沟里十分隐蔽，于是，我就藏在一个缸下面。没有料到灵官打扫到这里时，一眼被他发现，生气地想要鞭打我。我害怕就逃走了。灵官又紧紧追赶。逃到黄河上，差点淹死，没有办法，躲到厕所里，神人嫌这个地方很脏，才转身回去。我从那里出来，身上沾满了恶臭味，不能再现人世间。于是到水中清洗。洗后又隐藏在洞中，几百天后才除尽污垢，如今来到贵观，和你告辞。同时，留给你几句话，先生也应该离开此处到别的地方去，将有大的劫难来到，这里不是久留之地。"说完，就走了。

道士听了老人的话，就搬到别的地方去居住了。没有多长时间，就发生了甲申之变，北京城被兵火围困了，明朝皇帝吊死在煤山上，大明江山就这样垮台了。

王 兰

【原文】

利津王兰暴病死①阎王复勘②，乃鬼卒之误勾也。责送还生，则尸已败。鬼惧罪，谓王曰："人而鬼也则苦，鬼而仙也则乐。苟乐矣，何必生？"王以为然。鬼曰："此处一狐，金丹成矣③。窃其丹吞之，则魂不散，可以长存。但凭所之，罔不如意。子愿之否？"王从之。鬼导去，入一高第，见楼阁渠然④，而悄无一人⑤。有狐在月下，仰首望空际。气一呼，有丸自口中出，直上入于月中；一吸，辄复落，以口承之，则又呼之：如是不已。鬼潜伺其侧，俟其吐，急掇于手，付王吞之。狐惊，盛气相向。见二人在，恐不敌，愤恨而去。王与鬼别，至其家，妻子见之，咸惧却走。王告以故，乃渐集。由此在家寝处如平时。

其友张姓者，闻而省之，相见话温凉⑥。因谓张曰："我与若家夙贫⑦，今有术，可以致富。子能从我游乎？"张唯唯。曰："我能不药而医，不卜而断。我欲现身，恐识我者相惊以怪，附子而行，可乎？"张又唯唯。于是即日趣装⑧，至山西界。富室有女，得暴疾，眩然瞀瞑⑨。前后药禳既穷，张造其庐，以术自炫。富翁止此女，常珍惜之，能医者，愿以千金为报，张请视之。从翁入室，见女瞑卧；启其衾，抚其体，女昏不觉。王私告张曰："此魂亡也⑩，当为觅之。"张乃告翁："病虽危，可救。"问："需何药？"俱言不须，"女公子魂离他所，业遣神觅之矣。"约一时许，王忽来，具言已得。张乃请翁再入，又抚之。少顷，女欠伸，目遽张。翁大喜，抚问。女言："向戏园中，见一少年郎，挟弹弹雀⑪；数人牵骏马，从诸其后。急欲奔避，横被阻止。少年以弓授儿，教儿弹。方羞诃之，便携儿马上，累骑而行⑫。笑曰：'我乐与子戏，勿羞也。'数里入山中，我马上号且骂；少年怒，推堕路旁，欲归无路。适有一人至，捉儿臂，疾若驰，瞬息至家，忽若梦醒。"翁神之，果贻千金。王夜与张谋，留二百金作路用，馀尽摄去，款门而付其子；又命以三百馈张氏，乃复还。次日，与翁别，不见金藏何所，益异之，厚礼而送之。

逾数日，张于郊外遇同乡人贺才。才饮博不事生产，奇贫如丐。闻张得异术，获金无算，因奔寻之。王劝薄赠令归。才不改故行，旬日荡尽，将复觅张。王已知之，曰："才狂悖[13]。不可与处，只宜赂之使去，纵祸犹浅。"逾日，才果至，强从与俱。张曰："我固知汝复来。日事酗赌，千金何能满无底窦？诚改若所为，我百金相赠。"才诺之。张泻囊授之。才去，以百金在囊，赌益豪；益之狭邪游[14]，挥洒如土。邑中捕役疑而执之，质于官，拷掠酷惨。才实告金所自来。乃遣隶押才提张。数日，创剧[15]，毙于途。魂不忘张，复往依之，因与王会。一日，聚饮于烟墩[16]，才大醉狂呼，王止之不听。适巡方御史过[17]，闻呼搜之，获张。张惧，以实告。御史怒，笞而牒于神[18]。夜梦金甲人告曰："查王兰无辜而死，今为鬼仙。医亦仁术，不可律以妖魅[19]。今奉帝命[20]，授为清道使[21]。贺才邪荡，已罚窜铁围山[22]。张某无罪，当宥之。"御史醒而异之，乃释张。张治装旋里。囊中存数百金[23]，敬以半送王家，王氏子孙，以此致富焉。

【注释】

①利津：县名，即今山东省利津县。

②复勘：复审。勘，审问犯人。

③金丹：道教方术中经过修炼生成的内丹。

④渠然：高大深广的样子。《诗·秦风·权舆》："于我乎，夏屋渠渠。"渠渠，孔颖达疏谓高大貌，朱熹集注谓深广貌。渠然，义同渠渠。

⑤悄无一人：底本原作"俏无一人"，据二十四卷抄本改。

⑥话温凉：叙别离，致问候；犹言"道寒暄"。《文选》陆机《门有车马客行》："抚膺携客位，掩泪叙温凉。"李善注引郑玄曰："春秋，言温凉也。"吕向

注："叙别离之岁月。"

⑦夙（速）贫：素贫，一向穷苦。

⑧趣（促）装：匆忙整理行装。《汉书·曹参传》："参为齐相。及萧何卒，参乃趣治行装曰：'吾且人相。'三日，果召参代何为相。"

⑨眩然瞀（冒）瞑：神志昏迷，闭目不醒。

⑩魂亡：俗言掉魂。亡，失落。

⑪挟弹（旦）弹（谈）雀：拿弹弓打鸟。弹，弹弓。弹，弹射。

⑫累骑：共骑一马。《晋书·阮咸传》："遽借客马追婢，既及，累骑而还。"

⑬狂悖（背）：狂妄悖理。谓其行为放荡，做事乖张。悖，违背常理。

⑭狭邪游：狎妓行为。狭邪，通作狭斜，指小街曲巷，妓女所居。古乐府有《相逢狭路间行》（又名《长安有狭斜行》），写长安贵家宴乐狎妓生活，后因称狎妓为狭邪游。

⑮创剧（亟）：指刑伤恶化。

⑯烟墩：明清防卫报警设施。洪武二十六年，命于"腹里边境险要处所安设烟墩，昼则举烟，夜则举火，接递通报。"见《山东通志·兵防志八·兵制一》。明清时代，烟墩常与烽火台并称为台墩。此指烟墩废址。

⑰巡方御史：即巡按御史。自明初始，派御史至各地巡察，称巡按御史，简称巡按，三年一换，职权同汉刺史。清初因之。

⑱牒于神：具文通报神界，或具诉状于神界。牒，泛指官府间往来文书，或指诉状。其时王兰、贺才已死，所以御史乃以此举告神，请求审治其罪。

⑲律以妖魅：当作妖魅，绳之以法。律，谓依刑律治罪。

⑳帝：天帝。

㉑清道使：封建时代，皇帝、大臣出入，扈卫人员预为清净道路，辟除行人，称为清道。此处清道使，是传说中为尊神前驱清路的下级神官。

㉒窜：处以流刑；流放。铁围山：又称铁轮围山，代指极荒远的地界，犹言化外之地。佛经记载，赡部等四大洲外有铁轮围山，周匝如轮，围绕另一世界。其地

距以须弥山为中心的佛国极其辽远。

㉓数百金：底本百下衍"里"字，据铸雪斋抄本及二十四卷抄本删正。

【译文】

利津县有个王兰，突然暴病而死。到了阴间，阎王复审时，发现是鬼卒误抓，责令将王兰送还阳世。但是尸体已经腐烂，鬼卒怕被治罪，就对王兰说："人死而为鬼是痛苦的事，由鬼再变仙便会快乐无穷。若要快乐，何必复活？"王兰觉得也对。鬼卒说："这里有一个狐狸精，已炼成金丹，将金丹偷来服下就可以魂魄不散，长久存在，任你到哪里，没有不如意的。你愿不愿意？"王兰同意了。

鬼卒在前边带路，进到一所深宅大院，只见楼阁亭台相连，里边却悄无一人。有一只狐狸正在月下，翘首仰望夜空，只见它呼一口气，就有一粒金丹从口里吐出，一直上升，进入月宫；一吸气，那金丹就又落下来，用口衔住，然后再吐出去，就这样反复不停。鬼卒偷偷地立在一旁，等它再吐出金丹，就一把抓在手里，给王兰吃下。狐狸精大吃一惊，愤怒相对。但它见有两个对手，怕打不过，就愤愤离去。王兰和鬼卒分手后回到家里，妻儿见到他，吓得都要逃跑。王兰说明真相，大家这才慢慢聚拢过来。从此王兰在家起居寝食还像平时一样。

友人张某闻讯前来看望他，两人相见，嘘寒问暖。王兰对朋友说："我们两家向来贫困，现在我有法术，可以致富了，你愿跟我出游吗？"朋友答应了。王兰说："我可以不用药治好病，不占卜就可判断吉凶。我如果现形，认识我的人就会害怕，我附在你身上走。行不？"张某又答应了。

于是，他们当天匆匆整理行装启程，到达山西境内。正好碰上一个富翁的女儿得了重病，一直昏迷不醒，服了不少药都不管用，张某来到这人家，自称有神明的医术。富翁就只一个女儿，平时很珍爱她，谁能治好女儿的病，愿拿出千金作为报酬。张某请求先看病人，老翁便领他进到里屋。张某见女子昏昏迷迷地躺着，揭开被子，抚摸她的身子，那女子完全没有知觉。王兰偷偷地对张某说："这是丢了魂，我可帮她找回来。"张某便告诉富翁说："病虽很重，还可以救。"富翁问："需要吃什么药？"张某说："不用吃药。女公子魂魄失落别处，我已遣神去找寻了。"约莫过了一个时辰，王兰回来说魂已找见。张某叫富翁进里屋，再抚摸，转眼间女子欠伸着身子，眼睛很快睁开。富翁高兴极了，抚摸着女儿询问情况，女儿说："我在花园里玩，见一个少年郎用弹弓射鸟，又有几个人牵着骏马跟在他身后，我急于想逃避，被横加阻拦，少年给我弹弓教我射弹，我害羞着呵斥他，他就把我抱到马上，然后他也上来和我一块骑马前行，笑着说：'我很乐意和你一起玩耍，不要害羞。'走了几里路就到了山里，我在马上又哭又骂，少年一怒就把我推下马落在路边，我想回家却找不见路。正好碰见一个人来牵住我的手臂，快步走，转眼间就到家了，就像梦醒一样。"富翁觉得张某是神医，果然给了千两银子作为酬谢。王兰和张某当晚商量，留二百两银子做路费，其余的送回家里交给儿子，又叫儿子从中分出三百两给张某的妻子，又返回。第二天，张某辞别富翁，富翁并没见他把银子藏在哪里，更为惊奇，又备了厚礼相送。

过了几天，张某和同乡人贺才在郊外相遇。贺才好赌博喝酒，无所事事，一贫如洗像乞丐。他听说张某身怀奇术，得了好多钱财，因此跑来找他，王兰叫张某少给些钱叫他回去。贺才积习不改，几天就把银子花光，就又来找张某。王兰预料到他再来，就说："贺才狂妄悖理，不可相处，只应给些钱叫他回去，即使闯祸，也还小些。"过了一天，贺才果然又找来了，他坚决要和张某在一起。张某说："我早知道你会再来，你整天赌博酗酒，纵使有千两金银哪能填满无底洞？你若能改掉恶习，我可以送你百两银子。"贺才答应一定改。张某将所有银两给了他。贺才以为有了这笔钱很富裕，更是狂赌滥嫖，大肆挥霍。县里捕役怀疑他作案。就抓起来交给官府严刑拷打。贺才将银子的来路招出来，官府于是派遣吏卒押着贺才去抓张某，但由于身上伤太重，死在半路。魂灵却还没忘记张某，依旧沿路找去，与王兰相遇。

一天，他们在烟墩相聚共饮，贺才大醉，狂喊不止，王兰劝阻不听。正碰上巡按御史从此经过，闻声搜寻，抓住张某。张某害怕供出实情。御史大怒，将张某打了一顿，通牒于神灵。夜梦金甲人说："据查知王兰无辜而死，现为鬼仙，行医也是仁术，不能看作妖怪来治罪。现在尊奉天帝之命，授他为清道使。贺才邪恶放荡，已经罚判到铁围山。张某无罪，应该宽大处理。"御史梦醒，感到惊奇，便将张某释放。张某整装回家。口袋里尚且存有几百两银子，就恭敬地分了一半给王家，王氏子孙因此富了起来。

鹰虎神

【原文】

郡城东岳庙①，在南郭②。大门左右，神高丈馀，俗名"鹰虎神"，狰狞可畏。庙中道士任姓，每鸡鸣，辄起焚诵③。有偷儿预匿廊间，伺道士起，潜入寝室，搜括财物。奈室无长物④，惟于荐底得钱三百⑤，纳腰中，拔关而出，将登千佛山⑥。南窜许时，方至山下。见一巨丈夫，自山上来，左臂苍鹰⑦，适与相遇。近视之，面铜青色，依稀似庙门中所习见者。大恐，蹲伏而战。神诧曰："盗钱安往？"偷儿益惧，叩不已。神揪令还，入庙，使倾所盗钱，跪守之。道士课毕⑧，回顾骇愕。盗历历自述。道士收其钱而遣之。

【注释】

①郡城：府治所在地。作者故乡淄川清代隶济南府，府治在历城（今济南市）。东岳庙：道教奉祀泰山神"东岳天齐仁圣大帝"（省称东岳天齐大帝或东岳大帝）的神庙。传说东岳大帝掌管人间生死。旧时各地多有其庙，又名天齐庙，每年旧历三月二十八日为祭祀日。

②在南郭：据《历城县志》，东岳庙在"府城南门外"。

③焚诵：焚香诵经。

④长（帐）物：原指多余物品，此指可偷的值钱东西。长，馀。

⑤荐底：草席下面。荐，稿荐，草席。

⑥千佛山：又名历山，在济南城南五里。隋开皇间因山石镌成众多佛像，因名千佛山。

⑦左臂苍鹰：左臂上架着苍鹰。臂，以臂承物。

⑧课：功课，指寺庙早晚烧香念经的例行宗教活动，即上文所说的"焚诵"。

鹰虎神

【译文】

　　济南府城中的东岳庙，坐落在城南，庙门左右塑的神像，有一丈多高，俗称"鹰虎神"，面目狰狞可怕。庙里道士姓任，每天鸡鸣就起来焚香诵经。有个小偷预先隐藏在廊下，等道士起来，潜入他的寝室搜括财物。可是里面没什么值钱的东西，只在草席下面翻到三百文钱，塞在腰里，开门逃了出去。他想上千佛山，往南奔窜好久，方才来到山下。看见有个高大的男子，从山下上来，左胳膊上站一只苍鹰，正好对面相遇。走近一看，青铜色的脸，依稀像是东岳庙大门中经常见到的门神。小偷害怕极了，蹲伏在地上发抖。神人斥责他道："你偷了钱想到哪里去？"小偷更加恐惧，不停地叩头，神人把他揪回庙里，命他把偷来的钱全部倒出来，跪在地上守着。道士做完早课，回头看见小偷跪在地上，十分惊讶，小偷一五一十地把偷钱被抓的经过说了一遍。道士收起地上的钱，把小偷放了。

王　成

【原文】

　　王成，平原故家子①，性最懒。生涯日落，惟剩破屋数间，与妻卧牛衣中②，交谪不堪③。时盛夏燠热④，村外故有周氏园，墙宇尽倾，惟存一亭；村人多寄宿其中，王亦在焉。既晓，睡者尽去；红日三竿，王始起，逡巡欲归。见草际金钗一股，拾视之，镌有细字云："仪宾府造⑤。"王祖为衡府仪宾⑥，家中故物，多此款式，因把钗踌躅⑦。欻一妪来寻钗。王虽故贫，然性介⑧，遽出授之。妪喜，极赞盛德，曰："钗值几何，先夫之遗泽也⑨。"问："夫君伊谁？"答云："故仪宾王柬

之也。"王惊曰:"吾祖也。何以相遇?"妪亦惊曰:"汝即王柬之之孙耶?我乃狐仙。百年前,与君祖缱绻⑩。君祖殁,老身遂隐。过此遗钗,适入子手,非天数耶!"王亦曾闻祖有狐妻,信其言,便邀临顾。妪从之。王呼妻出见,负败絮⑪,菜色黯⑫焉。妪叹曰:"嘻!王柬之孙子,乃一贫至此哉!"又顾败灶无烟,曰:"家计若此,何以聊生⑬?"妻因细述贫状,呜咽饮泣。妪以钗授妇,使姑质钱市米,三日外请复相见。王挽留之。妪曰:"汝一妻不能自存活;我在,仰屋而居⑭,复何裨益?"遂径去。王为妻言其故,妻大怖。王诵其义,使姑事之⑮,妻诺。逾三日,果至。出数金,籴粟麦各石。夜与妇共短榻。妇初惧之;然察其意殊拳拳⑯,遂不之疑。

翌日,谓王曰:"孙勿惰,宜操小生业,坐食乌可长也!"王告以无资。曰:"汝祖在时,金帛凭所取;我以世外人,无需是物,故未尝多取。积花粉之金四十两⑰,至今犹存。久贮亦无所用,可将去悉以市葛,刻日赴都⑱,可得微息。"王从之,购五十余端以归⑲。妪命趣装,计六七日可达燕都⑳。嘱曰:"宜勤勿懒,宜急勿缓。迟之一日,悔之已晚!"王敬诺,囊货就路。中途遇雨,衣履浸濡。王生平未历风霜,委顿不堪,因暂休旅舍。不意淙淙彻暮,檐雨如绳。过宿,泞益甚。见往来行人,践淖没胫㉑,心畏苦之。待至停午㉒,始渐燥,而阴云复合,雨又大作。信宿乃行。将近京,传闻葛价翔贵㉓,心窃喜。入都,解装客店,主人深惜其晚,先是,南道初通,葛至绝少。贝勒府购致甚急㉔,价顿昂,较常可三倍㉕。前一日方购足,后来者并皆失望。主人以故告王。王郁郁不得志。越日,葛至愈多,价益下。王以无利不肯售。迟十余日,计食耗烦多,倍益忧闷。主人劝令贱鬻,改而他图。从之。亏资十余两,悉脱去。早起,将作归计,启视囊中,则金亡矣。惊告主人。主人无所为计。或劝鸣官,责主人偿。王叹曰:"此我数也,于主人何尤?"主人闻而德之,赠金五两,慰之使归。自念无以见祖母,蹀躞内外㉖,进退维谷㉗。

适见斗鹑者㉘,一赌辄数千;每市一鹑,恒百钱不止。意忽动,计囊中资,仅足贩鹑,以商主人。主人亟怂恿之,且约假寓饮食,不取其直。王喜,遂行。购鹑盈儋㉙,复入都。主人喜,贺其速售。至夜,大雨彻曙。天明,衢水如河,淋零犹未休也。居以待晴。连绵数日，更无休止。起视笼中，鹑渐死。王大惧，不知计之所出。越日，死愈多；仅余数头，并一笼饲之；经宿往窥，则一鹑仅存。因告主人，不觉涕堕。主人亦为扼腕㉚。王自度金尽罔归，但欲觅死，主人劝慰之。共往视鹑，审谛之曰："此似英物㉛。诸鹑之死，未必非此之斗杀之也。君暇亦无所事，请把之㉜；如其良也，赌亦可以谋生。"王如其教。既驯，主人令持向街头，赌酒食。鹑健甚，辄赢。主人喜，以金授王，使复与子弟决赌㉝；三战三胜。半年许，积二十金。心益慰，视鹑如命。先是，大亲王好鹑㉞，每值上元，辄放民间把鹑者入邸相角。主人谓王曰："今大富宜可立致；所不可知者，在子之命矣。"

因告以故，导与俱往。嘱曰："脱败，则丧气出耳。倘有万分一，鹑斗胜，王必欲市之，君勿应；如固强之。惟予首是瞻㉟，待首肯而后应之㊱。"王曰："诺。"至邸，则鹑人肩摩于墀下㊲。顷之，王出御殿。左右宣言："有愿斗者上。"即有一人把鹑，趋而进。王命放鹑，客亦放；略一腾踔㊳，客鹑已败。王大笑。俄顷，登而败者数人。主人曰："可矣。"相将俱登。王相之，曰："睛有怒脉㊴，此健羽也㊵，不可轻敌。"命取铁喙者当之。一再腾跃，而王鹑铩羽。更选其良，再易再败。王急命取宫中玉鹑。片时把出，素羽如鹭，神骏不凡。王成意馁，跪而求罢，曰："大王之鹑，神物也，恐伤吾禽，丧吾业矣。"王笑曰："纵之。脱斗而死，当厚尔偿。"成乃纵之。玉鹑直奔之。而玉鹑方来，则伏如怒鸡以待之；玉鹑健啄，则起如翔鹤以击之；进退颉颃㊶，相持约一伏时㊷。玉鹑渐懈，而其怒益烈，其斗益急。未几，雪毛摧落，垂翅而逃。观者千人，罔不叹羡。王乃索取而亲把之，自喙至爪，审周一过，问成曰："鹑可货否？"答云："小人无恒产，与相依为命，不愿售也。"王曰："赐而重值，中人之产可致。颇愿之乎？"成俯思良久。曰："本不乐置；顾大王既爱好之，苟使小人得衣食业，又何求？"王请直，答以千金。王笑曰："痴男子！此何珍宝，而千金值也？"成曰："大王不以为宝，臣以为连城之璧不过也㊸。"王曰："如何？"曰："小人把向市廛，日得数金，易升斗粟，一家十余食指㊹，无冻馁忧，是何宝如之？"王言："予不相亏，便与二百金。"成摇首。又增百数。成目视主人，主人色不动。乃曰："承大王命，请减百价。"王曰："休矣！谁肯以九百易一鹑者！"成囊鹑欲行。王呼曰："鹑人来，鹑人来！实给六百，肯则售，否则已耳。"成又目主人，主人仍自若。成心愿盈溢，惟恐失时，曰："以此数售，心实怏怏；但交而不成，则获戾滋大⁴⁵。无已，即如王命。"王喜，即秤付之。成囊金，拜赐而出。主人怼曰："我言如何，子乃急自鬻也？再少靳之⁴⁶，八百金在掌中矣。"成归，掷金案上。请主人自取之，主人不受。又固让之，乃盘计饭直而受之。

王治装归，至家，历述所为，出金相庆。妪命治良田三百亩，起屋作器，居然世家。妪早起，使成督耕，妇督织；稍惰，辄诃之。夫妇相安，不敢有怨词。过三年，家益富。妪辞欲去。夫妻共挽之，至泣下。妪亦遂止。旭旦候之⁴⁷，已杳矣。

异史氏曰："富皆得于勤；此独得于惰，亦创闻也。不知一贫彻骨，而至性不移⁴⁸，此天所以始弃之而终怜之也。懒中岂果有富贵乎哉！"

【注释】

①平原：县名，清代隶属德州，即今山东省平原县。

②牛衣：一种用草、麻编织的给牛御寒用的覆盖物。《汉书·王章传》："初，章为诸生，学长安，独与妻居。章疾病，无被，卧牛衣中。"

③交谪不堪：妻子责怨，难以度日。谪，责备、埋怨。交谪，习指妻子对丈夫絮烦的埋怨、责数。

④燠（郁）热：炎热，酷热。燠，暖，热。

⑤仪宾：明代亲王或郡王之婿称仪宾，取《周易·观卦》王弼注"明习国仪，利用宾于王"之义。

⑥衡府：指青州衡王府。明宪宗第七子朱祐楎，成化二十三年封衡王，孝宗弘治十二年之藩青州（今山东省益都县），下传四代，明亡。

⑦踌躅：同"踟蹰"，此从铸雪斋抄本，原作"筹躅"。

⑧介：耿直。

⑨先夫之遗泽：已故丈夫的遗物。遗泽，对于去世的尊长遗物的敬称，意思是遗物上还保留着他们接触留下的体泽（汗渍、口津之类）。《礼记·玉藻》："父没而不能读父之书，手泽存焉。"手泽是其一例。

⑩缱绻（浅犬）：缠绵纠结；形容男女间情意深厚，难舍难分。

⑪负败絮：穿着破棉袄。

⑫菜色黯焉：容光暗淡，面有饥色。菜色，贫穷缺粮，长期以菜类充饥，营养不良的面色。

⑬何以聊生：依靠什么维持生计？聊，依赖。

⑭仰屋而居：指困居家中，愁闷无计。仰屋，抬头望着屋顶，愁苦无计的样子。

⑮使姑事之：让妻子像对待婆母那样侍奉狐姬。

⑯拳拳：同"倦倦"。恳挚。

⑰花粉之金：旧时妇女以购置化妆品为名积蓄的零用钱。即私房钱或体己钱。

⑱刻日：限定日期。

⑲端：量词，旧时以布帛长两丈（或云一丈八尺、六丈等）为一端。一端，犹言一匹。

⑳燕（焉）都：北京。北京地区为周时燕国地，故名。

㉑淖（闹）：泥沼；指泥泞积水的道路。

㉒停午：亦作"亭午"，正午。

㉓翔贵：腾贵，指价格飞涨。

㉔贝勒：清代十三封爵之一，满语"多罗贝勒"的省称。是授予皇族和蒙古外藩的封爵，品位仅次于郡王。

㉕可：大约。

㉖蹀躞（迭夺）：踱来踱去。义同徘徊，踟蹰。

㉗进退维谷：进退两难，前后无路。

㉘鹌：鸟名，头小，尾短，羽有暗黄条纹，善搏斗，俗称鹌鹑。实则鹌与鹑非

一物。

㉙儋：通"担"。

㉚扼腕：以手握腕，表示惋惜、同情。

㉛英物：超群杰出的人或物。

㉜把之：比斗之鹌，不能久蓄笼中，须经常手持调驯，称为"把鹌"。把，握持。

㉝子弟：后生，青年人。

㉞大亲王：皇族中封王者称亲王。清代以亲王为封爵之号，位在郡王之上。大亲王，指亲王中行辈之尊长者。

㉟惟予首是瞻：意谓看我脸上表情动作行事。

㊱首肯：点头同意。

㊲肩摩：肩膀相摩，形容拥挤。

㊳腾踔（戳）：义同下文"腾跃"，谓鼓翼跃起，奋力搏击。

㊴怒脉：突起的脉络。

㊵健羽：雄猛善斗的鸟。羽，鸟类代称。

㊶颉颃（谐杭）：上下飞翔；这里指腾跃搏斗。

㊷一伏时：屏息一次的时间。伏，谓伏气，即屏息。

㊸连城之璧：价值连城的璧玉。《史记·廉颇蔺相如列传》载：战国时，赵国得到楚国和氏璧，秦王诈称愿以十五城换取它。后代遂以连城璧比喻极端珍贵的东西。

㊹食指：喻指需要供养的人口。

㊺获戾（力）：得罪。戾，罪过。滋大：越发大，更大。

㊻少靳之：稍微靳措一下要价。靳，惜售；坚持要价，不让步。

㊼旭旦候之：清早向狐姬问安。候，问候，请安。

㊽至性：纯厚无伪的天性。不移：不因境遇贫困而改变。

【译文】

　　王成是平原县一世家子弟，生性懒惰，日子一天天败落下去，最后只剩下几间破房子，与妻子睡卧在破烂被子中，妻子责怨，难以度日。

　　时值炎炎盛夏，酷热难忍。村外有一座荒废的周家庄园，房屋墙壁全都倒塌了，只剩下个破亭子孤零零地立在那里。村里人都聚到这里来过夜消暑，王成也夹杂在中间。天一亮，睡觉的人就都走了。日头已升上天空三竿子高了，王成才睡眼惺忪地起来。他正懒洋洋地要回家时，无意中发现荒草丛中有一枚金钗，走过去捡起一看，上面镌刻着"仪宾府造"的字样，王成的祖父曾做过衡王府的仪宾，家里很多旧器皿中，都有这样的款字，因此将钗子拿在手里，踌躇不决。正在这时，忽然有个老太婆前来找金钗，王成虽然很贫苦，但生性耿直，把手里的金钗立即交还给老太婆。老太婆很高兴，一再称赞王成的美德。她说："小小金钗能值几个钱？由于这是已故丈夫的遗物，所以才倍加珍惜。"王成问道："你的丈夫是谁？"老太婆回答："是已故仪宾王柬之。"王成很吃惊地说："他是我祖父，怎么和你相遇？"老太婆也很惊讶地说："你就是王柬之的孙子吗？我是狐仙，一百年前和你祖父相恋，自从你祖父去世后，我就一直隐居不出。我偶然经过这里，丢了钗子，恰巧让你捡到，这岂不是天意！"王成曾经听说祖父有过一个狐妻，就相信她的话，又请她到家里去。老太婆就跟着他走。

　　王成叫妻子出来拜见老太婆，妻子穿着破破烂烂，面带菜色。老太婆叹息道："唉！王柬之的孙子，竟穷到这样的地步啊！"又看看厨房，很久没有生过烟火了。又说："家境这么贫困，你们靠什么过活？"妻子向她细述了贫困状况，一边说一边声泪俱下。老太婆把金钗交给王成妻子，让她暂且典当换钱买米吃。又说三天后她再来。王成挽留她住下，她说："你连一个老婆都养不起，我住下来，愁闷无法，有什么好处？"说完，老太婆径直走了。王成对妻子讲了事情真相，妻子非常惧怕。王成称说狐仙有义气，要妻子像对婆母一样地好好善待，妻子答应了。

三天后，狐仙果然来了。她拿出几两银子，买来小米、麦子各一担。晚上就和王妻同睡小床上，王妻开始很害怕，但见她很热忱，于是不再疑虑。第二天，老太婆对王成说："孙儿你不要再懒惰了，可以做点小生意，坐吃山空，咋能长久呢？"王成说没有本钱，老太婆说："你祖父活着时，金帛珠宝任凭我拿，但我是个世外人，要它没用，所以从未多拿。积攒下买脂粉的四十两银子，至今留着，久藏着没用，你可以拿去全买成葛布，及时赶到京城，可以赚钱。"王成照办了，拿着钱买回五十匹葛布，老太婆催促出发，估计六七天内可以到达北京。走时，老太婆嘱咐说："千万不要偷懒，要勤快，及时送到，迟一天都会后悔莫及！"王成很虔敬地答应了。

　　王成带着布匹上路，中途遇上雨天，全身都被淋湿。王成平生从未吃过风霜之苦，疲困不堪，只得在旅店暂时休息。但是雨越下越大，屋檐上的雨像绳子一样不断线地往下流淌，从早到晚，没个尽头。住了一夜，道路更加泥泞。待到中午时分，道路略有些干燥，阴云又起，再次下起大雨。王成又住了一夜才上路进京。他看见来往行人在泥中行路的辛苦。心里更加畏缩。在快到京城的时候，听说葛布的价钱很贵，他心里就非常高兴。进了京城，当他在旅店卸货时，店主人为他的迟到深加惋惜。前些天，南方的道路刚通，葛布来得很少，王府急需现货，所以价钱昂贵，比平时高出约三倍。前一天刚买足了，后到的人就都很失望。王成听了主人说的情况，心里郁闷。过了一天，葛布来得更多，价格便降得更低。王成觉得赚不上钱就不肯出售。又过十几天，他盘算了一下，食宿消耗更多，心里更加烦闷。店主人劝他低价卖了，改想别的赚钱办法。王成接受了建议，将货物全部脱手，亏了十几两银子。早晨起来，正准备起身回家，打开钱袋一看，银两全让人偷了。他吃惊地告诉主人，店主人也没有办法。有人鼓动他告官，让店主人赔偿，王成说："这是我运气不好，和店主人无关。"店主人听后非常感动，就送了五两银子给他做路费，劝慰他回家。

　　王成觉得就这样回去实在对不起祖母，犹豫徘徊，进退两难。正在这时，恰巧碰见市上有斗鹌鹑的，一赌往往就是几千两银子。买一只鹌鹑要用百余文钱，他忽然动了心，算算口袋里的钱仅能够贩鹌鹑用。他把想法和店主人一说，店主人很支持，并且约定他住店食宿都不收钱。于是，王成当即买了一担鹌鹑回店，店主人很高兴，劝他赶快卖掉。晚上下起大雨，第二天街上流水成河，下雨不止。王成住下等天晴，雨一直下了好几天。王成看着笼里的鹌鹑渐渐死去，心里十分恐惧，不知该咋办。又过了一天，死的更多了，只剩下几只，便合在一个笼里饲养。天亮后再去看，只有一只活着，王成去告诉店主人，不禁泪落。店主人也为他扼腕叹息。王成心想钱花完了，自己回不去了，只求一死了事。店主人多方劝慰，一同去看剩下的那只鹌鹑。店主人仔细观察后说："这是一只佼佼者，别的鹌鹑的死，也许都是被它斗死的。你反正闲着没事干，如果真是一只好鹌鹑，你带着它去赌赌，或许可以谋生。"王成照他说的做了。

王成将鹌鹑驯教了几天，店主人叫他带到街上先赌酒食。鹌鹑勇健，一斗就赢。店主人心里一高兴，就给王成一些银两作赌本，叫他再带去和富家子弟决赌，三战三胜。半年左右，就积攒下二十两银子。王成心里得以安慰，视鹌鹑如命。先前，大亲王极好斗鹌鹑，每逢上元节，他就招斗鹌鹑的人进王府来角逐。店主人对王成说："现在发财的时机到了，所不能推知的就看你的命运如何了。"于是店主人把王爷斗鹌鹑的事说了，并领他一块到了王府。店主人又叮嘱王成说："败了，你就自认倒霉，如果万一斗赢，王爷肯定会买你的鹌鹑，你先不要答应。他若坚决要买，你只看我的眼色行事，待到我点头同意，你再答应。"王成说："好。"

到了王府，只见斗鹌鹑的互相拥挤着站在台阶下。片刻，王爷出殿来，然后听见有人宣布："愿斗的人上来。"当即就有一个人带着鹌鹑上去，王爷命令放鹌鹑，只略略斗了一阵，来人的鹌鹑就败了，王爷大笑。接着又有几个人上去都被斗败。店主人说："现在可以上去了。"于是两人一起上去。王爷看了看他的鹌鹑说："眼睛有怒脉，是个雄健的家伙。不可轻敌。"王爷命令拿来铁嘴鹌鹑与它斗。两鹌鹑相扑，斗了几个回合，铁嘴鹌鹑终于败了。王爷又换上好的继续来斗，结果都屡屡失败。王爷急忙下令取来宫中玉鹌鹑。一会儿，玉鹌鹑来了，全身雪白如鹭鸶，气势骏逸，非凡无比。王成有些泄气，跪下来向王爷请求停斗，王成说："大王的鹌鹌是神物，恐怕会伤害我的鹌鹑，没有它我就会失业。"王爷笑着说："放开放开，如果斗死了你的鹌鹑，我会重金赔你的。"王成便放了鹌鹑。那玉鹌鹑直扑过来，王成的鹌鹑却伏在地上，像发怒的雄鸡一样等它近前。玉鹌鹑用嘴猛啄，王成的鹌鹑腾飞起来，有如翔鹤一般凌空冲击对方。两鹌鹑上下左右频频冲斗，相持了大约一个时辰。玉鹌鹑渐渐松懈下来，而王成的鹌鹑却更加盛怒，冲击得更猛烈，越斗越凶。不长时间，玉鹌鹑身上的白羽毛纷纷掉落，最后终于夹着翅膀逃走了。旁边观看的上千人，无不赞叹。王爷亲手拿起王成的鹌鹑，从嘴到爪子仔细赏视一遍。王爷问道："这鹌鹑可以卖吗？"王成说："小人没有产业，和鹌鹑相依为命，不能出卖。"王爷说："我出重价赏你，叫你购置中等人的产业，这样很愿意了吧？"王成低头想了很久，说："我本来不愿意卖，看大王既然这么喜欢它，若能叫小人有吃有穿，我还有什么企图？"王爷叫他报个价，王成说千两银子。王爷笑着说："你这个贪心的小伙子，这是什么珍宝，能值千金？"王成说："大王不认为它是宝物，我却认为它高出价值连城的璧玉。"王爷说："又怎么样？"王成说："小人把它带到市上，每天可以得到几两银子，换米换油，一个十多口之家，冷暖温饱全靠它，什么宝贝能比得上它？"王爷说："我不亏待你，给你二百两银子。"王成摇摇头。王爷又加一百，王成看了看店主人，店主人脸色不动。王成便说："蒙大王之命，减少一百两。"王爷说："算了吧！谁会拿九百两银子去买一只鹌鹑呢！"王成装着要带鹌鹑走的样子，王爷叫住他说："鹌鹑主人，来来来！实价给你六百，要卖就成交，不卖就走人。"王成又看店主人眼色，店主人很自若，没有什么示意。但王成自觉已经很满足了，只怕失掉机会，就说："卖这个数，实在不如愿，但又怕不成交，惹王爷不高兴。没办法还是奉王爷的命吧。"王爷大喜，立即叫人称银子给王成，王成收了钱拜谢出来。店主人很埋怨地说："我给你说的什么，怎么这么急于卖出去？再稍微磨磨，八百两银子就到手了。"王成随主人回到店里，把银子往桌上一放，让店主人随意自己取，店主人不接受。王成一再要求他拿，最后店主人只算了饭钱收下。

　　王成打点了行李，回到家乡，将他的经历向家人说了，又拿出银两，与家人共庆好运。老太婆叫他置买三百亩良田，盖起新房，添置家具，居然恢复了原来的世家景象。每天早晨，老太婆都早早地起来。督促王成管理田间任务，督促王妻纺织持家，两人稍有怠懈，老太婆就重重斥责，夫妻俩也很听从，不敢有什么怨言。就这样过了三年，家庭更加富裕。有一天，老太婆突然说她要走了，夫妻坚决挽留，直到流下眼泪。老太婆也就作罢了。但到第二天早晨他们去问候老太婆时，她已不知去向。

异史氏说："富裕家境都是靠勤劳获得的，而只有王成却由懒惰发家，以前闻所未闻。人们不知王成当年即使一贫如洗，却能做到毫芥不取，真诚秉性不改变，这就是上天始弃而终怜的缘由啊。懒惰岂能真正获得富贵啊！"

青　凤

【原文】

太原耿氏①，故大家，第宅弘阔。后凌夷②，楼舍连亘，半旷废之。因生怪异，堂门辄自开掩，家人恒中夜骇哗。耿患之，移居别墅，留老翁门焉。由此荒落益甚。或闻笑语歌吹声。耿有从子去病，狂放不羁，嘱翁有所闻见，奔告之。至夜，见楼上灯光明灭，走报生。生欲入觇其异。止之，不听。门户素所习识，竟拨蒿蓬，曲折而入。登楼，殊无少异。穿楼而过，闻人语切切。潜窥之，见巨烛双烧，其明如昼。一叟儒冠南面坐，一媪相对，俱年四十余。东向一少年，可二十许；右一女郎，裁及笄耳③。酒馔满案，团坐笑语。生突入，笑呼曰："有不速之客一人来④！"群惊奔匿。独叟出，叱问："谁何入人闺闼⑤？"生曰："此我家闺闼，君占之。旨酒自饮，不一邀主人，毋乃太吝？"叟审睇，曰："非主人也。"生曰："我狂生耿去病，主人之从子耳。"叟致敬曰："久仰山斗⑥！"乃揖生入，便呼家人易馔。生止之。叟乃酌客。生曰："吾辈通家⑦，座客无庸见避，还祈招饮。"叟呼："孝儿！"俄少年自外入。叟曰："此豚儿也⑧。"揖而坐，略审门阀。叟自言："义君姓胡。"生素豪，谈议风生，孝儿亦倜傥；倾吐间⑨，雅相爱悦。生二十一，长孝儿二岁，因弟之。叟曰："闻君祖纂涂山外传⑩，知之乎？"答："知之。"叟曰：

青 鳳

画楼一角月三更明爥光中
笑语迎阑读一篇青凤传
风流艳福羡狂生

青凤

"我涂山氏之苗裔也⑪。唐以后，谱系犹能忆之；五代而上无传焉⑫。幸公子一垂教也。"生略述涂山女佐禹之功[13]，粉饰多词[14]，妙绪泉涌[15]。叟大喜，谓子曰："今幸得闻所未闻。公子亦非他人，可请阿母及青凤来，共听之，亦令知我祖德也[16]。"孝儿入帏中[17]。少时，媪偕女郎出。审顾之，弱态生娇，秋波流慧，人间无其丽也。叟指妇云："此为老荆[18]。"又指女郎："此青凤，鄙人之犹女也[19]。颇惠，所闻见辄记不忘，故唤令听之。"生谈竟而饮，瞻顾女郎，停睇不转。女觉之，辄俯其首。生隐蹑莲钩，女急敛足，亦无愠怒，生神志飞扬，不能自主，拍案曰："得妇如此，南面王不易也！"媪见生渐醉，益狂，与女俱起，遽搴帏去。生失望，乃辞叟出。而心萦萦，不能忘情于青凤也。

至夜，复往，则兰麝犹芳，而凝待终宵，寂无声咳。归与妻谋，欲携家而居之，冀得一遇。妻不从，生乃自往，读于楼下。夜方凭几，一鬼披发入，面黑如漆，张目视生。生笑，染指研墨自涂，灼灼然相与对视。鬼惭而去。次夜，更既深，灭烛欲寝，闻楼后发扃，辟之閛然[20]。急起窥觇，则扉半启。俄闻履声细碎，有烛光自房中出。视之，则青凤也。骤见生，骇而却退，遽阖双扉。生长跽而致词曰[21]："小生不避险恶，实以卿故：幸无他人，得一握手为笑，死不憾耳。"女遥语曰："倦倦深情，妾岂不知？但叔闺训严[22]，不敢奉命。"生固哀之，云："亦不敢望肌肤之亲，但一见颜色足矣。"女似肯可，启关出，捉之臂而曳之。生狂喜，相将入楼下[23]，拥而加诸膝。女曰："幸有夙分[24]；过此一夕，即相思无用矣。"问："何故？"曰："阿叔畏君狂。故化厉鬼以相吓，而君不动也。今已卜居他所答，一家皆移什物赴新居，而妾留守，明日即发矣。"言已，欲去，云："恐叔归。"生强止之，欲与为欢。方持论间，叟掩入。女羞惧无以自容，俯首倚床，拈带不语。叟怒曰："贱辈辱吾门户！不速去，鞭挞且从其后！"女低头急去，叟亦出。尾而听之，诃诟万端。闻青凤嘤嘤啜泣[26]，生心意如割，大声曰："罪在小生，于青凤何与？倘宥凤也，刀锯铁钺[27]，小生愿身受之！"良久寂然，生乃归寝。自此第内绝不复声息矣。生叔闻而奇之，愿售以居，不较直。生喜，携家口而迁焉。居逾年，甚适，而未尝须臾忘凤也。

会清明上墓归，见小狐二，为犬逼逐，其一投荒窜去，一则皇急道上。望见生，依依哀啼，阒耳辑首㉒，似乞其援。生怜之，启裳袂，提抱以归。闭门，置床上，则青凤也。大喜，慰问。女曰："适与婢子戏，遭此大厄。脱非郎君，必葬犬腹。望无以非类见憎。"生曰："日切怀思，系于魂梦。见卿如获异宝，何憎之云！"女曰："此天数也，不因颠覆㉙，何得相从？然幸矣，婢子必以妾为已死，可与君坚永约耳㉚。"生喜，另舍舍之。积二年余，生方夜读，孝儿忽入。生辍读，讶诘所来。孝儿伏地，怆然曰："家君有横难，非君莫拯。将自诣恳，恐不见纳，故以某来。"问："何事？"曰："公子识莫三郎否？"曰："此吾年家子也㉛。"孝儿曰："明日将过，倘携有猎狐，望君之留之也。"生曰："楼下之羞，耿耿在念，他事不敢预闻㉜。必欲仆效绵薄㉝，非青凤来不可！"孝儿零涕曰："凤妹已野死三年矣㉞！"生拂衣曰㉟："既尔，则恨滋深耳！"执卷高吟，殊不顾瞻。孝儿起，哭失声，掩面而去。生如青凤所，告以故。女失色曰："果救之否？"曰："救则救之；适不之诺者，亦聊以报前横耳㊱。"女乃喜曰："妾少孤，依叔成立。昔虽获罪，乃家范应尔㊲。"生曰："诚然，但使人不能无介介耳㊳。卿果死，定不相援。"女笑曰："忍哉！"次日，莫三郎果至，镂膺虎韔，仆从甚赫㊴。生门逆之㊵。见获禽甚多，中一黑狐，血殷毛革㊶；抚之，皮肉犹温。便托裘敝，乞得缀补。莫慨然解赠㊷。生即付青凤，乃与客饮。客既去，女抱狐于怀，三日而苏，展转复化为叟。举目见凤，疑非人间。女历言其情。叟乃下拜，惭谢前愆㊸。喜顾女曰："我固谓汝不死，令果然矣。"女谓生曰："君如念妾，还乞以楼宅相假，使妾得以申返哺之私㊹。"生诺之。叟赧然谢别而去。入夜，果举家来。由此如家人父子，无复猜忌矣。生斋居，孝儿时共谈宴。生嫡出子渐长㊻，遂使傅之㊼；盖循循善教㊽，有师范焉㊾。

【注释】

①太原：清代府名，治所在今山西省太原市。

②凌夷：通作"陵夷"。衰败，颓替；此指家势衰落。

③及笄（jT 基）：《礼记·内则》，"女子……十有五年而笄。"笄，簪。古代女子一般十五岁结发插簪，表示成年，可以议婚；因称女子十五岁为及笄之年。

④不速之客：不邀自至的客人。

⑤谁何：是谁？是什么人？《汉书·贾谊传》："陈利兵而谁何。"颜师古注："谁何，问之为谁也。"闺阃：私室，内寝。

⑥久仰山斗：犹言久仰大名。《新唐书·韩愈传赞》："学者仰之如泰山北斗云。"后因以"久仰山斗"作为初次会面时的客套话。

⑦通家：家族之间，累世通好。即世交。语出《后汉书·孔融传》。《称谓录》引《冬夜笔记》："明人往来名刺，世交则称通家。"

⑧豚儿：《三国志·吴志·孙权传》注引《吴历》，曹操曾说，"生子当如孙仲谋；刘景升儿子若豚犬耳。"旧时因而对人谦称己子为"豚儿"或"犬子"。

⑨倾吐间：倾怀畅谈之际。倾，倾怀，竭诚。吐，谈吐，交谈。

⑩涂山外传：狐叟杜撰的书名。涂山，指涂山氏，禹之妻。古史关于禹娶涂山的记载，有的认为她是古涂山国诸侯之女，有的认为她是涂山九尾白狐之女。广引异闻、增补史传的书，以及推衍故训、不主经义的书，统称外传。此所谓《涂山外传》，隐指记载狐族古老传说的书籍。《吴越春秋·越王无余外传》载：夏禹三十未娶。行至涂山，始有娶妻意。乃有九尾白狐来见。涂山民谣说：娶了九尾白狐之女可以成为帝王，而且家国昌盛。禹以为吉，于是娶之，名为女娇，即涂山氏。后生子，名启。

⑪苗裔：后代子孙。

⑫"唐以后"二句：意思是说，自古帝唐尧以后，族谱世系犹存，自己都还能记忆，但祖先事迹不甚详悉；而陶唐氏以前，世系失传，就一无所知了。句中"唐"，指陶唐氏；古帝尧所建国。"五代"，指唐虞夏商周五个朝代。所谓"五代而上"，即指唐尧以前。《史记·五帝本纪赞》："学者多称五帝，尚矣。然《尚书》独载尧以来；而百家言黄帝，其文不雅驯，荐绅先生难言之。"狐叟盖自居于人狐之间者，故颇以门阀、渊源自豪；二句立意，盖有取于此。一说，唐谓李唐，"五

代”指梁陈齐周隋。因唐代之后多谈狐仙故事，故云。

⑬涂山女佐禹之功：据刘向《列女传》记载，夏禹娶涂山氏后第四天便去治水，无暇顾家。夏启生后，"涂山独明教训，启化其德，卒致令名，……能继禹之道。"又《汉书·武帝纪》"见夏后启母石"句下颜注："禹治鸿水，通辑辕山，化为熊。谓涂山氏曰：欲饷，闻鼓声乃来。禹跳石，误中鼓。涂山氏往，见禹方作熊，惭而去；至崇高山下，化为石。"这些传说中的教子、送饭等事迹，当即所谓"佐禹之功"。

⑭粉饰多词：铺陈夸张，词采繁富。

⑮妙绪泉涌：妙语迭出，喷涌如泉。形容语言动听，滔滔不绝。绪，思绪，话头。

⑯祖德：祖先的德行，多指其事迹、功业。

⑰帏中：指闺房。帏，设于内室的幛幔。

⑱老荆：老妻。一般称拙荆，胡叟年辈长于耿生，故称妻曰老荆。荆，谓荆钗布裙。

⑲犹女：侄女。

⑳辟之閛（烹）然：閛的一声，门被推开了。閛，这里形容门扇的撞击声。

㉑长跽（忌）：长跪，直挺挺地跪着；表示有所哀求。

㉒闺训：封建时代妇女所应遵循的规矩。这里指家长对晚辈妇女的管束。

㉓相将（江）：携手。

㉔夙分（份）：宿缘，前世注定的缘分。

㉕卜居：选择居所。这里指迁居。

㉖嘤嘤啜泣：小声抽泣。《诗·王风·中谷有蓷》："啜其泣矣，何嗟及矣。"啜泣，即饮泣。嘤嘤，形容哭声细弱。

㉗鈇（府）钺（月）：鈇同"斧"。钺，大斧。

㉘阘（踏）耳辑首：畏惧驯服的样子。卷六《胡大姑》篇有"帖耳戢尾"，《马介甫》篇有"俯首帖耳"；此"耳"当义同"帖耳"，谓双耳贴附脑部，状犬

兽之驯顺依人。又或借为牵，义为牵拉，下垂貌。辑，敛，缩。

㉙颠覆：比喻严重的挫折，灾祸。

㉚坚永约：坚订终身之约；相誓白头偕老。

㉛年家子：科举同年的晚辈子侄。

㉜预闻：过问。

㉝效绵薄：报效微力；出力助人的谦词。绵薄，即"绵力薄材"，意思是力量薄弱。

㉞野死：死于荒野，未经殓葬。

㉟拂衣：以袖拂衣，是气愤地表示；此处有峻拒逐客之意。

㊱报前横：报复胡叟从前的粗暴干涉。

㊲乃家范应尔：按照家规，是应该这样的。家范，家规。尔，如此。

㊳介介：犹言耿耿；意思是耿耿于怀，不能忘却。

㊴镂膺虎韔（怅）：马的胸带饰以镂金，骑士的弓袋饰以虎纹。形容主人和坐骑英武华贵。语出《诗·秦风·小戎》。膺，指马胸带。弓袋。

㊵赫：显耀、有声势的样子。

㊶门逆之：到大门外迎接客人；表示殷勤尽礼。逆，迎。

㊷血殷（烟）毛革：伤口流出的血把皮、毛染红了。殷，赤黑色，是经时积血的颜色。

㊸慨然解赠：慷慨地解囊相赠。

㊹惭谢前愆（千）：面色羞惭地对往日过失表示歉意。谢，告罪，道歉。愆，过失。

㊺申返哺之私：表达对长辈的孝心。传说幼鸟长大后衔食喂养老乌，称为"反哺"，因以比喻子女对父母尽孝。私，私衷，指孝心。

㊻嫡出子：正妻所生的儿子。宗法社会中，正妻叫嫡，所生子称嫡出子，省称嫡子。

㊼傅之：作孩子的老师。

⑧循循善教：循序渐进，善于教导。循循，有次序的样子。

⑨有师范：很有老师的风度气派。范，型范。

【译文】

太原府有一户姓耿的人家，原本为世族大家，宅院宏阔宽敞，但是后来败落了，楼阁相连，大半都空废着无人居住。因为常常出现怪异现象，门往往是自己打开又关上，家人总是在半夜被吓得惊叫不安。耿氏很忧虑，就搬到别墅去住，只留下个老头看门。从此，宅院更加荒芜。有时能够听到里面的欢歌笑语、鼓乐吹奏。

耿氏有个侄子名叫去病，生性狂放，无拘无束。他告诉老头如果有什么见闻，要尽快相告。到了夜间，老头看见楼上灯光忽明忽灭，就赶快去告诉耿生。小伙子不听劝阻，执意要进去看个明白。他向来熟悉这里的门户，拨开蓬蒿，迂回来到楼上。开始，他并未看见什么奇异现象。当他穿过楼道，就听见有人窃窃私语。悄悄藏起来偷看，见房里点着两根大蜡烛，明亮得像白昼。一个儒生打扮的老翁坐北向南，一个四十多岁的妇人与他对坐。东边是一个少年，大约二十岁，西边是个少女，不过十五六岁。桌上摆着酒肉佳肴，四个人正团团围坐在一起又说又笑的。耿生突然进去，笑着说："有一个不速之客来了。"大家受了惊吓，纷纷奔逃躲藏。只有老翁出来责问道："是什么人敢闯入内室？"耿生说："这是我家闺房，你占用着，自饮美酒，也不邀请主人，岂不太客啬？"老翁端详着他说："你不是主人。"耿生说："我是狂生耿去病，主人的侄子。"老翁尊敬地说："久仰大名！"于是作揖相拜，请耿生入席，又叫家人来换酒菜，耿生劝止了。老翁便向耿生敬酒。耿生说："我们可算是世交，大家用不着回避，还是请大家一块共饮。"老翁叫道："孝儿！"很快就有个少年进来，老翁指着他介绍说："这是小儿。"少年相拜入座。耿生问起他们的家世，老翁说："名叫义君，姓胡。"耿生向来豪放，谈论风生，孝儿也很潇洒，几句话说得两人就情投意合。耿生二十一岁，比孝儿大两岁，因此就称他为弟弟。老翁说："听说尊祖父曾写过《涂山外传》，你知道不？"耿生回答说：

"知道。"老翁又说："我是涂山氏的后代。唐代以后，家谱世系还能记得，五代以前的就失传了，望公子赐教。"耿生将涂山女帮助大禹治水的故事大略讲了讲，有意渲染了一番，讲得有声有色，娓娓动听。老翁听得喜笑颜开，对儿子说："今天有幸听听以前从未听过的故事，公子也不是外人，可以叫你娘和青凤一起来听听，好叫她们也知道我们祖先的功德。"孝儿进入帷帐，一会儿妇人带少女一块出来。耿生仔细打量，那少女生得一副好身材，款款柳腰，横生娇态，闪闪秋波。智慧流溢，真是美艳绝伦，举世无双。老翁指着妇人说："这是拙妻。"又指着女子说："这是青凤，我侄女。她很聪慧，所见闻的事情会牢牢记住，所以叫她也听听。"耿生讲完故事便喝酒，他不住地顾盼少女，直看得眼睛发呆。少女觉察到了，害羞地低下头去。耿生又暗中轻轻地踢她的莲花脚，少女就急忙把脚缩回去，却并不愠怒。耿生的神志有些飘飘然，不能自控，竟然拍着桌子说："能得这样的美女为妇，就是做皇帝我也不干！"妇人见他渐渐酒醉，更加发狂，就和青凤起身，急忙揭开帘子进去。耿生很失望，就辞别老翁出来，但心里却恋恋不舍，一直思念着青凤。

第二天夜里他又去楼上，那里满屋芬芳，彻夜不消，但是整个屋子却没有一点声响。他回家和妻子商议，打算携家搬到楼上去住。希望和青凤能再见面。但是妻子却不答应，他只好自己一个人去，住楼下读书。夜里，他有些困倦，就靠着桌子打盹。这时，有一披发鬼怪进来，脸黑得像漆，大睁两眼直瞪着耿生看，耿生笑着用手指头蘸着墨汁也往自己脸上涂抹，也大睁两眼，目光灼灼，与长发鬼对看。那鬼很惭愧地离去。

又一夜，已是更深，正要熄灯就寝时，忽听楼上有开门声，耿生就急忙起身去看，已见门扉半开，接着就听见有细碎的脚步声，然后就见有灯光从房中照来，仔细一看是青凤。她一看见耿生吓得往后退，连忙关上房门。耿生直直跪在地上对青凤倾诉说："小生不怕凶险都是为了你，幸好这里没有别人，我只求和你握一下手，死而无憾。"青凤在里面说："你的眷眷深情我怎能不知，但叔父家规严厉，我不敢答应你的要求。"耿生一再苦苦地哀求："我并不敢奢望亲近你的玉体，我只求一睹你的容颜，心里就满足了。"青凤似乎有所心动，开门出来，伸手抓住耿生的胳膊扶他起来。耿生欣喜若狂，拉着她的手到了楼下，拥抱着她放在自己的膝盖上。青凤说："你和我幸有缘分，但是过了这一夜，相思也无用。"耿生问道："为什么？"青凤说："叔父只怕你的狂放不羁，所以装扮成凶鬼来吓你，但你却不怕，现在已搬到别的地方去了。全家人都把东西搬走了，只叫我留在这儿看房子，明天我也就一块搬走了。"说完，她就要走，说："怕叔父回来撞见。"耿生强留她不让走，想和她亲热，两人正相持不下，老翁突然推门进来，青凤又羞又怕，无地自容，低头靠在床边，用手提弄着衣带不说话。老翁怒骂道："你这贱女子，玷辱我家门风！再不快快走开，将用鞭子抽打！"青凤低着头跑出去，老翁也随后出去。耿生悄悄跟在后边偷听，老翁还在责骂不休，言辞激烈，难以忍受。他又听见青凤伤心地嘤嘤啜泣。耿生在外面听得心如刀割，大声喊道："这是我的错，与青凤有什么关系？请你原谅青凤，要杀要剐，我都愿意承受！"过了许久，终于寂静无声，耿生这才下楼去睡觉。

从此以后，宅院内再也没有声息动静。耿生叔父听说后很为此称奇，他愿意将宅院卖给侄子去住，不在乎价值多少。耿生大为欣喜，就带着全家搬进了。住了一年，颇感舒适。但他一时一刻也没有忘记过青凤。

正值清明节扫墓回家途中，他看见有一只狗正追逐着两条小狐狸，其中一条落荒而逃，另一条在大路上恐慌得要命，看见耿生，依恋不去，发出哀声，低头贴耳，似乎在向他求救。耿生很怜悯它，揭开衣襟，裹着它抱回家里。

关上门后，耿生把它放在床上，却变成了青凤。耿生高兴极了，就一边安慰一边问她。青凤说："刚才和小丫鬟出来玩，遭了这样的大祸。要不是有你相救，肯定葬身犬腹了。请你不要把我视为异类而厌恶。"耿生说："我朝思暮想，连魂梦都在牵着你。现在见到了你如获至宝，敢说什么嫌弃！"青凤说："这是天分，不遭这次大难，怎能跟随你？这是不幸中的万幸，那丫鬟回去一定会说我死了，你我便可长期相依在一起了。"耿生听后分外高兴，就为她安排了另外一处房子住下。

过了两年多，一天夜里，耿生正在书房里读书，孝儿忽然闯入。耿生放下手里的书本，问他从什么地方来。孝儿跪在地上凄怆地说："家父遭遇横祸，非您无救。

他本想亲自来求见，又怕您会拒绝见他，所以就叫我来了。"耿生问他什么事，他说："你认识莫三郎吗？"耿生答："他是我一位科举同年朋友的儿子。"孝儿说："明天他将到你家来，如果见他带有猎获的狐狸，望你留下它。"耿生说："当年他在楼下羞辱我，我一直耿耿于怀，这事不想去过问，如果一定要我效力，非得让青凤来不可！"孝儿一听，潸然泪下："凤妹妹已在三年前就葬身郊野了。"耿生将袖子一甩说："既然如此，我们之间仇恨就更深一层！"说完，他便举书高声诵读，再也不看孝儿一眼。孝儿一看没了指望，就捂着脸大哭着离去。

耿生来到青凤住房，把刚才发生的事情告诉给青凤。青凤一听脸色剧变。她问耿生："你真的不救他？"耿生笑着说："救是救的，刚才没有答应的原因，仅仅是为了报复一下以前他的蛮横无理。"青凤转忧为喜说："我从小父母双亡，全靠叔父养育成人，往年被责骂，那是家规本该这样。"耿生说："这是对的，但这事总使人心里不舒服。你如果真死了，我绝不相救。"青凤笑着说："你好残忍呀！"

第二天，莫三郎果然来到，马的前胸系着镂金的勒带，腰挎虎皮弓袋跟着大队随从，威风凛凛。耿生出门相迎，见他猎获的禽兽很多，其中有一条黑狐，伤口的鲜血浸透皮毛，耿生用手一摸，感觉还有些体温。他托词有件裘皮大衣破了，正好需要补一下，请求留下黑狐。莫三郎二话没说，慷慨取下送给耿生。耿生接过，当即交给青凤。又设宴与客人畅饮一番。

客人走后，青凤将黑狐抱在怀里，三天才苏醒过来。黑狐辗转着化为老翁。他抬头看见青凤，怀疑不在人间。青凤将所发生的事情全部向他说了，老翁感激地向耿生下拜，羞愧地对前嫌深表歉意。老翁欣喜地对青凤说："我一直说你不会死的，现在果然活得好好的。"青凤对耿生说："你如果念及我们的情分，请你还把楼房借给我们，使我能够报答叔父的一片养育之恩。"耿生答应了。老翁很惭愧地辞别而去，夜里，果然带着全家搬来住下。

从此以后，人狐如同一家，彼此之间并无猜忌和隔阂。耿生住在书房里，孝儿时常过来和耿生谈天、饮酒。耿生妻子所生的儿子一天天地长大了，就请孝儿教他读书习文。孝儿还能够循循善诱，是很不错的老师。

画　皮

【原文】

　　太原王生，早行，遇一女郎，抱襆独奔①，甚艰于步。急走趁之，乃二八姝丽②。心相爱乐，问，"何夙夜踽踽独行？③"女曰，"行道之人，不能解愁忧，何劳相问。"生曰："卿何愁忧？或可效力，不辞也。"女黯然曰："父母贪赂④，鬻妾朱门。嫡妒甚，朝詈而夕楚辱之，所弗堪也，将远遁耳。"问："何之？"曰："在亡之人⑤，乌有定所。"生言："敝庐不远，即烦枉顾。"女喜，从之。生代携襆物，导与同归。女顾室无人，问："君何无家口？"答云："斋耳⑥。"女曰："此所良佳。如怜妾而活之，须秘密勿泄。"生诺之。乃与寝合。使匿密室，过数日而人不知也。生微告妻。妻陈，疑为大家媵妾⑦，劝遣之。生不听。

　　偶适市，遇一道士，顾生而愕问："何所遇？"答言："无之。"道士曰："君身邪气萦绕，何言无？"生又力白。道士乃去，曰："惑哉！世固有死将临而不悟者。"生以其言异，颇疑女；转思明明丽人，何至为妖，意道士借魇禳以猎食者⑧。无何，至斋门，门内杜，不得入。心疑所作，乃逾垝垣⑨。则室门亦闭。蹑迹而窗窥之⑩，见一狞鬼，面翠色，齿巉巉如锯⑪。铺人皮于榻上，执彩笔而绘之；已而掷笔，举皮，如振衣状，披于身，遂化为女子。睹此状，大惧，兽伏而出⑫。急追道士，不知所往。遍迹之，遇于野，长跪乞救。道士曰："请遣除之。此物亦良苦，甫能觅代者，予亦不忍伤其生。"乃以蝇拂⑬授生，令挂寝门。临别，约会于青帝庙⑭。生归，不敢入斋，乃寝内室，悬拂焉。一更许，闻门外戢戢有声，自不敢窥也，使妻窥之。但见女子来，望拂子不敢进；立而切齿，良久乃去。少时复来，骂曰："道士吓我。终不然宁入口而吐之耶⑮！"取拂碎之，坏寝门而入。径登生床，

裂生腹，掬生心而去。妻号。婢入烛之，生已死，腔血狼藉⑯。陈骇涕不敢声。明
日，使弟二郎奔告道士。道士怒曰："我固怜之，鬼子乃敢尔。"即从生弟来。女子
已失所在。既而仰首四望，曰："幸遁未远！"问："南院谁家？"二郎曰："小生所

画皮

舍也。"道士曰："现在君所。"二郎愕然，以为未有。道士问曰："曾否有不识者
一人来？"答曰："仆早赴青帝庙，良不知。当归问之。"去少顷而返，曰："果有
之。晨问一妪来，欲佣为仆家操作，室人止之⑰，尚在也。"道士曰："即是物矣。"
遂与俱往。仗木剑，立庭心，呼曰："孽魅！偿我拂子来！"妪在室，惶遽无色，出

门欲遁。道士逐击之。妪仆，人皮划然而脱⑱，化为厉鬼，卧嗥如猪。道士以木剑枭其首⑲；身变作浓烟，匝地作堆⑳。道士出一葫芦，拔其塞置烟中，飋飋然如口吸气，瞬息烟尽。道士塞口入囊。共视人皮，眉目手足。无不备具。道士卷之，如卷画轴声。亦囊之，乃别欲去。陈氏拜迎于门，哭求回生之法。道士谢不能㉑。陈益悲，伏地不起。道士沉思曰："我术浅，诚不能起死。我指一人，或能之，往求必合有效。"问："何人？"曰："市上有疯者，时卧粪土中。试叩而哀之。倘狂辱夫人，夫人勿怒也。"二郎亦习知之。乃别道士，与嫂俱往。

见乞人颠歌道上，鼻涕三尺，秽不可近。陈膝行而前。乞人笑曰："佳人爱我乎？"陈告之故。又大笑曰："人尽夫也㉒，活之何为？"陈固哀之。乃曰："异哉！人死而乞活于我。我阎摩耶？"怒以杖击陈。陈忍痛受之。市人渐集如堵。乞人咯痰唾盈把，举向陈吻曰："食之！"陈红涨于面，有难色。既思道士之嘱，遂强啖焉。觉入喉中，硬如团絮，格格而下，停结胸间。乞人大笑曰："佳人爱我哉！"遂起，行已不顾。尾之。入于庙中。追而求之，不知所在；前后冥搜，殊无端兆，惭恨而归：既悼夫亡之惨，又悔食唾之羞，俯仰哀啼，但愿即死。方欲展血敛尸㉓，家人伫望，无敢近者。陈抱尸收肠，且理且哭。哭极声嘶，顿欲呕。觉鬲中结物㉔，突奔而出，不及回首，已落腔中。惊而视之，乃人心也。在腔中突突犹跃，热气腾蒸如烟然。大异之。急以两手合腔，极力抱挤。少懈，则气氤氲自缝中出。乃裂缯帛急束之。以手抚尸，渐温。覆以衾裯㉕。中夜启视，有鼻息矣。天明，竟活。为言："恍惚若梦，但觉腹隐痛耳。"视破处，痂结如钱，寻愈。

异史氏曰："愚哉世人！明明妖也，而以为美：迷哉愚人！明明忠也，而以为妄。然爱人之色而渔之㉖，妻亦将食人之唾而甘之矣，天道好还㉗，但愚而迷者不悟耳。可哀也夫！"

【注释】

①抱襆（赴）独奔：怀抱包袱，独自赶路。襆同"袱"，包袱。奔，急行，

赶路。

②二八姝丽：十六岁上下的美女。姝，美女。

③夙夜：早夜；天色未明。踽踽（举举）：孤独貌。

④贪赂：贪财。赂，用作收买的财物；这里指纳聘的财礼。

⑤在亡：处于逃亡境地。

⑥斋：书斋，书店。

⑦媵（应）妾：古代诸侯嫁女所陪嫁的姬妾；见《公羊传·庄公十九年》。即后世所谓通房丫头。

⑧魇（演）禳（攘）：镇压邪祟叫魇，驱除灾变叫禳，均属道教法术。猎食：伺机攫取所需，俗称骗饭吃。

⑨垗（诡）垣：残缺的院墙。垗，坍塌。垣，外墙。

⑩蹑迹而窗窥之：放轻脚步，靠近窗前窥视它。

⑪巉巉（屏屏）：山势高峻貌，用以形容女鬼牙齿长而尖利。

⑫兽伏而出：如兽伏地，爬行而出。

⑬蝇拂：又名拂尘；用马尾之类制成的拂子，用以驱蝇，拂尘，俗称马尾（蚁）甩子。旧时道士常手持之。

⑭青帝：据《周礼·天官·大宰》"礼五帝"贾公彦疏，中国古代神话中有五位天帝，青帝是主宰东方的天帝。后来道教供奉五帝为神，称东方之帝为"苍帝"。

⑮"终不然"句：终不会宁愿把吃到嘴里的东西再吐出来吧！终不然，终不会这样，提示下面所说的情况不会发生。

⑯狼藉：《通俗编》引《苏氏演义》，"狼藉草而卧，去则灭乱。故凡物之纵横散乱者，谓之狼藉。"此指血迹模糊。

⑰室人止之：我的妻子把她留下了。室人，妻。止，留。

⑱划然：犹言"哗的一声"，皮肉撕裂的声音。

⑲枭其首：砍下他的头。古代斩人首悬于高竿，借以宣罪警众，叫枭首。

⑳匝地作堆：旋绕在地，成为一堆。匝，环绕。

㉑谢不能：推辞无能为力。谢，推辞。

㉒人尽夫也：人人可以成为你的丈夫。

㉓展血敛尸：擦去血污，收尸入棺。展，展抹，拂拭。

㉔鬲中：胸腹之间。鬲，通膈，胸腔腹腔之间的隔膜。

㉕衾（亲）裯（绸）：被。

㉖渔：贪取；这里指渔色，即贪婪地追求和占有女色。

㉗天道好（号）还：《尚书·汤诰》说："天道福善祸淫。"《老子》说："其事好还。""天道好还"，指天道往复还报，善有善报，恶有恶报，寓有警戒世人不要作恶之意。

【译文】

　　山西太原有个姓王的书生，清早走在路上，遇见一位女郎，抱着包裹独自一人急匆匆赶路，步履十分艰难。王生快步跟上，原来是个年方二八的美丽少女，心生爱慕。问道："大清老早的，为什么一个人孤零零赶路呢？"少女说："过路人消除不了我的忧愁，何必费心相问。"王生说："小姐有什么忧思愁虑？我也许能效力，决不推辞。"少女神色黯然地说道；"我父母贪图钱财，把我卖给富贵人家。大老婆嫉妒得厉害，早也骂，晚也打，我实在受不了，想逃得远远的。"王生问道："到哪儿去呢？"少女回答说："逃亡的人，哪有一定的去处。"王生说："寒舍离这儿不远，就烦请小姐屈驾光临。"少女很高兴，顺从了他。

　　王生替少女拿着包裹物件，带着她一起回家。少女环顾屋里没有其他的人，便问王生："你怎么没有家眷？"王生答道："这是我的书房。"少女说道："这地方很好。如果你可怜我，要救我活命，一定要保守秘密，不要泄露风声。"王生答应了。于是就和少女同居了，把她藏在密室里，过了好几天外人都不知道。王生暗暗把这事告诉了妻子。妻子姓陈，怀疑少女是大户人家陪嫁的侍妾，劝王生打发她走，王生不听。

一天，王生偶然上集市，遇见一个道士，看着王生怔住了，问道："你碰见什么了？"王生回答说："没有碰见什么。"道士说："你全身上下被邪气绕住了，怎么还说没有呢？"王生又极力辩白，道士就走了，说："糊涂啊！世上本来就有死到临头还执迷不悟的人！"王生觉得这话说得蹊跷，很有点怀疑那个女子；转念一想，明明是个美人儿，怎么会是妖怪呢？心想道士是借驱邪消灾来弄点钱的。

没多久，王生到书房门前，门关死了，进不去。疑心里面在做什么，就翻过破墙进去，内室的门也紧闭着。他蹑手蹑脚走到窗下往里窥探，看见一个狰狞的恶鬼，青面獠牙，像锯齿似的。把一张人皮铺在床上，拿彩笔描画。画好把笔放下，举起人皮，像抖衣服似的抖了两下，披在身上，就变成了少女。王生亲眼目睹这一情景，害怕极了，像野兽般趴在地上爬出院子，急忙去追寻道士，已经不知去向了。

王生到处打听寻找，在郊野遇到了。他直挺挺跪在地上，乞求道士救援。道士说："让我替你赶走它。这东西也很苦，好容易找到替身，我也不忍心伤害它的性命。"于是他交给王生一把蝇拂，叫他挂在卧室的门上。临分手时，约定在青帝庙相会。

王生回家，不敢进书房，就睡在内室，把蝇拂悬挂在门上。大约一更时分，听见门外有喊喊喳喳的声响，王生自己不敢去看，让妻子悄悄地偷看。只见那少女来了，看见蝇拂不敢进门，站在那里咬牙切齿，好久才离去。过了一会儿又回来，骂道："道士吓唬我。总不见得到嘴的肉还要吐出来！"便一把拽下蝇拂扯碎了，破门而入，径直上了王生的卧床，撕开王生的肚皮，掏出王生的心走了。他妻子大声呼叫，婢女进来举灯一照，只见王生已经死了，胸腔一片血肉模糊。陈氏吓得连哭都不敢出声。

第二天，陈氏让王生的弟弟二郎火速赶到青帝庙告诉道士。道士发怒说："我本来还可怜它，这小鬼竟敢如此作恶！"就跟着二郎到家。那少女已不知到什么地方去了。道士抬头四望，说："还好逃得不远。"又问道："南院住的是哪一家？"二郎说："是我的住处。"道士说："现在就在你那里。"二郎愣住了，以为没有。

道士问道："有没有一个不认识的人来过？"二郎回答说："我一早就赶到青帝庙去了，确实不知情，要回去问问。"他去了不一会儿来，说道："果然有人来过。早晨一个老婆子来，想帮佣，为我家干活，我妻子把她留下了，现在还在呢。"道士说："就是这个家伙。"就和二郎一起往南院而来。

道士手仗木剑，站在院子中间，大声喝道："孽鬼，赔我的蝇拂来！"那老婆子在屋子里惊慌失措，面无人色，出门想逃。道士追上挥剑击去，老妇人应声倒下，哗啦一下，披在身上的人皮脱落下来，变成了一个恶鬼，像猪似的躺在地上嗥叫。道士用木剑割下它的脑袋，鬼身随即化作浓烟，在地下盘旋成一团。道士取出一只葫芦，拔掉塞子，放在浓烟中，嗞溜溜地像嘴吸气，一眨眼的工夫，浓烟就收尽了。道士把葫芦口塞好，放进布袋。大家看那人皮，上面眉眼手脚，无不具备。道士把它卷起来，声音像卷画轴，也把它放进口袋，就向众人告别，想要离去。

陈氏跪在门外接道士，哭着乞求起死回生的方法。道士推辞说无能为力。陈氏更加悲恸，伏在地上不肯起来。道士沉思说："我法术浅，实在不能起死回生。我指点你一个人，他或许能做到，你前去求他，一定可以有效。"陈氏问："他是谁？"道士说："集市上有一个疯子，常常睡在粪土之中。你试试去问他，向他哀求。如果他举止疯狂，侮辱了你，你不要发怒啊！"二郎也一向知道这个疯子，于是告辞道士，和嫂子一起前去。

路上，看见那个乞丐疯疯癫癫地唱着歌，鼻涕垂下有三尺长。脏得没法靠近。陈氏跪在地上，用膝盖一步一步向他挪去。那乞丐笑着说："美人喜欢我吗？"陈氏把事情对他说了：乞丐又放声大笑说："天下的男人都是丈夫，救活他干什么？"陈氏苦苦哀求，乞丐就说："奇怪！人死了却来求我救活他！我是阎王爷吗？"怒气冲冲拿起拐杖朝陈氏打去，陈氏忍痛挨着。集市上围观的人渐渐多起来，像墙似的堵得水泄不通。乞丐吐了满手的痰，举到陈氏嘴边，说道："吃下去！"陈氏脸涨得通红，露出为难的神色，随即想起了道士的嘱咐，就勉强咽了下去。只觉得痰入喉中，实实的像团棉絮，很难下去，停顿在胸口。乞丐哈哈大笑说："美人爱上我啦！"起身就走了，再也不回头看一眼。陈氏尾随在后，到一座庙里，追上前去哀求，忽然乞丐不见了，前前后后找了个遍，一点踪影也没有，只好又羞又恨地回家。

她既伤心丈夫死得惨，又悔恨自己吃痰所受的羞辱，哭得前俯后仰，但愿一死了之。她正想察看一下血污，收敛好尸体，家里人都站定了望着，没人敢靠近，她抱着尸体，把拖出体外的肠子收好，一边整理，一边哭泣，悲痛之极，连声音都嘶哑了，顿时感到要吐，只觉得胸口结着的那团东西突然冲了出来，来不及转头，已经落在王生的胸腔里了。吃惊地看，那竟是一颗人心，在胸腔里还突突地跳动，热气腾腾的，好像在冒烟。陈氏大为惊奇，急忙用双手把胸腔合起来，竭力抱着挤紧，稍微松一下劲，热气就一缕缕从缝里出来。于是撕开绸布，急忙紧紧绑扎。用手抚摸尸体，觉得渐渐暖了。盖上被子，半夜掀开看时，鼻子里已经有气息了。第二天天亮，居然复活过来，对妻子说："恍恍惚惚像在梦中，只觉得腹部隐隐作痛。"察看被恶鬼撕裂的地方，结了一个铜钱大小的痂，不久就痊愈了。

异史氏说：世人真愚蠢啊！明明是妖怪，却以为是美女。愚人真糊涂啊！明明是忠告，却以为是虚妄。可是迷恋别人的美色而加以勾引，自己的妻子也就要心甘情愿地去吃人的痰液了。天理善于报应，只是愚昧糊涂的人不醒悟罢了。可悲啊！

贾　儿

【原文】

楚某翁，贾于外①。妇独居，梦与人交；醒而扪之，小丈夫也②。察其情，与人异，知为狐。未儿，下床去，门未开而已逝矣。入暮，邀庖媪伴焉③。有子十岁，素别榻卧，亦招与俱。夜既深，媪儿皆寐，狐复来。妇喃喃如梦语。媪觉，呼之，狐遂去。自是，身忽忽若有亡④。至夜，不敢息烛，戒子睡勿熟。夜阑，儿及媪倚

壁少寐。既醒，失妇，意其出遗⑤；久待不至，始疑。媪惧，不敢往觅。儿执火遍

贾儿

烛之，至他室，则母裸卧其中；近扶之，亦不羞缩。自是遂狂，歌哭叫詈，日万
状。夜厌与人居，另榻寝儿，媪亦遣去。儿每闻母笑语，辄起火之。母反怒诃儿，

儿亦不为意，因共壮儿胆⑥。然嬉戏无节，日效柝者⑦，以砖石叠窗上，止之不听。或去其一石，则滚地作娇啼，人无敢气触之⑧。过数日，两窗尽塞，无少明。已乃合泥涂壁孔，终日营营，不惮其劳。涂已，无所作，遂把厨刀霍霍磨之⑨。见者皆憎其顽，不以人齿。

儿宵分隐刀于杯⑩，以瓢覆灯。伺母呓语，急启灯，杜门声喊。久之无异，乃离门，扬言诈作欲搜状。欻有一物，如狸，突奔门隙。急击之，仅断其尾，约二寸许，湿血犹滴。初，挑灯起，母便诟骂，儿若弗闻。击之不中，懊恨而寝。自念虽不即戮，可以幸其不来。及明，视血迹逾垣而去。迹之，入何氏园中。至夜果绝，儿窃喜。但母痴卧如死。未几，贾人归，就榻问讯。妇慢骂，视若仇。儿以状对。翁惊，延医药之。妇泻药诟骂。潜以药入汤水杂饮之，数日渐安。父子俱喜。一夜睡醒，失妇所在；父子又觅得于别室。由是复颠，不欲与夫同室处。向夕，竟奔他室。挽之，骂益甚。翁无策，尽扃他扉。妇奔去，则门自辟。翁患之，驱禳备至，殊无少验。

儿薄暮潜入何氏园，伏莽中，将以探狐所在。月初升，乍闻人语。暗拨蓬科⑪，见二人来饮，一长鬣奴捧壶⑫，衣老棕色。语俱细隐，不甚可辨。移时，闻一人曰："明日可取白酒一瓻来⑬"。顷之，俱去，惟长鬣独留，脱衣卧庭石上。审顾之，四肢皆如人，但尾垂后部。儿欲归，恐狐觉，遂终夜伏。未明，又闻二人以次复来，唦唦入竹丛中。儿乃归。翁问所往，答："宿阿伯家。"适从父入市，见帽肆挂狐尾，乞翁市之。翁不顾。儿牵父衣，娇聒之。翁不忍过拂⑭，市焉。父贸易廛中，儿戏弄其侧，乘父他顾，盗钱去。沽白酒，寄肆廊⑮。有舅氏城居，素业猎。儿奔其家。舅他出。妗诘母疾⑯，答云："连朝稍可⑰。又以耗子啮衣，怒涕不解，故遣我乞猎药耳⑱。"妗捡椟，出钱许，裹付儿。儿少之。妗欲作汤饼啖儿⑲。儿觑室无人，自发药裹，窃盈掬而怀之。乃趋告妗，俾勿举火⑳，"父待市中，不遑食也"。遂径出，隐以药置酒中。遨游市上，抵暮方归。父问所在，托在舅家。儿自是日游廛肆间。

一日，见长鬣人亦杂俦中。儿审之确，阴缀系之㉑。渐与语，诘其居里。答言：

"北村。"亦询儿，儿伪云："山洞。"长鬣怪其洞居。儿笑曰："我世居洞府，君固否耶？"其人益惊，便诘姓氏。儿曰："我胡氏子。曾在何处，见君从两郎，顾忘之耶？"其人熟审之，若信若疑。儿微启下裳，少少露其假尾，曰："我辈混迹人中，但此物犹存，为可恨耳。"其人问："在市欲何作？"儿曰："父遣我沽。"其人亦以沽告。儿问："沽未？"曰："吾侪多贫，故常窃时多。"儿曰："此役亦良苦，耽惊忧。"其人曰："受主人遣，不得不尔。"因问："主人伊谁？"曰："即曩所见两郎兄弟也。一私北郭王氏妇，一宿东村某翁家。翁家儿大恶，被断尾，十日始瘥，今复往矣。"言已，欲别，曰："勿误我事。"儿曰："窃之难，不若沽之易：我先沽寄廊下，敬以相赠。我囊中尚有余钱，不愁沽也。"其人愧无以报。儿曰："我本同类，何靳些须㉒？暇时，尚当与君痛饮耳。"遂与俱去，取酒授之，乃归。

至夜，母竟安寝，不复奔。心知有异，告父同往验之，则两狐毙于亭上，一狐死于草中，喙津津尚有血出。酒瓶犹在，持而摇之，未尽也。父惊问："何不早告？"曰："此物最灵，一泄，则彼知之。"翁喜曰："我儿，讨狐之陈平也㉓。"于是父子荷狐归。见一狐秃尾，刀痕俨然。自是遂安。而妇瘵殊甚，心渐明了，但益之嗽㉔，呕痰辄数升，寻愈㉕。北郭王氏妇，向崇于狐；至是问之，则狐绝而病亦愈。翁由此奇儿，教之骑射。后贵至总戎㉖。

【注释】

①贾（古）：经商。篇题"贾儿"的贾，指商人。

②小丈夫：短小男子。

③庖媪（袄）：做饭的老妇。

④忽忽：此从铸雪斋抄本，底本少一"忽"字。司马迁《报任安书》："居则忽忽若有所亡。"《汉书·司马迁传》颜注："忽忽，失意貌。"按指精神恍惚。

⑤出遗：外出便溺。遗，大小便的通称。

⑥共壮儿胆：都称赞贾儿胆壮。

⑦圬（污）者：泥瓦匠。涂抹灰泥的泥镘，俗称泥板。

⑧气触：言语、面色稍有触犯。气，声气。

⑨霍霍：磨刀声。《木兰诗》："磨刀霍霍向猪羊。"

⑩宵分：夜半。

⑪蓬科：丛生的蓬草。

⑫长鬣奴：长须老仆。韩愈《寄卢仝》诗："一奴长鬣不裹头。"鬣，胡须。

⑬瓻（吃）：《广韵·六脂》："瓻，酒器，大者一石，小者五斗。"

⑭拂：逆；指违拗其心愿。

⑮寄肆廊：寄存在店铺的廊檐下面。

⑯妗（近）：《集韵》："俗谓舅母曰妗。"

⑰连朝稍可：近日（病情）稍见好转。连朝，意谓近日以来。可，病减曰可。

⑱猎药：狩猎时拌和诱饵用的毒药。

⑲汤饼：汤面。参俞正燮《癸巳存稿》十"面条子"条。

⑳举火：指生火做饭。

㉑缀系：尾随。

㉒何靳些须：哪里吝惜这点微物。靳，吝，惜。些须，也作"些许"，些微、少许的意思。

㉓讨狐之陈平：意思是善用巧计诛狐的能手。陈平，汉初人，以奇计佐刘邦平天下，封曲逆侯。后又协同周勃等，诛诸吕，迎立文帝，任丞相。见《史记·陈丞相世家》。

㉔益之嗽：增加了咳嗽之疾。

㉕寻愈：底本作寻卒，此从二十四卷抄本。因下文言北郭王氏妇"狐绝而病亦愈"，可知作"愈"，于义为合。

㉖总戎：总兵的别称。明清在边塞要地或重要州府设镇驻军，其长官称总兵，也称总戎，总领或镇台，位在提督之下。

楚地有个人，常年经商在外，妻子在家独守空房。一天夜里，她梦见与别人交媾，猛地惊醒，用手一摸，发现是个小小的男人。仔细一看，和常人不同，知道是个狐怪。不久，那小男人下床离去，却并未见门打开就出去了。

到了晚上，她害怕那狐怪再来，就叫做饭的女佣给她做伴。妇人有个儿子刚满十岁，平时睡在别的房间，她也叫来睡在一起。

夜深了，女佣和儿子睡着，那狐怪又来了，妇人发出喃喃的声音，像是在说梦话。女佣醒来喊她，那狐怪便逃走。从此以后，她精神恍惚，常常忘这忘那，后来一到夜里就不敢熄灯。

她一再叮咛儿子晚上不要睡得太死。深夜以后，儿子和女佣实在困倦得支持不住，就稍稍地打了个盹，一睁眼睛，发现妇人不见了，他们以为她到屋外去解手。等了很久还不见她回来，才怀疑出了事。女佣很胆小，不敢出去寻找，儿子拿蜡烛照着四处寻找，最后才在另一间房子发现母亲裸身躺在那里。

儿子走到跟前去扶她，也不见她有害羞畏缩的神情。从此，妇人精神失常。或者哭叫或者笑骂或者唱歌，每天都会出现这样那样的情状；晚上讨厌和别人一起睡，于是让儿子又睡在另一间房子，把女佣也打发走了。

后来，儿子一听见母亲说笑时，就起来用灯光去照。母亲反而怒斥儿子，儿子并不在意。因此大家都称说那孩子胆子大。但是这小孩太贪玩，每天学做泥水匠，用砖块和石头垒在窗户上，别人劝阻也不听，有谁要拿去一块石头或砖片，他就滚在地上哭闹，于是平日里没人敢去惹他。

过了几天，两边的窗户全堵上了，屋里没有多少亮光。窗户堵完了，又去和泥涂抹墙缝，成天忙乎着，不辞劳苦。墙壁涂完，没有什么可干，就把一把菜刀霍霍地磨起来。看见他的人都讨厌他的顽劣，把他不当人看。

半夜里，这孩子把他磨好的那把刀藏在怀里，用瓢盖住灯。等听见母亲说梦话，就急忙揭开灯上的罩子，堵在门口叫喊。

过了好长时间，没有发现意外情况，于是他离开门口，扬言并假装要搜寻的样子，突然发现有一个像狸猫的东西，倏地窜到门缝处要逃跑，那孩子急忙用刀砍过去，但只砍断了它的尾巴，长约二寸多，还滴着鲜血。开始，他挑灯起来时，母亲大骂他，他并不理会。他只是遗憾没有杀死狐怪，很懊悔地睡下。躺下后又想，尽管没有杀死狐怪，想必不敢再来了。天亮以后，顺着血迹查看，发现狐怪是翻墙逃走的，再一直往前，就搜寻到何家园子里。这天夜里，那条狐怪果然没来，孩子暗自高兴。而母亲却依旧痴呆，躺着和死人一样。

过了不久，商人回来了，他到床前去问候妻子，却遭到一顿臭骂，把他视为仇人。儿子将近日发生的事情详细向父亲说了。商人很吃惊，给妻子请医服药，妻子把药全部泼掉，还骂不绝口。后来又把药掺进汤水里让她喝，几天后渐渐好转，父子都很高兴。

一夜睡醒，妇人又不见了。父子又从别的房间找到。此后又开始疯疯癫癫，不愿和丈夫住在一起。一到晚上就跑到别的房间，丈夫挽留她，她骂得更厉害。没办法，就把别的房间全锁起来。但是只要妇人一去，房门就自动打开。商人很忧虑，请人作法驱邪，什么法子都试过了，不见任何效果。

傍晚时分，儿子偷偷进入何家园子，埋伏在荒草丛中，探听狐怪的踪迹。月亮刚刚升起时，就听到说话声。他悄悄拨开草丛，看见有两个人过来喝酒，有一个长胡须仆人捧着酒壶，穿着深棕色衣服。

那两人的说话声音很细小，听不清楚。过了一会儿，只听其中一人说："明天可拿一壶白酒来。"不久，俩人一块离去。只剩下那个长胡须仆人，脱了衣服睡在庭石上。小儿仔细一看，四肢和常人都一样，只是后面多了条尾巴。小儿本想回去，又怕惊动了狐怪，索性整夜潜伏下来。

天快亮的时候，那俩人又来了，嘀嘀咕咕进了竹林。小儿回家后，父亲问他，他说睡在伯伯家。

白天，孩子跟父亲一起上街。在一家帽店看见狐尾，他央求父亲买下，父亲不理他，他揪着父亲的衣服不停地嘟囔，父亲烦不过，就买了下来。父亲在市上做生意，他就在一旁玩耍，趁父亲不注意时偷了些钱，去买了一壶白酒，暂时寄存在店铺的廊下。

他有个舅舅住在城里，向来以狩猎为生。小儿跑到舅家，舅舅外出，妗子问起母亲的病情，他说："这几天稍好一些。又因家里老鼠咬衣服，母亲气得又哭又骂，特地叫我来要些打猎用的毒药。"妗子从柜子取一钱多药，包好给他，他嫌少。趁妗子下厨房给他做面条时，偷取了一大把揣在怀里。他过去对妗子说，不要烧火了，父亲在市上等着，他径直出门，把毒药偷偷放进酒里。然后到市上去周游，直到天黑才回家。父亲问他干什么去了，他托言说在舅舅家。

从这天起，他每天都要在市上闲逛。一天，他突然发现那长胡须仆人夹杂在人群中，认准后就尾随其后，慢慢地和他搭上话，问他住处。那人说住在北村。那人又问小儿住处，小孩故意说住在山洞。长胡须人奇怪他住在洞里。小孩笑着说："我家世世代代居住在山洞，你不也一样吗？"那人听了更加吃惊，便问小孩姓什么。小孩说："我是胡家孩子，我曾在什么地方见过你跟着两个少年郎，难道忘了吗？"那人把他仔细看了看，半信半疑。小孩稍稍将衣襟撩起，微微露出那一段假尾巴，低声说："我们混杂在人群里，只是这东西没法去掉，最可恨了。"那人问："到市上来干啥？"小孩说："父亲叫我买酒。"那人说他也来买酒。小孩问他："买了没？"那人说："我们很穷，所以偷的时候多。"小孩又说："这差事很苦，老叫人担惊受怕的。那人说："受主人之命，不得不这样。"小儿趁机问："主人是谁？"那人答："就是你以前见过的那兄弟俩。一个和北村王家媳妇私通，另一个住在东村一个老翁家，老翁家的儿子凶极了，砍断了他的尾巴，养了十天才好，现在又要去了。"说完就要走，说："不要耽误我的事。"小孩说："偷比较危险，不如买着保险。我先买好一壶酒寄放在廊下，就赠送给你。我口袋里还有些钱，不愁另买。"那人惭愧没有什么回报。小孩说："我们本是同族，还计较这点东西？有闲暇时间，还想和你痛饮一番呢？"那人跟着小孩一起到了酒店，小孩把那壶酒交给他，就回家去了。

到了夜里，孩儿见母亲睡得很安静，不再往外奔，就知道起了变化。他叫上父亲一起去查看，果然见两条狐狸死在亭子上，另一条死在杂草丛里，嘴上还有血渗出。酒瓶还在，拿起来摇摇，里面的酒尚未喝完。父亲很吃惊地问道："为什么不早告诉我？"小孩说："这东西灵极了，稍一泄漏，就会让它知道。"商人高兴地说："儿子啊，你真不愧是讨狐的陈平！"于是父子二人背着狐狸回家，见其中一条断了尾巴，刀痕还很显然。从此便平安无事。只是那妇人极为瘦弱，神志渐渐清醒了，却咳得很厉害，不久就好了。北村王家媳妇也一向受狐怪祸害，这时去询问，得知狐怪已绝迹而病也好了。

商人因此认为儿子很了不起，于是便请了老师来教他骑射。后来，官做到总兵。

蛇　癖

【原文】

予乡王蒲令之仆吕奉宁，性嗜蛇。每得小蛇，则全吞之，如啖葱状。大者，以刀寸寸断之，始掬以食。嚼之铮铮①，血水沾颐②。且善嗅，尝隔墙闻蛇香，急奔墙外，果得蛇盈尺。时无佩刀，先噬其头，尾尚蜿蜒于口际。

【注释】

①铮铮：金属振击声，形容嚼声响脆。

②颐：两腮。

【译文】

　　我乡王蒲令的仆人吕奉宁，生性嗜好吃蛇。每得到小蛇，便整条吞进嘴里，像吃大葱似的；大蛇就用刀一寸一寸斩断，然后捧起来吃下去。咀嚼时铮铮有声，血水沾满下巴。而且嗅觉特灵，曾隔墙闻到蛇香，急忙奔到墙外，果然抓住一条一尺多长的蛇。当时身上没带佩刀，他先啃蛇头，蛇尾还在嘴边来回晃动。

卷二

金世成

【原文】

　　金世成，长山人①。素不检②。忽出家作头陀③。类颠④，啖不洁以为美。犬羊遗秽于前⑤，辄伏啖之。自号为佛⑥。愚民妇异其所为，执弟子礼者以千万计。金诃使食矢⑦，无敢违者。创殿阁，所费不赀⑧，人咸乐输之⑨。邑令南公恶其怪⑩，执而笞之，使修圣庙⑪。门人竞相告曰："佛遭难！"争募救之。宫殿旬月而成，其金钱之集，尤捷于酷吏之追呼也。

　　异史氏曰："予闻金道人，人皆就其名而呼之，谓为'金世成佛'⑫。品至啖秽⑬，极矣⑭。笞之不足辱，罚之适有济⑮，南令公处法何良也！然学宫圮而烦妖道⑯，亦士大夫之羞矣⑰。"

【注释】

　　①长山：旧县名。在今山东省邹平县一带。

　　②素不检：素常行为失于检点。检，检束。不检，指行为放荡。

　　③出家作头陀：离家修行，作了和尚。出家，梵文意译，亦译作"林居者"，指离家到寺院作僧尼。头陀，梵文音译，意为"抖擞"，即去掉尘垢烦恼之意。据

《十二头陀经》和《大乘义章》卷十五载，修头陀行者，在衣、食、居方面共有十二种刻苦的修行规定，其修行者，称"修头陀行者"，简称"头陀"。此处是对行脚乞食僧人的俗称。

④类颠：类似疯癫。

⑤遗秽：排泄粪便。

⑥佛：佛陀的简称。梵语音译。亦作"佛驮""浮屠"等。本指佛教创始人释迦牟尼，后亦作为对高僧的尊称。

⑦矢：通"屎"。

⑧不赀：意思是钱财不可计量。

⑨输：捐纳、献赠。

⑩邑令南公：指南之杰。南之杰，字颐园，蕲水（今湖北浠水）人，康熙十年（1671）任长山知县，颇有治绩。任内曾修学宫、河堤。

⑪圣庙：指祀孔子之庙，又称文庙。明、清以来，各府县的文庙，为儒年教官的衙署所在地，所以下文又称"学官"。

⑫"金世成佛"："今世成佛"的谐音。金，此据铸雪斋抄本，原作"今"。

⑬品：人品，指人德行高低的等次。

⑭极矣：指其人品卑下到极点。

⑮适有济：恰能成事。

⑯圮（痞）：坍塌。

⑰士大夫：此泛指读书人、官员和乡绅。

【译文】

金世成，山东长山县人，素来不检点。忽然出家做了行脚僧人，像个疯子。把不干不净的东西当美味吃。狗啊羊的在前边拉屎，他就趴在地上吃掉。自称为佛。愚昧无知的平民、妇女对他的这些怪僻行为感到惊异，甘愿拜他为师的成千上万。

金世成喝令弟子们去吃屎，没敢违拗的。建造佛殿楼阁，花费了大量的金钱。迷信他的人都乐于捐献资助。长山县令南公厌恶金世成的怪诞，把他抓来打了一顿板子，勒令他修建孔庙。他的门徒竞相呼告："佛遭难了！"争着募捐钱财搭救他。孔庙的宫殿才个把月就修建完工，资金的筹集。比酷吏的追逼征收还要快。

异史氏说：我听说金道人，人们都照他姓名的谐音称呼为"今世成佛"。人品至于吃秽物，已经到了底了。鞭打他算不上羞辱，处罚他倒正好有点实效，县令南公的惩治方法多好啊！然而学宫坍败却要烦劳妖道，也是士大夫的耻辱了。

董　生

【原文】

董生，字遐思，青州之西鄙人①。冬月薄暮，展被于榻而炽炭焉②。方将篝灯③，适友人招饮，遂扃户去④。至友人所，座有医人，善太素脉⑤。遍诊诸客。末顾王生九思及董曰⑥："余阅人多矣，脉之奇无如两君者：贵脉而有贱兆⑦，寿脉而有促征。此非鄙人所敢知也⑧。然而董君实甚。"共惊问之。曰："某至此亦穷于术，未敢臆决⑨。愿两君自慎之。"二人初闻甚骇，既以为模棱语⑩，置不为意。

半夜，董归，见斋门虚掩⑪，大疑。醺中自忆，必去时忙促，故忘扃键⑫。入室，未遑爇火⑬，先以手入衾中，探其温否。才一探入，则腻有卧人。大愕，敛手⑭。急火之⑮，竟为姝丽，韶颜稚齿⑯，神仙不殊。狂喜。戏探下体，则毛尾修然⑰。大惧，欲遁。女已醒，出手捉生臂，问："君何往？"董益惧，战栗哀求："愿仙人怜恕！"女笑曰："何所见而畏我⑱？"董曰："我不畏首而畏尾⑲。"女又笑曰："君误矣。尾于何有⑳？"引董手，强使复探，则髀肉如脂㉑，尻骨童童㉒。笑曰："何如？醉态蒙瞳㉓，不知所见伊何㉔，遂诬人若此。"董固喜其丽，至此益惑，反自咎适然之错⑤。然疑其所来无因。女曰："君不忆东邻之黄发女乎？屈指移居者，已十年矣。尔时我未笄㉖，君垂髫也。"董恍然曰："卿周氏之阿琐耶？"女曰："是矣。"董曰："卿言之，我仿佛忆之㉗。十年不见，遂苗条如此！然何遽能来？"女曰："妾适痴郎四五年㉘，翁姑相继逝㉙，又不幸为文君㉚，剩妾一身，茕无所依㉛。忆孩时相识者惟君，故来相见就。入门已暮，邀饮者适至，遂潜隐以待君归。

聊斋志异

图文珍藏版

二一五

董生

待之既久，足冰肌粟㉜，故借被以自温耳，幸勿见疑。"董喜，解衣共寝，意殊自得。月余，渐羸瘦，家人怪问，辄言不自知。久之，面目益支离㉝，乃惧，复造善脉者诊之③④。医曰："此妖脉也。前日之死征验矣，疾不可为也。"董大哭，不去。医不得已，为之针手灸脐，而赠以药，嘱曰："如有所遇，力绝之。"董亦自危。既归，女笑要之③⑤。怫然曰③⑥："勿复相纠缠，我行且死！"走不顾。女大惭，亦怒曰："汝尚欲生耶！"至夜，董服药独寝，甫交睫③⑦，梦与女交，醒已遗矣。益恐，移寝于内，妻子火守之③⑧。梦如故。窥女子已失所在。积数日，董吐血斗余而死。

王九思在斋中，见一女子来，悦其美而私之。诘所自③⑨，曰："妾遐思之邻也。渠旧与妾善④⑩，不意为狐惑而死。此辈妖气可畏，读书人宜慎相防。"王益佩之，遂相欢待。居数日，迷罔病瘠④①，忽梦董曰："与君好者狐也。杀我矣，又欲杀我友。我已诉之冥府④②，泄此幽愤。七日之夜，当炷香室外，勿忘却！"醒而异之。谓女曰："我病甚，恐将委沟壑④③，或劝勿室也④④。"女曰："命当寿，室亦生；不寿，勿室亦死也。"坐与调笑。王心不能自持，又乱之。已而悔之，而不能绝。及暮，插香户上。女来，拨弃之。夜又梦董来，让其违嘱④⑤。次夜，暗嘱家人，俟寝后潜炷之。女在榻上，忽惊曰："又置香耶？"王言不知。女急起得香，又折灭之。入曰："谁教君为此者？"王曰："或室人忧病，信巫家作厌禳耳④⑥。"女彷徨不乐。家人潜窥香灭，又炷之。女忽叹曰："君福泽良厚。我误害遐思而奔子④⑦，诚我之过：我将与彼就质于冥曹④⑧。君如不忘夙好，勿坏我皮囊也④⑨。"逡巡下榻，仆地而死。烛之，狐也。犹恐其活，遽呼家人，剥其革而悬焉。王病甚，见狐来曰："我诉诸法曹。法曹谓董君见色而动⑤⑩，死当其罪；但咎我不当惑人，：追金丹去⑤①，复令还生。皮囊何在？"曰："家人不知，已脱之矣。"狐惨然曰："余杀人多矣，今死已晚；然忍哉君乎！"恨恨而去。王病几危，半年乃瘥⑤②。

【注释】

①青州之西鄙：青州境内的最西部。青州，府名。治所在今山东青州市。鄙，边远之处。

②炽炭：烧旺炭火。

③篝灯：以笼蔽灯，意即点灯。此谓挑灯夜读。

④扃（炯）户：关锁门户。扃，关锁。

⑤太素脉：北宋之后流传的一种荒诞迷信的切脉术。《四库全书》收录《太素脉法》一卷。《提要》云，"不著撰人名氏。此书以诊脉辨人贵贱吉凶。原序称唐末有樵者于崆峒山石函得此书，凡上下二卷。云仙人所遗，其说荒诞，盖术者所依托。"

⑥曰：原无"曰"字，此据铸雪斋抄本。

⑦兆：先兆，事情发生前的征候或迹象。下文"征"，义同。促征，短命的征兆。

⑧鄙人：鄙陋之人，自我谦称。

⑨臆决：凭主观妄加判断。

⑩模棱语：不明确表示可否的话。模棱，同"摸棱"，含糊其词，不置可否。语出《新唐书·苏味道传》。

⑪斋门：书房之门。斋，书房。

⑫扃键：锁门。

⑬未遑爇（弱，又读热）火：没有来得及点灯。遑，闲暇。爇，点燃。

⑭敛手：缩手。

⑮火之：点灯照看。

⑯韶颜稚齿：容颜美好，年纪很轻。韶，美好。齿，年齿，年龄。

⑰修然：长长的。

⑱畏我：此据铸雪斋抄本，原作"仙我"。

⑲不畏首而畏尾：语本《左传·文公十七年》"畏首畏尾，身其余几"，原为俗语，此处化用以作谐语。

⑳尾于何有：哪里有尾巴。

㉑髀（必）：股，大腿。

㉒尻（考）骨童童：尾骨秃秃，谓没有尾巴。尻，脊椎骨末端。童童，光秃。

㉓蒙瞳：犹朦胧。指酒醉后神志不清。

㉔伊何：是什么。伊，是。

㉕适然：偶然。

㉖未笄（几）：古时女子十五而束发加笄，视为成年；未笄，指十五岁之前。

㉗仿佛：模模糊糊，不甚清楚。

㉘适：旧指女子出嫁。

㉙翁姑：公婆。

㉚为文君：谓新寡。文君，指卓文君。《史记·司马相如列传》载，临邛富翁卓王孙之女卓文君新寡，司马相如"以琴心挑之"，遂"夜亡奔相如"。

㉛茕（穷）：孤独。

㉜足冰肌粟：脚发凉，肌肤起疙瘩；言天气寒冷。粟，肌肤受寒所起的粟状疙瘩。

㉝支离：瘦损。

㉞造：至。

㉟要：通"邀"。

㊱怫然：犹愤然，恼怒的样子。

㊲甫：刚。

㊳火守之：点灯守候着他。

㊴诘所自：问从哪里来。

㊵渠：他。

㊶迷罔病瘠（及）：精神恍惚，身体瘦损。

㊷冥府：即迷信传说中的阴曹地府。

㊸委沟壑：尸首弃于山沟荒野之中，指死亡。

㊹勿室：不要娶妻，此指勿近女色。

㊺让：责备。

㊻厌（亚）禳（攘）：祛恶除邪之祭。

㊼奔：私奔。旧指女子私自往就男子。

㊽质：对质。

㊾皮囊：即皮袋。佛家喻指人畜肉体。

㊿法曹：掌管刑法的官署。此指阴曹地府。

51金丹：即仙丹，此指内丹。

52瘥（钗去声）：病愈。

【译文】

　　董生，字遐思，是青州西部边远地方人。冬天傍晚，打开被褥铺好床，烧着炭火。他正要点灯时，却有朋友来请他喝酒，于是他锁上门就走了。到了朋友住的地方，在酒席上遇见一位医生，此人精通太素脉法，便为大家都诊了脉。末了，看着王九思和董生说："我诊过、脉的人太多了，但从未遇见过像你们两位这么奇特的脉，贵脉显现出贱兆，寿脉却又有妖征。这便是我所不能判断得了的。尤其以董君最为显著。"大家都惊讶地问他，他说："到了这样的地步我已无能为力，不敢臆断，还是希望两位自己慎重。"两人开始都很害怕，但后来又听他说的话模棱两可，就不太在意了。

　　半夜时分，董生回到自己住的地方，发现书房的门虚掩着，就很纳闷。他喝得有点醉，想着自己是不是当时走得太急忘了锁门。进到屋里，还没来得及点灯，他就先把手伸进被窝，看是不是烘热。他手刚伸进去就感觉柔腻腻的发现有人躺在里边。他大吃一惊，连忙将手缩回，急忙点亮灯一看，原来竟是个美丽的姑娘。只见她长得红颜皓齿，粉嫩迷人，与仙女没有异样之处。董生欣喜若狂，他又用手去摸姑娘的下身，却发觉有一条毛茸茸的长尾巴，不禁惊恐异常。他正想要逃跑，姑娘已经醒来，伸手抓住董生的胳膊问："你要去哪里？"董生更加惊恐，浑身颤抖着哀求道："希望仙人可怜宽恕。"姑娘却笑着说："你看见了什么，这么怕我？"董生说："我并不怕头而害怕尾巴。"姑娘又笑着说："你弄错了，哪有什么尾巴？"姑娘边说边牵着董生的手硬拉着又去摸，他只觉得姑娘的大腿柔软光滑，尾骨光秃秃的，哪里有什么尾巴。姑娘笑着问道："怎么样？你是喝醉了酒，迷迷瞪瞪的，不知看见了什么，就这样诬陷人。"董生本为她的美貌所倾倒，这样一来益发受了迷惑，反而归咎于自己刚才一时未辨清之错。但他又对女子的突如其来起了疑心。姑娘说："你不记得当年邻居有个黄头发的女孩吗？一眨眼就十年过去了，那时我还不到十五岁，你也未成年。"董生恍然大悟说："噢，那你就是周家的阿琐了？"姑娘也应道："是啊！"董生说："你一说，我好像记起来了。十年不见，你竟出落得这般苗条娇柔！那你今天怎么突然就来了？"姑娘说："我嫁给一个白痴已有四五年了，公婆先后去世，我又不幸守了寡。我一人孤孤单单无依无靠，想起小时候认识的人只有你了，于是就来找你了。我进门时天色已晚，刚巧有人来请你喝酒，我就一直在屋里等候你回来，时间久了，就两足冰冷，浑身战栗，所以就自己钻进被窝来暖暖身子，请你不要怀疑。"董生听得心花怒放，于是宽带解衣，和那姑娘同枕共眠，心里十分得意。

这样过了一个多月时间，他渐渐人见消瘦。家里人很奇怪，就问原因，他却总是搪塞说自己也不知道为什么。久而久之，他的面目瘦得失了常形，于是开始恐惧起来。有一天，他专程去找擅长太素脉法的医生为他诊脉，医生说："这是妖脉。那一天所诊出的妖征现在得到了证实，你已病入膏肓，不可救药。"董生听后痛哭着不愿离去。医生没办法，只好给他针灸手脐两处，又给他开了些药，并叮嘱他如果遇到什么东西，要坚决拒绝。董生也自知危险。回到家里，那女子对他笑脸相邀，他愤愤地说："不要再来纠缠我！我眼看就要死了。"董生一直走开，并不理睬。女子很羞愧，也怒冲冲地说："你还想再活吗？"夜里，董生服药后独自一个人入睡，刚合上眼，就梦见和女子交欢，醒来发现已遗精了。就更加恐惧，便移到里屋去睡，妻子点着灯守护他。但他梦中所见还和刚才一样。窥探那女子时，没有影子。没过几天，董生就大吐血死去。

王九思正在书房读书，看见走进来一个漂亮女子，他很喜欢她的美貌就和她私通了。他问女子从什么地方来，女子回答说："我是董生的邻居，他过去和我相好，不料想却被狐怪迷惑而死。这些狐怪妖气非常可怕，读书人一定要小心提防。"王生听她说得这般恳切，就更加钦佩她，于是便和她愉快地相处在一起。这样厮混了好几天，王生突然发现自己迷迷糊糊，像得病一般面容消瘦起来。

一天夜里，他忽然梦见董生对他说："和你相好的是个狐怪，她害死了我，现在又来害你。我已投诉到阎罗殿，以泄此幽愤。七日夜里，你一定要在卧室外点上香，千万别忘了！"醒来后，他感到很诧异。就对那女子说："我病得很重，恐怕死期不远了，有人劝我不要和女人睡觉。"女子说："命该长寿，和女人睡觉也没关系；该短命的，就是不和女人睡觉也会死的。"于是她又挑逗王生，王生不能自持，就又和她厮混在一起，事后他又很后悔，却不能自拔。

到了七日夜里，王生就在门外插上香，女子一来就拔掉扔了。梦中董生来责备他没有守约，第二天夜里，他暗中叮咛家人在他入睡后悄悄点香。女子在床上突然惊起说："谁又在燃香？"王生说不知。女子急忙起身去把香折灭，进屋后问王生："是谁教你这样做的？"王生搪塞说："也许是妻子担心我的病，听信巫人的话这样做来驱邪的。"女子心里很不高兴。家里人偷看香火灭了，又点了一根插上，女子忽然叹息说："你太有福分了。我误害了董生又来找你，这确实是我的过错，我将和董生对质于阎罗殿上。你如果不忘我们相好一场的情分，就请不要毁坏我的皮囊。"说完。迟迟疑疑下了床，倒地而死。王生赶快掌烛去看，见是只狐狸，害怕它再复活，就立即叫家人来剥了它的皮挂起来。

王生病情有所加剧，他梦见狐怪来说："我也上诉到阴曹地府。阴间法官认为董生见美色而动心，死有应得，但也责怪我不该迷惑别人，收回金丹，令我生还。我的皮囊在何处？"王生说："家人不知道，已经剥下来了。"狐怪很凄楚地说："我害的人太多了，早该死了。可是你也太狠心了！"狐怪说完，含恨而去。王生几乎病死，半年以后好了。

龁　石①

【原文】

新城王钦文太翁家②，有圉人王姓③，幼入劳山学道。久之，不火食④，惟啖松子及白石，遍体生毛。既数年，念母老归里，渐复火食，犹啖石如故。向日视之，即知石之甘苦酸咸，如啖芋然⑤。母死，复入山，今又十七八年矣。

【注释】

①龁（核）石：吃石头。龁，咬。

②王钦文：清著名诗人王渔洋（士禛）之父，名与敕，字钦文。顺治元年（1644）拔贡，赠国子监祭酒，累赠经筵讲官、刑部尚书。

③圉（雨）人：养马的仆人。王士禛《池北偶谈》云："予家佣人王嘉禄者，少居劳山中。独坐数年，遂绝烟火，惟啖石为饭，渴即饮溪涧中水。遍身毛生寸许。后以母老归家，渐火食，毛遂脱落。然时时以石为饭，每取一石，映日视之，即知其味甘咸辛苦。后母终，不知所往。"

④火食：熟食。

⑤芋：俗称芋头，地下的球茎部分，可供食用。

【译文】

新城县王钦文爷爷家里有个姓王的马夫，小时候就进崂山学道。学了很长时间

后，不吃熟食，只吃松子和白色石头。浑身长了一层毛。几年以后，想到母亲已经年迈。就回到家里，逐渐恢复了烟火食物，但是还像过去一样地吃石头。对着太阳一看，就知道石头的酸甜苦咸，好像吃芋头一样。母亲死了以后，又进了崂山，现在又七八年了。

庙　鬼

【原文】

　　新城诸生王启后者，方伯中宇公象坤曾孙①。见一妇人入室，貌肥黑不扬。笑近坐榻，意甚亵。王拒之，不去。由此坐卧辄见之。而意坚定，终不摇。妇怒，批其颊，有声，而亦不甚痛。妇以带悬梁上，捽与并缢②。王不觉自投梁下，引颈作缢状。人见其足不履地③，挺然立空中，即亦不能死。自是病颠。忽曰："彼将与我投河矣。"望河狂奔，曳之乃止。如此百端，日常数作，术药罔效④。一日，忽见有武士绾锁而入⑤，怒叱曰："朴诚者汝何敢扰！"即絷妇项⑥，自棂中出⑦。才至窗外，妇不复人形，目电闪，口血赤如盆。忆城隍庙门中有泥鬼四，绝类其一焉⑧。于是病若失。

【注释】

　　①方伯：一方诸侯之长。东汉以来以之称刺史等地方官。明、清时则作为对布政使的尊称。中宇公象坤：王象坤，字中宇，明代人，官至山西左布 政使。

　　②捽（昨）：揪住头发。

　　③履：踏。

④术：巫术。罔：无。

⑤绾（挽）锁：手持铁链。绾，盘握。锁，锁链，拘捕刑具。

⑥絷（执）：拘执。

⑦棂：窗棂，窗户上的花格子。

⑧类：像。

【译文】

新城县有个名叫王启后的秀才，是布政使王象坤的曾孙。一天，他看见一个妇人进到他的屋子里，又肥又黑，相貌很不好看。她却笑嘻嘻地来到床前，神态很淫荡。王启后拒绝她的要求，她也不走。从此以后，不管是坐着还是躺着，总能看见她。但是王启后的意志很坚定，始终不动摇。那个妇人恼了，就打他嘴巴子，打得很响，但也不太疼痛。妇人又把带子悬在梁柁上，抓着他一起上吊。王启后不知不觉地来到梁柁底下，伸着脖子做出一副上吊的样子。别人看见他脚不沾地，直挺挺地立在空中，却不能马上死掉。从此就得了疯癫症，忽然说："她要和我投河了。"望着大河疯狂地跑去，有人拽他，他才停止奔跑。各式各样的疯癫形状，一天常常发作好几次。驱神赶鬼，请医吃药，都没有效果。一天，忽然看见一个武士，胳膊上挎着铁锁，进了屋子里，怒冲冲地叱责那个妇人说："你怎敢骚扰一个忠厚朴实的人！"就把铁锁系在她的脖子上，从窗棂拽出去了。刚一拽出窗外，她就不再是人的形状，眼睛闪着电火，赤红的大嘴像个血盆。他想起城隍庙里有四个泥塑的鬼像，很像其中的一个。从此以后，病就消失了。

陆　判

【原文】

　　陵阳朱尔旦①，字小明。性豪放，然素钝②，学虽笃③，尚未知名。一日，文社众饮④。或戏之云："君有豪名，能深夜赴十王殿⑤，负得左廊判官来⑥，众当醵作筵⑦。"盖陵阳有十王殿，神鬼皆以木雕，妆饰如生。东庑有立判⑧，绿面赤须，貌尤狞恶。或夜闻两廊拷讯声。入者，毛皆森竖⑨。故众以此难朱。朱笑起，径去。居无何，门外大呼曰："我请髯宗师至矣⑩！"众皆起。俄负判入，置几上，奉觞，酹之三⑪。众睹之，瑟缩不安于座⑫，仍请负去。朱又把酒灌地，祝曰："门生狂率不文⑬，大宗师谅不为怪。荒舍匪遥，合乘兴来觅饮⑭，幸勿为畛畦⑮。"乃负之去。

　　次日，众果招饮。抵暮，半醉而归，兴未阑。挑灯独酌。忽有人搴帘入，视之，则判官也。朱起曰："意吾殆将死矣⑯！前夕冒渎，今来加斧锧耶⑰？"判启浓髯，微笑曰："非也。昨蒙高义相订⑱，夜偶暇，敬践达人之约⑲。"朱大悦，牵衣促坐，自起涤器爇火。判曰："天道温和，可以冷饮。"朱如命，置瓶案上，奔告家人治肴果。妻闻，大骇，戒勿出。朱不听，立俟治具以出⑳。易盏交酬，始询姓氏。曰："我陆姓，无名字。"与谈古典㉑，应答如响。问："知制艺否㉒？"曰："妍媸亦颇辨之。阴司诵读，与阳世略同。"陆豪饮，一举十觥。朱因竟日饮，遂不觉玉山倾颓㉓，伏几醺睡。比醒，则残烛昏黄，鬼客已去。

　　自是三两日辄一来，情益洽，时抵足卧。朱献窗稿㉔，陆辄红勒之㉕，都言不佳。一夜，朱醉，先寝，陆犹自酌。忽醉梦中，觉脏腹微痛；醒而视之，则陆危坐床前，破腔出肠胃，条条整理。愕曰，"夙无仇怨，何以见杀？"陆笑云："勿惧，我为君易慧心耳。"从容纳肠已，复合之，末以裹足布束朱腰。作用毕㉖，视榻上亦无血迹。腹间觉少麻木。见陆置肉块几上。问之，曰："此君心也。作文不快，知君之毛窍塞耳。适在冥间，于千万心中，拣得佳者一枚，为君易之，留此以补阙数。"乃起，掩扉去。天明解视，则创缝已合，有线而赤者存焉？自是文思大进，过眼不忘。数日，又出文示陆。陆曰："可矣。但君福薄，不能大显贵，乡、科而已[27]。"问："何时？"曰："今岁必魁[28]。"未几，科试冠军，秋闱果中经元[29]。同社

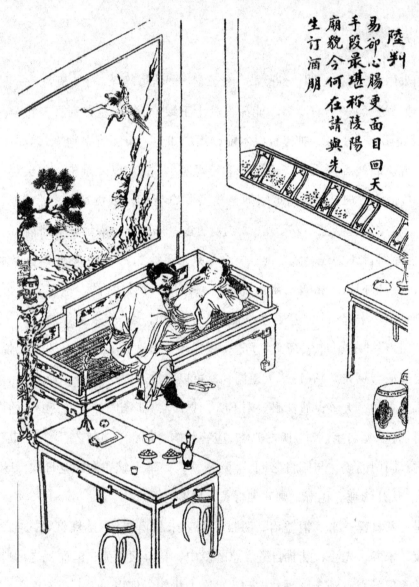

陆判

易却心肠更面目
回天手段最堪称
陵阳庙貌今何在
请与先生订酒朋

生素揶揄之；及见闹墨㉚，相视而惊，细询始知其异。共求朱先容㉛，愿纳交陆。陆诺之。众大设以待之。更初，陆至，赤髯生动，目炯炯如电。众茫乎无色，齿欲相击；渐引去。

朱乃携陆归饮，既醺，朱曰："涮肠伐胃㉜，受赐已多。尚有一事欲相烦，不知可否？"陆便请命。朱曰："心肠可易，面目想亦可更。山荆㉝，予结发人㉞，下体颇亦不恶，但头面不甚佳丽。尚欲烦君刀斧，如何？"陆笑曰："诺，容徐图之。"过数日，半夜来叩关。朱急起延入。烛之，见襟裹一物。诘之，曰："君曩所嘱，向艰物色。适得一美人首，敬报君命。"朱拨视，颈血犹湿。陆立促急入，勿惊禽犬。朱虑门户夜扃。陆至，一手推扉，扉自辟。引至卧室，见夫人侧身眠。陆以头授朱抱之；自于靴中出白刃如匕首，按夫人项，着力如切腐状，迎刃而解，首落枕畔；急于生怀，取美人首合项上，详审端正，而后按捺。已而移枕塞肩际，命朱瘗首静所，乃去。朱妻醒，觉颈间微麻，面颊甲错㉟；搓之，得血片，甚骇。呼婢汲盥；婢见面血狼藉，惊绝。濯之，盆水尽赤。举首则面目全非，又骇极。夫人引镜自照，错愕不能自解。朱入告之；因反覆细视，则长眉掩鬓，笑靥承颧㊱，画中人也。解领验之，有红线一周，上下肉色，判然而异。

先是，吴侍御有女甚美㊲，未嫁而丧二夫，故十九犹未醮也㊳。上元游十王殿，时游人甚杂，内有无赖贼窥而艳之，遂阴访居里㊴，乘夜梯入，穴寝门，杀一婢于床下，逼女与淫；女力拒声喊，贼怒，亦杀之。吴夫人微闻闹声，呼婢往视，见尸骇绝。举家尽起，停尸堂上，置首项侧，一门啼号，纷腾终夜。诘旦启衾㊵，则身在而失其首。遍挞侍女，谓所守不恪㊶，致葬犬腹。侍御告郡㊷。郡严限捕贼，三月而罪人弗得。渐有以朱家换头之异闻吴公者。吴疑之，遣媪探诸其家；入见夫人，骇走以告吴公。公视女尸故存，惊疑无以自决。猜朱以左道杀女㊸，往诘朱。朱曰："室人梦易其首，实不解其何故；谓仆杀之，则冤也。"吴不信，讼之。收家人鞫之㊹，一如朱言。郡守不能决㊺。朱归，求计于陆。陆曰："不难，当使伊女自言之㊻。"吴夜梦女曰："儿为苏溪杨大年所贼㊼，无与朱孝廉㊽。彼不艳于其妻，陆判官取儿头与之易之，是儿身死而头生也。愿勿相仇。"醒告夫人，所梦同。乃言于官。问之，果有杨大年；执而械之，遂伏其罪。吴乃诣朱，请见夫人，由此为翁婿。乃以朱妻首合女尸而葬焉。朱三入礼闱(49)，皆以场规被放(50)。于是灰心仕进，积三十年。一夕，陆告曰：“君寿不永矣。”问其期，对以五日。“能相救否？”曰：“惟天所命，人何能私？且自达人观之，生死一耳，何必生之为乐，死之为悲？”朱以为然。即治衣衾棺椁；既竟，盛服而没。

翌日，夫人方扶柩哭，朱忽冉冉自外至。夫人惧。朱曰：“我诚鬼，不异生时。虑尔寡母孤儿，殊恋恋耳。”夫人大恸，涕垂膺(51)；朱依依慰解之。夫人曰：“古有还魂之说，君既有灵，何不再生？”朱曰：“天数不可违也(52)。”问，“在阴司作何务？”曰：“陆判荐我督案务(53)，授有官爵，亦无所苦。”夫人欲再语，朱曰：“陆公与我同来，可设酒馔。”趋而出。夫人依言营备。但闻室中笑饮，亮气高声，宛若生前。半夜窥之，窅然已逝(54)。自是三数日辄一来，时而留宿缱绻，家中事就便经纪(55)。子玮方五岁，来辄捉抱；至七八岁，则灯下教读。子亦慧，九岁能文，十五入邑庠(56)，竟不知无父也。从此来渐疏，日月至焉而已(57)。又一夕来，谓夫人曰：“今与卿永诀矣。”问：“何往？”曰：“承帝命为太华卿(58)，行将远赴，事烦途隔，故不能来。”母子持之哭。曰：“勿尔！儿已成立，家计尚可存活，岂有百岁不拆之蛮凤耶！”顾子曰：“好为人，勿堕父业。十年后一相见耳。”径出门去，于是遂绝。

后玮二十五举进士，官行人(59)。奉命祭西岳，道经华阴(60)，忽有舆从羽葆(61)，驰冲卤簿(62)。讶之。审视车中人，其父也。下车哭伏道左。父停舆曰：“官声好(63)，我目瞑矣。”玮伏不起；朱促舆行，火驰不顾。去数步，回望，解佩刀遣人持赠。遥语曰：“佩之当贵。”玮欲追从，见舆马人从，飘忽若风，瞬息不见。痛恨良久；抽刀视之，制极精工，镌字一行(64)，曰：“胆欲大而心欲小，智欲圆而行欲方(65)。”玮后官至司马(66)。生五子，曰沉，曰潜，曰沕，曰浑，曰深。一夕，梦父曰：“佩刀宜赠浑也。”从之。浑仕为总宪(67)，有政声。

异史氏曰：“断鹤续凫，矫作者妄(68)；移花接木(69)，创始者奇；而况加凿削于肝肠，施刀锥于颈项者哉！陆公者，可谓媸皮裹妍骨矣(70)。明季至今(71)，为岁不远(72)，陵阳陆公犹存乎？尚有灵焉否也？为之执鞭^⑦，所忻慕焉。"

【注释】

①陵阳：旧县名。今为陵阳镇，属安徽省青阳县。

②钝：迟钝，愚笨。

③笃：专心、勤奋。

④文社：科举时代，秀才们讲学作文的结社。

⑤十王殿：庙宇名。十王，中国佛教所传十个主管地狱的阎王之总称，也称"十殿阎君"，略称"十王"。后道教也沿用此称。

⑥判官：官名。唐始设。为节度、观察、防御诸使的僚属。此指迷信传说中为阎王掌簿册的佐吏。

⑦醵（据）：凑钱饮酒。

⑧东庑（武）：即东廊。庑，殿堂下周围的走廊或廊屋。此指廊屋。

⑨毛皆森竖：因恐惧而毛发都耸立起来。森，高耸。

⑩宗师：旧称受人尊崇堪为师表的人。明、清称学使为"宗师"。朱尔旦负陆判至"文社"故用以戏称。

⑪酹（类）：以酒浇地，祭祀鬼神。

⑫瑟缩：因恐惧而抖战、蜷缩。

⑬门生：自唐至明，科举制度中，贡举之士以主考官员为座主，而自称门生。此处既已称陆判为"宗师"，而"宗师"（即学使）又为各省乡试的主考官，朱因以自称。狂率不文：狂妄轻率，不懂礼仪。文，礼法。

⑭合：应，合当。

⑮勿为畛（诊）畦（齐）：意谓不要为人鬼异域所限。畛畦，田间小路，引申为界限、隔阂。

⑯意：自料。

⑰斧锧：古代杀人的刑具。斧谓刀刃，锧，谓砧板；"加斧锧"，指加以死罪。

⑱高义：犹高谊、盛情。相订：犹相约。订，定，约定。

⑲达人：旷达之人。

⑳治具：置办酒肴。具，餐具，代指酒肴。

㉑古典：古代的典籍。此指具有典范性的古代名著。

㉒制艺：制举应试文章，指八股文。详前《娇娜》注。

㉓玉山倾颓：形容酒醉。《世说新语·容止》："嵇叔夜之为人也，岩岩若孤松之独立；其醉也，傀俄若玉山之将崩。"玉山，形容体态、仪表美好。

㉔窗稿：指平时习作的文稿。读书人惯常在窗下写文章，故称。

㉕红勒：用朱笔删削、批改，《梦溪笔谈·人事》载：北宋嘉年间，士人刘几"累为国学第一，骤为怪之语，学者翕然效之，遂成风俗。欧阳公（指欧阳修）深恶之。会公主文，决意痛惩。……有一举人论曰：'天地轧，万物茁，圣人发。'公曰：'此必刘几也。'戏续之曰：'秀才刺，试官刷。'乃以大朱笔横抹之，自首至尾，谓红勒帛，判'大纰缪'字榜之。既而果几也。"

㉖作用：施治，整治。用，治。

㉗乡、科：乡试、科试的省词。

㉘魁：夺魁，考取第一名。即下文所谓"科试冠军""秋闱果中经元"。

㉙秋闱：指乡试。旧称试院为"闱"，而乡试在秋间举行，因称。经元：也称经魁。明清科举考试，分五经取士。乡试及会试前五名，各为一经中的第一名。

㉚闱墨：清代于每届乡试、会试之后，由主考官选取中式试卷，编辑成书，叫作"闱墨"。

㉛先容：事先为人做介绍。

㉜湔（煎）肠伐胃：洗肠剖胃。

㉝山荆：对人称谓自己妻室的谦词。

㉞结发人：原配妻子。古时男子二十岁束发加冠，女子十五岁盘发贯笄（簪），即为成年。因此习称原配妻子为"结发人"。

㉟甲错：鳞甲错杂。此指面颊血污结痂，像鱼鳞似的。

㊱笑靥（夜）承颧（权）：谓女子笑时口旁现出两个酒窝。靥，口旁窝，俗称酒窝。颧，颧骨。酒窝在颧骨的下面，故云“承”。

㊲侍御：官名。御史的别称。明、清属都察院，职称有左右都御史、左右副都御史、左右佥都御史、监察御史之别。

㊳醮（较）：斟酒饮对方；古时婚礼中的一种仪节。本指男女婚礼，元明以后则专指女子再嫁。

㊴阴访：暗中查访。

㊵诘旦：诘朝，第二天早晨。

㊶不恪（客）：不慎。恪，谨慎，恭敬。

㊷郡：此指郡衙。明、清两代指知州、知府一类地方官的衙署。

㊸左道：邪道，邪术。

㊹鞫（局）：审讯。

㊺不能决：此据铸雪斋抄本，底本“能”字残缺。

㊻伊：底本残缺。此据铸雪斋抄本。

㊼贼：杀害。

㊽无与朱孝廉：与朱孝廉无关。孝廉，明、清指举人。

㊾礼闱：即会试。会试于乡试后第二年春季在礼部举行，故又称“礼闱”。

㊿以场规被放：由于违犯考场规则而被逐出场外或不予录取。科举考场对参加考试的人规定一些条文，诸如挟带文书入场，或亲族任考官而不加回避等，均为违犯“场规”。而考卷违式，如题目写错，污损卷纸，抬头错误，不避圣讳等，也往往被取消考试资格。此处指后者。放，驱逐。

(51)膺：胸。

(52)天数：犹天命。

(53)督案务：监理案牍方面的事务。督，察视。案，案牍，官府文书。

(54)窅（咬）然：深远难见的样子。

(55)经纪：料理。

(56)邑庠：县学。

(57)日月至焉：偶然来一次。

(58)太华卿：华山山神。太华，即西岳华山，在今陕西华阴市南。因其西有少华山，故又称“太华”。

(59)行人：官名。明代设有行人司，置司正及左右司副，下有行人若干，以进士充任。行人职掌捧节奉使；凡颁诏、册封、抚谕、征聘及祭祀山川神祇，都差行人。

(60)华阴：县名。今属陕西省。

(61)舆从羽葆·车马仪仗。舆从，车马前后的侍从；羽葆，仪仗名，以鸟羽为装饰。

(62)卤簿：秦、汉时皇帝舆驾行幸时的仪仗队。汉以后王公大臣均置卤簿。因亦泛指官员仪仗。卤，大型甲盾。甲盾的排列，有明确规定，且著之簿籍，因称“卤簿”。

(63)声：声誉。下文“政声”之“声”，义同。

(64)镌（捐）：刻。

(65)“胆欲大”二句：意谓任事要果决，而思虑要周密；智谋要圆通，而行为要方正。

(66)司马：官名。古为管领军队官员的称谓。汉武帝置大司马，为全国军政首脑，明、清时期用为兵部尚书的别称，侍郎称少司马。此或指兵部尚书、侍郎一类官员。

(67)总宪：明、清为都察院左都御史的别称。

(68)“断鹤”二句：意谓如因鹤腿长而截之使短，因凫（野鸭）腿短而续之使长，如此矫情而作者是妄为。

(69)移花接木：谓将一种花木嫁接于另一种花木之上。喻暗中巧施手段改造人的形体。

⑦媸（吃）皮裹妍骨：谓相貌丑陋而内心美好。媸，丑陋。媸皮，丑陋的相貌。妍，美。妍骨，美好的骨肉，此谓美好的品行。

⑦明季：明代末年。

⑦为岁：犹为时。岁，指时间。

⑦为之执鞭：为其赶车，做仆役。表示对人极度钦佩。

【译文】

陵阳县有个朱尔旦，字小明。此人性情豪放，但平时比较迟钝，虽然学习很勤奋，而学业上却未出名。

一天，他和文社众学友一起饮酒，席上有人跟他开玩笑说："您素负豪名，若能深夜到十王殿左边走廊下把判官像背来，那么，我们大家凑钱设宴款待您。"原来陵阳有座十王殿，里面的神神鬼鬼全是木雕的，装饰得栩栩如生。东廊屋中有判官像，面呈绿色，满脸赤须，形貌非常狰狞可怕。有时能听见里面有拷讯声。白天进去的人，都会吓得毛骨悚然。因此，大家就用这来难为他。朱尔旦很不在意地笑笑，起了身径直往十王殿走去。没多久，门外就传来呼喊声："我把鬷宗师给大家请来了！"众人站起来，一会儿朱尔旦真把判官背进来放在桌上，并为判官连敬三杯酒。大家眼看着，都吓得瑟缩发抖，不敢坐稳，叫快快地将判官像背回去。朱尔旦又以酒浇地，祈祷说："弟子太轻狂无礼，大宗师想必不会怪怨的。寒舍离此处不远，在您高兴的时候，就请光临共饮，希望不要有人鬼的界限。"说完，就将判官背回去了。

第二天，大家果然宴请他，一直喝到天黑才醉意朦胧地回家，但是他还觉得酒兴未尽，就又挑灯独饮。这时，忽然有人掀开帘子进来，他抬头一看，正是十王殿里的判官。朱尔旦站起身说："想来我是要死了！昨天晚上我有所冒犯，今天是来惩罚的吗？"判官捋着浓须笑着说："不是，昨日承蒙你盛情相约，今夜正好有空，特意前来赴旷达之人的约会。"朱尔旦很高兴，赶快请客人坐下，亲自起来洗杯温酒。判官说："天气温暖，可以冷饮。"朱尔旦遵命，把酒壶放在桌上，跑去告诉家人准备些菜肴水果下酒。妻子一听是判官来了，害怕极了，就劝朱尔旦不要出去。朱尔旦不听，立等着做好菜肴来。换杯敬酒，才问判官姓氏。判官笑道："我姓陆，没有名字。"谈起古书，判官应答如流。朱尔旦问陆判官："你会八股文吗？"陆判官说："还能辨别出优劣，阴间与阳间所读的，基本差不多。"陆判官很能喝酒，连饮十大杯。朱尔旦因为白天已喝了不少酒，晚上再接着饮，终于不胜酒力，醉醺醺地倒在桌上睡着了。一觉醒来，只见灯光昏暗，鬼客早已离去。从此，陆判官常常隔三两天来一回，两人关系更加融洽。有时他们就睡在一起。朱尔旦拿出自己的文稿来向陆判官请教，陆判官也不见外，就直接拿红笔在上面勾勒点批，看了多篇，陆判官都说不好。

一天晚上，朱尔旦喝醉了，就先睡下，陆判官还自斟自饮。在睡梦中，朱尔旦突然感到五脏六腑微微有些疼痛，他一睁眼，发现陆判官正坐在床前划破他的肚子，取出肠胃一一清理。便吃惊地问："你我向来无仇无怨，为什么要杀我？"陆判官笑着说："别怕，我正在替你换一颗灵敏聪慧的心。"陆判官很从容地把肠胃放进去，然后合好，最后再用裹脚布把腰部缠紧，做好这一切，并未见床上有什么血迹，只是觉得肚子略略有点麻木。

他看见陆判官把一个肉块放在桌上，就问怎么回事，陆判官说："这是你原来的那颗心，作文没有灵气，是因为心窍堵塞。我刚才从阴间千万颗心脏中拣了一颗绝好的给你换上，拿着这个还得去补缺数。"说完，便掩门离去。天亮以后，朱尔旦将肚子上的裹脚布解开一看，伤口已合好，只有二条红线仅存。从此，他文思大有进步，读书过目不忘。过了些日子，他再拿着文稿让陆判官看，陆判官说："不错了。只是你福薄，做不了大官，只能中个举人罢了。"朱尔旦问："什么时候可以中举？"陆判官说："今年一定中头名。"不久，朱尔旦科试得了冠军，接着乡试又夺了魁。同社学友向来都爱揶揄他，等看见他考举人的试卷，都很惊讶。大家细细盘问他，才知道他换了心。大家都求他在陆判官跟前通融通融，愿意和他结交。陆判官答应了。大家共同设宴款待陆判官，刚到更时陆判官来了，只见他满脸赤须飘动，双目炯炯有神，如同电光一样闪亮。众人吓得脸色大变，牙齿不停地打战，渐渐就都溜之大吉。

朱尔旦就领着陆判官到自己家里去喝酒。朱尔旦带着醉意对判官说："清肠洗胃，我已受惠不少，现在我还有一件小事相烦，不知行不行？"

陆判官让他直说。朱尔旦说："既然心肠都可以换，我想面目也可以改变了。我妻子身体都还可以，就是相貌不好看，想烦你动动刀斧换一下，怎么样？"陆判官笑着说："可以，让我慢慢想办法。"过了几天，陆判官半夜来敲门，朱尔旦急忙让进来。用灯一照，见他衣襟裹着个东西。一问，判官说："你以前嘱咐的事，一时不好物色，刚才正好有机会弄到这颗美人头，就来满足你的要求。"朱尔旦一看，脖子上还流着血。判官催他快快进去，不要惊动鸡犬。朱尔旦顾虑夜里门上了锁进不去。判官来到，一手推门，门就自己开了。他把判官领到卧室，见夫人侧身睡着，判官把头交给朱尔旦抱着，他自己从靴子取出短剑，按住夫人的脖子用力一切，就像切豆腐一样，头落到枕边，又急忙从米尔旦怀里拿过关人头接在夫人脖子上，看看是否端正，然后再按捺好，最后把枕头垫在肩膀下边，叫朱尔旦把夫人的头埋在僻静处，他便离去了。

朱妻醒来，觉得脖子有些麻，脸上像有什么东西粘着，她用手一搓，看见血块，非常害怕，便大声叫丫鬟端水来洗，丫鬟见她满脸是血，吓得要命。一洗脸，盆里水都染红了，抬头一看，夫人面目全变了。夫人拿着镜子自己一照，很惊诧又不明白是怎么回事。朱尔旦进来说明了缘故，仔细端详，只见她又长又细的秀眉，弯弯如柳叶，掩映着双鬓，脸上一笑，出现两个小酒窝，完全是一个画中关人儿。解开衣领查验，只见脖子有一圈红线，红线上下肉色迥然不同。

在此之前，有个吴御史的女儿长得非常漂亮，还没有出嫁就先死去两个未婚夫，所以都十九岁了还未嫁人。她在上元节游十王殿，当时游人太杂乱，其中一个无赖见她长得这么美丽，就起了歹心。无赖暗中问清吴家住址，夜里翻墙进去，先把一个丫鬟杀死在床下，企图强奸吴女，吴女一边抵抗一边喊救命。无赖一怒之下把吴女也杀了。

吴夫人隐约听到吵闹声，叫身边丫鬟去看，丫鬟看见尸体，吓得要死。全家人闻讯惊起，将尸体停在堂上，把砍下的头放在脖子边，一家人号啕大哭，整整闹腾了一夜。第二天早晨，揭开被子一看，身体在而头不见了。将侍女挨个鞭打一遍，说她们看守不紧叫狗吃了。吴御史将杀人案告到官府，官府限令捉拿罪犯，但三个月过去了，也没有抓到凶手。后来，慢慢地有人将朱家发生换头的奇闻说给吴御史听，吴御史有些怀疑，就派了家里一个老年女佣到朱家去探视。女佣进门一见朱夫人，吓得一口气跑回吴家告诉给主人。吴御史再看看女儿尸体明明在，自己也惊疑不决。他猜疑是朱尔旦用妖术杀害了他女儿。他去质问朱尔旦。朱尔旦说："妻子夜里做梦换了头，也不明白是什么原因。说我杀了你女儿，实在冤枉。"吴御史不相信他的话，就告到官府。官府先抓来朱家仆人审问，口供和朱尔旦说的完全一致，长官一时也定不了案。

朱尔旦只好向陆判官讨主意，判官说："这不难，可以让这女孩自己说明。"吴御史当晚就梦见女儿说："我是被苏溪杨大年杀害，与朱举人无关，朱举人嫌自己妻子长得不漂亮，陆判官就取了我的头和他妻子换了，这样我虽然身死头却还活着，请不要和他们为仇。"吴御史醒来把所做的梦告诉了夫人，夫人说她也做了相同的梦。于是把情况告诉给官府，一查问，苏溪果然有个杨大年，当即逮捕刑讯，就承认了罪行。

吴御史来到朱家，求见朱夫人，从此他和朱尔旦以翁婿相称。并把朱妻的头和女儿尸体合在一起安葬了。

朱尔旦三次入京会考，因违犯考场规则而被逐出。朱尔旦从此灰心仕途，一直默默无闻地过了三十多年。一天晚上，陆判官来告诉他："你寿命不长了。"朱尔旦问还有多长时间，判官说只有五天了。朱尔旦又问有没有救？判官说："这是天意，不可违抗，个人怎么能随意改变？而且，达观的人把生死看得同样乐观。何必以生为乐而以死为悲？"朱尔旦觉得他说得对，就立即置办衣被棺材等。一切准备完毕，便穿戴整齐寿终正寝。朱尔旦死后第二天，妻子正扶着棺材哭泣，朱尔旦却从容地从外面进来。妻子很害怕。朱尔旦说："我确实已做了鬼，却和活着时一样，想着你们孤儿寡母的，放心不下，特地回来看望你们。"妻子更哭得伤心不已，悲痛欲绝。朱尔旦平心静气地安慰她。妻子说："自古以来就有还魂的说法，你既然有灵，为什么不再复活呢？"朱尔旦说："天意不可违背。"妻子问他："你在阴间做什么？"朱尔旦回答："陆判官推荐我管理文书事务，授有官职，不算苦。"妻子还想说什么，朱尔旦说："陆判官和我一起来的，可为我们准备些酒菜。"快步走了出去。妻子去准备了。只听两人还和生前那样谈笑着，声音很响亮。到半夜时分再去看，两人已杳然离去。

从此，朱尔旦每隔三两天就回一趟家，有时他竟然在家留宿，和妻子感情还像以前那样亲近，有时还顺便料理一下家务。儿子叫朱玮，已有五岁，朱尔旦回家时还常常抱着他玩。到七八岁时他就教他读书。儿子很聪明，九岁就能作文，十五岁考取秀才，竟不知道父亲已死，从这时起，朱尔旦回家次数渐渐减少，只是偶尔回来一回。又一天夜里他回来对妻子说："我们要永别了。"妻子问他将去哪里，他说："奉上帝之命做了华山山神，将要远道赴任，事务又多，所以不能再来了。"母子听了抱着他就哭，他说："别这样，儿子已长大成人，家里日子也过得去了，哪里有百年不散的夫妻？"他又看着儿子说："好好做人，不要坏了父亲的事业。十年后还可相见一次。"说完径直走出门去，消失了。

后来，朱玮二十五岁时中了进士，官至行人之职。他奉命前去祭祀西岳华山，途经华阴县境内，忽见一队车马，上张羽盖，随从众多，直冲他的仪仗队驶来。他很诧异，仔细一看，原来车上坐着他的父亲。他便下车伏在路旁哭拜，父亲停车说："你为官声誉好。我可以闭上眼了。"

朱玮伏拜不起，朱尔旦催车前行，火速奔驰而不顾。但刚离开几步远，回望儿子解下佩刀叫人送来，远远地说："佩着它，会显贵的。"朱玮起来，想去追赶，只见车马随从像疾风一样飘逝，转眼间杳无踪影。朱玮悲恨许久，抽刀细看，做工极为精细，上面刻着一行小字："胆欲大而心欲小，智欲圆而行欲方。"朱玮后来官位做到司马。生有五个儿子，分别叫朱沉、朱潜、朱汤、朱浑、朱深。一天夜里他梦见父亲说："佩刀应赠给朱浑。"他照办了。朱浑后来做到左都御史，政绩较卓著。

异史氏说:"断鹤续凫,矫作者妄;移花接木,创始者奇。凿去心脏肝肠,施用刀术换取头颅,更是神技妙术。陆判官这人,可以说外貌丑陋,却内心美善。从明代至今时隔不远,陵阳陆判官还在吗?还有灵验不?假如在的话,我就是替他赶车,也感欣慰啊!"

婴 宁

【原文】

　　王子服,莒之罗店人①。早孤。绝惠②,十四入泮③。母最爱之,寻常不令游郊野。聘萧氏④,未嫁而夭,故求凰未就也⑤。会上元⑥,有舅氏子吴生。邀同眺瞩⑦。方至村外,舅家有仆来,招吴去。生见游女如云,乘兴独遨。有女郎携婢,拈梅花一枝,容华绝代,笑容可掬。生注目不移,竟忘顾忌。女过去数武,顾婢曰:"个儿郎目灼灼似贼⑧!"遗花地上,笑语自去。

　　生拾花怅然,神魂丧失,怏怏遂返。至家,藏花枕底,垂头而睡,不语亦不食。母忧之。醮禳益剧⑨,肌革锐减⑩。医师诊视,投剂发表⑪,忽忽若迷。母抚问所由⑫,默然不答。适吴生来,嘱密诘之。吴至榻前,生见之泪下。吴就榻慰解,渐致研诘⑬。生具吐其实⑭,且求谋画。吴笑曰:"君意亦复痴!此愿有何难遂?当代访之。徒步于野,必非世家⑮。如其未字⑯,事固谐矣,不然,拚以重赂⑰,计必允遂。但得痊瘳,成事在我。"生闻之,不觉解颐⑱。吴出告母,物色女子居里,而探访既穷,并无踪绪。母大忧,无所为计。然自吴去后,颜顿开,食亦略进。数日,吴复来。生问所谋。吴绐之曰:"已得之矣。我以为谁何人⑲,乃我姑氏女,即君姨妹行,今尚待聘。虽内戚有婚姻之嫌⑳,实告之,无不谐者。"生喜溢眉宇,问:"居何里?"吴诡曰㉑:"西南山中。去此可三十余里。"生又付嘱再四,吴锐身自任而去。

　　生由是饮食渐加，日就平复。探视枕底，花虽枯，未便雕落。凝思把玩，如见其人。怪吴不至，折柬招之[22]。吴支托不肯赴招[23]。生恚怒，悒悒不欢。母虑其复病，急为议姻；略与商确[24]，辄摇首不愿，惟日盼吴。吴迄无耗，益怨恨之。转思三十里非遥，何必仰息他人[25]？怀梅袖中，负气自往，而家人不知也。伶仃独步，

婴拈花微笑欺倾
城情致娇娆
宁不惜一味天真
何妨漫只宜
呼作太憨生

婴宁

无可问程，但望南山行去。约三十余里，乱山合沓[26]，空翠爽肌，寂无人行，止有鸟道[27]。遥望谷底，丛花乱树中，隐隐有小里落。下山入村，见舍宇无多，皆茅屋，

而意甚修雅㉘。北向一家，门前皆丝柳，墙内桃杏尤繁，间以修竹㉙；野鸟格磔其中㉚。意其园亭，不敢遽入。回顾对户，有巨石滑沽，因据坐少憩，俄闻墙内有女子，长呼"小荣"，其声娇细。方伫听间，一女郎由东而西，执杏花一朵，俯首自簪。举头见生，遂不复簪，含笑拈花而入。审视之，即上元途中所遇也。心骤喜。但念无以阶进㉛；欲呼姨氏，顾从无还往，惧有讹误。门内无人可问。坐卧徘徊，自朝至于日昃㉜，盈盈望断㉝，并忘饥渴。时见女子露半面来窥，似讶其不去者。忽一老媪扶杖出，顾生曰："何处郎君，闻自辰刻便来，以至于今。意将何为？得勿饥耶？"生急起揖之，答云："将以盼亲㉞。"媪聋聩不闻。又大言之。乃问："贵戚何姓？"生不能答。媪笑曰："奇哉！姓名尚自不知，何亲可探？我视郎君，亦书痴耳，不如从我来，啖以粗粝㉟，家有短榻可卧。待明朝归，询知姓氏，再来探访，不晚也。"生方腹馁思啖，又从此渐近丽人，大喜。从媪入，见门内白石砌路，夹道红花，片片堕阶上；曲折而西，又启一关，豆棚花架满庭中，肃客入舍㊱，粉壁光明如镜；窗外海棠枝朵探入室中，捆藉几榻㊲，罔不洁泽。甫坐，即有人自窗外隐约相窥。媪唤："小荣！可速作黍㊳。"外有婢子嗷声而应㊴。坐次㊵，具展宗阀㊶。媪曰："郎君外祖，莫姓吴否？"曰："然。"媪惊曰："是吾甥也！尊堂，我妹子。年来以家窭贫㊷，又无三尺男㊸，遂至音问梗塞。甥长成如许，尚不相识。"生曰："此来即为姨也，匆遽遂忘姓氏。"媪曰："老身秦姓，并无诞育；弱息仅存㊹，亦为庶产㊺。渠母改醮㊻，遗我鞠养。颇亦不钝，但少教训，嬉不知愁。少顷，使来拜识。"

　　未几，婢子具饭，雏尾盈握㊼。媪劝餐已，婢来敛具：媪曰："唤宁姑来。"婢应去。良久，闻户外隐有笑声。媪又唤曰："婴宁，汝姨兄在此。"户外嗤嗤笑不已。婢推之以入，犹掩其口，笑不可遏。媪瞋目曰㊽："有客在，咤咤叱叱，是何景象？"女忍笑而立，生揖之。媪曰："此王郎，汝姨子。一家尚不相识，可笑人也。"生问："妹子年几何矣？"媪未能解。生又言之。女复笑，不可仰视。媪谓生曰："我言少教诲，此可见矣。年已十六，呆痴裁如婴儿㊾。"生曰："小于甥一岁。"曰："阿甥已十七矣，得非庚午属马者耶㊿？"生首应之。又问："甥妇阿谁？"

答云："无之："曰："如甥才貌，何十七岁犹未聘？婴宁亦无姑(51)，极相匹敌(52)；惜有内亲之嫌。"生无语，目注婴宁，不遑他瞬。婢向女小语云，"目灼灼，贼腔未改！"女又大笑，顾婢曰："视碧桃开未？"遽起，以袖掩口，细碎连步而出。至门外，笑声始纵。媪亦起，唤婢襆被(53)，为生安置。曰："阿甥来不易，宜留三五日，迟迟送汝归(54)。如嫌幽闷，舍后有小园，可供消遣；有书可读。"次日，至舍后，果有园半亩，细草铺毡，杨花糁径(55)；有草舍三楹(56)，花木四合其所。穿花小步，闻树头苏苏有声，仰视，则婴宁在上。见生来，狂笑欲堕。生曰："勿尔，堕矣！"女且下且笑，不能自止。方将及地，失手而堕，笑乃止。生扶之，阴挼其腕(57)。女笑又作，倚树不能行，良久乃罢。生俟其笑歇，乃出袖中花示之。女接之。曰："枯矣。何留之？"曰："此上元妹子所遗，故存之。"问："存之何意？"曰："以示相爱不忘也。自上元相遇，凝思成病，自分化为异物(58)；不图得见颜色，幸垂怜悯。"女曰："此大细事(59)。至戚何所靳惜(60)？待郎行时，园中花，当唤老奴来，折一巨捆负送之。"生曰："妹子痴耶？"女曰："何便是痴？"生曰(61)："我非爱花，爱拈花之人耳。"女曰："葭莩之情(62)，爱何待言。"生曰："我所谓爱，非瓜葛之爱(63)，乃夫妻之爱。"女曰："有以异乎？"曰："夜共枕席耳。"女俯思良久，曰："我不惯与生人睡。"语未已，婢潜至，生惶恐遁去。少时，会母所。母问："何往？"女答以园中共话。媪曰："饭熟已久，有何长言，周遮乃尔(64)。"女曰："大哥欲我共寝。"言未已，生大窘，急目瞪之。女微笑而止。幸媪不闻，犹絮絮究诘。生急以他词掩之，因小语责女。女曰："适此语不应说耶？"生曰："此背人语。"女曰："背他人，岂得背老母。且寝处亦常事，何讳之？"生恨其痴，无术可以悟之。食方竟，家中人捉双卫来寻生(65)。

先是，母待生久不归，始疑；村中搜觅几遍，竟无踪兆。因往询吴。吴忆曩言，因教于西南山村行觅。凡历数村，始至于此。生出门，适相值，便入告媪，且请偕女同归。媪喜曰："我有志，匪伊朝夕(66)。但残躯不能远涉，得甥携妹子去，识认阿姨，大好！"呼婴宁。宁笑至。媪曰："有何喜，笑辄不辍？若不笑，当为全人。"因怒之以目。乃曰："大哥欲同汝去，可便装束。"又饷家人酒食，始送之出曰："姨家田产丰裕，能养冗人。到彼且勿归，小学诗礼，亦好事翁姑。即烦阿姨，为汝择一良匹。"二人遂发。至山坳，回顾，犹依稀见媪倚门北望也。

抵家，母睹妹丽，惊问为谁。生以姨女对。母曰："前吴郎与儿言者，诈也。我未有姊，何以得甥？"问女，女曰："我非母出。父为秦氏，没时，儿在襁中，不能记忆。"母曰："我一姊适秦氏，良确；然殂谢已久㉖，那得复存？"因审诘面庞、志赘㉗，一一符合。又疑曰："是矣。然亡已多年。何得复存？"疑虑间，吴生至，女避入室。吴询得故，惘然久之。忽曰："此女名婴宁耶？"生然之。吴骇称怪事。问所自知，吴曰："秦家姑去世后，姑丈鳏居㉘，祟于狐，病瘠死。狐生女名婴宁，绷卧床上，家人皆见之。姑丈没，狐犹时来；后求天师符粘壁上㉙，狐遂携女去。将勿此耶？"彼此疑参㉑。但闻室中吃吃皆婴宁笑声㉒。母曰："此女亦太憨生㉓。"吴请面之。母入室，女犹浓笑不顾，母促令出，始极力忍笑，又面壁移时，方出。才一展拜，翻然遽入，放声大笑。满室妇女，为之粲然。吴请往觇其异，就便执柯㉔。寻至村所，庐舍全无，山花零落而已。吴忆姑葬处，仿佛不远；然坟垄湮没㉕，莫可辨识，诧叹而返。母疑其为鬼。入告吴言，女略无骇意；又吊其无家㉖，亦殊无悲意，孜孜憨笑而已㉗。众莫之测。母令与少女同寝止。昧爽即来省问㉘，操女红精巧绝伦㉙。但善笑，禁之亦不可止；然笑处嫣然，狂而不损其媚，人皆乐之。邻女少妇，争承迎之。母择吉将为合卺㉚，而终恐为鬼物。窃于日中窥之，形影殊无少异㉛。至日，使华装行新妇礼；女笑极不能俯仰，遂罢。生以其憨痴，恐泄漏房中隐事；而女殊密秘，不肯道一语。每值母忧怒，女至，一笑即解。奴婢小过，恐遭鞭楚，辄求诣母共话；罪婢投见，恒得免。而爱花成癖，物色遍戚党；窃典金钗，购佳种，数月，阶砌藩溷，无非花者。

庭后有木香一架，故邻西家。女每攀登其上。摘供簪玩㉒。母时遇见，辄诃之。女卒不改。一日，西人子见之，凝注倾倒。女不避而笑。西人子谓女意已属，心益荡。女指墙底笑而下，西人子谓示约处，大悦。及昏而往，女果在焉。就而淫之，则阴如锥刺，痛彻于心，大号而踣。细视非女，则一枯木卧墙边，所接乃水淋窍也。邻父闻声，急奔研问，呻而不言。妻来，始以实告。爇火烛窍㉓，见中有巨蝎，如小蟹然。翁碎木捉杀之。负子至家，半夜寻卒。邻人讼生，讦发婴宁妖异^㉟。邑宰素仰生才，稔知其笃行士^㉟，谓邻翁讼诬，将杖责之。生为乞免，逐释而出。母谓女曰："憨狂尔尔，早知过喜而伏忧也。邑令神明，幸不牵累；设鹘突官宰^㊱，必逮妇女质公堂，我儿何颜见戚里？"女正色，矢不复笑。母曰："人罔不笑，但须有时。"而女由是竟不复笑，虽故逗，亦终不笑；然竟日未尝有戚容。

一夕，对生零涕。异之。女哽咽曰："曩以相从日浅，言之恐致骇怪。今日察姑及郎，皆过爱无有异心，直告或无妨乎？妾本狐产。母临去，以妾托鬼母，相依十余年，始有今日。妾又无兄弟，所恃者惟君。老母岑寂山阿^㊲，无人怜而合厝之^㊳，九泉辄为悼恨。君倘不惜烦费，使地下人消此怨恫，庶养女者不忍溺弃。"生诺之，然虑坟冢迷于荒草。女但言无虑。刻日，夫妻舆榇而往^㊴。女于荒烟错楚中^㊵，指示墓处，果得媪尸，肤革犹存。女抚哭哀痛。异归，寻秦氏墓合葬焉。是夜，生梦媪来称谢，寤而述之。女曰："妾夜见之，嘱勿惊郎君耳。"生恨不邀留。女曰："彼鬼也。生人多，阳气胜，何能久居？"生问小荣，曰："是亦狐，最黠。狐母留以视妾，每摄饵相哺^㊶，故德之常不去心。昨问母，云已嫁之。"由是岁值寒食，夫妻登秦墓，拜扫无缺。女逾年，生一子。在怀抱中，不畏生人，见人辄笑，亦大有母风云。

异史氏曰："观其孜孜憨笑，似全无心肝者；而墙下恶作剧，其黠孰甚焉。至凄恋鬼母，反笑为哭，我婴宁殆隐于笑者矣^㊷。窃闻山中有草，名'笑矣乎'。嗅之，则笑不可止。房中植此一种，则合欢、忘忧^㊸，并无颜色矣。若解语花^㊹，正嫌其作态耳^㊺。"

【注释】

①莒：古国名，后置为州县，在今山东省莒县一带。

②绝惠：极端聪明。惠，通"慧"。

③入泮：入县学为生员。

④聘（pìn 娉）：订婚。旧时订婚，男方须向女方行纳聘礼，称"行聘"或"文定"。

⑤求凰：汉司马相如《琴歌》，"凤兮凤兮归故乡，邀游四海求其凰。"相传此歌为向卓文君求爱而作，后因称男子求偶为求凰。

⑥上元：上元节，旧历正月十五。

⑦眺瞩：居高望远。此指观赏景物。

⑧个儿郎：这个小伙子。个，这个。儿郎，指青年男子。

⑨醮禳（叫嚷）：祈祷消灾。醮，祭神。禳，消除灾祸。

⑩肌革锐减：消瘦得极快。肌革，犹肌肤。

⑪投剂发表：中医治病方法，用药把病从体内表散出来。剂，药剂。

⑫抚问所由：爱抚地问其得病的原因。

⑬研诘：细细追问。

⑭具：全，全部。

⑮世家：世代显贵之家族。

⑯字：女子许婚。

⑰拚（判）：不顾惜，豁出去。

⑱解颐：露出笑容。颐，面颊。

⑲谁何：什么。

⑳内戚有婚姻之嫌：意谓姨表亲戚因血缘相近，通婚有所禁忌。内戚，内亲，妻的亲属。王子服与婴宁为姨兄妹，故云内戚。

㉑诡曰：谎称，假说。

㉒折柬：裁纸写信。柬，通"简"。

㉓支托：支吾推托。支，支吾，以含混之词搪塞。

㉔确：疑为笔误，当作"榷"。

㉕仰息他人：喻依赖他人。仰，仰仗；息，鼻息，指鼻腔呼吸的气息，呼气则温，吸气则寒。

㉖合沓（榻）：重叠。

㉗鸟道：喻山路险峻狭窄，意谓只有飞鸟可过。

㉘意甚修雅：给人以美好幽雅的感觉。

㉙修竹：细长的竹子。修，长，高。

㉚格磔（哲）：鸟鸣声。

㉛阶进：进身的因由。阶，因由，凭借。

㉜日昃（仄）：太阳偏西。

㉝盈盈望断：犹言望穿秋水，形容盼望殷切。盈盈，形容眼波流动，明澈如秋水。

㉞盼亲：探亲。

㉟粗粝（历）：糙米。喻粗茶淡饭。

㊱肃客：请客人进入。

㊲褥（因）藉：垫席。祵，同"茵"，重席。

㊳作黍：做饭。

㊴嗷（叫）声而应：高声答应。

㊵坐次：相对而坐的时候。次，指事件正在进行时。

㊶展：陈述。宗阀：宗族门第。

㊷窭（巨）贫：贫穷。

㊸无三尺男：谓家无一男性。三尺男，指身高三尺的男童。

㊹弱息：本指幼弱的子女；后多指女儿。

㊺庶产：妾生。封建家族中，侧室称庶，所生子女称"庶出"。

㊻改醮：改嫁。醮，古婚礼的一种简单仪式；后多指女子嫁人。

㊼雏尾盈握：指肥嫩的雏鸡。雏，此指小鸡。盈握，满一把。鸡的尾部满一把，言其肥。

㊽嗔目：生气地看对方一眼。嗔，生气。

㊾裁：通"才"，才。

(50)庚午属马：庚午年生人，属马。古时以鼠、牛、虎、兔、龙、蛇、马、羊、猴、鸡、犬、猪十二种动物，来配十二地支子、丑、寅、卯、辰、巳、午、未、申、酉、戌、亥，称为“十二属”或“十二生肖”。午年生人应属马。

(51)姑家：婆家。

(52)匹敌：般配。敌，相当。

(53)襆被：包着被子。

(54)迟迟：慢慢地，指过些时候。

(55)杨花糁（伞）径：杨花粉粒，星星点点散落在小路上。糁，碎米屑，泛指散乱的粒状细物；此谓撒落。

(56)楹：量词，屋一间为一楹。

(57)拔（鳟）：捏。

(58)化为异物：指人死亡。语见贾谊《鹏鸟赋》。异物，指死亡的人，“鬼”的讳词。

(59)大细事：极小的事。

(60)靳惜：吝惜。

(61)生曰：原无“生”字，此从铸雪斋抄本。

(62)葭莩（加孚）之情：亲戚情谊。莩，芦苇内壁的薄膜，喻指疏远的亲戚，亦泛指亲戚。

(63)瓜葛：指亲戚。瓜和葛都是蔓生植物，因以比喻互相牵连的亲戚。

(64)周遮：言语烦琐。

(65)捉双卫：牵着两头驴子。捉，牵。卫，驴的别称。

(66)匪伊朝夕：不止一日。匪，通“非”。伊，句中语词。

(67)殂谢：死亡。

(68)面庞：面部轮廓。志赘：指身体上的特征或标记。志，通“痣”。赘，赘疣，俗称瘊子。

(69)鳏居：无妻独居。

⑦天师符：张天师的神符。天师，道教指东汉张道陵及其后裔。

⑦疑参：疑惑参详。

⑦吃吃：笑声。

⑦憨（酣）生：娇痴。憨，傻。生，语助词。

⑦执柯：做媒。

⑦垅：坟。湮（烟）没：埋没。

⑦吊：怜悯。

⑦孜孜（兹兹）：不停地。

⑦昧爽：黎明。省（醒）问：问候，问安。

⑦女红（工）：旧时指妇女所做的纺织、刺绣、缝纫等事。红，同"功"。

⑧择吉：选择吉日良辰。

⑧"窃于日中窥之"两句：传说鬼在日光下无影，因而以此检验婴宁是否为鬼物。

⑧簪玩：妇女折花，或插戴在发髻之上，或插养于瓶中赏玩，因合称。

⑧爇（若）火：点燃灯火。烛，照。

⑧讦（洁）：揭发。

⑧笃行士：品行忠厚的读书人。

⑧鹘（胡）突：糊涂。

⑧岑寂山阿：孤寂地居处山阿。

⑧合厝（措）：合葬。厝，安葬。

⑧舆梓：以车载棺。梓，棺材。

⑨错楚：错杂的树丛。

⑨摄饵：摄取食物。

⑨隐于笑：用笑来掩护自己。隐，潜藏。

⑨合欢：花名，俗称夜合花、马缨花。忘忧：忘忧草，萱草的别名。

⑨解语花：《开元天宝遗事·解语花》：唐明皇与杨贵妃在太液池赏花，左右极

赞池花之美，而"帝指贵妃示于左右曰：'争如我解语花？'"后因以"解语花"比喻善于迎合人意的美女。

⑨作态：装模作样，指矫饰而有失自然。

【译文】

　　王子服是莒县罗店人，早年丧父。王子服非常聪慧，十四岁就考取了秀才。母亲很钟爱他，平时不让他到郊野去游玩。他曾与肖氏女子订婚，但未娶进门就夭折了，至今还一直没有找到如意的配偶。

　　上元节时，舅表兄吴生邀他一起去游玩，他们刚到村外，舅家一个仆人来把吴生叫走，王子服见来游的女子特别多，也就乘兴独自闲逛。他见一个漂亮女子带着丫鬟，手里拈着一枝梅花，美丽无比，笑容可掬。王子服被她迷住了，目不转睛地盯着她看，竟忘乎所以。女子走过去几步，对丫鬟说："这个少年目光灼灼地盯着人看，像个贼似的："女子将手里的花往地上一丢，笑吟吟地走了。王子服捡起被遗弃在地上的花，心里充满了惆怅，很失落地返回。到家里，把那枝梅花悄悄地藏在枕头底下，自个垂头倒在床上，不说话也不吃饭。母亲不知什么原因，只是心疼地看着儿子发愁。母亲请来道士驱邪禳灾，不但没有减轻儿子的郁闷，反而有所加剧，眼看着儿子一天天消瘦下去。母亲又请医生来诊视，谁知吃药后益发昏迷不醒。母亲用手轻抚着他问病因，他却默然不答。

　　正好吴生来了，母亲嘱托他偷偷地问儿子。吴生来到床前，王子服一见他，忽地泪流满面，吴生坐在床边安慰，又询问原因。王子服如实向他说了，并向他请求办法。吴生笑着说："你也太痴情了，这小小的愿望有什么达不到的？我可以替你去打问打问，徒步到郊外去游玩，料定不会是富贵人家女子。倘若她还没有许人，这就很好办了，再不然，充其量就是多出些钱，我想一定能成。只是你得好好养病，只要痊愈，这事我保证替你办好。"王子服听完，舒心地笑了。吴生出来，告诉了姑姑，当即打探女子的住处，但查来问去也没个下落。母亲也忧心忡忡，再没有别的办法。

自从吴生去后，王子服心绪好转，脸上有了笑意，饭量也稍微有些增加。过了几天，吴生又来了，王子服询问结果，吴生哄他说："已经打听到了，我以为是什么人呢，竟是我姑姑的女儿，也是你的姨表妹，现在还没有定亲，虽然是近亲结为婚姻有点不合适，但只要如实相告，就没有什么不如意的。"王子服高兴得眉开眼笑。他又问女子住哪里，吴生随意提了个地方说："在西南面的一个小山村，离这儿大约三十多里。"王子服又再三再四地托付。吴生慷慨地答应着离开。

后来王子服饮食不断增进，几天后身体就康复了。有一天，他掀开枕头去看那花，只见已经干枯，但却并未凋谢。他把花儿拈在手里，浮想联翩，那女子就像站在眼前。过了很久也不见吴生来，王子服就捎信叫他，吴生托故不愿来。王子服很恼怒，又郁郁寡欢起来。母亲担忧他会旧病复发，就急忙为他四处求婚，一和他商量，总是摇着头不愿意，只是盼着吴生来。而吴生却毫无踪影，他就更加怨恨吴生了。他转念一想三十里路并不算远，为什么不自己去看看，何必要仰仗别人？于是就把那支干枯的梅花藏在袖子里，自己赌着气前往，而家里人却不知道他的行踪。

王子服孤零零独自行路，一路上不见别的人影，无从问路，只顾往南山方向走。走了大约有三十多里，来到一片乱山丛中，这里满眼葱翠，令人赏心悦目，四周异常寂静，了无人踪，只有鸟儿能飞过险峻小路。举目四望，只见遥远的山谷下面，在花丛树林中，隐隐约约有几家小院落。王子服下了山来到村里，见这里房屋并不多，全是些茅草房，但感觉很清静幽雅。有一户人家门朝北开，门前种着很多垂柳，院墙内桃杏繁茂，花香宜人，高高的翠竹杂间其中，果树与竹林中有鸟儿在不住地啼唱，悦耳动听极了。王子服怀疑这是人家的别墅亭园。所以就不敢贸然闯入。他再回头看对面人家门前有块巨石，光洁闪亮，于是他就走过去坐在上面休息。

一会儿听见墙内有个女孩拉长声音在喊"小荣——"声音娇细甜润。他正倾耳聆听时，只见有个女子从东边出来向西走来，手里拈着一支杏花，微低着头，正准备往头发上插戴。她一抬头看见王子服，于是不再往头上插，含着笑拈花进去了。

王子服仔细审视，发现这正是上元节时在郊野遇上的那位女子。他不觉欣喜若狂，但一想没有什么借口进去，喊声姨妈吧，却从未来往过，不免冒昧，生怕弄错，但是附近却又无人可问。他坐也不是，去也不是，进退两难，这样一直从早晨挨到太阳西斜，真是望穿秋水，连饥渴也忘记了。时不时瞥见那女子露出半边脸偷偷窥视他，似乎在惊讶他为何不离去。忽然有个老妇人拄着拐杖出来，对他说："你是何处少年，听说你清晨就来到这儿，现在还不走，你想要干什么？难道肚子不饿？"王子服急忙起身向老婆婆作揖说："我是来访亲的。"老婆婆有点耳聋，没听清他的话，他就又大声说了一遍。老婆婆问道："亲戚姓什么？"王子服答不上来。老婆婆笑着说："奇怪啊！连姓名都不知道，访的什么亲？我看你这少年，是个书呆子。还不如跟我到屋里来，吃顿粗茶淡饭，家里有张小床你晚上可以过夜。等明天回去问清姓名，再来探访也不迟。"王子服这时正感觉饥肠辘辘想吃东西，而且进屋就可以和那美人慢慢接近，高兴极了。

他跟着老婆婆进到门里，只见脚下全是白石砌路，两旁红花掩映，台阶上落着片片花瓣，曲曲折折往西走着，又进了一道门，庭院里是满架的豆棚花。老婆婆把客人请进屋，墙壁粉刷得异常洁白，看上去明亮如镜。院里的海棠连枝带花，伸进窗户。屋里的桌凳、床铺之类，样样都整洁光亮。他刚刚坐下，就觉得有人在窗外偷看。老婆婆叫道："小荣，快去做饭。"外面有丫头高声应答。相对而坐，王子服详细陈述了自己的宗族门第。老婆婆说："你外祖父是姓吴吗？"王子服说是。老婆婆惊讶地说："那你就是我的外甥，你母亲是我妹妹，多年来因家境贫穷，又没个能顶门立户的男儿。所以就隔断了音信。不想外甥已成大小伙子了，还不相识。"王子服说："我这次就是来找姨妈的，匆忙中竟忘了姓什么。"老婆婆说："我夫家姓秦，并未生育儿女。唯一的女儿，也是姨太太所生，她母亲改嫁，留给我抚养。女儿很灵巧，就是缺少教育，贪玩、爱笑，不知什么叫愁。过会儿叫她来见你。"很快，丫头就把饭端来了，菜肴里还有肥嫩的小雏鸡。老婆婆在一旁不停地劝他多吃。吃完饭，丫鬟收拾餐具。老婆婆说："去唤婴姑娘来。"过了好大一会儿，就听见门外有隐隐的笑声。老婆婆朝外面一唤说："婴宁，你姨表哥在这儿。"门外依然嗤嗤地笑个不停。丫头把她推了进来，她还是掩着口，笑声不断。老婆婆嗔怒地瞪着她说："有客人在，嘻嘻哈哈，成什么样子？"女子忍住笑站在一旁，王子服向她作揖。老婆婆说："这是王郎，你姨妈的儿子，一家人却不相识，真让人见笑了。"王子服问："妹子多大年龄了？"老婆婆没听懂，王子服又说一遍。女子笑弯了腰。老婆婆说："我说她少教诲，这不是看见了吗？今年十六了，痴呆得像个婴儿似的。"王子服说："比我小一岁。"老婆婆说："外甥十七了，莫不是庚午年生，属马的？"王子服点点头。老婆婆又问："外甥媳妇是谁？"王子服说："没有。"老婆婆说："像外甥这样一表人才，怎么十七岁了还未订婚？婴宁也正好没有婆家，本来该是天生的一对，只可惜有近亲之嫌。"王子服并不说话，目不转睛地看着婴宁。丫头在一旁小声说："目光灼灼的，贼性不改。"婴宁听了又大笑起来，回头对丫头说："去看看碧桃开花了没？"说罢，即刻起身出去，走时依旧用袖子掩着口，脚步细碎。到门外，便放声大笑。这时，老婆婆也起身，叫丫头给王子服铺床，说道："外甥来一趟不容易，应住上三五天再送你回去。如果还嫌寂寞，后院有个小园子可供玩耍，也有书可读。"

第二天，他到屋后，果然看见有半亩大的园子，绿茵茵的细草铺在地上，像毡毯一样碧茸茸的，杨花点点，坠落在路畔，与绿草相映生辉。其中有草屋三两间，花林环抱四周，十分幽雅。王子服在花丛中穿行散步，听见树上一阵"苏苏"声，仰面看时，只见婴宁坐在树上。她看见王子服过来，大笑着几乎要从树上跌落下来。王子服忙说："别这样，小心掉下来！"婴宁边笑边下，不能自我控制。快要下到地上了，失手栽了一跤。这时止住笑。王子服赶快过去扶她，趁机在她手腕上捏了几把，婴宁又笑起来了。直笑得浑身发软，靠在树上不能行走，很长时间才停止。王子服一直等着她笑完，才从袖子里取出梅花给她看。婴宁接过花说："都枯了，怎么还留着？"王子服说："这是上元节时妹子扔下的，所以一直小心地保存着。"婴宁问他："留它有什么意义？"王子服回答："表示爱你不能忘记。自从上元节见到你就相思成病，想着不久会死掉的，不料今天又见到了你，且望你怜悯怜悯我。"婴宁说："这实在是小事，是至亲有什么吝惜？等你回家时，园里的花，可叫老奴折一大捆送你。"王子服说："妹子怎么这么实心？"婴宁疑惑不解地问："怎么是实心？"王子服说："我并不是真爱花，而是太爱拈花的人。"婴宁说："既然是亲戚，爱是不用说的。"王子服说："我所说的爱，并非亲戚之间一般的爱，而是夫妻之间的爱。"婴宁又问："亲戚之爱和夫妻之爱有什么不同？"王子服说："夫妻相爱，就是晚上同床共枕。"婴宁低头沉思了很长时间才说："我不习惯晚上和生人睡在一起。"话还没说完，丫头悄悄来到跟前，王子服溜走了。过了不久，他们都到了老婆婆那里，老婆婆问："到哪里去了？"婴宁说在屋后园子说话来。老婆婆责怪道："饭熟好长时间了，有什么话说这么久？"婴宁说："大哥说要和我睡觉。"一句话说得王子服面红耳赤，难堪至极，急忙用眼睛瞪她。她微笑不再言语。幸亏老婆婆没听见，却还在啰啰唆唆追问他们说些啥。王子服赶紧用别的话来搪塞掩饰。趁机小声责备婴宁。婴宁说："刚才那些话不该说吗？"王子服说："这是背着人讲的话。"婴宁说："背别人可以，岂能背老母亲？况且睡觉是平常的事，有什么忌讳的？"王子服怨她太实心，没有办法叫她明白。

　　刚吃完饭，就见家里人牵着两头驴来找王子服。开始，王子服离家后，母亲等他很久不见回来，就产生怀疑，先是在村里几乎找遍了，没见人影。后来又到吴生家去询问，吴生想起他当初哄骗王子服所说的话，因此就叫家人到西南面的山村来寻找。家人问了好几个村，最后才找到这儿。王子服刚出门时，正好碰上，当下进屋向老婆婆辞行，并且请求带着婴宁一块回去。老婆婆高兴地说："我早有这个想法，不是一天了，只是我年迈不能远行，正好有外甥带着宁儿去认认姨妈，再好不过！"老婆婆说完又大声喊婴宁，婴宁笑着过来，老婆婆说："有什么喜事，笑得没完没了？若不傻笑，就是十全十美的人。"老婆婆一边数落一边生气地瞪着她，又说："快去收拾一下，表哥要和你同去呢。"又为王家来的人准备了些酒菜吃了，才送他们出门。临走时又叮咛婴宁说："姨家很富足，能养得起闲人，到了那儿不要急着回来，可以学些诗书礼仪，将来也好侍奉公婆。让姨妈给你找个好女婿。"于是两人起身同行，走到山坳，再回头看时，还依稀望见老婆婆倚在门前往北目送着他们。

回到家里，母亲见儿子领回来个这么漂亮美貌的女孩，吃惊地问她是谁。王子服说是姨表妹，母亲说："以前你表哥吴生对你说的话全是编造的，我没有姐姐，哪来的外甥女？"又问女子，她说："我不是母亲亲生的。我父亲姓秦，他死的时候我还是个婴儿，所以什么也记不得了。"母亲说："我确实有个姐姐嫁给秦家，但已死去好多年了，难道会复活？"于是又追问女孩关于她母亲的相貌特征以及身上的痣瘤等等，女子答对得完全符合。母亲还是怀疑地说："是她没错。但她去世好多年了，怎么可能还活着？"她还疑惑未解，这时吴生来了。女子赶快进到里屋。吴生问明事情原委，茫然很久。忽然说道："女子是叫婴宁吗？"王子服说是，吴生连连说是怪事，母亲问吴生怎么会知道，吴生说："秦家姑妈去世后，姑父一直单身，后来被狐怪迷惑而病死。姑父与狐妻生下一女叫婴宁，在婴儿时，家里人都见过。姑父死后，狐怪还常来看那女孩。后来家里人求来张天师的神符贴在墙上，狐怪就把女儿带走了。莫非就是她？"大家疑惑猜测。却听见里屋吃吃的全是婴宁的笑声：母亲说："这女孩太憨了。"吴生要求亲眼看看她。母亲进去，她却只管大笑着并不理会。母亲催她赶快出去见客，她这才极力忍住笑，又面对墙壁站了好一阵子才出来。刚刚拜了拜，就立即转身进屋，又放声大笑。满屋的妇女都受了感染，于是禁不住全笑起来。

吴生提出要到山村去看看情况，顺便为王子服做媒。他找到那里，并没有什么房舍家园，只见山花零落满地。吴生回忆姑妈埋葬的地方似乎不远，但是坟墓埋没荒草中，无法辨认，惊叹地返回。母亲怀疑婴宁是鬼怪，进里屋把吴生的话讲给她听，她却没有任何反应，说到她无家可归，她也没有丝毫悲伤的意思，只是一味地憨笑着。大家也无法断定。晚上，母亲让她和家里小女儿一块睡。天亮时，她很自觉地来向母亲问安。她做针线活灵巧得无人能比。只是老爱笑，禁也禁不住。但是笑得很可爱，即使狂笑也无损于她的娇媚，大家都很喜欢她，邻居无论是未嫁少女还是过门媳妇，都争着和她做朋友。母亲决定择个吉日为他俩完婚，却始终怀疑她是鬼。于是就暗地偷看她在阳光下有没有影子，结果都与常人没有丝毫差异。吉日到了，母亲让她身穿艳服，装扮得楚楚动人，举行婚礼。结果她笑得太厉害，使婚礼无法进行。王子服因为她太憨痴，生怕她把闺房中的隐私泄漏出去，而她却守口如瓶，绝肯吐露一个字。每逢母亲愁闷或发怒时，只要她到跟前一笑，一切便消解了。家里丫头女佣偶犯过失，害怕受罚遭打，常常求她到母亲那里说闲话，犯过的丫头女佣趁机进去认错，事情就过去了。她爱花成癖，向所有的亲戚打探好花，甚至偷偷典当首饰，用来购买好花种子，几个月过去，家中所有地方都种满花木。

院子后边有一架木香，和西邻相接，她常常攀上去摘了花往头上插。母亲偶尔遇见就要呵斥，她却终不能改变这个习性。一天，她刚上到树上，西边邻居的儿子看见她，看得直发愣，被她的美貌所倾倒。她对他笑着。他以为女子对他有了情意，更加淫心荡漾。女子笑着指指墙根下边，他想那一定是她给他暗示幽会地点，于是心都醉了。

天黑以后，他按约前往，看见女子果然等在那里。他上前就去和她相交。顿时感到阴部像锥刺一样，疼痛直往心里钻，他大声号哭着倒在地上，仔细看时哪里是什么女子，而是一截朽木扔在墙根下，他所接触的便是朽木上的一个湿窟窿。

其父闻声赶来问他怎么回事，他只哼哼不说话。妻子来问，他才说出实情。他们点灯一照，见窟窿里有只大蝎子，像小螃蟹那么大。其父破了木头将蝎子弄死，然后把儿子背回家，到半夜就死了。

邻居老头把王子服告到官府，揭发婴宁是妖怪。县令一向钦佩王子服的才华，熟知他是品行忠厚的人士，说邻居老头蓄意诬告，将用杖责打。王子服代向县令求情，才免受杖罚，释放回家。母亲对婴宁说："你这样憨狂，我早知道会乐极生忧的。县令贤明，幸好未受连累。要是碰上个糊涂县官，一定会逮你到公堂去拷问的，叫我儿子有什么脸面再去见人？"婴宁脸色严肃，发誓不再笑。母亲又说："人哪有不笑的，但必须笑得适时。"但婴宁确实从此不再笑了，即使有意逗她，她还是不笑。不过一整天里也未见她有不高兴的脸色。

一天夜里，婴宁对王子服流下眼泪。王子服感到奇怪。她呜咽着说："以前因为和你相处时间短，说出来怕你被吓着。现在知道婆婆和你都很爱我，也没有猜疑，我对你直说了也许无妨吧？我本是狐母所生。母亲临去时将我托给鬼妈妈，我们相依为命十多年，这才有了今天。我没有兄弟姊妹，现在唯一可依靠的只有你了。如今老妈妈孤零零地守在山谷，无人怜悯为她合葬，常常抱恨九泉之下。你如果肯花点钱，使地下老母消除悲痛，那么天下养女儿的人家就都不忍把女婴溺死或者抛弃。"王子服答应了她的要求，但是顾虑在荒草堆里无法辨认坟墓。婴宁只说不必担忧。选定日子夫妻俩就用车拉着棺材前往山谷。婴宁在荒草乱石中指示墓穴，果然挖出老婆婆的尸骨，皮肤还好好的。婴宁抚尸哭得很伤心。然后把尸首入棺运回，找见秦氏的坟墓合葬了。当天夜里，王子服梦见老婆婆来向他致谢，醒来后对婴宁说了，婴宁说："我夜里见到她了，她嘱咐我不要惊动你。"王子服很惋惜没有邀请留下老婆婆。婴宁说："她是鬼，生人多的地方阳气太盛，她怎么能久住呢？"王子服又问起小荣，婴宁说："她也是狐，聪明极了，狐母留她照看我，她常常去找食物喂我，我总是在心底里感激她的恩德。昨天问母亲，说她已经出嫁了。"从此，每到清明节，夫妻俩就一起去秦氏墓前去祭拜，从未误过。过了一年，婴宁生下一个男孩。他在母亲怀抱中就不怕生人，见人就笑，和母亲的性格一模一样。

异史氏说："观婴宁一味地憨笑，似乎她是没有心肝的人。但是墙根下的一出恶作剧，显示出她聪颖过人。至于悲凄恋念鬼母，反笑为哭，我想婴宁大概是用笑来掩护自己了。我曾经听说过山中有一种草，名叫'笑矣乎'，闻闻它，就会大笑不止。房里若种了这种草，那么合欢、忘忧之类花卉都将大为逊色。至于解语花，我嫌弃它太做作呢。"

聂小倩

【原文】

　　宁采臣，浙人。性慷爽，廉隅自重①。每对人言："生平无二色②。"适赴金华③，至北郭，解装兰若。寺中殿塔壮丽；然蓬蒿没人④，似绝行踪。东西僧舍，双扉虚掩；惟南一小舍，扃键如新。又顾殿东隅，修竹拱把⑤；阶下有巨池，野藕已花。意甚乐其幽杳⑥。会学使案临⑦，城舍价昂，思便留止，遂散步以待僧归。日暮，有士人来，启南扉。宁趋为礼，且告以意。士人曰："此间无房主，仆亦侨居。能甘荒落，且晚惠教，幸甚。"宁喜，藉藁代床，支板作几，为久客计。是夜，月明高洁，清光似水，二人促膝殿廊⑧，各展姓字⑨。士人自言："燕姓，字赤霞。"宁疑为赴试诸生，而听其音声，殊不类浙。诘之，自言："秦人⑩。"语甚朴诚。既而相对词竭，遂拱别归寝。

宁以新居，久不成寐。闻舍北喁喁⑪，如有家口。起伏北壁石窗下，微窥之。见短墙外一小院落，有妇可四十余；又一媪衣䴔绯⑫，插蓬沓⑬，鲐背龙钟⑭，偶语月下⑮。妇曰："小倩何久不来？"媪曰："殆好至矣。"妇曰："将无向姥姥有怨言否？"曰："不闻，但意似蹙蹙⑯。"妇曰："婢子不宜好相识。"言未已，有一十七八女子来，仿佛艳绝。媪笑曰："背地不言人⑰，我两个正谈道，小妖婢悄来无迹响。幸不訾着短处。"又曰："小娘子端好是画中人，遮莫老身是男子⑱，也被摄魂去。"女曰："姥姥不相誉，更阿谁道好？"妇人女子又不知何言。宁意其邻人眷口，寝不复听。又许时，始寂无声。方将睡去，觉有人至寝所。急起审顾，则北院女子也。惊问之。女笑曰："月夜不寐，愿修燕好⑲。"宁正容曰："卿防物议，我畏人言；略一失足，廉耻道丧。"女云："夜无知者。"宁又咄之。女逡巡若复有词。宁叱："速去！不然，当呼南舍生知。"女惧，乃退。至户外复返，以黄金一锭置褥上。宁掇掷庭墀，曰："非义之物，污吾囊橐！"女惭，出，拾金自言曰："此汉当是铁石。"

诘旦，有兰溪生携一仆来候试，寓于东厢，至夜暴亡。足心有小孔，如锥刺者，细细有血出。俱莫知故。经宿，仆一死⑳，症亦如之。向晚，燕生归，宁质之㉑，燕以为魅。宁素抗直㉒，颇不在意。宵分，女子复至，谓宁曰："妾阅人多矣，未有刚肠如君者。君诚圣贤，妾不敢欺。小倩㉓，姓聂氏，十八夭殂，葬寺侧，辄被妖物威胁，历役贱务；觍颜向人，实非所乐。今寺中无可杀者，恐当以夜叉来㉔。”宁骇求计。女曰："与燕生同室可免。"问："何不惑燕生？"曰："彼奇人也，不敢近。"问："迷人若何？"曰："狎昵我者，隐以锥刺其足，彼即茫若迷，因摄血以供妖饮；又或以金，非金也，乃罗刹鬼骨㉕，留之能截取人心肝：二者，凡以投时好耳。"宁感谢。问戒备之期，答以明宵。临别泣曰："妾堕玄海㉖，求岸不得。郎君义气干云㉗，必能拔生救苦。倘肯囊妾朽骨，归葬安宅㉘，不啻再造。"宁毅然诺之。因问葬处，曰："但记取白杨之上，有乌巢者是也。"言已出门，纷然而灭。

明日，恐燕他出，早诣邀致。辰后具酒馔，留意察燕。既约同宿，辞以性癖耽寂㉙。宁不听，强携卧具来。燕不得已，移榻从之，嘱曰："仆知足下丈夫，倾风良切㉚。要有微衷，难以遽白。幸勿翻窥箧幞，违之两俱不利。"宁谨受教。既而各寝，燕以箱筐置窗上，就枕移时，齁如雷吼。宁不能寐。近一更许，窗外隐隐有人影。俄而近窗来窥，目光睒闪㉛。宁惧，方欲呼燕，忽有物裂箧而出，耀若匹练，触折窗上石棂，欻然一射，即遽敛入，宛如电灭。燕觉而起，宁伪睡以觇之。燕捧箧检征㉜，取一物，对月嗅视，白光晶莹，长可二寸，径韭叶许㉝。已而数重包固，仍置破箧中。自语曰："何物老魅，直尔大胆，致坏箧子。"遂复卧。宁大奇之，因起问之，且以所见告。燕曰："既相知爱，何敢深隐。我，剑客也。若非石棂，妖当立毙；虽然，亦伤。"问："所缄何物？"曰："剑也。适嗅之，有妖气。"宁欲观之。慨出相示，荧荧然一小剑也。于是益厚重燕。明日，视窗外，有血迹。遂出寺北，见荒坟累累，果有白杨，乌巢其颠。迨营谋既就，趣装欲归。燕生设祖帐㉞。情义殷渥㉟。以破革囊赠宁，曰："此剑袋也。宝藏可远魑魅。"宁欲从授其术。曰："如君信义刚直，可以为此。然君犹富贵中人，非此道中人也。"宁乃托有妹葬此，发掘女骨，敛以衣衾，赁舟而归。

宁斋临野，因营坟葬诸斋外。祭而祝曰："怜卿孤魂，葬近蜗居，歌哭相闻，庶不见陵于雄鬼㊱。一瓯浆水饮，殊不清旨，幸不为嫌！"祝毕而返。后有人呼曰："缓待同行！"回顾，则小倩也，欢喜谢曰："君信义，十死不足以报。请从归，拜识姑嫜㊲，媵御无悔㊳。"审谛之，肌映流霞，足翘细笋，白昼端相，娇艳尤绝。遂与俱至斋中。嘱坐少待，先入白母。母愕然。时宁妻久病，母戒勿言，恐所骇惊。言次，女已翩然入，拜伏地下。宁曰："此小倩也。"母惊顾不遑。女谓母曰："儿飘然一身，远父母兄弟。蒙公子露覆㊴，泽被发肤㊵，愿执箕帚，以报高义。"母见其绰约可爱㊶，始敢与言，曰："小娘子惠顾吾儿，老身喜不可已。但生平止此儿，用承桃绪㊷，不敢令有鬼偶。"女曰："儿实无二心。泉下人，既不见信于老母，请以兄事，依高堂，奉晨昏㊸，如何？"母怜其诚。允之。即欲拜嫂。母辞以疾，乃止。女即入厨下，代母尸饔㊹。入房穿榻，似熟居者。日暮，母畏惧之，辞使归寝，不为设床褥。女窥知母意，即竟去。过斋欲入，却退，徘徊户外，似有所惧。生呼之。女曰："室有剑气畏人。向道途中不奉见者，良以此故。"宁悟为革囊，取悬他室。女乃入，就烛下坐。移时，殊不一语。久之，问："夜读否？妾少诵《楞严经》㊺，今强半遗忘。浼求一卷，夜暇，就兄正之。"宁诺。又坐，默然，二更向尽，不言去。宁促之。愀然曰："异域孤魂，殊怯荒墓。"宁曰："斋中别无床寝，且兄妹亦宜远嫌。"女起，眉颦蹙而欲啼㊻，足俖𫍲而懒步㊼，从容出门，涉阶而没。宁窃怜之，欲留宿别榻，又惧母嗔。女朝旦朝母，捧匜沃盥㊽，下堂操作，无不曲承母志。黄昏告退，辄过斋头，就烛诵经。觉宁将寝，始惨然去。

先是，宁妻病废，母劬不可堪；自得女，逸甚，心德之。日渐稔，亲爱如己出，竟忘其为鬼；不忍晚令去，留与同卧起。女初来未尝食饮，半年渐啜稀饦㊾。母子皆溺爱之，讳言其鬼，人亦不之辨也。无何，宁妻亡。母隐有纳女意，然恐于子不利。女微窥之，乘问告母曰："居年余，当知儿肝隔。为不欲祸行人，故从郎君来。区区无他意㊿，止以公子光明磊落，为天人所钦瞩㊿¹，实欲依赞三数年，借博封诰㊿²，以光泉壤。"母亦知无恶，但惧不能延宗嗣。女曰："子女惟天所授。郎君注福籍㊿³，有亢子宗三㊿⁴，不以鬼妻而遂夺也。"母信之，与子议。宁喜，因列筵告戚党。或请觏新妇，女慨然华妆出，一堂尽眙㊿⁵，反不疑其鬼，疑为仙。由是五党诸内眷㊿⁶，咸执贽以贺，争拜识之。女善画兰梅，辄以尺幅酬答，得者藏什袭㊿⁷，以为荣。

一日，俯颈窗前，怊怅若失㊿⁸。忽问："革囊何在？"曰："以卿畏之，故缄置他所。"曰："妾受生气已久，当不复畏，宜取挂床头。"宁诘其意，曰："三日来，心怔忡无停息[㊟]，意金华妖物，恨妾远遁，恐旦晚寻及也。"宁果携革囊来。女反复审视，曰："此剑仙将盛人头者也。敝败至此，不知杀人几何许！妾今日视之，肌犹粟粟^㊿。"乃悬之。次日，又命移悬户上。夜对烛坐，约宁勿寝。欻有一物，如飞鸟堕。女惊匿夹幕间^㊶。宁视之，物如夜叉状，电目血舌，睒闪攫拿而前。至门却步；逡巡久之，渐近革囊，以爪摘取，似将抓裂。囊忽格然一响，大可合箦^㊷；恍惚有鬼物，突出半身，揪夜叉入，声遂寂然，囊亦顿缩如故。宁骇诧。女亦出，大喜曰："无恙矣！"共视囊中，清水数斗而已。后数年，宁果登进士。女举一男。纳妾后，又各生一男，皆仕进有声^㊸。

【注释】

①廉隅：棱角，喻品行端方。

②无二色：旧指男子不娶妾，无外遇。色，女色。

③金华：府名，府治在今浙江省金东区。

④没（末）：遮蔽；淹没。

⑤拱把：一手满握。

⑥幽杳（咬）：清幽静寂。

⑦学使案临：学使，督学使者，即提督学政，简称学政，为封建时代中央政府派驻各省督察学政的长官。科举时代，各省学使在三年任期内，依次巡行所辖各府考试生员，称"案临"。

⑧促膝：古人席地而坐，或据榻相近对坐，膝部相挨，因称促膝。

⑨姓字：犹言姓名。字，表字，正名以外的别名。

⑩秦：古秦国之地，春秋时奄有今陕西省之地，故习称陕西为秦。

⑪喁喁（余余）：低语声。

⑫衣黯绯（夜非）：穿件退了色的红衣。衣，穿。黯，变色、褪色。绯，红绸。

⑬插蓬沓：簪插着大银栉。蓬沓，古时越地妇女的头饰。

⑭鲐（台）背：也作"台背"，驼背。龙钟：行动不灵；形容老态。

⑮偶语：相对私语；对谈。

⑯慼慼：忧愁，不舒畅。

⑰背地：据青柯亭刻本，稿本及诸抄本均作"齐地"。

⑱遮莫：假如。

⑲修燕好：结为夫妇。燕好，亲好，指夫妇闺房之乐。

⑳仆一死：三会本《校》，"疑作仆亦死。"

㉑质：询问。

㉒抗直：刚直。抗，同"亢"。

㉓小倩：此据铸雪斋抄本，原无"小"字。

㉔夜叉：梵语，意为凶暴丑恶。佛经中的一种恶鬼。

㉕罗刹：梵语音译。佛教故事中食人血肉的恶鬼。

㉖玄海：佛家语，指苦海。

㉗干云：冲天。

㉘安宅：安定的居处。这里指安静的葬地，即墓穴。

㉙耽寂：极爱静寂。

㉚倾风：仰慕、倾倒。

㉛睒（闪）闪：闪烁。

㉜征：迹象。

㉝径韭叶许：宽约一韭菜叶。径，宽。

㉞祖帐：为出行者饯别所设的帐幕，引申为饯行送别。祖，祭名，出行以前，祭祀路神。

㉟殷渥：情谊恳切深厚。

㊱雄鬼：强暴之鬼。

㊲姑嫜（章）：丈夫的母亲和父亲，俗称公婆。

㊳媵（映）御：以婢妾对待。媵，泛指婢妾。

㊴露覆：亦作"覆露"，喻润恩泽。

㊵泽被发肤：恩泽施于我身。被，覆盖。发肤，指全身。

㊶绰约：也作"淖约"。温柔秀美。

㊷承祧（佻）绪：传宗接代。祧绪，祖宗馀绪。祧，祖庙。

㊸奉晨昏：指对父母的侍奉。

㊹尸饔（拥）：料理饮食。尸，主持。饔，熟食。

㊺《楞（棱）严经》：佛经名，全称为《大佛顶如来密因修正了义诸菩萨万行首楞严经》。

㊻眉斖毚：底本无"眉"字，据二十四卷抄本补。

㊼佅儴（狂央）：惶急胆怯。

㊽捧匜（夷）沃盥：侍奉盥洗。匜，古盥器，用以盛水。沃盥，浇洗。

㊾饇（意）：稀粥汤。

㊿区区：自称的谦词。

51钦瞩：钦敬重视。

52封诰：明、清制度，一至五品官员，皇帝投予诰命，称为"封诰"。这里指因丈夫得官，妻子受封。

53注福籍：意谓命中注定有福。注，载入。福籍，迷信传说的记载人间福禄的簿籍。

54亢宗子：旧时称人子能扩展宗族地位者为亢宗之子。亢宗，庇护宗族，光宗耀祖。

55眙（赤）：瞠目直视，形容惊诧。

56五党：不详。疑为"五宗"，指五服内的亲族。

57什袭：珍藏。语本《艺文类聚》六《阚子》。

58惝（抄）怅若失：感伤失意之状。

59怔忡（争冲）：心悸；恐惧不安。

⑥粟粟：因恐惧，起了鸡皮疙瘩。粟，皮肤上起粟粒样的疙瘩。

⑥夹幕：帷幕。

⑥大可合篑（愧）：约有两个竹筐合起来那么大。篑，盛土的竹器。

⑥有声：有政声，指为官声誉很好。

【译文】

宁采臣是浙江人，为人慷慨豪爽，端正自重。他常对人说："平生除过妻子，不近其他女色。"

一次，他有事去金华府城，行至北郊，卸装在庙里休息。寺里的大殿、宝塔等建筑都十分壮观、华丽，只是蓬蒿长得比人都高，好像从未有人进来过。东西两边僧人的房舍门都虚掩着，只有南边的一间小屋新上了门锁，再看看殿东一角，高高的竹子有满把粗，阶下有个大水池，池里的野藕正开着花。他很喜欢这里是个幽静的所在。正值学政大人巡视到来，城里的房价极贵，心想不如就住在这里，于是在寺院随意走走，等和尚回来。傍晚时分，他见有个书生来开南屋的门，宁采臣就过去向他打招呼，并把想在寺院留宿的意图说了，书生说："这里没有房主，我也是在这里暂住，你只要不嫌这里荒凉就住下吧，我还有幸早晚向你求教。"宁采臣很高兴，就铺草为床，支起木板当桌子，要在这里久住。这天夜里，明月高悬，清光柔媚似水，两人在殿廊上促膝相谈，互通姓名。书生自我介绍说："姓燕，字赤霞。"宁采臣以为他是来应试的秀才，但口音却不像浙江人，一问才知是陕西人。他说话朴实真诚。随后没什么可谈的了，于是拱手道别，各自就寝。

宁采臣因到了生地方，很久不能入睡。他听到房子北边传来说话声，像是住着人家。他起身伏在北边墙壁石窗户下偷偷窥视，见短墙外有个小院落，有四十岁左右的妇人和身穿暗红色衣服、头戴银首饰的驼背老太婆，在月光下对话。妇人说："小倩为何这么长时间还不见来？"老太婆说："大概就要来了。"妇人又说："该不会是对老母有怨言吧？"老太婆说："这倒没听说，但她好像有些不高兴。"妇人说："对这丫头不宜太好！"话音未落，就见一个十七八岁的少女进来，容貌美艳绝伦。老太婆说："背地不要说人，我两个正说着，小妖精进来没有个响声，幸亏没说什么坏话。"又说："小娘子确实是个画中人，假使我老太婆是个男人，也会被勾了魂去。"少女说："姥姥若不夸赞我，还会再有谁说我好呢？"她们下边说些什么就听不清楚了。宁采臣以为她们是邻居人家女眷，就睡下不再去听。过了很久，那边才悄无声息。

他正要睡着时，忽然觉得有人进来了，他急忙起身一看，正是北院那个少女。他惊讶地问她来干什么，女子笑着说："迷人的月夜睡不着，想和你玩玩。"宁采臣严肃地说："你要防别人说闲话，我也怕流言。稍一失足，就会廉耻丧尽，道德败坏。"女子说："深夜没人会知道。"宁采臣大声呵斥她，她在地上打着转还，想说什么，宁采臣又喝道："快走！再不走，我就要叫南边屋子的人来看。"女子害怕了，才退了出去，但她刚到外面就又回来了，拿出一锭黄金放在褥子上。宁采臣抓起来一把扔到屋子台阶下边，说道："不义之财，不要玷污了我的口袋！"女子很羞惭地出去，从地上拾起金子自言自语说："这汉子真是铁石之人。"

第二天一早，有个兰溪县书生带着仆人来等候考试，住在东厢房，夜里暴病而死，脚心有个小孔，像是锥子扎的，还有细细的一丝血流出来，大家不知什么缘故。过了一夜，仆人也死了，症状和主人一样。晚上，燕生回来了，宁采臣询问怎么回事，燕生认为是鬼怪弄的。宁采臣向来耿直刚正，对此很不在意。

半夜时分，那女子又来了，她对宁采臣说："我见的人多了，没有人像你这么刚正的，你确实是个正直人，我不敢欺骗。告诉你吧，我姓聂，叫小倩，十八岁时夭亡，就葬在寺院隔壁。我常被妖魔威胁，干各种下贱的事务，强装笑脸勾引男人，这实在不是我的意愿。今夜寺院里无人可害，恐怕夜叉会来危害你的。"宁采臣很害怕，问她该怎么办？她说："和燕生住在一起，会免除大难。"他问为何不去迷惑燕生？女子说："他是个奇人，不敢接近。"宁采臣又问："怎么去迷惑人？"女子说："谁要是亲近我，我就悄悄地用锥子刺他的脚心，他就会昏迷不醒，于是抽他的血供妖魔喝。假使谁爱钱我就给他金子，其实那不是金子，是罗刹鬼的骨头，谁拿了它就会剜取谁的心肝。这两种办法都是用来对付那些好色或者贪财的家伙的。"宁采臣感谢她来通信，并问夜叉什么时候来？女子说是明晚。分别时，女子流泪说："我掉进苦海里，上不了岸，您是君子，义气冲天一定能把我救出苦海，如果愿意将我尸骨重新葬个好地方，您就是我的再生恩人。"宁采臣毅然答应一定照办。又问她葬在什么地方，女子说："你一定记住，白杨树上有鸟巢的便是。"说完，一出门就不见了。

第二天，宁采臣害怕燕生有事出门，一大早就到他的房间去邀请。到半清早准备好酒菜同饮，并留意观察燕生的举止，最后提出晚上要和他同住一屋。燕生以性情孤僻喜欢寂静来推辞，宁采臣把自己的铺盖硬搬进燕生的房里，燕生没办法，只好同意。他叮嘱说："我知道你是个大丈夫，令人敬佩，但我有些话不便明说，希望你不要翻看我的箱子和包袱，否则，这会对我们两个都不好。"到了晚上，他们都各自睡了。燕生把一个箱子放在窗户上，刚挨上枕头不久就鼾声如雷。宁采臣却睡不着，大约一更时分，窗外隐隐约约有个人影，慢慢地走近窗户往里偷看，目光闪烁。宁采臣吓得刚要叫醒燕生，突然有一个东西破箱飞出，光亮耀眼，像是一匹白练，碰折了窗上的石棂，极快地向外面一射，随即又收回箱中，仿佛电光消失一样。燕生觉察起身，宁采臣装睡偷看他。燕生端起箱子检查着，从里边取出个东西，对着月光闻闻看看，只见那东西白光晶莹，有二寸来长，大约像韭菜叶宽。燕生把它裹了几层包好，仍旧放进破箱里，自言自语说："什么老鬼怪，竟这般大胆，把我的箱子都弄坏了。"说完又睡下了。宁采臣非常奇怪，就起来问他，并把自己刚才看见的情形告诉了他，燕生说："蒙你顾爱，怎敢隐瞒。我是剑客。要不是这石窗棂，鬼怪早死定了，即使这样，还是受了重伤。"宁采臣又问他藏的是什么东西？燕生说："是剑，刚才闻闻，有股妖气。"宁采臣要看。燕生向他慨然出示，是一柄寒光闪闪的小剑。于是宁采臣对他更加敬重。

早晨起来，看到窗户外留有血迹，宁采臣走出寺院，只见北边全是乱坟，那边果然有棵白杨树，树顶有个鸟巢。他办完事情，打点行装准备回家。燕生为他饯别，两人结下深厚情谊。燕生送给宁采臣一个破皮袋，说："这是个剑袋，好好珍藏着，它能驱邪除妖。"宁采臣还想跟他学剑术，燕生说："像你这样刚正而又重信义的人本来可以学学，但是你是富贵场上人，不是我们这一行的。"宁采臣托词他有个妹妹葬在这里，挖出女尸，用衣物包好，雇船回家。他的书房靠近野外，就建造坟墓把女尸葬在书房附近，并祝祷说："我同情你孤孤单单，把你葬在这小屋附近能听见你的声音，也免得让你受恶鬼的欺凌。送你一杯水酒喝，不成敬意，希望不要嫌弃。"他祝祷完就往回走，却听见后面有人喊："等等，一块走！"他回头一看，见是聂小倩。她高兴地感谢说："您的信义，我死十次也不足以报答。请带我回家拜见公婆，我愿做个婢妾也无悔。"宁采臣仔细看她，只见她肌肤光洁如流霞，小脚翘若细笋，白天端详，更加娇艳。两人一起回到书房。宁采臣叫小倩稍坐一会儿，他先进屋告诉母亲。母亲听了很吃惊。当时宁采臣的妻子重病在床很久了，母亲劝他不要说，害怕使其受惊。正说时，小倩已轻盈地进来，向母亲跪拜。宁采臣说："这就是小倩。"母亲很惊惶，只听她说："我孤身一人，远离亲人，蒙受公子恩德，施于我身，我愿意做奴妾服侍他，报答深情厚谊。"母亲见她长得风姿绰约，端丽可爱，才敢开口和她说话："姑娘肯照顾我儿子，我高兴都来不及。但我一辈子就他这么一个儿子，还要靠他传宗接代，不能娶鬼妻。"小倩说："我绝无二心。我这九泉之下人，老母既不信任，我愿把他当哥哥对待，就跟母亲在一起，早晚侍候，行吗？"母亲见她这么真诚，就同意了。她还想拜见嫂子，母亲以她有病推辞，这才止了。小倩当即下厨做饭，穿堂入室，像是家里人一样熟悉。天黑了，母亲害怕她，让她自己回去睡，没给她安排床铺，她心里明白母亲的意思，就辞别了。经过书房时她想进去，又退出来，只在窗下徘徊，好像怕什么。宁采臣叫她进去，她说："房里的剑气我很怕，当初我一路上不敢见你就是这个缘故。"他马上明白是剑袋的关系，就忙取下拿去挂在别的房间。小倩进来坐在烛光下，好一会儿也没说一句话，很久才问："你夜里读书不？我小时候念过《楞严经》，现在大半都记不得了，请找一卷，夜里没事时请大哥指导我读。"他答应了。小倩又默默地坐着，无话可说，二更快过去了，还不想走。宁采臣催她走，她悲凄地说："我怕回荒墓里去，到那里孤零零一个人。"宁采臣说："书房里又没第二张床，而且兄妹之间到了台阶上就应避嫌。"小倩站起来，一副痛苦神色想要哭的样子，抬脚想走又不愿走，慢慢出门，到了台阶上就消失了。宁采臣心里很可怜她，本想留她睡在别的床上，又怕母亲不高兴。

小倩早晚都向母亲问安，侍候梳洗，下堂操持家务，一切都博得母亲欢心。一到黄昏就自觉告退，每次经过书房都要在烛光下读一阵经书，只要一看宁采臣想要睡觉，她就很难过地离去。

以前，宁妻卧病在床，母亲劳累得厉害，自从小倩来后，母亲轻松多了，心里很感激她。日子久了，更加亲近，母亲竟把她当成自己的女儿，居然忘记她是个鬼。晚上再也不忍心叫她走，就留她一起住。小倩刚来时不曾饮食，半年后渐渐吃几口稀粥。母子俩都越发喜爱她，说话时都忌讳说鬼字。人们也辨别不清。

不久，宁妻去世，母亲有收小倩为儿媳的意思，但又怕对儿子不利。小倩猜出母亲的心思，找机会对母亲说："我来一年多了，母亲该了解孩儿的心，我不想害任何人，所以才跟随宁郎来家里。

我没有其他心思，只因公子为人光明磊落，天和人都钦佩。我心里实际想侍奉他三五年，等他成就功名做官后，我也可借以封诰，在阴间也感到荣光。"母亲也知道她没有恶意，只是怕她不能生儿育女。小倩说："生儿育女是上天所授，大哥有天福，将有三个光宗耀祖的儿子，不会因为娶了鬼妻就绝后的。"母亲相信她说的，和儿子商议婚事。

宁采臣很高兴，于是发出请帖，大办婚筵。亲戚朋友有人要求看看新媳妇。小倩穿戴得花枝招展，落落大方地出来见客人，大家看了无不艳美，都不相信她会是鬼，而以为她是仙。因此亲戚的妇女都送厚礼表示祝贺，争相拜会结识她。小倩很擅长画兰梅，就用画幅来答谢她们，大家得到画卷都珍藏起来，以此为荣。

有一天，她低头站在窗前，显出怅然若失的样子。忽然问道："剑袋在哪里？"宁采臣说："因为你害怕，我就把它放在别的房间了。"小倩说："我接受阳气已经不少了，不再害怕，应当取来挂在床前。"宁采臣问她为什么要这样做，小倩说："三天来，我一直心跳不停，想着是金华那老妖精恨我远逃，恐怕早晚会找来的。"

宁采臣拿来剑袋，小倩翻来翻去看了很长时间说："这是剑仙盛人头用的，已经破旧成这样子，不知杀了多少人！我今天看着它还浑身发抖。"说完就挂起来。第二天，又叫挂在窗户上。夜里她坐在烛前，叫宁采臣不要睡。忽然有一个东西，像飞鸟一样落下来，小倩吓得把身子缩在帐幕中。宁采臣一看像夜叉的样子，目光如电流，舌头血红血红，张牙舞爪地扑上前来。它到了门口又停住，在外边徘徊了很久，慢慢靠近剑：装，企图用爪子摘取，好像要将它撕裂，剑袋突然"咔嚓"一声响，一下子胀得像两个竹筐那么大，仿佛其中有个鬼物猛地伸出半个身子，把夜叉揪了进去，旋即没了声息，剑袋也收缩成原来的样子。宁采臣非常惊惧，小倩也出来，欣喜万分地说："这下没有危险了！"他们再去看袋子里面，只有几斗清水罢了。

几年后，宁采臣果然中了进士，小倩也生下个男孩。宁采臣纳娶一个小妾后，两人各生下一个男孩。三个儿子都做了官，而且有好声望。

义　鼠

【原文】

　　杨天一言：见二鼠出，其一为蛇所吞；其一瞪目如椒①，似甚恨怒，然遥望不敢前。蛇果腹②，蜿蜒入穴；方将过半，鼠奔来，力嚼其尾。蛇怒，退身出。鼠故便捷③。欻然遁去④。蛇追不及而返。及入穴，鼠又来，嚼如前状。蛇入则来，蛇出则往，如是者久。蛇出，吐死鼠于地上。鼠来嗅之，啾啾如悼息⑤，衔之而去。友人张历友为作《义鼠行》⑥。

【注释】

①瞪目如椒：谓小眼瞪得很圆，其状如椒。曹植《鹞雀赋》："目如擘椒。"

义鼠

②果腹：饱腹，满腹。

③故：本来。

④欻（须）然：忽然。

⑤悼息：悲伤叹息。

⑥张历友：名笃庆，号厚斋，字历友。康熙副贡。蒲松龄诗友。博极群书，而终身未仕。晚年居淄川西昆仑山下，因自号昆仑山人，著有《昆仑山房集》等。集中载《义鼠行》一诗有云："莫吟黄鹄歌，不唱猛虎行。请为歌义鼠，义鼠令人惊！今年禾未熟，野田多鼯鼪。荒村无馀食，物微亦惜生。一鼠方觅食，避人草间行。饥蛇从东来，巨颡资以盈。鼠肝一以尽，蛇腹胀膨亨。行者为叹息，徘徊激深情。何期来义鼠，见此大义明。意气一为动，勇力忽交并。狐兔悲同类，奋身起斗争。螳臂当车轮，怒蛙亦峥嵘。此鼠义且黠，捐躯在所轻。蝮蛇入石窟，蜿蜒正纵横。此鼠啮其尾，掉击互钩訇。观者塞路隅，移时力犹劲。蝮蛇不得志，窜伏水直中。义鼠自兹逝，垂此壮烈声。

【译文】

杨天一说：看见有两个老鼠出洞来，一只被蛇吞食了，另一只眼睛瞪得像花椒粒，像是非常愤怒，可是只能远远望着，不敢近前。那蛇吃饱肚子，曲曲蜿蜒往蛇洞里爬，才只进去大半身子，那只老鼠跑过来，狠劲咬蛇的尾巴。蛇生气了，退出身子来。老鼠本来行动快捷，忽然逃跑了。蛇追过去，没有追上，又返回去。蛇又钻洞，老鼠又跑过来，和先前一样咬蛇的尾巴。蛇进洞，老鼠就跑过来，蛇退出来，老鼠就逃跑，这样来来往往很长时间。最后，蛇退出来，把死老鼠吐在地上。老鼠过来闻着，"吱吱"叫着像是悼念像是叹息，然后，衔起死老鼠走了。

地 震

【原文】

　　康熙七年六月十七日戌刻[①]，地大震。余适客稷下[②]，方与表兄李笃之对烛饮。忽闻有声如雷，自东南来，向西北去。众骇异，不解其故。俄而几案摆簸，酒杯倾覆；屋梁椽柱，错折有声。相顾失色。久之，方知地震，各疾趋出。见楼阁房舍，

地震

仆而复起；墙倾屋塌之声，与儿啼女号，喧如鼎沸。人眩晕不能立，坐地上，随地转侧。河水倾泼丈馀，鸭鸣犬吠满城中。逾一时许，始稍定。视街上，则男女裸聚，竞相告语，并忘其未衣也。后闻某处井倾仄③，不可汲；某家楼台南北易向；栖霞山裂④；沂水陷穴⑤，广数亩。此真非常之奇变也。

有邑人妇，夜起溲溺⑥，回则狼衔其子。妇急与狼争。狼一缓颊⑦，妇夺儿出，携抱中。狼蹲不去。妇大号。邻人奔集，狼乃去。妇惊定作喜，指天画地，述狼衔儿状，己夺儿状。良久，忽悟一身未着寸缕，乃奔。此与地震时男妇两忘者，同一情状也。人之惶急无谋，一何可笑⑧

【注释】

①康熙七年：即公元一六六八年。戌刻：晚七时至九时。

②稷（记）下：地名。此指临淄。

③倾仄：倾斜。仄，通"侧"。

④栖霞：县名。今属山东省。

⑤沂水：县名。今属山东省。

⑥溲溺（叟尿）：小便。

⑦缓颊：犹松嘴。

⑧一何：多么。

【译文】

清朝，康熙皇帝在位时，曾经发生过一次强烈地震。

那是康熙七年六月十七日傍晚，我在临淄做客，正与表兄李笃之在灯下饮酒，忽听有打雷一样的声音，"轰隆隆"从东南发起，朝西北方向滚去。家里人弄不清是什么响动，显得十分惊慌。一忽儿，桌椅颠簸起来；杯盘相撞，叮当作响，酒已打翻了；屋子里的梁、檩、椽、柱，发出咯咯吱吱的断裂声。吓得人们你看我，我看你，大惊失色。愣了一阵，才意识到这是地震，于是便各自向屋外跑去，只见楼阁、房舍摇摇晃晃，墙倒屋塌声和儿啼女哭声汇合在一起，活像开了锅的水。人们个个头晕眼花，想立立不起来，只好坐在地上，随地摆簸。河水也突然涨了一丈多高，到处横冲直撞，满城都是鸡叫狗咬的声音。大约过了一个时辰，才稍微稳定了一点，这时再看街上，男男女女，东一堆，西一伙，赤身裸体，在那里争先恐后述说自己的所见所闻，竟没有一个人意识到自己还没有穿衣服。

地震过后，听说有个地方水井全塌了，井里的水也干了，某家的楼台原来朝南，现在朝北了；栖霞山断裂了；沂水的河床陷了好几亩大一个洞穴。这真是非常奇怪的变化呀！

县里有个人的老婆，半夜起来到外面解溲，返回屋里，正好遇到一只恶狼衔着她的儿子要走。她急了，就和狼拼命争夺起来，狼的嘴稍一松，她顺势把儿子夺出来，紧紧抱在怀里。但是狼却还不肯走，蹲在她的对面，盯看着她怀里的儿子。她害怕地大声呼叫起来，邻居们闻声赶到。狼才跑了。她见狼跑了，惊恐的脸上才有了喜色，于是便指手画脚，津津有味地给大家讲狼如何如何衔着儿子要走；她怎样怎样和狼拼命争夺的详细经过。讲了半天，她才忽然想到，自己身上一丝无挂，急急忙忙抱了儿子回屋去了。

海公子

【原文】

东海古迹岛，有五色耐冬花，四时不凋。而岛中古无居人，人亦罕到之。登州张生[1]，好奇，喜游猎。闻其佳胜，备酒食，自掉扁舟而往[2]。至则花正繁，香闻数里；树有大至十馀围者③。反复留连，甚惬所好④。开尊自酌⑤，恨无同游。忽花中一丽人来，红裳眩目，略无伦比。见张，笑曰："妾自谓兴致不凡，不图先有同

乘兴游
山独攀
杯耐冬花下酌
人未尽知奇海
生奇祸辜得
馀生海上田

海公子

海公子

调⑥。"张惊问："何人？"曰："我胶娼也⑦。适从海公子来。彼寻胜翱翔⑧，妾以艰于步履⑨，故留此耳。"张方苦寂⑩，得美人，大悦，招坐共饮。女言词温婉，荡人神志。张爱好之。恐海公子来，不得尽欢，因挽与乱。女忻从之。相狎未已，忽闻风肃肃，草木偃折有声⑪。女急推张起，曰："海公子至矣。"张束衣愕顾，女已

失去。旋见一大蛇^⑫，自丛树中出，粗于巨筒。张惧，幛身大树后，冀蛇不睹^⑬。蛇近前，以身绕人并树，纠缠数匝^⑭；两臂直束胯间，不可少屈。昂其首，以舌刺张鼻。鼻血下注，流地上成注，乃俯就饮之。张自分必死^⑮，忽忆腰中佩荷囊，有毒狐药，因以二指夹出，破裹堆掌中；又侧颈自顾其掌，令血滴药上，顷刻盈把。蛇果就掌吸饮。饮未及尽，遽伸其体，摆尾若霹雳声，触树，树半体崩落，蛇卧地如梁而毙矣。张亦眩莫能起，移时方苏^⑯。载蛇而归。大病月馀。疑女子亦蛇精也。

【注释】

①登州：府名。治所在今山东蓬莱市。

②掉：划船工具，与"棹"通。

③围：计量圆周的约略单位。两手合抱为一围。

④慊（怯）：惬意，满足。

⑤尊："樽"的本字，酒器。

⑥不图：想不到。同调：曲调相同；喻彼此志趣相投。

⑦胶娼：胶州的娼妓。胶，胶州，州名，其故地在今山东省青岛市胶县。

⑧寻胜翱翔：寻访胜景，自由自在地遨游。翱翔，悠闲游乐的样子。《诗·齐风·载驱》："鲁道有荡，齐子翱翔。"

⑨以艰于步履：因为步行艰难。以，因。步履，犹步行。

⑩苦寂：苦于寂寞。

⑪偃折：倒伏，断折。偃，倒下。

⑫旋：旋即，顷刻。

⑬冀：希望。

⑭数匝（扎）：数周。

⑮自分：自料。

⑯移时：经时。

【译文】

东海有个古迹岛，岛上有五色耐冬花，一年四季不凋谢。但是岛上自古以来没有居民，人迹也很少到。登州的张生，生来好奇，喜欢出外游览。听说岛上风景优美，就准备了酒食，自己驾着小船去游览。到达的时候，正是百花盛开的季节，花香飘出好几里地；树有大到十几抱粗的。他反复流连，非常舒心惬意。打开酒瓶自饮自酌，遗憾没有一个游伴。忽然从花丛中出来一个美人，穿着鲜红的衣裳，光彩夺目，大概没有比她更美的了。她看见了张生，笑着说："我自认为兴致不凡，没想到早有和我志趣相同的人。"张生惊讶地问她是什么人，她说："我是胶州的妓女。刚才随着海公子来到这里。海公子为了寻找胜境，已去四处遨游，我因为步履艰难，就留在这里。"张生正苦于寂寞，得到一个美人，心里很高兴，就招呼她坐下来一起喝酒。美人的言谈温柔而又宛转，令人神魂颠倒。张生心里很爱她。怕海公子回来了，不得尽情欢乐，因此就拉着她，要和她淫乱。美人很高兴地随从了。正在这时，忽然听到呼呼风响，草木倒折出了声。美人急忙推开张生爬起来，说："海公子来了。"张生系上衣带，吃惊地四望，美人已经不见了。不久就看见一条大蛇，从树丛里爬出来，比大竹筒子还粗。张生非常害怕，躲在一棵大树的后面，希望大蛇看不见他。大蛇爬到大树跟前，用身子连人带树一起缠上，绕了好几圈；他的两条胳膊被直直地捆在胯骨的两边，一点也弯曲不得。大蛇扬起脑袋，用舌头刺破了他的鼻子。鼻血直往下淌，流到地上聚成一个小水坑，大蛇就低下脑袋去喝血。他自料必死，忽然想起腰里佩戴着一只荷包，里面有毒杀狐狸的药，因而就用两个指头夹出来，扯破包裹，把药堆在手心里；又侧转脖子看着自己的手掌，让鼻血滴在毒药上，顷刻之间就滴了满满一大把。大蛇果然就着他的手掌上喝血。没等喝完，突然伸直了身子，尾巴甩动起来，声音像霹雳一般，触到树上，大树被崩落半边，大蛇躺在地上，好像一根房梁，直挺挺地死了。张生也头昏目眩，站不起来，过了一会儿才苏醒过来，用船载着死蛇回家了。回家大病了一个多月。他怀疑

图文珍藏版

那个女子也是一条蛇精。

丁前溪

【原文】

丁前溪，诸城人①。富有钱谷。游侠好义②，慕郭解之为人③。御史行台按访之④。丁亡去。至安丘⑤，遇雨，避身逆旅⑥。雨日中不止。有少年来，馆谷丰隆⑦。既而昏暮，止宿其家；莝豆饲畜⑧，给食周至。问其姓字，少年云："主人杨姓，我其内侄也。主人好交游，适他出⑨，家惟娘子在。贫不能厚客给，幸能垂谅。"问主人何业，则家无资产⑩，惟日设博场，以谋升斗⑪。次日，雨仍不止，供给弗懈。至暮，判刍⑫；刍束湿，颇极参差。丁怪之。少年曰：实告客：家贫无以饲畜，适娘子撤屋上茅耳。"丁益异之，谓其意在得直⑬。天明，付之金，不受；强付，少年持入。俄出，仍以反客⑭，云："娘子言：我非业此猎食者⑮。主人在外，尝数日不携一钱；客至吾家，何遂索偿乎？"丁叹赞而别。嘱曰："我诸城丁某，主人归，宜告之。暇幸见顾。"

数年无耗⑯。值岁大饥，杨困甚，无所为计。妻漫劝诣丁，从之。至诸，通姓名于门者⑰。丁茫不忆；申言始忆之⑱。蹒履而出⑲，揖客人。见其衣敝踵决⑳，居之温室，设筵相款，宠礼异常。明日，为制冠服，表里温暖。杨义之㉑；而内顾增忧㉒，褊心不能无少望㉓。居数日，殊不言赠别。杨意甚亟㉔，告丁曰："顾不敢隐：仆来时，米不满升。今过蒙推解㉕，固乐；妻子如何矣！"丁曰："是无烦虑，已代经纪矣。幸舒意少留㉖，当助资斧㉗。"走伻招诸博徒㉘，使杨坐而乞头㉙，终夜得百金，乃送之还。归见室人㉚，衣履鲜整，小婢侍焉。惊问之。妻言："自若去后，次日即有车徒赍送布帛菽粟，堆积满屋，云是丁客所赠。又婢十指㉛，为妾驱使。"

二七六

杨感不自已^㉜。由此小康，不屑旧业矣。

丁前溪

异史氏曰："贫而好客，饮博浮荡者优为之；最异者，独其妻耳。受之施而不报，岂人也哉？然一饭之德不忘^㉝，丁其有焉。"

【注释】

①诸城：县名。今属山东省。

②游侠：古称轻生重义、扶贫济弱、拯人困厄的人。

③郭解（懈）：字翁伯，汉轵（今河南济源市）人。好任侠。司马迁称其"虽时扞当世之文网，然其私义廉洁退让，有足称者"。后终以"任侠行权"而被汉廷判为"大逆不道"，惨遭杀害。④御史：官名。历代职衔累有变化。明、清有监察御史，分道行使纠察，巡按府、县。行台：为临时派出机构。按：察访。

⑤安丘：县名。今属山东省。

⑥逆旅：客舍，旅馆。

⑦馆谷：供给客人的食宿。

⑧莝（错）豆：铡碎的草和料豆。

⑨适他出：适逢外出。

⑩则家无资产：此据铸雪斋抄本。"则家"二字底本涂抹不清。

⑪升斗：升、斗均为较小的容量单位，升斗连用，喻收入微薄。以谋升斗，即靠设博场谋得少量的生活必需品。

⑫剉（错）刍：铡碎饲草。剉，铡碎。刍，刍藁，喂牲口的干草。

⑬直：通"值"，偿值。

⑭反：通"返"。归还。

⑮业此猎食者：意为以此为业而谋取生活费用的人。猎食，猎取食物。

⑯无耗：无音信；耗，消息，音信。

⑰门者：守门的人。

⑱申言：一再说，再三说。

⑲蹿履而出：蹿履，犹趿履，趿拉着鞋，连鞋也来不及提上就跑出欢迎，形容欢迎之热诚。

⑳衣敝踵决：衣服破烂，鞋子露着脚后跟。形容穷困不堪。

㉑义之：认为他很讲广义气。

㉒内顾：在外对家事的顾念。

㉓褊（扁）心：也作"偏心"。心胸狭隘。

㉔亟：急迫。

㉕推解：推食解衣，谓赤诚相待。

㉖舒意：犹宽心。

㉗资斧：旅费，盘缠。

㉘走伻（崩）：派人前往。走，往。伻，使。

㉙乞头：指在赌场中向赢方抽头为利。

㉚室人：此指妻室。

㉛十指：十个手指，指一人。

㉜感不自已：感动得不能自已；谓非常感动，以至自己难以控制。已，止，控制住。

㉝一饭之德不忘：意谓对别人给予自己的即使是很小的恩德，也不忘记。

【译文】

诸城丁前溪，家中富有，疏财仗义，为人以西汉郭解为榜样。御史行台要调查他，他就逃走了。当他来到安丘县时，正好遇上雨天，他便进入一家旅店避雨，但雨一直不停。这时，来了一位少年，对丁前溪很有礼貌。到傍晚时，便将这位客人留了下来，还割草喂丁前溪所骑的马，招呼十分周到。丁前溪其姓名，少年说："主人姓杨，我是他的内侄。主人好交游，有事外出，家中只有娘子。由于家里比较穷，无力供客，请多包涵。"丁前溪又问主人从事什么职业，少年答说："无业，开设赌场，谋一口饭而已。"第二天，仍然下雨。少年对客人还是很殷勤，傍晚又铡草，草湿淋淋的，长短不齐，丁前溪感到很奇怪。少年说："实话相告，因为家里太穷，没有东西喂牲口，刚才娘子把屋上盖的茅草取下来了。"丁前溪听后，觉得过意不去，又想："可能是希望得到报酬吧。"等到天亮时，便给少年付钱，但少年拒不接受。于是强拿进内室，但没过一会儿又把钱送还回来。少年说："娘子说了，我们并不是靠这吃饭的。主人经常在外，往往不带一文钱，客人来我家，为何还要付钱呢？"丁前溪听了，十分赞叹。临行时对少年说："我是诸城的丁某，等主人回来，可以告诉他，有空请他到诸城玩玩。"一去多年，并无消息。

恰值饥荒，杨家生活更苦了。夫妻相对，一筹莫展。妻子随便说了一句："何不到诸城找找老丁？"杨一听，便答应了。找到诸城丁家，向守门人报了姓名，丁前溪已经忘记了。于是细说了往年避雨经过，丁前溪这才记起来，于是匆匆忙忙，拖着一双鞋出门去迎接。见杨身穿破衣，鞋后跟也烂了，立刻请进暖室，设酒款待，十分尊崇。第二天，又为杨制新衣，杨认为丁前溪的确很讲义气。不过，想到家里没有饭吃，反而忧虑重重，一心只盼望多得点馈赠。住了几天，还不见赠送，心里越发着急。对丁说："不敢隐瞒，我动身时，家里米不满升。我在这里，承蒙错爱，固然快乐，却不能不挂念妻子。"丁前溪听了，便说："不要忧虑，我已经代办好了。请放心在这里多住几天，我会帮助你弄一点盘缠。"于是，派人邀来一些赌徒，使杨抽头。一夜之间，就得了上百两银子。

杨回到家后，见妻子穿着整整齐齐，身边还有小丫头侍奉。便问妻子是怎么回事，妻子说："你去后第二天就有人推车送来米和布，堆满一屋，说是老丁所送，还有个婢女。"杨感激万分。从此家道小康，不再操旧业。

异史氏说：贫而好客，一般赌博游荡的人，往往如此，最奇怪的是他的妻子也这样好客。一个人，受了别人的恩惠，不报答，还算是人吗？"一饭不忘"，前溪可以说尚有古人遗风。

海大鱼

【原文】

海滨故无山。一日，忽见峻岭重迭，绵亘数里①，众悉骇怪。又一日，山忽他徙，化而乌有②。相传海中大鱼③，值清明节，则携眷口往拜其墓④，故寒食时多见之⑤。

【注释】

①绵亘（ɡèn）：连绵横贯。

②乌有：无有，没有。

③海中大鱼：指鲸鱼。

④眷（juàn）口：犹眷属，家屋。底本"口"字残缺。

⑤寒食：节日名，在清明前二日。因两个节日邻近，古人常将其联系在一起。

【译文】

海边本来没有山。一天，忽然出现层层叠叠的崇山峻岭，绵亘好几里，看到的人都很惊奇。过了一天，山忽然移到别处，化为乌有。相传海里大鱼，逢清明节，就拖儿带女去拜祖先的墓，所以寒食节前后出现得较多。

张 老 相 公

【原文】

张老相公，晋人①。适将嫁女，携眷至江南，躬市奁妆②。舟抵金山③，张先渡江，嘱家人在舟，勿煿膻腥④。盖江中有鼋怪⑤，闻香辄出，坏舟吞行人，为害已

张老相公

久。张去，家人忘之，炙肉舟中。忽巨浪覆舟，妻女皆没。张回棹，悼恨欲死。因登金山，谒寺僧，询鼋之异，将以仇鼋。僧闻之，骇言："吾侪日与习近⑥，惧为祸殃，惟神明奉之，祈勿怒；时斩牲牢⑦，投以半体⑧，则跃吞而去。谁复能相仇哉！"张闻，顿思得计。便招铁工，起炉山半，冶赤铁，重百馀斤。审知所常伏处⑨，使二三健男子，以大箝举投之。鼋跃出，疾吞而下。少时，波涌如山。顷之浪息，则鼋死已浮水上矣。行旅寺僧并快之，建张老相公祠，肖像其中，以为水神，祷之辄应。

【注释】

①晋：地名。春秋时期诸侯国，地当今山西一带。因以为山西省的简称。

②躬市奁（联）妆：亲自购买嫁妆。奁，古时盛梳妆用品的匣子。奁妆，即妆奁、嫁妆。

③金山：山名。在今江苏省镇江市西北。原孤耸江中，自清末渐与南岸相接。山上有寺，即金山江天寺，简称金山寺。

④煿（伯）：煎炒。

⑤鼋（元）：大鳖，俗称"癞头鼋"。

⑥吾侪（柴）：吾辈，我们这些人。侪，辈。

⑦牲牢：古时祭祀用牛、羊、豕，色纯曰"牺"，体全为"牲"；牛、羊、豕三牲全备为"太牢"，只用羊、豕，称"少牢"。时斩牲牢，谓经常杀牲作祭品。

⑧投以半体：即以牲体之半投入水中。

⑨审知：察知。

【译文】

张老相公是山西人。正要嫁女儿，就携带家眷到江南，亲自选购嫁妆。船到达

扬子江心的金山，张老相公先过江，叮嘱家里人在船上不要烧有腥膻气味的荤菜。因为江里有个鼋怪，闻到香味就会出来，毁坏船只，吞食旅客，为害已久。张老相公走后，家里人忘了他的嘱咐，在船上烤肉。突然巨浪掀翻船只，张老相公的妻子女儿全部落水不见了。他回船后，肝肠寸断，痛不欲生。就登上金山寺拜谒寺内和尚，打听鼋怪的情况，预备找它报仇。和尚听了，惊骇地说："我们成天同它住得很近，怕它带来灾祸，只能把它当神明供养，祈求它不要发怒。常杀个猪宰个羊的，扔给它半只，它就跃起吞下走了。谁还能与它结仇呢！"张老相公听这么一说，顿时想出一个办法。他请来铁匠，在半山腰起炉，炼出一块重一百多斤的大铁块，烧得通红通红。问清鼋经常潜伏的地方，叫两三个身强力壮的男人，用大铁钳把红铁块举起丢向江心。鼋一跃而起，迅速吞下。一会儿，江上浪涌如山。很快波浪平息，那鼋死了，已经浮在水面上。过往旅客和金山寺和尚都人心大快，建造了张老相公祠堂，塑了他的像供奉在里面，敬为水神，祈祷他总能应验。

水莽草

【原文】

水莽，毒草也。蔓生似葛；花紫，类扁豆。误食之，立死，即为水莽鬼。俗传此鬼不得轮回①，必再有毒死者，始代之。以故楚中桃花江一带②，此鬼尤多云③。

楚人以同岁生者为同年，投刺相谒④，呼庚兄庚弟⑤，子侄呼庚伯，习俗然也。有祝生造其同年某⑥，中途燥渴思饮。俄见道旁一媪，张棚施饮，趋之。媪承迎入棚，给奉甚殷。嗅之有异味，不类茶茗，置不饮，起而出。媪急止客⑦，便唤："三娘，可将好茶一杯来⑧。"俄有少女，捧茶自棚后出。年约十四五，姿客艳绝，指环臂钏⑨，晶莹鉴影。生受盏神驰；嗅其茶，芳烈无伦。吸尽再索⑩。觑媪出，戏捉纤腕，脱指环一枚。女颊颊微笑⑪，生益惑。略诘门户⑫，女曰："郎暮来，妾犹在此也。"生求茶叶一撮，并藏指环而去。至同年家，觉心头作恶，疑茶为患，以情告某。某骇曰："殆矣⑬！此水莽鬼也。先君死于是⑭。是不可救，且为奈何？"生大惧，出茶叶验之，真水莽草也。又出指环，兼述女子情状。某悬想曰⑮："此必寇三娘也。"生以其名确符，问："何故知？"曰："南村富室寇氏女，夙有艳名⑯。数年前，误食水莽而死⑰，必此为魅。"或言受魅者，若知鬼姓氏，求其故裆⑱，煮服可痊。某急诣寇所，实告以情，长跪哀恳；寇以其将代女死，故靳不与⑲。某忿而返，以告生。生亦切齿恨之，曰："我死，必不令彼女脱生⑳！"某异送之，将至家门而卒。母号涕葬之。

遗一子，甫周岁㉑。妻不能守柏舟节㉒，半年改醮去。母留孤自哺，劬瘁不堪㉓，朝夕悲啼。一日，方抱儿哭室中，生悄然忽入。母大骇，挥涕问之。答云："儿地下闻母哭，甚怆于怀，故来奉晨昏耳㉔。儿虽死，已有家室，即同来分母劳，母其勿悲。"母问："儿妇何人？"曰："寇氏坐听儿死㉕，儿甚恨之。死后欲寻三娘，而不知其处；近遇某庚伯，始相指示。儿往，则三娘已投生任侍郎家㉖；儿驰去，强捉之来。今为儿妇，亦相得，颇无苦。"移时，门外一女子入，华妆艳丽，伏地拜母。生曰："此寇三娘也。"虽非生人，母视之，情怀差慰㉗。生便遣三娘操作。三娘雅不习惯㉘，然承顺殊怜人。由此居故室，遂留不去。女请母告诸家。生意勿告；而母承女意，卒告之㉙。寇家翁媪，闻而大骇，命车疾至。视之，果三娘。相向哭失声，女劝止之。媪视生家良贫㉚，意甚忧悼。女曰："人已鬼，又何厌贫？祝郎母子，情义拳拳㉛，儿固已安之矣。"因问："茶媪谁也？"曰："彼倪姓，自惭不能惑行人。故求儿助之耳。今已生于郡城卖浆者之家㉜。"因顾生曰："既婿矣，而不拜岳，妾复何心㉝？"生乃投拜㉞。女便入厨下，代母执炊，供翁媪。媪视之凄心。既归，即遣两婢来，为之服役；金百斤、布帛数十匹；酒馔不时馈送㉟，小阜祝母矣㊱。寇亦时招归宁㊲。居数日，辄曰："家中无人，宜早送儿还。"或故稽之，则飘然自归。翁乃代生起夏屋㊳，营备臻至㊴。然生终未尝至翁家。一日，村中有中水莽毒者，死而复苏，相传为异。生曰："是我活之也。彼为李九所害，我为之驱其鬼而去之。"母曰:"汝何不取人以自代?"曰:"儿深恨此等辈,方将尽驱除之,何屑此为!且儿事母最乐,不愿生也。"由是中毒者,往往具丰筵,祷诸其庭,辄有效。

积十余年,母死。生夫妇亦哀毁^⑩,但不对客,惟命儿缞麻辟踊^⑪,教以礼仪而已。葬母后,又二年余,为儿娶妇。妇,任侍郎之孙女也。先是,任公妾生女,数月而殇^⑫。后闻祝生之异,遂命驾其家,订翁婿焉。至是,遂以孙又妻其子,往来不绝矣。一日,谓子曰:"上帝以我有功人世,策为四渎牧龙君^⑬,今行矣。"俄见庭下有四马,驾黄幨车^⑭,马四股皆鳞甲^⑮。夫妻盛装出,同登一舆。子及妇皆泣拜,瞬息而渺。是日,寇家见女来,拜别翁媪,亦如生言。媪泣挽留,女曰:"祝郎先去矣。"出门遂不复见。

其子名鹗。字离尘,请诸寇翁,以三娘骸骨与生合葬焉。

【注释】

①轮回:佛教名词。梵语意译,原意为"流传",佛教认为,众生因其言语、行动、思想意识(佛教称"业")的善恶,在所谓"六道(天、人、阿修罗、地狱、饿鬼、畜生)"中生死相续,如车轮流传不停。此处谓误食水莽草而死,不得转生。

②桃花江:在今湖南境。《读史方舆纪要》八〇:"(资)水经县(益阳)南六六里,谓之桃花江,以夹岸多桃也。"今沿江有桃江县。

③尤:此据二十四卷抄本,原作"犹"。

④刺:名片。

⑤庚兄庚弟:犹年兄年弟。庚,年庚。

⑥造:登门拜访。

⑦止:留。

⑧将:取。

⑨钏（串）：手镯。

⑩索：讨。

⑪赪（称）颊：红着脸。

⑫略诘门户：此谓祝生询问三娘晚间居于何处，思欲与之幽会。

⑬殆：危险。

⑭先君：旧时对别人称谓自己死去的父亲。

⑮悬想：猜想。

⑯夙：夙昔，旧日。

⑰水：此据铸雪斋抄本，原作"革"。

⑱故裆：穿用过的裤裆。

⑲靳：吝惜。

⑳脱生：迷信谓由鬼魂转生人世。

㉑甫：方，才。

㉒柏舟节：谓妇女在丈夫死后矢志不嫁的节操。

㉓劬瘁：辛劳、劳苦。

㉔奉晨昏：旧时子女侍奉父母，要昏定晨省，即黄昏时为父母安定床铺，晨起
省问安否。

㉕坐听：安然听任。

㉖侍郎：官名。隋唐以后，侍郎为中书、门下及尚书省所属各部长官的副职。

㉗差慰：略微得到安慰。

㉘雅：甚，很。

㉙卒：终，终于。

㉚良：确实。

㉛拳拳：恳切，诚挚。

㉜浆：茶水。

㉝妾复何心：我又将是何种心情，言其内心痛苦不堪。

㉞投拜：倒身下拜，指叩头。

㉟胾（自）：肉。

㊱小阜：稍稍使之富裕。

㊲归宁：旧谓已嫁女子回母家探视。

㊳夏屋：大屋。

㊴臻（针）至：极为完美。

㊵哀毁：因过度悲哀以致形毁骨立，旧时常用以形容居父母丧时的哀戚情形。

㊶缞绖（催）麻：丧服。缞亦作“衰”，用粗麻布制作，披于胸前；麻，麻带，或扎在头上，或系于腰际。辟（壁）踊：本作“擗踊”，捶胸顿足，表示极度悲哀。

㊷殇：夭折，早亡。

㊸策：策命。古命官授爵，帝王颁以策书为符信。

四渎牧龙君：四渎之神。四渎，古指长江、黄河、淮水、济水。

㊹幨（搀）：也作“襜”。车帷。

㊺马四股皆鳞甲：指传说中的龙马。

【译文】

水莽是一种毒草，枝蔓长得像葛条，花呈紫色，很像扁豆。如果误食了它，就立即会被毒死，死后就成为水莽鬼。民间相传水莽鬼不能轮回，必须再有人被毒死，才可代替。所以楚地桃花江一带，水莽鬼尤其多。

楚地人把同岁出生的称作同年，投帖子互相拜访，称作庚兄庚弟，子侄辈称呼他们为庚伯。这是一种习俗。有个姓祝的书生去拜访一个同龄朋友，途中干渴难耐想喝水。他又走了不远，看见路边有个老太婆搭着凉棚供给茶水，就快步走过去。老太婆把他迎进棚，很殷勤地招待他。他闻到茶水有一股怪味，不像茶叶味。他没喝就放下茶杯起身出来，老太婆急忙留住他，连声叫着：“三娘，快拿一杯好茶来。"很快就有个少女端着一杯茶从凉棚后边出来。这女子大约十四五岁，姿色艳丽，容光照人。她手上戴着戒指，臂腕戴着手镯，晶莹光洁得能照见人影。祝生从她手里接过茶杯，不觉神思飞扬。他闻闻茶水，浓香袭人，无与伦比。他喝完一杯，又要第二杯。他瞅着老太婆出了凉棚，就趁机抓住女子的手腕捏弄着，顺手卸下她的一枚戒指。女子红着脸微笑，祝生更被她所迷惑。他试探着询问她的住处，女子说："你晚上来，我就在这儿。"祝生向她要了一把茶叶，并将戒指藏起来就告辞走了。

祝生到了朋友家，觉得恶心要吐，怀疑是茶水的问题，于是把路上遇到的事情对朋友讲了。朋友吃惊地说："糟糕！你遇上的是水莽鬼。我的父亲就是这样死去的，这是不可救药的，将怎么办？"祝生吓傻了，拿出茶叶验看，确实是水莽草。他又拿出戒指，并把女子的容貌讲了一遍。朋友猜想了一下说："这肯定是寇三娘。"祝生听这名字符合，就问他咋知道。朋友说："南村有个姓寇的富翁，他女儿长得非常漂亮。几年前，误吃了水莽草被毒死，肯定是她在作祟。"有人告诉他，被水莽鬼害死的人，假如知道鬼的姓名，可以要来死者穿过的裤衩煮水喝了就会好的。朋友就赶快到南村寇三娘家里去，说明实情，跪在主人面前苦苦哀求，寇家认为祝生将作为女儿的替身去死的，所以吝惜不给女儿的内裤。朋友气愤地返回，把情况告诉给祝生。祝生也对寇家恨得咬牙切齿，说："我死了，发誓不让他家女儿脱生！"朋友抬着祝生回家，快要到家门口时死了。母亲痛哭着将儿子埋葬了。

祝生留下一个儿子，刚满周岁，妻子不愿守寡，过了半年就改嫁。祝生母亲便自己抚养小孙子。由于忍受不了那份劳苦，母亲从早到晚啼哭不已。有一天，母亲正抱着儿子在屋里啼哭，祝生悄悄地进来。母亲非常惊恐，擦着眼泪问他。他说："儿在九泉之下听见母亲的哭声，心里十分悲痛，所以就回家来早晚侍奉母亲。儿虽然死了，又有了妻室，现在带她回来与母亲分担家务，母亲不要再悲伤。"母亲问："儿媳妇是什么人？"祝生说："寇家对我见死不救，眼睁睁看着让我死了，我恨死他们了。我死后就寻找三娘报复，却不知道她在什么地方，最近碰见庚伯，告诉我怎样去找。儿前去了，三娘已在任侍郎家投生。儿急奔而去，把她硬是抓了回来。现在她已做了儿的媳妇，我们相处得很好，没有什么痛苦。"一会儿功夫，门外一个女子进来，装扮艳丽，容貌秀美，一进门就向母亲跪拜。祝生说："这就是儿媳寇三娘。"他们虽然不是活人，但母亲看着，心里略略得到安慰。祝生叫寇三娘去操持家务，寇三娘出身富贵之家，做家务很不习惯。不过她为人随和温顺，特别讨人喜爱。从此祝生和寇三娘就住在他原来的房间，不再离开。寇三娘请祝生母亲去告知娘家，而祝生的意思不让告诉。但母亲还是按照三娘的意思终于告诉了寇家。寇家老两口听后大吃一惊，立即命人备车快速前往。他们到祝家一看，果然是自己的女儿，面对面失声痛哭，女儿劝住了父母。老太太见祝生家里太贫穷，心里非常难过。女儿说："我已经做了鬼，还有什么贫穷之嫌？祝家母子对我情义深厚，我已很安心在这儿了。"老太太问女儿那个卖茶水的老太婆是谁？女儿说："她姓倪，自愧无法迷惑行人，所以向我来求助，现在已投生在郡城卖茶水的人家。"三娘又回头对祝生说："既然已经做了我家女婿，却不拜见岳父岳母，让我心里怎能好受？"祝生便向两位老人跪拜磕头。三娘下厨房，代母亲生火烧饭来招待自己的父母。老太太看着女儿亲自下厨房，心里很悲伤。回家后，就派了两名丫头来供他们使唤，又送来一百两银子、几十匹布帛，还不定时地送来酒肉等，使祝生母亲过上了小康日子。寇家时常叫三娘回去看看，但是稍住几天，女儿就说："家里没人，应送儿早早回去。"如果寇家硬挽留着不让走，三娘就自己出门飘然而归。寇老翁又替祝生建起大宅院，购置一切用具，但是祝生却从未去过寇家。

一天，村里有人中了水莽草之毒而死去，却又死而复生，人们传为怪事，祝生说："是我把他救活的。他被李九所害，我替他赶走了李九的鬼魂。"母亲说："你为什么不找个人做你的替身？"祝生说："我最恨这种人，要把他们全部赶走，不屑于干这样的事。而且我侍奉母亲深感快乐，不愿意投生。"此后，凡是中了水莽草之毒的人家，往往备办好丰盛的酒席到祝家来祈祷，都很灵验。

过了十多年，祝母去世，祝生夫妇极尽哀悼之礼，但他们不接待客人，只是让儿子披麻戴孝，守灵哀哭，教他行各种礼仪而已。安葬完母亲，过了两年，他们又给儿子娶了媳妇，新娘是任侍郎的孙女。原来，任侍郎的小妾生下一个女孩，几个月后就夭折了。后来他听说祝家发生奇异之事，于是坐车到了祝家，与祝生认作翁婿。到这时，又把孙女许配祝生的儿子，从此两家往来不断。

有一天，祝生对儿子说："老天爷因我对人世有功，就册封我为四渎牧龙君，今天就要启程了。"转瞬间就见院子里出现一辆四匹骏马驾辕的黄幨车，马腿上都长着鳞甲。祝生夫妇身着华丽衣装一起登车而行，儿子、儿媳妇哭着拜送，转眼间就消逝了。这一天，寇家也见女儿回来，向二位老人拜别，所说的话和祝生相同。老太太哭着挽留，女儿说："祝郎已先走了。"说完话，出了门，就不见踪影了。

祝生的儿子叫祝鹓，字离尘，前来寇家请求，将寇三娘的尸骨与祝生合葬在一起。

造 畜

【原文】

魇昧之术①，不一其道，或投美饵，绐之食之②，则人迷罔③，相从而去，俗名曰"打絮巴"，江南谓之"扯絮"。小儿无知，辄受其害。又有变人为畜者，名曰"造畜"。此术江北犹少④，河以南辄有之⑤。扬州旅店中⑥，有一人牵驴五头，暂萦枥下⑦，云："我少选即返⑧。"兼嘱⑨："勿令饮啖。"遂去。驴暴日中⑩，蹄啮殊喧⑪。主人牵着凉处⑫。驴见水，奔之，遂纵饮之，一滚尘，化为妇人。怪之，诘其所由，舌强而不能答⑬。乃匿诸室中。既而驴主至，驱五羊于院中，惊问驴之所在。主人曳客坐，便进餐饮，且云："客姑饭，驴即至矣。"主人出，悉饮五羊⑭，辗转皆为童子。阴报郡，遣役捕获，遂械杀之⑮。

【注释】

①魇昧：同"厌魅"。用巫术、诅咒或祈祷鬼神等迷信方法害人。

②绐（代）：欺骗。

③迷罔：昏乱，神志糊涂。

④犹：尚。

⑤河：指黄河。

⑥扬州：地名。今江苏扬州市。

⑦絷（执）枥（历）下：拴在马厩里。枥，马厩。

⑧少选：一会儿。

⑨嘱：此据铸雪斋抄本，原作"祝"。

⑩暴："曝"的本字，晒。

⑪蹄啮（聂）殊喧：又踢又咬，叫闹异常。

⑫着：拴置。

⑬舌强：舌根发硬，谓讲不出话。

⑭饮（印）五羊：给五只羊喝水。

⑮械杀之：谓用刑杖打死。械，此指刑讯的器械。

【译文】

　　魇昧这种妖术，不只是一种，有的用美味来诱骗人吃，吃了以后人就会糊涂地跟着走，俗名称作"打絮巴"，在江南，人们叫作"扯絮"：小孩无知，往往深受其害。还有把人变成牲畜的，名叫"造畜"，这种妖术在江北还不多见，黄河以南常常有。

　　在扬州旅店，有人牵着五头驴暂时拴在牲口槽边，说："我去去就回来。"又叮咛旁人不要给驴子吃东西，说完就走了。驴子曝晒在烈日下，又踢又咬闹得厉害，店主人不忍心，就把驴子牵到荫凉地里。驴子一见水就跑过去，店主人便放开让喝个够。这些驴子往地上一滚，立即变成妇人。店主人很惊诧，就问缘故，但是她们舌头硬得说不出话。于是店主人把她们藏在屋里。

造畜

过了不久，驴主人回来，又赶着五头羊到了院子。他一看驴不见了，就吃惊地问店主人驴到哪里去了？店主人拉着他坐下，立即端上饮食，并说："你先吃饭，驴子就回来了。"店主人出来，又给那五头羊喝水，一个接一个全变成了儿童。店主人暗中派人告到官府，官府立即派捕役将施妖术的人抓获，就用刑仗打死了他。

凤阳士人

【原文】

　　凤阳一士人①，负笈远游②。谓其妻曰："半年当归。"十余月。竟无耗问③。妻翘盼綦切④。一夜，才就枕，纱月摇影，离思萦怀。方反侧间⑤，有一丽人，珠鬟绛帔⑥，搴帷而入，笑问："姊姊，得无欲见郎君乎？"妻急起应之。丽人邀与共往。妻惮修阻⑦，丽人但请勿虑。即挽女手出，并踏月色，约行一矢之远⑧。觉丽人行迅速，女步履艰涩⑨，呼丽人少待，将归着复履⑩。丽人牵坐路侧，自乃捉足，脱履相假⑪。女喜着之，幸不凿枘⑪。复起从行，健步如飞。移时，见士人跨白骡来。见妻大惊，急下骑，问："何往？"女曰："将以探君。"又顾问丽者伊谁⑫。女未及答，丽人掩口笑曰："且勿问讯。娘子奔波匪易⑬；郎君星驰夜半，人畜想当俱殆⑭。妾家不远，且请息驾⑮，早旦而行，不晚也。"顾数武之外⑯，即有村落，遂同行。入一庭院，丽人促睡婢起供客，曰："今夜月色皎然，不必命烛，小台石榻可坐。"士人縶骞檐梧⑰，乃即坐。丽人曰："履大不适于体⑱，途中颇累赘否？归有代步⑲，乞赐还也。"女称谢付之。

　　俄顷，设酒果，丽人酌曰："鸾凤久乖⑳，圆在今夕；浊醪一觞㉑，敬以为贺。"士人亦执盏酬报。主客笑言，履舄交错㉒。士人注视丽者，屡以游词相挑㉓。夫妻乍聚，并不寒暄一语㉔。丽人亦美目流情，妖言隐谜㉕。女惟默坐，伪为愚者。久之渐醺，二人语益狎。又以巨觞劝客，士人以醉辞，劝之益苦。士人笑曰："卿为我度一曲㉖，即当饮。"丽人不拒，即以牙拨抚提琴而歌曰㉗："黄昏卸得残妆罢，窗外西风冷透纱。听蕉声，一阵一阵细雨下。何处与人闲磕牙㉘？望穿秋水㉙，不见还家，潸潸泪似麻㉚。又是想他，又是恨他，手拿着红绣鞋儿占鬼卦㉛。"歌竞，

笑曰："此市井里巷之谣②，不足污君听。然因流俗所尚，姑效颦耳③。"音声靡靡④，风度狎亵。士人摇惑，若不自禁。少间，丽人伪醉离席；士人亦起，从之而去。久之不至。婢子乏疲，伏睡廊下。女独坐，块然无侣⑤，中心愤恚，颇难自堪。

凤阳士人

思欲遁归，而夜色微茫，不忆道路。辗转无以自主，因起而觇之。裁近其窗㊱，则断云零雨之声，隐约可闻。又听之，闻良人与己素常猥亵之状，尽情倾吐。女至此，手颤心摇，殆不可遏㊲，念不如出门窜沟壑以死。愤然方行，忽见弟三郎乘马而至，遽便下问，女具以告㊳。三郎大怒，立与姊回，直入其家，则室门扃闭，何枕上之语犹喁喁也㊴。三郎举巨石如斗㊵，抛击窗棂，三五碎断。内大呼曰："郎君脑破矣！奈何！"女闻之，愕然，大哭，谓弟曰："我不谋与汝杀郎君，今且若何？"三郎撑目曰㊶："汝呜呜促我来；甫能消此胸中恶，又护男儿、怨弟兄，我不贯与婢子供指使㊷！"返身欲去，女牵衣曰："汝不携我去，将何之？"三郎挥姊仆地，脱体而去。女顿惊寤，始知其梦。

越日，士人果归，乘白骡。女异之而未言。士人是夜亦梦，所见所遭，述之悉符，互相骇怪。既而三郎闻姊大远归，亦来省问。语次，谓士人曰："昨宵梦君归，今果然，亦大异。"士人笑曰："幸不为巨石所毙。"三郎愕然问故，士以梦告。三郎大异之。盖是夜，三郎亦梦遇姊泣诉，愤激投石也。三梦相符，但不知丽人何许耳。

【注释】

①凤阳：府县名。治所在今安徽凤阳县西。士人，读书人。

②负笈（及）远游：谓外出求学。笈，书箱。

③耗问：犹音信。

④翘盼綦（其）切：盼望十分殷切。翘盼，形容盼望之切。翘，翘企，仰着头、踮起脚。綦，甚，极。

⑤方反侧间：谓正在难以入睡之时。反侧，翻来覆去，形容睡卧不安。

⑥珠鬈绛帔（配）：头戴珠翠，身着红色披肩。鬈，鬈髻。绛，红色。帔，披肩。

⑦修阻：路远难走。修，长，远。阻，难行。

⑧一矢之远：一箭之地，谓道路不远，仅一箭之射程。

⑨步履艰涩：脚步迟缓。步履，脚步。艰涩，艰难涩滞，因疲累而行动迟缓。

⑩复履：夹底鞋。

⑪凿枘：方凿（榫卯）圆枘（榫头）的略语。喻龃龉不合。不凿枘，意谓很

合脚。

⑫顾问：以目示意而问。伊谁：是谁。

⑬匪：通"非"。

⑭殆：疲殆，累得要死。

⑮息驾：请别人停下休息的敬词。息，停止。驾，车乘。

⑯顾数武之外：见数步之外。顾，看。

⑰絷（执）蹇檐梧：把驴拴在檐前柱上。絷，拴系。蹇，驴。檐，屋檐。梧，檐前柱。

⑱体：四肢。此指脚。

⑲代步：以乘车马代替步行。此指凤阳士人所乘之骡。

⑳鸾凤久乖：谓夫妻久离。鸾凤，鸾鸟和凤凰，旧时喻指夫妻。乖，离。

㉑浊醪（劳）：浊酒。此为谦辞。

㉒履舄（细）交错：舄，鞋。古时席地而坐，脱鞋然后入室。履舄交错，形容宾客众多。　　此谓士人与丽者两人足履交错，极为亲昵。

㉓游词：浮浪嬉戏的话。

㉔寒暄：此处意为问候。

㉕妖言隐谜：说着惑人的隐语。妖言，迷惑人心的话。隐谜，让人猜度含义的隐语。此指含有调情之意的隐语。

㉖度（夺）一曲：按曲谱唱一曲。

㉗牙拨：底本字迹不清，铸雪斋抄本和省博物馆本作"牙杖"。二十四卷抄本作"牙板"。详上下文，疑为"牙拨"。提琴：胡琴的一种。弦乐器。种类颇多，所指不详。

㉘闲磕牙：俗谓说闲话、聊天。

㉙望穿秋水：犹望穿双眼。言望归之切。秋水，喻清澈的眼波。

㉚潸潸（衫）：流泪的样子。

㉛占鬼卦：闺中少妇思夫盼归的占卜游戏。明清民歌《嗳呀呀的》："嗳呀呀

的实难过，半夜三更睡不着。睡不着，披上衣服坐一坐。盼才郎，拿起绣鞋儿占一课，一只仰着，一只合着。要说是来，这只鞋儿就该这么着；要说不来，那只鞋儿就该这么着。"

㉜市井里巷之谣：谓民间歌谣。

㉝效颦（频）：谓不善摹仿，弄巧成拙。效，摹仿。颦，皱眉。《庄子·天运》篇载，越国美女西施，常因心痛而皱眉，其状甚美。同村一丑女摹仿其状却愈加丑陋。此处谦指自己所歌为摹仿"市井里巷之谣"。

㉞音声靡靡：乐曲和歌唱都柔细萎靡。

㉟块然：孤独自处的样子。

㊱裁：才。

㊲遍：此据铸雪斋抄本，原作"过"。

㊳具以告：以之具告，把上述情况全部告诉（三郎）。"具"字据铸雪斋抄本，底本残缺。

㊴也：此据铸雪斋抄本，底本残缺。

㊵三：此据铸雪斋抄本，底本残缺。

㊶撑目：张目直视，瞪着眼。

㊷贯："惯"的本字。

【译文】

凤阳府有个读书人，背着书箱去远方游学。他走时对妻子说："半年就可以回来。"可是他一走十几个月，竟一直没有消息。妻子对丈夫的盼望十分迫切。

一天夜里。妻子刚刚头挨着枕头，月光照耀着纱窗，树影婆娑摇动，就又激起了她的满怀离情。正当她辗转反侧不能入睡时，忽然有一个身穿艳丽服装的漂亮女子，掀起帘子走了进来，邀她一块去，妻子怕路途遥远难走，漂亮女子只管叫她不要担心。说着就牵上她的手往外走，在月光地里走了一小段路程。妻子觉得行走得太快，而自己却步履艰难，就叫她稍微等等，说要回家去换一双夹底鞋。漂亮女子牵着她的手在路边坐下，把自己脚上的鞋脱下借给了她。她很高兴地穿上，觉得非常合适，就又起身跟着走。这回觉得脚步轻盈，像飞一样快。一会儿，她就看见自己的丈夫骑着一头白骡子来了。丈夫见到妻子非常吃惊，急忙从骡子上下来问道："你到哪里去？"妻子说："我来找你。"他又回头问那漂亮女子是谁？妻子还未来得及开口，漂亮女子却掩嘴微笑着说："暂且不必问这些，娘子一路奔波实在不容易，郎君也披星戴月地奔驰了大半夜，人畜想必都很疲乏了，我家离得不远，请前去歇歇，明天一早再赶路也不晚。"抬头一看，果然在几步之外就有一个村落，于是他们一同前往。

来到一所庭院，漂亮女子叫醒睡梦中的丫鬟起来招待客人。漂亮女子说："今晚月色明媚，不需点烛，小台石榻上可以坐。"士人把骡子拴在屋檐前的木柱上，就过来坐下。漂亮女子对妻子说："鞋子大不合脚，在途中很不舒服吧？你回家时有牲口骑，请把鞋还给我。"妻子道谢一番，把鞋子还给她。片刻间，摆上饭菜，漂亮女子斟酒说："你们夫妻离别已久，今夜才得团圆。薄酒一杯，为你们敬贺。"士人也举杯还谢。主客欢聚，又说又笑，腿脚交错相碰。士人一眼不眨地盯着漂亮女子看，多次说些轻佻的话来挑逗她。尽管他们夫妻久别初聚，却并不说一句互相问候的话。漂亮女子美丽的眼睛脉脉传情，并说一些调情的暗语。妻子默默无语地干坐着，在一旁装傻。到后来，两人都有些醉意，言语举止越发猥亵。漂亮女子又用大杯向士人劝酒，士人借口醉了推辞，而漂亮女子却劝得更殷勤。士人笑着说："你为我唱一曲，我就喝这杯酒。"漂亮女子并不拒绝，就拿起牙拨一边拨琴一边唱道：

黄昏卸得残妆罢，窗外西风冷透纱。听蕉声，一阵一阵细雨下。何处与人闲磕牙？望穿秋水，不见还家，潸潸泪似麻。又是想他，又是恨她，手拿着红绣鞋儿占鬼卦。

唱完歌，笑着说："这是市井中下里巴人的歌谣，不堪让您一听，但因是世俗所崇尚的，所以就赶时髦学唱罢了。"漂亮女子声色靡靡，态度轻狎，士人大为迷惑，更加不能自制。一会儿，漂亮女子佯装醉酒离开酒席，士人也起身跟着漂亮女子去了，很久不见出来。丫鬟也困得伏在走廊上睡着了。妻子一人孤零零地坐在那里，无人陪伴，心里愤懑极了，非常难堪。她本想独自逃回家去，但是又苦于夜色迷茫，记不清回归的道路，一时拿不定主意。妻子起身去探看。刚刚走近窗下，就隐隐约约听见男女之间的那种缠绵的做爱声，再仔细听，又听到丈夫把他们夫妻俩平时做爱的种种猥亵情状完全讲了出来。妻子听到这里，气得浑身战栗，心怦怦地跳个不停，真是无法忍受。她想着还不如出门跳进深沟里死掉算了。她愤怒地正走着，忽然看见弟弟三郎骑马到来，立即跳下马问她怎么了。她把刚才发生的事情说给弟弟听。

三郎火冒三丈，立即同姐姐一起返回直入那人的家，只见房门紧闭，男女间的枕上私语还喁喁不断。三郎举起一块斗大的石头，直往窗棂上抛掷过去，窗棂咔嚓一声被砸断了好几根。里边大喊："郎君头破了！怎么办？"妻子一听，吓得大哭起来，对弟弟说："我并不是要叫你杀死他，现在该咋办？"三郎瞪着眼睛说："你呜呜哇哇地哭着催我来，现在刚消除了胸中的恶气，却又来袒护丈夫，怨怪起我来了。我才不习惯像丫头一样听人指使！"说完，转身就走，妻子又抓住弟弟的衣角说："你不带我一起去，叫我往哪里去？"三郎一把将她推倒在地，脱身离去。妻子一下子惊醒过来，才知道是在做梦。

过了一天，士人果然回来，骑着白骡子。妻子感到很奇怪而没有说出来。士人这一夜也做了个梦，他把自己所梦见的情形对妻子说了，结果和妻子做的梦完全相同，所以两人都很吃惊。随后，三郎听说姐夫出远门回来，也前来问候。谈话中对士人说："我昨夜梦见您回来，今天果然如此，真是太奇怪了。"士人笑着说："幸亏我没有被大石头砸死。"三郎惊讶地问原因，士人把自己做的梦给他说了。三郎大为吃惊，原来夜里，他也做梦梦见姐姐向自己哭诉，他气愤地向窗户投掷石头。三人做梦都很相同，只是不知道漂亮女子是什么人？

耿十八

【原文】

新城耿十八，病危笃^①，自知不起，谓妻曰："永诀在旦晚耳。我死后，嫁守由汝^②，请言所志。"妻默不语。耿固问之，且云："守固佳，嫁亦恒情^③。明言之，庸何伤^④！行与子诀^⑤，子守，我心慰；子嫁，我意断也^⑥。"妻乃惨然曰："家无儋石^⑦，君在犹不给，何以能守？"耿闻之，遽握妻臂，作恨声曰："忍哉！"言已而没。手握不可开。妻号。家人至，两人攀指，力擘之^⑧，始开。

耿不自知其死，出门，见小车十余两^⑨，两各十人，即以方幅书名字，粘车上。御人见耿，促登车。耿视车中已有九人，并己而十。又视粘单上，己名最后。车行咋咋^⑩，响震耳际，亦不自知何往。俄至一处，闻人言曰："此思乡地也。"闻其名，疑之。又闻御人偶语云^⑪："今日劁三人^⑫。"耿又骇。及细听其言，悉阴间事，乃自悟曰："我岂不作鬼物耶？"顿念家中，无复可悬念，惟老母腊高^⑬，妻嫁后，缺于奉养；念之，不觉涕涟。又移时，见有台，高可数仞，游人甚夥；囊头械足之辈，呜咽而下上，闻人言为"望乡台"^⑭。诸人至此，俱踏辕下，纷然竞登。御人或挞之，或止之，独至耿，则促令登。登数十级，始至颠顶。翘首一望，则门闾庭院，宛在目中。但内室隐隐，如笼烟雾。凄恻不自胜。回顾，一短衣人立肩下，即以姓氏问耿。耿具以告。其人亦自言为东海匠人^⑮。见耿零涕，问："何事不了于心？"耿又告之。匠人谋与越台而遁。耿惧冥追^⑯，匠人固言无妨。耿又虑台高倾跌^⑰，匠人但令从己。遂先跃，耿果从之。及地，竟无恙。喜无觉者。视所乘车，犹在台下。二人急奔数武，忽自念名字粘车上，恐不免执名之追；遂反身近车，以手指染唾，涂去己名，始复奔，哆口垒息^⑱，不敢少停。少间，入里门，匠人送诸

三〇一

其室。蓦睹己尸，醒然而苏。

双飞曾说鸟同林，
起舞琵琶别抱心。
回首望乡台上望不堪重，
谈白头呤

八十耿

耿十八

　　觉乏疲躁渴，骤呼水。家人大骇，与之水，饮至石余。乃骤起，作揖拜伏；既而出门拱谢，方归，归则僵卧不转：家人以其行异，疑非真活；然渐觇之，殊无他异。稍稍近问，始历历言其本末[19]：问："出门何故？"曰："别匠人也。""饮水何多？"曰："初为我饮，后乃匠人饮也。"投之汤羹，数日而瘥。由此厌薄其妻，不复共枕席云。

【注释】

①病危笃：病重濒于死。笃，指病势沉重。

②嫁守：改嫁或守节。旧谓夫死不嫁为守节。

③恒情：常情，恒，常。

④庸何伤：有什么妨害。庸，与"何"义同。

⑤行：行将，将要。

⑥意断：意念断绝。

⑦无儋（担）石：形容口粮不足，难以度日。儋，通"担"，或称罂缶，坛子一类瓦器，容积一石，故称儋石。

⑧擘（掰）：分开。

⑨两：通"辆"。下句"两"字，义同，意为每辆。

⑩咋咋（责责）：象声词。形容车声。

⑪御人：驾车人。偶语：相对私语。

⑫剒（脆）：铡断。

⑬腊高：年老。腊，佛家语。僧侣受戒后，于雨季在寺内坐禅修养，安居三月，结束后称为"腊"。故僧侣受戒后的年数以"腊"计算，一年为一腊。后遂与人的年寿联系在一起。

⑭望乡台：旧时迷信，谓阴间有望乡台，新死的鬼魂可由此望见阳世家中情形。

⑮东海：地名。汉设东海郡，治所在郯，即今山东郯城县。

⑯冥追：阴曹追捕。

⑰台高倾跌：此据铸雪斋抄本，原"倾"字后衍一"倾"字。

⑱哆（齿）口坌（笨）息：张着口喘气。坌，坌涌。息，气息。

⑲历历：犹言清清楚楚。

【译文】

　　新城县人耿十八病得很重，自知不能好转，就对妻子说："咱们永别就在早晚之间了。我死了以后，或改嫁或守节都由你自己决定，请说说想法。"妻子沉默不语。耿十八坚持追问，并且说："为我守节固然很好，改嫁也是常情。请你明白地告诉我，有什么妨害！我就要和你永别了。你守节我心里会得以安慰，你改嫁我就断绝意念。"妻子就悲伤地说："家里粮食不足，你在的时候日子都过得很艰难，你死了叫我怎么守？"耿十八听了妻子的话，抓住妻子的胳膊，发出恨恨的声音说："你太残忍了！"话音刚落，就断了气。但是他握着妻子的双手却死也扳不开。妻子号啕大哭，家里人来了，两人抓住他的手指用力硬掰，这才弄开了。

　　耿十八不知道自己已经死了。他出了门，见有十几辆小车，每辆车坐满十个人，都用一幅方纸写上名字贴在车上。车夫看见耿十八，就催他赶快上车，耿十八看见车上已经有九个人，加上自己正好是十个。再看车上贴的名称，自己被排在最后。车子发出吒吒的响声，震得耳根发麻，也不知道车子将走向哪里。不久，车子就到了一个地方，他听见有人说："这是思乡地。"听到这个名称，他有些怀疑。又听见车夫相对私语说："今天要铡断三个人。"耿十八听后非常害怕，再仔细听听他们说的，全是阴间的事情，这时才醒悟过来，心里说："我这不是变成鬼了吗？"立即就想起家来，但也觉得没有什么可挂念的，只有老母亲年纪很大了，妻子改嫁后无人奉养。想着想着，不觉泪眼漾漾。又过了一会儿，看见一座高台，大约有好几丈，游人很多，那些被蒙头、戴着脚镣的人，呜呜咽咽地上上下下，他听别人说这是"望乡台。"大家到了这里都下了车，纷纷争着登台：车夫或者鞭挞，或者阻止，唯独对耿十八却催他赶快去登。他上了十几级，便登到台顶，翘首远望，自己家里的门窗、庭院都宛然尽收眼底，但里屋隐隐约约看不清楚，仿佛笼罩在烟雾中一样。他心里非常悲凄。耿十八偶然回头一看，只见一个穿短衣的人站在他的下边，那人询问耿十八的姓名。他如实对那人说了。那人也自我介绍是东海匠人。他看见耿十八伤心落泪，就问："什么事放心不下？"耿十八就告诉了他。匠人和他谋划越台逃跑。

耿十八害怕阴曹追捕，匠人说不要紧。耿十八又担心台高会跌伤，匠人叫他只管跟着自己走。匠人先跳，他也随着跳下，落到地上，竟没一点事。很高兴无人发现，再看所乘坐的车子，还停在台下。两人急步逃跑，才跑出几步，忽然想起自己的名字还贴在车上，害怕人家拿着名字来追赶，于是回到车子那里，用手指蘸唾沫涂掉自己的名字，又拼命奔逃，跑得上气不接下气也不敢停一下。

不长时间，就跑到村口，匠人送他到屋里。他突然看见自己的尸体，蓦地苏醒过来。觉得又疲倦又干渴，一个劲地喊着要水喝。家人惊恐极了，给他端来水，他一口气喝了一担多水。然后突地坐起身，又作揖又叩拜，随后又出门拱手道谢，完了才回来。回来后又僵卧在床上一动也不动。家人见他举止奇怪，怀疑他不是真话，但再慢慢观察他，并没有别的特殊举动。家里人渐渐走近问他，他就详细地说了他所经历的事情，家里人又问："为什么出门去？"回答说："和匠人告别。"又问："为什么要喝那么多水？"又答："先是我喝，后来匠人又喝。"家里人慢慢供给饭食，过了几天就完全好了。从此，他再也看不起妻子，也不再和她同睡一张床。

珠　儿

【原文】

常州民李化①，富有田产。年五十余，无子。一女名小惠，容质秀美，夫妻最怜爱之。十四岁，暴病夭殂②，冷落庭帏，益少生趣。始纳婢，经年余，生一子，视如拱璧③，名之珠儿。儿渐长，魁梧可爱。然性绝痴，五六岁尚不辨菽麦；言语蹇涩④。李亦好而不知其恶。会有眇僧⑤，募缘于市⑥，辄知人闺闼，于是相惊以神；且云，能生死祸福人。几十百千，执名以索，无敢违者。诣李募百缗⑦。李难之。给十金，不受；渐至三十金。僧厉色曰："必百缗，缺一文不可！"李亦怒，收金遽去。僧忿然而起曰："勿悔，勿悔！"无何，珠儿心暴痛，巴刮床席⑧，色如土灰。李惧，将八十金诣僧乞救。僧笑曰："多金大不易！然山僧何能为？"李归而儿

珠儿

已死。李恸甚，以状诉邑宰。宰拘僧讯鞫，亦辩给无情词⑨。笞之，似击鞭革⑩。令搜其身，得木人二、小棺一、小旗帜五。宰怒，以手叠诀举示之。僧乃惧，自投

无数^⑪。宰不听，杖杀之。李叩谢而归。

时已曛暮^⑫，与妻坐床上。忽一小儿，偓偨入室^⑬，曰："阿翁行何疾？极力不能得追。"视其体貌，当得七八岁。李惊，方将诘问，则见其若隐若现，恍惚如烟雾，宛转间，已登榻坐。李推下之，堕地无声。曰："阿翁何乃尔^⑭！"瞥然复登。李惧，与妻俱奔。儿呼阿父、阿母，呕哑不休。李入姜室，急阖其扉；还顾，儿已在膝下。李骇，问何为。答曰："我苏州人^⑮，姓詹氏。六岁失怙恃^⑯，不为兄嫂所容，遂居外祖家。偶戏门外，为妖僧迷杀桑树下，驱使如伥鬼^⑰，冤闭穷泉^⑱，不得脱化^⑲。幸赖阿翁昭雪，愿得为子。"李曰："人鬼殊途，何能相依？"儿曰："但除斗室^⑳，为儿设床褥，日浇一杯冷浆粥，馀都无事。"李从之。儿喜，遂独卧室中。晨来出入闺阁，如家生。闻姜哭子声，问："珠儿死几日矣？"答以七日。曰："天严寒，尸当不腐。试发冢启视，如未损坏，儿当得活。"李喜，与儿去，开穴验之，躯壳如故。方此切怛^㉑，回视，失儿所在。异之，舁尸归。方置榻上，目已瞥动；少顷呼汤。汤已而汗^㉒，汗已遂起。群喜珠儿复生，又加之慧黠便利^㉓，迥异曩昔。但夜间僵卧，毫无气息，共转侧之，冥然若死。众大愕，谓其复死；天将明，始若梦醒。群就问之。答云："昔从妖僧时，有儿等二人，其一名哥子。昨追阿父不及，盖在后与哥子作别耳。今在冥间，与姜员外作义嗣^㉔，亦甚优游。夜分，固来邀儿戏。适以白鼻骡送儿归^㉕。"母因问："在阴司见珠儿否？"曰："珠儿已转生矣。渠与阿翁无父子缘，不过金陵严子方^㉖，来讨百十千债负耳。"初，李贩于金陵，欠严货价未偿，而严翁死，此事无知者。李闻之，大骇。母问："儿见惠姊否？"儿曰："不知。再去当访之。"

又二三日，谓母曰："惠姊在冥中大好，嫁得楚江王小郎子，珠翠满头髻；一出门，便十百作呵殿声^㉗。"母曰："何不一归宁^㉘？"曰："人既死，都与骨肉无关切。倘有人细述前生，方豁然动念耳。昨托姜员外，夤缘见姊^㉙，姊姊呼我坐珊瑚床上，与言父母悬念。渠都如眠睡。儿云：'姊在时，喜绣并蒂花，剪刀刺手爪，血浣绫子上^㉚，姊就刺作赤水云。今母犹挂床头壁，顾念不去心。姊忘之乎？'姊始凄感，云：'会须白郎君^㉛，归省阿母。'"母问其期，答言不知。

一日谓母："姊行且至，仆从大繁，当多备浆酒。"少间，奔人室曰："姊来矣！"移榻中堂，曰："姊妹且憩坐，少悲啼。"诸人悉无所见。儿率人焚纸酹饮于门外，反曰："驺从暂令去矣㉜。姊言：'昔日所覆绿锦被，曾为烛花烧一点如豆大，尚在否？'"母曰："在。"即启笥出之。儿曰："姊命我陈旧闺中。乏疲，且小卧，翌日再与阿母言。"

东邻赵氏女，故与惠为绣阁交。是夜，忽梦惠幞头紫帔来相望㉝，言笑如平生。且言："我今异物，父母觌面，不啻河山㉞。将借妹子与家人共话，勿须惊恐。"质明㉟，方与母言。忽仆地闷绝，逾刻始醒，向母曰："小惠与阿姊别几年矣，顿鬖鬖白发生㊱！"母骇曰："儿病狂耶？"女拜别即出。母知其异，从之。直达李所，抱母哀啼。母惊不知所谓。女曰："儿昨归，颇委顿㊲，未遑一言。儿不孝，中途弃高堂，劳父母哀念，罪何可赎！"母顿悟。乃哭。已而问曰："闻儿今贵，甚慰母心。但汝栖身王家，何遂能来？"女曰："郎君与儿极燕好㊳，姑舅亦相抚爱㊴，颇不谓妒丑。"惠生时，好以手支颐；女言次，辄作故态，神情宛似。未几，珠儿奔入曰："接姊者至矣。"女乃起，拜别泣下，曰："儿去矣。"言讫，复踣，移时乃苏。

后数月，李病剧，医药罔效。儿曰："旦夕恐不救也！二鬼坐床头，一执铁杖子，一挽苎麻绳，长四五尺许，儿昼夜哀之不去。"母哭，乃备衣衾。既暮，儿趋入曰："杂人妇，且避去，姊夫来视阿翁。"俄顷，鼓掌而笑。母问之，曰："我笑二鬼，闻姊夫来，俱匿床下如龟鳖。"又少时，望空道寒暄，问姊起居。既而拍手曰："二鬼奴哀之不去，至此大快！"乃出至门外，却回，曰："姊夫去矣。二鬼被锁马鞍上㊵。阿父当即无恙。姊夫言：归白大王，为父母乞百年寿也。"一家俱喜。至夜，病良已，数日寻瘥。延师教儿读。儿甚慧，十八入邑庠㊶，犹能言冥间事。见里中病者，辄指鬼祟所在，以火爇之，往往得瘳。后暴病，体肤青紫，自言鬼神责我绽露㊷，由是不复言。

【注释】

①常州：府名。治所在今江苏省常州市。

②夭殂（徂）：犹夭亡。短命而死。

③拱璧：两手拱抱之璧，即大璧，泛指珍宝。

④言语蹇涩：说话不连贯，不清楚。蹇涩，蹇滞，艰涩。

⑤眇僧：瞎和尚。眇，一目失明。

⑥募缘：僧尼募化求人施舍财物，义同"化缘"。

⑦百缗（民）：一百串钱。缗，穿钱用的绳子。借指成串的钱，一千文为一缗。

⑧巴刮：方言。扒挡、抓挠。

⑨辨给（己）无情词：巧为辩解而不说实话。辨给，口辨。辨，通"辩"。情，实。

⑩鞔（蛮）革：蒙鼓的皮革。鞔，用皮蒙鼓。

⑪自投无数：即叩头无数。投，五体投地。

⑫曛（勋）暮：昏暮，即黄昏之后。

⑬偃傺（汪壤）：惶急的样子。

⑭乃尔：如此。

⑮苏州：府名。治所在今江苏苏州市。

⑯怙恃：谓父母。

⑰伥鬼：迷信传说中的一种鬼。据说它被虎咬死，反转来又引虎吃人。

⑱穷泉：九泉之下，指墓中。

⑲脱化：佛道迷信，谓人死之后，阴司据其一生善恶，令其为人或为畜生转生世间，称为脱化。

⑳斗宝：小宝。

㉑怛怛（刀达）：悲痛。

㉒汤：开水。

㉓便利：敏捷。

㉔义嗣：义子。

㉕白鼻骓（瓜）：白鼻黑嘴的黄马。

㉖金陵：地名。即今江苏南京市。

⑤呵殿声：官僚出行时侍卫人员的吆喝声。呵，呵喝在前，指喝道；殿，后卫，指在后的侍从人员。

㉘归宁：旧谓已嫁女子回母家探视。

㉙夤缘：凭借关系。夤，攀附。

㉚浣（卧）：污染。

㉛会须：定要。

㉜骖从（纵）：古时达官贵人出行时，在车前后侍从的骑卒。

㉝幞（仆）头紫帔（丕）：言头裹幞头，身着紫色披肩。幞头，包头软巾。

㉞不啻（翅）：不止。

㉟质明：天刚亮。

㊱鬖鬖（三三）：毛发下垂貌。

㊲委顿：疲困。

㊳燕好：谓夫妇之间感情极好。燕，亲昵和睦。

㊴姑舅：公婆。

㊵马鞅：套在马脖颈上的皮带。

㊶入邑庠：此谓做了生员，俗称中了秀才。

㊷绽露：犹泄露。

【译文】

常州有个名叫李化的人，拥有大量的田产。五十多岁了，没有儿子。只有一个

女儿，名叫小惠。容貌很秀丽，老两口最疼爱她。长到十四岁，突然得个急病死了，院庭和内室都冷冷清清，更加缺乏生活的乐趣。这才娶个丫鬟做小老婆，过了一年多，生了一个儿子，看作两手合抱的大宝贝，所以起名叫珠儿。珠儿逐渐长大了，高大魁梧，十分可爱。但是天性很痴呆，五六岁了还分不清豆麦；说话也很迟钝。李化也爱如珍宝，不知那是病态。

凑巧有个一只眼的和尚，在市上化缘，能知别人闺房里的事情，人们都很惊讶，把他看作神仙。而且传说，他能决定一个人的生死和祸福。因而他就几十几百向人要钱，指名道姓地敲诈勒索，没有人敢于违抗。他到李化家里，要化缘一百金。李化拒绝他的要求。给他十金，他不接受；逐渐添到了三十金。和尚声色俱厉地说："必定一百金，少一文也不行！"李化也火儿了，把钱收起来就走了。和尚愤怒地走出大门说："你不要后悔，不要后悔！"时隔不久，珠儿心里突然疼痛起来，躺在床上抓挠床席，脸上失去了血色。李化害怕了，拿着八十金，到和尚那里请求搭救。和尚笑着说："你能拿出这么多的钱很不容易！但是山僧怎能援救呢？"李化回到家里，儿子已经死了。李化悲痛已极，就写了状子，到县官那里告和尚。县官把和尚抓去审问，和尚在供词里辩白不知情。用棍子打他，好像打在鼓皮上。叫衙役在他身上搜查，搜出两个木头人，一口小棺材，五面小旗帜。县官火儿了，做出一个让他自决的手势，举起手来威吓他。和尚这才害怕了，自己狡辩没有邪术。县官不听他的鬼话，将他乱棒打死。李化叩了头，谢了恩，下堂回家了。

当时已近黄昏，李化和妻子坐在床上。忽然看见一个小孩，拐拐拉拉地进了屋子说："爹爹怎么走得那么快呀？我用尽力气也追不上。"看看他的身高和相貌，只有七八岁的样子。李化很凉讶，正要盘问他，却见他若隐若现，像一团模模糊糊的烟雾，辗转之间，已经爬到床上坐下了。李化把他推下去，掉到地上没有一点声音。却说："爹爹何必这样呢！"一眨眼的工夫，又往床上爬。李化害怕了，就和妻子一起往外跑。小孩在后边招呼爹爹妈妈，唧唧呱呱，不停地喊叫。李化跑进小老婆的屋子里，迅速关上了房门；回头一看，小孩已在膝下了。李化惊惧地问他要干什么。小孩回答说："我是苏州人，姓詹。六岁失去了父母，哥哥嫂子不能容纳我，撵我到姥姥家里居住。偶然在门外玩耍，被一个妖和尚所迷惑，害死在桑树下边，像伥鬼似的被他驱使，冤仇被锁在阴间，不能脱化。幸亏依靠爹爹，给我报了仇，雪了恨，我甘愿给你做儿子。"李化说："人鬼不是一条路，你怎能依靠我呢？"小孩说："只要给我腾出一间小房子，给儿设一张床铺，每天浇一碗凉粥，别的东西都不要。"李化点头答应了。小孩很高兴，就自己住在一间房子里。早起出入内室很熟悉，好像一个家生子。他听见李化小老婆想念儿子的哭声，就问："珠儿死去几天了？"李化回答七天了。他说："现在天气寒冷，尸体该不会腐烂，试探着打开墓穴看看，如果尸体没有损坏，儿可以叫他活过来。"李化很高兴，和他一起到了墓地，挖开墓穴一看，躯壳和生前一样。李化正在哀伤，回头一看，小孩无影无踪了。李化很惊异，就把珠儿的尸体抬回家去。刚放到床上，眼睛已经能够闪动了；不一会儿就喊着要喝汤，喝完汤就出汗，出完汗就爬起来了。家人对珠儿的复活都很高兴，加上他聪明伶俐，和从前完全不同。只是夜里直挺挺地躺在床上，一点儿也不喘气，大家把他翻过来转过去，他昏沉沉的好像死了一样。大家吃了一大惊，说他又死了；天快亮的时候，才像从梦中醒过来。大家凑到跟前问他。他回答说："从前跟随妖和尚的时候，像我这样的小孩，一共有两个。那一位名叫阿哥子。昨天没有追上爹爹，是因为在后边跟阿哥子告别。他目前在阴间，给姜员外做干儿子，也很悠闲。半夜的时候他来约我玩儿。刚才是用白鼻梁黑嘴巴的黄马把儿送回来的。"母亲因而问他："在阴间看没看见珠儿？"他说："珠儿已经转生了。他和爹爹没有父子缘分，不过是金陵的严子方，来讨还百十千的欠债罢了。"从前，李化在金陵做买卖的时候，欠严子方的货款不等偿还，严子方就死了，这件事别人没有知道的。李化听了，大吃一惊。母亲又问："看没看见你的小惠姐姐？"他说："不知道。再去的时候，应该寻访她。"

又过了两三天，他对母亲说："小惠姐姐在阴间很好，嫁给了楚江王的小儿子，发髻上插满了珠宝翠玉；一出门便有百八十人，前呼后拥。"母亲说："她为什么不回一趟娘家呢？"他说："人死了以后，都和亲人没有骨肉关系了。倘若有人仔细向她叙述生前的事情，才能引起她的怀念。我昨晚儿托靠姜员外，走门子见到了姐姐。姐姐招呼我坐在珊瑚床上。我和她说，父母都很想念她，她都像睡梦似的。我说，'姐姐在世的时候，爱绣并蒂花，剪刀刺伤了指头，鲜血沾染在绫子上，姐姐就便绣成一片赤水云。现在母亲还把它挂在床头的墙壁上，看着遗物，思念姐姐，心里总也抹不掉。姐姐你忘记了吗？'姐姐这才感到悲伤，说，'应该禀告你的姐夫，回家去探望母亲'。"母亲打听回来的日期，他回答不知道。

有一天，他对母亲说："姐姐就要到了。因为随从的仆人太多，应该多准备一些酒浆。"过了不一会儿，跑进屋里说："姐姐来了！"就把矮床搬进中堂，说："姐姐暂且坐下来歇歇，不要过分地悲哀和痛哭。"别人都没有看见小惠。他却领人在门外烧纸，往地上洒酒，又返回来说："骑马的侍从暂时让他们回去了。姐姐说，'生前所盖的绿锦被子，曾被灯花烧了一个豆粒大的小点子，还在吗？'母亲说："还在。"就打开竹箱子拿了出来。他说："姐姐叫我把它铺到生前的绣房里。她很疲乏，暂且躺一会儿，明天再和母亲说话。"

东邻赵家的姑娘，过去和小惠是闺房里的女友。这一天晚上，忽然梦见小惠扎着头巾，披着紫色披肩，前来看望她，谈笑和生前一个样子。而且说："我现在已经不是人类，和父母见一面，如同隔着万里河山。要借用妹子的躯体和家人相会，你不必害怕。"天亮以后，赵姑娘刚把昨夜梦里的情况告诉母亲，忽然倒在地上，气闷而死。过了一刻钟才苏醒过来，对赵母说："小惠和婶子分别好几年了，你头上好像顿时挂上了白发。"赵母惊讶地说："我儿得癫狂病了吗？"女儿没有说话，向她拜别，转身就往外走。赵母知道发生了怪事，就在后边跟着。

姑娘一直来到李化家中，一把抱住母亲就悲痛地哭起来。母亲吃了一惊，不知说什么才好。姑娘说："女儿昨天回到家里，很疲乏，顾不上说话。女儿不孝，半路上撇下父母，劳烦父母悲哀地想念，这个罪过用什么也赎不回来！"母亲忽然明白了，就哭了起来。哭了一会儿问道："听说女儿现在富贵了，这就极大安慰了妈妈的心。但是你住在龙王家里，怎么就能回来呢？"女儿说："郎君与女儿感情很要好，公婆对我也很疼爱，一点不嫌女儿丑陋。"小惠活着的时候，喜好用手支着脸颊；姑娘在说话的时候，总是用手支着脸颊，神情很像小惠。过了一会儿，珠儿跑进来说:"接姐姐的人马来了!"姑娘就站起来,流着眼泪拜别说:"女儿回去了!"说完又倒在地上。过了一会儿才苏醒过来。

几个月以后,李化病得很厉害,请医吃药,毫无效果。珠儿说:"恐怕朝夕难保了!有两个小鬼坐在床头上,一个拿着铁棍子,一个挎着苎麻绳,约有四五尺长。我昼夜哀求,它们也不走。"母亲听了,痛哭一场,就给丈夫准备寿衣寿被。天黑以后,珠儿忽然跑进来说:"闲杂人员和仆妇丫鬟暂且躲避出去,姐夫看望爹爹来了。"不一会儿,他拍着巴掌笑起来。母亲问他笑什么,他说:"我笑两个小鬼,听说姐夫来了,都藏在床底下,缩着脖子,活像两个乌龟老鳖。"又过了一会儿,他望着天空问暖问寒,向姐夫问好。接着又拍着手说:"两个鬼奴才,我再三哀求也不走,到今天才大快人心!"说完就走出门外,又退回来说:"姐夫走了。两个小鬼被锁在马脖子上的皮带上。爹爹应该马上就没病没灾了。姐夫说:回去禀告大王,给爹爹妈妈请求百年长寿。"全家人都高兴了。到了晚上,李化的病情好了很多,过了几天就痊愈了。

请来老师教珠儿读书。珠儿很聪明,十八岁就考中了秀才,还能说出阴间的一些事情。他看见村里有人闹病,就去指出鬼怪作祟的地方,用火焚烧,往往得到痊愈。他后来突然得了重病,身上的皮肤变成了青紫色,自己说是鬼神责罚我泄露了它们的秘密,从此再也不说鬼神的事情了。

小官人

【原文】

太史某公①,忘其姓氏。昼卧斋中,忽有小卤簿②,出自堂陬③。马大如蛙,人细于指④。小仪仗以数十队;一官冠皂纱,着绣襆⑤,乘肩舆⑥,纷纷出门而去。公心异之，窃疑睡眠之讹。顿见一小人，返入舍，携一毡包，大如拳，竟造床下⑦。白言⑧："家主人有不腆之仪⑨，敬献太史。"言已，对立⑩，即又不陈其物⑪。少间，又自笑曰："戋戋微物⑫，想太史亦无所用，不如即赐小人。"太史颔之⑬。欣然携之而去。后不复见。惜太史中馁⑭，不曾诘所自来⑮。

【注释】

①太史：官名。夏、商、周为史官及历官之长。后历代职掌有所不同，一般为对史官的尊称。明、清由翰林院兼领史馆事，因亦称翰林为太史。

②卤簿：旧时官员仪仗。详《陆判》注。

③堂陬（邹）：堂隅，厅堂的一角。堂，此指书斋。

④细于指：比手指还细。

⑤绣襆（袂）：古代礼服。襆，借作"黻"，古代礼服上绣的黑青相间的"弚"形花纹。

⑥肩舆：轿子。

⑦造：至。

⑧白：禀白。禀告，陈述。

⑨不腆（忝）之仪：犹言薄礼。腆，丰厚。仪，礼物。

⑩对立：在对面站着；

⑪陈：陈列。

⑫戋戋（煎煎）：微少貌。

⑬颔（撼）之：点头表示同意。颔，下巴。此处用于动词，点头。

⑭中馁：气馁；害怕。中，内心。馁，丧气。

⑮诘所自来：指询问小官人的来由原委。

【译文】

　　有一个太史，忘了他的名字。他白天躺在书房里，忽然看见一个小小的仪仗队，从墙角里钻出来，马像青蛙那么大，人比指头还小。小仪仗排成几十队：有一个官员，头戴乌纱帽，身穿绣袍，坐着轿子，纷纷出门走了。太史感到很惊奇，暗

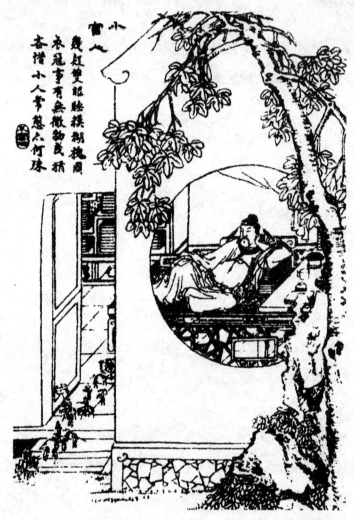

小官人

自怀疑是睡眼昏花看错了。忽然看见一个小人，返回来进了屋子，携带一个像拳头

那么大的毡包，竟然来到床下。禀告说："我家主人有点薄礼，要敬献给太史。"说完，面对太史站着，但又不马上拿出那个毡包。过了一会儿，他又自己笑着说："很少的一点东西，想太史也没有什么用处，不如赏给小人得了。"太史点点头。他高兴地拿着走了。以后再也没有看见。可惜太史当时有些害怕，没有打听他们是从什么地方来的。

胡四姐

【原文】

尚生，太山人①。独居清斋。会值秋夜，银河高耿②，明月在天，徘徊花阴，颇存遐想③。忽一女子逾垣来。笑曰："秀才何思之深？"生就视，容华若仙。惊喜拥入，穷极狎昵。自言："胡氏，名三姐。"问其居第，但笑不言。生亦不复置问，惟相期永好而已。自此，临无虚夕。

一夜，与生促膝灯幕④，生爱之，瞩盼不转⑤。女笑曰："眈眈视妾何为？"曰："我视卿如红药碧桃⑥，即竟夜视，不为厌也。"三姐曰⑦："妾陋质，遂蒙青盼如此⑧；若见吾家四妹，不知如何颠倒。"生益倾动，恨不一见颜色，长跽哀请⑨。逾夕，果偕四姐来。年方及笄⑩，荷粉露垂，杏花烟润，嫣然含笑，媚丽欲绝。生狂喜，引坐⑪。三姐与生同笑语；四姐惟手引绣带，俯首而已。未几，三姐起别，妹欲从行。生曳之不释，顾三姐曰："卿卿烦一致声⑫。"三姐乃笑曰："狂郎情急矣！妹子一为少留。"四姐无语，姊遂去。二人备尽欢好，既而引臂替枕，倾吐生平，无复隐讳。四姐自言为狐。生依恋其美，亦不之怪。四姐因言："阿姊狠毒，业杀三人矣。惑之，罔不毙者。妾幸承溺爱，不忍见灭亡，当早绝之。"生惧，求所以处⑬。四姐曰："妾虽狐，得仙人正法⑭，当书一符粘寝门⑮，可以却之。"遂书之。

既晓，三姐来，见符却退，曰："婢子负心，倾意新郎，不忆引线人矣^⑯。汝两人合有夙分^⑰，余亦不相仇，但何必尔？"乃径去。

胡四姐

数日，四姐他适，约以隔夜。是日，生偶出门眺望，山下故有榆林^⑱，苍莽中，出一少妇，亦颇风韵^⑲。近谓生曰："秀才何必日沾沾恋胡家姊妹^⑳？渠又不能以一钱相赠。"即以一贯授生，曰："先持归，贳良酝^㉑；我即携小肴馔来，与君为欢。"生怀钱归，果如所教。少间，妇果至，置几上燔鸡、咸彘肩各一^㉒，即抽刀子缕切为胾；酾酒调谑^㉓，欢洽异常。继而灭烛登床，狎情荡甚。既曙始起。方坐床头，捉足易舄，忽闻人声；倾听，已入帷幕，则胡姊妹也。妇乍睹，仓惶而遁，遗舄于床。二女遂叱曰："骚狐！何敢与人同寝处！"追去，移时始反。四姐怨生曰："君不长进，与骚狐相匹偶。不可复近！"遂悻悻欲去。生惶恐自投，情词哀恳。三姊从旁解免，四姐怒稍释，由此相好如初。

一日，有陕人骑驴造门曰㉔："吾寻妖物，匪伊朝夕㉕，乃今始得之。"生父以其言异，讯所由来。曰："小人日泛烟波㉖，游四方，终岁十余月，常八九离桑梓㉗，被妖物蛊杀吾弟。归甚悼恨，誓必寻而殄灭之。奔波数千里，殊无迹兆。今在君家。不剪，当有继吾弟而亡者。"时生与女密迩，父母微察之，闻客言，大惧，延入，令作法。出二瓶，列地上，符咒良久。有黑雾四团，分投瓶中。客喜曰："全家都到矣。"遂以猪脬裹瓶口㉘，缄封甚固。生父亦喜，坚留客饭。生心恻然，近瓶窃视，闻四姐在瓶中言曰："坐视不救，君何负心？"生益感动。急启所封，而结不可解。四姐又曰："勿须尔。但放倒坛上旗，以针刺脬作空，予即出矣。"生如其请。果见白气一丝，自孔中出，凌霄而去。客出，见旗横地，大惊曰："遁矣！此必公子所为。"摇瓶俯听，曰："幸止亡其一。此物合不死，犹可赦。"乃携瓶别去。

后生在野，督佣刈麦，遥见四姐坐树下。生近就之，执手慰问。且曰："别后十易春秋，今大丹已成㉙。但思君之念未忘，故复一拜问。"生欲与偕归。女曰："妾今非昔比，不可以尘情染，后当复见耳。"言已，不知所在。又二十年余，生适独居，见四姐自外至。生喜与语。女曰："我今名列仙籍，本不应再履尘世。但感君情，敬报撤瑟之期㉚。可早处分后事㉛；亦勿悲忧，妾当度君为鬼仙，亦无苦也。"乃别而去。至日，生果卒。尚生乃友人李文玉之戚好，尝亲见之。

【注释】

①太山：郡名。汉置。太，本作"泰"。治所在今山东泰安市。

②银河高耿：谓银河高悬空中，十分明亮。耿，明。

③颇存遐想：略涉虚幻的意想。颇，略，稍微。遐想，超越现实的凝想。此谓花前月下想望美人。

④促膝灯幕：谓相对坐于灯下。促膝，两人膝与膝相挨靠，形容亲近。

⑤瞩盼不转：目不转睛，瞩目而视。瞩盼，犹瞩目。

⑥红药碧桃：为两种观赏植物。红药即芍药，初夏开花，大而美艳。碧桃，碧桃花，此均喻女子姿容美艳。

⑦三姐：此据铸雪斋抄本，原无"姐"字。

⑧青盼：犹青眼、垂青，即见爱、看重之意。《晋书·阮籍传》："籍又能为青白眼。见礼俗之士，以白眼对之。及嵇喜来吊，籍作白眼；喜不择而退。喜弟康闻之，乃贵酒挟琴造焉，籍大悦，乃见青眼。"

⑨长跽（忌）：犹长跪，直挺挺地跪着。

⑩及笄：谓刚十五岁。

⑪引坐：拉她坐下。引，拉，牵。

⑫卿卿：男女间的爱称。

⑬求所以处：求问对付的方法。处，处置、对付。

⑭正法：与左道（邪魔外道）相对而言，指合于正道的仙术。

⑮符：即道书所谓"丹书""符字""墨篆"等，形似篆字，非一般人所识，为道教秘文，云可用以召请神将、驱除鬼魅。

⑯引线人：犹媒人。

⑰夙分：生前注定的缘分。

⑱槲（斛）：树名。落叶乔木。

⑲风韵：犹风流。指风情、韵致。

⑳沾沾："沾沾自喜"的省词，自得的样子。

㉑赍（士）良酝（韵）：买好酒。赍，买。酝，酒。

㉒燔鸡、咸彘肩：烧鸡、咸猪肘。

㉓醄：（又读，筛）斟酒。

㉔陕人：陕县人。

㉕匪伊朝夕：不是一朝一夕，言为时已久。匪，同"非"。伊，语助词，无义。

㉖泛烟波：泛舟江湖。

㉗桑梓：桑与梓为古时宅旁常栽的两种树，后因代指故乡。

㉘猪脬（抛）：猪尿脬。脬，膀胱。

㉙大丹：神仙迷信，把朱砂放在炉火中烧炼成仙药，叫作"外丹"；在自己身体内部，用静功和气功修炼精气的，叫作"内丹"。此指内丹而言，大丹已成，谓已修炼成为神仙。

㉚撤瑟之期：即死期。撤瑟本谓撤去琴瑟，使病者安静。后代称病故。

㉛处分：安排。

【译文】

泰山有位姓尚的书生，平时独自住在清静的书房。正值秋夜，银河高悬，明月当空，清光流泻而下。尚生独自一人徘徊在花丛中，遐想联翩。这时，忽然有个女子翻墙过来，对他笑着说："秀才深思些什么？"等走近了，见她生就一副花容月貌，如同天仙一般。尚生惊喜地搂着她进了书房，很是亲昵地缠绵了一番。女子自我介绍说："我姓胡，名叫三姐。"尚生问胡三姐住在什么地方，她只笑不答。尚生也不再追问，只希望永远相好就行了。从此，胡三姐每天夜晚都来。

一天夜里，他们两人坐在灯下促膝相谈，尚生非常喜欢胡三姐，目不转睛地看着她。胡三姐笑笑说："为什么这样呆呆地看着我？"尚生说："我看你像那美艳绝伦的芍药碧桃花，真是整夜整夜地凝视，也不觉厌烦。"胡三姐说："我容貌这般丑陋，却被你这么看重。如果再见了我家四姐，不知如何神魂颠倒呢！"尚生听了欲念倾动，恨不得即刻一睹芳容，直挺挺地跪在地上向胡三姐哀求要见胡四姐。第二天夜里，胡三姐果然带着胡四姐一块来了。只见她十五六岁的样子，就如清晨带露的粉荷，三月里春雨滋润的杏花，嫣然含笑，娇艳妖媚，真是美丽绝伦，举世无双。尚生一见，欣喜欲狂，赶快拉她坐下。胡三姐和尚生说笑，而胡四姐在一旁只低着头用手拈绣带。过了一会儿，胡三姐起身告别，胡四姐要跟她一块走，尚生却拽住她不让走，望着胡三姐说："我的亲亲，请你说一声吧！"胡三姐便笑着说："看把个狂生焦急的！妹妹你就稍稍待一会儿吧。"胡四姐不吭声，胡三姐就走了。两人尽情交欢一番，完事后就用胳膊作枕头，躺在一起互诉身世，不隐瞒什么。胡四姐说自己是狐精。尚生迷恋于她的美貌，所以并不见怪。胡四姐告诉他："姐姐最为狠毒，她已经杀死三个人，凡是被她迷惑的人没有不死的。我有幸承蒙你的溺爱，不忍心看着你被害死，应当趁早和她断绝来往。"尚生听了十分恐惧，向胡四姐求问对付的办法。胡四姐说："我虽然是狐精，却得到了仙人的正法，可以画一道符贴在卧室门上，就能使她不敢近前。"说完就给他画了一道符。天亮以后，胡三姐来了，一见符果然退却，说："这丫头太负心了，倾心于新郎，竟然把媒人忘了。你们两人应有缘分的，我也不会记恨，但何必要这样做？"说完就走开了。几天后，胡四姐说她有事要到别的地方去，和尚生约定隔夜再来。

这天，尚生偶然出门观光。山下原来有一片榭树林，苍莽中走出一个少妇，长得很有些风韵，她走到尚生跟前说："秀才何必天天为迷恋胡家姐妹而沾沾自喜？她们又不会给你一文钱。"少妇说着就拿出一吊钱来给尚生，并且说："你先拿着回去买好酒，我随后带美味佳肴来，和你一起畅饮。"尚生拿了少妇给的钱回来后果真去买了酒。

不长时间，少妇也如期而至，把烧鸡和卤猪肘放在桌上，用刀子切成细丝。于是两人斟酒对饮，边喝边相互调笑，显得异常和谐融洽。随后吹灭蜡烛，携手上床，极尽淫欲放荡之兴。天亮后才起床。少妇正坐在床边要穿鞋时，忽然听见有人说话，细细倾听，外边的人已经揭帘进来，原来是胡家姊妹俩。少妇一眼瞥见，就仓皇而逃，连鞋子也丢在床下。姊妹俩于是骂道："你这骚狐精，竟敢来和人睡觉！"她们追出去，过了一阵子才回来。胡四姐埋怨尚生说："你这人太不长进了，竟然和一个骚狐精厮混在一起，叫人无法再和你接近。"说着，脸上现出既生气又失望的神情转身要走。尚生十分惶恐，赶快跪下认错，言词十分恳切。胡三姐又在一旁调解劝说，胡四姐怒气渐渐消解，慢慢地又和好如初。

有一天，一个陕西人骑着驴登门拜访说："我一路寻找妖怪，不是一朝一夕了，今天总算在你这里找到。"尚生的父亲觉得这人话里有话，就向他询问来由。客人说："我奔游四方，一年十二个月常有八九个月不在家，我弟弟被妖怪蛊惑杀害。我回家后非常悲愤，发誓要找到妖怪并杀死它为弟弟报仇。我已奔波几千里，未见妖怪踪迹。如今妖怪在你家，不消灭它，一定会有人继我弟弟而死的。"这时，尚生和胡四姐她们正来往得密切，父母略有觉察。他们听客人说了这些话，心里非常惧怕，就请客人进门作法。客人拿出两个瓶子摆在地上，画符念咒，过了很久，就发现有四团黑雾分别被收进两只瓶子里。客人高兴地说："一家妖怪全到了。"于是就用猪膀胱裹住瓶口，封得非常牢固。尚生的父亲很高兴，就坚决请求客人留下吃饭。尚生很为胡四姐她们难过，他走到瓶子跟前窥视，听见胡四姐在瓶中说道："坐视不救，你为何这么负心？"尚生更加感动，急忙拿起瓶子启封，但却怎么也打不开。胡四姐又说："不必这样，只要放倒法坛上的旗，用针戳破猪膀胱，我就能从空隙里出来。"尚生照她说的办法做了，果然看见有一丝白气从小孔中钻出来，一直升到天空里去了。客人出来，看见旗横倒在地上，大吃一惊说："妖怪逃走了，这肯定是你家公子干的。"客人摇摇瓶子，俯着耳朵听听，说："幸亏只逃走了一个。这个怪物不该死，可以赦免。"于是便带着瓶子走了。

后来，尚生在田里监督佣人们割麦子，远远看见胡四姐就坐在前面的一棵大树下面。尚生走过去握着她的手向她问好。胡四姐说："分别有十年之久了，现在我已修炼成仙。但心里一直想念着你，所以专程来看望看望。"尚生想请她一块到家里去。她拒绝说："我已今非昔比，不能再去沾染俗尘世情，以后还会相见的。"说完，就不见踪影了。

又过了二十多年，正当尚生一人独处，看见胡四姐从外面进来。尚生很高兴地问候她。四姐说："我现在已名列仙籍，本来不该再到尘世来。但总是念及你的厚情，所以就特地来向你告知你的死期。你可以及早安排后事，但不必悲伤，我会度你为鬼仙的，不会有什么痛苦。"胡四姐说完就走了。到了胡四姐所说的日子，尚生果然死了。

尚生是我的朋友李文玉的亲戚，我曾亲眼见过他。

祝　翁

【原文】

　　济阳祝村有祝翁者①，年五十余，病卒。家人入室理缞绖②，忽闻翁呼甚急。群奔集灵寝，则见翁已复活。群喜慰问。翁但谓媪曰："我适去，拚不复返③。行数里，转思抛汝一副老皮骨在儿辈手，寒热仰人④，亦无复生趣，不如从我去。故复归，欲偕尔同行也。"咸以其新苏妄语⑤，殊未深信。翁又言之。媪云："如此亦复佳。但方生，如何便得死？"翁挥之曰："是不难。家中俗务，可速作料理。"媪笑不去。翁又促之。乃出户外，延数刻而入，绐之曰⑥："处置安妥矣。"翁命速妆。媪不去，翁催益急。媪不忍拂其意⑦，遂裙妆以出。媳女皆匿笑⑧。翁移首于枕，手拍令卧。媪曰："子女皆在，双双挺卧，是何景象？"翁捶床曰："并死有何可笑！"子女见翁躁急，共劝媪姑从其意。媪如言，并枕僵卧。家人又共笑之。俄视，媪笑容忽敛，又渐而两眸俱合，久之无声，俨如睡去。众始近视，则肤已冰而鼻无息矣。试翁亦然，始共惊怛⑨。康熙二十一年⑩，翁弟妇佣于毕刺史之家⑪，言之甚悉。

　　异史氏曰："翁其夙有畸行与⑫？泉路茫茫⑬，去来由尔，奇矣！且白头者欲其去，则呼令去，抑何其暇也⑭！人当属纩之时⑮，所最不忍诀者，床头之昵人耳⑯。苟广其术，则卖履分香⑰，可以不事矣。"

【注释】

①济阳：县名。今属山东省济南市。

②缞绖（催迭）：丧服。

③拚（判）：豁上；下决心。

④寒热仰人：意谓生活依赖他人。寒热，谓饥寒、温饱。仰人，"仰人鼻息"的省词，指依赖他人生存。

⑤新苏妄语：刚复活，说胡话。苏，复生。

⑥绐（怠）：欺骗。

⑦拂：违拗。

⑧匿笑：偷笑。

⑨惊怛（达）：惊讶、悲痛。

⑩康熙二十一年：即公元1682年。

⑪毕刺史：名际有，字载绩，号存吾，淄川（今属山东淄博市）人。顺治二年（1645）拔贡，官至通州（今江苏南通市）知州。康熙三年（1664）罢官归里，十八年（1679）聘蒲松龄设帐其家。刺史，为清代知州的别称。

⑫其：意同"岂"，语词。夙：夙昔，往日。畸（几）行：即不同于常人的美德善行。

⑬泉路：赴阴世之路，谓地下，阴间。泉，黄泉，谓地下。

⑭暇：悠闲。

⑮属（主）纩（矿）之时：病危之际。纩，新丝绵。旧时将其置于垂危病人的鼻端，验明病人是否断气，叫属纩。后因以属纩代指临终之时。

⑯昵人：亲昵之人。此指妻子。

⑰卖履分香：也作"分香卖履"。《文选》六〇《吊魏武帝文序》引曹操《遗令》："馀香可分与诸夫人，不命祭。诸舍中（按：指众妾）无所为，可学作履组

卖也。"后因以"分香卖履"指人临死之际犹念念不忘妻妾。

【译文】

　　济阳的祝家村，有个姓祝的老头儿，五十多岁，得病死了。家人进屋操办孝服，忽听老头儿喊得很急。大家跑到灵床跟前，看见老头儿已经复活了。大家高兴地向他问候。老头儿只对老伴儿说："我刚才离家，决心不再回来了。

祝翁

走了几里路，心里一想，撇下你这副老皮骨，落在儿子们的手里，冷暖仰赖别人，再活着也没有乐趣，不如跟我去。所以又返回来，想要和你一道同行。"大家都以为他刚刚死而复活，说的是胡话，根本不相信。老头儿又说了一遍。老伴儿说："这样也很好。可是你刚刚活过来，怎么就能死去呢？"老头儿挥挥手说："这个不难。家里的乱事，快去料理一下。"老伴儿笑着不动弹。老头儿又催促她。她就走出房门，拖延了几刻钟，才回到屋里，骗他说："处置妥当了。"老头儿叫她赶快梳妆穿衣服。老伴儿不去，老头儿催得更急。老伴儿不忍违拗他的心思，就进屋穿上寿衣走出来。媳妇和女儿都在偷偷地笑着。老头儿把脑袋放在枕头上，用手拍拍，叫老伴儿也躺下来。老伴儿说："子女都在跟前，两个人直挺挺地躺在一起，像个什么样子？"老头儿捶床说："一起死有什么可笑的！"子女们看见老头很急躁，都劝老太太暂且顺从他的心意。老太太听从子女们的劝告，就和老头儿直挺挺地躺在一个枕头上。家人又都笑呵呵地看着他们。过了一会儿，看见老太太收起了笑容，又渐渐把两只眼睛闭上了。过了很长时间，也无声息，好像真的睡了过去。大家这才来到跟前看看，发现皮肤已经冰凉，鼻孔也没有气息了。试试老头儿，也和老太太一样。这才一同惊讶地痛哭起来。康熙二十一年，老头儿的兄弟媳妇，在毕刺史家里当佣人，讲得很详细。

异史氏说："老头儿平素就有奇异的行为吗？阴间的道路幽暗不清，来去由他自己，真是怪事！而且对于白头偕老的老伴儿，想要叫她去，就招呼叫她去。哪有那些闲工夫！人在病危的时候，最不忍永别的，是床头上的亲人罢了。假若推广老头儿的法术，那么卖履分香的'遗令'，就可以不写了。"

猪婆龙

猪婆龙①，产于西江②。形似龙而短，能横飞；常出沿江岸扑食鹅鸭。或猎得之，则货其肉于陈、柯。此二姓皆友谅之裔③，世食婆龙肉，他族不敢食也。一客自江右来④，得一头，絷舟中。一日，泊舟钱塘，缚稍懈，忽跃入江。俄顷，波涛大作，估舟倾沉⑤。

【注释】

①猪婆龙：即鼍（驼），亦称"扬子鳄"。长约两米馀，背有角质鳞，以鱼、蛙、小鸟及鼠类为食。生活于长江下游岸边及太湖流域等沼泽地区。

②西江：指长江下游以西地区，即下文"江右"。

③友谅：即陈友谅（1320～1363），元末沔阳（今属湖北）人。农民起义军领袖之一。原为南系红巾军徐寿辉部将，后杀徐自立，在江州（今江西九江市）称帝，国号汉。至其子陈理，为明太祖朱元璋所灭。

④江右：古人叙地理，以东为左，以西为右。江右，即长江下游以西地区。后以称江西省。此下至"俄顷"，底本残缺，据铸雪斋本补正。

⑤估舟：商船。估，商人，通"贾"。

【译文】
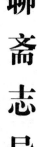

有一个客商从江西来，得到一头猪婆龙，拴在船上。一天，他把船停在钱塘江边，绳子稍微有些松，猪婆龙忽然挣脱跳进钱塘江。一会儿工夫，江上波涛汹涌，商船被掀翻而沉没了。猪婆龙生长在江西一带：形状像龙却比龙短，能横着飞行，经常在江边出没吞食鹅和鸭子之类水禽。有人猎获了它，就把肉卖给陈和柯两户人家。这两姓人家都是元代农民军首领陈友谅的后代，世世代代吃猪婆龙的肉，而别的家族的人不敢吃。

某 公

【原文】

陕右某公①，辛丑进士②，能记前身。尝言前生为士人③，中年而死。死后见冥王判事，鼎铛油镬④，一如世传。殿东隅，设数架，上搭猪羊犬马诸皮。簿吏呼名，或罚作马，或罚作猪；皆裸之，于架上取皮被之⑤。俄至公，闻冥王曰："是宜作羊。"鬼取一白羊皮来，掭覆公体⑥。吏白："是曾拯一人死⑦。"王检籍覆视⑧，示曰："免之。恶虽多，此善可赎。"鬼又褫其毛革⑨。革已粘体，不可复动。两鬼捉臂按胸，力脱之，痛苦不可名状；皮片片断裂，不得尽净。既脱，近肩处犹粘羊皮大如掌。公既生，背上有羊毛丛生，剪去复出。

【注释】

①陕右：陕西。指陕原（今河南陕县西南）以西地区。

②辛丑：当指清世祖（福临）顺治十八年，即公元一六六一年。

③士人：旧称读书人。

④鼎铛（当）油镬（获）：鼎、铛、镬，都是古代的烹饪器。有足曰鼎，无足曰镬，底平而浅曰铛。鼎铛油镬，谓用鼎镬把油烧沸以烹人，是古代的一种酷刑。

⑤被：同"披"。

⑥捺（纳）：向下按。

⑦是：此，此人。

⑧检籍：查核簿册。检，检校，查核。籍，迷信传说中冥间记录人一生善恶的簿册，即生死簿。

⑨褫（齿）：剥去衣服。此指剥除。

【译文】

　　陕西某公，顺治十八年中了进士，他能记得前世的事情。他曾经说过自己前生是个读书人，中年时死去。死后在阴间见阎王判决公事，鼎铛油镬之类刑具都和世人传说的一样。在殿堂东边的角上，摆着几个木架，上面搭着猪羊犬马等各种皮囊，管生死簿的官吏叫着鬼魂的名字，有的被罚为马，有的被罚为猪，使全裸露着身体从木架上取下相应的皮披在身上。很快地轮到某公了，只听阎王说："这人该罚为羊。"鬼卒就取下一张白羊皮裹在他身上。官吏说："这人曾救过人一命。"阎王重新翻着生死簿查看，说："免了他。他虽然作恶不少，这件善事可以赎罪。"鬼就去从他身上剥取羊皮，结果羊皮已经紧紧粘在身上，脱不下来了。两个鬼，一个抓着胳膊，一个按着胸脯使劲往下拽，他疼痛难忍。羊皮裂成碎片，无法完全取下来。最后肩膀附近粘着一块手掌大的羊皮。他转生之后，脊背就有一丛羊毛，剪掉后又长出来。

快　刀

中华传世藏书

聊斋志异

图文珍藏版

【原文】

　　明末，济属多盗①。邑各置兵，捕得辄杀之。章丘盗尤多。有一兵佩刀甚利，

快刀

快刀
尚教原非猝益法
剧将身致毙
西曹更无怨死须
史意但为
颈颜觅快刀

杀辄导窾②。一日，捕盗十馀名，押赴市曹③。内一盗识兵，逡巡告曰④："闻君刀最快，斩首无二割。求杀我！"兵曰："诺。其谨依我⑤，无离也⑥。"盗从之刑处，出刀挥之，豁然头落。数步之外，犹圆转而大赞曰："好快刀！"

【注释】

①济属：济南府所属地区。清代济南府辖历城、章丘、齐东、长清、长山、邹平、淄川、齐河、禹城、平原、临邑、德州、陵县、德平、济阳等十五县，大致相当今之济南市及德州、惠民、淄博市地区的一部。

②杀辄导窾（款）：意谓杀即顺窍，一刀便断头。窾，空处。

③市曹：市口通衢，常为古代行刑之处。

④逡巡：迟疑徘徊。此谓吞吞吐吐，难以出口。

⑤谨：谨慎小心，此处有注意留心之意。依：依傍，靠着。

⑥无：同"毋"、"勿"，不要。

【译文】

明朝末年，济南府管辖的境内盗贼特别多。各县都养着兵，只要抓获盗贼就杀掉。章丘县境的盗贼尤其多。有一个兵卒的佩刀非常锋利，杀人时一刀即断头，像从骨缝中削过似的轻巧。一天，抓了十多个盗贼，押到刑场处斩。其中有个盗贼认识这个兵，吞吞吐吐地对兵说："听说你的刀最锋利，杀头时一刀了断，不用第二刀。请你杀我。"兵说："好。你留心紧跟着我，不要离开。"盗贼跟他到了刑场，那兵持刀挥斩，盗贼人头豁然落地。头滚到几步之外，一边旋转一边称赞说："好锋利的刀！"

侠 女

【原文】

顾生，金陵人①。博于材艺，而家綦贫。又以母老，不忍离膝下，惟日为人书画，受贽以自给。行年二十有五，伉俪犹虚②。对户旧有空第，一老妪及少女税居其中。以其家无男子，故未问其谁何。一日，偶自外入，见女郎自母房中出，年约十八九，秀曼都雅③，世罕其匹，见生甚避，而意凛如也④。生入问母。母曰："是对户女郎，就吾乞刀尺⑤。适言其家亦止一母。此女不似贫家产。问其何为不字，则以母老为辞。明日当往拜其母，便风以意⑥；倘所望不奢，儿可代养其母。"明日造其室，其母一聋媪耳。视其室，并无隔宿粮。问所业，则仰女十指⑦。徐以同食之谋试之，媪意似纳，而转商其女；女默然，意殊不乐。母乃归。详其状而疑之曰："女子得非嫌吾贫乎？为人不言亦不笑，艳如桃李，而冷如霜雪，奇人也！"母子猜叹而罢。

一日，生坐斋头，有少年来求画。姿容甚美，意颇儇佻⑧。诘所自，以"邻村"对。嗣后三两日辄一至。稍稍稔熟，渐以嘲谑；生狎抱之，亦不甚拒，遂私焉。由此往来昵甚。会女郎过，少年目送之，问为谁。对以"邻女"。少年曰："艳丽如此，神情何可畏？"少间，生入内。母曰："适女子来乞米，云不举火者经日矣。此女至孝，贫极可悯，宜少周恤之。"生从母言，负斗米款门，达母意。女受之，亦不申谢。日尝至生家，见母作衣履，便代缝纫；出入堂中，操作如妇。生益德之。每获馈饵，必分给其母，女亦略不置齿颊⑨。母适痈生隐处，宵旦号咷。女时就榻省视，为之洗创敷药，日三四作。母意甚不自安，而女不厌其秽。母曰："唉！安得新妇如儿，而奉老身以死也⑩！"言讫，悲哽。女慰之曰："郎子大孝，胜我寡母孤女什百矣。"母曰："床头蹀躞之役⑪，岂孝子所能为者？且身已向暮，旦夕犯雾露⑫，深以祧续为忧耳。"言间，生入。母泣曰："亏娘子良多，汝无忘报德。"生伏拜之。女曰："君敬我母，我勿谢也；君何谢焉？"于是益敬爱之。然其举止生硬⑬，毫不可干。

侠女

一日，女出门，生目注之。女忽回首，嫣然而笑。生喜出意外，趋而从诸其家。挑之，亦不拒，欣然交欢。已，戒生曰："事可一而不可再！"生不应而归：明日，又约之。女厉色不顾而去。日频来，时相遇，并不假以词色⑭，少游戏之，则冷语冰人。忽于空处问生："日来少年谁也？"生告之。女曰："彼举止态状，无礼于妾频矣。以君之狎昵^⑮，故置之。请更寄语：再复尔，是不欲生也已！"生至夕，以告少年，且曰："子必慎之，是不可犯！"少年曰："既不可犯，君何私犯之？"生白其无。曰："如其无，则猥亵之语，何以达君听哉？"生不能答。少年曰："亦烦寄告：假惺惺勿作态^⑯；不然，我将遍播扬。"生甚怒之，情见于色，少年乃去。一夕，方独坐，女忽至，笑曰："我与君情缘未断，宁非天数。"生狂喜而抱于怀。欻闻履声籍籍^⑰，两人惊起，则少年推扉入矣。生惊问："子胡为者？"笑曰："我来观贞洁人耳。"顾女曰："今日不怪人耶？"女眉竖颊红，默不一语。急翻上衣，露一革囊，应手而出，则尺许晶莹匕首也。少年见之，骇而却走。追出户外，四顾渺然。女以匕首望空抛掷，戛然有声，灿若长虹，俄一物堕地作响。生急烛之，则一白狐，身首异处矣。大骇。女曰："此君之娈童也^⑱。我固恕之，奈渠定不欲生何！"收刃入囊。生曳令入。曰："适妖物败意，请来宵。"出门径去。次夕，女果至，遂共绸缪。诘其术，女曰："此非君所知。宜须慎秘，泄恐不为君福。"又订以嫁娶，曰："枕席焉^⑲，提汲焉^⑳，非妇伊何也？业夫妇矣，何必复言嫁娶乎？"生曰："将勿憎吾贫耶？"曰："君固贫，妾富耶？今宵之聚，正以怜君贫耳。"临别嘱曰："苟且之行^㉑，不可以屡。当来，我自来；不当来，相强无益。"后相值，每欲引与私语，女辄走避。然衣绽炊薪，悉为纪理，不啻妇也。

积数月，其母死，生竭力葬之。女由是独居。生意孤寝可乱，逾垣入，隔窗频呼，迄不应。视其门，则空室扃焉。窃疑女有他约。夜复往，亦如之。遂留佩玉于窗间而去之。越日，相遇于母所。既出，而尾其后曰："君疑妾耶？人各有心，不可以告人。今欲使君无疑，乌得可？然一事烦急为谋。"问之，曰："妾体孕已八月矣，恐旦晚临盆^㉒。'妾身未分明'^㉓，能为君生之，不能为君育之。可密告母，觅乳媪，伪为讨螟蛉者^㉔，勿言妾也。"生诺，以告母。母笑曰："异哉此女！聘之不可，而顾私于我儿。"喜从其谋以待之。又月馀，女数日不至。母疑之，往探其门，萧萧闭寂。叩良久，女始蓬头垢面自内出。启而入之，则复扃之。入其室，则呱呱者在床上矣^㉕。母惊问："诞几时矣？"答云："三日。"捉绷席而视之^㉖，则男也，且丰颐而广额㉗。喜曰:"儿已为老身育孙子,伶仃一身,将焉所托?"女曰:"区区隐衷,不敢掬示老母。俟夜无人,可即抱儿去。"母归与子言,窃共异之。夜往抱子归。

更数夕,夜将半,女忽款门入,手提革囊,笑曰:"我大事已了,请从此别。"急询其故,曰:"养母之德,刻刻不去诸怀。向云'可一而不可再'者,以相报不在床第也㉘。为君贫不能婚,将为君延一线之续。本期一索而得㉙,不意信水复来㉚,遂至破戒而再。今君德既酬,妾志亦遂,无憾矣。"问:"囊中何物?"曰:"仇人头耳。"检而窥之,须发交而血模糊。骇绝,复致研诘。曰:"向不与君言者,以机事不密,惧有宣泄。今事已成,不妨相告:妾浙人。父官司马㉛,陷于仇,彼籍吾家㉜。妾负老母出,隐姓名,埋头项㉝,已三年矣。所以不即报者,徒以有母在;母去,又一块肉累腹中,因而迟之又久。曩夜出非他,道路门户未稔,恐有讹误耳。"言已,出门。又嘱曰:"所生儿,善视之。君福薄无寿,此儿可光门闾。夜深不得惊老母,我去矣!"方凄然欲询所之,女一闪如电,瞥尔间遂不复见㉞。生叹惋木立,若丧魂魄。明以告母,相为叹异而已。后三年,生果卒。子十八举进士,犹奉祖母以终老云。

异史氏曰:"人必室有侠女,而后可以畜娈童也㉟。不然,尔爱其艾豭,彼爱尔娄猪矣㊱!"

【注释】

①金陵:今江苏南京市。战国时楚置为金陵邑,故名。

②伉俪(元历):配偶,此指妻子。伉,相当。俪,并也。古以成对的鹿皮,为定婚用物。

③秀曼都雅:秀丽美雅。曼,美,长。都,美。

④凛如:犹凛然,严肃可畏的样子。

⑤乞刀尺:借剪刀和尺子。乞,借、讨。

⑥风：同"讽"，从侧面示意。

⑦仰女十指：依靠女郎针黹（缝纫、刺绣）为生。十指，双手。

⑧儇（轩）佻：轻佻；轻薄浮滑。

⑨略不置齿颊：意谓不做感谢之言。齿颊，犹言口舌、言语。

⑩老身：旧时老妇自称。

⑪床头蹀躞（迭泄）：指床前侍奉其母的杂役。蹀躞，小步走路的样子。

⑫犯雾露：外感致病；此指罹病而死。

雾露，指风寒。

⑬生硬：不柔和。硬，据二十四卷抄本，底本作"哽"。

⑭假以词色：给以表示友好的话语和脸色。假，给予。

⑮狎：据二十四卷抄本，底本作"暇"。

⑯假惺惺：装假。此指假装正经的人，是对侠女的蔑称。

⑰籍籍：形容声响纷乱。

⑱娈（峦）童：旧时被当女性玩弄的男童。娈，美好。

⑲枕席：喻男女同居。

⑳提汲：从井中提水，喻操持家务。

㉑苟且之行：此指男女私会。

㉒临盆：分娩。

㉓妾身未分明：我的身份尚未明确；此指侠女与顾生没有公开的夫妇名分。杜甫《新婚别》："妾身未分明，何以拜姑嫜。"妾，古代妇女自称的谦词。

㉔螟蛉（名伶）：养子。《诗·小雅·小宛》："螟蛉有子，蜾蠃负之。教诲尔子，式穀似之。"后因称义子为"螟蛉"。螟蛉，是一种飞蛾的幼虫，蜾蠃捕来喂养自己的幼虫，古人错认为蜾蠃以螟蛉为养子。

㉕呱呱（咕咕）者：指婴儿。呱呱，婴儿的哭声。

㉖捉绷席：指抱起婴儿。捉，抱持。绷席，犹言"襁褓"。

㉗丰颐而广额：下巴丰满，上额广阔；指面庞方圆。

㉘床第（子）：犹"枕席"。

㉙一索而得：《易·说卦》："震一索而得男。"索，求索。此谓初次欢会，即可孕胎。

㉚信水：月经。

㉛司马：官名。明清时称府同知为"司马"。

㉜籍吾家：抄没我家财产。籍，没收、登记。

㉝埋头项：隐藏不敢露面。

㉞瞥尔间：转眼间。尔，语末助词。

㉟畜：养。

㊱"尔爱"二句：你爱他这个公猪，他就爱你的那个母猪了。意指你爱娈童，娈童就要爱你的妻室。艾豭、娄猪之喻。

【译文】

顾生，金陵人，多才多艺，可是家里非常贫穷。又因为母亲年老，不忍离家出外谋生，只有天天给人写字画画，得点报酬来过日子。年龄已经二十五岁了，还没能娶亲。对门有个空闲旧宅子，有个老婆婆和个年轻姑娘租住在里面。因那家里没有男人，所以也没问是谁家是什么人。一天，顾生偶尔从外面进家，只见有个姑娘从母亲房里出来，年纪有十八九岁，秀丽端庄，世间少有。那姑娘见到顾生也不躲避，可是神气却很严肃冷淡。顾生进房问母亲，母亲说："那是对门的姑娘，找我借剪刀和尺子。刚才说她家里只有个母亲。这姑娘不像努人家孩子。问她为什么还不出嫁，说是因为有个老母亲。明天我去拜望她母亲，顺便透个娶她女儿的意思。若是她要求不过分，儿子你可替她养活她的老人。"

第二天，顾母去了姑娘的家里，她母亲是个聋老太太。看看房里，并没有隔宿粮；问她做什么营生，却是靠姑娘做些针线。顾母提出两家一块儿过日子的打算，老太太似乎同意，转过去和女儿商量，女儿却不说话，意思是不乐意。顾母就回来了。仔细考虑那样子，怀疑说："那姑娘莫非嫌我穷吗？为人不说也不笑，艳丽如同桃李，可神情冷淡像是霜雪，真是个奇人啊！"母子两人只好猜疑赞叹罢了。

一天，顾生坐在桌旁，有个少年来求他画画。那少年相貌很美，意态却很轻浮。问他从哪里来，回答是住在邻村。这以后，三两天就来一趟。稍微熟识了，逐渐开起玩笑来，顾生搂抱他，也不拒绝，就相好起来。从这，来往更加亲昵。一次，正巧见到那姑娘来顾家，少年眼看着姑娘进去，就问是谁。顾生说是邻居的姑娘。少年说："这么漂亮，神情怎么却令人害怕。"

一会儿，顾生进了内房。母亲说："刚才那姑娘来借米，说是一天没生火做饭了。这姑娘很孝顺，穷得叫人可怜，该当周济她些。"顾生听从母亲的话，背上一斗米，敲门进去述说了母亲的意思，那姑娘接受下来，也不表示谢意。白天常到顾生家来，看见顾生母亲做衣服鞋子，就替她缝缝连连。在房里出出进进，干活就像个儿媳妇一样。顾生更加敬重她，每逢得些别人赠送的糕饼，必定分送给那姑娘的母亲，姑娘在言辞上脸色上从不表示感谢的意思。

顾生的母亲正在不便处生了个疮，痛得昼夜号叫。那姑娘常到床前看望，给顾母洗疮敷药，一天三四次。顾母很过意不去，可姑娘并不嫌脏怕麻烦。顾母说："唉！怎么能有个新媳妇像你这样侍候我这老婆子到死呢！"说完，悲伤得哭不出声。姑娘安慰她说："你儿子挺孝顺，强我寡母孤女多了。"顾母说："床前过来过去的活儿，哪里是孝子能办得了的呢？再说我也到了晚年，早晚得个病就死了，心里很是为传宗接代的事儿发愁。"说话间，顾生进了房。顾母哭着说："多亏这姑娘啊！你可别忘了报答人家的大德。"顾生拜谢。姑娘说："你敬重我母亲，我没有谢你。你何须要谢呢！"顾生更加敬爱姑娘，可是那姑娘举动生硬，丝毫冒犯不得。

有一天，姑娘出门去，顾生眼睛直望着姑娘。姑娘忽然回过头来，亲切地笑了笑。顾生出乎意外地高兴，快步跟着到了姑娘家里。顾生挑逗姑娘，姑娘也不拒绝，两人高兴得亲热起来。完事后，姑娘告诫顾生说："这样的事情只能一次，不能再有第二次。"顾生没有应声就回家了。第二天，顾生又向姑娘约会，姑娘脸色严峻，理也不理就走了。每天常来，常常见面，可是也没个笑脸，也没句亲热的话。顾生稍微说句玩笑话，姑娘的话却冷得冰人。

　　一次，姑娘忽然在没人地方问顾生："白天来的那少年是谁？"顾生告诉了她。姑娘说："他的动作言辞，多次对我很不礼貌。因为你对他很亲热，所以没怎么着他，请顺便捎个口信，他再要那样，是不想活了呢！"顾生到了晚上将话告诉少年，并且说："你要小心，她是惹不得的！"少年说："既然惹不得，你怎么惹了呢？"顾生辩白说没有的事。少年说："要是没有，那种亲昵的话，怎么到了你耳朵里的呢？"顾生回答不出来。少年说："也麻烦你捎话给假正经，不要装样子。要不然，我就到处张扬去。"顾生很生气，脸色也变了。少年就去了。

　　又一个晚上，顾生正独自坐着，那姑娘忽然来了，笑着说："我和你的情分没断，岂不是天意吗！"顾生高兴得发狂，将姑娘抱在怀里。忽然听到嗒嗒的脚步声，两人吃惊起身，却是少年推门进来了。顾生惊讶地问："你要干什么？"少年说："我是来看看贞洁的人罢了！"又对着姑娘说："今天不能怪我了吧！"姑娘眉毛竖起，面颊绯红，默默不说一句话，急忙掀开上衣，露出一个皮囊，顺手拔出尺多长晶明闪光的匕首。少年一看，吓得赶忙就跑。姑娘追到门外，四处察看，没有了少年的影踪，姑娘将匕首望空中抛去，"嘎"地响了一声，明亮如同长虹。刹那间，一个东西"砰"的一声掉在地上。顾生急忙拿蜡烛一照，原来是只白狐狸，头和身子砍成两截了。顾生吓坏了。姑娘说："这就是你眷爱的人。我本想宽恕他，怎奈他就是不想活了。"姑娘收起匕首放进皮袋里。顾生拉住姑娘叫她进房去。姑娘说："方才妖物败坏了兴致，请等到明天晚上吧！"出门走了。第二天夜晚，姑娘果然来了，两人相亲相爱十分缠绵。顾生问她是什么法术。姑娘说："这不是你该知道的，应当保守秘密，泄露出去恐怕不会对你有好处。"顾生又提出娶她。姑娘说："同床了，干家务活了，不是媳妇是什么呢？已经是夫妻了，何必再说娶嫁呢！"顾生说："是不是嫌我穷呢？"姑娘说："你当然穷，难道我家富吗？今晚的欢聚，正是怜惜你贫穷呢！"临别的时候，姑娘嘱咐说："这样偷偷摸摸的欢聚，不可以多次。当来时，我自己来；不当来时，勉强也无用。"后来两人碰面，顾生每每要和她说说私情话，姑娘总是走开躲避。可是缝缝连连，烧火做饭，全都给办理，简直和媳妇差不多。

过了几个月，姑娘的母亲死了。顾生尽上力量帮助安葬了。自此，姑娘独自居住。顾生心想姑娘孤单单一人，容易勾引，于是跳墙进去，隔着窗子呼唤多遍，始终无人应声，看看房门却是锁着的，房里没人。心里怀疑姑娘另外有情人约会。到了夜里又去了，还是那样子。于是，就将自己佩带的玉石留下挂在窗间，回家了。

隔了一天，顾生和姑娘在母亲处遇见了，顾生走出房，姑娘跟在后面走着说："你怀疑我了吧，各人有各人的心事，不能告诉别人。如今要使你不疑心也办不到，只是有件事烦请你赶快打算。"顾生问是什么事，姑娘说："我怀孕已经八个月了，怕是早晚就要临产了。我的身份不明确，能给你生孩子，可不能给你抚养。可以悄悄告诉老母亲找个奶妈，假作是要了个孩子，不要说出是我生的。"顾生答应下来，告诉了母亲。顾母笑着说："这女孩儿真怪！明媒正娶她不愿意，却愿意私下和我儿相好。"高兴地按姑娘说的安排好等待着。

又过了一月多，姑娘有几天没过来了。顾母疑心，去对门探访，只见冷冷清清地关着门户。敲门敲了好长时间，那姑娘才披散着头发，满脸灰垢，从房里走出来，开开大门让顾母进去后，又关上大门。顾母进了房子，床上已经有个哇哇叫着的小孩儿。顾母吃惊地问："生了几天了？"回答说："三天了。"抱起孩子看看，是个男孩子呢，两腮丰满，额头宽阔。顾母高兴地说："你已经给我这老妈妈生了个大孙子了！可你孤苦伶仃一个人，将来怎么过日子呢？"姑娘说："我心里的苦衷，还不能掏出来告诉老母。等到夜间无人时，就抱过孩儿去吧！"顾母回去和儿子讲了，两人都暗暗觉得奇怪。到了夜晚，过去把孩子抱回来。

又过了几个月，在半夜里，姑娘忽然敲门进来，手提着个皮袋子，笑着说："我的大事已经了结了，这是特地前来告别！"顾生急忙询问缘故。姑娘说："你奉养我母亲的大德，我时时刻刻记在心头。以前说的可以一次不可再次的话，是因为报答不在于成为夫妻。因为你穷得娶不起亲，所以要给你生个孩子传宗接代。本来打算一次就可成功，想不到又来了月经，才又再次破戒。如今你的大德已报答了，我的心愿也实现了，没有什么遗憾了！"顾生问："皮袋里是什么东西？"回答说：

"仇人的头呢！"顾生打开看看，头发胡须粘胶一起，血肉模模糊糊一团。吓得了不得，又问究竟怎么回事。姑娘说："以前不跟你说，是因为事情机密，怕泄露出去。如今事情已办成，告诉你也无妨了。我是浙江人，父亲官任司马，被仇家陷害，全家抄没。我背着老母亲逃出来，隐姓埋名，深居不出，已经三年了。没有立刻报仇，只是因有老母亲在世。母亲去世，又怀着一块肉，所以推迟下来。以前夜里出去不为别的，因为仇人家的道路门户不熟悉，恐怕弄错了误事罢了！"说完走出门去，又嘱咐说："生的孩子，要好好照管。你的福薄，寿数也短，这个儿子可以光宗耀祖。夜深了，不惊动老母亲了，我去了！"说完，姑娘身子一纵，像闪电一般，转眼就不见了。顾生又是叹息又是惋惜，木呆呆地站着，像丢了魂。天明，告诉了母亲，两人只有相互感叹惊奇罢了。

三年后，顾生果然死了。儿子十八岁中了进士，奉养祖母度过了晚年。

酒　友

【原文】

　　车生者，家不中资①，而耽饮，夜非浮三白不能寝也②，以故床头樽常不空③。一夜睡醒，转侧间，似有人共卧者，意是覆裳堕耳。摸之，则茸茸有物，似猫而巨；烛之，狐也，酣醉而犬卧④。视其瓶，则空矣。因笑曰："此我酒友也。"不忍惊，覆衣加臂，与之共寝。留烛以观其变，半夜，狐欠伸。生笑曰："美哉睡乎！"启覆视之，儒冠之俊人也⑤。起拜榻前，谢不杀之恩。生曰："我癖于曲蘖⑥，而人以为痴；卿，我鲍叔也⑦。如不见疑，当为糟丘之良友⑧。"曳登榻，复寝。且言："卿可常临，无相猜。"狐诺之。生既醒，则狐已去。乃治旨酒一盛⑨，专伺狐。

　　抵夕，果至，促膝欢饮。狐量豪，善谐，于是恨相得晚。狐曰："屡叨良酝⑩，何以报德？"生曰："斗酒之欢，何置齿颊⑪！"狐曰："虽然，君贫士，杖头钱大不易⑫。当为君少谋酒资。"明夕，来告曰："去此东南七里，道侧有遗金，可早取之。"诘旦而往，果得二金，乃市佳肴，以佐夜饮，狐又告曰："院后有窖藏，宜发之。"如其言，果得钱百余千。喜曰："囊中已自有，莫漫愁沽矣⑬。"狐曰："不然。辙中水胡可以久掬？合更谋之。"异日，谓生曰："市上荞价廉⑭，此奇货可

酒友

居⑮。"从之，收荞四十余石。人咸非笑之。未几。大旱，禾豆尽枯，惟荞可种；售种，息十倍⑯。由此益富，治沃田二百亩。但问狐，多种麦则麦收，多种黍则黍收，

一切种植之早晚，皆取决于狐。曰稔密⑰，呼生妻以嫂，视子犹子焉。后生卒，狐遂不复来。

【注释】

①家不中资：此谓家产并不丰厚。

②浮三白：饮三杯酒。《说苑·善说》："魏文侯与大夫饮酒，使公乘不仁为觞政，曰：饮（而）不釂者，浮以大白。"浮白，原指罚酒，后满饮一大杯酒，也称浮一大白。浮，旧时行酒令罚酒之称，引申为满饮。白，酒杯的一种，供罚酒用。

③樽：本字作"尊"，酒杯。

④犬卧：像犬一样俯身盘曲睡卧。犬，此据二十四卷抄本，原作"大"。

⑤儒冠：儒生戴的帽子。此谓戴着儒生帽子。

⑥癖于曲蘖（聂）：意即嗜酒成癖。癖，嗜好成疾。曲蘖，酒母。后因指酒。

⑦我鲍叔也：意谓是我的知己。鲍叔，春秋时齐国人，与管仲是好朋友。不论管仲处境如何，他对其都十分信赖。二人经商，管仲多取，他知其家贫，恬不为怪。齐国发生内乱，公子小白与公子纠争夺君位，他与管仲处于敌对地位；结果鲍叔支持的小白（即齐桓公）取得胜利。这时，鲍叔又把管仲推荐给齐桓公，自己甘居其下；他认为自己的才能不及管仲。因此，管仲说："生我者父母，知我者鲍子也。"

⑧糟丘：酒糟堆成的小丘。此指酒。

⑨旨酒一盛（成）：美酒一杯。盛，杯盂之类的盛器；一盛，犹一杯。

⑩叨（涛）：叨扰，辱承。表示承受的谦辞。

⑪何置齿颊：此据二十四卷抄本，原无"齿"字。

⑫杖头钱：买酒钱。

⑬莫漫愁沽：不要徒然为酒钱犯愁。

⑭荞（桥）：荞麦，子粒可供食用。

⑮奇货可居：此处意为囤积稀有货物，待价高时卖出以牟取暴利。

⑯息十倍：此从二十四卷抄本，"息"原作"忽"。

⑰稔（荏）密：熟悉亲密。稔，熟悉。

【译文】

车生家产不及中等水平，但是嗜酒成性，每天夜里不喝上三杯就睡不着觉，所以床头上的酒杯总是不空。一天夜里，他醒来翻身时，发现似乎有人睡在身旁，他以为是衣服掉在旁边。用手一摸，是个毛茸茸的东西，像猫却要大些。他点着蜡烛一照，原来是只狐狸，醉沉沉地像狗一样盘曲卧着。他再看酒瓶，发现已经空了。因而笑着说："这是我的酒友。"不忍心惊动它，又给它盖上衣服，接着就一起睡了。他留着烛火，要观察它究竟如何变化。半夜时，狐狸欠伸着。车生笑着说："睡得美极了！"他掀开衣服一看，却见它变成个英俊潇洒的书生。书生急忙起身拜伏，感谢车生的不杀之恩。车生说："我嗜酒成癖，别人都认为我太痴，只有你才是我真正的知己。如果不见外，咱们就做个好酒友吧。"车生说着就拽他上床再睡，并且说："你以后可以常来，不必顾虑。"狐狸答应了。车生醒来后，狐狸早已离去。于是又准备下一杯好酒，专等狐狸。

晚上，狐狸果然来了。于是双双促膝畅饮。狐狸酒量特别大，而且又很诙谐，于是只觉得相见恨晚。狐狸说："屡次承蒙用好酒招待，不知用什么来还报？"车生说："喝几杯薄酒，何足挂齿！"狐狸说："话虽这么说，但你毕竟是个穷书生，几个喝酒钱来得不容易。我应为你想办法弄点酒钱。"第二天夜里，狐狸来告诉他："在离这儿七里远的东南方。路边有丢下的银子，早早地去取回来。"一大清早，他到指定的地方去，果然拾得二两银子，就用它买了好菜，供晚上喝酒用。狐狸又说："你家后院窖里藏着钱，可以挖出来用。"车生照办，果然挖出一百多吊钱来。车生高兴地说："口袋有钱了，再也不用发愁没酒喝了。"狐狸却说："不能这样。车辙沟里的几滴水经得住几次舀？还应该想别的办法。"另一天，狐狸对车生说：

"集市上的荞麦价钱很低，这是奇货可以囤积。"车生听从了，便收买荞麦四十多石。大家都讥笑他。过了没多久，天大旱，庄稼全都枯死，只有荞麦可以播种。车生将荞麦种子卖出去，竟赚了十倍的钱。从此更富裕，购置了二百亩良田。播耕的事他只听从狐狸的安排，所以多种麦，麦就丰收，多种小米，小米就丰收。一切种植的时间，都让狐狸决定。日子长了，关系更加亲密，狐狸称车生的妻子为嫂子，把车生的儿子当作侄子。后来车生死了，狐狸就不再来。

莲 香

【原文】

桑生，名晓，字子明，沂州人①。少孤②，馆于红花埠③。桑为人静穆自喜④，日再出⑤，就食东邻，馀时坚坐而已。东邻生偶至⑥，戏曰"君独居不畏鬼狐耶?"笑答曰："丈夫何畏鬼狐⑦? 雄来吾有利剑，雌者尚当开门纳之。"邻生归，与友谋，梯妓于垣而过之，弹指叩扉。生窥问其谁，妓自言为鬼。生大惧，齿震震有声。妓逡巡自去。邻生早至生斋⑧，生述所见，且告将归。邻生鼓掌曰："何不开门纳之?"生顿悟其假，遂安居如初。

积半年，一女子夜来叩斋。生意友人之复戏也，启门延入，则倾国之姝⑨。惊问所来，曰："妾莲香，西家妓女。"埠上青楼故多⑩，信之。息烛登床，绸缪甚至。自此三五宿辄一至。

一夕，独坐凝思，一女子翩然入。生意其莲，承逆与语⑪。视面殊非：年仅十五六，鬌袖垂髫⑫，风流秀曼⑬，行步之间，若还若往⑭。大愕，疑为狐。女曰："妾，良家女，姓李氏。慕君高雅，幸能垂盼。"生喜。握其手，冷如冰，问："何凉也?"曰："幼质单寒，夜蒙霜露，那得不尔!"既而罗襦衿解，俨然处子。女曰："妾为情缘，葳蕤之质⑮，一朝失守。不嫌鄙陋，愿常侍枕席。房中得无有人否？"生曰："无他，止一邻娼，顾亦不常⑯。"女曰："当谨避之⑰。妾不与院中人等⑱，君秘勿泄。彼来我往，彼往我来可耳。"鸡鸣欲去，赠绣履一钩⑲，曰："此妾下体所著，弄之足寄思慕。然有人慎勿弄也！"受而视之，翘翘如解结锥。心甚爱悦。越夕无人，便出审玩。女飘然忽至，遂相款昵。自此每出履，则女必应念而至。异而诘之。笑曰："适当其时耳。"

莲香

一夜莲来，惊曰："郎何神气萧索⑳？"生言："不自觉。"莲便告别，相约十日。去后，李来恒无虚夕。问："君情人何久不至？"因以相约告。李笑曰："君视妾何如莲香美？"曰："可称两绝。但莲卿肌肤温和。"李变色曰："君谓双美，对妾云尔㉑。渠必月殿仙人㉒，妾定不及。"因而不欢。乃屈指计，十日之期已满，嘱勿漏，将窃窥之。

次夜，莲香果至，笑语甚洽。及寝，大骇曰："殆矣！十日不见，何益惫损㉓？保无有他遇否？"生询其故。曰："妾以神气验之，脉析析如乱丝㉔，鬼症也。"次夜，李来，生问："窥莲香何似？"曰："美矣。妾固谓世间无此佳人，果狐也。去，吾尾之，南山而穴居。"生疑其妒，漫应之。

逾夕，戏莲香曰："余固不信，或谓卿狐者。"莲亟问："是谁所云？"笑曰："我自戏卿。"莲曰："狐何异于人？"曰："惑之者病，甚则死，是以可惧。"莲香曰："不然。如君之年，房后三日，精气可复，纵狐何害？设旦旦而伐之㉕，人有甚于狐者矣。天下痨尸瘵鬼㉖，宁皆狐蛊死耶？虽然，必有议我者。"生力白其无，莲诘益力。生不得已，泄之。莲曰："我固怪君惫也。然何遽至此？得勿非人乎？君勿言，明宵，当如渠窥妾者。"是夜李至，裁三数语，闻窗外嗽声，急亡去。莲入曰："君殆矣！是真鬼物！昵其美而不速绝，冥路近矣！"生意其妒，默不语。莲曰："固知君不忘情，然不忍视君死。明日，当携药饵，为君以除阴毒。幸病蒂尤浅，十日恙当已。请同榻以视痊可。"次夜，果出刀圭药啖生㉗；顷刻，洞下三两行㉘，觉脏腑清虚，精神顿爽。心虽德之㉙，然终不信为鬼。

莲香夜夜同衾偎生；生欲与合，辄止之。数日后，肤革充盈㉚。欲别，殷殷嘱绝李。生谬应之。及闭户挑灯，辄捉履倾想。李忽至。数日隔绝，颇有怨色。生曰："彼连宵为我作巫医㉛，请勿为祟㉜，情好在我。"李稍怿。生枕上私语曰："我爱卿甚，乃有谓卿鬼者。"李结舌良久㉝，骂曰："必淫狐之惑君听也。若不绝之，妾不来矣！"遂呜呜饮泣。生百词慰解，乃罢。隔宿，莲香至。知李复来，怒曰："君必欲死耶！"生笑曰："卿何相妒之深？"莲益怒曰："君种死根，妾为若除之，不妒者将复何如？"生托词以戏曰："彼云前日之病，为狐祟耳。"莲乃叹曰："诚如君言，君迷不悟，万一不虞㉞，妾百口何以自解？请从此辞。百日后，当视君于卧榻中。"留之不可,怫然径去㉟。由是于李夙夜必偕。约两月余,觉大困顿。初犹自宽解;日渐羸瘠,惟饮饘粥一瓯㊱。欲归就奉养,尚恋恋不忍遽去。因循数日,沉绵不可复起。邻生见其病惫,日遣馆僮馈给食饮。生至是疑李,因谓李曰:"吾悔不听莲香之言,以至于此!"言讫而瞑。移时复苏,张目四顾,则李已去,自是遂绝。

生羸卧空斋㊲,思莲香如望岁㊳。一日,方凝想间,忽有搴帘入者,则莲香也。临榻哂曰:"田舍郎㊴,我岂妄哉!"生哽咽良久,自言知罪,但求拯救。莲曰:"病入膏肓㊵,实无救法。姑来永诀,以明非妒。"生大悲曰:"枕底一物,烦代碎之。"莲搜得履,持就灯前,反复展玩。李女欻入㊶,卒见莲香㊷,返身欲遁。莲以身蔽门㊸,李窘急不知所出。生责数之㊹,李不能答。莲笑曰:"妾今始得与阿姨面相质㊺。昔谓郎君旧疾,未必非妾致,今竟何如?"李俯首谢过。莲曰:"佳丽如此,乃以爱结仇耶?"李即投地陨泣㊻,乞垂怜救。莲遂扶起,细诘生平。曰:"妾,李通判女㊼,早夭,瘗于墙外㊽。已死春蚕,遗丝未尽㊾。与郎偕好,妾之愿也;致郎于死,良非素心。"莲曰:"闻鬼利人死,以死后可常聚,然否?"曰:"不然。两鬼相逢,并无乐处;如乐也,泉下少年郎岂少哉!"莲曰:"痴哉!夜夜为之,人且不堪,而况于鬼!"李问:"狐能死人,何术独否?"莲曰:"是采补者流,妾非其类。故世有不害人之狐,断无不害人之鬼,以阴气盛也。"生闻其语,始知狐鬼皆真,幸习常见惯,颇不为骇。但念残息如丝,不觉失声大痛。莲顾问:"何以处郎君者?"李赧然逊谢。莲笑曰㊿:"恐郎强健,醋娘子要食杨梅也。"李敛衽曰[51]:"如有医国手[52],使妾得无负郎君,便当埋首地下,敢复靦然于人世耶!"莲解囊出药,曰:"妾早知有今,别后采药三山[53],凡三阅月[54],物料始备,疗瘵至死[55],投之无不苏者。然症何由得,仍以何引[56],不得不转求效力。"问:"何需?"曰:"樱口中一点香唾耳。我一丸进,烦接口而唾之。"李晕生颐颊,俯首转侧而视其履。莲戏曰:"妹所得意惟履耳!"李益惭,俯仰若无所容。莲曰:"此平时熟技,今何吝焉?"遂以丸纳生吻,转促逼之。李不得已,唾之。莲曰:"再!"又唾之。凡三四唾,丸已下咽。少间,腹殷然如雷鸣。复纳一丸,自乃接唇而布以气。

生觉丹田火热[57]，精神焕发。莲曰："愈矣！"李听鸡鸣，彷徨别去。莲以新瘥，尚须调摄[58]，就食非计；因将户外反关，伪示生归，以绝交往，日夜守护之。李亦每夕必至，给奉殷勤，事莲犹姊。莲亦深怜爱之。居三月，生健如初。李遂数夕不至；偶至，一望即去。相对时，亦悒悒不乐。莲常留与共寝，必不肯。生追出，提抱以归，身轻若刍灵[59]。女不得遁，遂着衣偃卧，蜷其体不盈二尺。莲益怜之，阴使生狎抱之，而撼摇亦不得醒。生睡去；觉而索之，已杳。后十余日，更不复至。生怀思殊切，恒出履共弄。莲曰："窈娜如此[60]，妾见犹怜，何况男子。"生曰："昔日弄履则至，心固疑之，然终不料其鬼。今对履思容，实所怆恻[61]。"因而泣下。

先是，富室张姓有女字燕儿，年十五，不汗而死。终夜复苏，起顾欲奔。张扃户，不得出。女自言："我通判女魂。感桑郎眷注[62]，遗舄犹存彼处。我真鬼耳，锢我何益？"以其言有因，诘其至此之由。女低徊反顾，茫不自解。或有言桑生病归者，女执辨其诬。家人大疑。东邻生闻之，逾垣往窥，见生方与美人对语；掩入逼之，张皇间已失所在。邻生骇诘。生笑曰："向固与君言，雌者则纳之耳。"邻生述燕儿之言。生乃启关，将往侦探，苦无由。张母闻生果未归，益奇之。故使佣媪索履，生遂出以授。燕儿得之喜。试着之，鞋小于足者盈寸，大骇。揽镜自照，忽恍然悟己之借躯以生也者，因陈所由。母始信之。女镜面大哭曰："当日形貌，颇堪自信，每见莲姊，犹增惭怍。今反若此，人也不如其鬼也！"把履号咷，劝之不解。蒙衾僵卧。食之，亦不食，体肤尽肿；凡七日不食，卒不死，而肿渐消；觉饥不可忍，乃复食。数日，遍体瘙痒，皮尽脱。晨起，睡舄遗堕，索着之，则硕大无朋矣[63]。因试前履，肥瘦吻合，乃喜。复自镜，则眉目颐颊，宛肖生平[64]，益喜。盥栉见母，见者尽眙[65]。莲香闻其异，劝生媒通之；而以贫富悬邈，不敢遽进。会媪初度[66]，因从其子婿行，往为寿。媪睹生名，故使燕儿窥帘志客[67]。生最后至，女骤出，捉袂，欲从与俱归。母诃谯之[68]，始惭而入。生审视宛然，不觉零涕，因拜伏不起。媪扶之，不以为侮。生出，浼女舅执柯[69]。媪议择吉赘生[70]。

生归告莲香，且商所处。莲怅然良久，便欲别去。生大骇泣下。莲曰："君行花烛于人家，妾从而往，亦何形颜？"生谋先与旋里^⑦，而后迎燕，莲乃从之。生以情白张。张闻其有室，怒加诮让。燕儿力白之，乃如所请。至日，生往亲迎。家中备具，颇甚草草；及归，则自门达堂，悉以罽毯贴地^⑦，百千笼烛，灿列如锦。莲香扶新妇人青庐^⑦，搭面既揭，欢若生平。莲陪卺饮^⑦，因细诘还魂之异。燕曰："尔日抑郁无聊^⑦，徒以身为异物，自觉形秽。别后愤不归墓，随风漾泊^⑦。每见生人则羡之。昼凭草木，夜则信足浮沉。偶至张家，见少女卧床上，近附之，未知遂能活也。"

莲闻之，默默若有所思。逾两月，莲举一子，产后暴病，日就沉绵。捉燕臂曰："敢以孽种相累，我儿即若儿。"燕泣下，姑慰藉之。为召巫医，辄却之。沉痼弥留^⑦，气如悬丝。生及燕儿皆哭。忽张目曰："勿尔！子乐生，我乐死。如有缘，十年后可复得见。"言讫而卒。启衾将敛，尸化为狐。生不忍异视，厚葬之。子名狐儿，燕抚如己出，每清明，必抱儿哭诸其墓。

后生举于乡^⑦，家渐裕。而燕苦不育。狐儿颇慧，然单弱多疾。燕每欲生置媵。一日，婢忽白："门外一妪，携女求售。"燕呼人。卒见，大惊曰："莲姊复出耶！"生视之，真似，亦骇。问："年几何？"答云："十四。""聘金几何？"曰："老身止此一块肉^⑦，但俾得所，妾亦得啖饭处，后日老骨不至委沟壑，足矣。"生优价而留之。燕握女手，入密室，撮其颔而笑曰："汝识我否？"答言："不识。"诘其姓氏，曰："妾韦姓。父徐城卖浆者，死三年矣。"燕屈指停思，莲死恰十有四载。又审视女，仪容态度，无一不神肖者。乃拍其顶而呼曰："莲姊，莲姊！十年相见之约，当不欺吾！"女忽如梦醒，豁然曰："咦！"熟视燕儿。生笑曰："此'似曾相识燕归来'也^⑧。"女泫然曰^⑧："是矣。闻母言，妾生时便能言，以为不祥，犬血饮之，遂昧宿因^⑧。今日始如梦寤。娘子其耻于为鬼之李妹耶？"共话前生，悲喜交至。

一日，寒食，燕曰："此每岁妾与郎君哭姊日也。"遂与亲登其墓，荒草离离^⑧，木已拱矣^⑧。女亦太息。燕谓生曰："妾与莲姊，两世情好，不忍相离，宜令白骨同穴。"生从其言，启李冢得骸，舁归而合葬之。亲朋闻其异，吉服临穴^⑧，不期而会者数百人。余庚戌南游至沂①，阻雨，休于旅舍。有刘生子敬，其中表亲，出同社王子章所撰《桑生传》，约万余言，得卒读。此其崖略耳⑦。

异史氏曰："嗟乎！死者而求其生，生者又求其死，天下所难得者，非人身哉？奈何具此身者，往往而置之，遂至觍然而生不如狐，泯然而死不如鬼。"

【注释】

① 沂州：州名。治所在今山东临沂县。

② 孤：失去父亲。

③ 馆：寓舍。此谓寓居。

④ 静穆自喜：以沉静平和自矜。

⑤ 日再出：每日出去两次。

⑥ 偶至：此据二十四卷抄本，原无此二字。

⑦ 丈夫：大丈夫，犹言男子汉。

⑧ 斋：书房。

⑨ 倾国之姝：谓绝色女子。倾国，或作"倾国倾城"，指美女。

⑩ 青楼：指妓馆。

⑪ 承逆：迎接。逆，迎。

⑫ 軃（朵）袖垂髫（条）：双肩瘦削，头发下垂。軃，下垂。軃袖，垂袖，此谓肩削。髫，头发下垂，此谓少女。少女未笄不束发，鬟发下垂。

⑬ 秀曼：秀美。曼，美。

⑭ 若还若往：像是回退，又像前行。言其体态轻盈婀娜。

⑮ 葳蕤之质：谓娇嫩柔弱的处女之身。葳蕤，草名。

⑯ 顾亦不常：据二十四卷抄本，原脱"亦"字。

⑰ 谨：小心。

⑱ 院中人：妓院中人，指妓女。

⑲绣履一钩：绣鞋一只。履，鞋。钩，旧时女子裹足，致使足尖小而弯，鞋形尖端翘起如钩，故称。

⑳萧索：本指秋日景物凄凉，此谓精神萎靡、气色灰暗。

㉑对妾云尔：原文脱一"妾"字，据二十四卷抄本补。

㉒月殿仙人：传说中的月中仙女，即嫦娥。旧时诗文常用以喻美丽的女子。

㉓惫损：疲惫、消瘦。

㉔析析：散乱的样子。此据二十四卷抄本，原作"拆拆"。

㉕旦旦而伐之：本谓天天砍伐树木，此谓天天放纵淫欲。旦旦，日日，每天每天地。伐，砍伐。旧谓淫乐伐性伤身。

㉖痨尸瘵（债）鬼：指因患肺病而死的人。旧时肺结核为不治之症，称痨瘵。痨，此据青柯亭刻本，原作"病"。

㉗刀圭药：一小匙药。刀圭，古时量取药末的用具。章炳麟《新方言·释器》谓刀即"匕"；刀圭，古读如"条耕"，即今之"调羹"。

㉘洞下三两行：泻了两三次。洞，中医术语，下泻。行，次。

㉙德：感激。

㉚肤革充盈：谓身体又结实起来。肤革，皮肤。

㉛巫医：巫师和医师。此指行医治病。

㉜为怼（对）：产生怨恨。

㉝结舌：说不出话。

㉞不虞：没有意料到的事。

㉟怫（孛）然：恼怒的样子。

㊱饘（占）粥：黏粥。

㊲赢卧：此据二十四卷抄本，原作"嬴卧"。

㊳望岁：饥饿而盼望谷熟！

㊴田舍郎：农家子弟，含讥讽之意的戏称。

㊵病入膏肓（荒）：谓病情恶化无法可医。《左传·成公十年》："公梦疾为竖

聊斋志异

图文珍藏版

子曰:'彼良医也,惧伤我,焉逃之?'其一曰:'居肓之上,膏之下,苦我何?'医至,曰:'疾不可为也。在肓之上,膏之下,攻之不可,达之不及,药不至焉,不可为也。'"膏肓,古代医学指心脏与隔膜之间。

㊶欻(须)入:一闪而入。欻,忽然。

㊷卒:同"猝",突然。

㊸蔽:此据二十四卷抄本,原作"闭"。

㊹责数(暑):列举事实加以责问。

㊺面相质:当面对质。质,询问。

㊻投地陨泣:谓伏地哭泣。投地,下拜,拜伏于地,陨泣,落泪。

㊼通判:官名。明、清为知府之佐,各府置员不等,分掌粮运、督捕及农田水利等事务。

㊽瘗(意):埋葬。

㊾"已死"二句:意谓人虽已死而情丝未断。丝,谐"思"。李商隐《无题》:"春蚕到死丝方尽,蜡炬成灰泪始干。"遗丝,原作"遗思",此据二十四卷抄本改。

㊿曰:原无此字,据二十四卷抄本补。

51敛衽(任):整理衣襟而拜。衽,衣襟。

52医国手:本指医术居全国之首的高手,此指能起死回生的神奇手段、本领。

53三山:神话传说中的三神山,即方丈、蓬莱、瀛洲。

54凡三阅月:共历三月。阅,历。

55瘵(债)蛊(古):劳(痨)瘵、蛊疾。即民间所谓'色痨'。古人以为淫欲过度所患之痨病(肺结核),为不治之症。蛊疾,犹痼疾。经久不愈之病。

56引:药引。

57丹田:道家称人身脐下三寸处。

58调摄(涉):调理保养。

59刍灵:旧时为送葬扎的草人。

⑥窈娜：窈窕。娜，美好的样子。

⑥怆恻：伤心。

⑥眷注：垂爱关注。

⑥硕大无朋：大得无与伦比。硕，大。朋，伦比。

⑥宛肖生平：宛然与往日容貌一样。肖，像。

⑥眙（敕）：惊视。此据青柯亭刻本，原作"怡"。

⑥初度：生日。初度，谓初生之时，后因指称生日。

⑥志客：辨识客人。志，或作"识"，辨认。

⑥诃谯：呵斥、诮让。诃，同"呵"。谯，同"诮"。

⑥浼（每）女舅执柯：请求女方的舅父做媒人。浼，请托。执柯，谓为人作媒。《诗·豳风·伐柯》："伐柯如何，匪斧不克。娶妻如何，匪媒不得。"

⑦赘：招赘。古时男子就女家成婚，谓之赘婿。

⑦旋里：回归故里。旋，回还。

⑦𦊆（计）毯：毛毯。𦊆，一种毛织品。

⑦青庐：古时北方举行婚礼之处。

⑦卺（尽）饮：古时结婚仪式中，新婚夫妇食后各执其一瓢，饮酒漱口，谓之卺饮。醑（胤），用酒漱口。

⑦尔日：近日。尔，通"迩"，近。

⑦随风漾泊：随风飘荡、停留。

⑦沉痼弥留：病久将危。沉痼，积久难治之病。弥留，久病不愈。此谓病重将死。

⑦举于乡：即乡试得中，为举人。

⑦老身止此一块肉：此据二十四卷抄本，原无"一"字。

⑧似曾相识燕归来：语出晏殊《浣溪沙》词。

⑧泫然：流涕的样子。

⑧宿因：佛教谓前生的因缘。

⑧离离：长貌。

⑧木已拱矣：墓上之树已成握了。拱，两手相握。

⑧吉服临穴：穿着吉庆冠服到墓地参加葬礼。穴，墓穴。

⑧庚戌：康熙九年，即公元1670年。

⑧崖略：梗概，大略。

【译文】

有个书生姓桑名晓，字子明，是沂州人。桑晓从小父母双亡，寄居在红花埠。他为人静穆平和，喜欢独处，每天两次出来到东边邻居家吃饭，除此之外就在书房定定地坐着读书。东边邻居书生偶尔到他书房来开玩笑说："你一个人独居就不怕鬼狐来吗？"桑晓不经意地笑道："大丈夫怕什么鬼狐？公的来了我有宝剑，母的来了我就开门相迎。"邻居书生走了，和朋友商量，晚上就找了个妓女，让她爬梯子翻墙过去，敲他的门。桑晓探问外面是谁，妓女说她是鬼，桑晓吓坏了，浑身颤抖，牙齿上下打得直响。妓女迟疑徘徊着离去。第二天早晨，邻居书生来到桑晓书房，桑晓把昨晚的事说了，并且告诉邻居书生他打算回家。邻居书生拍着手说："为什么不开门迎接她？"桑晓马上明白昨晚的鬼是假的，于是像平时那样地住着。

半年过去，一个女子夜里来敲门，桑晓以为又是朋友来州玩笑，就开门将女子请进来，一看，她长得漂亮极了，真是天香国色。他很惊喜地问女子从何处来，女子说："我叫莲香，是西边一家的妓女。"在红花埠本来就有很多妓院，所以他相信了。于是桑晓拉着她熄灯上床，极尽缠绵之情。从此，那女子便隔三五夜来一回。

有一天晚上，桑晓一人独坐沉思，有个女子飘然进来。他以为是莲香，迎过去正要和她说话，一看模样不是，这女子年仅十五六岁，双肩瘦削，长发披垂，风流清秀，脚步行进时，显得非常飘逸。桑晓见此情状，惊骇极了，他以为是狐精。女子自我介绍说："我是良家女子，姓李。平日仰慕你是高雅的读书人，希望能见爱怜。"桑晓听了十分高兴，就上前与她握手，却只觉她双手冷冰冰的。桑晓问道：

"你的手为什么这么凉?"女子说:"我自幼体质虚弱,夜里冒着寒凉的霜露,怎能不冰冷?"随后就宽衣解带,俨然还是个处女。女子说:"我为了情缘,就将这娇嫩的处女身子给了你,失去贞操。你如不嫌弃,愿意常常与你同枕相伴。你房里是否还有别的人?"桑晓说:"没有别人,只有西邻的一个妓女,倒也不常来。"女子说:"我该谨慎地避开她。我和她们妓女不一样,你要严守秘密,切不可泄漏出去,只要她来我去,她去我来就行了。"鸡叫的时候,女子起身要走,赠给他一双绣花睡鞋说:"这是我脚上穿着的东西,你留着玩玩可寄托情思。但是有人时,你千万别拿出来玩弄。"桑晓接过信物在,手里一看。两头微微翘起,像勾线时用的锥子,心里很喜爱。第二天夜里没人,他便拿在手里细看玩耍,女子忽然翩然而至,于是两人缠绵一番。从此,只要桑晓拿绣鞋来玩,女子必应念而来。桑晓感到疑惑不解,就问她为什么,而她说正好赶巧罢了。

有一天夜里,莲香进来,吃惊地说:"你为什么神色萎靡不振?"桑晓说:"我并没觉出。"莲香便和他告别,约好十天后再来。她走后,李小姐就夜夜必来,从不空缺。她问桑晓:"你的情人为什么这么长时间不来?"桑晓就把约好十天后相见的事说了。李小姐笑着说:"你看我和莲香谁长得漂亮?"桑晓说:"你们两个可以称得上是双璧两绝,只是莲香的肌肤更加温和。"李小姐一听脸色大变,说:"你当着我的面都说两人美貌超绝,那她一定长得像月宫里的仙女,我是比不上她的。"李小姐因此很不高兴。她掰着指头一算,十天时间已满,就叮咛桑晓不要泄漏,她将暗地里偷偷观察莲香究竟长得有多美。这天晚上,莲香果然来了。两人说说笑笑十分融洽。睡觉时,莲香大吃一惊说:"坏了!十天时间不见,你竟然疲惫到这种地步!保证没有外遇吗?"桑晓反问她怎么见得?莲香说:"从你的精神和气血查看,脉搏细弱得像乱丝,这是鬼症。"第二夜李小姐来了,桑晓问她看莲香长得怎么样?女子说:"漂亮极了。我本来就认定人世间不会有这么美艳的佳人,果然是个狐精。她离开的时候,我在后边紧紧尾随着,见她居住在南山洞穴里。"桑晓认为她是出于嫉妒,就漫不经心地植应一声。

过了一个晚上,桑晓开玩笑对莲香说:"我绝不相信,有人说你是狐仙。"莲香赶紧问："是谁说的？"桑晓说："是我自己和你开玩笑说的。"莲香说："狐与人有什么不同？"桑晓说："人被迷惑就会得病，严重的会死掉，所以很可怕。莲香说："不对。像你这样的年龄，和女人同房后三天，会恢复元气，就是狐狸有什么害处？假如每天同房，那么人就比狐狸更有害。天下那些患色痨病死去的人难道都是被狐狸害死的吗？虽然你说是开玩笑，但肯定有人议论我。"桑晓极力辩白没有人说她什么，莲香却追问得更紧。桑晓实在包不住了，就如实相告。莲香说："对于你身体的伤损，我本来就觉得奇怪。但是怎么这么快就成了这样？莫非她不是人？你不要说出去，让我明晚像她偷看我一样地偷看她。"第二天晚上，李小姐来了。才说了两三句话，她听见窗外有咳嗽声，就急忙逃走。莲香进来说："你危险了！她真是个鬼！你再迷恋她的美色不与她立即断绝来往，你死期就近了！"桑晓又以为莲香嫉妒了，所以沉默不语。莲香说："我明白你不会忘情，但我实在不忍心看着你死去，明天，我会带着药来为你消除阴毒。幸亏病根还浅，十天内就可以治愈。我要和你同床共寝，直到完全恢复为止。"第二天夜里，莲香果然拿出一小勺药让桑晓服下。刚服下药一会儿，桑晓就泻了两三次，感觉脏腑清虚，精神爽快。他虽从心底里感激莲香，但到底不相信李小姐是鬼。莲香每天夜里都与桑晓同衾相偎。桑晓想和莲香交欢，莲香总是拒绝。几天后，身体完全恢复好。分别时，莲香一再殷切地嘱咐他要和李小姐决绝，他假装答应了。

莲香走后，他关了门点上灯，又拿出绣花鞋玩着，心里想念着李小姐。李小姐如约而来，分别了几天，她一脸的怨气。桑晓说："她连着几夜为我治病，请不要怪怨。但我们之间的亲情都由我做主。"李小姐听了，脸上慢慢有了喜色。桑晓在枕头上对她悄悄说："我十分爱你，竟有人说你是鬼。"她顿了好长时间无话可说，然后骂道："这肯定是那个淫狐造谣，想迷惑你，如果不和她断绝关系，我就不再来了！"说着就呜呜地抽泣开了。桑晓百般劝慰，她这才作罢。隔了一夜，莲香来了，她知李小姐又来过，怒气冲冲地说："你一定要寻死吗？"桑晓笑着说："你为什么要嫉妒得这么厉害？"莲香越发愤怒了："你自己种下祸根，我为你铲除，不嫉妒的人又将怎么样？"桑晓借口戏谑道："她说我以前的病，因狐精作祟所致。"莲香无可奈何地叹息说："确实如你说的，你是执迷不悟，万一出现不测，我就是有一百张口怎么说得清？既然如此，今天就分手好了。百天以后，我再来病床前看你。"桑晓挽留不下，莲香恼怒地径直而去。从此李小姐每夜和他相聚。这样过了大约两个多月，他感到困乏极了。起初还老是自我宽慰，后来一天比一天消瘦虚弱了，每顿饭只喝些稀粥。他本想回家去养养身子，但是又对李小姐恋恋不舍，忍不下心马上离去，于是又拖延了几天，以至于虚弱得再也起不了床。邻居书生见他病成这个样子，就每天派馆童来给他送些吃的。桑晓至此开始怀疑起李小姐，于是对她说："我后悔当初没听莲香的话，到了这样的地步。"说完就昏迷过去。等他醒过来，睁着眼睛四下张望时，发现李小姐早已走了。从此再也见不到她的踪影。桑晓一人病卧书房，这时思念起莲香来，就像庄稼人盼望丰收一样地迫切。

一天，他正在凝神想念着莲香，忽然有人掀开帘子进来了，他一看竟是莲香。莲香走到床前嘲笑着说："乡巴佬，难道是我胡说吗？"桑晓呜咽了很长时间，自己承认错了。只求救命。莲香说："你已病入膏肓，实在无法可救，我今天是特地来和你永别的，并证实我并非嫉妒。"桑晓极其悲伤地说："我枕头底下有件东西，请你代我毁掉它。"莲香找出绣花鞋，拿到灯下翻来覆去地抚弄着，李小姐一闪而入，突然见到莲香，转身就要走。莲香用身子挡住门，李小姐急迫地不知该从哪儿出怯。桑晓指责数落着她，她无话可答。莲香笑着说："我今天才有机会和阿姨当面对质。以前你说郎君的病，未必不是我所造成的，现在到底如何？"李小姐只好低头谢罪。莲香说："长得这样美貌，却怎么因爱而结仇呢？"李小姐即刻跪在地上哭泣，乞求怜悯相救。莲香赶快扶起她，详细询问她的身世。她说："我是李通判的女儿，早年而死，葬在墙外。春蚕虽死，但情丝却未断，于是就和郎君结为情侣，这是我的夙愿。至于要害死郎君，这绝不是我的本意。"莲香说："我听说鬼总是喜欢人死，因为这样才能常常相聚，是吗？"李小姐道："不对。两个鬼在一起，并没有什么乐趣。如果有乐趣的话，九泉之下的少年郎难道少吗？"莲香说："太痴了！夜夜寻欢，人都受不了，何况是鬼？"李小姐问道："狐狸能害死人，你却为什么不这样？"莲香说："那是采补者之流才干的事，我和他们不是同类，所以世上有不害人的狐狸，而绝对没有不害人的鬼，这是由于鬼的阴气太盛了。"桑晓听了她们的对话，这才知道她们真是狐狸和鬼。辛亏已经见多习惯了，并不惊怕。但他一想到自己只剩下一丝气息，不觉失声痛哭起来。莲香瞅着李小姐问："你准备怎样处置他？"李小姐羞愧满面，表示没有办法。莲香笑着说："只怕他身体强壮后，你这醋娘子又要吃杨梅。"李小姐整好衣襟下拜说："如果有神医妙手，使我能不负罪于他，我将永远葬身地下，岂敢再厚着脸皮到人世上露面？"莲香赶快解开袋子取出药来说："我早已预知会有今天，分别后就走遍三座仙山去采药，总共花了三个多月时间，才把药料配齐，不管被鬼被狐致死，只要用了这药都会见效。但是病是怎么样得的，就得采用什么样的药引，所以不得不烦劳你效力。"她问需要什么。莲香说："只需你樱桃小口里的一点香唾就行了。我把药丸放进他口里，麻烦你嘴对嘴用唾液把药丸给他送下去。"李小姐满脸通红。低头看着自己的鞋很难堪。莲香取笑她说："妹妹最得意的只是这双绣鞋！"李小姐听后更加羞惭，完全是一副无地自容的样子。莲香说："接吻是你平时惯做的拿手好戏，怎么现在这么吝惜？"说着把一丸药放进桑晓的口里，转过身催促她赶快唾唾沫。她迫不得已，只好照办。莲香说："再来一次。"她就又嘴对嘴地为桑晓送药。这样连唾了三四次，才咽下去。不大一会儿功夫，桑晓肚里像雷鸣一般轰响着，莲香随即又放进一丸药，这回她亲自对着桑晓的嘴运气。桑晓顿时感到丹田火热，精神焕发。莲香高兴地说："好了！"李小姐一听鸡叫，就匆匆离去。

莲香因桑晓的病刚好，还需要调养，出去吃饭很不方便，于是她就把门反锁了起来，佯装桑晓已经回家，断绝和外人的来往，她日夜守护在桑晓身边。李小姐也每晚必来，侍奉得很殷勤，她也把莲香当亲姐看待。莲香也非常喜爱她。过于三个月，桑晓已恢复得像原来那么健康。李小姐便好几夜不来，偶尔来了，看看就走。大家面对面在一起时，她也郁郁寡欢。莲香留她一起睡，她坚决不愿意。桑晓追出门，把她连拽带抱地拉回来，只觉她身体轻得像草人一样。她逃脱不了，就和衣而睡，蜷缩着，身体不到二尺长。莲香越发怜爱她，悄悄地叫桑晓拥抱亲她，但怎么摇她也不能使她醒来。桑晓只好自己睡了，再醒来找她，她早已不见踪影。后来十多天，她都不再来。桑晓想她想得很迫切，就常常拿出她的绣鞋来和莲香一块把玩。莲香说："她长得这样窈窕可爱，我见了还很喜爱，何况男人。"桑晓说："以前只要我一玩鞋她马上就来，我心里原本怀疑她，但到底料不到她真是鬼。现在睹鞋思人，实在叫人伤心。"说着眼泪就落下来了。

原先，有个姓张的富翁，他女儿名叫燕儿，十五岁那年得闭汗症而死。一夜过去，却又活过来，起身就要往外跑，张某急忙把门关上，使她不能出去。她自言自语地说："我是李通判女儿的魂灵。我很感激桑郎对我的一片思念之情，遗下一双绣花鞋还在他那里。我真是个鬼，把我关在这里有什么好处？"张家人听她话出有因，就问她怎么到这里来。女子低头徘徊沉思，自己也感到茫然说不出原因。人说桑晓因病回家，女子极力争辩说不对，家人非常怀疑。东邻书生听到消息，就翻墙进去察看，果然看见桑晓正和一个美丽的女子说话，他闯进门去，匆忙间女子消失了。邻居书生吃惊地问这是怎么回事。桑晓笑着说："我以前不是对你说过，如果是母的就开门迎接吗？"邻居书生将张家女儿的话对他说了。桑晓开了门，准备到张家探察，但却苦于没有理由。张母听说桑晓果然没回家，更加诧异。她支使女佣去要那双绣花鞋，桑晓就把鞋交给女佣。张家女儿拿到鞋很高兴。她试着一穿，鞋比脚小了一寸，大吃一惊。她拿来镜子一照，这才恍然醒悟，自己是借尸还魂。于是她就向母亲讲了根源，母亲这才信了她的话。女子对着镜大哭着说："我很自信当日容貌不差，但每次见到莲香姐姐还感形秽。现在反而成了这般模样，活人还不如原来的鬼漂亮！"她手里拿着鞋号啕痛哭起来，别人劝也劝不住。于是她蒙着被子僵卧在床上。给她吃饭也不吃，全身肿了起来，一直七天不进饮食，也不见死，而浮肿渐渐消退。这时她感到饥饿难忍，就开始进食。几天后，她觉得全身发痒，皮肤完全脱落。早晨起来，睡鞋坠落在地上，她拾起穿上，睡鞋已显得很大了。于是她试穿那双绣花鞋，肥瘦正好合适，便很高兴。她又去照镜子，只见眉毛脸颊和往日完全一样，更高兴了。女子梳洗后去拜见母亲，看见她的人都吃惊地瞪大了眼。所有看见她的人都很喜悦。

莲香听说了张家发生的奇事，就劝桑晓托人做媒向张家提亲。但桑晓因自己与张家贫富悬殊，不敢贸然前去。正好赶上张母生日，他就跟着张家的女婿一起去祝寿。张母看到桑晓的名字，有意让女儿隔着帘子去辨认。桑晓走在最后，张家女儿急忙跑出去，拽住桑晓的衣袖，要跟他一起回去。张母大声呵斥着女儿，她这才含羞退进里屋。桑晓见她长得和李小姐酷似一人，不觉潸然泪下，于是见了张母便拜伏不起。张母将他扶起来，并不以为是无礼。桑晓出来，恳求女子的舅舅做媒。张母同意选定吉日把桑晓招赘到张家。桑晓回去后告诉了莲香，和她商量该怎么办。莲香忧思了很长时间。便要离去。桑晓大惊流下眼泪。莲香说："你到张家去完婚，让我一起跟你去，还有什么脸面？"桑晓提议先和莲香一块儿回家，然后再迎娶张家女子燕儿，莲香同意了。桑晓把这件事告诉了张家。张家知他已有家室，就怒加斥责。燕儿极力为桑晓辩白，张家才同意了。到结婚的日子，桑晓亲自前往迎娶，家里的准备都很草率。但是等迎娶回来后，发现从大门到庭堂全部铺上了地毯，家里到处都红灯高悬，辉煌灿烂。莲香将新娘扶进新房，揭开面罩一看，大家都为久别重逢而欢喜。莲香陪着他们喝了合欢酒，于是问起她还魂的情形。燕儿说："那天我郁闷无聊，只因自身是鬼魂，自觉形秽。咱们分别后，我很气愤而不回墓穴去，就随风飘荡。一见到活着的人就很羡慕。白天依附在草木上，夜里就信步浮游。偶然到了张家，只见张家女儿睡在床上，就近前附着在她身上，没料到就活过来了。"莲香听后，默默地沉思着什么。

过了两个月，莲香生下一个儿子，产后得了急病，一天天加重。莲香握住燕儿的手臂说："我把这孽子托付给你，我的儿子就是你的儿子。"燕儿泪流满面，就多方安慰她。他们为她请医生，她回绝了。在她弥留之际，只剩下一丝气息，桑晓和燕儿都痛哭。莲香忽然睁开眼睛说："不要这样！你们喜欢活着，我喜欢死。如有缘分，咱们十年后可以再相见。"说完就死去了。在和殓时，其尸体化为狐狸。桑晓不忍把她当异类看待，就厚葬了她。他们为儿子取名为狐儿，燕儿把他看待得像亲生儿子一样。每年清明节，他们夫妇两个就抱着儿子去为莲香扫墓。

后来桑晓中了举人，家道渐渐富裕起来。燕儿常常为自己不能生育而苦恼，狐儿虽然聪颖过人，但毕竟身体单薄，虚弱多病。燕儿常有一种要为桑晓娶妾的想法。忽然有一天，丫鬟进来说："门外有个老太太领着女儿要出卖。"燕儿叫她们进来，一见面就吃惊地叫道："莲香姐又出世了！"桑晓闻声赶来一看，确实像莲香，也很惊讶。桑晓问女孩多大年龄，老太太说十四岁了。桑晓又问要多少聘金，老太太说："我老婆子就只有这么个女儿，只要她有个好人家安身，我也能得一碗饭吃，日后我这把老朽骨头不至于被丢弃在沟壑，就满足了。"桑晓以优厚价钱将女孩留下。燕儿将她拉进密室，捧着她的脸笑着说："你还认识我吗？"女子说不认识。燕儿问她姓什么，她说："我姓韦。父亲在徐城卖茶水，已死了三年了。"燕儿屈指一算，莲香死了正好十四年了。她又看看这女子，容貌神态没有哪点不相像。于是用手拍着她的头械道："莲姐！莲姐！十年之后相见的许诺，该不是欺骗我吧！"女子好像忽然从梦中醒过来似的，朗然应道："咦！"她把燕儿看了又看。桑晓笑着说："这就是'似曾相识燕归来'啊！'"女子泪流满面说："是了。我曾听母亲说，我刚生下来就会说话，家人认为不吉祥，就给我喝狗血，于是就忘了前世的姻缘。今天才像从梦中醒来。娘子就是耻于做鬼的李妹妹吗？"三人共话前生，真是悲喜交加。

寒食节的那一天，燕儿说："每年这天都是我与郎君哭你的日子。"于是他们一起到了莲香的基地，坟头荒草丛生，树已长到满把粗了，女子也叹息不已。燕儿对桑晓说："我和莲香姐两世相好，不忍分离，应该把我们的尸骨葬在一起。"桑晓听从她的话，于是挖开李小姐的坟墓，把她的遗骨抬回来和莲香的合理在一起。亲戚朋友听说了这件奇异的事情，穿着吉庆衣帽到墓地参加葬礼，不约而来的有几百人。

我在康熙九年南游到了沂州，因受大雨阻隔，在一家旅馆暂住。有个书生叫刘子敬，和桑晓是中表亲，出示同一文社学友王子章写的《桑生传》，大约一万多字，我得以通读全文。这里所写的只是大概而已。

异史氏说："唉！死了的人求复活，活着的人又求死亡，天下所难得的，不就是人身吗？为什么具有这躯体的人，往往不甚珍惜它，以至于厚颜无耻而不如狐狸，冥顽不灵而死了不如鬼魂。"

阿　宝

【原文】

　　粤西孙子楚①，名士也。生有枝指②。性迂讷，人诳之，辄信为真。或值座有歌妓，则必遥望却走。或知其然③，诱之来，使妓狎逼之，则赪颜彻颈④，汗珠珠下滴。因共为笑。遂貌其呆状⑤，相邮传作丑语⑥，而名之"孙痴"。

　　邑大贾某翁，与王侯埒富⑦。姻戚皆贵胄。有女阿宝，绝色也。日择良匹，大家儿争委禽妆⑧，皆不当翁意。生时失俪⑨，有戏之者，劝其通媒。生殊不自揣，果从其教。翁素耳其名，而贫之。媒媪将出，适遇宝，问之，以告。女戏曰："渠去其枝指，余当归之⑩。"媪告生。生曰："不难。"媒去，生以斧自断其指，大痛彻心，血益倾注，滨死。过数日，始能起，往见媒而示之。媪惊。奔告女。女亦奇之，戏请再去其痴。生闻而哗辨，自谓不痴；然无由见而自剖。转念阿宝未必美如天人，何遂高自位置如此？由是曩念顿冷。

　　会值清明，俗于是日，妇女出游。轻薄少年，亦结队随行，恣其月旦⑪。有同社数人，强邀生去。或嘲之曰："莫欲一观可人否⑫？"生亦知其戏己；然以受女揶揄故，亦思一见其人，忻然随众物色之。遥见有女子憩树下，恶少年环如墙堵。众曰："此必阿宝也。"趋之，果宝也。审谛之，娟丽无双。少顷，人益稠。女起，遽去。众情颠倒，品头题足，纷纷若狂。生独默然。及众他适⑬，回视，生犹痴立故所，呼之不应。群曳之曰："魂随阿宝去耶？"亦不答。众以其素讷，故不为怪，或推之、或挽之以归。至家，直上床卧，终日不起，冥如醉，唤之不醒。家人疑其失魂，招于旷野⑭，莫能效⑮。强拍问之，则蒙咙应云："我在阿宝家。"及细诘之，又默不语。家人惶惑莫解。初，生见女去，意不忍舍，觉身已从之行，渐傍其衿带间，人无呵者。遂从女归，坐卧依之，夜辄与狎，甚相得；然觉腹中奇馁⑯，思欲一返家门，而迷不知路。女每梦与人交，问其名，曰："我孙子楚也。"心异之，而不可以告人。生卧三日，气休休若将渐灭⑰。家人大恐，托人婉告翁，欲斗招魂其

阿宝

家。翁笑曰："平昔不相往还，何由遗魂吾家？"家人固哀之，翁始允。巫执故服、草荐以往⑱。女诘得其故，骇极，不听他往，直导入室，任招呼而去。巫归至门，

生榻上已呻。既醒，女室之香奁什具，何色何名，历言不爽⑲。女闻之，益骇，阴感其情之深。

生既离床寝，坐立凝思，忽忽若忘。每伺察阿宝，希幸一再遘之。浴佛节⑳，闻将降香水月寺，遂早旦往候道左，目眩睛劳。日涉午，女始至，自车中窥见生，以搀手搴帘㉑，凝睇不转。生益动，尾从之。女忽命青衣来诘姓字。生殷勤自展，魂益摇。车去，始归。归复病，冥然绝食，梦中辄呼宝名。每自恨魂不复灵。家旧养一鹦鹉，忽毙，小儿持弄于床。生自念：倘得身为鹦鹉，振翼可达女室。心方注想，身已翩然鹦鹉，遽飞而去，直达宝所。女喜而扑之，锁其肘，饲以麻子。大呼曰："姐姐勿锁！我孙子楚也㉒！"女大骇，解其缚，亦不去。女祝曰："深情已篆中心㉓。今已人禽异类，姻好何可复圆？"鸟云："得近芳泽，于愿已足。"他人饲之，不食；女自饲之，则食。女坐，则集其膝；卧，则依其床。如是三日。女甚怜之，阴使人暗瞷生㉔，生则僵卧，气绝已三日，但心头未冰耳。女又祝曰："君能复为人。当誓死相从。"鸟云："诳我！"女乃自矢。鸟侧目若有所思。少间，女束双弯㉕，解履床下，鹦鹉骤下，衔履飞去。女急呼之，飞已远矣。女使妪往探，则生已寤。家人见鹦鹉衔绣履来，堕地死，方共异之。生既苏，即索履。众莫知故。适妪至，人视生，问履所在。生曰："是阿宝信誓物。借口相覆：小生不忘金诺也㉖。"妪反命。女益奇之，故使婢泄其情于母。母审也确，乃曰："此子才名亦不恶，但有相如之贫㉗。择数年得婿若此，恐将为显者笑㉘。"女以履故，矢不他。翁媪从之。驰报生。生喜，疾顿瘳。翁议赘诸家。女曰："婿不可久处岳家。况郎又贫，久益为人贱。儿既诺之，处蓬茅而甘藜藿㉙，不怨也。"生乃亲迎成礼㉚，相逢如隔世欢。自是家得奁妆，小阜，颇增物产。而生痴于书，不知理家人生业；女善居积，亦不以他事累生。居三年，家益富。生忽病消渴㉛，卒。女哭之痛，泪眼不晴，至绝眠食。劝之不纳，乘夜自经。婢觉之，急救而醒，终亦不食。三日，集亲党，将以殓生。闻棺中呻以息，启之，已复活。自言："见冥王，以生平朴诚，命作部曹㉜。忽有人白：'孙部曹之妻将至。'王稽鬼录，言：'此未应便死。'又白：'不食三日矣。'王顾谓：'感汝妻节义。姑赐再生。'因使驭卒控马送余还。"由此体渐平。值岁大比^㉝，入闱之前，诸少年玩弄之，共拟隐僻之题七，引生僻处与语，言："此某家关节^㉞，敬秘相授。"生信之，昼夜揣摩，制成七艺^㉟。众隐笑之。时典试者虑熟题有蹈袭弊^㊱，力反常经^㊲。题纸下，七艺皆符。生以是抡魁^㊳。明年，举进士，授词林^㊴。上闻异，召问之。生具启奏。上大嘉悦。后召见阿宝；赏赉有加焉。

异史氏曰："性痴则其志凝^㊵，故书痴者文必工，艺痴者技必良；世之落拓而无成者，皆自谓不痴者也。且如粉花荡产^㊶，卢雉倾家，顾痴人事哉，以是知慧黠而过，乃是真痴，彼孙子何痴乎！"

【注释】

①粤西：约当今广西壮族自治区。粤，古百粤之地，辖今广东、广西地区。

②枝（奇）指：歧指，骈指。俗称"六指"。

③其：据二十四卷抄本补，底本无此字。

④赪（撑）颜：脸红。赪，红色。

⑤貌：形容。

⑥相邮传作丑语：互相传扬，当作丑话。邮传，古时传递文书的驿站，此指传播。

⑦埒（列）富：同样富有。埒，相等。

⑧委禽妆：致送订婚聘礼。委，送。禽，指雁。古时纳采用雁，因称"委禽"或"委禽妆"。

⑨失俪：丧妻。

⑩归之：嫁给他。古时女子出嫁曰归。

⑪恣其月旦：肆意评论。后因称品评人物为月旦评，或省作"月旦"。

⑫可人：意中人。

⑬适：据二十四卷抄本补。

⑭招：招魂。

⑮效：据二十四卷抄本补。

⑯馁：饿。

⑰休休（嘘嘘）：同"咻咻"，喘气声。澌灭：停止；尽。

⑱故服、草荐：平日穿的衣服和卧席，均是招魂的迷信用具。

⑲历言不爽：说来，毫无差错。

⑳浴佛节：即佛诞节，纪念释迦诞生的节日。佛寺届时剖行诵经法会，并根据佛降生时龙喷香雨的传说，以各种名香浸水浴洗佛像，并供养香花灯烛茶果珍馐。中国汉族地区，一般以农历四月初八日为释迦诞辰。

㉑掺（纤）手：犹纤手。掺，纤细。

㉒子：据二十四卷抄本补。

㉓已篆中心：深记于内心。篆，铭刻。

㉔睊：看视。

㉕束双弯：指缠足。

㉖金诺：对别人诺言的敬称。金，表示珍贵。

㉗相如之贫：喻贫穷而有才华。汉代司马相如有才名，与富人之女卓文君结好，卓父却嫌憎相如贫穷。

㉘为：据二十四卷抄本，底本作"得"。

㉙处蓬茅而甘藜藿：住茅舍，吃野菜，都甘心情愿。蓬茅，茅屋。甘，乐意。藜藿，野菜，指粗茶淡饭。

㉚亲迎：古婚礼之一，新婚亲至女家迎娶，见《仪礼·士昏礼》。

㉛病消渴：患糖尿病。

㉜部曹：古时中央各部分科办事，其属官泛称部曹。此指冥府某部属官。

㉝大比：明清两代每三年举行一次乡试，称"大比"。

㉞关节：应试者行贿主考谋求考中，称"关节"。这里指贿买得到试题。

㉟七艺：此指七篇应试文章。乡试初场考试有七道试题，包括"四书"义三

道，"五经"义四道。

㊱典试者：主考官员。典，掌管。

㊲力反常经：极力打破常规。经，常，常道。

㊳抡魁：选为第一。抡，选拔。魁，首，指榜首。

㊴授词林：授官翰林。词林，即翰林。明初建翰林院，额曰"词林"，故以之为翰林院的别称。

㊵凝：据二十四卷抄本，原作"痴"。

㊶粉花荡产，卢雉倾家：意谓因嫖赌而倾家荡产。粉花，脂粉烟花，指女色。卢雉，呼卢喝雉，指赌博。卢和雉都是古代博戏中的胜彩。

【译文】

　　广西的孙子楚是一位名士，一手长有六指，生性迂腐，不善言谈，如果有人诓骗他，他总会信以为真。有时在宴会上有歌妓，他远远看后必定避开。有人知道他的这种特点，就使计骗他来，指使歌妓逼着和他亲热，这时他会脸红到脖子根，紧张得汗珠直滴。大家以此取笑为乐。于是形容他痴呆神态，互相传播，当作丑话，给他取个绰号叫"孙痴"。

　　县里有个大富商，可以跟王侯比富。他家都与贵族联姻。他有个女儿名叫阿宝，是个绝代佳人，每天都在择婿。那些大户人家的子弟都争先恐后地致送聘礼与他家攀亲，但都不合富商的心意。这期间，孙子楚正好丧妻，于是就有人戏弄他，怂恿他前去求婚。孙子楚也不权衡权衡，居然照着别人的话去做。富翁往日听说过他的名声，但嫌他贫穷。媒婆准备出门时，正好碰见阿宝，阿宝问她有什么事，媒婆就把孙子楚向她求婚的事说了。阿宝开玩笑说："他若能去掉六指，我就嫁给他。"媒婆不知是戏言，就一本正经地告诉了孙子楚。孙子楚说："不难。"媒婆走后，他就拿起斧头将第六指剁断了，一下疼到了心里，鲜血涌流不止，几乎死去。过了好几天，孙子楚才能起床，到媒婆那里把手伸给她看。媒婆很吃惊，就跑去告诉阿宝。阿宝也很惊奇，又开玩笑说再请他去掉痴呆。孙子楚听后就大声申辩，说自己不痴。但他又没有办法见到阿宝当面表白。他回头想想，阿宝也未必就像天仙一样美丽，为什么把自己看得这么高贵？因此，他以前对阿宝所产生的念头顿时就冷漠了。

正值清明节，按照风俗习惯，这一天妇女们都要出来游玩，而那些轻薄少年，也成群结队地去追逐女人们，对她们进行大肆品评。同一文社有几个朋友强迫邀请孙子楚一块去。有人嘲讽他说："难道你不想一睹意中人的芳容吗？"他也知这是戏言，但因为自己曾两次受阿宝揶揄的缘故，所以也想亲眼看看阿宝究竟是个什么样的人，于是便欣欣然跟着一起去寻觅她。他们远远望见有个女子在树下休息，那些恶少年像一堵墙壁似的包围着她。大家说这女子肯定是阿宝。于是快步赶过去，果然是阿宝。仔细一瞧，见她确实长得美丽绝伦。一会儿，围观的人更多。阿宝起身，急忙离去。大家都为她所倾倒，望着她的背影评头品足，群情若狂，而只有孙子楚一个人默不作声。等众人要到别的地方去，回头看时，他还痴呆地站在那里，叫他也不答应，仿佛根本没听见似的。大家过去拽他说："你的魂让阿宝勾走了吗？"他也不应声。大家因为他平日不爱言语，也就不觉为怪，有的推，有的拉，把他弄回家。到家后，他往床上一躺，终日不起，昏昏然像醉酒一般，叫都叫不醒。家里人怀疑他是失了魂，于是就跑到野外去招魂，却不见好转。家里人使劲拍打着他问，只听见他呜呜哝哝地说："我在阿宝家。"再仔细追问，他又默然无声了。家里人很惶惑，不知是什么原因。

那天，孙子楚见阿宝离去，心里恋恋不舍。只觉己身随她走了，渐渐地和她并肩相伴而行，也没有人阻拦他。就这样他一直跟着阿宝到了她家，不管是坐还是睡都和她相依相伴。夜里总是和她亲热，觉得非常和谐。时间长了，他感到肚子出奇地饿，就想着回一趟家，但又迷迷糊糊不知道回家的路。阿宝每天夜里梦见自己和一个男人相交，她问这人的名字，回答说："我是孙子楚。"她心里很诧异，却又不敢告诉别人。孙子楚在床上躺了三天，已经奄奄一息。家里人十分惊恐，就托人婉言告诉富翁想在他家招魂。富翁笑着说："平素从不往来，怎么会将魂失落在我家？"孙家人苦苦哀求，富翁才答应。巫师拿着孙子楚穿过的衣服和卧席到了富翁家。阿宝问清缘故，非常害怕，不让巫师到别处去，就直领着进了自己的闺房，任凭他魂离去。巫师刚回到孙家，孙子楚已经在床上呻吟开了。苏醒后，阿宝房里的妆奁、摆设、用具等，是什么颜色什么名称，他都说得一字不差。阿宝听说了这个消息，就更加惊诧，打心底深受感动，想着孙子楚对自己确实是情深意笃。

孙子楚起床后，无论是坐还是站，都凝思痴想，恍恍惚惚。常常打听阿宝的行止，希望能再见到她，四月八日浴佛节，他听说阿宝要到水月寺去烧香，于是早早地在路边等候，一直望得眼睛晕眩。直到中午时分阿宝才来到，她从车里看见孙子楚，用纤纤细手掀开帘子，目不转睛地看着他。孙子楚更为激动，就紧紧跟着她。阿宝命令丫鬟去问他的姓名。孙子楚很殷勤地向丫鬟做自我介绍，神魂更加摇荡。阿宝的车子走后，他才回家。一到家里就病倒了，昏迷中不进饮食，在梦里不停地叫着阿宝的名字。

孙家原来养着一只鹦鹉，忽然死了，小孩拿着它在床前玩。孙子楚想着自己假如能变成鹦鹉，振翅一飞就能到达阿宝房间该有多好。他正凝神想象时，而身子已翩然变成鹦鹉了，立即就飞走，一直飞到阿宝的房间。阿宝看见鹦鹉很高兴，就捕捉住，把它的翅膀绑起来，用芝麻喂养它。鹦鹉大叫道："姐姐不要绑！我是孙子楚。"阿宝大吃一惊，就赶快解开，它并不飞走。阿宝祝愿说："你对我的一片深情我已铭刻在心，但是现在我们已是人禽异类，怎么能结成夫妻呢？"鹦鹉说："只要能守在你身边，我就已经心满意足了。"别人给它喂食，它不吃，阿宝亲自喂，它才吃。阿宝一坐下，它就飞到她的膝盖上；阿宝睡觉时，它就停在她的床边。就这样持续了三天。阿宝非常怜悯它，就暗地里派人到孙家去探察，只见孙子楚僵卧在床上气绝已三天，只是心头还有些温度。阿宝又祷告说："只要你能变成人，我就誓死嫁给你。"鹦鹉说："你又骗我。"阿宝对天发誓。鹦鹉斜睨着她若有所思似的。

过了一会儿，阿宝缠足时，把鞋脱在床下，鹦鹉猛地落下来，衔着鞋飞走了。阿宝急忙呼叫时，鹦鹉早已飞远了。阿宝又派女佣到孙家去打探，而孙子楚已经醒

图文珍藏版

过来。孙家人看见鹦鹉衔着绣花鞋飞进屋里，落地后死去，大家都惊异。孙子楚苏醒后就要绣鞋，家里人都莫名其妙。这时阿宝派的女佣正好来了，入屋问孙子楚绣鞋在什么地方，孙子楚说："这是阿宝给我的信物，请你转告她，我忘不了她对我的金口玉言。"女佣如实告诉阿宝。阿宝更是惊奇不已，所以就让丫鬟把事情原委告诉给母亲。母亲查明一切属实，就说："孙子楚很有些才名，只是像司马相如一样很贫穷。择婿好几年，找了这样一个主儿，恐怕会被大户人家取笑。"阿宝因为绣鞋的缘故，发誓非他不嫁。父母无奈，只好顺从了她，当下派人通知孙子楚。孙子楚非常高兴，病也顿时好了。富翁主张让孙子楚来入赘，阿宝说："女婿是不能长期住在丈人家的。况且孙郎家贫，时间长了会被人看不起。我既然答应嫁给他，就甘愿和他一起住茅草屋吃粗茶淡饭，不会埋怨。"

孙子楚亲自上门来迎娶阿宝，两人相逢仿佛有一种隔世的亲情感。孙子楚自从得了阿宝家丰厚的陪嫁礼，日子好过多了，增置了不少财产。但是孙子楚是个书呆子，不懂得如何治家理财，幸好阿宝很善于持家，也从不使孙子楚被家事所烦扰。过了三年，孙家更富足了。这时，孙子楚却忽然得了糖尿病死去，阿宝伤心极了，整天哭得眼泪不干，直至不吃不睡。劝也不听，乘夜里悬梁自尽。幸亏丫鬟发现得及时才被救活，但她还是绝食。三天后家人叫来亲戚们，准备安葬孙子楚。听到棺材里有呻吟声，大家打开棺材，见孙子楚已活过来。孙子楚自称："我见到阎王，阎王因我平生为人朴实真诚，任命我做地府部曹。这时忽然有人报告：'孙部曹的妻子也要到了。'阎王一查生死簿，说：'此人还不该死。'又报告说：'她已绝食三天了。'阎王回头对我说：'你妻子操守节义使人感动，暂且赐你再生。'于是就派鬼卒驾马送我回来了。"他很快身体康复了。

这一年正值乡试，考试前，有几个少年有意捉弄孙子楚，一起商拟了七道生僻题，把他叫到没人的地方，神秘地对他说："这是某家打通关节才搞到的，现在特意秘密告诉你。"孙子楚信以为真，日夜揣摩，写成七篇应试文章。那些人都在暗地里讥笑他。主考官想着熟题容易造成抄袭模仿的弊病，极力打破常规。当试题纸一发下，那七道题完全相符，孙子楚一举夺魁。第二年，他又中了进士，授予翰林。皇帝听说他的婚姻经历很离奇，于是就召见他询问。孙子楚详细讲述奏说。皇帝很高兴而且很赞赏。后来又召见了阿宝，给她很多赏赐。

异史氏说："性痴的人一般都意志专注，所以痴心读书的人写文章一定很出色；痴心技艺的，他在这方面的技术一定很精良。世界上那些放荡不羁而一事无成的人，都自认为是不痴的聪明人，比如因嫖娼而破产，赌博而败家。难道是痴人做的事吗？由此可知聪明过人，才是真痴，那位孙子楚怎会是痴啊！"

九山王

【原文】

曹州李姓者①，邑诸生。家素饶。而居宅故不甚广；舍后有园数亩，荒置之②。一日，有叟来税屋③，出直百金④。李以无屋为辞。叟曰："请受之，但无烦虑。"李不喻其意，姑受之，以觇其异。

越日，村人见舆马眷口入李家，纷纷甚夥，共疑李第无安顿所，问之。李殊不自知；归而察之，并无迹响。过数日，叟忽来谒。且云："庇宇下已数晨夕⑤。事事都草创⑥，起炉作灶，未暇一修客子礼⑦。今遣小女辈作黍，幸一垂顾⑧。"李从之。则入园中，欻见舍宇华好，崭然一新。入室，陈设芳丽。酒鼎沸于廊下，茶烟袅于厨中。俄而行酒荐馔⑨，备极甘旨⑩。时见庭下少年人，往来甚众。又闻儿女喁喁，幕中作笑语声。家人婢仆，似有数十百口。李心知其狐。席终而归，阴怀杀心。每入市，市硝硫⑪，积数百斤，暗布园中殆满。骤火之，焰亘霄汉⑫，如黑灵芝⑬，燔臭灰眯不可近⑭；但闻鸣嗁嗥动之声，嘈杂聒耳。既熄入视，则死狐满地，焦头烂额者，不可胜计。方阅视间⑮，叟自外来，颜色惨怛，责李曰："夙无嫌怨；荒园岁报百金，非少；何忍遂相族灭⑯？此奇惨之仇，无不报者！"忿然而去。疑其掷砾为殃，而年余无少怪异。

九山王

时顺治初年[17]，山中群盗窃发，啸聚万余人[18]，官莫能捕。生以家口多，日忧离乱。适村中来一星者[19]，自号："南山翁"，言人休咎[20]，了若目睹，名大噪[21]。李召至家，求推甲子[22]。翁愕然起敬，曰："此真主也[23]！"李闻大骇，以为妄。翁正容固言之[24]。李疑信半焉，乃曰："岂有白手受命而帝者乎？"翁谓："不然。自古帝王，类多起于匹夫[25]，谁是生而关子者？"生惑之，前席而请[26]。翁毅然以"卧龙"自任[27]。请先备甲胄数千具、弓弩数千事[28]。李虑人莫之归。翁曰："臣请为大王连诸山，深相结。使哗言者谓大王真天子[29]，山中士卒，宜必响应。”李喜，遣翁行。发藏镪[30]，造甲胄。翁数日始还，曰：“借大王威福，加臣三寸舌[31]，诸山莫不愿执鞭靮[32]，从戏下[33]。”浃旬之间[34]，果归命者数千人[35]。于是拜翁为军师；建大纛[36]，设彩帜若林；据山立栅[37]，声势震动。邑令率兵来讨，翁指挥群寇，大破之。令惧，告急于兖[38]。兖兵远涉而至，翁又伏寇进击，兵大溃，将士杀伤者甚众。势益震，党以万计[39]，因自立为“九山王”。翁患马少，会都中解马赴江南[40]，遣一旅要路篡取之[41]。由是“九山王”之名大噪。加翁为“护国大将军”。高卧山巢，公然自负。以为黄袍之加[42]，指日可俟矣[43]。东抚以夺马故[44]，方将进剿；又得兖报，乃发精兵数千，与六道合围而进。军旅旌旗，弥满山谷。“九山王”大惧，召翁谋之，则不知所往。“九山王”窘急无术，登山而望曰：“今而知朝廷之势大矣！”山破，被擒，妻孥戮之。始悟翁即老狐，盖以族灭报李也。

异史氏曰：“夫人拥妻子，闭门科头[45]，何处得杀？即杀，亦何由族哉？狐之谋亦巧矣。而壤无其种者，虽溉不生；彼其杀狐之残，方寸已有盗根[46]，故狐得长其萌而施之报[47]。今试执途人而告之曰：“汝为天子！’未有不骇而走者。明明导以族灭之为，而犹乐听之，妻子为戮，又何足云？然人听匪言也[48]，始闻之而怒，继而疑，又继而信；迨至身名俱殒，而始悟其误也，大率类此矣[49]。”

【注释】 

①曹州：州名，治所在今山东菏泽市。

②荒置之：荒废而闲置。

③税屋：租赁房屋。

④直：同“值”，租价。

⑤庇宇下：受庇护于屋宇之下，寄居的谦词。

⑥草创：初设。

⑦客子：旅居异地的人。

⑧幸一垂顾：希望能屈驾下顾。垂，由上施下曰垂。

⑨荐：进。

⑩甘旨：泛指美味佳肴。甘，甜。旨，香。

⑪市：买。

⑫亘：直达。

⑬如黑灵芝：烈火腾空，黑烟弥漫，如蘑菇状，故云。灵芝为菌类植物，蘑菇状。

⑭燔臭灰眯：焦臭刺鼻，烟尘迷目。燔，焚烧。

⑮阅视：检阅，查看。

⑯族灭：诛杀整个家族。

⑰顺治：清世祖爱新觉罗福临年号（1644～1661）。

⑱啸聚：号召聚合。旧时一般指聚众造反。啸，彼此招呼。

⑲星者：星为古代以星象占验吉凶的方术，星者即指行此方术之人。此指算命先生。

⑳休咎：犹言吉凶祸福。休，吉庆，福禄。咎，凶灾，祸殃。

㉑名大噪：名声大扬。噪，喧嚷。

㉒推甲子：推算生辰八字。甲居天干（甲、乙、丙、丁……）之首，子居地支（子、丑、寅、卯……）之首，干支依次相配，称为"甲子"。星命术士以1人出生的年、月、日、时为四柱，配合干支，合为八字，加以附会，用来推算命运的好坏。

㉓真主：即俗称真龙天子。

㉔正容固言之：面色严肃地坚持这样说。

㉕类：大致，大都。

㉖前席：古人席地而坐，向前移动座席，表示为其说所倾动。

㉗卧龙：即诸葛亮。《三国志·蜀志·诸葛亮传》载，徐庶对刘备说："诸葛孔明者，卧龙也，将军岂愿见之乎？"诸葛亮曾任刘备的军师，因以"卧龙"喻指

㉘甲胄：铠甲、头盔。事：件。

㉙哗言者：喜好传播浮言的人。

㉚藏镪（强）：蓄藏的金钱。镪，钱贯，引申为钱。

㉛三寸舌：谓善辩的口才。

㉜执鞭靮（敌）：为人驾驭车马，意为乐意相从。靮，马缰绳。

㉝戏（挥）下：同"麾下"，部下。戏，同"麾"，旌旗之类，借以指挥。此据青柯亭本，原作"戟下"。

㉞浃（佳）旬：十日，一旬。浃，周遍。

㉟归命者：归附而接受其命令者，即归顺的人。

㊱大纛：大旗，为古时军中主帅所在地的标志。

㊲栅：寨栅，垒栅。以木栅栏为营墙，以防御敌人。

㊳兖：府名。治所在滋阳（今山东兖州市）。

㊴党：同伙的人。

㊵解：押解。

㊶一旅：犹言一支部队。旅，军队编制单位，古时五百人为一旅。也泛指军队。要路篡取：拦路夺取。要，遮留。要路，犹拦路。

㊷黄袍之加：谓做皇帝。黄袍，古帝王袍服色尚黄。

㊸指日可俟：犹指日可待。指日，预定日期。

㊹东抚：指山东巡抚。清初沿袭明制，于地方设总督、巡抚，负责一省或数省的军民两政，而由其所属承宣布政使司、提刑按察使司和各道道员督率府县。

㊺科头：不戴帽指随便闲散。

㊻方寸：亦作"方寸地"，指心。

㊼长其萌：使其萌芽滋长。

㊽匪言：狂惑之言。

㊾大率：大概，大致。

【译文】

曹州有个姓李的，是曹县的秀才。家境从来很富裕，只是住宅一向不太宽绰；房后有一块几亩地的园子，荒废空闲着。一天，有个老头儿来租房子，拿出一百金的房租。姓李的以没有多余的房子为理由，不接受租金。老头儿说："请你收下吧，但愿不要多虑。"姓李的不了解他的心意，就暂且收下租金，想看看将要出现什么怪事。

过了一天，村里人看见车马拉着家眷进了李家的大门，纷纷攘攘，人口很多。大家怀疑李家的宅子没有地方安顿他们，就来打听情况。姓李的本人根本不知道，回家察看一下，既无形迹，也没有声响。过了几天，那个老头儿忽然前来进见。并说："在贵府房舍的庇荫之下，已经好几天了。事事都草草开始，忙于建炉搭灶，没有闲空行一次客户的礼节。今天让小女们做一点粗菜淡饭，希望你屈驾光临。"姓李的答应了他的邀请。走进后园，忽然看见房舍很华丽，园子里崭然一新。进了屋子，摆设的用品散发着芳香，都很美观。温酒的鼎锅在廊檐下沸腾着，煮茶的清烟在厨房里袅袅升腾。不一会儿就行觞敬酒，进献食品，都是最精美的吃喝。时时可以看见很多年轻人，在院子里来来往往。又听见儿女们低声细语，在帷幕中笑语声声。家人和奴仆，似乎有几十口。姓李的心里知道他们都是狐狸。散席回到家里，肚子里就藏着一颗赶尽杀绝的黑心。每次进城都购买硫磺，积了好几百斤，裤密进行部署，几乎布满了园子。突然点起火来，烈焰直冲云天，好像一朵黑灵芝。焦臭扑鼻，灰烬眯眼，谁也不能靠前；只听悲鸣嗥叫之声，嘈杂刺耳。等到烈焰熄灭以后。进去一看，只见满地都是烧死的狐狸，焦头烂额的，数不胜数。姓李的正在园子里查看着，老头从外面走进来，脸色很凄惨，责备他说："我们一向没有嫌怨；荒园每年缴纳一百金，并不算少；怎么忍心杀害我的全家呢？这种最残酷的怨仇，不能不报复！"很气愤地走了。姓李的怀疑它要掷砖投瓦祸害人呢，但是过了一年多，也没发生任何一点儿怪现象。

当时正是顺治初年，群盗奋起，占据山林，啸聚一万多人，官兵没有办法捕捉。姓李的因为家庭人口多，天天忧虑遭到离散。恰巧村里来了一个善于观察星象的算命先生，自称："南山翁"，讲别人的吉凶祸福，清清楚楚，好像他亲眼见过似的，声名就被人们宣扬起来了。姓李的把他请到家里，求他推算命运。老头儿推算了一会儿，惊讶地站起来，很恭敬地说："你是真龙天子啊！"姓李的大吃一惊，认为他是胡说八道。老头儿脸色很严肃，说他一定是"真龙天子"。他半信半疑，就问老头儿："哪有两手空空的人能受天命而当帝王呢？"老头儿说："你说得不对。自古以来的帝王，多数起家于平头百姓，哪个生下来就是天子呢？"姓李的被他迷惑了，把座位移到他跟前，请他帮助打天下。老头儿毫不犹疑地担任诸葛亮的角色。他请求姓李的首先准备几千套盔甲和几千件弓箭。姓李的忧虑无人归附他。老头儿说："为臣甘愿为大王联络各个山寨，和他们结下牢固的盟约。打发有煽动能力的人去宣传大王是真龙天子，山里的士卒，定会响应我们的号召。"

姓李的很高兴，就打发老头儿出去联络各个山寨。拿出窖藏的银子，制造盔甲。老头儿好几天才回来，说："借大王的威福，加上臣子三寸不烂的舌头，各个山寨没有不愿给你执鞭拉马的，都愿归顺，做你的部下。"十几天的时间，应命而归顺的，果然有好几千人。于是就拜老头儿为军师，竖起大纛旗，设置的彩旗好像一片树林；占据山头，立起栏栅，声势威震四面八方。县官领兵前来讨伐，老头儿指挥成群的强盗，打败了官兵。县官胆战心惊，就向兖州府告急。兖州府的官兵长途跋涉来到这里，老头儿又埋伏下几路强盗，进攻官兵，官兵大败而逃，杀伤了很多将士。声势更加威震四方，党徒共有一万人多人，所以就自封为"九山王"。老头儿正在忧虑战马太少，恰巧官家从首都往江南押解马匹，就派遣一股强盗，在要路上夺去了。从此，"九山王"的威名，被人大吵大嚷地鼓噪起来。姓李的加封老头儿为"护国大将军"，自己便高卧山寨，觉得自己了不起，认为黄袍加身的美梦，指日可待了。

山东巡抚因为马匹被夺走，正要进剿，又接到兖州府的战报，就发来几千精兵，会同六个府的六路人马，合围进剿。部队的旌旗，满山遍谷。"九山王"吓得要死，召见老头儿商量迎敌的办法，老头儿不知哪里去了。"九山王"处境危急，没有退兵的办法，就登上山头，望着满山遍谷的官兵说："今天我才知道朝廷的势力太大了！"官兵攻破山寨，他被捉住，妻子儿女都被杀掉。他这才省悟，老头儿就是那只老狐狸，怀着灭族的仇恨，向他报仇的。

异史氏说："一个人拥抱着妻子，关着房门，光着脑袋，谁能砍他脑袋呢？即使砍了脑袋，又有什么理由灭族呢？狐狸的阴谋也是很巧妙的。但是土壤里没有那样的种子，即使浇水，也不能萌芽生长；他那屠杀狐狸的残忍，心里已经有了强盗的根子，所以狐狸才能叫他萌芽生长，报了自己的仇恨。现在不妨试一试，在路上扯住一个人，对他说：'你是真龙天子！'没有不吓跑的。明明是导致灭族的行为，他却乐意听从，妻子儿女被杀掉，还有什么可说的？而有的人听到为非作歹的言论，刚一听到很生气，接着是疑惑，再听下去就相信了；等到身败名裂，才省悟是错了，大抵类似这种情况。"

遵化署狐

【原文】

诸城邱公为遵化道①。署中故多狐②。最后一楼，绥绥者族而居之③，以为家。时出殃人，遣之益炽④。官此者惟设牲祷之⑤，无敢迕。邱公莅任，闻而怒之⑥。狐亦畏公刚烈，化一妪告家人曰："幸白大人⑦：勿相仇。容我三日，将携细小避去⑧。"公闻，亦默不言。次日，阅兵已，戒勿散，使尽扛诸营巨炮骤入，环楼千座并发；数仞之楼，顷刻摧为平地，革肉毛血，自天雨而下⑨。但见浓尘毒雾之中，有白气一缕，冒烟冲空而去。众望之曰："逃一狐矣。"而署中自此平安。

后二年，公遣干仆赍银如干数赴都⑩，将谋迁擢⑪。事未就，姑窖藏于班役之家⑫。忽有一叟诣阙声屈⑬，言妻子横被杀戮；又讦公克削军粮⑭，夤缘当路⑮，现顿某家⑯，可以验证。奉旨押验。至班役家，冥搜不得⑰。叟惟以一足点地⑱。悟其意，发之，果得金；金上镌有"某郡解"字。已而觅叟，则失所在。执乡里乡名以求其人，竟亦无之。公由此罢难。乃知叟即逃狐也。

异史氏曰："狐之祟人，可诛甚矣。然服而舍之⑲，亦以全吾仁。公可云'疾之已甚'者矣⑳。抑使关西为此㉑，岂百狐所能仇哉！"

【注释】

①诸城：县名。今属山东省。遵化：州名，清时属直隶，治所在今河北省遵化市。道，道员，别称道台。清时省以下、州府以上一级的官员，也称观察。

②故：原来。

③绥绥者：代指狐。绥绥，相随的样子。

④遣之益炽：驱逐它就更加厉害。遣，逐。炽，烈，厉害。

⑤牲：指整个的牛、羊、豕；供祭祀之用。

⑥闻而怒之：此据二十四卷抄本，原无"而"字。

⑦幸白：希望禀告。幸，希望。

⑧细小：犹言家小，谦词。

⑨雨而下：像雨点一样落下。

⑩干仆：干练的仆役。如干：犹若干。

⑪迁擢：升迁，提拔。

⑫班役：即衙役。衙役分班，曰班役。

⑬诣阙声屈：到朝廷鸣冤叫屈。诣，至。阙，宫阙，此指朝廷。

⑭讦（结）：揭发，告发。

⑮夤缘当路：攀附权要。当路，犹当权，指执政者。

⑯顿：暂存。

⑰冥搜：到处搜查。

⑱叟：此据山东省博物馆本，原作"翁"。

⑲服而舍之：服罪之后释放它们。舍，释放。

⑳疾之已甚：痛恨它太过分。

㉑关西：指杨震（？—124）。震为东汉弘农华阴（今属陕西）人，字伯起，官至太尉。因"明经博览"，时人号为"关西孔子"。《后汉书》本传载，杨震"性公廉，不受私谒。"迁东莱太守，"道经昌邑，故所举荆州茂才王密为昌邑令，谒见，至夜怀金十斤以遗震。震曰：'故人知君，君不知故人，何也？'密曰：'暮色无知者。'震曰：'天知，神知，我知，子知。何谓无知！'密愧而出。"邱某疾恶而行污，与杨震刚方而清廉相形，如杀狐者为杨，则狐当无隙可乘，以资报复。

【译文】

　　诸城县的邱公，在遵化当道台。他的官署里，从前有很多狐狸。最后的一座楼房，互相追随的狐狸，全族住在楼里，把那里当成它们的家。时常出来作祟，越撵势力越旺。在这里做官的，只能杀猪宰羊，向它们祈祷，没有人胆敢触犯它们。邱公到任以后，听到这个情况，很恼火。狐狸也害怕邱公刚强猛烈的性格，就变成一个老太太，告诉家人说："希望你禀告邱公大人；不要仇恨我们。容我三天的期限，我将携带全家躲避出去。"邱公听了，默默不语。第二天，在校场阅完兵，告诫不要解散，叫他们全部扛起各营的大炮，突然闯进来，环绕后楼，千炮齐发；几丈高的楼房，顷刻毁成平地，皮肉毛血，下雨似的从半天空中落下来。只见在浓尘毒雾之中，有一缕白气，冒烟突火，凌空而起，向远处飞去。大家望着它说："一只狐狸逃走了。"官署从此就平安无事了。二年以后，邱公打发一个干练的仆人，携带若干送礼银子前往北京，要去谋求升官。事情没有办成，暂时窖藏在班役家里。忽然有一个老头儿，到皇宫里喊冤叫屈，说他妻子儿女横遭杀害；又揭发邱公克扣军粮，巴结当权的，现在把银子藏在某人家里，可以验证。奉旨押着邱公和老头几前去验证。到了班役家里，搜尽了所有的地方，也没搜出来。老头儿只用一只脚尖点着地下。锦衣卫明白了他的意思，挖开地窖，果然搜出了银子；银锭上錾着"某郡解"的文字。搜完了再找那个老头儿，老头儿不知哪里去了。到乡下指名道姓寻求那个老头儿，竟然没有那么一个人。邱公因此遭了大难。这才知道老头儿就是那只逃走的狐狸。

异史氏说："狐狸能迷惑人，很可以杀掉。但是它已顺服了，饶了它的性命，也可以保全我们的仁德。邱公可以说是一个暴躁之人。假使为将的都有这样的仁德，就是一百只狐狸，又怎能相仇呢！"

张　诚

【原文】

豫人张氏者①，其先齐人②。明末齐大乱，妻为北兵掠去③。张常客豫，遂家焉。娶于豫，生子讷。无何，妻卒，又娶继室，生子诚。继室牛氏悍，每嫉讷，奴畜之，啖以恶草具④。使樵，日责柴一肩；无则挞楚诟诅，不可堪。隐畜甘脆饵诚⑤，使从塾师读。诚渐长，性孝友，不忍兄劬，阴劝母。母弗听。一日，讷入山樵，未终，值大风雨，避身岩下，雨止而日已暮。腹中大馁，遂负薪归。母验之少，怒不与食：饥火烧心，入室僵卧。诚自塾中来，见兄嗒然⑥，问："病乎？"曰："饿耳。"问其故，以情告。诚愀然便去。移时，怀饼来饵兄。兄问其所自来。曰："余窃面倩邻妇为之，但食勿言也。"讷食之。嘱弟曰："后勿复然，事泄累弟。且日一啖，饥当不死。"诚曰："兄故弱，乌能多樵！"次日，食后，窃赴山，至兄樵处。兄见之，惊问："将何作？"答曰："将助樵采。"问："谁之遣？"曰："我自来耳。"兄曰："无论弟不能樵，纵或能之，且犹不可。"于是速之归⑦。诚不听，以手足断柴助兄。且云："明日当以斧来。"兄近止之。见其指已破，履已穿⑧，悲曰："汝不速归，我即以斧自刭死⑨！"诚乃归。兄送之半途，方复回。樵既归，诣塾，嘱其师曰："吾弟年幼，宜闭之。山中虎狼多。"师曰："午前不知何往，业夏楚之⑩。"归谓诚曰："不听吾言，遭笞责矣。"诚笑曰："无之。"明日，怀斧又去。兄骇曰："我固谓子勿来，何复尔？"诚不应，刈薪且急，汗交颐不少

张诚

休。约足一束，不辞而返。师又责之，乃实告之。师叹其贤，遂不也禁。兄屡止之，终不听。

一日，与数人樵山中，欻有虎至。众惧而伏。虎竟衔诚去。虎负人行缓，为讷追及。讷力斧之，中胯。虎痛狂奔，莫可寻逐，痛哭而返。众慰解之，哭益悲。曰："吾弟，非犹夫人之弟⑪；况为我死，我何生焉！"遂以斧自刎其项。众急救之，入肉者已寸许，血溢如涌，眩瞀殒绝⑫。众骇，裂之衣而约之⑬，群扶而归。母哭骂曰："汝杀吾儿，欲刭颈以塞责耶⑭！"讷呻云："母勿烦恼。弟死，我定不生！"置榻上，疮痛不能眠，惟昼夜依壁坐哭。父恐其亦死，时就榻少哺之，牛辄诟责。讷遂不食，三日而毙。村中有巫走无常者⑮，讷途遇之，缅诉曩苦⑯。因询弟所，巫言不闻。遂反身导讷去。至一都会，见一皂衫人，自城中出。巫要遮代问之⑰。皂衫人于佩囊中检牒审顾，男妇百馀，并无犯而张者。巫疑在他牒。皂衫人曰："此路属我，何得差逮。"讷不信，强巫入内城。城中新鬼、故鬼往来憧憧⑱，亦有故识⑲，就问，迄无知者。忽共哗言："菩萨至⑳！"仰见云中，有伟人，毫光彻上下，顿觉世界通明。巫贺曰："大郎有福哉㉑！菩萨几十年一入冥司，拔诸苦恼㉒，今适值之。"便掣讷跪。众鬼囚纷纷籍籍㉓，合掌齐诵慈悲救苦之声，哄腾震地。菩萨以杨柳枝遍洒甘露，其细如尘。俄而雾收光敛，遂失所在。讷觉颈上沾露，斧处不复作痛。巫仍导与俱归。望见里门，始别而去。讷死二日，豁然竟苏，悉述所遇，谓诚不死。母以为撰造之诬，反诟骂之。讷负屈无以自伸，而摸创痕良瘥。自力起，拜父曰："行将穿云入海往寻弟，如不可见，终此身勿望返也。愿父犹以儿为死。"翁引空处与泣，无敢留之。

讷乃去。每于冲衢访弟耗㉔，途中资斧断绝，丐而行。逾年，达金陵，悬鹑百结㉕，伛偻道上。偶见十馀骑过，走避道侧。内一人如官长，年四十已来，健卒怒马，腾踔前后。一少年乘小驷，屡视讷。讷以其贵公子，未敢仰视。少年停鞭少驻，忽下马，呼曰："非吾兄耶！"讷举首审视，诚也。握手大痛，失声。诚亦哭曰："兄何漂落以至于此？"讷言其情，诚益悲。骑者并下问故，以白官长。官命脱骑载讷㉖，连辔归诸其家㉗，始详诘之。初，虎衔诚去，不知何时置路侧，卧途中经宿。适张别驾自都中来㉘，过之，见其貌文，怜而抚之，渐苏。言其里居，则相去已远。因载与俱归。又药敷伤处，数日始痊。别驾无长君㉙，子之。盖适从游瞩也。诚具为兄告。言次，别驾入，讷拜谢不已。诚入内，捧帛衣出，进兄，乃置酒燕叙。别驾问："贵族在豫，几何丁壮？"讷曰："无有。父少齐人，流寓于豫。"别驾曰："仆亦齐人。贵里何属？"答曰："曾闻父旨，属东昌辖㉚。"惊曰："我同乡也！何故迁豫？"讷曰："明季清兵入境，掠前母去。父遭兵燹，荡无家室。先贾于西道，往来颇稔，故止焉。"又惊问："君家尊何名？"讷告之。别驾瞪而视㉛，俯首若疑，疾趋入内。无何，太夫人出㉜。共罗拜，已，问讷曰："汝是张炳之之孙耶？"曰："然。"太夫人大哭，谓别驾曰："此汝弟也。"讷兄弟莫能解。太夫人曰："我适汝父三年，流离北去，身属黑固山半年㉝，生汝兄。又半年，固山死，汝兄补秩旗下迁此官㉞。今解任矣。每刻刻念乡井，遂出籍㉟，复故谱㊱。屡遣人至齐，殊无所觅耗，何知汝父西徙哉！"乃谓别驾曰："汝以弟为子，折福死矣㊲！"别驾曰："曩问诚，诚未尝言齐人，想幼稚不忆耳。"乃以齿序㊳：别驾四十有一，为长；诚十六，最少；讷二十二，则伯而仲矣。别驾得两弟，甚欢，与同卧处，尽悉离散端由，将作归计。太夫人恐不见容。别驾曰："能容则共之，否则析之。天下岂有无父之国？"于是鬻宅办装，刻日西发。

　　既抵里，讷及诚先驰报父。父自讷去，妻亦寻卒；块然一老鳏㊳，形影自吊㊵。忽见讷入，暴喜，恍恍以惊㊶；又睹诚，喜极，不复作言，潸潸以涕㊷。又告以别驾母子至，翁辍泣愕然，不能喜，亦不能悲，蚩蚩以立㊼。未几，别驾入，拜已；太夫人把翁相向哭。既见婢媪厮卒，内外盈塞，坐立不知所为。诚不见母，问之，方知已死，号嘶气绝，食顷始苏。别驾出资，建楼阁；延师教两弟；马腾于槽，人喧于室，居然大家矣。

　　异史氏曰："余听此事至终，涕凡数堕：十馀岁童子，斧薪助兄，慨然曰：'王览固再见乎㊹！'于是一堕。至虎衔诚去，不禁狂呼曰：'天道愦愦如此㊺！'于是一堕。及兄弟猝遇，则喜而亦堕；转增一兄，又益一悲，则为别驾堕。一门团圞㊻，惊出不意，喜出不意，无从之涕，则为翁堕也㊼。不知后世，亦有善涕如某者乎㊽？"

【注释】

①豫：今河南省古为豫州之地，故别称为豫。

②齐：今山东泰山以北地区及胶东半岛，战国时为齐地，汉以后仍沿称为齐。

③北兵：指清兵。明崇祯年间，建国于东北地区的清兵，曾五次进袭关内。崇祯十一年（1638），清兵入关攻陷河北，次年正月陷山东济南。崇祯十五年（1642）十一月，清兵入关陷蓟州、畿南，攻克山东兖州府。这两次进袭，山东受祸最为惨烈。

④恶草具：粗劣的食物。《史记·陈丞相世家》：项羽遣使至汉，刘邦"为太牢具，举进。见楚使，即伴惊曰：'吾以为亚父使，乃项王使。'复持去，更以恶草具进楚使。"具，供设，指食物

⑤甘脆：美好的食物。

⑥嗒（踏）然：沮丧的样子。

⑦速：催促。

⑧履已穿：鞋已磨破。

⑨刭：割颈。

⑩业夏（夹）楚之：已体罚了他。夏楚，同"榎楚"，古代学校用榎木、荆条制成的体罚学生的用具。

⑪非犹夫人之弟：不同于别的人家的弟弟；意谓其弟甚贤。犹，若。夫，语中助词，无义。

⑫眩瞀（冒）殒绝：昏死过去。眩瞀，眼花。殒，死亡。

⑬约之：束裹伤口。

⑭劙（离）：浅割。

⑮走无常者：迷信传说，冥间鬼使不足时，往往勾摄阳间之人代为服役。这种人称为走无常者。人被勾摄时，忽掷跳数四，仆地而雍，苏醒后能言冥间所历

之事。

⑮缅诉：追诉。

⑰要（腰）遮：中途拦截。

⑱憧憧（冲冲）：形影摇晃的样子。

⑲故识：老相识，熟人。

⑳菩萨：梵语"菩提萨埵"的简称，位次于佛。此指观世音。

㉑大郎：指张讷。郎，对少年男子的敬称。

㉒苦恼：佛家语，指人生的苦难忧伤。

㉓纷纷籍籍：形容众人纷乱喧嚷。

㉔冲衢：通向四面八方的要道。

㉕悬鹑：鹌鹑毛斑尾秃，如同破烂的衣服，因以形容衣衫褴褛。

㉖脱骑：此谓让出一匹马。

㉗连辔（沛）：骑马并行。辔，驭马的缰绳。

㉘别驾：官名，州的佐吏。宋以来，诸州通判也尊称别驾。

㉙长君：成年的公子。长，年岁较大。

㉚东昌：府名，府治在今山东省聊城市。

㉛瞠（撑）而视：瞠目而视；形容惊呆。

㉜太夫人：老夫人。汉制，列侯之母称太夫人。后来官绅之母，不论存亡，均称太夫人。

㉝黑固山：黑，姓。固山，满语音译，为加于爵位或官职前的美称。加于官名上的如"固山额真"。固山额真，汉语译为"旗主"，顺治十七年定汉名为"都统"。

㉞补秩：补缺。秩，官职。旗，清代满族以旗色为标志，建立八旗制度。初期各旗兼有军事、行政、生产三方面的职能。后来则成为兵籍编制。

㉟出籍：指脱离旗籍。

㊱复故谱：复归原来的宗族，即归宗。谱，谱牒，旧时记载家族世系的家谱。

㊲折福死矣：犹言“罪过煞”。谓造孽折福太甚。死，形容极甚。

㊳以齿序：按年龄排定长幼次序。齿，年岁。

㊴块然：孤独，伶仃。

㊵形影自吊：对影自叹；形容孤独无伴。吊，哀伤。

㊶恍恍（晃晃）：精神恍惚。

㊷潸潸：泪流貌。

㊸蚩蚩：痴呆貌。

㊹王览固再见乎：像王览这样的人物真的又出现了吗？《晋书·王祥传》载，王祥少时对继母至孝，继母却虐待他。继母所生弟王览每见王祥被打，就痛哭劝阻其母，并帮助王祥完成继母刁难的苦役。继母每欲毒害王祥，王览则先尝赐给王祥的食物。终于保全了王祥。这里以王览比张诚。固，的确。见，同“现”。

㊺愦愦：胡涂，昏聩。

㊻团圞（峦）：团聚。

㊼堕：据二十四卷抄本补。

㊽某：指代“我”。

【译文】 

河南有个姓张的，祖先是山东人。明朝末年山东大乱，妻子被清兵掠去了。他长期客居河南，就在河南安家落户。在河南娶了老婆，生个儿子，名叫张讷。没有多久，老婆死了，又续了一房老婆，生个儿子，名叫张诚。后娶的老婆姓牛，蛮横刁悍，总是讨厌张讷，待他当作奴仆使用，给他吃最粗劣的食物。叫他上山打柴，责令他每天必须打回一担柴；不然就毒打恶骂，使他不堪忍受。把好吃的东西隐藏起来，留给张诚吃，还叫张诚上学念书。

张诚逐渐长大了，很敬爱他的哥哥。不忍哥哥劳累，就在背后劝他母亲。母亲不听。一天，张讷进山打柴，没有打足一担，忽然遇上大风大雨，就在岩下避雨，雨停的时候，日落西山，已经黑天了。他肚子很饿，就挑起柴禾回家。母亲一检查，没有打足一担柴，便怒气冲冲地不给他饭吃。他饿得火烧火燎的，进屋直挺挺地躺下了。张诚从学馆里回来，看见哥哥垂头丧气的样子，就问他："你病了吗？"哥哥说："饿的！"张诚问他挨饿的原因，他就把实情告诉了弟弟。张诚绷着脸，很不高兴地走了。过了不一会儿，怀里揣着几张饼，送来给哥哥吃。哥哥问他从哪里弄来的。张诚说："我偷出一点白面，求邻家大婶给烙的，你只管吃，不要说了。"张讷吃了饼，嘱咐弟弟说："以后不要再这样，事情泄露了，会连累你的；再说一天吃一顿饭，想也饿不死。"张诚说："哥哥本来很衰弱，怎能多打柴呢！"

第二天，吃完早饭以后，张诚偷偷地进了山里，来到哥哥砍柴的地方。哥哥见了他，惊讶地问道："你来干什么？"他回答说："要帮你砍柴。"哥哥又问："谁打发你来的？"他说："我自己来的。"哥哥说："不要说弟弟不能打柴，即使能打柴，也是不行的。"于是就催促弟弟赶快回去。张诚不听，用手折，使脚踹，帮助哥哥打柴。而且说："明天应该拿把斧子来。"哥哥到他跟前制止他。看他指头已经划破，鞋子也戳穿了，很伤心地说："你不赶快回去，我就用斧子砍脖子自杀！"张诚这才回去了。哥哥送到半路，才返回去。

张讷晚上把柴禾挑到家里以后，就到学馆里，嘱咐张诚的老师说："我弟弟年岁很小，应该关在学馆里读书。山里虎狼太多。"老师说："他午前不知到哪里去了，我已经用板子把他惩罚了。"

张讷回到家里对弟弟说："你不听我的话，才挨打了。"张诚笑笑说："没有挨打。"第二天，张诚腰里别着斧子，又去帮助哥哥砍柴。哥哥惊讶地说："我本来告诉你不要来，怎么又来了？"张诚不应声，抢起斧子就砍柴禾，砍得又快又猛，累得满脸是汗，也不休息。大约砍足了一捆，没有告辞就回去了。老师又责备他，他就把实际情况告诉了老师。老师赞叹他的品德好，就不再制止。哥哥一次又一次地劝阻他，他始终不听。

一天，哥俩和几个人正在山里砍柴，忽然来了一只老虎。大伙儿都吓得隐蔽起来，老虎竟把张诚叼走了。因为老虎叼着人，跑得很慢，就被张讷追上了。张讷用力砍了一斧子，砍中了老虎的胯骨。老虎疼痛难忍，疯狂地向前奔跑，张讷无处可以追寻，就痛哭流涕地返了回来。大家安慰他，对他进行劝解，他哭得更加悲痛。说："我的弟弟，不同于一般人的弟弟；何况为我而死，我怎么活下去呀！"就用斧子砍自己的脖子。大家赶紧抢救，已经砍进肉里一寸左右，鲜血呼呼地往外喷射，头昏目眩，眼看就要断气了。大家吃了一惊，撕下他的衣服，给他缠上伤口，搀扶着送回家里。母亲哭天嚎地地骂着说："你杀了我的儿子，想用抹脖子搪塞呀！"张讷呻吟着说："母亲不要烦恼。我弟弟死了，我也决不活着！"大家把他放在床上，他伤口疼得不能入睡，只是昼夜依着墙壁，坐在那里哭泣。父亲害怕他也活不成，有时到他床前喂一点食物，牛氏就责骂不休。他便不吃东西，三天就死了。

村里有个巫师，时常在阴间走动，张讷在阴间的路上遇上了他，便从头到尾倾述了过去的痛苦，接着打听弟弟在什么地方。巫师说他没有听到消息，就抹回身子，领着张讷去找弟弟。到了一座城市，看见一个皂隶，从城里走出来。巫师拦住他的去路，替张讷打听张诚的消息。皂隶从佩囊里掏出拘票，从头看了一遍，男女一百多人，并没有姓张的犯人。巫师怀疑可能在别人拿的拘票上。皂隶说："这一路归我管，哪能派遣别人抓人呢。"张讷不相信，硬把巫师拉进城里去了。

城里的新鬼旧鬼，来来往往的，其中也有过去认识的熟人，向他们打听张诚的消息，始终没有知道的。忽然满城吵吵嚷嚷的，说是观音菩萨来了！他仰脸一看，只见空中站着一个伟人，毫光四射，照亮了天下地下，顿时觉得世界通明雪亮。巫师向张讷祝贺说："大郎真有福气啊！菩萨几十年才到阴间来一趟，拔除鬼魂的苦恼，你今天正赶上了。"就扯着他跪下。很多鬼魂罪犯，也纷纷攘攘，乱乱哄哄，当胸合掌，一齐朗诵"大慈大悲，救苦救难"，声音哄腾震地。菩萨用杨柳枝到处洒甘露，水珠小得像灰尘。过了一会儿，雾气消散，毫光敛尽，就不知菩萨哪里去了。张讷觉得脖子上沾了露水，斧子砍伤的地方不再疼痛了。巫师领着他，和他一起往回走，望见了他的家门，才拱手告别，又到别的地方去了。

张讷死了两天，忽然睁开眼睛，竟然复活了。他把遇到的情况都讲了，说是张诚没死。母亲认为这是编造的谎言，反倒辱骂他。他心里抱屈，却没有办法申述。

摸摸伤疤，已经长好了。便自己用力爬起来，拜别父亲说："我要穿云入海去找弟弟，倘若见不到弟弟，一生也不要盼我回来了。愿父亲只当儿子死了。"父亲把他拉到没人的地方，和他一起流泪，不敢把他留在家里。张讷于是就走了。他常在交通要道上打听弟弟的下落；半道上把盘缠花光了，就一边讨饭一边往前走。

过了一年多，来到了金陵，他衣衫褴褛，佝佝偻偻地走在路上。偶然看见过来十几个骑兵，他就闪到路旁躲避。其中的一个人，好像是个官长，年约四十左右。健壮的兵卒，奔嘶的烈马，在他身前身后腾跳着。有个少年，骑着一匹小马，一次又一次地看着他。他以为是个贵公子，不敢抬头看望。少年停下马鞭，勒住坐骑，忽然跳下马背，招呼他说："你不是我哥哥吗？"张讷抬头仔细一看。原来是张诚。两人握手，悲痛得失声大哭。张诚说："哥哥怎么流落到这里？"张讷讲了情况，张诚心里更加悲痛。骑兵都下了战马，问清了原因，就报给官长。官长命令腾出一匹马，给张讷骑着，一起到了他的家里。

张讷详细打听弟弟的遭遇。原来，老虎叼走了张诚，不知什么时候放在了路旁，他在路上躺了一夜。恰巧张别驾从北京回来，路过这里，见他相貌文雅，动了爱怜之心，抚摩一会儿，他就慢慢地苏醒过来。他说了他的住处，已经距离家乡很远了。因而就用车子拉着他，一起回到家里。又给他的伤口敷药，过了好几天才好了。别驾没有大儿子，就认他做儿子。原来刚才是跟着别驾出去游览。张诚把自己的遭遇全部告诉了哥哥。

说话的时候，别驾进来了，张讷一再向他拜谢。张诚进了内室，捧出一套锦衣，给哥哥穿上，然后就置办酒席，一边喝酒一边谈叙家常。别驾问张讷："你在河南的家族，有几个壮年男子？"张讷说："没有。父亲年轻的时候是山东人，颠沛流离，客居在河南。"别驾说："我也是山东人。你们老家隶属哪一府？"张讷回答说："曾听父亲说过，属东昌府管辖。"别陶惊讶地说："是我同乡啊！为什么搬到河南去了？"张讷说："明朝末年，清兵进入山东境内，把我前房母亲掠走。父亲遭到战火的破坏，流浪外地，无家可归。先在西路做买卖，因为往来很熟悉了，就在那里住了下来。"别驾又惊讶地问道："你父亲叫什么名字？"张讷就把父亲的名字告诉了他。

别驾眼睛直勾勾地瞅着张讷，又低头沉思，好像有什么疑问似的，一会儿就急急忙忙地跑进屋里去了。没有多久，太夫人从屋里出来了。哥俩围在四周下拜，拜完以后，太夫人问张讷："你是张炳之的孙子吗？"张讷说："是的。"太夫人一听就悲痛地哭起来，对别驾说："这是你弟弟。"张讷哥俩不理解。太夫人说："我嫁给你父亲三年，就流离北上，身属黑固山半年，生了你哥哥；又过了半年，黑固山去世了，你哥哥补了他的职位，在满人手下升到别驾这个官职。现在已经解除了职务。我们时刻想念家乡，就注销了满籍，恢复了从前的老家谱。屡次派人到山东去寻访，一点消息也没打听到，哪知你父亲往西搬迁了！"就对别驾说："你把弟弟当作儿子，真该死呀！"别驾说："我过去问过张诚，他没说他是山东人，想必是年纪太小，不记得了。"于是就以年龄大小排列兄弟次序：别驾四十一岁，是大哥；张诚十六岁，是小弟弟；张讷二十二岁，原是哥哥，现在是老二了。

别驾得到两个弟弟，很高兴，和弟弟生活在一起。当他完全知道离散的始末根由以后，就做回乡的打算。太夫人害怕不能被容纳。别驾说："能够容纳，就在一起生活；不能容纳，就分开另过。天下哪有没有父亲的国家？"于是就卖了房子，置办行装，选择一个好日子，往西进发。到达家乡以后，张讷和张诚先跑去告诉父亲。父亲自从张讷走了以后，不久牛氏也死了；孤零零的一个老光棍儿，无依无靠，很是悲伤。忽然看见张讷跑进来，非常高兴，恍恍惚惚，很是惊讶；又看见了张诚，高兴极了，一句话也说不出来，只是潸潸落泪。又告诉他别驾母子来到了，老头儿停止了哭泣，猛吃一惊，不能喜悦，也不能悲怆，只是痴呆呆地站着。不一会儿，别驾进了屋子，拜见完了以后，太夫人抓着老头儿，面对面地痛哭。接着又看见了丫鬟、仆妇、奴仆和兵丁，屋里屋外塞得满满登登，他坐也不是，站也不是，不知如何是好。张诚没有看见母亲牛氏，询问父亲，才知道已经去世了。他哭得声嘶气绝，一顿饭的工夫才苏醒过来。别驾拿出钱财，兴建楼阁；聘请老师，教两个弟弟读书；槽头上马群腾跳，屋子里人声喧哗，居然是个大户人家了。

异史氏说："我听这个故事，从头到尾，掉了好几次眼泪。十几岁的孩子，拿斧子帮助哥哥砍柴，我感慨地说，'这不是王览再现吗！'于是掉了一次眼泪。听到老虎叼走了张诚，我不禁狂呼，'天道怎么这样昏愦呀！'于是又掉了一次眼泪。及至听到兄弟忽然相遇，也高兴得掉了眼泪。转而增加一个哥哥，又增加一次悲痛，我又为别驾掉了一次眼泪。全家大团圆，惊讶出于意料之外，高兴也出于意料之外，无所适从的眼泪，是为老头儿掉的。不知后世还有像我这样善于掉泪的人吗？"

汾州狐

【原文】

汾州判朱公者①，居廨多狐②。公夜坐，有女子往来灯下。初谓是家人妇，未遑顾瞻③；及举目，竟不相识，而容光艳绝。心知其狐，而爱好之，遽呼之来。女停履笑曰："厉声加人，谁是汝婢媪耶④？"朱笑而起，曳坐谢过。遂与款密⑤，久如夫妻之好。忽谓曰："君秩当迁⑥，别有日矣。"问："何时？"答曰："目前。但贺者在门，吊者即在闾，不能官也。"

三日，迁报果至。次日，即得太夫人讣音⑦。公解任，欲与偕旋⑧。狐不可。送之河上。强之登舟。女曰："君自不知，狐不能过河也。"朱不忍别，恋恋河畔。女忽出，言将一谒故旧。移时归，即有客来答拜。女别室与语。客去乃来，曰："请便登舟，妾送君渡。"朱曰："向言不能渡，今何以云⑨？"曰："曩所谒非他，河神也。妾以君故，特请之。彼限我十天往复，故可暂依耳。"遂向济。至十日，果别而去。

【注释】

①汾州判：汾州府通判。汾州府，治所在今山西汾阳市。通判，清代为知府

佐官。

②居廨（写）：所居官署。

③未遑：未暇，未及。

④婢媪：指供役使的婢女、仆妇。

⑤遂与款密：就与她结为知心朋友。款密，恳挚，亲切。此谓情感真挚的密友。

⑥秩：官吏的俸禄。此指官吏的职位、品级。

⑦太夫人：此指朱母。讣音：报丧的音讯。

⑧偕旋：一同回归故里。旋，旋里。

⑨云：此据山东省博物馆本，原作"渡"。

【译文】

汾州府通判朱公所居官署有很多狐狸，朱公夜里独坐时，见有一个女子从灯前来往，起初他以为是家中的妇女，就没在意。当他偶然抬头仔细一看，竟然不认识，而女子容貌美艳。他心里明白是狐精，而艳羡她的美貌，立即呼叫她过来。女子停住脚步嫣然一笑说："这样大声地叫人，谁是你家丫鬟、仆人吗？"朱公也笑着站起身向她致意，然后拉着她坐下，于是彼此结为亲密之友，时间长了竟像夫妻那样相好。

有一天，女子忽然对朱公说："你要升迁了，我们在一起的时间不多了。"朱公问道："什么时候？"女子说："就在眼前。但只是祝贺的客人未去，吊丧的人就又来了，不能去上任。"三天后，升迁的喜报果然下来。紧接着第二天，又收到老夫人去世的讣告。朱公卸任后，想和她一起回家，但她却不愿去。她送朱公到黄河边上，朱公硬要她一起上船。她说："你是不知道的，狐狸不能过河。"朱公不忍心和她分手，在黄河边上留恋不舍。

女子忽然出去，说是要看一个老朋友。不长时间就回来，就有一个客人来回访。她便到另一间屋子和客人说话。客人走后她就来对朱公说："请上船吧，我送你过河。"朱公诧异地说："你先前说不能过河，怎么现在又能过了？"女子说：

汾州狐

"刚才拜访的不是别人，正是河神。我为你特意请求他，他限我十天时间往返，所以可以暂时陪你一段日子。"于是他们一起过了河。十天以后，果然和朱公分手离去。

巧 娘

【原文】

　　广东有搢绅傅氏①，年六十馀。生一子，名廉。甚慧，而天阉②，十七岁，阴裁如蚕。遐迩闻知，无以女女者③。自分宗绪已绝，昼夜忧怛④，而无如何。廉从师读⑤。师偶他出，适门外有猴戏者，廉视之，废学焉。度师将至而惧，遂亡去。离家数里，见一素衣女郎，偕小婢出其前。女一回首，妖丽无比。莲步蹇缓⑥，廉趋过之。女回顾婢曰："试问郎君，得无欲如琼乎⑦？"婢果呼问。廉诘其何为⑧。女曰："倘之琼也，有尺一书⑨，烦便道寄里门⑩。老母在家，亦可为东道主⑪。"廉出本无定向，念浮海亦得，因诺之。女出书付婢，婢转付生。问其姓名居里，云："华姓，居秦女村，去北郭三四里。"生附舟便去。

　　至琼州北郭，日已曛暮。问秦女村，迄无知者。望北行四五里⑫，星月已灿，芳草迷目，旷无逆旅⑬，窘甚。见道侧一墓⑭，思欲傍坟栖止，大惧虎狼。因攀树猱升⑮，蹲踞其上。听松声谡谡⑯，宵虫哀奏⑰，中心忐忑，悔至如烧。忽闻人声在下，俯瞰之，庭院宛然；一丽人坐石上，双鬟挑画烛⑱，分侍左右。丽人左顾曰："今夜月白星疏，华姑所赠团茶⑲，可烹一盏，赏此良夜。"生意其鬼魅，毛发森竖⑳，不敢少息。忽婢子仰视曰："树上有人！"女惊起曰："何处大胆儿，暗来窥人！"生大惧，无所逃隐，遂盘旋下，伏地乞宥。女近临一睇㉑，反恚为喜，曳与并坐。睨之，年可十七八，隆态艳绝。听其言，亦非土音㉒。问："郎何之？"答云："为人作寄书邮。"女曰："野多暴客，露宿可虞。不嫌蓬荜㉓，愿就税驾㉔。"邀坐入。室惟一榻，命婢展两被其上。生自惭形秽，愿在下床。女笑曰："佳客相逢，女元龙何敢高卧㉕？"生不得已，遂与共榻，而惶恐不敢自舒。未几，女暗中以纤手探入，轻捻胫股。生伪寐，若不觉知。又未几，启衾入，摇生，迄不动。女便下探隐处。乃停手怅然，悄悄出衾去。俄闻哭声。生惶愧无以自容，恨天公之缺陷而已。女呼婢篝灯。婢见啼痕，惊问所苦。女摇首曰："我自叹吾命耳㉖。"婢立榻前，耽望颜色。女曰："可唤郎醒，遣放去。"生闻之，倍益惭怍；且惧宵半，茫茫无所复之㉗。

筹念间，一妇人排闼入谬㉘。婢白："华姑来。"微窥之，年约五十馀，犹风格㉙。见女未睡，便致诘问。女未答。又视榻上有卧者，遂问："共榻何人？"婢代答："夜一少年郎寄此宿㉚。"妇笑曰："不知巧娘谐花烛。"见女啼泪未干，惊曰："合卺之夕㉛，悲啼不伦；将勿郎君粗暴也㉜？"女不言，益悲。妇欲捋衣视生，一振衣，书落榻上。妇取视，骇曰："我女笔意也！"拆读叹咤。女问之。妇云："是三姐家报，言吴郎已死，茕无所依，且为奈何？"女曰："彼固云为人寄书，幸未遣之去。"妇呼生起，究询书所自来。生备述之。妇曰："远烦寄书，当何以报？"又熟视生，笑问："何迕巧娘？"生言："不自知罪。"又诘女。女叹曰："自怜生适阉寺㉝，没奔椓人㉞，是以悲耳。"妇顾生曰："慧黠儿，固雄而雌者耶？是我之客，不可久溷他人。"遂导生人东厢，探手于袴而验之。笑曰："无怪巧娘零涕。然幸有根蒂，犹可为力。"挑灯遍翻箱簏，得黑丸，授生，令即吞下，秘嘱勿吒㉟，乃出。生独卧筹思，不知药医何症。将比五更，初醒，觉脐下热气一缕，直冲隐处，蠕蠕然似有物垂股际；自探之，身已伟男。心惊喜，如乍膺九锡㊱。榥色才分，妇即入㊲，以炊饼纳生室，叮嘱耐坐，反关其户。出语巧娘曰："郎有寄书劳，将留招三娘来，与订姊妹交。且复闭置，免人厌恼。"乃出门去。生回旋无聊，时近门隙，如鸟窥笼。望见巧娘，辄欲招呼自呈，惭讷而止。延及夜分，妇始携女归。发扉曰："闷煞郎君矣！三娘可来拜谢。"途中人逡巡入，向生敛衽。妇命相呼以兄妹。巧娘笑曰："姊妹亦可。"并出堂中，团坐置饮。饮次，巧娘戏问："寺人亦动心佳丽否？"生曰："跛者不忘履，盲者不忘视。"相与粲然。

巧娘以三娘劳顿，迫令安置。妇顾三娘，俾与生俱。三娘羞晕不行。妇曰："此丈夫而巾帼者，何畏之？"敦促偕去。私嘱生曰："阴为吾婿，阳为吾子，可也。"生喜，捉臂登床，发硎新试㊳，其快可知。既于枕上问女："巧娘何人?"曰："鬼也。才色无匹，而时命蹇落㊴。适毛家小郎子，病阉，十八岁而不能人，因邑邑不畅㊵，赍恨如冥㊶。"生惊，疑三娘亦鬼。女曰："实告君，妾非鬼，狐耳。巧娘独居无耦，我母子无家，借庐栖止。"生大愕。女云："无惧，虽故鬼狐，非相祸者。"由此日共谈宴。虽知巧娘非人，而心爱其娟好，独恨自献无隙㊷。生蕴藉㊸，善谀噱㊹，颇得巧娘怜。一日，华氏母子将他往，复闭生室中。生闷气，绕室隔扉呼巧娘。巧娘命婢历试数钥，乃得启。生附耳请间。巧娘遣婢去。生挽就寝榻，偎向之。女戏掬脐下，曰："惜可儿此处阙然㊺。"语未竟，触手盈握。惊曰："何前之渺渺，而遽累然!"生笑曰："前羞见客，故缩；今以诮谤难堪，聊作蛙怒耳。"遂相绸缪。已而恚曰："今乃知闭户有因。昔母子流荡栖无所，假庐居之。三娘从学刺绣，妾曾不少秘惜。乃妒忌如此!"生劝慰之，且以情告。巧娘终衔之。生曰："密之，华姑嘱我严。"语未及已，华姑掩入。二人皇遽方起。华姑瞋目㊻，问："谁启扉?"巧娘笑逆自承。华益怒，聒絮不已。巧故哂曰："阿姥亦大笑人! 是丈夫而巾帼者，何能为?"三娘见母与巧娘苦相抵㊼，意不自安，以一身调停两间，始各挼怒为喜㊽。巧娘言虽愤烈，然自是屈意事三娘。但华姑昼夜闲防㊾，两情不得自展，眉目含情而已。

一日，华姑谓生曰："吾儿姊妹皆已奉事君。念居此非计，君宜归告父母，早订永约。"即治装促生行。二女相向，容颜悲恻；而巧娘尤不可堪，泪滚滚如断贯珠，殊无已时。华姑排止之㊿，便曳生出。至门外，则院宇无存，但见荒冢。华姑送至舟上，曰："君行后，老身携两女僦屋于贵邑�51，倘不忘凤好，李氏废园中，可待亲迎。"生乃归。

时傅父觅子不得，正切焦虑，见子归，喜出非望。生略述崖末�52，兼至华氏之订。父曰："妖言何足听信? 汝尚能生还者，徒以阉废故；不然，死矣!"生曰："彼虽异物，情亦犹人；况又慧丽，娶之亦不为戚党笑。"父不言，但嗤之。生乃退而技痒，不安其分，辄私婢；渐至白昼宣淫，意欲骇闻翁媪。一日，为小婢所窥，奔告母。母不信，薄观之�53，始骇。呼婢研究，尽得其状。喜极，逢人宣暴，以示子不阉，将论婚于世族。生私白母："非华氏不娶。"母曰："世不乏美妇人，何必鬼物？"生曰："儿非华姑，无以知人道㉞，背之不祥。"傅父从之，遣一仆一妪往觇之。出东郭四五里，寻李氏园。见败垣竹树中，缕缕有炊烟。妪下乘，直造其闳，则母子拭几濯溉，似有所伺。妪拜致主命。见三娘，惊曰："此即吾家小主妇耶？我见犹怜，何怪公子魂思而梦绕之㉟。"便问阿姊。华姑叹曰："是我假女㊱。三日前，忽殂谢去。"因以酒食饷妪及仆。妪归，备道三娘容止，父母皆喜。末陈巧娘死耗，生恻恻欲涕。至亲迎之夜，见华姑亲问之。答云："已投生北地矣。"生歔欷久之。迎三娘归，而终不能忘情巧娘，凡有自琼来者，必召见问之。或言秦女墓夜闻鬼哭。生诧其异，入告三娘。三娘沉吟良久，泣下曰："妾负姊矣！"诘之，答云："妾母子来时，实未使闻。兹之怨啼，将无是？向欲相告，恐彰母过。"生闻之，悲已而喜。即命舆，宵昼兼程，驰诣其墓。叩墓木而呼曰："巧娘，巧娘！某在斯。"俄见女郎捧婴儿，自穴中出，举首酸嘶㊵，怨望无已。生亦涕下。探怀问谁氏子，巧娘曰："是君之遗孽也㊳，诞三月矣。"生叹曰："误听华姑言，使母子埋忧地下，罪将安辞！"乃与同舆，航海而归。抱子告母。母视之，体貌丰伟，不类鬼物，益喜。二女谐和，事姑孝。后傅父病，延医来。巧娘曰："疾不可为，魂已离舍。"督治冥具，既竣而卒。儿长，绝肖父；尤慧，十四游泮。高邮翁紫霞，客于广而闻之。地名遗脱，亦未知所终矣。

【注释】

①广东：广东省，辖境约略与今广东省相同。搢（晋）绅：也作"荐绅"、"缙绅"。古代仕宦者搢（插）笏垂绅（大带），因以指称仕宦之家。详《三生》注。此指乡绅，即离职乡居的官员。

②天阉：生来没有生殖能力的男子。阉，阉割，割去男性生殖腺。

③无以女女者：没有人把女儿嫁给他的。前一"女"字，是名词，女儿；后一"女"字，是动词，以女妻人。

④忧恽：忧愁烦恼。

⑤廉从师读：此从山东省博物馆本，原无"师读"二字。

⑥莲步蹇（简）缓：谓小脚行走迟缓。莲步，旧指女子的脚步。

⑦得无欲如琼乎：该不是想去琼州吧？得无，莫非，该不会。如，往。琼，琼州，即今海南岛琼山区。

⑧何为：此据山东省博物馆本，原无"何"字。

⑨尺一书：即尺一牍。汉代诏书写于一尺一寸长的木版止，故称尺一牍。此泛指书信。

⑩里门：古时聚族列里而居，门户相连，于里有门，叫里门。此指族居之地。

⑪东道主：待客之主人。

⑫望：向。

⑬逆旅：客店。

⑭见道侧一墓：此据山东省博物馆本增补，原无"一"字。

⑮猱（挠）升：攀缘而上。猱，猿类，善爬树。《诗经·小雅·角弓》："毋教猱升木，如涂涂附。"

⑯谡（速）谡：风声。《世说新语·赏誉》："世目李元礼，谡谡如劲松下风。"

⑰宵虫哀奏：夜虫哀鸣。

⑱双鬟：两个丫娠。旧时丫嬛头结双鬟，因以鬟代指丫嬛。

⑲团茶：圆模制成的一种茶块，始于宋。《说郛》辑熊蕃《宣和北苑贡茶录》："太平兴国初，特制龙凤模，遣使臣就北苑造团茶，以别庶饮。"

⑳毛发森竖：此据山东省博物馆本，原作"毛发直竖"。森，高耸。

㉑睇：倾视，俯身而视。

㉒亦非土音：此据山东省博物馆本，原无"非"字。

㉓蓬荜（毕）："蓬门荜户"的略语，犹言草舍。住处简陋的谦词。语见《晋书·皇甫谧传》。

㉔税驾：停车，此谓留宿。税，止。

㉕元龙：陈元龙，名登，三国时人，以豪气著称。《三国志·魏书·吕布臧洪传》载，许汜论及陈登，云："昔遭乱过下邳，见元龙。元龙无客主之意。久不相与语，自上大床卧，使客卧下床。"巧娘戏谓不敢以女元龙自居，意在让傅生上床同卧。

㉖我自叹吾命耳：此据山东省博物馆本，原无"自"字。

㉗无所复之：此据二十四卷抄本，原作"所"字。

㉘排闼（榻）入：推门而入。排，推。闼，小门。语见《汉书·樊哙传》。

㉙风格：犹风韵。

㉚宿：原无此字，据二十四卷抄本补。

㉛合卺（紧）：古代结婚仪式之一，因代指结婚。详《娇娜》注。

㉜也：山东省博物馆本作"耶"，义同。

㉝阉寺：宦官。《后汉书·党锢列传》："主荒政谬，国命委于阉寺。"天阉实同宦官，因以指称。

㉞椓（酌）人：即阉人。旧以称宦官。椓，椓刑，即宫刑。《尚书·吕刑》载，古代酷刑有"劓、刵、椓、黥"。

㉟勿吪（俄）：不要动。吪，动。无同勿。

㊱如乍膺九锡：如同刚刚受到九锡的封赠那样高兴。膺，受。九锡，传说为古代帝王尊礼大臣所给予的九种器物。

㊲即：原无此字。此据山东省博物馆本增补。

㊳发硎（刑）：谓刚刚磨过的刀刃。硎，磨刀石。

㊴时命蹇（jian 简）落：犹言命苦无依。蹇，困苦。落，漂泊无依。

㊵邑邑：同"悒悒"，心情抑郁。

㊶赍恨如冥：此据二十四卷抄本，原无"恨"字。

㊷自献无隙：此据二十四卷抄本，原无"献"字。

㊸蕴藉：也作"温藉""酝藉"。宽和有涵养。

㊹诙噱（决）：以逗乐来讨好别人。噱，逗乐，以趣语使人快乐。

㊺可儿：谓如人心意的人。

㊻嗔目：犹怒目，因愤怒而睁大眼睛。嗔，怒。

㊼苦相抵（纸）：苦苦地互相诘难。抵，击。

㊽拗（郁）怒：此据二十四卷抄本，原无"怒"字。拗怒，抑制愤怒

㊾闲防：即防闲。

㊿排止之：谓分别劝止巧娘与三娘。排，调停，劝解。

51僦（就）：租赁。

52崖末：本末，首尾。

53薄观之：靠近观察。

54人道：谓男女交合。

55何怪公子魂思而梦绕之：此据二十四卷抄本，原无"公"字。

56假女：犹义女。

57酸嘶：悲泣。嘶，噎，哽咽。

58遗孽：遗留下的孽根。孽，罪咎。此为怨词。

【译文】

广东有个做官的，姓傅，六十多岁了。生了一个儿子，名叫傅廉。很聪明，但却是个天阉，十七岁了，阴茎才像一条蚕虫。远近闻名，没有人把女儿给他做老婆。自料已经绝后，日夜忧伤，但却没有办法。

傅廉跟老师读书。老师偶然外出的时候，恰巧门外有个耍猴的，他出去看热闹，就中断了学习。推测老师快要回来的时候，心里害怕，就逃走了。在离家好几里的地方，看见一个穿白衣服的女郎，偕同一个小丫鬟，出现在他的前面。女郎一回头，媚丽无比。两只小脚走得艰难而又缓慢，傅廉就赶到她们前边去了。女郎回头对丫鬟说："你去问问前面的郎君，是不是要去海南岛啊？"丫鬟果然拓呼他，询问他的去向。傅廉问她做什么。女郎说："你如果要去海南岛，我有一封家书，托

你顺路捎到家里。老母亲在家里，也可以招待你。"傅廉逃出学馆，本来没有一定的去向，心里一想，漂流过海也很好，所以就答应了。女郎拿出书信交给了丫鬟，丫鬟转手交给了傅廉。傅廉询问她的姓名和家乡住处，女郎说："我姓华，家住秦女村，离琼州北城大约三四里。"傅廉坐到别人的船上就走了。

到了琼州的北城外，天色已经昏黑了。打听秦女村在什么地方，始终没有知道的。望着正北走了四五里，星月已经光辉灿烂，花草已分辨不清了，空旷的野外没有旅店，心里很为难。看见路旁有一座坟墓，想要依傍坟墓住一宿，又很怕狼虫虎豹。因而像猴子似的，爬上树梢，蹲坐在树丫上。听见强劲的松涛呜呜地响着，昆虫在月下奏着哀乐，心里忐忑不安，懊悔的心情如同火燎。忽听树下有人说话，往下一看，树下出现一个真真切切的院庭，有个美人坐在石凳上，两个丫鬟挑着彩画的灯笼，站在两旁服侍着。美人瞅着左边的丫鬟说："今晚儿月明星稀，华姑赠送的团茶，应该煮一杯，品茶静坐，欣赏这个优美的月夜。"傅廉猜想这是一个鬼物，吓得毛发直竖，不敢大声喘气。丫鬟忽然仰头一看说："树上有人！"美人惊讶地站起来说："哪里的大胆小子，悄没声地跑来偷看人！"傅廉吓得要死，没有逃避的地方，就环着树干爬下来，跪在地上请求饶恕。美人到他跟前一看，忽然反怒为笑，伸手把他拉起来，膀靠膀地坐在一起。傅廉斜着眼睛一看，美人大约十七八岁，长得很漂亮。听她说话。也是当地的土音。美人问他："郎君要到哪里去呢？"傅廉回答说："给人送书信。"美人说："野外强盗很多，露宿实在令人担忧。若不嫌弃茅屋草舍，我愿留你住宿。"就请他进了屋子。

屋里只有一张床，女郎叫丫鬟放上两床被子。傅廉自愧形体肮脏，甘愿睡在床下。美人笑笑说："碰到一个好客人，女主人怎敢待客不礼貌？"他迫不得已，就和她睡在一个床上，心里却恐惧不安，不敢伸展自己的手脚。不一会儿，美人悄悄把一只纤手伸进他的被窝，轻轻捻弄他的大腿。他假装睡着了，好像没有知觉。又过了一会儿，美人掀起他的被子钻进来，摇撼他，他始终不动弹。美人就往下身摸他隐蔽的地方。但却很失望地停了手，悄悄地出了被窝。不一会儿就听见了哭泣的声音。他惊慌而又惭愧，无地隐藏，只能怨恨老天给他一个缺陷的身子而已。美人招呼丫鬟点灯。丫鬟看她哭得满脸泪痕，惊讶地问她有什么苦恼。美人摇摇头说："我叹息自己的命运罢了。"丫鬟站在床前，眼睁睁地望着她的脸色。她说："可以把郎君招呼起来，打发他走吧。"傅廉一听这话，更加惭愧难当；而且已经半夜了，四野茫茫，害怕没有地方可去。

正在筹谋不定的时候，一个妇人推开房门进来了。丫鬟说："华姑回来了。"傅廉偷眼一看，大约五十多岁，还有一定的风韵。华姑看见美人没睡觉。就问她为什么还没有就寝。美人没有回答。华姑又看床上躺着一个男人，就问："什么人和你睡在一个床上？"丫鬟替她回答说："有个年轻人，晚上来到这里借宿。"华姑笑着说："不知今晚儿是巧娘和谐的花烛夜。"看见巧娘脸上泪迹未干，惊讶地说："洞房之夜，悲痛的哭泣可不合适；是不是郎君粗暴啊？"巧娘不说话，更加悲伤了。华姑要拿开衣服看看新郎，拎起来一抖落，一封书信掉到床上。拿起来一看，惊讶地说："是我女儿的笔迹呀！"拆开一读，慨然长叹。巧娘问她书信的内容。华姑说："是我三女儿的家书，说她丈夫吴郎已经死了，她孤零零地无依无靠，这可怎么办呢？"巧娘说："他本来说是给人送信的，幸而没有撵走他。"

华姑把傅廉招呼起来，查问书信是从哪里来的。傅廉说是一个穿白衣服的女郎请他送来的。华姑说："麻烦你远道送来书信，应该怎样报答你呢？"又仔细看看他，笑着问道："你怎么冒犯巧娘啦？"他说："我自己也不知错在什么地方。"又问巧娘。巧娘叹口气说："可怜我自己，生前嫁了一个太监式的丈夫，死后又投奔一个动了宫刑的人，因此心里很悲痛。"华姑看着傅廉说："聪明狡猾的小子，本来是个男子，却又是个女子吗？你是我的客人，不可以长时间的扰乱别人。"就把他领进东厢房，把手伸进他的裤裆里检验一下。笑着说："这就不怪巧娘掉泪了。可是幸好有根有蒂，还可以医治。"于是就点起灯烛，翻遍了箱箱柜柜，找出一个黑药丸，交给他，叫他马上吞下去，秘密嘱咐他不要活动，说完就出去了。

傅廉独自躺在床上琢磨，不知这丸药医治什么病症。睡到五更，刚刚醒过来的时候，觉得脐下有一股热气，直冲阴处，丢丢当当的，好像有个东西垂挂在大腿中间；自己一摸，已经是个发育健全的男子汉了。心里又惊又喜，好像忽然得到了皇帝赏给的"九锡"一般，高兴极了。天刚蒙蒙亮，华姑就来了，把蒸饼送进他的屋里，嘱咐他耐心地坐着，把房门从外面锁上了。出来对巧娘说："郎君有送信的功劳，我要把他留在家里，招呼三娘回来，和他定为姊妹交情。暂且把他锁在屋子里，免得别人厌烦。"说完就出门走了。

傅廉在屋子里绕来绕去，心里很无聊，时常靠近门缝，如同鸟儿在笼子里往外窥视。望见巧娘走过来了，就想招呼她，说明自己的情况，又羞口难开，而没有招呼。延迟到半夜，华姑才把白衣女郎领回来。打开房门说："闷死郎君了！三娘快来拜谢送书人。"女郎羞答答地走过来，拉起衣襟，向他施礼。华姑叫他们以兄妹相称。巧娘笑着说："姐妹相称也是可以的。"一起走出东厢房，进了客堂，团团围坐，置办酒菜。喝酒的时候，巧娘戏弄着问道："天阉的人看见美人也动心吗？"傅廉说："瘸子不忘鞋，瞎子不忘看。"互相都笑了。巧娘认为三娘长途跋涉很劳累，催她赶快就寝。华姑瞅着三娘，叫她跟傅廉睡在一起。三娘羞得脸颊通红，坐在那里不动地方。华姑说："这个男子汉，实际是个女人，有什么可怕的？"催促他们一起走。又私下叮嘱傅廉说："你背后是我姑爷，人前给我做儿子，就行了。"傅廉很高兴，拉着三娘胳膊，进了东厢房，脱衣上床，好像刚从磨刀石上磨过的刀子，初试的锋利可想而知。完了就躺在枕头上问三娘："巧娘是什么人？"三娘说："她是鬼。才华和容貌举世无双，命运却很倒霉。嫁给一个姓毛的年轻人，有阉病，十八岁还不能过夫妻生活，她就郁郁不乐，怀恨到了阴间。"傅廉很惊讶，怀疑三娘也是鬼。三娘说："实话告诉你，我不是鬼，而是狐狸。巧娘独居，没有伴侣，我们母女没有家园，借她房子居住着。"傅廉大吃一惊。三娘说："你不要害怕，我们虽然都是鬼狐，却不是祸害人的。"从此以后，她们每天都在一起谈天饮酒。

傅廉虽然知道巧娘不是人类，心里却爱她姿容娟秀，只恨没有机会可以自献。傅廉风流蕴藉，善于奉承，会逗笑话，很得巧娘的宠爱。一天，华姑和三娘要到别的地方去，又把他锁在屋子里。他很烦闷，在屋子里转了一会儿圈子，就隔着房门呼唤巧娘。巧娘叫丫鬟试遍了所有的钥匙，才把锁头打开。他把嘴巴子凑近巧娘的耳朵，请求避开第三者。巧娘就把丫鬟打发走了。他把巧娘拉到床上，亲热地向她偎傍。巧娘开玩笑的在他脐下捧了一下说："可惜意中人这个地方有缺陷。"话还没说完，碰到手上是满满的一把。她惊讶地说："为什么以前那样小，今天竟然一大嘟噜？"傅廉笑笑说："从前它羞于见客，所以缩小了；现在被人讥笑毁谤得难以忍受，略微发一点蛙怒罢了。"于是就缠缠绵绵的，了却了愿望。完了以后，巧娘怨恨地说："今天才知道把你关在屋里是有原因的。从前她母女二人到处流浪，没个安身的地方，我借房子给他们住着。三娘跟我学刺绣，我毫不保留地教给她。竟然对我这样嫉妒！"傅廉劝解安慰她，并把华姑给他治病的事情对她讲了。巧娘心里始终藏着怨恨。傅廉说："我们应该秘密往来，华姑对我的嘱咐很严格。"话还没有说完，华姑推开房门进来了。两个人这才惊慌地爬起来。

华姑瞪着眼睛问道："谁开的房门？"巧娘笑呵呵地迎上去，承认是她自己打开的。华姑更生气了，絮絮叨叨地没完没了。巧娘故意笑着说："你这老太太，也实在令人可笑！这个男子汉实际是个女人，能有什么作为呢？"三娘看见母亲和巧娘苦苦地顶嘴，心里很不安，她就一个人两头进行调解，双方才压住火气，转怒为笑了。巧娘的言辞虽然愤慨激烈，但是从此以后却屈心地侍奉三娘。可是华姑却日夜提防她，两个人的感情不能自由舒展，只能眉目传情而已。

一天，华姑对傅廉说："我女儿姐妹两个都已经侍奉你了。我想住在这里不是长久之计，你应该回去告诉父母，趁早订下你们的终身大事。"就给他整顿行装，催他动身。两个女郎瞅着他，脸色很哀伤；尤其是巧娘，更是忍受不了，泪珠滚滚，像断线的珍珠，一点儿没有停下的时候。华姑把她们推到一旁，不让她们哭泣，就拽着傅廉往外走。拽到门外，院落和房屋就不存在了，只能看见一座荒凉的坟墓。华姑把他送到船上说："你走了以后，老身就携带两个女儿到你的家乡，租房子住下。你倘若不忘过去的恩爱，我们住在李家废弃了的园子里，等待你亲来迎娶。"傅廉就乘船往回走。

当时傅廉的父亲找不到儿子，正在焦急忧虑，看见儿子回来了，喜出望外。傅廉把出门的经历大略说了一下，也谈了华姑约定的婚事。父亲说："妖言怎么值得听信呢？你还能活着回来的原因，只是因为天阉的缘故；不然的话，早就死了！"

傅廉说："她们虽然都是鬼狐，感情也像人类一样；何况又聪明美丽，娶来也不能被亲戚耻笑。"父亲不说话，只对他嗤之以鼻。傅廉退出去以后，技痒难耐，不安守本分，就和丫鬟乱搞；逐渐的竟然白天也显示淫荡的本事，打算叫父母听到吓一跳。一天，被一个小丫鬟看见了，就跑去告诉母亲。母亲不相信，到他的住处一看，才大吃一惊。唤来那个通奸的丫鬟，详细盘问，完全知道了儿子的生理状况。母亲高兴极了，逢人就宣扬，显示儿子不是天阉，将要和世家大族结亲。傅廉背后对母亲说："不是华家姐妹，我不娶。"母亲说："世上不缺漂亮的女人做媳妇，何必单要鬼狐呢？"傅廉说："儿子如果不是华姑给治好了阉病，不会知道男女间的事情，背弃了她们，一定不吉利。"父亲这才答应了，打发一个仆人和一个老太太前去看看。他们出了东城，往前走了四五里，找到了李家的废园子。看见在破墙内的竹林子里边，有缕缕炊烟，袅袅升腾。老太太下了车子，一直走进那个冒着炊烟的房子。看见华姑母女二人，擦净了桌子，洗涤了物品，地下洒着水，似乎是等候他们老太太拜见华姑，转达了主人的意思。看见了三娘，惊讶地说："这就是我家的小主妇吗？我见了都喜爱，无怪公子魂思梦绕了。"又问巧娘的情况。华姑叹口气说："她是我的干女儿。三天以前，突然死去了。"说完就用酒饭招待老太太和仆人。

老太太回到家里，全面讲了三娘的仪容举止，父母都很高兴。最后说到巧娘去世的噩耗，傅廉悲痛得要哭了。在亲自迎娶三娘的晚上，见了华姑，还亲自打听巧娘的情况。华姑回答说："她已经投生到北方去了。"傅廉叹息了很长时间。把三娘娶到家里，但却始终不能忘掉巧娘的感情，凡有从海南岛来的人，他一定要请到家里打听情况。有人说，秦女墓夜里听见鬼哭。他感到哭得诧异，就进屋告诉三娘。三娘沉吟了很长时间，流着眼泪说："我对姐姐忘恩负义了！"问她真实情况，她回答说："我们母女来的时候，确实没叫她知道。秦女墓的鬼哭，是不是姐姐呢？从前想要告诉你，害怕张扬了母亲的过错。"

傅廉听到这话，停止了悲痛，心里很高兴。马上就让车夫赶着车子，昼夜兼程，一直跑到秦女墓。敲着坟墓召唤："巧娘，巧娘！傅廉在这里。"不一会儿，看见巧娘用被子包着婴儿，从坟墓里走出来，抬头看见了傅廉，悲痛地哭起来，用怨恨的眼睛，久久地瞪着他。傅廉也流下了眼泪。伸手摸着她怀里的婴儿，询问是谁家的孩子。巧娘说："是你留下的孽种，已经诞生三个月了。"傅廉叹息着说："错听了华姑的谎话，使你们母子埋忧于地下，我怎能推托罪过！"就和她同坐一辆车子，又乘船渡过大海，回到家里。抱着儿子告诉母亲。母亲看看孙子，体态和相貌都很丰满，不像是鬼物，心里更加高兴了。

两个妻子很和谐，侍奉公婆很孝顺。后来傅廉的父亲得了病，请来了医生。巧娘说："此病无法挽救，因为魂魄已经离开躯壳了。"就督促准备棺材。刚准备妥当就去世了。儿子渐渐长大，很像他父亲；特别聪明，十四岁就考中了秀才。

高邮有个叫翁紫霞的人，客居广东的时候，听到过这个故事。地名遗忘了，也不知最后是个什么样的结果。

吴　令

【原文】

　　吴令某公①，忘其姓字。刚介有声②。吴俗最重城隍之神③，木肖之④，衣以锦，藏机如生⑤。值神寿节，则居民敛资为会，辇游通衢；建诸旗幢⑥，杂卤簿⑦，森森部列⑧，鼓吹行且作，阗阗咽咽然⑨，一道相属也⑩。习以为俗，岁无敢懈。公出，适相值，止而问之。居民以告。又诘知所费颇奢。公怒，指神而责之曰："城隍实主一邑。如冥顽无灵⑪，则淫昏之鬼，无足奉事；其有灵，则物力宜惜，何得以无益之费，耗民脂膏⑫？"言已，曳神于地，笞之二十。从此习俗顿革。公清正无私，惟少年好戏。居年馀，偶于廨中梯檐探雀鷇⑬，失足而堕，折股，寻卒。人闻城隍祠中，公大声喧怒，似与神争，数日不止。吴人不忘公德，群集祝而解之，别建一祠祠公，声乃息。祠亦以城隍名，春秋祀之，较故神尤著。吴至今有二城隍云。

【注释】

①吴令：吴县县令。吴县，即今江苏省苏州市。

②刚介有声：刚直耿介有政声。

③城隍之神：守护城池之神。

④木肖之：用木头雕刻成它的肖像。

⑤衣以锦，藏机如生：此据山东省博物馆本，原作"锦藏机如生"。

⑥幢：古时直幅之旗，多用于仪仗。

⑦卤簿：官员仪仗。

⑧森森部列：密密地分布排列。森森，繁密貌。

⑨阗阗咽咽（冤冤）：鼓乐声。

⑩相属（主）：相连。

⑪冥顽：愚钝无知。

⑫民脂膏：民脂民膏，喻指人民的财物。

⑬雀毂：幼雀。毂，待母鸟哺食的雏鸟。

【译文】

　　吴县曾经有过一个以清廉正直出名的县官，虽说忘记了他的名姓，但关于他的故事，至今还流传在人间。

　　吴县有个风俗，对城隍神格外敬重。城隍神是用木头雕刻而成的，身上穿着用上好锦缎制作的袍服，近瞅远看栩栩如生。

　　每逢城隍神寿诞日，老百姓就要摊钱聚资举行盛大的庆祝会，用彩车载着城隍神在大街小巷转悠，最前边是旗队，各色彩旗数以千计，遮天蔽日；接着是若干武士组成的仪仗队，刀枪林立，盔甲耀眼，气象森严；各种乐队吹打着喜庆的曲调，浩浩荡荡，锣鼓喧天，接连不断。这种仪式每年都要组织一次，多少年来从未间断。

我说的这个清廉正直的县官，刚来吴县上任，恰好遇上了城隍的寿诞日，便毅然来到街上挡住了正在游行的队伍，他向老百姓打听，知道每搞一次，不知道要耗费多少钱财，不由得心中大怒，他走到彩车前指着城隍神的鼻子高声骂道："城隍神本来是一个县的父母官，应当造福于民，但你却冥顽不化，像你这样的滥施淫威，只知吃酒作乐的昏鬼，哪里值得奉敬！如果有灵的话，就应该珍惜人力物力，你怎么能搞这些没用的事，敲骨吸髓，挥霍老百姓的血汗？"说完，又把城隍神从车上拖下来，让衙役按在地上打了二十大板。自此，吴县这个多年的习俗就改了。

这个县官，在吴县给老百姓办了许多好事，不幸的是由于他年轻爱玩，任职一年后，偶然在官署登了梯子去掏屋檐的麻雀，一失足，从上面掉下来，摔折了腿，不久死去了。

县官死后，有人在城隍庙听得他每天在那里愤怒地大吵大闹，似乎在和城隍神辩理，一直闹了好几天。吴县老百姓怀念他的好处，就成群结队去祝告劝解他，答应给他立庙宇，塑神像，这才不吵闹了。

新立的庙宇，也叫城隍庙，每逢春秋两季祭祀，比祭祀原来的城隍还隆重。吴县至今还有关于二城隍的传说。

口　技

【原文】

村中来一女子，年二十有四五。携一药囊，售其医①。有问病者，女不能自为方，俟暮夜问诸神。晚洁斗室②，闭置其中。众绕门窗③，倾耳寂听，但窃窃语，莫敢咳。内外动息俱冥④。至半更许⑤，忽闻帘声。女在内曰："九姑来耶？"一女子答云："来矣。"又曰："蜡梅从九姑耶？"似一婢答云："来矣。"三人絮语间杂，

口技

刺刺不休⑥。俄闻帘钩复动，女曰："六姑至矣。"乱言曰："春梅亦抱小郎子来耶？"一女曰："拗哥子⑦！呜之不睡⑧，定要从娘子来。身如百钧重，负累煞人！"旋闻女子殷勤声，九姑问讯声，六姑寒暄声，二婢慰劳声，小儿喜笑声，猫子声⑨，一齐嘈杂。即闻女子笑曰："小郎君亦大好耍，远迢迢抱猫儿来。"既而声渐疏，帘又响，满室俱哗，曰："四姑来何迟也？"有一小女子细声答曰："路有千里且溢⑩，与阿姑走尔许时始至。阿姑行且缓。"遂各各道温凉声⑪，并移坐声，唤添坐声，参差并作，喧繁满室，食顷始定⑫。即闻女子问病。九姑以为宜得参⑬，六姑以为宜得芪⑭，四姑以为宜得术⑮。参酌移时，即闻九姑唤笔砚。无何，折纸戢戢然⑯，

拔笔掷帽丁丁然^⑰，磨墨隆隆然；既而投笔触几，震笔作响，便闻撮药包裹苏苏然^⑱。顷之，女子推帘，呼病者授药并方。反身入室，即闻三姑作别，三婢作别，小儿哑哑，猫儿唔唔，又一时并起。九姑之声清以越^⑲，六姑之声缓以苍^⑳，四姑之声娇以婉^㉑，以及三婢之声，各有态响，听之了了可辨。群讶以为真神。而试其方，亦不甚效。此即所谓口技，特借之以售其术耳。然亦奇矣！

昔王心逸尝言^㉒：在都偶过市廛^㉓，闻弦歌声，观者如堵。近窥之，则见一少年曼声度曲^㉔。并无乐器，惟以一指捺颊际，且捺且讴；听之铿铿，与弦索无异^㉕。亦口技之苗裔也^㉖。

【注释】

①售：犹行。

②斗室：犹小室。

③众绕门窗：此据二十四卷抄本，"门"原作"问"。

④俱冥：此据山东省博物馆本，原无此二字。

⑤至半更许：此据山东省博物馆本，原作"至夜许"。

⑥刺刺不休：话语不断。刺刺，多言的样子。

⑦拗：倔。

⑧鸣之：此据山东省博物馆本，原作"鸣鸣"。鸣之，抚拍之。

⑨猫子声：此据山东省博物馆本增补，原无此三字。

⑩千里且溢：即一千里还多。溢，超出。

⑪各各道温凉：犹言彼此问寒问暖。

⑫食顷：一顿饭的工夫。

⑬宜得参：应该用人参治疗。

⑭芪：黄芪，又名黄耆，多年生草本植物。夏季开花，黄色，根可入药。

⑮术：草名。根茎可入药。有白术、苍术数种。

⑯戟戟然：折纸的声音。

⑰丁丁（争争）然：掷落毛笔铜帽的声音。

⑱苏苏：通"窣窣"，物摩擦声。

⑲清以越：清脆而高昂。以，而。

⑳缓以苍：缓慢而粗老。苍，苍老。

㉑娇以婉：娇细而婉转。

㉒王心逸：名德昌，字历长。清长山（今山东邹平一带）人。顺治进士。

㉓市廛（婵）：集市。

㉔曼声度曲：以舒缓的声调唱着歌。曼声，舒缓的长声。度曲，制作新曲，或指依谱歌唱，此指后者。

㉕弦索：乐器上的弦。此指弦乐器。

㉖苗裔：远末子孙；指馀绪、支派。

【译文】

村子里来了一个女子，年纪二十四五岁。带一只药袋，给人治病。有来看病求医的，女子自己不会开药方，等夜间问神仙。

晚上，收拾干净小房间，女子在里面紧紧关上门窗。众人围在门窗边，侧着耳朵静听，只窃窃私语，不敢咳嗽。房间里外停止活动，一片寂静。

到初更时分，忽听掀帘子的声音，女子在里边说："九姑来啦？"另一个女子答道："来了。"又说："蜡梅跟九姑来啦？"像是一个丫鬟回答说："来了。"三个人轻声你一言我一语，絮絮叨叨没完。一会儿帘钩又响，女子说："六姑到了。"几个人乱纷纷打招呼："春梅也抱着小少爷来啦？"一个女子回答说："不听话的孩子！呜他也不睡，一定要跟娘子来。身子像有百来斤重，抱得累死人！"接着听见女子殷勤声，九姑问讯声，六姑寒暄声，两个丫鬟慰劳声，小孩嬉笑声，一齐嘈杂。就听女子笑着说："小宝贝也太好玩，大老远的抱猫儿来。"这以后声音渐渐稀疏，门帘又响，满房间嚷嚷起来，说："四姑为什么来晚了？"有一个年龄小的女子细声细气答道："路有一千里开外，跟阿姑走这么长时间才到。阿姑走得又慢。"就听个个问暖问寒声，伴随着搬移座位声，吩咐添座声，几种声音交叉着一起发出，喧闹声充满房间，一顿饭工夫才平静下来。

接着听到女子问病。九姑以为该用人参，六姑以为该用黄芪，四姑认为该用白术。商量了好一阵子，就听九姑叫拿笔墨砚台来。不久，折纸头的嚓嚓声，拔笔掷铜套的铮铮声，磨墨的隆隆声；然后是毛笔丢在桌上，铮然作响，就听得抓药包药的窸窣声。很快，女子掀帘，招呼病家递给药和药方。回身进屋，就听三个姑娘告别，三个丫鬟告别，小孩咿哑，猫儿咪呜，又一时间同时响起。九姑的声音清脆悠扬，三姑的声音缓慢苍老，四姑的声音娇嫩和婉，以及三个丫鬟的声音也各有特色，听上去清清楚楚能分辨出来。大家惊讶以为真神下降。而试她的药方，也不很有效。这就是所谓的口技，特意借它来推销生意罢了。然而也够神奇了！

从前王心逸曾说：在京城偶经闹市，听到弹琴唱歌声，围观者筑了一道人墙。他凑近去看，只见一个年轻人拉长声音在哼曲子，并没有乐器，只用一个手指按捺在脸颊上，一边按捺一边唱；听起来铿锵铮钹，与丝弦乐器没有两样。这也是口技的一个流派。

狐　联

【原文】

焦生，章丘石虹先生之叔弟也①。读书园中。宵分②，有二美人来，颜色双绝。一可十七八③，一约十四五，抚几展笑。焦知其狐，正色拒之。长者曰："君髯如戟④，何无丈夫气？"焦曰："仆生平不敢二色⑤。"女笑曰："迂哉！子尚守腐局耶[6]？下元鬼神[7]，凡事皆以黑为白，况床笫间琐事乎？”焦又咄之。女知不可动，乃云：“君名下士[8]，妾有一联，请为属对[9]，能对我自去：戊戌同体，腹中止欠一点。”焦凝思不就。女笑曰：“名士固如此乎？我代对之可矣：己巳连踪，足下何不双挑。”一笑而去。

狐联

【注释】

①石虹先生：姓焦，名毓瑞，字辑五，别字石虹。顺治四年（1647）进士。官至户部左侍郎。

②宵分：夜半。

③可：大约。

④君髯如戟：此处暗用南朝褚彦回拒婚山阴公主的典故。

⑤二色：指接近妻子以外的其他女性。不二色，即不娶妾，没外遇。

⑥腐局：迂腐的规矩。局，拘。

⑦下元鬼神：疑为"下无鬼神"，"元"为"无"字之笔误。

⑧名下士：负有盛名的士人。

⑨属（主）对：诗文中两句连属而成对偶。此指对句。

【译文】

　　姓焦的书生，是山东章丘县焦石虹先生的堂弟。在园子里读书。半夜时分，来了两个美女，容貌双绝。一个大约十七八岁，一个大约十四五岁。按着书桌向他露出微笑。焦生知道她们是狐狸精，一本正经加以拒绝。年龄大一点地说："你满脸络腮胡子像刀戟丛生，为什么没有男子汉气概？"焦生说："我生平除了妻子不接近第二个女人。"女子笑着说："迂透了！你还墨守那些陈腐的教条吗？那些等而下之的鬼神，万事都黑白颠倒，何况男女间床笫琐事呢？"焦生又咄斥她。两个女郎知道动摇不了他，就说："你是有名气的才子，我有个上联，请你对下联，能对出，我们自动走。上联是：戊戍同体，腹中止欠一点。"焦生苦思冥想对不出。女子笑着说："有名的才子竟这样吗？我代你对算了：己巳连踪，足下何不双挑？"一笑而去。这是山东长山县李刑部说的。

潍水狐

【原文】

　　潍邑李氏有别第①。忽一翁来税居②，岁出直金医十③，诺之。既去无耗，李嘱家人别租。翌日，翁至，曰："租宅已有关说④，何欲更僦他人？"李白所疑。翁曰："我将久居是；所以迟遍者，以涓吉在十日之后耳⑤。"因先纳一岁之直，曰：

"终岁空之，勿问也。"李送出，问期，翁告之。过期数日，亦竟渺然。及往觇之，则双扉内闭，炊烟起而人声杂矣。讶之，投刺往谒。翁趋出⑥，逆而入，笑语可亲。既归，遣人馈遗其家；翁犒赐丰隆。又数日，李设筵邀翁，款洽甚欢。问其居里，以秦中对⑦。李讶其远。翁曰："贵乡福地也。秦中不可居，大难将作。"时方承平⑧，置未深问。越日，翁折柬报居停之礼⑨，供帐饮食，备极侈丽。李益惊，疑为贵官。翁以交好，因自言为狐。李骇绝，逢人辄道。

邑搢绅闻其异⑩，日结驷于门⑪，愿纳交翁，翁无不伛偻接见⑫。渐而郡官亦时还往。独邑令求通，辄辞以故。令又托主人先容，翁辞。李诘其故。翁离席近客而私语曰："君自不知，彼前身为驴，今虽俨然民上⑬，乃饮糟而亦醉者也⑭。仆固异类，羞与为伍。"李乃托词告令，谓狐畏其神明，故不敢见。令信也而止。此康熙十一年事⑮。未几，秦罹兵燹⑯。狐能前知，信矣。

异史氏曰："驴之为物，庞然也。一怒则踶跃嗥嘶⑰，眼大于盎⑱，气粗于牛；不惟声难闻，状亦难见。倘执束刍而诱之⑲，则帖耳辑首⑳，喜受羁勒矣。以此居民上，宜其饮糟而亦醉也。愿临民者㉑，以驴为戒，而求齿于狐，则德日进矣。"

【注释】

①潍邑：潍县。今属山东省潍坊市。别第，犹别业、别墅，本宅之外的宅邸。

②税居：租赁住处。

③直：值的本字，价。

④关说：此谓彼此已通过协商，有定约。关，通。

⑤涓吉：犹择吉。

⑥趋：小步快走，表示恭敬。

⑦秦中：指今陕西省中部。

⑧承平：相承平安，谓太平。

⑨折柬：裁纸写信，此指请柬。居停：寄居之处；此指居停主人。

⑩搢绅：士大夫。详《三生》注。

⑪结驷于门：车马盈门，谓来人众多。

⑫伛偻接见：十分恭敬地接见。伛偻，鞠躬，恭敬貌

⑬民上：此据山东省博物馆本，原作"上民"。

⑭饮糇（堆）而亦醉者：吃蒸饼也会醉的人，喻贪财而无耻者。崔令钦《教坊记》："苏五奴妻张四娘善歌舞……有邀迓者，五奴辄随之前。人欲得其速醉，多劝酒。五奴曰：'但多与我钱，吃糇子亦醉，不烦酒也。'"糇，蒸饼。

⑮康熙十一年：即公元一六七二年。

⑯秦罹兵燹（显）：秦，指今陕西省。据《清史稿·圣祖本纪》载，康熙十三年（1674）冬，陕西提督王辅臣反，清廷派兵镇压，至康熙十五年（1676）王辅臣投降，战乱才得平息。

⑰跶（弟）趹（蹶）：前腿踢出，后腿尥蹶。

⑱盎：盛器，腹大口小。

⑲束刍：一把草。

⑳帖耳辑首：垂耳低头，表示驯顺。

㉑临民者：治理人民的人，谓地方长官。

【译文】

潍县的李家，有一所别墅。忽然有个老头儿前来租房子，每年给五十金的房租，他就答应了。老头儿走了以后，高瞻远瞩信皆无，他就告诉家人，把别墅租给别人。

第二天，老头儿来了，说："租你房子已经说好了，怎么又要租给别人呢？"姓李的就把自己的怀疑告诉了老头儿。老头儿说："我要长远住在这里，所以迟迟没有搬来，是把乔迁的好日子选在十天以后罢了。"说完就先交了一年的房租，说："就是一年到头空闲着，你也不要过问。"姓李的把老头儿送出去，打听搬家的日

期，老头儿告诉了他。

过了那个搬家的日子好几天了，竟然又是没有踪影。前去一看，只见在里面锁着两扇大门，却炊烟袅袅，已经人声嘈杂了。姓李的很惊讶，投进名帖，前去进见。老头儿跑出来，把他迎进去，笑言笑语，很亲切。姓李的回家以后，派人给老头儿送了一些礼物；老头儿的犒赏也很丰富。又过了几天，姓李的摆下酒宴，约请老头儿来喝酒，谈得很亲切，喝得很畅快。询问老头的家乡，老头儿回答是陕西中部。姓李的惊讶老头儿搬得太远。老头儿说："贵乡是个福地。陕西不能居住，大难就要临头了。"

当时正是天下太平时代，他就放置一边，没有探问。过了一天，老头儿发出请帖，对寄居房子举行答谢宴会，搭起帐篷，摆下酒宴，准备得特别豪华。姓李的更加惊异，怀疑老头儿是个显贵的官员。老头儿认为姓李的是好朋友，就说自己是狐狸。姓李的惊讶到了极点，逢人就传播。

潍县的官员听见这件怪事，天天有人把马拴在老头儿的门外，愿意和老头儿交朋友，老头儿没有不屈身接见的。渐渐的，知府也时常来往。唯独县官要求结交老头儿，老头儿总是借故推辞。县官又托姓李的先去说说情，老头儿还是推辞。姓李的问他推辞的原因。老头儿离开席位，到客人跟前小声说："你当然不知道，他前身是个驴子，现在虽然威严地骑在人民头上，只不过是个喝粉汤也能醉倒的家伙。我固然不是人类，但也害羞与他结交。"姓李的就找个借口告诉那个县官，说狐狸怕他是个神明的官员，所以不敢见他。县官信以为真，也就拉倒了。这是康熙十一年的事情。过了不久，陕西就遭到了兵火之灾。狐狸能事前知道，令人信服。

异史氏说："驴子这个东西，是个庞然大物。一旦发起怒来，它就尥蹶子踢人，大声嗥叫，眼睛比酒盅还大，气比老牛还粗；不只声音难听，形象也很难看。倘若拿一把草去引诱它，它就帖耳俯首，高兴地让人戴上笼头，勒上缰绳。让这样的家伙骑在人民头上，就该叫他喝点粉汤也能醉倒。但愿驾临人民头上的官员，以驴子为戒，而去请求与狐狸结交，他的德行就会天天增长。"